葛飾北齋畫

大望

대망 4 도쿠가와 이에야스

야마오카 쇼하치／박재희 옮김

도쿠가와 이에야스
대망4/차례

아비 귀신 아들 귀신

야시로가 처형된 뒤 오카자키성 내전에는 어떤 야릇한 고요가 계속되었다. 어지간한 쓰키야마 마님도 지금은 조용히 안에 들어박혀 본성 내전에 발길을 끊었으며, 노부야스가 출전하여 아야메도 도쿠히메도 숨죽이고 있는 느낌이었다.

그날은 장마철로 접어든 하늘에서 이따금 엷은 햇볕이 비치고 후덥지근한 남풍이 불었다. 이글이글 내리쬐는 더위가 아니라 온몸의 땀을 내부에서 끈끈하게 밀어내는 날씨였다.

도쿠히메는 그 찌는 더위에 입맛을 잃어 거의 젓가락도 대지 않은 채 아침상을 물렸다. 그러고는 기노를 상대로 여자의 허무한 신세를 한탄하고 있었다.

"야시로의 아내는 목숨을 살려달라고 빌지 않고, 함께 죽어주지 않으면 야시로가 쓸쓸해 한다고 말했다면서?"

"네, 야시로는 어떻든, 부인은 마음씨 착한 사람이라고 지금껏 모두들 불쌍하게 여기고 있어요."

"기노야."

"네."

"여자는 누구나 그렇게 착한 거야. 그렇건만 쓰키야마 마님만 어째서 그토록 잔인한 성품이 되셨을까?"

"글쎄요……."

기노는 고개를 갸웃하며 말을 삼갔다.

"나는 이제야 그것을 이해할 것 같구나."

"이해하시다니요?"

"그것은 역시 하마마쓰의 시아버님이 너무 박정하신 탓이야."

"그럴까요?"

"나는 지금 이 성에서 시어머님인 쓰키야마 마님이 가장 무서워…… 그런데 곰곰이 생각해 보면 나도 또한 언젠가 마님과 같은 여자가 될 것 같아 여간 두렵지 않아."

"아니, 그런 일은…… 작은마님은 착하게 태어나셨어요."

"아니, 그렇지 않아. 여자는 믿는 남편과 마음이 통하지 않으면 누구나 잔인하게 돼. 나는 시어머님같이 되기보다 야시로의 아내처럼 되고 싶어."

"어머나…… 그런 우스갯소리를."

"농담이 아니야. 이번에 작은주군이 돌아오셔서 전과 똑같다면, 나는 기후로 돌아갈까 해. 괄시받아 시어머님 같은 여자가 되기 전에 말이지."

사실 도쿠히메는 그것을 진지하게 생각하기 시작하고 있었다. 단지 노부야스의 마음이 아야메에게 쏠리고 있기 때문만은 아니었다. 자기와 노부야스 사이에 아야메를 들여보내 사이를 갈라놓은 마님의 마음이 이해되기 때문이었다.

도쿠히메의 위치에서 보면 이번의 야시로 사건은 모두 이에야스에 대한 마님의 증오에서 생긴 일이었다. 그런데도 처벌된 것은 야시로뿐이다. 아니, 야시로가 처벌되는 것은 당연하다 해도 아무것도 모르는 처자까지 모두 같은 운명을 겪었는데, 장본인인 쓰키야마 마님은 여전히 도쿠히메 앞을 가로막고 있다.

'쉽사리 증오를 잊을 사람이 아니야…….'

그렇게 알고 있으니만큼 도쿠히메는 불만스럽고 무서웠다.

"기후에 돌아가 중이 되고 싶구나. 고지주가 부르는 것만 같아."

그때 옆방에서 사람 기척이 났으므로 두 사람은 놀라 입을 다물었다.

굵직한 남자 목소리가 사방의 공기를 갈라놓듯 강하게 울려왔다.

"말씀드립니다."

도쿠히메는 순간 몸이 굳어졌다.

'말해선 안 될 것을 이야기하고 있었다…….'

그것은 자책이 아니라, 이 성에 있는 게 적중에 있는 무서움으로 차츰 바뀌어

가고 있었기 때문이다.

기노는 도쿠히메에게 눈짓하고 나갔다.

"오쿠다이라 사다요시, 이번에 대감님 사자로 기후에 또 갑니다. 그래서 인사드리려고."

목소리가 그대로 똑똑히 들려왔지만 도쿠히메는 곧 들어오게 하지 않았다. 기노가 전하는 것을 기다렸다가, 만나는 것을 기뻐하는 빛도 없이 겨우 말했다.

"이리로 모시도록—"

사다요시는 들어와 네모진 백발머리를 꼿꼿이 세우고 번뜩이는 눈을 흘끔 도쿠히메에게 보내더니 부채로 펄럭펄럭 가슴을 부채질했다.

"적이 드디어 나가시노성을 에워쌌습니다. 그러나 성안에는 제 아들놈이 있으니 결코 염려하실 것 없습니다. 이 더위에 고생은 하겠지만."

"정말 수고들 하신다고 생각해요."

"그리고 다케다 군 역시 여기저기로 병력을 쪼갰습니다. 나가시노를 공격하는 것과 동시에 요시다와 오카자키 중간에도 나타났으니까요. 니렌키(二連木)와 우시쿠보(牛久保)에 불을 지르고 한길에 출몰해 대감님과 작은주군님 군세가 나가시노성으로 다가가지 못하도록 말입니다."

"그럴까요."

"하지만 그렇듯 쉽사리 적의 뜻대로 되지 않을 겁니다. 오늘 소식에 의하면 노부야스 님은 야마나카의 호조사(法藏寺)로 쳐나가 오카자키로 가는 통로를 끊으려 한 적군을 무찔렀다고 합니다."

"저, 작은주군님이?"

"예, 손수 진두에 나서신 그 모습이 흡사 아수라와 같았다는 전령의 말이었습니다."

"어머나…… 대장 몸으로 직접."

도쿠히메는 이제 노부야스의 일로 마음 아파하지 않으리라 생각하면서도 역시 숨결이 괴로워졌다. 사랑받지 못한다는 것을 알고 미워하려 하면서도 심장이 갑자기 두근거려오는 것이었다.

"도쿠히메 님."

"네……네."

"작은주군님이 대장 몸으로 경솔……하다고는 생각지 마십시오."

"어째서인가요? 저는 모르겠어요."

"이 전투, 이기지 않으면 도쿠가와 가문의 앞날은 없다고 오로지 한결같이 믿으신 아수라 모습……작은주군님뿐만이 아닙니다. 저도 아들 구하치로에게 그것을 신신당부했습니다. 가메히메 님도 그럴 심정으로 계십니다. 아무튼 이번은 예사 싸움이 아니지요."

도쿠히메는 어느덧 두 손으로 살며시 가슴을 안고 굳어진 표정으로 고개를 끄덕이고 있었다.

사다요시는 얼굴에 웃음을 지었다.

"저는 이제부터 기후 대감님한테로 갑니다. 무엇 때문에 가는지는 새삼 말씀 드리지 않겠습니다. 제가 아뢰는 말씀을 대감님이 만일 들어주시지 않는다면, 그 자리에서 물러나지 않고 할복해 두 번 다시 미카와 땅을 밟지 않겠습니다."

도쿠히메는 다시 얼어붙은 듯한 표정으로 고개를 끄덕였다.

"그래서 인사드리러 왔습니다. 부모님께 전하실 말씀이 있으시면 해주십시오."

사다요시는 다시 부채질하며 미소 지었다.

도쿠히메는 솟구치는 감정을 누르고 잠시 잠자코 있었다.

'이제는 믿지 않으리라…….'

그렇게 생각했던 노부야스가 진두에 서서 고함치고 있는 모습이 묘하게도 슬프게 눈앞에 어른거렸다.

'죽을지도 모른다.'

이렇게 생각되기도 하고, 죽어도 괜찮으냐고 되물어오는 다른 하나의 상념도 있었다. 사다요시가 기후로 가는 것은 노부나가에게 구원군을 청하기 위해서인 줄 너무도 잘 알고 있다.

"도쿠히메 님, 부모님께 전할 말씀을 분부해 주십시오."

도쿠히메가 망설이는 것을 보고 그는 부채질하던 손을 멈추었다.

"이 싸움은 도쿠가와 가문의 존망에 관계될 뿐만이 아닙니다. 만일 미카와에서 둑이 터지면 이 노도는 그대로 미노, 오와리에 밀어닥칩니다."

도쿠히메는 살며시 고개를 끄덕였다.

사다요시의 말에 끄덕인 게 아니라 아내로서 노부야스에게 한 번 더 진정한 마음을 주어야겠다고 마음먹은 것이었다.

"그럼, 전할 말보다 편지를 한 장 쓸 터이니 기다려주세요."

"네, 충분히 마음을 담으셔서."

도쿠히메는 일어나 창가의 책상 앞에 앉았다. 사다요시의 시선을 등에 느끼자 생각이 흐트러질 것 같았지만, 마음을 채찍질하여 붓을 놀렸다. 자신은 그 뒤 평안한 나날을 맞고 있으며 노부야스는 용솟음치듯 출전하여 도쿠가와와 오다 두 가문을 위해 진두에 서서 분전하고 있다는 일, 그리고 모두들 아버지의 원군을 기다리고 있다고 쓰는 대신 언젠가 오카자키에 오시면 이런저런 자세한 이야기를 드리고 싶다고 써나갔다. 노부나가의 원군을 기정사실로 여기고 있는 줄 문맥을 통하여 깨닫게 할 작정이었는데, 다 쓰고 나서 사다요시에게 보여주자 그는 무릎을 치며 미소 지었다.

"과연 도쿠히메 님! 마음 쓰심이 훌륭하십니다."

그 편지를 받아들고 사다요시는 서둘러 방을 나갔다. 그리하여 그날 안으로 오카자키성에서 모습이 보이지 않게 되었다. 물론 정식 사절로 격식을 갖추고 가는 것은 아니었다. 그러면 도중에 어떤 위험이 있을지 몰랐다.

사흘째 되는 날 사다요시는 기후 센조다이의 넓은 방에서 노부나가와 마주앉았다.

이날 노부나가는 의복을 단정히 갖추고 접근하기 어려운 위엄을 풍기며 앉아 있었다. 바로 조금 전 예수교 신자가 교토에서 찾아와 대면한 뒤여서 양쪽에 중신들이 늘어앉은 채였지만, 사다요시는 넓은 방으로 안내되자 곧 사방을 쏘아보며 고함치듯 말했다.

"사람들을 물리쳐 주십시오."

"모두들 사양하라고 사다요시가 말하는구나."

노부나가는 기분이 그리 좋지 않은 듯 뒤에서 큰 칼을 받쳐들고 있는 모리 란마루를 돌아보았다.

"넌 괜찮다, 물러가지 마라."

란마루는 그것을 만일의 경우 이 몸을 지켜라—는 뜻으로 해석했는지 늠름한 목소리로 대답했다.

"알았습니다."

그리고 그도 또한 사나운 날짐승을 연상시키는 시선으로 사다요시를 대했다.

노부나가는 텅 빈 넓은 방에 쩌렁쩌렁 울리는 큰 목소리로 처음부터 꾸짖는 투로 말했다.

"모두 물러갔다. 사람을 물리라니 요란스럽다. 대체 뭐냐? 그대 쌍통은 마치 귀신 같구나. 그 낯짝으로 이 노부나가를 위협하려는 거냐?"

사다요시는 싱그레 웃었다.

"대감 얼굴도 귀신이오!"

"뭐라고."

"이 사다요시 따위는 얌전하고 작은 귀신이지만, 대감은 큰 귀신이오."

"사신의 용건을 말하라!"

사다요시는 튕기듯 대답했다.

"예. 대감은 싸움에 전기(戰機)가 있다는 것을 잊지 않고 계실 거요."

"그것이 용건인가, 사다요시."

"우리 주군은 적이 나가시노를 공격하기 전에 원군을 보내주실 줄 믿고 있었소. 그 때문에 부자분이 요시다성까지 마중 나갔지만, 도무지 소식이 없는 동안 적은 나가시노를 공격하기 시작했소."

노부나가는 대답하는 대신 눈을 크게 부릅뜨고 사다요시를 노려보았다.

"대감님도 아시다시피 저는 가메히메 대신 오카자키성에 사로잡혀 있는 볼모와 같은 몸입니다. 아들에게 조금이라도 수상쩍은 낌새가 있으면 여지없이 목이 달아날 형편이오."

"……"

"그런 중요한 때 사자로 기후에 온 일을 대감은 어떻게 생각하시오?"

노부나가는 고함쳤다.

"말이 많다! 무슨 말을 하고 싶은 건가, 그대는."

"나가시노가 함락되고 나서는 격류를 막지 못한다는 것이오."

"사다요시!"

"예!"

"그대 아들은 그렇듯 쓸모없느냐?"

"허, 이상한 말씀을. 자식 놈이 쓸모없다면 지금껏 이 성에서 출발하지 않고 있는 대감님은 무엇이오?"

"바보 같으니, 격류는 가이에서만 흘러나오는 게 아니야. 이세 부근도 위태롭고 가와치, 셋쓰도 방심할 수 없어."

사다요시는 갑자기 웃기 시작했다.

"하하하……그런 가르침을 들으러 온 게 아닙니다. 미카와, 오와리의 큰 둑이 터진 것과 이세, 가와치, 셋쓰의 작은 둑이 터진 것은 결과가 같지 않겠지요. 미카와는 지금 이 볼모 영감쟁이가 아니면 사신으로 보낼 자도 없을 만큼 큰 홍수, 그것을 모르실 대감님이 아닐 텐데 어찌 그처럼 버럭버럭 꾸짖기만 하시오. 큰 귀신이 작은 귀신의 고집을 시험하는 거라면 헛일이오."

"흠, 말이 많군. 그런데 전할 말은 뭔가?"

"원군을 곧 출발시켜 주십시오."

"곧바로는 안 된다. 이것이 내 대답일세."

"그럼, 언제쯤 출발시켜 주시렵니까?"

"모른다고 한다면 어쩔 텐가?"

사다요시는 우스운 듯 다시 웃었다.

"하하…… 볼모이기는 해도 도망가지 않을 거라고 믿고 제가 이 중요한 일에 사자가 되었소. 그러기에 결심하고 있소이다. 모른다고 대답하시면 여기서 한 발자국도 물러가지 않겠소."

그 목소리가 너무나 컸으므로 란마루는 노부나가 뒤에서 저도 모르게 몸을 내밀었다.

이번에는 노부나가가 비웃었다.

"한 발자국도 움직이지 않는다고? 한 발자국도 움직이지 않는다는 건 그 쭈글쭈글한 늙은 배라도 가르겠다는 말인가?"

사다요시는 틈을 주지 않고 말했다.

"그렇소. 기후의 센조다이, 이곳은 사다요시가 죽기에 더 바랄 나위 없이 훌륭한 장소요."

노부나가는 무엇을 생각하는지 문득 시선을 허공에 던지며 목소리를 떨구었다.

"사다요시, 전투에는 물론 전기가 있지만 작전도 중요하지."

"그러면 무슨 궁리가 있어서 지연시키는 것입니까?"

"사다요시."

"예."

"이 노부나가가 원군을 보내고도 싸움을 질질 끈다면 적이 아닌 자까지 적으로 돌아선다는 것을 생각해 보게."

"그만한 것쯤은 이 사람도 압니다."

"그럴 테지. 그러므로 출동하기로 작정하면 곧바로 이길 수단이 있어야만 하지. 그 수단을 강구할 때까지 견디어내지 못할 미카와 군이라면 말도 안 되네."

어느덧 노부나가는 처음의 격한 말투에서 목소리가 조용하게 바뀌고 있었다. 사다요시는 그런 노부나가의 성미를 잘 알므로 상대가 노기를 띠면 한 발자국도 뒤로 물러나지 않았다. 뒤로 물러나면 노부나가의 노여움이 더욱 심해지고, 물러나지 않는 것을 알면 슬며시 조용해진다.

"이봐, 사다요시. 그대는 노부나가가 대체 군사를 얼마나 거느리고 가면 좋을지 궁리하고 왔나. 먼저 그것부터 듣지."

사다요시도 말투를 바꾸었다.

"황송합니다…… 7000이나 8000은."

"7000이나 8000인가. 그래, 총은 몇 자루나?"

"500이나 600은……되어야 할 줄 압니다만."

"500이나 600이라…… 핫핫핫……."

이번에는 우스운 듯 노부나가는 너털웃음을 터뜨렸다.

"그런가, 500이나 600이라고 그대는 생각하는가?"

"대감님은 어째서 웃으십니까."

"나는 적어도 3500은 있어야 한다고 생각하네. 그래서 지금 야마토의 쓰쓰이, 호소카와 등에 사자를 보내 총을 모으고 있는 중이야."

"예! 그럼, 3500이나……?"

"이것으로 다케다 군의 기병대를 제압할 수만 있다면 전쟁에서 이길 수 있어. 사다요시, 이 노부나가가 미카와 사돈의 위기를 보고도 가만히 있다고는 생각하지 말게."

사다요시는 나직하게 신음하며 두 손을 짚었다.

"마음 내키는 대로 한 폭언을 용서해 주십시오."

"오, 알겠네. 과연 이에야스 님, 그대를 사자로 보내다니 잘 생각하셨네. 이런 귀신을 사자로 보냈으니……."

사다요시는 한 번 수그렸던 가슴을 젖히고 울기 시작했다.

어째서 눈물이 나오는지 몰랐다. 나가시노에서 적의 총공격을 받고 있는 대담한 아들의 얼굴이 환영처럼 떠올랐다가 사라졌다.

노부나가는 사다요시의 눈물을 보자 얼굴을 돌리고 다시 꾸짖었다.

"보기 흉하다, 사다요시!"

사람이 노하면 웃고 울면 노하는 노부나가의 성미였다. 그것을 잘 알면서도 사다요시는 왠지 눈물이 멈추지 않았다.

'노부나가는 이 싸움을 이에야스보다 더 중요시하고 있다…….'

쓰쓰이, 호소카와 두 가문에까지 소총 부대를 빌려달라고 청하고 있는 일이 그것을 증명하고도 남았다.

"용서해 주십시오. 기쁨의 눈물입니다."

"못난 소리. 기쁨의 눈물은 적을 때려눕히고 나서 흘리는 거야."

"예, 옛…… 명심하겠습니다."

"좋아, 이제 납득했겠지. 란마루, 모두들 다시 불러들여라. 그리고 사다요시에게 술을."

"옛!"

다시 넓은 방으로 중신들이 불려왔다. 그리고 그때 벌써 노부나가는 활짝 갠 표정으로 자기 역시 술을 꽤 마시고 사다요시에게도 차례로 따라주었다. 그렇지만 싸움이야기는 전혀 입에 올리지 않았다.

그 이튿날인 5월 3일.

미카와에서 또 사자가 왔다. 이에야스의 전령장수 오구리 다이로쿠였다. 그는 사다요시와 정반대인 정중한 말로 노부나가에게 원군을 청했다.

"처음에 나가시노의 후방쯤은 우리들 주군만으로 충분할 줄 알았는데 다케다 군이 의외로 많아 우리들만으로는 안심할 수 없게 되었습니다. 따라서 대감님께 원군을 청해 요시다에서 두 군대가 합류한 다음 나가시노 후방을 지키려 합니다. 아무쪼록 황급히 원군을 보내주시기를……."

노부나가는 그것을 듣는지 마는지 거의 알 수 없었다.

그러나 이튿날부터 군사들이 기후성 안팎으로 계속 모여들기 시작했다. 그런데 모여드는 군사들 모두 약속이나 한 듯 울타리를 두를 나무 하나와 새끼 한 다발씩 갖고 있었다. 이것을 보고 사다요시도, 다이로쿠도 고개를 갸우뚱하며 생각에 잠겼다. 이제까지의 싸움은 가볍게 차리고 저마다 커다랗게 이름을 외쳐댄 다음 싸우는 1대 1의 격투가 기본이었다. 요컨대 한 사람 한 사람 용사의 승리가 쌓아올려져 전군의 전세가 결정되고, 거기서 승패가 갈라졌다. 그런 상식에서 본다면 재목 한 개씩 둘러메고 새끼다발을 든 진군은 아무래도 알쏭달쏭했다.

'이것은 대체 무엇 때문에 준비한 것일까……?'

그러나 그 의구심을 입에 올리지 못하게 한 것은 소총 부대의 위용이었다. 대체 이처럼 많은 소총수들이 일본의 어디에 있었던 것일까. 80명에서 100명 남짓으로 한 부대를 이루어 꼬리를 물고 기후로 들어와 노부나가가 큰소리친 대로 그 수는 마침내 3000명 가까이 되었다.

이리하여 노부나가의 원군이 숱한 울타리나무와 소총 부대를 이끌고 기후를 출발한 것은 5월 13일.

그때 이미 고립된 나가시노성은 글자 그대로 와신상담(臥薪嘗膽)하는 고전 속으로 쫓겨 들어가 있었다.

아비귀신 사다요시가 노부나가의 마음을 알고 겨우 가슴을 쓸어내린 11일 이른 새벽, 아들귀신 구하치로는 다케다 군이 또 노우시 문에 육박했다는 소식을 듣고 성 남쪽 성벽에 어슬렁 모습을 보이고 있었다.

이마에 손을 얹고 아침안개 밑을 기웃거리던 구하치로는 신음했다.

"음."

지난번 전투에 혼이 나서 여기서는 이제 모험을 하지 않겠지 생각했었다. 그런데 또다시 뗏목을 타고 와서 벼랑에 도전해 온 것이다.

더욱이 이번에는 맨 선두에 참대나무 다발을 방패 삼아 앞을 가리고 밀고 들어온다. 그즈음 총을 피할 수 있는 것은 대나무 다발 말고는 없었다. 겉껍데기의 단단함과 미끄러지기 쉬운 둥근 표면에 방해되어 탄환이 헛되이 빗나가기 때문이었다.

첫 발포로 밧줄을 끊을 수 없다고 판단되자 구하치로는 소총 부대를 물러나

게 했다.

"헛일이야, 쏘지 마라. 성문을 닫아라. 그리고 올라오도록 잠시 기다려 주는 거야."

"성문까지 기어오른다면 일이 귀찮지 않을까요?"

근위무사가 말했지만 구하치로는 못들은 척하고 있었다.

소총 부대의 방해가 없음을 알자 적은 차례차례 밧줄에 매달렸다. 위로 기어 올라온 한 무리는 벌써 저마다 대나무 다발로 침입로를 에워싸고 있다.

"아직 공격하면 안 됩니까?"

"안 돼."

구하치로는 설치는 부하들을 억누르며 점점 늘어나는 적의 수효를 세고 있었다.

"20이 40이 됐다, 40이 곧 80이 될 거야."

마침내 80이 160으로 되려는 무렵이었다.

"칼 부대, 30명!"

성문을 활짝 열어젖히자 거기서부터 골짜기 밑으로 야릇한 함성의 메아리가 퍼졌다. 머리 위에서 나는 소리는 실제 수효보다 4, 5곱절 크게 울린다. 게다가 지금까지 조용히 닫혀 있던 성문이 상륙작업을 하는 사람들 뒤에서 별안간 활짝 열리고 보니 당황하지 않을 수 없었다.

"도망치지 마라, 적을 맞아 싸우라……."

어쩔 줄 모르고 성문으로 돌아서는 다케다 군 속으로 얼굴도 돌리지 않고 돌진해 들어가는 한 부대의 뒤를 이어 구하치로는 창 부대를 내보냈다.

"다음 30명."

창 부대는 좁은 성문 밖에서 복작거리고 있는 다케다 군에게 덤벼드는 대신 대나무 다발을 차례로 뺏어 불을 질렀다. 반쯤 벗어진 흰 아침안개 속에서 대나무가 튀며 타는 소리와 야릇하게 이글거리는 새빨간 불꽃은 공격하는 편에 더욱 많은 대비가 있는 것으로 착각시켰다.

"좋아, 소총 부대!"

구하치로는 대나무 다발을 뺏긴 적의 머리 위에 4, 5방의 총을 쏘게 했다.

총은 아무 데도 맞은 것 같지 않았다. 그런데도 전날의 쓰디쓴 실패가 공격군의 마음을 단번에 휘저어놓았다. 네 가닥으로 걸린 목숨 줄에서 한 사람 두 사람 강가로 도망치는 모습이 보이기 시작하자 나머지는 타성에 따라 움직였다. 어느 밧줄이고 쏟아지듯 도망쳐갔다.

"이제 됐다. 우리 편도 슬슬 철수하라."

구하치로가 말했을 때 북쪽 성벽에 나가 있는 가케타다로부터 숨찬 연락이 들어왔다.

"다이쓰지산의 적이 군량창고를 향해 밀어닥치고 있습니다."

구하치로의 굵은 눈썹이 순간 꿈틀거렸다.

나가시노성의 군량창고는 성 북쪽 후쿠베성 안에 있다. 다케다 군의 다이쓰지산 진지와 마주 보고 있었다. 이 산골의 작은 성에서 군량창고가 차지하는 의미는 크다. 다이쓰지산에 진치고 있던 다케다 노부토요는 이것을 노리며 싸움 기운이 무르익기를 기다리고 있었던 것이다.

이 방면에는 강과 절벽의 장애물이 없었다. 따라서 성안 500명의 병력 대부분을 다른 방면으로 나눠보내게 한다면 군량창고 점령은 쉬운 일……이라는 결론이 날 법도 했다. 다케다 군은 물론 그 일에 대해 군사회의를 거듭하며 작전을 궁리했을 게 틀림없었다.

구하치로는 남쪽의 적이 첫 번 공격에 실패했음에도 불구하고 다시 뗏목으로 나타났을 때 뭔가 의심스러운 것이 있음을 민감하게 느끼고 있었다.

'수상쩍다!'

그러나 남쪽과 북쪽에서 동시에 행동을 개시하리라고는 생각지 못했다.

'대체 얼마나 되는 병력으로 온 것일까?'

구하치로는 노우시 문 수비를 가쓰요시에게 맡기고 자신은 곧 소총 부대를 거느리고 후쿠베성으로 달려갔다. 어지간한 그도 마음의 동요가 심했다. 황토를 먹고 싸우자며 입으로는 호탕하게 웃고 있어도 군량미 없는 농성만큼 처절한 일은 없다.

'좀 방심하고 있었던 것인지도 모른다……'

아직 오다 군은 물론 하마마쓰의 주력부대조차 도착하지 않고 있다. 그동안에 식량을 잃는다면 헛되이 군사를 죽일 뿐 아니라, 구하치로는 싸움을 할 줄 몰랐다고 후세에까지 비웃음을 받는다.

달려가 보니 여기를 지키고 있던 가게타다와 그 아들 고레마사는 적이 성문 가까이 육박해 오는 것을 보고 곧 공격하려고 칼을 높이 뽑아들었다.

구하치로는 마음의 동요와는 반대로 우선 웃으면서 가게타다에게 물었다.

"당황하지 마시오. 적의 수효는?"

가게타다는 대답했다.

"2000!"

구하치로는 다시 웃었다.

"아니오, 고작해야 700명일 것이오. 이 진지의 대장은 노부토요와 바바 노부후사, 그리고 오야마다 마사유키 세 장수로 총병력은 2000 남짓이오. 오늘은 그 가운데 노부토요의 첫 번째 시도, 많아야 700이니 침착하게 맞서 간담을 서늘하게 해주어야만 하오. 우선 나의 총소리를 들은 다음 성문으로 쳐나가시구려."

구하치로는 데려온 소총 부대에 탄환을 장전케 하고 적이 육박해 오는 성문의 서쪽 담 옆으로 나갔다. 그리고 성문 앞으로 모여드는 적의 모습을 살피고 나서 명했다.

"담을 쓰러뜨려라!"

쉽사리 타고 넘지 못하리라 생각되던 담이 밧줄에 당겨져 성 안쪽으로 쓰러지자 공격군은 어리둥절했다. 그러자 그때부터 나가시노성의 모든 화기가 성문 앞에 모여든 공격군에게 일제사격을 퍼부었으니 견딜 재간이 없었다. 비명이 오르고 그와 동시에 가게타다 부자의 군사 150명이 성문에서 공격해 나갔다.

승패는 순간적으로 결정되었다.

이리하여 그 이튿날은 양군이 땅 속에서 만나는 전례 없는 진귀한 싸움이 되었다.

구하치로의 과감하고 치밀한 작전은 싸움이 시작된 지 일주일이 되자 마침내 다케다 군을 심한 분노와 초조로 몰아넣었다.

어디까지나 전혀 빈틈이 없었다. 노우시 문 싸움도 그렇고 첫 번째의 군량창고 방어 역시 다케다 군의 예상을 뒤엎었다. 겨우 20살 남짓한 젊은이라 깔보고 병력수로 밀어붙이는 힘의 공세였다. 그런데 구하치로는 이것을 자못 즐거운 듯 괴롭히고 있는 느낌이었다.

이러한 분위기 속에서 본성 서편 땅 속에서 이상한 소리가 들린다고 지카토시의 부하가 구하치로에게 알려왔다.

가이는 금광이 많고 광업이 발달된 고장으로 알려져 있었다. 이 보고를 받은 구하치로는 모두들 앞에서 배를 잡고 웃어보였다.

"그래, 광산 인부로 가장하고 왔다더냐?"

성 서편에 진치고 있는 것은 나이토 마사토요와 오바타 노부사다였다. 이곳에 다케다 군의 총인원은 2000쯤 배치되어 있었다.

"2000명 군사가 설마 두더지 흉내는 내지 못하리라. 아이들 속임수 같은 싸움을 하는군."

구하치로는 중얼거리고 땅 속의 소리를 겨냥해 이쪽에서도 구멍을 파게 했다.

땅을 파게 되자, 몇 번이고 땅을 파보아 땅 속에 어떤 돌이 있는지 샅샅이 알고 있는 성병(城兵)과 원정 온 인부들과는 파 들어가는 속도에 차이가 생기는 게 당연했다. 추격문의 남쪽, 중신 집의 땅 속에서 단조성 아래까지 이르렀을 때 땅 속의 다케다 군은 성안 군사와 땅 속에서 얼굴을 마주쳤다.

"앗, 땅 속에도 있었구나!"

광산 인부 하나가 소스라치게 놀랐을 때 그 돌파구를 향해 5, 6발의 총탄이 발사되었다. 단지 그것만으로 여기에서도 적의 의도는 산산조각 났다.

그리고 이튿날 새벽녘에는 드디어 서북쪽에 진을 친 이치조 노부타쓰 부대가 이번에는 성문 가까이 높은 망루를 세우고 성안으로 빗발같이 화살을 쏘아 보내려 했다.

이때는 구하치로도 웃지 않았다. 그는 이러한 경우를 대비해 총 50자루 몫의 화약을 장전할 수 있는, 지금의 대포와 같은 큰 대롱을 만들어놓고 있었다. 아침 하늘에 우뚝 솟은 적의 큰 망루에서 아직 한 개의 화살도 날아오기 전에 큰 대롱은 불을 토하여 아차 하는 순간 망루를 아침안개 속으로 날려 보냈다.

그러나 어떻든 1만5000대 500의 싸움이었다.

사방으로 시도한 작전이 모두 실패한 것을 알자 적은 드디어 총공격으로 나왔다. 급히 공격하면 군사만 손상케 되는 것을 깨닫고 다케다 군은 군사회의에서 작전을 바꾸었다.

"이럴 바에는 굶어 죽게 하자."

성을 사방에서 빈틈없이 나무울타리로 두르고 강물속에 몇 겹이나 새끼를 둘러친 다음 거기에 방울을 다는 엄중한 대비로 포위했다. 그러고 나서 또다시 맹렬한 식량 탈취를 꾀했다.

이리하여 성안 군사들이 군량창고가 있는 후쿠베성을 버리고 본성으로 철수하지 않으면 안 되게 된 것이 5월 14일.

그날 밤 적의 손에 들어가 불타는 군량창고를, 구하치로는 본성의 망루 총구멍으로 잠시 묵묵히 바라보고 있었다.

다케다 군 역시 이 작은 성 하나에 이처럼 시간을 뺏기고 있는 데 조바심이 났다.

그러나 군량창고가 있는 후쿠베성을 적에게 함락당한 나가시노 군의 타격은 컸다. 본성으로 날라놓은 식량은 나흘치도 안 되었다.

군량창고가 불타 무너지는 것을 살피고 망루에서 내려온 구하치로는 본성에 모인 군사들 앞에 걸상을 갖다놓게 했다.

근위병들에게 명했다.

"불을 밝혀라."

텅 빈 넓은 대청에 겨우 두세 자루의 촛대만 서 있는 가운데 누구나 입을 굳게 다물고 있다. 이대로라면 깨끗이 맞서나가 싸우다죽자……는 등 주장할 자가 나올 것만 같았다.

요즈음 구하치로의 마음속을 꿰뚫어보고 늘 우스갯소리를 하는 가메히메도 머리띠를 맨 채 긴 칼을 안고 애원하는 눈초리로 남편이 무슨 말을 꺼낼까 마른침을 꼴깍 삼키고 있다. 촛불이 늘어나 얼굴을 모두 알아볼 수 있을 만큼 밝아지자 구하치로는 웃으면서 말했다.

"식량창고를 빼앗겼다."

그 말투가 마치 장난감을 뺏긴 어린아이 같았으므로 지카토시는 흐흣 웃었다.

"앞으로 사흘 남짓…… 흙을 먹을 각오를 하면 닷새쯤 갈까?"

고레마사가 말했다.

"닷새는 가지 못하리다. 오다 성주님은 아직도 구원군 보내기를 망설이는 게 아닐까."

구하치로는 그것을 못 들은 척하고 오쿠다이라 가쓰요시를 눈으로 찾았다.

"가쓰요시는 어디 있나?"

"여기 있습니다."

"오, 거기 있었군. 그대는 성을 빠져나가 성주님한테 가게."

"뭣 하러 갑니까?"

"구원군을 보내 달라고 할 건 없어. 앞으로 4, 5일 정도 남았다고만 말하게."

"사양하겠습니다."

"뭐, 뭐라고 했나? 날개가 없으면 성을 빠져나갈 수 없다고 했나? 그렇다면 방법이 전혀 없지는 않지. 동북쪽 뒷문으로 나가 강물속에 들어가는 거야. 수면에는 모두 새끼줄이 쳐 있고 방울이 달렸으니 건너지 못하지만, 자맥질해서 가면 돼. 그대는 귀신같이 헤엄을 잘 치지 않는가."

"싫습니다."

"뭐라고? 내 귀에 잘못 들린 것은 아닐 테지?"

"싫다고 말했습니다."

"허, 그대는 헤엄치는 것을 잊었나. 설마 적을 두려워해서는 아닐 테고."

가쓰요시는 아이들처럼 고개를 저었다.

"무슨 말씀입니까! 적을 두려워하지 않으므로 싫다는 겁니다. 이미 성의 운명이 닷새로 정해지고 주군을 비롯해 모두 전사했을 때 이 가쓰요시만 성 밖에 있다면 세상 사람들이 뭐라고 하겠습니까? 저것 봐, 덴쇼 3년의 나가시노 싸움에서 낙성을 눈앞에 두고 목숨이 아까워 성에서 도망친 겁쟁이다, 하고 비웃음을 받습니다."

순간 좌중에 야릇한 긴장이 감돌았다. 구하치로가 이 가쓰요시의 거절을 어떻게 받아들일 것인가. 얼른 보기에 이것은 매우 용맹스러운 말 같지만, 한편 다분히 사기를 꺾는 말이었다.

"그런가?"

구하치로는 선선히 고개를 끄덕이고 다시 좌중을 둘러보았다. 구하치로는 아무렇지도 않은 듯 다른 이름을 입에 올렸다.

"이봐, 도리이 교에몬(鳥居強右衛門)은 없는가!"

"여기 있습니다만."

장지문 그늘 어둠 속에서 굵직한 목소리가 들리고 작달막한 키에 뚱뚱한 사나이가 촛불에 얼굴을 드러냈다.

"교에몬, 그대가 가게."

"예, 가겠습니다. 그런데 어디로 가는 겁니까?"

이번에는 모두들 웃음을 터뜨렸다. 이 사나이는 구석 어둠 속에서 잠들어 있었던 게 틀림없었다.

"어디로……라니, 그대는 지금 한 이야기를 듣지 못했나?"

"예, 들은 것 같기도 하고 듣지 못한……."

"좋아, 오늘 저녁에 꾸벅꾸벅 졸 만한 사나이라면, 이 일에 적임이다. 그대는 오늘밤 동안 동북쪽 뒷문으로 나가서 강물 속에 들어가도록 해."

"알았습니다."

"강 표면에는 밧줄이 쳐져 있으니 물속을 기어야 하네."

"예, 알겠습니다. 그런데 어디로 가면……."

"멍청이, 강 속을 기어가면 건너에 닿는다. 건너기슭에 닿으면 그때부터는 땅 위를 걸어가면 돼."

그때가 되어서야 교에몬은 비로소 고개를 갸웃하며 말했다.

"그러면 포위망을 빠져나가 구원병을 청하러 가는 것이군요."

구하치로는 눈을 둥그렇게 떠보였다.

"허! 그대도 그걸 아느냐. 그러나 뭐 구원군이라고 하지 않아도 좋아. 대감님은 요시다나 하마마쓰 또는 오카자키에 반드시 계실 게다. 대감님을 만나 앞으로 4, 5일…… 알겠느냐, 앞으로 4, 5일이라고 구하치로가 말했다고 하면 되는 거야."

"싫습니다."

"뭐라고? 그대는 간다고 했잖나."

"이 교에몬, 성이 함락될 것이 임박한 줄 알고 어찌……."

구하치로는 가로막았다.

"닥쳐라! 그대는 구하치로를 조롱하는가?"

"당치도 않으신 말씀을."

"입을 다물라. 식량이 4, 5일치밖에 없다고 했지, 누가 성이 떨어진다고 했나. 이 오쿠다이라 구하치로는 단연코 성을 떨어뜨리지 않는다. 어떤 일이 있어도 대감님이 그만 됐다고 분부하실 때까지 싸워 보일 테다."

교에몬의 네모진 얼굴이 눈을 크게 부릅뜬 채 구하치로를 응시했다.

"교에몬뿐만이 아니다. 낙성이니 뭐니 하며 이 구하치로를 폄훼하는 자는 용서하지 않겠다."

그러자 가쓰요시가 당황하여 한무릎 나앉았다.

"알았습니다. 주군, 이 가쓰요시가 가겠습니다."

그러자 교에몬이 부르짖었다.

"아니오! 이 교에몬이 가겠습니다."

구하치로는 잠시 두 사람을 번갈아 보더니 이윽고 빙그레 웃었다.

"교에몬, 그대는 곧 준비하라. 알겠지, 어떤 일이 있어도 도중에 쓰러지면 안 돼. 그 대신 대감님한테 도착하면 결코 서둘러 돌아올 필요 없다. 찾아간 성에서 승전축하가 벌어지는 날까지 쉬어라. 거듭 말한다. 이 사명을 완수하기 전에 죽으면 이 구하치로, 일곱 번 태어날 때까지 그대를 추방하련다."

교에몬은 덤덤하게 대답했다.

"알았습니다."

무사히 경계선을 돌파하면 간보산(雁峰山)에서 봉화를 올리기로 하고 교에몬은 그 길로 본성을 빠져나갔다. 하늘에는 이미 달이 떠 있다. 열나흘 달이 지상을 걷는 자신의 그림자가 어디서나 보일 듯 밝았다.

"그믐밤이라면 그나마 좀 낫겠는데."

중얼대며 이윽고 노우시 문 성벽을 빠져나왔다. 그러고는 나무그늘을 골라 걸어 오노강 기슭에 섰다. 눈 아래 흐르는 급류가 은빛으로 펼쳐지고 건너 강기슭에는 일정한 간격으로 감시 화톳불이 끝없이 늘어서 있었다.

감시 위치까지는 대개 4, 50칸, 화톳불 주변에서 움직이는 사람 그림자까지 똑똑히 건너다 보였다. 그 등 뒤에는 왼쪽으로부터 우바가후토코로, 도비노스산, 나카야마, 히사마산의 적 진지가 그의 갈 길을 매섭게 가로막고 있었다.

그들은 대낮 전투에서 후쿠베성을 함락시켜 사기가 한결 높아져 있었다. 어느 진지에나 숱한 깃발이 달빛을 희게 튕기며 숲처럼 꽂혔고, 말도 사람도 아직 잠들지 않은 모양이었다.

"이거 큰일인걸."

교에몬은 잠시 벼랑에 서서 팔짱을 끼고 생각했다. 목적지에 도착할 때까지 어떤 일이 있어도 죽지 말라고 구하치로는 말했다. 교에몬은 그 말 속의 암시를 모르지 않았지만, 자기가 만일 발견되어 살해된다면 그 뒤에 오는 게 무엇일까 생각하자 오싹 소름이 끼쳤다.

"나무 무용신(武勇神)……."

말하려다가 얼굴을 일그러뜨렸다.

"대보살님께 비나이다. 물귀신아, 악귀야, 도깨비, 역신(疫神)아, 이 교에몬을 강 건너로 보내다오. 볼일이 끝나면 너희들이 이 몸을 찢어서 갈기갈기 잡아먹어도 좋으니."

그리고 나서 교에몬은 허리의 붓통을 끌러 수건에 노래 한 구절을 적었다.

우리 주군의 목숨이 걸린 구슬 끈을
내 어찌 마다하리오, 장부의 길.

교에몬

어스름한 달빛 속에서 쓰고 난 다음 왠지 모르게 히죽 웃음이 나왔다. 도착하기 전에 죽으면 일곱 번 태어날 때까지 추방한다고 구하치로가 야속한 말을 했으니, 이쪽에서도 살아서 돌아올 생각을 하고 출발한 것은 아니라는 빈정거림이었다.

손을 뻗어 작은 소나무 가지에 그 수건을 붙들어 맨 다음 검은 그늘 속에 책상다리를 하고 털썩 주저앉았다. 건너편에서 잠들든가 구름이라도 달을 가려주지 않는다면 이 밝음, 이 경계 태세 속에서는 옴짝달싹할 수 없었다.

"강물소리가 엄청나게 요란하니 틈을 보아 뛰어들어도 그 소리는 눈치채지 못하겠지……."

잠시 물끄러미 건너편을 쳐다보다가 그는 어느덧 꾸벅꾸벅 졸기 시작했다. 낮의 피로도 있었지만, 이 대담성은 오쿠다이라 가문의 기풍이며 그의 대담한 성품 때문이기도 했다.

얼마나 잠을 잤을까? 눈을 떠보니 어느덧 건너편의 화톳불이 꺼지고 구름은 달에 걸려 있었다.

교에몬은 일어나 급히 큰 칼과 작은칼을 옷에 싸서 그것을 일단 어깨에서 목으로 매어보았다. 그러나 다시 생각을 고쳐 그 자리에 버리고 옷과 단검만 몸에 지녔다.

"주군! 그럼, 다녀오겠습니다."

본성 쪽으로 고개를 한 번 꾸벅 숙이더니 교에몬의 모습은 벌써 거기에 없었다.

결전전야

교에몬이 나가시노성을 빠져나온 14일 밤, 이에야스는 오카자키성에 들어가 술 잔치를 벌이고 있었다. 기후에서 오는 노부나가를 기다리며 그 진로를 경계해 두 기 위해서였지만, 이 주연을 베풀 때는 노부나가가 과연 기후를 출발했는지 아직 몰랐다.

이에야스는 반드시 온다고 믿었지만 중신들 의견은 갖가지였다.

"오리라고는 믿지만 요전번 다카텐진성의 싸움 때와 마찬가지로 자기 병력을 힘들게 하지 않으려는 것이 아닐까?"

그렇게 말하는 자가 있는가 하면 뚜렷이 비관론을 펴는 자도 있었다.

"아니, 오지 않을 거야."

"오다 군은 수효만 다케다를 압도할 뿐 신병들이 많아 실력은 없소. 게다가 전 쟁터가 나가시노라는 산악지대이고 보면 오다 군에게는 더욱 불리한데, 그 계산 을 모를 노부나가 공이 아니지요. 아마 오지 않을 겁니다."

이런 말을 들으면 그런 생각도 드는 모양으로 처음에는 강경하게 혼자 힘으로 라도 나가시노를 구원하자고 부르짖던 자들까지 침울한 생각에 빠져들었다. 사기 나 유행만큼 우스꽝스러운 것은 없다. 누군가 센 체하든가 어디서부터 유행하기 시작하면 별 뚜렷한 의미도 없이 고개를 바짝 쳐들고, 그 반대 경우 또한 까닭도 없이 맥없이 사라져간다.

이에야스가 한창 싸우는 도중 술잔치를 벌인 것도 신기했다. 대세가 비관적……

이라고 판단되자 말을 꺼낸 것이었다.

"걱정하지 마라. 반드시 온다. 그보다 오늘 저녁 한 잔 나눌까."

술잔치쯤으로는 아직 사기가 오르지 않으리라고 단정한 혼다 헤이하치로가 끼어들었다.

"반드시 온다고 대감님은 단언하시겠습니까?"

그러자 이에야스는 자못 우스운 듯 빙그레 웃었다.

"여기 이르러서도 오지 않는 오다 님이라면 의지할 게 못된다. 의지할 게 못 된다는 건 무서워할 것 없다는 거지."

"무서워할 것 없다니요?"

"나가시노를 혼자서 구했으니 오와리, 미노를 받는 것은 정한 이치가 아니겠나. 오다 님은 그처럼 사리를 모르는 분이 아니다. 망상하지 말고 한 잔 비워라."

그리고 자칫 비관론에 기울기 쉬운 사카이 다다쓰구에게 밝은 목소리로 명령했다.

"이봐, 다다쓰구. 그대 자랑인 새우잡이춤이라도 한번 춰보게."

"대감님!"

"뭐냐?"

"대감님은 만일 오다 군이 오지 않을 경우 도쿠가와 군만으로 나가시노에 갈 결심이신지요?"

"정해진 일은 묻는 게 아니야. 다카텐진성 싸움 때는 오가사와라가 적에게 반드시 항복하리라 판단되었으므로 움직이지 않았던 거지. 구하치로만한 용사를 저버릴 수 있겠는가?"

"그럼, 나가시노에 가서는 승리할 확신이 있다는 겁니까?"

"뻔한 일이지. 군사의 강함과 약함은 대장 나름. 신겐의 군사가 강했다 해서 가쓰요리의 군사도 세다고 생각하지 마라. 우선 춤이나 추거라, 다다쓰구."

이에야스가 잔을 입으로 가져가자 다다쓰구는 성큼 일어났다.

"춤추겠습니다! 이제 납득되었으니 마음껏 추겠습니다."

다다쓰구의 새우잡이춤은 확실히 신기한 구경거리였다. 이마를 질끈 동여맨 다음 광주리를 들고 엉덩이를 흔들며 발딱거리는 새우를 쫓든가 다래끼에 움켜넣는 시늉이었지만, 요시다성주라는 지위의 사뭇 거만스러워 보이는 그 용모가 야릇한 웃음을 자아낸다.

오늘은 그 특징이 더욱 눈에 띄어 모두들 배를 잡고 웃기 시작했다.

"재미있는걸! 어떤가, 저 의젓한 얼굴이."

"이로써 이겼다. 자, 잡아라, 잡아라."

"웃음이 나와 견딜 수 없군. 저 엉덩이 좀 보라지."

이에야스는 모두들이 웃는 얼굴과 다다쓰구의 우스꽝스러운 손짓을 번갈아 바라보며 스스로 자기 마음을 들여다보고 있는 심정이었다.

'모두의 웃음소리 속에도 다다쓰구의 춤 속에도 여느 때와는 다른 것이 있다⋯⋯.'

인간 마음에 응어리가 있을 때는 웃든 춤추든 심하게 과장되어간다.

'이것은 명심해야 하는 일이다.'

그래도 자칫 우울해지기 쉬운 기분은 얼마쯤 엷어진 듯싶었다.

좌중이 들끓을 무렵 이에야스는 슬며시 자리를 떴다. 열나흘 달빛에 후피향 나무 가지가 영창에 그대로 비치고 있는 것을 깨달았기 때문이다.

"달이 좋아 보이는군. 달구경 좀 할까."

무장한 채 툇마루로 나가 가죽버선 끝에 나막신을 걸쳤다. 밖으로 나가니 멀리서 가까이에서 울어대는 개구리소리가 귀에 살아난다. 스고 강물소리도 희미하게 들린다.

살며시 정원수 사이를 빠져 소나무 아래로 걸어갔다. 뒤따르는 나오마사는 이에야스의 생각을 방해하지 않으려고 좀 떨어져서 오는 눈치였다.

이에야스는 발길을 멈추어 달을 우러러보았다. 푸르스름한 달 표면의 희미한 그늘 언저리에서 나가시노성의 함성소리가 들려오는 듯한 생각이 들었다.

이에야스는 입 안에서 중얼거렸다.

"구하치로⋯⋯ 노부나가 님은 꼭 온다. 좀 더 기다려다오. 잠시만 참으면 된다."

왠지 모르게 가슴속이 화끈해지며 어깻죽지가 떨려올 것 같은 심정이 들었다. 인생이란 이 얼마나 황망하고도 살벌한 시간의 연속인 것일까. 이것이 대체 언제 평화로 바뀌어갈까.

그렇게 생각하자 자기 생애에 평화는 오지 않을 것만 같은 생각이 들었다. 만일 그렇다면 다음 시대라도 좋다. 또 그다음 시대라도 좋다. 반드시 그것을 맞기 위한 주춧돌을 끈기 있게 하나하나 놓아가야만 한다.

'그러한 계획이 지금 나에게 있는 것일까……'

이에야스는 스스로에게 묻다가 무심히 내전 쪽을 돌아보았다. 자기와 함께 이 성에 돌아온 노부야스가 부인 도쿠히메한테 들렀을까 하고 생각했다. 뒤돌아보는 동시에 이에야스는 미소를 머금었다. 도쿠히메와 노부야스의 그림자가 장지문에 어리고 그것이 가깝게 다가서더니 포옹하는 게 보인 것이다.

새로 근위무사로 등용된 오쿠보 헤이스케의 목소리가 들렸다.

"대감님! 대감님!"

조금 떨어진 곳에서 나오마사가 큰 칼을 높이 받쳐들고 이에 대답했다.

"헤이스케, 여기야."

헤이스케는 나오마사의 목소리를 듣자 토끼처럼 소나무 그림자를 밟고 뛰어왔다.

"대감님, 기후에서 다이로쿠 님이 돌아오셨습니다."

"뭣이, 다이로쿠가 돌아왔다고. 그런가, 곧 가겠다. 내 방에 들이도록 하라."

"예."

헤이스케는 또 깡충깡충 뛰듯이 사라져간다. 이에야스는 성큼성큼 빠른 걸음이 되다가 문득 자신에게 물었다.

'원군이 오지 않는다는 것을 알았을 때는……?'

"좋아!"

그것은 이에야스가 자신의 각오를 스스로 다지며 자기에게 들려주는 한마디였다. 이에야스는 서두르던 발을 조금 전의 느릿한 걸음으로 천천히 바꾸어 그대로 거실 뜰 아래로 돌아갔다.

나오마사는 여전히 침묵을 지키며 조용히 따라온다.

이에야스는 나막신을 댓돌 위에 가지런히 벗어놓고 그곳에 들어와 단정히 앉아 있는 사자에게 말을 걸었다.

"다이로쿠, 어떻던가? 수고했네."

"대감님! 노부나가 님과 그 아드님께서 내일 이 오카자키에 도착하실 예정입니다."

"그런가?"

아무렇지도 않게 대답했지만 순간 이에야스는 울컥 가슴이 메었다.

"그래, 병력은 얼마쯤인가?"

"2만입니다."

"정말 수고 많이 했군."

"예, 이제…… 이것으로……."

다이로쿠는 다시 견딜 수 없게 된 듯 별안간 무릎자락을 움키며 얼굴을 숙였다.

주연이 벌써 끝났는지 넓은 대청 쪽은 이전의 조용함으로 돌아가 있었다.

"다이로쿠, 그대 심정은 안다. 그러나 이것으로 끝난 것은 아닐세."

"예……옛."

"이제부터 시작이야. 그런데 오다 님은 여전히 원기왕성하시던가?"

"예…… 여기로 출발하기에 앞서 노부나가 님이 읊으신 노래가 있습니다. 이것을…… 보십시오."

"허, 렌가(連歌)를 읊고 출전하셨단 말이지, 어디보자."

이에야스는 헤이스케가 건네는 종이쪽지를 펼치고 소리 내어 읽어내려 갔다.

　　소나무(松平 ; <small>마쓰다이라, 곧 도
쿠가와를 가리킴</small>)는 드높고
　　다케다에게는 목 없는 아침이로다 노부나가

'다케다에게는 목 없는'이라는 글 밑에 괄호를 하고 (다케다의 목이 잘리는)이라고 씌어 있었다. 이에야스는 웃으면서 다음을 읽었다.

　　시로(四郞)는 보이지 않는 병꽃나무에 가리고 구안(久庵)
　　지새는 달도 산너머로 사라졌네 쇼하(紹巴)
　　오다(小田 ; 織田)는 시원하게 불어오는 가을바람이로다 노부나가

"음, 소나무는 드높고 다케다의 목 없는 아침이라. 시로는 보이지 않는 병꽃나무에 가려진다."

"예, 지새는 달은 산너머(고슈)로 사라지고 오다는 시원하게 불어오는 가을바

람—그 기개가 이미 적을 압도하고 있습니다."

이에야스는 입을 크게 벌리고 웃었다.

"핫핫핫, 오다 님다운 노래다. 먼저 허풍을 크게 치시고 그것을 스스로의 채찍으로 삼지. 나로선 이렇게 떠벌릴 수가 없어. 참 희한한 의기로다, 핫핫핫."

웃으면서 그는 노부나가의 성격에 문득 두려움을 느끼고 입을 다물었다. 일어나기 전까지는 냉정한 계산을 계속하지만, 막상 일어나면 여지없이 상대를 때려눕히는 잔혹하기 짝이 없는 면을 지닌 노부나가였다. 히에이산 방화에도 그 성격이 나타났었지만, 지난해 7월 이세의 나가시마에서 잇코 종 신도들을 쳤을 때도 눈을 가려야 할 만큼 참혹했다.

"입으로 대자대비를 뇌이며 총질하고 칼부림을 일삼는다. 이번에야말로 결코 용서하지 않겠다. 본때를 보여줘야지. 한 놈 남기지 말고 모두 죽여라."

그리고 그 말대로 나가시마 신전에 불을 질러 도망갈 길을 잃은 혼간사 무리들 2만 명을 한 사람 남김없이 불태워 죽였던 것이다.

그러한 노부나가가 무섭게 승리의 노래를 읊으며 출전해 오고 있다. 그에 의해 싸움의 성질이 확 바뀌어갈 것을 이에야스는 단단히 마음속에 새겨두어야만 했다.

'지금까지는 도쿠가와 대 다케다의 싸움이었지만, 이제부터는 오다 대 다케다의 싸움이 된다……'

이긴 다음 노부나가로부터 도쿠가와 가문 내부의 일까지 간섭받지 않도록, 신중한 준비를 갖추고 노부나가를 대해야만 되었다.

잠시 있다가 이에야스는 생각난 듯 물었다.

"다이로쿠, 거기서 사다요시를 만나지 못했나?"

"예, 뵈었습니다. 이번은 도쿠가와 가문의 생사를 결판내는 싸움이라, 원군의 출발을 볼 때까지 기후를 떠나지 않겠다고 노부나가 공에게 말씀드렸다고 합니다."

"그 노인이 할 만한 말이로군. 그런가, 도쿠가와 가문의 생사가 걸린 싸움이라고 다짐 주었다던가……."

"예, 오쿠다이라 님도 다이로쿠도 누누이 다짐을 주었습니다."

"좋아, 수고했다. 물러가 쉬어라."

이튿날 15일에 노부나가 부자는 오카자키성에 입성하여 이에야스 부자와 대면했다. 물론 쌍방의 중신과 노신들이 배석한 대면이었으므로, 여기서는 어디까지나 예의를 지킨 인사뿐이었다. 노부나가는 쉴 새 없이 입가에 웃음을 떠올렸고, 이에야스는 아무것도 생각하지 않는 것처럼 조용히 있었다.

양쪽 참모들이 그날 밤 작전회의를 열었지만, 이것도 인사 정도의 주연으로 끝나고 양군이 곧 함께 오카자키를 출발할 줄 알았는데 노부나가는 그 이튿날도 오카자키에 묵는다고 하며 움직이지 않았다.

신하들은 초조했다. 그러나 이에야스 역시 노부나가를 재촉하려는 눈치가 없었다.

"푹 쉬시고 출발하시는 게 좋으리다."

그 이에야스한테 나가시노성을 탈출한 교에몬이 거지 같은 모습으로 나타난 것은 16일 이른 새벽이었다.

"대감님, 나가시노에서 밀사가 왔습니다."

이에야스는 잠자리에서 일어나 이미 무장을 갖추고 있다가 그 말을 듣는 순간 미간에 깊은 주름살을 새겼다. 나가시노로부터 이제 길보가 있을 까닭이 없었다.

'구원군을 청하러 온 것일까, 아니면 수비군이 전멸한 것일까……'

"이 뜰아래로 안내하도록."

이에야스는 툇마루에 걸상준비를 시켰다.

"음."

아침안개 속에서 뜰로 들어오는 교에몬의 모습을 보며 이에야스는 희미하게 신음했다. 상투를 짚으로 붙들어 매고 무릎까지밖에 내려가지 않는 농부 들옷을 입고 있었다. 굵은 정강이가 드러나고 발에는 짚신이 죄어 매여져 있었다.

"그대가 구하치로의 가신인가?"

이에야스 뒤에는 어느새 다다쓰구도 다이로쿠도 헤이하치로도 따라와 있었다.

"예, 도리이 교에몬이라고 합니다."

교에몬은 말하며 핏발선 눈으로 이에야스를 쳐다보았지만, 이에야스는 일부러 아무 감정도 얼굴에 드러내 보이지 않았다.

"난 그대를 모른다. 사다요시를 이곳으로 부르마. 나오마사, 사다요시를 불러오너라."

오쿠다이라 사다요시는 오다 군과 함께 성으로 돌아와 지금 별성에 기거하고 있었다. 거기까지 데리러 갔다가 돌아오는 데는 시간이 걸린다. 교에몬은 조마조마한 눈치로 안절부절못하며 입술을 핥았다. 이에야스는 물끄러미 교에몬에게로 눈을 향한 채 돌처럼 움직이지 않았다.

이윽고 사다요시가 허둥지둥 나타났다.

"오, 교에몬이냐. 수고했구나. 대감님! 이자는 틀림없는 아들놈의 부하입니다."

교에몬은 사다요시를 보더니 확 부릅뜬 눈에서 눈물을 뚝뚝 떨어뜨렸다.

"좋아, 사자의 용건을 직접 듣자. 말해라."

"자, 분부가 계셨다, 교에몬."

"예, 말씀드립니다."

교에몬은 숨결을 거칠게 억누르면서 말했다.

"후쿠베성을 빼앗겨 성의 식량은 나머지 사흘 치뿐입니다."

그러고는 입을 한일자로 다물고 침묵을 지켰다.

"전할 말은 그뿐인가?"

"예, 그 말씀을 드리면 앞뒤 판단은 대감님이 하신다, 쓸데없는 말을 하여 판단에 방해되지 말라고 엄중히 명령받았습니다."

"음."

이에야스는 다시 한번 신음하고 툇마루에 배석한 사다요시를 흘끗 쳐다보았다. 사다요시는 울지 않으려고 연방 밝아오는 하늘을 노려보며 무릎을 움켜잡고 있다.

"얄미울 만큼 멋진 말이다. 그런가, 구하치로는 그 말만 했는가. 그럼, 내 편에서 물으마. 그대는 적의 엄중한 포위망을 어떻게 뚫고 나왔느냐?"

"오노 강물 속을 걸어왔습니다."

"물귀신 같은 놈이군. 그래, 빠져나온 일을 성안에는 어떻게 알렸지?"

"예, 간보산에서 봉화를 올려 알렸습니다."

"구하치로도, 가게타다 부자도, 지카토시도 모두 무사한가?"

"예, 흙을 끓이고 무릎을 갉아먹더라도 대감님 지시가 있을 때까지 성을 적에게 넘기지 않겠다고 사기충천하십니다."

이에야스는 다시 흘끗 사다요시를 쳐다보고 두 가문의 가신을 보았다.

"좋아, 알았다. 허기져 있으리라. 식사하고 옷을 갈아입은 다음 쉬도록."

"황송하오나 그 분부는 거두어주십시오."

"배가 고프지 않다는 거냐?"

"성안에서는 아마도 뒷날에 대비하여 죽이라는 이름뿐인 것을 먹고 있을 겁니다…… 그러니 교에몬도 어떻게든 이대로 돌아가 고락을 함께 하고 싶습니다."

"그런가, 과연……."

이에야스의 눈시울도 어느덧 붉어지는 것 같았다. 이에야스는 치미는 감정을 누르고 다시 조용한 목소리로 물었다.

"그럼, 이 길로 곧 나가시노에 돌아가겠다는 것이냐? 나도 곧 달려간다. 그때 함께 가면 마음에 꺼림칙한가?"

"고마우신 분부…… 그것을 들으니 한층 더 빨리 돌아가고 싶습니다."

교에몬은 은근히 구원병의 출발을 재촉하고 있다. 그 심정을 헤아려 나도 곧……이라고 말해 준 이에야스의 마음이 견딜 수 없이 기뻤다.

"그런가, 구하치로는 좋은 가신을 가졌다. 좋아, 지금 그대로 노부나가 공을 뵙게 해주지. 발만은 씻고 따라오너라. 헤이스케, 교에몬에게 발 씻을 물을 주고 데려오도록."

교에몬의 눈이 새빨개졌다. 구하치로가 결코 쓸데없는 말을 하지 말라고 이른 의미가 마음에 찡하니 울려온 것이다.

'아무 말 하지 않아도 이쪽의 마음을 알아주고 있다…….'

그러므로 노부나가 앞으로 데려가 교에몬의 귀로 직접 노부나가의 대답을 듣도록 하여 돌아가게 해주려는 게 틀림없다.

교에몬은 일단 주방 곁의 입구로 안내되었다가 헤이스케의 뒤를 따라 다시 이에야스의 거실로 들어갔다. 이에야스는 출구에서 이미 기다리고 있었다. 본성 대서원을 노부나가의 침실로 제공하고 있었으므로 이에야스는 그대로 교에몬을 데리고 걷기 시작했다.

"자, 오너라."

밖에서는 차츰 작은 새들이 지저귀기 시작하고 동녘 하늘은 황금빛으로 물들어가고 있었다.

다이로쿠가 노부나가한테 앞서 알려두었으므로, 노부나가는 갑옷받침을 걸친 채 보료에 기대어 기다리고 있었다. 그는 이에야스와 인사를 나누기보다는 먼저 쩡쩡 울리는 목소리로 교에몬이 꿇어 엎드리는 것도 기다리지 않고 말했다.

"그대가 작은귀신의 가신이냐. 이야기는 들었다! 잘 했다! 강바닥을 걸어서 왔다고⋯⋯ 핫핫핫, 이번에는 하늘을 날아서 돌아가라."

"예."

"도리이 교에몬이라고 했지?"

"예⋯⋯."

"돌아가기 전에 다시 간보산인가 하는 데서 봉화를 올려줘라. 그러면 성안의 군사들이 용기를 낼 게다. 알겠느냐, 앞으로 이틀 안에 도쿠가와와 오다 연합군 4만 남짓이 밀어닥친다고. 도착하면 곧 적을 무찔러줄 테니 즐겁게 기다리고 있으라고 전해라."

교에몬은 그만 머리가 몽롱해져서 잠시 동안 사방이 보이지 않게 되었다. 이것은 이에야스와는 또 전혀 다르게 다그치는 말이었지만, 그 목소리를 듣고 있으니 패배해 흩어져가는 적의 모습이 어렴풋이 보이는 것 같은 이상한 매력에 휩싸였다.

"장하다! 작은귀신에게는 역시 귀신같은 용사 가신이 있었구나. 성안으로 돌아갈 때는 조심해라. 알겠느냐, 반드시 살아서 돌아가 곧 원군이 도착할 것이라고 말해 주어라. 정말, 수고했다!"

4만 남짓이란 한바탕 허풍을 떤 수였지만, 노부나가의 입을 통해 들으면 조금도 과장으로 여겨지지 않는 게 이상했다. 오다 군 2만, 도쿠가와 군은 8000인 줄 똑똑히 알고 있으면서도.

"분부말씀, 하나하나 가슴에 새기겠습니다. 그럼, 이만 실례!"

"오냐, 가거라!"

꾸짖듯 말하고 나서 노부나가는 이에야스를 돌아보며 껄껄 웃었다.

"이젠 지체할 수 없소, 하마마쓰 님."

이에야스는 고개를 끄덕이고 잠자코 물러가는 교에몬의 우락부락한 뒷모습을 바라보고 있었다.

이튿날인 17일—

이오지산에 자리한 다케다 가쓰요리의 본진을 나선 아나야마 바이세쓰는 시무룩한 표정으로 자기 진지로 말을 몰았다.

가쓰요리는 여전히 이 나가시노성에 대한 집착을 버리지 않고 있다. 이 작은 성 하나쯤 함락시켜 본들 전략상으로 그리 큰 의미 없다. 그보다는 여기에 일부를 남기고 바로 오카자키나 하마마쓰를 찌르는 편이 좋다고 권했으나, 오가 야시로와의 밀약이 차질을 빚은 결과 가쓰요리를 한층 완고하게 만들고 말았다.

"이 작은 성 하나도 점령하지 못한 채 어찌 천하를 호령할 수 있다고 생각하는가……."

이를테면 여기에 도쿠가와, 오다의 두 주력부대가 나타나 결전이 벌어지더라도 불리하지 않다고 주장했다.

'반대할수록 고집 세어진다……'

이제는 작은 목소리로 살며시 속삭이는 자까지 나타나고 있다.

"이것으로 다케다 가문도 마지막이군요."

아무튼 가보인 깃발까지 들고 나온지라 누구 하나 내놓고 대담한 충고를 하지 못했다.

바이세쓰는 성 남쪽 기슭, 쇼요켄의 오른편에 있는 자기 진지 앞에서 말을 내리자 부하 가와라 야로쿠로(河原彌六郎)에게 고삐를 건넸다.

"경계를 엄히 하라. 오늘 아침 또 간보산에서 수상한 봉화가 올랐으니."

그때였다. 말고삐를 받은 야로쿠로가 고개를 갸우뚱하고 발걸음을 멈췄다. 그리고 탄환 방어용 대나무 다발을 둘러메고 가는 5, 60명의 인부 가운데 한 사나이를 손가락질하며 소리높이 말했다.

"이봐, 그대는 어디 농군이냐!"

그 목소리에 바이세쓰는 들어가려던 진막 앞에 걸음을 멈췄다.

"예……예, 저는 아리우미 마을 농부로 시게베에(茂兵衛)라 합죠."

그러나 그때 벌써 야로쿠로는 성큼성큼 다가가 시게베에라 자칭한 농부의 덜미를 잡아 휘두르고 있었다.

"수상쩍은 자가 섞여 있다, 잡아라."

옆에 있던 5, 6명의 무사가 외침소리와 동시에 농부에게 덤벼들었다. 농부는 그 두 사람을 보기 좋게 좌우로 내던지더니 품 안에서 단검을 꺼내 날 듯이 바이세쓰에게 달려들었다.

　바이세쓰는 채찍을 비스듬히 후려쳐 왼쪽으로 피했다. 그러자 뒤에서 야로쿠로가 괴한의 발밑으로 날쌔게 고삐를 던졌고, 발이 걸린 농부는 소리 없이 그대로 고꾸라졌다. 그 둘레를 바이세쓰의 말이 성난 눈초리로 빙빙 돌았다. 그 틈에 무사들이 쓰러져 있는 농부 위로 덮쳐 뒷결박지은 것은 눈 깜짝할 순간의 일이었다.

　"바보 같은 놈. 이런 일이 있을 줄 알았지. 우리 편 인부에게는 모두 같은 감색 감발을 두르게 했어. 그것도 모르고, 네놈 것은 연노랑빛이 아니냐."

　야로쿠로가 어깨를 떨며 말하자, 결박된 농부는 비로소 세게 혀를 찼다.

　"그래, 실수했군."

　"네놈은 무사로구나."

　땅바닥에 털썩 책상다리한 채 주저앉은 그 사나이는 읊조리듯 말했다.

　"그렇다. 오쿠다이라 구하치로의 가신 도리이 교에몬이다. 나는……."

　"뭐, 오쿠다이라의 가신이라고……."

　바이세쓰는 성큼성큼 교에몬 곁으로 걸어갔다.

　"그대는 인부 속에 뒤섞였다가 우리 진으로 들어가려 했구나?"

　"들어가려 한 게 아니라 돌아가려 한 것이지."

　교에몬은 이마에 번진 땀에 번들번들 햇볕을 받으며 차츰 눈빛을 날카롭게 번뜩여갔다.

　"앞으로 하루 이틀이면 떨어질 성에 뭣 하러 돌아가느냐?"

　그러자 교에몬은 히죽 웃었다.

　"앞으로 하루 이틀…… 떨어질 리 있는가, 이 성이. 이틀이면 오다, 도쿠가와 연합군 4만이 올 텐데."

　바이세쓰는 저도 모르게 다그쳐 물었다.

　"그러면 오늘 아침 간보산에서 봉화를 올린 것은 그대냐?"

　"오늘 아침만이 아니오. 15일 아침에도 올렸지."

　"그럼, 그대는 구원군을 청하러 성을 빠져나왔었구나."

　교에몬은 다시 웃었다.

　"하하…… 구원군을 청하러 간 게 아니라 구원군이 어디까지 왔는지 확인하러 갔던 것이다. 그리고 오다 님도 하마마쓰의 대감님도 만나고 왔다. 그것을 봉화로 알렸기 때문에 성안의 눈치가 달라진 것을 모르느냐?"

바이세쓰는 교에몬에게서 눈길을 돌려 야로쿠로에게 채찍 같은 소리를 던졌다.

"야로쿠로! 이자를 본진으로 끌고 가라. 나도 가겠다, 놓쳐선 안 돼."

"알았습니다."

교에몬은 이제 조금도 반항하려 하지 않았다. 여전히 반쯤 웃음 지은 대담한 얼굴로 바이세쓰의 뒤를 따라 뒷결박진 채 말에 태워져 뜨겁게 내리쬐는 햇볕 속에 가쓰요리의 본진으로 끌려갔다.

'마침내 잡혔다…….'

잡혔을 때 어떻게 할지 이것저것 생각했었지만, 이상하게도 그러한 일은 머리에 떠오르지 않고 널찍한 푸른 하늘에 내던져져 두둥실 떠 있는 것 같은 심정이었다.

가쓰요리의 본진은 떠들썩해졌다. 그처럼 엄중한 포위망을 뚫고 성을 나온 자가 있었다는 놀라움에 오다, 도쿠가와 연합군이 드디어 나가시노를 구원하러 온다는 놀라움이 겹쳐 순식간에 대장부터 졸개에 이르기까지 소문의 소용돌이가 번져갔다.

가쓰요리는 진막 툇마루 아래 교에몬을 꿇어앉히고, 땀이 소금덩이가 되어 말라붙어 있는 네모진 얼굴을 잠시 물끄러미 쏘아보았다.

"교에몬이라고 하느냐."

"그렇습니다……."

"배짱 좋은 사나이군."

"칭찬 들으니 고맙습니다."

"이 포위망을 뚫고 사자의 임무를 마친 뒤 다시 성에 들어가 생사를 함께 하려 한 그 용기, 적이지만 장하다."

"황송하오나 칭찬이 지나치십니다. 오쿠다이라 가문 가신들 가운데에는 소인 같은 자가 비로 쓸어낼 만큼 많습니다."

"알았다, 그 말도 기특하다. 바이세쓰, 이 사나이를 그대에게 맡긴다. 잘 돌봐줘라."

뜻하지 않은 가쓰요리의 말을 듣고 그는 비로소 고개를 천천히 갸웃거리며 생각에 잠겼다.

바이세쓰가 여전히 날카로운 목소리로 말했다.

"일어나!"

교에몬은 가쓰요리가 혹독하고 잔인한 대장이라고 듣고 있었다. 그런데 진정 어린 감동을 얼굴에 드러내며 찢어 죽여도 시원찮을 자기를 잘 돌봐주라고 말한 것이다. 교에몬은 왠지 힘이 빠져 후줄근해진 느낌으로 바이세쓰에게 끌려 가쓰요리 앞에서 본진 곁의 측근 대기실까지 끌려갔다. 그곳에는 의사인 듯한 자, 서기 같은 자 말고도 중대가리 광대 패 따위가 있었으나 교에몬이 아는 얼굴은 없었다. 그들의 눈이 일제히 교에몬에게 쏠렸다. 이미 여기에도 소문나 있는 게 틀림 없다.

"여기 와서 앉아라."

바이세쓰는 말하며 왼편 구석에 자기도 책상다리를 하고 털썩 앉았지만 결박은 아직 풀지 않았다.

"교에몬."

"무엇이오?"

"대장님은 그렇게 분부하셨다. 그대를 고집 있는 자로 가상히 여기시고 살려주실 뜻임을 나타내셨다. 그러나 그대를 맡은 나로서는 이대로 용서하지 못한다."

"뜻대로 하셔도 나는 아무 원망하지 않겠소."

바이세쓰는 그 말에는 대꾸하지 않고 말을 이었다.

"나뿐만이 아니다. 여러 장수들이 모두 분개하고 있으니, 이대로 살려주면 모두들 가만히 있지 않을 게다."

"그렇겠지요."

"그래서 그대에게 의논하는데 그대가 여기서 한 번 공을 세워주지 않겠는가?"

그 말에 교에몬은 그리 깊은 뜻도 없이 한숨지었다.

"허참, 그런 의미가 대장님 말속에 있었던 거라면 이제부터의 말은 해도 헛일인 줄 아시오."

바이세쓰는 순간 얼굴빛이 험악해졌다가 다시 여느 때의 얼굴로 돌아갔다.

"대장님 말에 다른 뜻이 있었겠느냐. 대장님은 살려주라고 하셨다……. 그러나 그냥 살려주면 다른 자들이 가만히 있지 않을 게다. 어딘가에서 그대는 칼을 수 없이 맞으리라. 그래서 나는 그대가 무사하도록 모두들 승복할 수 있는 공을 세워 달라는 거야."

"그럴까요?"

바이세쓰는 말투를 바꾸어 말했다.

"성안에서는 그대가 돌아오기를 기다리고 있겠지. 봉화로 그대가 성 가까이 돌아온 것은 알았겠지만, 그 이상은 모르잖나. 더 자세한 일을 알고 싶어 할 거야."

"그럴 테지요."

"그러니 내가 그대를 성 밖까지 끌고 가겠다. 거기서 그대는 성안 사람들을 향해 말해 주지 않겠나—구원군은 아직 올 기척이 없다고, 그것만이면 돼. 그것만 말하면 아무도 그대를 해치는 자 없겠지."

교에몬은 느릿한 물레방아처럼 무겁게 고개를 끄덕이며 하나하나 듣고 있다가 말했다.

"그럼, 단지 그것만으로 이 결박을 풀어주겠다는 것이오?"

"그렇지. 구원군이 오지 않는다……고 말하면, 성안 사람들도 어쩔 수 없이 성문을 열겠지. 그러면 성안 500명의 목숨은 무사해진다…… 이것도 하나의 자비일세."

"알았소! 그 자비심, 과연 이 교에몬이 베풀리다."

이 대답으로 주위 사람들이 휴 한숨 돌리는 것을 알 수 있었다.

교에몬의 머리는 결코 날쌔게 돌아가는 편은 아니었다. 어쩌면 여느 사람보다 느릴지도 모른다. 그러나 그 느릿한 활동 속에서 사물의 핵심을 잡으면 결단은 매우 빨랐다.

"이것이 옳다."

그는 그 나름대로 가쓰요리의 의리도, 바이세쓰의 입장도, 그리고 자기가 놓인 위치도 저마다 어쩔 수 없는 것이라고 받아들였다. 가쓰요리는 소문대로 냉혹한 대장이 아니라고 여겼고, 바이세쓰는 현실을 잘 내다보며 계산하고 있지만 한 가지만은 잘못 알고 있다고 생각했다. 도리이 교에몬이라는 사나이가 자기 목숨을 살리기 위해 한편을 배신할 사나이가 못 된다……는 단 하나의 사실을 간과하고 있다.

'그러기를 잘했다……'

교에몬은 야로쿠로에게 오랏줄을 잡혀 다시 강한 햇볕 속으로, 성 북쪽에서 본성 망루 아래로 끌려갔다. 피아간의 진지는 이미 접근되어 어느 쪽에서 바라보아도 상대의 얼굴까지 알아볼 수 있다. 그렇듯 가까운 거리에 한 인부 차림의 사나이가 결박되어 나타난 것을 보고 성안의 시선은 당연히 집중되었다.

"아, 교에몬이다!"

"도리이 님이 잡혀서 끌려왔다."

그것은 순간적으로 성안에 큰 소용돌이를 불러일으켰다. 여기저기 창문에, 나무그늘에, 돌축대에 성안 사람들의 다부진 얼굴이 기웃거리고 있었다.

"구원군이 온다!"

이날 아침 간보산에 오른 봉화를 보고 한결같이 분발해 있던 때이므로, 그 연락을 해준 교에몬이 사로잡힌 모습을 보는 것은 말할 수 없이 분한 일이었다.

바이세쓰는 거기까지 따라오지 않았다. 그는 교에몬이 예상 외로 순순히 자기 말에 따르기로 약속했으므로 아마도 가쓰요리에게 그 보고를 하러 간 모양이리라.

오랏줄을 잡고 온 야로쿠로가 교에몬에게 속삭였다.

"좋아, 여기가 좋다."

교에몬은 둔감하다기보다 오히려 순진할 만큼 고지식한 태도로 고개를 끄덕이며, 힘찬 걸음걸이로 조망이 좋은 높은 바위 위로 올라갔다. 서쪽 하늘에 흰 구름이 조금 끊겨 떠 있을 뿐이다. 하늘의 푸르름이 산도, 사람도, 성도, 성채도 빨아들일 듯한 크기로 보였다.

바위 위에 오르자 교에몬은 침착한 목소리로 말했다.

"성안 분들에게 아뢰오…… 도리이 교에몬, 성에 들어오려다 이처럼 사로잡혔습니다."

그러자 성안에서 야릇한 긴장과 웅성거림이 높아져갔다.

"그러나 조금도 후회는 없습니다. 오다, 도쿠가와 두 대장님은……"

거기서 잠시 말을 끊었다가 다시 이었다.

"알겠소? 이미 4만 대군을 거느리고 오카자키를 떠났습니다. 2, 3일 안으로 꼭 대군이 도착할 것입니다. 성을 단단히 지키십시오."

성안에 환성이 오르는 것과, 다케다 편 졸개 두 명이 바위 위로 뛰어올라가 교에몬을 끌어내린 게 동시였다. 교에몬은 결박된 줄이 끌어당겨져 땅바닥에 곤두박였다. 그는 머리 어깨 할 것 없이 짓밟히고 발길로 채이면서도 무언가 외쳐대고 싶은 상쾌함을 느꼈다.

"이놈이 속였구나!"

"죽여 버릴 테다!"

"참으로 뻔뻔스럽게도!"

욕설과 발길질이 멈출 때까지 교에몬은 전혀 저항하지 않았다. 아이들에게 희롱받는 오뚜기처럼 떠밀면 쓰러지고 짓밟으면 잠자코 밟혔다.

"이제 됐다. 야, 교에몬."

어처구니없어 잠시 동안 입술을 깨물고 있던 야로쿠로가 그제야 그들의 폭행을 제지하고 교에몬 앞에 섰을 때, 교에몬은 머리도 얼굴도 흙 범벅이 된 채 미소짓고 있었다. 그 눈이 얄미울 만큼 맑아 보이는 게 견딜 수 없어 오랏줄로 철썩한 번 후려쳤다.

"그대는 그래도 우리 주군의 호의에 대해 면목이 있느냐!"

"미안하오."

"뻔뻔스럽게도."

"미안하지만 이것이 무사의 고집인 줄 아시오. 당신이라도 설마 여기서 자기편에게 불리한 말은 못했을 것이오. 바이세쓰 님에게는 미안하게 됐다고 잘 사과드려 주시오. 그 대신, 이 몸을…… 마음이 풀릴 만큼 아무렇게나……."

"닥쳐!"

다시 한번 오랏줄이 울렸지만 역시 교에몬의 미소를 지울 힘은 없었다.

기마무사가 본진과의 사이를 두 번 오갔다. 그리고 세 번째로 커다란 각목 십자가가 교에몬 앞으로 날라져왔다. 교에몬은 일단 결박이 풀렸다가 십자가에 다시 묶였다. 허리와 목과 두 손목과 발이……그리고 사정없이 두 손바닥에 대못이 때려 박힐 때, 교에몬은 왠지 모르게 마음이 놓였다. 이로써 산 보람이 있었다……고 느낀 게 아니라 고통의 종말이 다가온 데 대한 슬픈 안도인 것 같았다.

십자가는 많은 사람에 의해 둘러메어졌다. 성안에서도 이 광경을 마른침을 삼키며 보고 있을 게 틀림없었다. 그러나 이미 교에몬이 볼 수 있는 세계는 다만 하늘의 푸르름뿐이었다.

"이봐 이봐, 이런 처형을 성주님이 승낙하셨나?"

"승낙하고 않고가 어디 있어. 본보기를 보여주는 것이다."

그런 목소리가 귀에 들어왔지만, 그것도 이미 자기와 아무 인연 없는 세계의 소리처럼 들렸다.

이윽고 십자가가 세워졌다. 거기가 어디인지 알려고 문득 정신을 가다듬으려 할 때 양 겨드랑이 밑으로 창날이 어긋나게 두 어깨를 빠져나갔다.

"윽……."

교에몬은 단번에 시야가 어두워지고 귀가 윙 울리기 시작했다. 그러자 귀가 울리는 아득한 곳에서 누군가 연방 뭐라고 말하고 있다.

"아뢰오, 교에몬 님. 당신이야말로 참다운 무사, 당신의 충성을 본받기 위해 마지막 모습을 그려 깃발 표적으로 삼고 싶소. 이렇게 말하는 이 사람은 다케다의 가신, 오치아이 사헤이지(落合左平次). 교에몬 님, 허락해 주시겠소?"

교에몬은 웃으며 대답하려 했지만 이미 목소리가 나오지 않았다.

상대 무사는 붓통을 끌러 종이에 교에몬의 마지막 모습을 그리고 있었다.

장소는 아리우미 들판(有海原)에 자리한 야마가타 마사카게의 진막 앞이었으며, 이미 저녁 해가 새빨간 피를 붉게 반사하여 비치기 시작할 무렵이었다.

지략과 전략

이에야스와 노부나가 연합군이 교에몬의 뒤를 쫓듯 오카자키를 출발하여 우시쿠보를 거쳐 시타라 들판(設樂原)에 도착한 것은 18일 낮이었다.

도착하자 우선 노부나가는 고쿠라쿠지산(極樂寺山)에, 이에야스는 자마산(茶磨山)에 본진을 두고 곧 만나 마지막 군사회의를 열 필요가 있었다. 이에야스는 고헤이타와 도리이 모토타다를 데리고 임시본진을 나서자 서쪽 하늘로 기울기 시작한 햇볕을 받으며 노부나가의 본진으로 향했다.

여기서 나가시노성까지는 약 10리. 도중에 말을 돌려 단조산까지 나가 보니, 발 아래의 쓰레고강(連子川)을 사이에 두고 몇 겹으로 짙게 녹음 진 숲 너머에 굶주림에 시달리는 나가시노성의 고동소리가 그대로 가슴에 전해 오는 것만 같았다.

잠시 동안 꼼짝 않고 이마에 손을 대어 동녘하늘을 쳐다보고 있는데 모토타다가 재촉했다.

"대감님, 늦습니다. 오다 님께서 기다리고 계실 겁니다."

그래도 이에야스는 움직이지 않았다. 자기가 여기서 다만 이렇게 잠자코 보고만 있어도, 눈에 보이지 않는 어떤 힘이 나가시노성으로 뻗쳐간다⋯⋯는 느낌이 들어 떠날 수 없었다.

"대감님! 저 엉덩이 무거운 오다 님이 여기까지 왔잖습니까?"

"알고 있다."

"알고 계시면 기다리게 해선 안 됩니다. 가십시다."

"모토타다…… 그대는 오다 님 엉덩이가 왜 그토록 무거웠는지 아나?"

이에야스의 시선은 아직도 동편 산의 숲에 못 박힌 채였다.

"오다 님은 이번 싸움에서 진심으로 내 도움이 되어주리라고 생각하여 좀처럼 움직이지 않았던 거야."

모토타다는 그 말을 듣고 미간을 찌푸리며 혀를 찼다.

'참으로 호인이시지……'

남의 싸움이라고 여겨 좀처럼 움직이지 않았던 노부나가. 그만한 일은 도쿠가와 군이라면 졸개에 이르기까지 모두 알고 있으련만.

"오다 님은 다케다 군이 우리의 도착을 알면 재빨리 나가시노에서 포위를 풀고 결전을 피해 가이로 철수할까봐 두려워하고 있는 거야."

그러자 모토타다는 반발했다.

"그런 바보 같은 일! 그렇게 되면 정말 다행입니다. 그래서 노부나가 님이 며칠이나 오카자키에 머물러 있었다고 생각되지 않습니까?"

이에야스는 비로소 모토타다를 돌아보았다.

"그대까지 그렇게 생각하고 있었나?"

"그렇습니다. 그러므로 빨리 가서 어떤 일이 있어도 결전을 벌이도록 회의를 열어야만 합니다."

"그런가, 그대까지……"

이에야스는 미소를 머금고 말했지만, 그 일에 대해 설명은 하지 않았다. 시키는 대로 말머리를 돌려 고쿠라쿠사(極樂寺)로 향했다.

죽은 신겐의 병법 중에 '은유술(隱遊術)'이라고 일컫는 후퇴법이 있었다. 적과 아군의 병력을 냉정히 계산하고 아군에게 승산이 없다고 판단되면 적이 헛다리를 짚도록 재빨리 철수해 가는 것이다.

'노부나가는 그것을 알므로 일부러 엉덩이가 무겁게 행동했다……'

이에야스는 그렇게 판단했었는데, 과연 그것이 맞을지 어떨지…….

뒤에서 모토타다가 다시 다짐을 주었다.

"대감님, 오늘은 강경하게 오다 님을 독촉하십시오."

노부나가의 본진에서는 모토타다의 말대로 이미 여러 장수들이 늘어앉아 이에야스의 도착을 기다리고 있었다. 노부타다, 노부카쓰 등 노부나가의 두 아들을 비롯하여 시바타 곤로쿠, 사쿠마 노부모리, 하시바 히데요시, 니와 나가히데, 다키가와 가즈마스, 마에다 도시이에 등이 모여 거듭거듭 숙의하고 난 뒤 같았다.

진막을 갓 둘러친 풀 위에 노부나가만 걸상을 놓고 걸터앉아 있다가 이에야스를 보자 곧 노부야스의 모습이 없는 것을 수상쩍게 여겼다.

"노부야스 님은?"

"지금 마쓰오산(松尾山)에 본진을 이루고 있습니다. 결정된 일만 나중에 알려주겠습니다."

노부나가는 자기 곁의 걸상을 가리켰다.

"도쿠가와 님, 다케다 군이 드디어 결전을 걸어올 것으로 예상하고 있소."

이에야스는 뒤에 대기해 있는 모토타다와 고헤이타에게 흘끗 미소를 보이고 걸상에 앉았다.

"그럼, 아군의 승리는 이제 의심할 것 없겠군요."

노부나가는 기분 좋게 고개를 끄덕였다.

"그러하오! 그런데 도쿠가와 님에게 다짐 삼아 일러둘 일이 있소."

"다짐 삼아…… 들어두겠습니다."

"다름 아니라, 가쓰요리는 귀하의 숙적, 이 싸움에서 아마 숨통을 끊어놓고 싶겠지만 한 번 싸움으로 그를 거꾸러뜨리려는 성급함은 삼가시오. 그렇소, 진심으로 말하건대 귀하도 노부야스 님도 만일 적중 깊숙이 들어가 전사하는 일이 있다면, 싸움에 이기더라도 패배……인 것을 아시오. 아시겠소? 만일 그런 일이 있다면, 이 노부나가가 일부러 기후에서 도와주러 온 보람이 없으리다."

이에야스는 묵묵히 고개를 끄덕였지만, 이 한마디는 모토타다를 매우 놀라게 했다. 노부나가 또한 이에야스 마음속의 불안을 꿰뚫어보고 있는 모양이다. 그러므로 '도와주러 왔다……'는 미묘한 말로 자기 입장을 명백히 하고 있는 것이다.

"아무튼 이번 싸움에서 귀하는 부처라도 된 심정으로 이 노부나가에게 모든 걸 맡기시오. 상대가 결전을 시도한다면 이긴 것과 마찬가지, 귀하는 놀라도 오신 셈치구려. 아무튼 구경만 하시오. 이번에야말로 이 노부나가가 다케다 군을 종달새처럼 짓이겨 보여줄 테니."

순간 이에야스의 얼굴에 흘끗 불쾌한 빛이 스쳤다. 도와주러 왔다면서 노부나가는 역시 이 싸움을 자기의 승리로 이끌어 천하에 그 이름을 드날리고 싶은 뱃심인 것이다.

이윽고 이에야스는 미소를 되찾고 말했다.

"도움을 청한 우리들이 놀이 삼아 구경한다는 것은 있을 수 없는 일이니 우리 역시 선두에 나서 싸우겠습니다만, 말씀은 가슴에 새겨서……"

그리고 중앙에 펼쳐져 있는 그림지도 위로 눈을 옮겼다. 오카자키에서 타합한 진의 배치였지만, 여기저기에 붉은 칠이 더해져 있다. 쓰레고 강기슭을 따라 남북으로 길게 울타리를 세우고 거기까지 적을 유인해 내어 새 몰이꾼이 종달새를 잡듯 본때를 보여준다는 것이리라.

잠시 그것을 찬찬히 본 다음 이에야스는 조용한 목소리로 중얼거렸다.

"이것만으로는 안심되지 않는다."

오다, 도쿠가와 두 군대의 수효는 2만8000명. 그 속에 노부나가의 세력 범위 안에서 모을 수 있을 만큼 모은 소총 부대가 3500명 섞여 있다.

기후를 출발할 때 일부러 한 사람 한 사람에게 둘러메게 하여 가져온 수만 개의 재목으로 노부나가는 쓰레고 다리에서 단조산 왼편까지 세 겹으로 울타리를 치려 하고 있다. 이 세 겹 울타리는 이를테면 기마전에 뛰어난 다케다 군을 여기서 저지하려는 덫인 것이다.

이에야스와 노부나가의 본진을 단숨에 무찌르려고 다케다 군은 반드시 이 울타리에 돌격을 시도할 게 틀림없다. 그때 3500명의 소총 부대가 여기에 막혀 밀집해 있는 적을 향해 일제사격을 퍼붓는다……는 것이 노부나가의 비책이며 필승전법이었다. 그러므로 노부나가는 자신만만하여 이에야스에게 놀라도 온 셈으로 구경하고 있으라고 말한 것이다.

이에야스는 말했다.

"이것만으로는 안심할 수 없습니다."

뜻밖의 말에 노부나가는 눈을 번뜩였다.

"허, 이것만으로는 아직 부족하다는 거요. 어디가 불안하다는 것이오? 어디 좀 들어봅시다."

이에야스는 대답하는 대신 천천히 고개를 갸웃하더니 말했다.

"다케다 군이 반드시 이 울타리에 돌진해 올까요?"

"하하하…… 그것이라면 이미 대책을 세워두었소. 염려 마시오."

"그러나 적이 이 덫에 걸린다 해도……."

이에야스는 다시 말을 멈추었다가 갑자기 묘한 말을 했다.

"내 가신에 사카이 다다쓰구라는 자가 있습니다만……."

"뭐라고?"

노부나가는 문득 조심스럽게 살피는 눈초리가 되었다. 이에야스가 무슨 생각을 하는지 냄새 맡으려는 매의 눈이 되었다.

"다다쓰구라면 몇 번이고 나한테 사자로 왔으므로 귀하에게 새삼 듣지 않아도 알고 있소. 그 다다쓰구가 어쨌다는 것이오?"

"다다쓰구는 매우 노련한 장수, 그를 불러 한 번 책략을 물어주시기 바랍니다."

그러자 이번에는 노부나가가 잠시 엄숙한 표정으로 생각에 잠겼다.

"좋소, 곧 이리로 부르시오."

"고헤이타, 다다쓰구를 이리로 좀 불러오게."

그리고 이에야스는 지휘용 부채살 중심으로 울타리의 기점이 되는 쓰레고 다리 밖을 가리켰다.

"저기에는 내 가신 오쿠보 형제를 미끼로 내보내주십시오. 이렇듯 오다 군이 수고해 주시니 이에야스는 마음이 좀 괴롭소!"

노부나가는 빙그레 웃었다. 이에야스의 고지식함으로 여기지 못할 것도 없지만, 노부나가는 그렇게 받아들이지 않았다.

'깊이 생각하고 있구나…….'

그러나 그것도 좋다고 생각했다. 두 대장이 서로 책략과 힘을 겨루며 장점을 살려 싸우는 곳에 연합군의 강점이 생겨난다.

"오쿠보 형제란 다다요와 다다스케를 이르는 말씀이오?"

"말씀대로입니다. 그들 형제에게 우리 편 선봉을 시킬까 합니다."

"알았소! 오쿠보 형제라면 이의 없소."

그리고 또 생각하더니 말했다.

"만일 울타리 밖의 오쿠보 형제가 고전할 때는, 북쪽 편에서 내 가신 시바타, 니와, 하시바 세 장수를 울타리 밖으로 쳐나가게 하리다."

그렇게 말했을 때 부르러 보낸 다다쓰구가 나타났다.

진막 안의 여러 장수들과 측근무사의 눈이 일제히 다다쓰구에게 쏠렸다. 노부나가의 전략에 불만인 듯싶은 이에야스가, 스스로도 어째서 불안한지 잘 모르니 불러서 물어달라고 말한 것이므로 무리도 아니었다.

이에야스보다 먼저 노부나가가 손짓해 불렀다.

"오, 다다쓰구. 이번 싸움에 대해 무언가 생각나는 책략이 있으면 말해보게. 사양할 것 없네."

"예."

다다쓰구는 새우잡이춤을 출 때와는 사람이 달랐다. 엄숙한 표정으로 노부나가 앞으로 나가더니, 한 무릎을 꿇고 거기에 펼쳐진 도면을 들여다보았다.

"다케다 군이 우리 편의 양동대(陽動隊)를 추격하여 이곳 아리우미 들판으로 군사를 밀고 나오면 뒤가 비게 될 거라 생각합니다만."

"그야 비게 되겠지."

"그때 몰래 뒤로 돌아가 도비노스산 성채를 점령하는 게 어떨까 합니다."

"뭐, 적 후방의 도비노스산을……."

다다쓰구는 분발하는 투로 말했다.

"예, 이 임무를 만일 저에게 분부해 주신다면 전날 밤 적의 배후로 돌아가 새벽녘에 도비노스산을 점령해 보여드리겠습니다."

이에야스는 실눈을 뜬 채 듣고 있는 것 같기도 하고 아닌 것 같기도 했다. 노부나가는 날카로운 눈으로 흘끗 그 모습을 보고 나서 별안간 큰소리로 웃기 시작했다.

"이봐, 다다쓰구!"

"예."

"이 노부나가는 42살이 되어 비로소 옛 속담의 의미를 알았네. 게는 제 딱지에 맞게 구멍을 판다고. 즉 제 분수에 맞추어 생각한다는 거지. 핫핫핫, 이 못난 사람아! 이번이 어떤 싸움인 줄 아는가. 들 무사나 산도적들 싸움이 아닐세. 그런 쩨쩨한 수법은 미카와나 도토우미에서 200이나 300명의 적은 군사로 싸울 때 쓰는 거야. 그대 그릇을 이제 알았네. 물러가!"

일단 비웃기 시작하면 숨이 막힐 듯 악담을 퍼붓는 노부나가였다. 다다쓰구는 얼굴이 시뻘개져서 고개를 푹 수그렸고 늘어앉은 여러 장수들도 그만 얼굴을 숙였다.

이에야스만이 여전히 잠자코 있다.

"그럼, 물러가겠습니다."

다다쓰구가 물러가자 회의는 다시 계속되었다. 그러나 그 회의는 어디까지나 적이 아군 울타리까지 교묘히 유인되었을 경우를 가상한 것으로서, 적이 오지 않는다면 당연히 변경되어야만……

아무튼 하늘이 엷은 먹빛으로 바뀔 무렵 회의도 대충 끝나 여러 장수들은 저마다 자기 진지로 돌아갔다.

뒤에 남은 게 이에야스 주종뿐인 것을 알자 노부나가는 웃으며 말했다.

"도쿠가와 님, 바쁘실 텐데 아직 안돌아가시오? 역시 눈치채셨군. 그럼, 다시 한 번 다다쓰구를 불러주실까?"

이에야스는 당연한 일인 것처럼 조용히 말했다.

"고헤이타, 다다쓰구를 불러오게."

그리고 노부나가에게로 시선을 옮겼다.

"이제 이겼군요. 아니, 이제야 이길 수 있다고 납득했습니다."

한마디 한마디에 힘주며 고개를 끄덕였다.

다다쓰구가 들어왔을 때는 사방이 이미 어두워져 화톳불 위의 하늘에 별이 반짝이기 시작했다. 다다쓰구의 얼굴은 창백했다. 핼쑥한 볼이 경계와 노여움을 띠고 있었다.

이에야스는 부드럽게 다다쓰구를 손짓해 불렀다.

"오다 님이 그대에게 새삼 하실 말씀이 있으시단다."

"예."

다다쓰구가 두 사람 앞으로 와서 한 무릎을 꿇자, 노부나가는 손을 저어 남아 있는 두 측근무사를 물리쳤다.

"다다쓰구, 좀 더 가까이 오게."

"예."

"과연 도쿠가와 님의 오른팔, 아까 말한 작전에 노부나가는 진심으로 감탄했다. 실은……"

"……"

"진중이라도 방심은 금물. 바로 얼마 전에도 아마리 신고로(甘利新五郎)라는 적의 첩자가 섞여 들어왔었지. 그것을 나는 보기 좋게 역이용했어. 그러므로 적은 반드시 결전을 벌이려고 아리우미 들판으로 나온다. 그런데 나온 적이 우리 편의 첫 일격을 받아 안 되겠다고 깨닫고 그대로 물러간다면 수확이 적지. 그래서 무슨 좋은 책략이 없을까……생각하던 참이었어. 결전이 벌어지는 날 이른 새벽에 도비노스산 성채를 점령한다는 건 참으로 놀랄 만한 작전이야. 노부나가는 진심으로 감탄했다. 그러나 야습이란 적에게 누설되면 성공 못하지. 그래서 장수들 앞에서 일부러 그대를 비웃은 거야. 알겠는가, 내일 하루는 울타리를 치겠네. 그대는 내일 밤 은밀하게 행동을 일으켜 적이 아리우미 들판에 나왔을 때 도비노스산을 점령하도록. 알겠지, 그대에게 소총 부대 500명을 주겠네."

"그……그……그게 참말입니까?"

다다쓰구는 너무나 뜻밖이라 이에야스를 흘끔 보고 또 노부나가를 보았다.

이에야스는 여전히 실눈을 감은 채 듣고 있다.

"하하하, 모처럼의 묘책, 행여나 샐까봐 꾸짖은 거야. 용서하게, 다다쓰구. 실은 이 노부나가가 그 야습을 하고 싶을 정도일세. 그렇잖소, 도쿠가와 님, 큰 공을 다다쓰구에게 빼앗기다니 아까운 일이야."

이에야스는 고개를 끄덕이고 다다쓰구에게 말했다.

"소총 부대 500명…… 잘 하거라."

"예, 예!"

"눈치채이지 않도록."

"알았습니다."

"그럼, 이 사람도 하직하고 부하들에게 곧 이것저것 수배하겠습니다."

이에야스가 정중히 절하고 일어나자 노부나가는 다정스럽게 그 어깨를 두드렸다.

"울타리 말뚝 박는 소리가 들리는군. 핫핫핫…… 참 좋은 소리야. 그렇잖소, 도쿠가와 님."

이리하여 오다, 도쿠가와 군사회의는 결정되었다.

한편 그날 밤 이오지산 다케다 가쓰요리의 본진에서도 중신과 장수들이 이마를 맞대어 작전회의를 열고 있었다.

촛불을 환히 밝힌 임시 막사 안은 마치 한증막에 들어간 듯 더웠으며 여러 장수들의 얼굴이 기름땀으로 번들번들 빛나고 있었다.

"그럼, 어떤 일이 있어도 여기서 결전을 벌이시겠습니까?"

바바 노부후사가 정면의 가쓰요리에게 똑바로 대들었다.

가쓰요리는 노부후사의 말이 들리는지 안 들리는지 주전론자인 아토베 가쓰스케를 불러 재촉했다.

"적진에 잠입했던 아마리 신고로로부터 연락이 있었다면서? 그 내용을 자세히 말해 보라."

가쓰스케는 일부러 고개를 크게 끄덕이고 바바, 야마가타, 나이토, 오야마다를 둘러보았다.

이 네 사람을 결전을 피하려는 주모자로 보고 있는 눈빛이었다.

"예, 말씀드리겠습니다. 실은 아마리를 통해 이 가쓰스케한테 오다 편 장수 사쿠마 노부모리 님으로부터 친서가 와 있습니다. 그에 의하면 노부모리 님은 다케다 가문을 섬길 바에는 뛰어난 공훈을 세워 선물로 삼고 싶다 합니다."

맨 먼저 말한 것은 나이토 마사토요였다.

"뭐라고, 노부모리가 우리 가문을 섬기겠다고?"

가쓰스케는 고개를 크게 끄덕였다.

"그렇소. 오다 님의 결점은 성급함에 있소. 한 번 성내면 얼굴도 들지 못하게 상대를 욕하지요. 그 독설을 듣고 노부모리가 핏대를 세우며 물러났다는 것을 아마리로부터 이미 들은 바 있소."

"틀림없겠지? 오다 님은 방심할 수 없는 책략가요."

"그야 물론!"

알고 있다고 말하는 대신 부채로 찰싹 가슴을 때리고 가쓰스케는 다시 말을 이었다.

"상대가 뛰어난 공을 세워 선물로 삼겠다는 것을 이쪽에서 거절하거나 경계할 필요는 그리 없을 거요. 그러므로 노부모리 님 친서 내용을 그대로 여기서 발표해 드리리다."

가쓰스케는 한 통의 편지를 꺼내 모두들에게 보였다.

"지금의 주인 노부나가는 내심 다케다 군을 몹시 두려워하므로 나아가 싸우는 일은 거의 없을 것입니다. 그러나 소장의 진지 가까이에는 니와, 다키가와 두 용장이 있으므로 섣불리 행동을 일으킬 수도 없습니다. 그렇더라도 만일 다케다 군이 공격해 온다면 틈을 봐서 이 노부모리, 반드시 노부나가의 본진을 무너뜨리고 말겠습니다. 노부나가의 본진이 무너지면 이에야스의 패주도 필연지사, 이것을 선물로 삼고자 하오니 그때는 아무쪼록 잘 주선해 주시기를……이라고 씌어져 있습니다."

좌중은 조용해져 잠시 동안 아무도 입을 여는 자가 없었다.

"그런가, 노부모리가 배신을 각오했다고. 그 편지를 이리 가져오너라."

가쓰요리는 애써 조용하게 말하고 그것을 읽자 곧 둘둘 말아 옆에 놓았다.

"어쨌든 노부모리의 배신 따위에 기대를 걸지는 않겠다. 이것은 공을 세우고 왔을 때 생각하면 그만이지. 그럼, 내일 곧바로 행동을 개시한다. 좌익은 야마가타 마사카게."

"예!"

"그 예비대로 오바타 노부사다, 그리고 마사카게 오른쪽에는 노부토요, 그 오른쪽에 쇼요켄과 나이토 마사토요."

마사토요는 살며시 옆자리의 노부후사를 쳐다보며 잠자코 있었다.

"우익은 바바 노부후사와 사나다(眞田) 형제……."

말하다가 모두들 대답이 없는 데 짜증나서 매서운 눈초리로 그들을 노려보며 칼날 같은 목소리로 말했다.

"불만인가, 그대들은?"

시동 하나가 부지런히 촛대의 심지를 자르고 있었다.

다케다 군의 군사회의는 마침내 19일 밤까지 이어졌다. 결전을 피하자고 주장하는 자와 주전론자 사이의 미묘한 공기가 회의를 좀처럼 진척시키지 못한 것이다. 어떤 자는 상대의 동향을 살피자고 말했고, 어떤 자는 상대가 진격해 올 때 타격을 주는 게 득책이라고 말했다.

그동안에도 오다, 도쿠가와 두 군의 움직임은 시시각각 전해져 와 상대의 진지 배치가 차츰 모습을 드러냈다. 이에야스가 단조산으로 본진을 진출시키고 그 앞쪽에 세 겹의 높은 울타리를 치기 시작했다고 듣자, 주전론자는 입을 모아 말했다.

"역시 사쿠마 노부모리의 내통에 거짓이 없다. 노부나가는 나와서 공격할 용기가 없는 거야. 아니면 어찌하여 자기는 이에야스가 있던 자마산에 들어가고, 게다가 세 겹 울타리 따위를 어마어마하게 만들게 하는 것인가."

"이렇게 되면 이쪽에서 공격해 무찔러야 한다. 상대가 나오지 않는다면 시기도 이쪽에서 선택할 뿐."

대장 가쓰요리는 처음부터 결전을 벌일 결심이었다. 따라서 이것은 결국 반대파 장수들을 설복시키기 위한 회의라고도 할 수 있었다. 드디어 회의에서 결전이 결정된 것은 19일 밤 10시 가까워서였다.

이튿날인 20일에 행동을 개시하여 적의 정면에 진을 치고 21일 이른 새벽부터 총공격을 하기로 되었다.

제1대는 마사카게의 2000.

제2대는 다케다 쇼요켄과 나이토 마사토요.

제3대는 오바타 노부사다의 홍의군(紅衣軍)

제4대는 다케다 노부토요의 흑의군(黑衣軍)

제5대는 노부후사와 사나다 형제.

앞장서려는 가쓰요리를 그대로 이오지산에 머물러 있게 한 것이, 결전을 피하려는 사람들의 마지막 위안이었다.

군사회의를 끝내고 본진을 나서자 이미 늦은 달이 떠올라 있었다. 노부후사는 달을 올려다보며 뒤따라 나오는 마사카게를 기다렸다.

"야마가타 님, 지금까지 다정하게 살아왔소만 이제 작별할 때가 됐구려."

"그렇소, 시대의 흐름이니 어쩔 수 없는 일인가 하오."

"잠깐 당신에게 말해둘 게 있는데."

"그럼, 귀하의 진막까지 갈까."

"글쎄, 진막까지는…… 어떻소? 내 진막까지 가는 도중의 다이쓰지산 골짜기 냇물이 있는데, 거기에서 맑은 물이나 마시며 작별을 고하면."

두 사람이 하인 손에서 고삐를 받아들었을 때, 나이토 마사토요와 오야마다 효에, 하라 하야토(原隼人) 세 사람이 그들 모습을 발견하고 말을 가까이 몰아왔다.

"아쉬운 마음이 없지 않소, 이대로 헤어진다면."

마사토요가 말을 걸었으므로 마사카게도, 노부후사도 서로 얼굴을 마주 보았다.

'모두들 이번에 죽을 각오를 하고 있구나…….'

노부후사는 가슴을 송곳으로 찌른 듯 아픔이 느껴졌다.

"우리들은 가문 평안을 위해 결전을 피하도록 진언했지만, 회의에서 결정되었으니 더 이상 아무 말 않겠소. 더 이상 말하면 대장님이 어리석다, 가신들 통솔도 못 했다고 뒷날 사람들에게 웃음만 살 것이니."

노부후사는 그들의 불평을 듣기가 괴로웠다.

오야마다 효에가 감개 어린 듯 말했다.

"그렇소, 이제 불평불만은 말하지 않으리다. 가이 무사의 자랑을 위해서라도. 그러나 이대로 헤어지긴 아쉽소."

다섯 사람은 드디어 말머리를 나란히 하고 있었다. 노부후사도, 마사카게도 뒤따르는 세 사람에게 자기들만의 이야기가 있다고 할 수 없게 되었다.

"그럼, 다이쓰지산 골짜기 물로 모두들 작별의 물 잔이나 들고 헤어질까?"

마사카게가 말하자 노부후사는 마사카게 옆으로 말을 바싹 붙이고 주위를 꺼리면서 힘주어 말했다.

"마사카게 님, 당신은 살아남아 주시오!"

"어째서 또 그런 말을 하십니까?"

"만일의 경우 후미(後尾)를 맡아 가쓰요리 님을 고슈까지 모셔다 드리시오. 후미를 담당할 사람이 달리 없소."

마사카게는 간단히 고개를 저었다.

"그 일이라면 이 사람은 적임이 아니오."

"그렇게 말하면 곤란하오. 그렇잖으면 가쓰요리 님은 형세가 불리하다고 보고 틀림없이 적진을 공격하실 거요."

"바바 님, 당신이 그 임무를 맡으시오. 소장은 한 번 결정된 일이니 선봉을 달리겠소. 그렇게 하지 않으면 전군의 사기가 떨어지고 이길 싸움도 지게 되리다. 알겠소, 노부후사 님? 그런 말일랑 다시 하지 마시오."

"그럼, 어떤 일이 있어도."

"거절할 수밖에 없소. 아무튼 마사카게의 죽음을 보여드릴 날이 온 거요."

노부후사는 말을 돌리고 한숨 쉬면서 반쯤 무리 진 조각달을 올려다보았다.

제1대인 야마가타 마사카게에게 살아남으라는 것은 무리인지도 모른다. 그렇다면 역시 제5대로 정해진 자기가 후퇴로를 위해 남아야만 되는 것일까. 그러나 만일 패해서 가이로 후퇴하게 되더라도 자기에게 과연 살아남을 용기가 있을 것인가. 결국 무장이 심복하여 따를 수 있는 대장은 평생에 단 한 사람밖에 없는 게 아닐까. 그렇다면 신겐이 죽었을 때 자기도 뒤따라야만 했던 게 아닐까……? 자기와 똑같은 감회로 신겐을 사모하는 자가 많고, 그것이 오히려 가쓰요리를 위해 불리하게 된 건 아닐까……?

나무 사이를 지나고 바위 모서리를 돌아 다이쓰지산 골짜기에 이른 것은 30분쯤 뒤였다. 달빛을 받으며 졸졸 흐르는 은빛 물웅덩이에 이르자 다섯 사람은 차례로 말에서 내렸다.

하야토가 말했다.

"처음에는 1만5000 대 500, 그것이 1만5000 대 4만으로 바뀌었으니."

말 등에서 국자를 끄르며 마사토요가 그 말을 받았다.

"그렇다 해도 한 발도 물러나지 않고 싸우는 걸세. 자, 물을 마시고 헤어지세. 그럼, 마사카게 님부터 시작하시오."

"오, 고맙소. 국자 속에도 달이 떠 있구려."

마사카게는 웃으며 그것에 입을 대더니 곧 옆의 노부후사에게 건넸다. 노부후사는 공손히 받쳐들었다.

"무용신이여, 굽어 살피소서. 그럼, 여러분, 먼저."

한 모금 마시고 나서 마사토요에게 건넸다.

마사토요는 아무 말도 하지 않았다. 다음에 마신 하야토가 말했다.

"오, 맛좋은 물이다. 이루 말할 수 없이 맛있는걸."

꿀꺽 소리를 내며 오야마다 효에에게 주자 그는 웃었다.

"하하하…… 이것으로 죽어간다…… 어쩐지 모두 거짓말 같군. 하하……."

어디선가 부엉이가 울기 시작했다. 귀 기울이니 산개구리 울음소리도 가냘프게 물소리에 섞여 들리는 듯싶었다.

덴쇼 3년(1575) 5월 21일은 새벽부터 동남풍이 불고 훤해지려는 하늘 가운데 구름이 황망하게 달리고 있었다.

다케다 군의 제1대로 명받고 맨 왼쪽의 쓰레고 다리 언저리까지 진을 진출시킨 마사카게 군은 이른 아침부터 전투를 예상하고 이미 무장을 끝내고 있었다. 날은 아직 활짝 새지 않았다. 앞쪽에 세워진 울타리도 똑똑히 보이지 않았지만, 그 울타리를 뚫고 맨 먼저 돌입하는 게 마사카게의 홍의군에게 주어진 임무였다.

"슬슬 소라고둥을 불어도 좋다."

끌어온 말에 훌쩍 올라탄 마사카게가 작달막한 몸을 발돋움하며 앞쪽을 굽어보았을 때였다. 마사카게는 고개를 갸우뚱했다.

"이상하다, 적이 울타리 밖에 나와 있군. 여봐라, 정찰하고 오너라."

새벽의 흰 안개 속에 수묵화처럼 옅게 스민 울타리 바로 앞에 알찐알찐 검은 것이 움직이는 게 보인다. 보병이었다. 이에야스로부터 전투는 반드시 도쿠가와 군이 시작하고 도쿠가와 군의 손으로 끝내라고 거듭거듭 다짐받은 오쿠보 당의 다다요, 다다스케 형제 군사였다. 그들은 다케다 군 중에서도 용맹을 떨치는 마사카게 군에 대항하기 위해 새벽을 기다리지 않고 행동을 개시한 것이었다. 마사카게 군에서 뛰어나간 척후가 숨을 헐떡이며 달려 돌아오기도 전에, 오쿠보 군의 함성이 사방을 위압하며 울렸다.

"나가지 마라."

마사카게는 고함치고 나서 낮은 언덕으로 말을 몰았다. 그러나 시야는 아직 어두워 인원수도 알 수 없었다.

그러나 적이 울타리 밖으로 나왔다면 잘됐다고 마사카게는 생각했다. 안에 숨어서 기다린다면 어쩔 수 없이 울타리를 짓밟고 뛰어넘어가야 하지만, 밖으로 나왔으니 깊숙이 적을 끌어들이고 나서 공격해도 충분할 듯했다.

"보고드립니다, 울타리 밖의 적은 오쿠보 군입니다."

"좋아, 아직 나가지 마라. 가까이 유인하도록 해라."

그렇게 명했을 때였다. 이번에는 훨씬 뒤쪽의 도비노스산에서 천둥 같은 함성이 일었다. 곧이어 눈사태 같은 총소리가 탕탕 울렸다…….

탕탕탕!

탕탕탕!

"아뿔사!"

마사카게는 말머리를 돌리고 나직이 신음했다. 그 총소리는 50 또는 100자루가 토해내는 소리가 아니었다. 그 같은 대군이 이미 배후로 돌아가 있다면, 아군의 퇴로는 끊겨진 것이다…… 말할 필요도 없이 이것은 노부나가로부터 500자루의 소총 부대가 주어져, 지난밤 사이 도비노스산에 도착해 있던 사카이 다다쓰구의 기습부대였다.

이 엄청난 총소리에 놀라 왼쪽의 다케다 노부토요 진영에서도 일시에 소동이 일어났다.

마사카게는 조각상처럼 잠시 말고삐를 움켜잡고 있다가 이윽고 외쳤다.

"좋아!"

그리고 질풍처럼 진두로 말을 몰았다. 전투개시라기보다, 그것은 보병뿐인 오쿠보 군을 짓밟기 위해 2000명 기마무사들이 일으키는 태풍의 신호였다.

소라고둥이 높게 울리고 꽹과리가 울리는 동안 사방이 서서히 밝아왔다.

결전

일기당천(一騎當千)의 다케다 군 기마무사에 보병으로 맞선다는 것은, 어떻게 생각해 보면 아주 무모한 일이었다. 보병에 대적하는 말발굽은 오늘날로 말하면 전차만큼이나 위력 있다.

"돌격!"

마사카게는 안장 위에 우뚝 서서 지휘봉을 흔들었다.

'이것은 우리들을 울타리 안으로 유인하기 위한 미끼가 아닐까?'

만일 그렇다면 뻔히 알면서 적의 함정에 빠진다는 의혹이 싹텄다. 그때 오쿠보 군으로부터 느닷없는 첫 번째 사격이 날아왔다. 대략 7, 80자루의 총으로 여겨진다. 이 사격이 마사카게의 의혹을 없앴다.

'오쿠보 군은 이 총을 믿고 나왔구나.'

그렇다면 멈추거나 물러날 수 없었다. 후방에서는 이미 도비노스산을 뺏기고 있다. 도비노스산은 다케다 노부자네가 지키고 있었는데, 그것을 무찌른 상대는 누구였을까. 아무튼 이런 기습을 감히 하는 것으로 보아 범상한 장수는 아니다. 만일 후퇴하여 앞뒤에서 총으로 협공당하는 날에는 무장으로서 더할 데 없는 치욕이었다.

'좋아, 망설일 것 없이 무찔러버리자.'

드디어 눈앞의 울타리도 그 너머의 고쿠라쿠지산, 자마산, 마쓰오산(松尾山)도 모습을 뚜렷이 드러냈다. 숲 사이를 메운 깃발의 물결도 보였다. 노부나가가 오늘 자마산에 있는 줄 알므로 거기까지 단숨에 쳐들어가 돌파구를 만들 셈이었다……

대지를 진동시키며 마사카게는 오쿠보 군에게 덤벼들었다. 오쿠보 군에서 말 탄 자는 대장 다다요와 아우 다다스케뿐이었다. 아우 다다스케는 말을 빙그르 돌리며 형의 얼굴을 보고 싱긋 웃었다.

"형님, 왔습니다."

그리고 말 엉덩이를 적에게 보이더니 크게 고함쳤다.

"철수!"

그리고 자기가 맨 먼저 울타리 안으로 물러갔다. 형 다다요도 그 뒤를 따랐다. 울타리 가에서 또 총성이 울렸다.

성난 파도처럼 밀어닥쳐오는 마사카게 군에게 고작 2, 30자루의 총은 몇 사람이나 상하게 하는지 모를 만큼 하찮게 여겨졌다. 성난 파도는 개미 새끼를 흩어놓듯 오쿠보 군의 뒤를 쫓아 단숨에 울타리 가까이 밀려들었다.

울타리 안에서 화살이 드문드문 날아왔다. 개중에는 창을 거머잡고 안쪽에서 기다리는 자도 있었다.

"지금이다. 울타리를 짓밟아라."

"울타리를 무너뜨리고 노부나가의 본진으로 쇄도하라."

함성을 지르며 모두들 첫째 울타리로 말을 몰았다. 여기저기서 우두둑우두둑 울타리 나무 쓰러지는 소리가 났다.

그때였다.

"탕탕탕……."

울타리 앞에 밀집해 있는 기마무사 2000명을 향해, 노부나가가 잠복시켜둔 1000자루의 총이 한꺼번에 천지를 뒤흔들며 불을 뿜었다.

순간 사방이 잠잠해졌다. 한 방에 한 사람은 반드시 쓰러뜨린다고 일컫는, 한 눈을 감고 겨냥하는 노부나가의 신식 소총. 그것이 1000자루, 한꺼번에 몰린 사람들에게 선보인 것이다.

화약 연기가 느릿하게 서쪽으로 흘러가고 난 다음 울타리 앞에는 주인 잃은 말들만 멀뚱하게 남겨졌다. 사람 수는 셀 수 있을 만큼밖에 남아 있지 않았다. 용맹스러운 공격 북소리도 소라고둥 소리도 이제 사라졌다.

"철수하라!"

누군가 외쳤을 때 오쿠보 군이 창날을 가지런히 하여 울타리 밖으로 공격해 나왔다.

"하나도 놓치지 마라! 이것은 우리 싸움이다, 미카와 무사의 싸움이다. 놓치지 마라!"

옴짝달싹 못한다는 건 바로 이런 경우였다. 가쓰요리의 대에 이르러 신겐의 시대를 너무 사모했던 다케다 군은 전술 면에서도 또한 신겐 시대를 그대로 답습하고 있었다. 그동안 무기는 칼에서 창으로, 창에서 총으로 옮아갔다. 마사카게 등이 왜 그런지 모르게 가이로 철수하는 게 상책이라고 생각한 것은, 이 둘의 거리를 어떤 예감으로 느끼고 있었던 게 아니었을까.

멍하니 있는 마사카게 군에게 오쿠보 당은 결정적인 타격을 주었다. 창 부대에 이어 이번에는 소총을 겨누어든 공격이었다.

그러나 마사카게는 그때 아직 전사하지 않았다. 그는 죽음이 이미 명백하게 자기를 사로잡고 있음을 느끼자, 옆에 있는 사쿠마 노부모리의 진으로 퇴각하는 군사를 그대로 몰아갔다. 아토베 가쓰스케의 말에 의하면 노부모리는 노부나가를 배신하고 반드시 가쓰요리에게 가세할 거라고 했다. 마사카게는 물론 그것을 믿지 않았지만, 만일……이라는 기대가 어딘가에 있었다.

그러자 그 망설임을 부수듯 노부모리의 진지에서도 잠복된 1000자루의 총이 또 불길을 뿜었다. 노부나가는 3000의 소총 부대를 셋으로 나누어 1000자루씩 차례로 장전시켜 연달아 쏠 수 있도록 대비하고 있었던 것이다.

이번에는 마사카게의 모습도 말 위에서 사라졌다. 그는 자신의 예감대로 화려한 전력(戰歷)과 더불어 조그만 시체로 눕혀지고 말았다. 이리하여 야마가타 마사카게 군은 산더미 같은 시체를 남기고 전멸했다. 살아남아 후퇴한 자는 겨우 1할이 될까 말까였다.

해는 이미 높아졌다. 산과 하늘과 숲과 깃발이 눈부실 만큼 뚜렷하게 보였다.

다케다 군 제2대가 움직이기 시작했다. 제2대 대장은, 죽은 신겐과 똑같이 닮은 아우 쇼요켄이었다. 감정을 거의 드러내 보이지 않는 바위 같은 표정으로 그는 말했다.

"공격!"

그리고 그대로 말을 몰아갔다. 공격 북소리가 다시 우렁차게 울려 퍼졌다. 오다 군의 니와 나가히데 진지를 향해 기마부대 파도가 다시 세차게 밀어닥쳤다.

울타리 안에서는 쥐죽은 듯 조용히 기다리고 있었다. 이윽고 선두가 울타리에 이르렀다. 그러자 세 번째 화약연기가 사방을 뒤덮었다. 노부나가는 '짓이겨놓은 종달새처럼 본때를 보여줄 테다'라고 호언장담했었는데, 과연 빈말이 아니었다. 1000자루의 총은 또다시 쇼요켄의 부대를 단번에 쓰러뜨리면서 울타리 나무 하나 잃지 않았다.

"후퇴!"

여전히 흐트러짐 없는 표정으로 쇼요켄은 멍해져 있는 부대를 수습해 물러 갔다.

승패는 누가 보아도 이미 결정되었다. 그런데도 전마(戰魔)는 아직 그 더듬이를 거두려 하지 않는다. 생사를 초월한 슬픈 고집으로 제3대인 오바타 노부사다의 진지에서 진격의 북이 둥둥 울리기 시작했다.

구름이 나가시노성 동쪽 류즈산(龍頭山) 꼭대기에서 갈기갈기 찢겨 흐르기 시작한다. 그 아래에서 주인 잃은 말이 제멋대로의 방향으로 미친 듯 달리기도 하고 멈춰서 풀을 뜯기도 한다.

시체는 여기저기 풀뿌리에 겹겹이 쓰러져 있었다. 이미 한 사람 한 사람이 이름을 부르짖으며 결투한 아네강 싸움 때와 같은 풍경은 아무 데서도 볼 수 없었다. 싸움 양식은 집단과 집단의 격돌로 바뀌었고, 격돌된 순간 어김없이 1000자루의 총이 불길을 뿜어 사정없이 그 승패를 결정지었다.

제3대의 오바타 노부사다가 붉은 갑옷차림 기마무사를 다시금 울타리 앞에 낙화처럼 흩뜨리고 물러가자, 제4대인 다케다 노부토요 군이 움직이기 시작했다. 화살막이와 갑옷을 검정색으로 갖춘 부대로, 무쇠집단처럼 결속되어 있었다. 상대에게 총이 없다면 가쓰요리의 이 사촌동생은 아마도 그 무용을 이 언저리에 떨쳤을 게 틀림없었다.

맨 오른쪽에 자리한 바바 노부후사는 이때 비로소 꽹과리를 울리며 간보산 기슭에서부터 오다 군 왼쪽을 향해 움직이기 시작했다.

이것을 보고 오다 군은 곧 병사 한 부대를 내보내 울타리 앞까지 또 유인하려고 했다. 이 오다 군을 발견하자 노부후사는 곧 진격을 중지하고 전령을 불렀다.

"사나다 노부쓰나 님과 마사테루(昌輝) 님, 그리고 쓰치야 님 진까지 전해 다오."

아직 젊은 전령 우에다 시게사에몬(上田重左衛門)은 그때 노부후사의 볼에 맑은 미소가 떠올라 있는 것을 깨달았다.

"분부말씀, 맹세코 전하겠습니다."

"알겠느냐? 나는 생각한 바가 있어 이보다 더 앞으로 군사를 진격시키지 않는다. 그분들에게 나아가 공을 세우시라고 전하라."

전령은 문득 고개를 갸웃하며 수상쩍게 생각했지만, 그대로 끄덕이고 달려갔다.

이리하여 노부토요가 울타리를 향해 공격해 갈 무렵, 다섯 부대 편성인 어린진(魚鱗陣)에서 떨어져 나와 사나다 형제와 쓰치야 마사쓰구 부대는 적의 왼쪽으로 맹렬히 덤벼들었다. 이미 세 사람은 살아 돌아갈 생각은 전혀 염두에 두고 있지 않았다. 그들은 울타리 가에서 일제사격을 받았지만 멈추거나 말머리를 돌리지도 않았다. 첫 번째 울타리가 돌파되어 상대가 총에 화약을 장전하는 동안 두 번째 울타리에 쇄도했다. 그러나 울타리는 세 겹이었다. 두 번째 울타리를 돌파하고 세 번째 울타리에 이르려 할 때 먼저 형 노부쓰나가 허공을 움켜잡으며 말에서 떨어졌다.

그러자 동시에 북쪽의 모리나가 마을(森長村)에서 우회해 온 시바타 곤로쿠, 하시바 히데요시, 니와 나가히데의 유격대가 사나다 형제와 쓰치야 마사쓰구 부대에 덤벼들었다.

여기저기 풀숲에서 탕탕 소리 내며 연기가 피어올라 서쪽으로 흘러갔다. 그리고 세 번째 울타리에 덤벼든 사나다 군도, 쓰치야 군도 거기서 거의 전멸했다. 이미 마사쓰구의 모습도, 마사테루의 모습도 없다. 다만 바바 노부후사만이 숲 그늘에 말을 멈추고 이 광경을 비정한 눈길로 물끄러미 보고 있었다. 어떻게 하면 많이 죽일까 하고 쉴 새 없이 눈을 번뜩이고 으르렁거리며 전진하는 전쟁의 악마. 그 모습을 노부후사는 똑똑히 본 것 같은 기분이었다.

패전이란 이루 말로 표현할 수 없는 것. 다케다 미나모토 씨의 가보였던 하치만타로 요시이에의 흰 깃발은 이미 우스꽝스러운 한 조각의 넝마에 지나지 않았다. 바로 얼마 전까지 천하에 다케다 군이 있노라고 강함을 뽐내던 전술 방법이 한낱 물거품으로 바뀌고 말았다. 이 옴짝달싹할 수 없는 참패 소식은 가쓰요리의 본진에 곧바로 전해졌을 게 틀림없다.

"작은주군도 불운한 분이시지."

그 가쓰요리가 이윽고 참다못해 이오지산을 내려오기 시작했다.

그것을 보자 노부후사는 다시 전령을 불렀다.

"이미 승패는 결정 났다고 말씀드려라. 이 노부후사가 여기서 적을 막아내고 후미를 맡는다. 그동안 조금이라도 빨리 철수하시라고…… 알겠느냐, 이 세상에서는 다시 뵙지 못한다고 확실하게 전하라."

전령의 모습이 후방으로 사라지자 노부후사는 다시금 꽹과리를 울리며 오다 군 앞에 막아섰다.

맨 선두의 시바타 군이 먼저 진격을 멈추고 이어서 히데요시 군이 멈춰섰다. 아직 총공격 명령은 내리지 않았지만 지금은 누구의 눈에나 추격할 때임을 알 수 있었다.

"서둘지 마라, 서둘지 마라, 상대가 덤벼오면 싸운다."

노부후사는 또 배후의 가쓰요리가 걱정되었다. 그의 충고를 받아들여 곧 철수하지 않으면 다시는 고슈 땅을 밟지 못할 우려가 있었다. 가이로 들어가기만 하면 오다, 도쿠가와의 양군 모두 공격하지 않을 것이다. 그동안에 깊이 반성하도록 마음속으로 빌었다.

사자가 돌아온 것은 30분쯤 지나서였다.

"분부말씀 알았다면서 깃발을 돌리셨습니다."

"그런가, 순순히 들어주셨구나."

"곧 들어주시지 않았으나 아나야마 바이세쓰 님이 갑옷자락을 움켜잡고 다케다 가문 존망의 갈림길이라고 강하게 간언하시자 겨우 납득하셨습니다."

"그런가, 바이세쓰 님이…… 잘 됐다."

노부후사는 숲 그늘에서 나와 이마에 손을 대고 동쪽을 바라보았다. 이오지산을 서쪽으로 내려오던 깃발 행렬이 북쪽을 향해 움직이기 시작하고 있다.

"좋아, 이것으로 신겐 공에 대한 면목이 섰다."

오다 군에서는 이때 니와 나가히데 부대가 다시 맹렬히 도전해 왔다.

노부후사가 진두에 서서 이것을 맞았다.

그때는 이미 노부나가의 본진에서도 총공격 명령이 내리고, 오다 군 남쪽에서 동쪽으로 오스가 야스타카(大須賀康高), 사카키바라 고헤이타, 히라이와 시치노스케, 도리이 모토타다, 이시카와 가즈마사, 혼다 헤이하치로 등 도쿠가와 편의 용맹한 장수들이 앞 다투어 울타리 밖으로 쳐나오고 있었다.

"하나도 놓치지 마라. 눈앞의 적을 무찌르고 가쓰요리의 목을 베라."

노부후사 부대는 그 앞을 가로막아 공격의 과녁이 되었다. 노부후사는 병력을 셋으로 나누어 다가오는 적 속으로 돌격시켰다. 그리고 그들이 밀어닥치는 적 속으로 모습을 감추면 철수 소라고둥을 불게 했다. 그때마다 조금씩 후방으로 진을 물려 가쓰요리에게 다가가지 못하게 하려는 작전이었다.

처음에 1200명이었던 병력이 돌격을 한 번 감행하고 나자 800명 남짓으로 줄었다. 그것이 다시 셋으로 나뉘어 돌격한 다음 진을 다시 후방으로 물렸을 때는 600명, 세 번째로 돌격하고 물러났을 때는 200명으로 줄어 있었다.

이미 가쓰요리의 근위대 표지인 대문자(大文字) 깃발은 녹음 속에 가려져 보이지 않게 되었다.

노부후사는 다시 네 번째 역습을 감행했다. 그 스스로 진두에 서서 종횡으로 말을 달리며 다가오는 적을 거꾸러뜨리는 동안 어느덧 20명쯤으로 줄어들었다. 전사한 자 말고 부상자도, 도망자도, 투항자도 있었겠지만 어제 저녁까지의 자기편 위용을 생각하면 노부후사는 자신이 악몽 속에 남겨진 느낌이었다.

"이제 됐다. 철수하라!"

그는 뒤따르는 20기 남짓한 측근무사에게 말하고, 무슨 생각을 했는지 그 자신은 별안간 말을 버렸다.

싸우고는 물러나고 물러났다가는 싸우는 동안 어느덧 사루하시(猿橋)에서 멀지않은 데자와(出澤) 언덕까지 와 있었다. 사방에는 무성한 여름풀과 그것을 움직이게 하는 바람과 햇볕이 있을 뿐, 가까이에 적의 모습은 보이지 않았다.

노부후사는 풀 위에 털썩 책상다리를 하고 앉아 비로소 온몸에 피로를 느꼈다. 투구를 벗어 쥐어짜듯 흐르는 목덜미의 땀을 씻으며 문득 신겐의 환상을 눈앞에 그렸다.

"가쓰요리 님을 무사히 후퇴시켰습니다. 이것으로 은혜의……."

1만 분의 1을 갚아드렸다……고 생각지 않을 수 없는 자신의 말로에 쓴웃음을 지었을 때였다. 갑자기 옆의 풀이 흔들리더니 거기서 한 보병 무사가 창을 겨누고 뛰어나왔다.

상대는 말했다.

"적이냐, 아군이냐! 나오마사(直政)의 부하 오카 사부로자에몬(岡三郎左衛門)이다. 덤벼라."

"허, 자네는 운 좋은 사나이로군."

"뭐라고, 일어나 당당히 승패를 겨루자."

"사부로자라고 하나. 창을 버리고 도와주게. 다케다의 노신 바바 노부후사, 자네에게 이 목을 주겠네."

"뭐, 바바 노부후사라고?"

"그렇다네. 운 좋은 녀석, 창을 버리고 내 목을 쳐라."

노부후사의 말에 상대는 잠시 고개를 갸우뚱하며 망설였다.

노부후사 정도 되는 대장이 거짓말한다고는 생각되지 않았고, 그렇다고 해서 창을 버리면 불리하다고 생각하는 얼굴이었다.

노부후사는 허리에서 큰 칼을 끌러 왼편으로 내던졌다.

"다른 사람이 오면 자네 공이 되지 않을 게다. 오기 전에 서둘러라."

다시 한번 재촉하더니 구름의 움직임이 점점 빨라지는 하늘을 올려다보고 난 다음 눈을 감고 합장했다.

보병 무사는 비로소 창을 버렸다. 칼을 쓱 뽑더니 노부후사의 뒤로 돌아가 누구에게 하는 말도 아니게 중얼거렸다.

"깨끗한 최후, 나는 싸워서 이긴 목이라고 하지 않겠소."

칼을 휙 내리치자 노부후사의 목은 앞으로 때그르르 떨어졌다.

나가시노성에 농성하고 있던 오쿠다이라 구하치로에게 혼다 헤이하치로의 부하가 이와부세(岩伏) 나루터로 해서 구원의 군량을 날라다준 것은 같은 날 저녁때였다. 이미 쌀 한 톨 없던 성안 군사들은 이것을 보고 환성을 올리며 그 둘레에 모여들었다.

"이봐, 볼썽사납구나."

그렇게 말하는 구하치로는 자칫하면 자신도 눈앞이 아른아른해 보이지 않을 것만 같았다.

"적이 물러났다고 해서 방심하고 있어선 안 돼. 화톳불을 살라라. 배를 채우는 것은 그다음이다."

구하치로는 곧 취사를 명한 다음 한 사람이 둘러메고 있는 깃발에 무심히 눈길을 멈췄다.

"이상하군, 그 기는 웬 것이냐? 그것은 하치만타로 요시이에로부터 전해 내려온다는 다케다 가문의 가보 아니냐?"

그러자 헤이하치로의 부하로 군량미 운반을 지휘해 온 하라다 야노스케(原田彌之助)가 대수롭지 않은 듯 대답했다.

"그렇지요, 그 흰 깃발입니다."

구하치로는 고개를 갸웃거렸다.

"그 흰 깃발을 어째서 자네 부하가 둘러메고 있나?"

"이 야노스케가 주웠습니다."

"뭐라고, 보물인 깃발을 자네가 주웠다고?"

"예, 소인이 주웠을 때 옆에 있던 가지 긴페이(梶金平)가 적의 기수에게 이렇게 말했습니다—야, 가쓰요리, 목숨이 아까워 도망치는 도중이라곤 하지만 조상 대대로 전해 내려오는 깃발을 적에게 건네다니 어찌 된 일이냐고."

"흠, 그토록 다급했었나?"

"다급한 게 뭡니까. 그래도 기수는 부끄러웠던 모양으로—바보 녀석아, 그 기는 고물이라 버린 거야. 따로 새 기가 이렇게 여기 있지, 하고 말했습니다. 그러자 긴페이도 지지 않고—과연 다케다 가문에서는 고물은 모두 버리는군. 바바, 야마가타, 나이토 등 노신은 모두 고물이라서 버렸구나……했더니 이번엔 못들은 척 도망쳐갔습니다."

말하며 야노스케는 웃었지만 구하치로는 웃는 대신 한숨지었다.

"그래, 그렇게 되었나."

멸망하는 자와 일어나는 자. 눈에 보이지 않는 무엇인가가 그것을 엄격하게 심판해 간다. 너무도 선명한 승리가 구하치로에게는 오히려 꺼림칙했다.

'이 승리에서 대체 무엇을 배우라는 것일까……?'

"가쓰요리라는 대장은 무슨 면목으로 고슈에 돌아갈 것인지. 1만5000명 군사를 모두 잃고 말입니다."

"그런 걱정일랑 마라. 신슈에 들어가면 가이즈(海津)의 다카사카 단조만 해도 8000명 군사를 가지고 있어."

구하치로는 야노스케를 나루터까지 배웅하고 잠시 그 자리에 우뚝 섰다. 어제까지도 건너편에 진치고 있던 적의 화톳불이 없어지고 다키 강물에는 아른아른 별이 드리워져 있다. 구하치로는 왠지 가슴이 메어 숨이 답답했다.

"도리이 교에몬, 싸움은 이겼어. 이제 어디에도 적은 보이지 않는다."

구하치로는 조그만 소리로 중얼거리더니 별안간 격심하게 어깨를 흔들며 엉엉 울기 시작했다.

'이긴 싸움인데 이 쓸쓸함은 어찌 된 까닭일까……?'

구하치로는 자신을 꾸짖었다. 죽어간 가신을 위한 비탄이라면, 1만 몇 천을 잃은 가쓰요리의 슬픔은 그 깊이를 헤아릴 수 없으리라. 싸우던 동안 느낀 저 맹렬한 증오와 투지는 사라져 없어지고, 이제 어깨를 축 늘어뜨리고 묵묵히 산길로 말을 몰아가고 있을 가쓰요리의 모습이 교에몬 뒤를 이어 쓸쓸히 떠오르는 것은 무슨 까닭일까. 여기저기에서 아른아른 깜박이고 있는 별이 산길을 도망쳐 가는 가쓰요리에게도, 노부나가와 이에야스의 야전 진에서도 똑같이 보일 거라는 게 오늘밤의 구하치로에게는 이상하게 여겨져 견딜 수 없었다.

얼마 뒤 성 이곳저곳에서 화톳불이 빨갛게 피워지기 시작했다. 첫 번째 식사가 분배된 모양으로 여기저기서 튀는 듯한 웃음소리가 솟았다. 개중에는 손을 마주 잡고 춤추며 노래 부르는 자도 있었다.

구하치로는 식사가 대충 분배되었다고 생각될 무렵 본성 큰 주방으로 들어갔다. 그리고 이런 지독한 경험을 처음으로 당한 가메히메가 옷차림도 가뿐하게 된장을 볶고 있는 것을 보았다. 가메히메는 겨우 한숨 돌리며 그를 향해 미소 지었다.

'이긴 것이다……'

구하치로의 모습을 발견하고 가메히메는 누이 같은, 어머니 같은 태도로 쟁반에 담은 주먹밥과 볶은 된장을 남편 앞에 날라 왔다.

"어디 갔다 오셨어요. 자, 잡수세요."

구하치로는 천천히 부엌 툇마루에 걸터앉아 주먹밥을 하나 집어 그것에 공손하게 머리 숙였다.

"당신도 드시오."

눈앞에 있는 가메히메도, 아궁이 불빛도, 주먹밥도, 된장 냄새도, 모든 게 처음으로 이 세상에서 만난 것처럼 신선하게 비쳤다.

"싸움이란 우스운 것이야."

어느덧 옆에 웅크리고 앉아 눈길이 마주칠 때마다 미소 지으며 주먹밥을 먹기 시작한 가메히메에게 말하자 가메히메는 똑똑히 이해하고 있는 듯 대답했다.

"아니, 우스운 것이 아니에요. 싸움이란 강한 자가 이깁니다. 참을성 강한 자가."

그날 밤 구하치로는 패잔병의 역습이 있을지도 모른다고 경계하며 새벽녘까지 성안을 세 번 순시했다. 그리고 그때마다 자기는 무장으로서 아직 겁 많고 이것 저것 지나치게 생각하는 기질이 아닐까 생각했다.

그러나 이튿날 성안으로 이에야스를 맞으면서 자기 마음의 움직임을 납득할 수 있었다.

'당연한 일이었다……'

서둘러 깔게 한 본성 다다미 위에서 구하치로와 대면했을 때 이에야스 역시 승리의 기쁨과는 거리가 먼 표정이었다. 오히려 침통하게 잘 지켰다고 구하치로의 노고를 위로한 다음 이에야스는 작은 소리로 중얼거렸다.

"이로써 오다 님에게 큰 빛을 졌다. 그 빚을 언제나 갚을 수 있을지."

그런 다음 물끄러미 구하치로의 마음을 들여다보는 눈빛이 되었으며, 희미하게 미소 짓더니 곧 그 미소마저 거두고 말았다.

"싸움은 이것으로 끝난 게 아니다……"

쓸쓸함을 되씹고 있는 얼굴로 보였다.

다시 때를 기다리며

나가시노 승전은 이에야스보다 오히려 노부나가의 지위를 반석 같은 위치로 밀어 올렸다. 신겐의 생존 중에는 온갖 책략으로 결전을 피해온 그가 가쓰요리 대에 이르러 일시에 분쇄한 것이다.

노부나가는 만나는 사람에게마다 자랑스러운 듯 말했다.

"신겐이 시나노, 미카와 국경에 나오면 단번에 거꾸러뜨리려 마음먹었었는데 그만 조심하다보니 칠 기회가 없어 아쉽게 생각하던 참에 가쓰요리 녀석이 어정어정 나왔지 뭔가. 그래서 발가숭이로 만들어 시나노로 쫓아 보냈지."

이때까지의 전투는 화려하게 무장을 갖춘 무사와 무사의 대결이었다. 늘 가문의 긍지를 내세우며 서로 커다랗게 자기 성명을 외친 다음 맞서 싸우는 것이 예의였다. 다케다 군은 아직 그 유풍(遺風)을 많이 따르고 있었지만, 노부나가는 이름 없는 소총수로 하여금 이에 대항하게 하여 여지없이 집단 싸움으로 이끌어 승리를 거두었다.

그 결과 아무리 날쌘 기마무사라도 총만 있으면 졸개 집단으로 넉넉 무찌를 수 있다는 전술상, 사상상(思想上)의 대혁명이 이룩되었다. 지난날에는 고르고 고른 대장 용사들이 필요했고 그것을 위해 많은 녹을 아끼지 않았지만, 지금은 총만 있으면 되고 그 전투 방법을 연구하면 자기 군사에게 감히 맞설 상대가 없다는 명백한 해답이 나왔다.

나가시노 승리 이후 노부나가는 그 성격 그대로 파죽지세로 패업의 완성을 향해 앞으로 나아갔다.

5월 25일에 기후로 개선하자 8월에는 벌써 에치젠의 잇코 종 신도들을 공격하여 스루가로 들어갔으며, 9월 끝 무렵 기후로 돌아와 10월 12일에는 곧 다시 교토에 나타나는 등 동에 번쩍 서에 번쩍했다.

11월 4일에 곤다이나곤(權大納言)에 임명되어 우대신을 겸하게 되고, 같은 달 15일에 기후로 돌아오자 맏아들 노부타다에게 미노의 이와무라성(岩村城)을 공격하게 했다.

노부타다가 이와무라성을 함락시키고 개선하자 노부나가는 크게 칭찬하여 말했다.

"노부타다, 이젠 괜찮겠지. 너에게 뒷일을 물려주고 나는 오미에 새로 성을 쌓아 옮기겠다."

생각과 실행이 늘 동시인 노부나가였다. 그는 노부타다에게 그렇게 선언한 며칠 뒤 기후성에서 자기 몸만 홀가분하게 빠져나와 사쿠마 노부모리의 집에서 시치미 떼며 설을 맞는 엉뚱함을 보였다.

물론 생각이 있어서 한 일로 그렇게 하지 않으면 새로운 성을 짓는 공사가 빨리 진행되지 않아서였다. 그 때문에 오미의 비와(琵琶) 호숫가 아즈치산(安土山)에 축성을 명령받은 니와 나가히데는 연말도 정초도 없이 분주했다.

노부모리의 집에서 이따금 직접 아즈치에 나타나 노부나가는 재촉했다.

"빨리 해, 나가히데. 나는 집 없는 떠돌이야."

더욱이 그 성은 115미터나 외떨어진 산꼭대기에 일찍이 없었던 7층 천수각(天守閣)을 가진 호화롭고 장려한 대성곽을 쌓아올리는 것이었다.

이 이야기를 전해 듣고 이에야스는 곧 인부와 석재를 보내 그 축성을 도왔다. 노부나가가 무엇 때문에 기후성을 노부타다에게 물려주고 아즈치로 옮기려 생각했는지 똑똑히 알기 때문이었다.

이에야스는 가쓰요리가 나가시노에서 패주하자 곧 군사를 스루가로 출병시켜 8월 24일에 스와성(諏訪城 ; 마간노마간노)을 함락시켰지만 그 뒤 다시 군사를 쉬게 하고 백성의 살림을 보살피면서 때를 기다리는 상태로 들어갔다.

이에야스가 노부나가의 아즈치 축성을 알게 된 것은 11월 중순이었다. 기후에 사자로 다녀온 사카이 다다쓰구에게서 그 이야기를 들었을 때 기뻐한다기보다 오히려 침울하게 무엇인가 골똘히 생각에 잠기는 표정으로 한숨 쉬었다.

"그런가, 드디어 축성을 하시는가."

다다쓰구는 노부나가가 우대신에 임명된 축하사자로 기후를 방문하고 돌아온 것이었다. 그는 이에야스가 한숨 쉬는 뜻을 모르는 듯 명랑하게 말했다.

"기후의 부(富)는 정말이지 엄청났습니다. 축성하기로 결정됨과 동시에 도로 공사도 명하셨지요."

이에야스는 가볍게 고개를 끄덕였다.

"그럴 테지. 성만 완성해서는 천하를 호령하지 못할 테니까."

"여느 도로 공사가 아닙니다. 영지 안 어떤 곳의 큰 길이든 모두 3칸 너비로 확장하라고 했답니다."

"3칸 너비라……"

"예, 그것도 100리나 200리 길이 아니지요. 맨 먼저 기후에서 아즈치까지 하나 뚫고, 이어서 영내의 큰 길을 모두 개수하라고 했답니다. 참으로 전대미문의 대공사가 될 것입니다."

"그래, 그 도로 공사 감독은 누구누구냐."

"예, 사카이 후미스케(坂井文介), 다카노 후지조(高野藤藏), 야마구치 다로베에(山口太郎兵衛) 네 사람이라고 들었습니다. 비용은 아끼지 말라, 하루라도 빨리 하라고 분부하셨다더군요."

이에야스는 여전히 잔잔한 목소리로 물었다.

"그 아즈치성 설계는 누가 했나?"

"아케치 미쓰히데 님이라고 들었습니다."

"흠, 아케치 님 설계에 니와 님 감독이라. 그렇다면 이쪽도 사쿠자에몬에게 설계시켜 성을 수리하는 시늉이라도 좀 내볼까."

이에야스는 말하며 겉으로 웃고 있었지만, 더욱 마음을 가다듬어 노부나가를 대해야 한다고 생각했다.

그 전부터 이미 '천하포무(天下布武)'의 도장을 당당히 사용하고 있는 노부나가였다. 그런 그가 무엇을 생각하며 아즈치에 새 성을 쌓고 무엇을 생각하여 도로 공사를 명했는지 환히 알 수 있었다.

에치젠의 스루가에는 시바타 곤로쿠를 주둔시키고 있다. 이세도 말끔히 억눌렀으며 가이의 가쓰요리도 반신불수가 될 만큼 타격을 주었다. 그래서 우대신에 임명된 것을 기회로 드디어 천하를 장악하려 결심하고 일어난 게 틀림없다.

아즈치 땅은 띠를 펼친 듯한 호수만 건너면 사카모토(坂本)로 나가고, 사카모토에서 교토는 엎어지면 코 닿을 거리였으며, 호쿠리쿠로 가는 출구인 데다 기후와도 가깝다. 그 위에 3칸 너비의 탄탄대로를 온 나라에 뚫어놓는다면 충분히 천하를 노릴 만한 위치였다.

이에야스는 말했다.

"다다쓰구…… 그대는 노부나가 님이 어째서 이왕이면 교토에 성을 두지 않는지, 그 까닭을 알겠나?"

다다쓰구는 오늘 이에야스의 태도가 왠지 매우 못마땅했다. 이것저것 기후에 대해 좀 더 관심을 보일 줄 생각했는데, 겨울하늘처럼 이상하게도 개운치 않은 듯한 느낌이 들었다.

다다쓰구는 좀 답답한 듯 말했다.

"아직 왕성으로 가기는 이르겠지요. 이시야마에는 혼간사 신도가 있고 셋쓰로부터 서쪽으로는 손이 미치지 못했으니까요."

이에야스는 다다쓰구에게서 눈길을 돌려 양쪽에 대기해 있는 사카키바라 고헤이타, 오쿠보 헤이스케, 이이 만치요 등의 얼굴을 차례로 보아갔다.

"노부나가 님은 비록 온 일본을 정복하더라도 교토에는 성을 쌓으시지 않을 거야."

"무슨 까닭이지요?"

"지금까지 천하를 호령했던 사람 가운데 교토에 있으면서 천자에게 폐를 끼치지 않은 자가 하나도 없지. 후지와라(藤原), 다이라(平), 호조, 아시카가 등 모두 천자의 무릎 밑에 있다가 쓰러질 때는 천자에게 누를 미치고 있다. 그것을 명확히 알고 계시는 노부나가 님이라 드디어 천하를 호령하게 된다면, 아즈치 다음에 아마 지금 이시야마 혼간사가 있는 오사카 땅 가까이를 골라 성을 쌓을 걸세."

"그럼, 아즈치성이 완성되면 다음은 혼간사 정벌에 나서겠군요."

"다다쓰구……."

"예."

"그 혼간사를 쓰러뜨리고 나서 오사카에 성을 쌓은 다음에는 어디를 정벌할까?"

"글쎄요. 그다음은 주고쿠가 되든가, 아니면······."

말하다가 다다쓰구는 섬뜩한 듯 입을 다물었다.

이에야스는 가볍게 웃었다.

"내가 이렇듯 나가시노 싸움 뒤를 자세히 살피는 것은 앞으로는 싸움 형태가 어떻게 될 것이며, 어떤 실력과 어떤 준비를 해야만 파멸을 막을 수 있을지 확실히 머릿속에 새겨두기 위해서야. 헤이스케, 그 책상 위의 장부를 이리 가져오게."

헤이스케는 일어나서 서원 영창 앞에 놓인 책상에서 한 권의 장부를 들고 와서 내밀었다. 이에야스는 요 며칠 동안 거실에 들어박혀 꼼꼼히 무언가 기록하고 있었던 것이다.

"총의 수효가 오다 편은 3700, 우리 편은 800, 합해서 4500. 이 무기로 쓰러뜨릴 수 있었던 다케다 군은 1만2000쯤, 한 자루의 총이 약 세 사람의 적을 쓰러뜨렸다."

이에야스는 다시 잔잔하게 모두들 둘러보았다.

"겨우 800자루 남짓한 우리 편 총만 있었다면 어떻게 되었을까. 세 사람씩 쓰러뜨린다 해도 2400."

모두들 숨죽인 표정으로 이에야스가 꼽는 숫자에 귀 기울이고 있다.

"그 1만5000의 적군과 난전을 벌였다면 아군도 아마 그 이상 전사했을 게 틀림없고, 그렇다면 총인원 8000이었던 아군은 승리를 전혀 바랄 수 없는 파국을 맞았을 것이다. 알겠나, 이것이 우리들 실력이었어."

이번에는 이에야스보다도 먼저 다다쓰구가 크게 한숨지었다.

"나는 결코 모두들의 활약이 모자랐다고 말하는 것은 아니야. 그러나 오다 군의 원조가 없었다면 승패는 거꾸로 되었다는 거지."

고헤이타가 사려 깊은 표정으로 고개를 끄덕였다.

"그렇습니다."

"그 오다 님이 드디어 천하를 잡을 시기가 왔다고 여기고 성을 쌓아 아즈치로 전진해 나가신다. 알겠지, 오다 님을 의심하는 게 아니야. 만일 원군이 오지 않았을 경우······ 아니, 그 오다군이 만일 적이 되었을 경우······ 그때에도 무너지지 않을 준비가 우리들에게 되어 있을까······."

이에야스는 거기서 다시 눈꼬리에 잔주름을 새기고 미소 지으며 모두들을 쳐다보았다.

이에야스의 관찰에 의하면, 예로부터 지금까지 싸움에 진 편이 멸망하는 것은 당연한 일이지만, 이긴 편 역시 머지않아 반드시 파멸을 움켜잡게 된다. 승리와 자만심은 피할 수 없는 인간의 버릇인 듯하다.

그 눈으로 볼 때 이에야스로서는 노부나가 역시 너무 지나치게 이긴 것 같은 생각이 들었다. 이기면 교만해진다는 것은 횡포의 다른 뜻, 이번에 가쓰요리가 진원인도 다카텐진성 싸움에서 이겼을 때 이미 싹트고 있었다. 그와 같은 싹이 만일 자신 속에 있어서는 안 된다고 이에야스는 승리한 날부터 잔혹하리만큼 냉정하게 자기 실력을 점검하고 있었던 것이다.

노부나가는 그 반대였다. 승리의 여세를 몰아 일거에 천하포무의 큰 뜻을 이루려 하고 있다. 아니, 이번 승리조차 이미 계산에 넣고 일어섰다는 듯한 배짱이었다. 싸움에 이긴 이튿날인 5월 22일 나가시노성을 사수한 오쿠다이라를 대면했을 때의 광경이 지금껏 이에야스의 눈과 마음에 남아 있다.

"오, 아들귀신, 잘 했다. 그대의 고집통을 노부나가는 평생 잊지 않으마. 알겠느냐, 상으로 내 이름의 노부(信)를 내린다. 오늘부터 구하치로 사다마사(九八郞貞昌)를 노부마사(信昌)로 고쳐라."

그리고 오쿠다이라 가문 일족 7명, 중신 5명에게 저마다 술잔을 내렸다. 공훈을 세운 자, 명예를 얻은 자에게 이름자를 주는 예는 흔하지 않다. 오쿠다이라도 감동하여 몸을 떠는 것을 잘 알 수 있었다.

그러나 노부나가의 그러한 태도 속에는 이에야스를 어려워하는 마음이 완전히 사라져 없어지고 있었다.

'실력으로 어느덧 이에야스를 눌러온다.'

평생 결코 주인을 갖지 않겠다고 결심한 이에야스, 그것을 잘 알기에 미카와의 친척이라고 불러오던 노부나가였는데, 이윽고 한 사람의 명령자로서 이에야스 위에 군림해 올 듯한 심정이 들기 시작한 것은 그때부터였다.

이에야스는 다시 생각난 것을 적은 종이를 넘기면서 말했다.

"인간은 이겼을 때 어째서 이겼는지 살피는 것을 잊는다. 그래서 자신을 채찍질하는 의미로 여기에 적어본 거야. 이번 싸움에서 이긴 첫째 원인은 그대들의 충성스러운 무용이었다. 오로지 나를 받들고 상하가 한 덩어리가 되어 조금도 흔들리지 않는 이 강함, 이것이 없었다면 오다 원군은 오지 않았을 것이다. 오지 않았다면 멸망했겠지. 아니, 그보다도 미카와 군의 강점인 그대들의 예사롭지 않은 충성스러운 무용이 없었다면, 오다 님은 다만 저버릴 뿐 아니라 나아가 우리들을 멸망시켜버렸을 거다. 구해 주어도 아무 이익이 없으니까…… 두 번째 승리의 원인은 운이었다. 운은 잠자며 기다려서 되는 게 아니다. 내가 우리와 동맹할 상대가 다케다나 호조가 아님을 깨닫고 경계를 이웃한 오다 님과 손잡은 데 운이 있었다. 원교근공(遠交近攻)의 사고방식에서 볼 때 나와 오다 님은 벌써 어느 쪽인가 멸망했어야만 될 터. 그런데 서쪽의 오다 님과 동쪽의 내가 동맹해온 게 운 좋았던 것이다. 그러나 그 운이 앞으로도 우리들에게 따른다고 생각해선 안 돼. 그래서 나는 내가 갈 길, 걸어가야 할 방책을 이렇게 생각했지……."

이에야스는 다시 종잇장을 한 장 넘기고 문득 엄숙한 얼굴이 되었다.

모두들의 눈은 이에야스의 얼굴에 빨려들 듯이 쏠려 있었다. 가쓰요리를 반죽음으로 몰아넣고도 아직 이에야스는 승리에 만족하지 못하는 것일까? 누구의 눈에나 이에야스가 불만스럽고 침울해 보이는 것은 어째서일까…….

"나는 이제부터 어떤 적을 맞더라도 오다 님 도움을 빌리지 않아도 될 만한 실력을 가져야겠어. 그 실력을 가졌을 때 운은 나에게 다시 웃는 얼굴을 돌릴 테니까. 그때까지 위태로운 싸움은 일체 피한다. 세력에 등대는 대신 가신 가운데 내 눈이 미치지 않는 곳에 파묻혀 있는 자는 없는지 살피겠다. 80만 석 남짓한 얼마 안 되는 영지다. 구석구석까지 명심하고 눈을 보내 모두 유복해지도록 신불에 맹세코 노력하려 한다."

모두들 서로 얼굴을 마주 보며 고개를 끄덕였다. 노부나가에게 구원받은 것을 이에야스가 어떻게 느끼고 있는지 짐작되었다.

"오, 벌써 어두워졌구나. 다다쓰구, 수고했네. 나도 슬슬 내전으로 물러가련다."

이에야스는 장부를 품 안에 넣고 일어났다. 모두들 고개 숙여 배웅했다.

누군가가 말했다.

"미카타가하라 전투 때와는 몹시 달라지셨어."

"그렇소, 그때는 패전하고 난 뒤였지만 용맹이 터질 듯하셨지. 그러나 이번에는 곁에 모시고 있기만 해도 숨이 막힐 지경이야."

"아니, 이것이 대감님의 조심성일세. 요즘은 여기서 그런 일들을 기록하시든가, 말을 타고 이 마을 저 마을 돌아다니며 농부들을 붙잡고 이야기하는 것이 일과인 것 같아."

"백성들을 잘 살게 만들면 여차할 때 80만 석이 100만 석이나 120만 석의 힘을 낼 테니 말일세."

"아무튼 우리들도 조심해야 하네."

이에야스는 그 무렵 벌써 내전에서 목욕물을 끓이게 하고 있었다. 여전히 오아이 부인이 세심하게 시중든다. 오아이 부인에게는 아직 자식이 없었다.

이에야스는 곧잘 웃었다.

"그대는 묘한 여자야."

처음에는 오아이가 먼 소년시절에 본 기라의 가메히메로 보였다. 지금은 오아이가 이에야스의 마음에 깊숙이 파고 들어와 어느덧 가메히메의 모습을 지워버리고 있었다. 그러면서도 이에야스를 향해 감히 무슨 말을 하는 일도 없고, 강한 개성을 인상 짓게 하지도 않는다.

그날도 목욕탕에서 나오니 갈아입을 옷을 깔끔하게 준비해 받쳐들고 옆방으로 들어왔다.

언제나처럼 이에야스는 말했다.

"그대는 이제 그렇게 하지 않아도 돼."

"네."

오아이는 대답할 뿐 하는 일은 마찬가지였다.

"그대를 보고 있으면 철이 되어 어김없이 호젓이 피는 야쓰 다리(八橋)의 붓꽃이 생각나는군."

오아이는 그 말이 매우 만족스러운 듯했다. 꼼꼼하고 부지런하여 누구의 질투도 받지 않는다.

목욕탕에서 나오자 이에야스는 새로 짓게 한 휴식실로 갔다. 밥상 준비가 이미 갖추어지고 촛대에 불이 켜져 있다. 모든 게 오아이의 지시에 따라 이루어졌다.

이에야스는 상 앞에 앉아 묵묵히 식사했다. 여전히 국 한 그릇에 반찬 다섯 접시이며 그 가운데 두 가지 반찬은 볶음된장과 짠지.

오아이는 그 앞에 행복한 듯 앉아 있었다.

"오아이……"

보리가 3할쯤 섞인 밥을 세 공기 째 받아들며 이에야스는 생각난 듯 애첩의 이름을 불렀다.

"그대에게서는 어떤 아이가 태어날까?"

"글쎄요…… 마음에 드시는 영특한 아기는……"

"태어나지 않는다는 거로군. 난 그렇게 생각지 않아. 몹시 꼼꼼한 아이가 태어 날지도 모르지."

오아이는 눈꼬리로 흘끗 이에야스를 올려다보았다.

"소원이 있습니다."

"뭔가?"

"곁에 다른 여자를 모시게 하고 싶습니다."

이에야스는 문득 젓가락을 멈추었다.

"허참, 그대는 내 말을 빈정거림으로 들었나? 자식을 낳지 못한다……고 내가 나무라는 줄 아느냐?"

"아니요…… 하지만 자식은 많이 있어야만 되는걸요……"

"그런 지시는 그대가 하지 않아도 좋아. 눈에 드는 여자가 있다면 언제든지 말 하마. 나도 이제 철없는 젊은이는 아니니까."

"대감님, 저는 아기를 가진 것 같아요. 그래서 말씀드렸어요."

"뭐, 임신했다고……?"

오아이를 바로 보는 이에야스의 눈이 커졌다가 차츰 가늘어졌다.

"그래? 참 반갑군. 그래서 다른 여자를 권하고 싶다고 했구나."

일부다처의 이 시대에는 임신하면 다른 여성을 잠자리에 들여보내는 게 여자 마음가짐의 하나였다. 아니, 그뿐만이 아니라 30살이 지나고도 측실과 애정을 다 투는 정실은 색골 계집이라고 손가락질받는다. 그래서 정실은 대개 곧바로 잠자 리 시중을 사양한다고 자청하여 남편을 젊은 여자에게 양보하는 것이었다.

"그런가, 그래서였군."

"네, 그 여자를 이리로 불러도 괜찮을까요?"

"음."

이에야스는 생각하면서 젓가락을 놓더니 정색하고 말했다.

"그만두지. 오늘 저녁은 그대가 잉태한 기쁨만 생각하고 싶다. 그러고 보니 나는 지금까지 자식을 갖고 싶다고 원한 적이 그리 없었구나."

"……."

"노부야스나 가메히메 때는 너무 젊었고 오기마루 때는 이 일 저 일로 머릿속이 복잡했었다. 이번에 그대 몸에서 태어나는 아이에게는 아버지다운 진지한 축수를 해주마."

오아이는 물끄러미 이에야스를 올려다본 채 눈시울이 붉어졌다.

"진지는 이제……."

"오, 맛있게 먹었어. 물려가도 좋아."

오아이는 손뼉 쳐서 시녀를 불렀다.

그러자 그 시녀들과 전후해 만치요의 목소리가 났다.

"말씀드립니다. 지금 오카자키에서 히라이와 시치노스케 님이 도착하셔서 뵙기를 청합니다."

"뭐, 히라이와가 왔다고. 그래, 이리로 안내해라. 그리고 너희들도 오너라. 이런저런 이야기가 있을 테니."

이에야스는 오아이를 돌아보았다.

"촛대를 하나 더 밝혀라."

그때까지 겨우 촛대 하나만 켜놓고 있었던 것이다.

히라이와는 노부야스의 명령으로 연말 보고를 하러 온 것이었다. 오가 야시로 사건에 충격받아 이에야스는 아버지와 아들 사이의 연락에 노부야스의 후견인 히라이와를 보내도록 명해 두었다.

바깥채에서 고헤이타, 헤이스케, 만치요 등 6, 7명의 숙직자들이 이에야스의 양쪽으로 와서 앉았다. 여느 때는 이런 일이 없었다. 노신과의 대담은 단 둘이 할 때가 많았고 그때는 주종의 예의도 버리고 옛날처럼 정답게 주고받았는데, 그것을 그대로 노부야스에게 본받도록 해선 안 된다는 아버지의 생각에서였다.

"오, 히라이와, 수고했네. 앞으로 나오도록."

히라이와는 이에야스의 마음을 헤아린 고지식한 태도로 문지방께에서 정식인사를 올렸다.

"노부야스는 별일 없겠지?"

"예, 매우 원기왕성하십니다."

"영내를 구석구석 돌아보았나?"

"예, 매사냥으로 거의……."

"효자, 열부를 발견했는가? 노부야스 눈으로는 좀처럼 못 찾아낼 텐데."

히라이와는 왠지 모호하게 말을 흐리며 고개 숙였다.

"예……예. 그리고 또 한 가지, 작은주군님 마님께서 둘째 따님을 순산하셨습니다."

"뭐라고, 또 딸을! 아니다, 아직 젊으니까. 앞으로 얼마든지 낳겠지. 모녀 모두 건강하겠지?"

"예, 매우 건강하십니다만……."

"히라이와—"

"예."

"그대는 무언가 마음에 거리끼는 일이 있나보군."

"예……예."

"여기에 들어서 안 될 자는 없네. 비록 나쁜 일이더라도 모두들에게 정신적인 훈계가 될 테니. 말해 보게."

"말씀 올리겠습니다."

그리고 히라이와는 무엇인가 꿀꺽 삼키는 것 같은 얼굴이 되었다.

"처음에도 따님, 이번에도 따님의 탄생이라 작은주군은 마음이 매우 상하시어 산실 기둥을 칼로 베셨습니다."

"뭐라고, 산실에 들어가서? 난처한 짓이로군. 그래, 산모에게 상처라도 입힌 것은 아닐 테지?"

"예, 그대 같은 것은 쓸모없다고, 화나시는 대로 말씀하셨습니다. 그것을 들으시고 작은마님께서는……."

"뭐라고 했나?"

"이 길로 곧 친정에 가시겠다고."

"흠, 그래서 달래주었는가?"

"예, 별성에서 히사마쓰 님 마님이 오셔서 위로하고 있는 곳에 쓰키야마 마님이 오시어……."

"좋아! 뒤는 들을 필요도 없다. 다만 그것으로 끝났겠지?"

"예, 아무튼 작은주군의 기분을 돌리시게 하려고 곧 밖으로 모셨습니다. 그러자 그날은 매사냥거리도 없어 짜증을 내고 계셨는데, 그때 마침 대낮에 독경을 시키려고 농부가 길에서 만난 나그네중을 데리고 지나갔습니다."

이에야스는 눈을 감았다. 응석으로 자란 노부야스가 사냥을 나갔다가 빈손으로 돌아오는 길에 중을 만나 무슨 짓을 했는지 훤히 알 수 있었다.

'불운한 놈 같으니……'

좌중이 순간 숙연해졌다. 문제되고 있는 것이 노부야스라 아무도 섣불리 입을 열지 못한다. 그것을 알므로 이에야스는 화가 치밀기도 하고 안타깝기도 했다.

'젊음이란 그토록 분별없는 것일까……?'

자신의 과거를 돌아보며 걱정스러운 듯 물었다.

"그 승려를 베어버렸느냐?"

"예……그것이……"

"죽일 정도는 아니었던가. 어떻게 했나?"

묻고 나서 이에야스는 곧 후회했다. 히라이와는 참석한 사람들을 꺼려 대답하지 못하고 있다.

"역시 죽였구나. 난처한 일이야."

그냥 죽인 게 아닌 듯싶다. 분노한 나머지 어쩌면 입에 담을 수 없는 잔인한 살인을 했는지도 모른다…… 그렇게 생각하자 이에야스는 자기 쪽에서 화제를 바꾸지 않을 수 없었다.

"그래, 공물을 거두는 일은 어떠냐?"

"예상대로 모두 창고에 거두어 들였습니다."

"그런가, 그 일에도 무리함은 없었는지, 노부야스로서는 눈이 미치지 못해. 늙은이들이 충분히 참작해서 공출이 지나친 곳이 있다면 다시 탕감해 주도록."

"명심하겠습니다."

"그리고 노부야스에게는 내가 말하더라며 잘 타일러주어라. 올해 싸움에 이겨 무사히 해를 넘길 수 있는 것은 오로지 오다 님 덕택이라고."

"예."

"그 은혜를 생각해서 우리들은 백성들과 기쁨을 나눌 각오이다. 노부야스도 백성들로부터 과연 우리 영주님이시라고 진심으로 사모받을 만한 마음가짐이 필요하다고."

"잘 전하겠습니다."

"그리고 작은마님에게는 내가 따로 축하선물을 보내겠다. 그러나 낙심하지 말도록 잘 일러라. 아직 젊으니 얼마든지 세자를 낳을 수 있다고. 나도 좋은 세자를 낳도록 진심으로 신불에 축원하겠다고 전해 다오."

히라이와는 두 손을 짚은 채 잠시 얼굴을 들지 못했다. 그로서는 이에야스의 마음을 지나치리만큼 잘 알고 있었다.

뭐니 뭐니 해도 오다 가문을 조심해야만 했다. 아니, 다만 조심할 뿐 아니라 나가시노 싸움에서 유례없는 위력을 나타내고 그것을 계기 삼아 파죽지세로 뻗어가는 오다 세력과 노부나가의 성격을 잊어서는 안 되었다. 만일 방심하고 있다가 노부나가의 노여움을 사는 날이면, 그야말로 어떤 어려움이 닥쳐올지 몰랐다. 불같은 성품에 있어 노부야스는 노부나가와 비교도 되지 않았다.

히라이와가 가까스로 눈물을 참으며 얼굴을 들자 이에야스는 익살맞게 웃어 보였다.

"좋아 좋아, 오카자키에서 일부러 히라이와가 왔다. 오아이, 술을 내려야겠다. 준비시켜라. 이제부터는 얼마 동안 누구나 모두 인내 경주를 해야 한다. 인내만큼 내 몸을 지켜주는 좋은 방패는 없거든. 알겠나, 아무나 할 수 있는 인내가 아니란 말이다. 아무도 못할 만한 인내를 묵묵히 키워가야만 돼."

"그것도 작은주군께 잘……."

이에야스의 마음을 알므로 히라이와는 다시 입술을 깨물며 고개를 떨어뜨렸다.

겨울 붓꽃

지난밤 내내 불어대던 서릿바람이 멈추고, 이상하게 조용해졌다 싶자 벌써 영창이 훤하게 밝았다.

아야메는 가만히 고개를 들어 자기 옆에서 정신없이 자고 있는 노부야스의 얼굴을 보았다. 술 냄새가 주위에 물씬 떠돌아 속이 메슥거릴 듯했다.

"술주정이 심하시더니……"

본디 술버릇이 좋지 못한 노부야스였지만 요즘 와서 특히 심해져 있었다.

싸움에 이겼다고 입버릇처럼 말하고, 대장의 목을 열셋이나 베었다며 처음에는 자랑스럽게 같은 이야기를 되풀이하다가 일정한 주량을 넘으면 반드시 이상하게 주정했다. 어떤 때는 가쓰요리가 불쌍하다면서 눈물짓고 대들듯 말하기도 했다.

"언젠가 나도 전쟁터에서 목숨을 잃겠지. 아야메, 내 목을 누가 벨 거라고 생각하느냐?"

아니, 그 정도일 때는 또 괜찮지만 마지막에는 언제나 작은마님 도쿠히메와 그 아버지 노부나가에 대한 이야기로 넘어갔다. 노부나가는 마치 혼자 힘으로 이긴 듯 생각하고 있다. 그게 분하다는 것이었다.

"그렇지 않아. 우리 도쿠가와 군은 8000으로 5200명의 적을 베었어. 오다 군은 3만이니 어쩌니 떠들어대면서 벤 목은 4000 남짓뿐이야. 우리 힘이 없었다면 어떻게 그런 승리를 얻을 수 있었겠어."

그렇게 고함치기 시작하면 아야메는 부들부들 떨리는 몸을 가누지 못했다. 노부야스의 눈에 핏발이 서고, 새하얀 이가 무언가 생각하며 으드득 소리를 냈다.

그런 뒤에는 마치 폭발하는 것처럼 미친 듯 애무했다. 처음에는 죽이는 줄 알고 겁냈다. 전쟁터에서 어떤 귀신이 붙어와 미쳐버린 게 아닐까 하고도 생각했다.

그러나······

아침이 되어 이렇듯 조용히 잠든 모습을 바라보면 말할 수 없이 잔잔하고 슬픈 얼굴이었다. 혹시 죽은 건 아닐까 하고 코끝에 손을 대어보고 한숨을 내쉴 때도 있었다.

오늘 아침도 그러했다. 간밤에 무섭게 자기 몸을 괴롭힌 사람이라고는 여겨지지 않는 쓸쓸한 모습.

'나는 역시 작은주군을 사랑하고 있는 것일까?'

아야메는 요즘 와서 이 성에서의 자기 입장을 곧잘 돌이켜 생각하게 되었다. 처음에는 첩자였다. 아니, 첩자 겐케이가 자유롭게 이 성에 드나들기 위한 미끼였다. 그러다 이윽고 작은마님 도쿠히메를 괴롭히고 견제하기 위한 쓰키야마 마님의 도구로 쓰였고, 그동안 두 번 임신했지만 한 번도 아기를 낳지 못했다.

"사내아기를 낳아. 도쿠히메보다 먼저 사내아기를 낳으면 세자의 생모로 그대 승리야."

쓰키야마 마님은 곧잘 말했지만, 만약 자식을 낳았더라면 어떻게 되었을까. 어쨌든 자기는 다케다 가문에서 보내져 온 첩자인 것이다.

"음······."

옆에서 노부야스가 크게 기지개를 켰다. 아야메는 흠칫하여 온몸을 굳히고 숨죽였다.

"아······ 날이 밝았군."

노부야스는 문득 옆에서 긴장한 채 눈감고 있는 아야메를 보았다.

"흥, 정신없이 자고 있군."

살며시 이불에서 나가 그대로 복도를 걸어 밖으로 나갔다.

언제나의 일이지만 이것도 이상하다면 이상했다. 잠이 깬 순간부터 마치 사람이 달라진 듯 아무리 추위가 심한 날이라도 곧 활터로 달려가 한쪽 어깨를 드러내고 활쏘기 연습부터 시작하는 것이었다. 승마도 결코 거르지 않았다. 다만 바꿰는 것이라면 어떤 날은 창 연습을 하고 어떤 날은 큰 칼을 휘두르는 것뿐이었다.

'대체 밤의 작은주군님이 정말 작은주군님인지, 아니면······.'

처음에 아야메는 자주 이런 생각을 했지만, 지금은 양쪽 모두가 같은 사람이라고 겨우 납득되었다.

노부야스의 발소리가 사라지자 아야메는 일어나 자기가 부리는 두 시녀를 불렀다. 시녀들은 날마다 하는 인사도, 세숫물을 떠오는 것도, 뒤로 돌아가 머리를 빗겨주는 것도, 경대를 날라 오는 일도 습관처럼 되어 몹시 쌀쌀한 느낌을 주었다. 전에는 그래도 황송하다고 생각했지만 나가시노 싸움에서 다케다 편이 크게 패했다는 말을 듣고는 몹시 걱정되기 시작했다. 다케다 가문 사람인 줄 눈치채고 그 때문에 푸대접받기 시작한 듯한 느낌이 자꾸만 든다.

화장을 끝내고 식사한 다음 화로 앞에 앉았을 때였다. 시녀 오카쓰가 쌀쌀한 말투로 쓰키야마 마님이 찾아온 것을 알렸다.

"마님이 여기에······?"

전에 없던 일이라 아야메는 어리둥절했다. 지금까지는 볼일이 있으면 반드시 부르러 사람을 보내왔었다.

'무슨 일일까······?'

"아무튼 이리로 모셔라."

그때 벌써 쓰키야마 마님은 옆방 미닫이를 열고 서 있었다.

"아야메 님, 잠시 보지 못한 동안 예뻐졌네."

마님은 사람이 달라진 것같이 늙어 있었다. 전에는 피부에 아직 교태스러운 윤기가 있었다. 그런데 몸 전체에 탄력이 없고 디룩디룩 살찐 느낌뿐 크게 품위가 떨어져 있었다.

"마중도 못 나가 죄송합니다."

"그런 걱정은 하지 않아도 좋아. 나 같은 것은 이 성에 있어야 반갑지 않은 말썽꾸러기지."

"어머나, 그런 농담 말씀을······"

"농담은 고사하고 오늘은 그대에게 긴히 할 말이 있어서 왔어. 이것 봐, 거기 있는 처녀를 이리로 들라 해라."

"네."

옆방까지 따라온 고토조가 마님 목소리에 대답하고 13, 4살 된 소녀를 하나 데리고 들어왔다. 쟁반같이 둥근 얼굴의 그 소녀는 천진난만한 표정으로 주위를 둘러보며 마님 뒤에 쪼그리고 앉았다.

"고토조는 물러가 있어라. 그런데 아야메 님."

"네."

"그대는 얼마 전 작은주군이 매사냥 다녀오는 길에 무참한 짓을 하신 것을 알고 있나?"

아야메는 그 순간 몸이 오싹 움츠러졌다. 마님의 눈이 뱀처럼 반짝이고 있었다…… 쓰키야마 마님은 사정없는 말투로 물었다.

"왜 잠자코 있지? 아무것도 모른다는 말인가?"

"네, 아무것도 모릅니다만……."

아야메는 처음부터 겁에 질려 목소리가 떨렸다.

"무참한 일이라니 작은주군께서 어떤 일을?"

"그날 작은주군의 기분이 매우 좋지 않았어. 무리도 아니라고 생각해. 전쟁터에서 언제 죽을지 모르는 무장이 아내를 맞이하는 것은 세자를 빨리 두기 위해서지. 세자 없는 몸으로 죽는다면 가문을 잇는다는 명분이 서지 않아."

"네……네."

"그런데 그대도 아기를 낳지 못하고 도쿠히메 역시 딸들뿐, 그래서는 작은주군의 다음 싸움에 영향이 있다고 생각지 않는가?"

"글쎄요……."

"아직 뒤이을 사내아기도 없다……고 생각하는 것과, 내 뒤를 이을 수 있으니 훌륭하게 전공을 세우자……며 안심하고 출전하는 것은 하늘과 땅 차이…… 아니, 이 일이 작은주군의 마음에 있으므로 또 딸이냐고 생각하자 성이 발끈 나셨지. 그리고 모두 거슬렸기 때문에 노하신 채 사냥을 나가셨다."

쓰키야마 마님은 무슨 생각을 했는지 거기서 눈물을 뚝뚝 떨구었다.

"이처럼 기분 상한 날이라 사냥거리가 있을 리 없지. 게다가 춥고……불쾌한 마음으로 돌아오다가 나그네중과 딱 마주쳤어."

아야메는 무슨 말을 꺼낼까 하고 한마디 한마디에 딱딱하게 고개를 끄덕였다.

"중을 만난 날은 사냥거리가 없다는 예부터의 말, 그래서 작은주군은 발끈하셨어. 이놈, 무슨 살생금단(殺生禁斷)의 주문이라도 외웠구나……하고. 알겠지, 이것은 장난이었어. 그러자 그중이 건방지게도 대답했지. 저는 부처님 제자라 자나 깨나 늘 그것을 염원하고 있다고."

"어머나……"

"작은주군의 노여움은 더 억누를 수 없게 되었지. 느닷없이 말에서 뛰어내리더니 그중의 옷깃에 새끼를 매어달고 말에 채찍질을 하셨어……."

아야메는 그만 얼굴을 가렸다. 어디선가 질질 끌려가다 죽는 사람의 비명이 들리는 듯싶었던 것이다.

"중은 살려달라고 했대. 하지만 성난 작은주군은 불제자라면 법력으로 네 놈의 목숨을 지켜보라……고 고함치며 막무가내로 말을 몰아 마침내 무참한 죽음을……."

아야메뿐 아니라 그 자리에 있던 모든 사람이 어느덧 얼굴을 숙이고 움츠러져 있었다.

"아야메!"

"네……네."

"이건 모두 그대들이 세자를 낳지 못한 데서 비롯된 일이야. 불제자에게 그런 무참한 짓을 할 작은주군이 아닌데, 마음의 불만에 귀신이 붙은 거야. 모두 그대들 죄야, 이것은……."

아야메는 얼굴 가득 공포를 띠고 멍하니 쓰키야마 마님을 쳐다보았다.

'아무 죄 없는 스님에게 그런 무참한 짓을 하다니……'

그러나 그것이 자기 죄라니 무슨 영문인지 도무지 알 수 없는 아야메였다.

마님은 눈을 부릅뜨고 재촉했다.

"왜 잠자코 있지!"

아야메가 아는 것은 마님이 무언가 몹시 화내고 있다는 것뿐이었다.

'내가 어째서 나쁠까……?'

아들을 못 낳는다고 노부야스에게 그리 꾸지람들은 적도 없고 한탄한 일도 없었다. 그런데 그것이 원인되어 노부야스가 무참한 짓을 했다면서 마님이 눈앞에서 성내고 있다.

'화내시면 빌어야 한다.'

"용서해 주세요."

두 손을 짚고 말하자 아야메는 알지 못할 슬픔이 울컥 치밀었다.

"오, 아는구나, 그대는."

"네……네."

"그대들이 작은주군의 성미를 거칠게 만든 줄 알고 있구나."

"네……네."

"그 때문에 작은주군은 하마마쓰의 대감님한테서 엄한 꾸지람을 들었어. 대감님은 그대들이 하나같이 작은주군을 난폭하게 만들고 있는 것을 모르신다. 이른바 세 가지 보배 가운데 드는 스님, 또다시 그런 무참한 짓을 할 때는 내 자식이라도 용납하지 않겠다는 책망이었어."

마님은 또 눈물을 뚝뚝 흘렸다.

"알겠지, 아야메. 그렇잖아도 대감님은 이 쓰키야마가 미워서 못 견디시지. 이 쓰키야마가 낳은 자식이므로 잘못이 있으면 노부야스 님을 베어버리고 싶어 하는 것을 나는 잘 알고 있어. 이번에 오다 힘을 빌려 싸움에 이겼기 때문에 그 마음이 한층 심해졌지. 하지만 나는 그것에 지지 않겠어."

"……."

"작은주군 몸에는 오다와 원수인 내 피가 흐르고 있어. 그런 내 피를 반드시 도쿠가와 집안에 남겨 언젠가는 이 원한을 풀고 말 테다!"

한 번 젖었던 눈이 다시 번쩍번쩍 뱀을 연상케 하는 무서운 번뜩임이 되었다. 아야메는 이미 그 뱀 앞에서 움츠러든 새끼개구리와도 같았다.

이에야스가 그처럼 노부야스를 미워하고 있다고는 생각되지 않았으며, 노부야스가 이에야스를 원망하고 있는 것 같지도 않았다. 그러나 쓰키야마 마님의 원한과 노여움은, 아무도 손대지 못하는 곳에서 쉴 새 없이 소리 내며 불타고 있다. 만약 그것이 틀린다고 했다가는 무슨 벼락이 떨어질지 몰랐다.

마님은 말했다.

"좋아, 좋아. 그대가 자기 죄를 깨닫고 있다면 더 이상 탓하지 않겠다. 그대는 내 보호가 없으면 이 성에 있지 못할 몸이야. 그대를 데려온 겐케이는 어디론가 자취를 감추고 다케다 군은 크게 패하여 물러갔다. 알겠나, 그대는 내가 시키는 일에 거역하지 못한다.”

“네……네.”

“나는 어떻게 해서든 내 핏줄을 가문에 남겨놓아야만 해, 알겠나. 이 아이…… 이름은 기쿠노(菊乃)라고 한다. 이 처녀를 맡길 테니 작은주군에게 권해라. 이 처녀의 몸에도 이마가와의 피가 조금이나마 남아 있다. 알겠지, 시기하거나 이대로 도쿠히메에게 사랑을 빼앗기면 용서하지 않겠다. 그대 힘으로 반드시 이 처녀에게 아들을 낳도록 하라. 그것이 그대 죄를 속죄하는 길이야.”

아야메는 머뭇거리며 다시 쟁반같이 둥근 얼굴의 소녀를 보았다. 소녀는 마님 이야기를 듣고 있지 않는지 무릎 위에서 연방 자기 손가락을 만지작거리고 있었다.

마님은 소리 높여 소녀를 꾸짖었다.

“기쿠노! 너는 무엇을 하고 있느냐? 알았지, 아야메 부인에게 잘 말해 두었으니, 오늘부터 너는 이 방에서 사는 거야.”

“네.”

기쿠노는 둥근 얼굴을 들고 깜박깜박 눈을 깜박였다. 아직 마님의 초조함이며 원한을 알 나이가 아니다. 살결은 가무잡잡하지만 속눈썹이 길고 크게 뜬 눈이 시원스러운 소녀였다.

“알았지, 반드시 작은주군님 눈에 들도록 얌전하게 행동해야 한다.”

“네, 얌전히 하겠어요.”

“그럼, 알겠지? 아야메 님도. 그대도 자기 죄를 생각한다면 하루 빨리 이 아이를 작은주군에게 권해라. 참, 만약 작은주군이 물으시면 스루가에서 나를 따라온 와타라세 분고(渡良瀬文吾)의 여식이라고 말해라. 좋은 혈통의 집안인 것을 작은주군도 알고 있을 테니.”

내던지듯 말하고 마님은 곧 일어나려고 했다. 아야메는 급히 말했다.

“저 차라도, 지금…….”

“필요 없어!”

마님의 목소리가 또 도려낼 듯이 날카로워졌다.

“세자가 태어나기 전에는 차도 목구멍에 안 넘어가는 심정이다. 쓸데없는 비위 일랑 맞추지 마라. 고토조, 돌아가겠다.”

"아……."

아야메는 일어나서 배웅할 용기도 나지 않았다.

창 밖에서는 또 세찬 북풍이 불기 시작한다. 등골에 오싹 오한을 느꼈다. 마님의 발소리가 사라지자 아야메는 곧 화로를 기쿠노 쪽으로 옮겼다.

"아이, 추워. 이리 가까이 와요."

"네."

기쿠노는 몸집에 비해 무척 어린 목소리로 천진난만하게 대답하며 아야메 곁으로 다가왔다.

"기쿠노라고 했지요? 나이는 몇 살?"

"12살, 곧 13살이 돼요."

"부모님은 계셔요?"

"아니요, 두 분 다……."

대답하고 생긋 웃었다. 웃으면 새하얀 이빨이 반짝 드러나 보여 얼마쯤 어른스러워 보였다.

"두 분 다 돌아가셨나요?"

"네, 어머니는 본디 안 계시고 아버지도 이 오카자키에 오고 나서……."

아야메는 부모 없는 자기 신세와 비교하며 저도 모르게 가슴이 메었다.

"아까 쓰키야마 마님께서 이마가와 가문 핏줄이라고 하시던데."

"네, 외할머니께서 요시모토 님을 모시다가 아기를 가진 몸으로 시집가셨다고 했습니다."

"외할머니가……."

"네, 그러니까 어머니는 바로 요시모토 님의 따님이시래요."

"아, 그렇다면 틀림없는 핏줄이네요. 그러면 기쿠노는 작은주군님을 알고 있나요?"

"네, 매사냥을 나가셨을 때와 전번 출전하실 때 뵈었습니다."

"아직 말은 나눈 적이 없겠군요."

"네, 없어요."

기쿠노는 대답하고 나서 좀 걱정스러운 듯 미간을 모으며 진지하게 물었다.

"저, 어떻게 모시면 작은주군님의 아이를 낳을 수 있을까요?"

그 묻는 모습이 너무나 천진난만했기 때문에 아야메는 말이 막혀 급히 화롯불을 뒤적거렸다.

"가르쳐주세요, 아야메 님. 빨리 아기를 낳지 않으면 마님에게 매 맞아요."

기쿠노는 다시 한번 고개를 갸웃하며 열심히 아야메의 얼굴을 들여다보았다.

"글쎄, 그것은……."

아야메는 자신도 깨닫지 못하는 사이에 볼도 귓불도 발그레하게 홍조를 띠었다. 처음으로 자기가 노부야스 앞에 나갔던 날이 슬프고도 당황스럽게 떠올랐다. 그런데 또 빨리 아기를 낳으라니 이 무슨 엉뚱한 마님의 엄명인 것일까.

아야메가 대답하지 못하고 부젓가락으로 숯불을 모았다 헤쳤다 하자 기쿠노는 또 말을 걸었다. 아마도 낯가림을 하지 않는 성격인 듯하다.

"아참, 딸을 낳아서는 안 된대요. 아들을 낳아라, 아들을 낳지 못하면 때린다고 하셨어요."

"어머나…… 그런 억지 말씀을."

"어떻게 하면 아들을 낳지요? 가르쳐주세요, 아야메 님."

아야메는 차츰 억누를 수 없는 노여움을 느꼈다.

'혹시 마님은 미친 게 아닐까…….'

이 어린 계집애에게 이 얼마나 무참한 일일까…… 일찍이 남을 원망하거나 책망할 줄 모르는 아야메였지만, 마음속에 보이지 않는 분노가 지글지글 끓어오르는 것을 느꼈다.

'대체 이 일을 어떻게 하면 좋을까.'

사람에게는 그 나름의 취향이 있다. 더욱이 노부야스는 그것이 심한 편이다. 기쿠노를 보고 좋아하면 모르지만 만약 거들떠보지도 않는다면 어떻게 될까. 그것도 아야메의 죄라고 나무람을 들어야만 하는 것일까…….

'그럴 리 없다!'

아야메는 전에 없이 격한 소리로 부르짖는 마음의 외침에 당황했다. 그럴 리 없다 해도 마님은 틀림없이 아야메를 나무랄 것이 분명하다.

"왜 대답을 안 하시나요. 아야메 님도 모르시나요?"

"오, 바로 그래요. 나도 모르기 때문에 지금껏 아들을 못 낳고, 그처럼 욕을 들었지요."

"그럼, 누구에게 물으면 좋을까요?"

기쿠노는 문득 어깨를 늘어뜨렸다. 그러나 말과는 반대로 다시 해죽 웃었다. 13살이라면 이미 남녀의 행위도 어렴풋이 알 만하건만, 그러한 말을 해줄 수 없는 아야메에게 고르고 골라서 무지한 처녀가 온 것이다.

"머잖아……."

머뭇거리면서 아야메는 얼굴이 불덩어리처럼 발개져 덧붙였다.

"머잖아 작은주군님께서 부르시겠지요. 그……그때 시녀들에게 물어봐드리겠어요."

"그럼, 잘 부탁하겠어요."

그날 밤부터 사흘 동안 노부야스는 아야메를 찾아오지 않았다.

해가 바뀌었다.

설날에는 하마마쓰의 아버지를 본떠 카자키성에서도 새해인사를 받은 뒤 고와카 춤을 모든 사람에게 보여주었다.

이튿날은 무술단련 시작.

3일 오후가 되었다. 시동이 오늘 밤에는 노부야스가 아야메의 방에서 지낼 테니, 음식을 차려놓고 기다리도록 전해왔다.

아야메는 3일 오후, 잠시 뒤 노부야스가 건너온다는 두 번째 전갈을 받고나서부터 갑자기 안절부절못하기 시작했다. 몸과 마음이 야릇하게 들떴다. 그러고 보니 오늘 화장은 여느 때보다 공들였지만 옷의 무늬며 색깔이 몹시 마음에 걸렸다.

'이것은 대체 어떻게 된 일일까?'

어쩌면 기쿠노라는 어린 소녀의 출현으로 아야메 속의 '여성'이 별안간 크게 눈을 떴는지도 몰랐다. 지금까지 비참하게만 여겨졌던 잠자리의 이런저런 일까지도 웬일인지 몹시 신경 였다. 자기 대신 노부야스 옆에서 자고 있는 기쿠노의 모습을 상상하자 섬뜩하여 가슴을 누르기도 했다.

'이것이 질투일까……'

그렇게 생각하니 여느 때와 다름없이 천진난만하게 자기를 따르는 기쿠노에게 미안했다.

"자, 이리 와요. 입술연지를 발라줄 테니."

일부러 자기 손으로 기쿠노에게 화장을 해주고 머리를 빗어주기도 했다.

노부야스가 온 것은 해질 무렵이었다.

설날부터 맑게 갠 하늘은 오늘도 뚜렷이 기소의 산봉우리들을 북쪽에 떠올려 보이고 있다. 산꼭대기에는 모두 흰 눈이 덮였고, 창 밑 땅에는 서릿발이 녹지 않은 채 저녁 해를 받고 있었다.

"올해는 좋은 일이 있을 것 같군."

노부야스는 얼마쯤 술기운이 있는 유쾌한 기분으로 입구에 서더니 마중 나온 아야메의 검은 머리 위쪽에서 난폭하게 목을 끌어안고 흔들어댔다. 이것이 그의 애정 표현이었다.

"아, 아파……"

아야메가 그만 비명 지르자 작은마님 거실까지 들릴 듯한 큰소리로 웃었다.

"핫핫핫핫…… 작년 연말에는 하마마쓰에서 호된 꾸중이 내렸지…… 하지만 올해는 아버지에게 꼭 칭찬받도록 해보겠어."

"그게 좋아요."

"아야메, 어제 나는 활터에서 화살 100개를 쏘았다. 그 가운데 88개가 과녁을 꿰뚫었어, 왓핫핫핫핫."

다시 한번 유쾌하게 웃고 나서 아야메 뒤에 있는 기쿠노의 모습을 발견했다.

"아니?"

아야메는 뜨끔하여 역시 기쿠노를 뒤돌아보았다. 갑자기 심장의 고동이 흐르는 듯 빨라졌다.

기쿠노는 처음으로 가까이에서 보는 노부야스가 신기한지, 언제나의 낯가림을 하지 않는 둥근 눈으로 따사로운 웃음을 담아 조용히 쳐다보고 있었다.

"너는 얼굴이 참 동그랗구나."

"네, 모두들 보름달 같다고 해요."

"뭐, 보름달…… 지금은 8월이 아니다. 정월이야. 아무 때나 나오는 게 아니다."

노부야스는 자신의 말에 상대가 맞받아 대답하면 반드시 기분이 나빠졌다.

"오늘은 달구경 온 것이 아니야. 물러가 있어라."

"네."

아야메는 안도의 숨을 내쉬었다. 마음 놓이는 듯도 하고 기쿠노가 불쌍한 것 같기도 했다. 걷잡을 수 없는 심정이었다. 그러나 기쿠노의 표정에는 아무 변화도 없었다. 순순히 고개를 끄덕이더니 그대로 일어나 옆방으로 물러가려 했다. 그러자 그때 무엇을 생각했는지 노부야스가 갑자기 소리를 부드럽게 하여 불러 세웠다.

"기다려, 보름달, 기다려."

기쿠노는 또 순순히 노부야스를 쳐다보며 멈춰 섰다. 쓰키야마 마님의 당부를 받고 있으므로 한껏 얌전히 있는 셈이었다. 교태를 모르는 눈은 비둘기 눈을 연상시켰다.

노부야스는 소리 죽여 웃었다.

"너는 정말 예쁘구나."

"네."

"너 같은 미인은 이 성안은커녕 온 미카와에도 흔하지 않을 거야. 복스럽게 생겼어, 눈에서 코까지 아주 좋은 상이다."

"네, 이곳에 오기 전에도 여러 사람이 그런 말을 했어요."

"그렇겠지, 보름달이라고 잘 말했다. 그런데 너는 어느 산에서 떠올랐느냐?"

참다못해 아야메가 끼어들었다.

"저…… 와타라세 분고 님 따님이에요."

"뭐, 와타라세라면 스루가에서 온……."

"네, 쓰키야마 마님의 말씀이 계셔서 여기 있게 되었습니다. 귀여워해 주세요."

별안간 노부야스의 눈매가 흐려졌다.

"뭐, 어머님 말씀이 있어서……? 저 애를 내 눈에 띄지 않는 곳에 두도록 해라."

"예……?"

"옳지, 도쿠히메한테 두는 게 좋겠군. 당분간 거기에 갈 생각이 없으니까. 내가 맡아 두라더라고 도쿠히메한테 전해. 물러가라."

말끝이 매서워 기쿠노는 꿈틀 놀란 듯싶었지만 아직 자기가 노부야스에게 어떤 인상을 주었는지, 그것을 알 만한 나이는 아니었다.

"기쿠노, 물러가 쉬어도 좋아요."

천진난만하게 자기를 보는 눈길이 가엾어 아야메는 위로하듯 말하여 물러가게 했다.

그러자 준비해 놓은 음식이 나왔으므로 노부야스는 다시 웃음을 되찾고 그 앞에 앉았다. 올 들어 초대면인 시녀들이 차례차례 세배하고 이어 술상이 벌어졌으나, 아야메는 이상하게도 기쿠노의 일이 걱정스러워 노부야스의 말이 자칫 헛들리는 것만 같아 난처했다.

　방에 등불이 켜질 무렵 노부야스는 꽤 취했다. 일어나 고와카 춤 흉내를 내기 시작했을 때는 벌써 발걸음이 비틀거리기 시작했지만 아무도 말하지 않았다.

　"위태롭습니다."

　초정월에 '위태롭다'는 말은 쓸 수 없었고, 그 말을 하면 노부야스가 반드시 성내리라는 것을 모두 잘 알고 있었기 때문이기도 했다.

　"뭐, 내 발이 비틀거린다구? 어디 비틀거리느냐. 이까짓 술에 취할 내가 아니다. 무술로 단련된 내 몸에 틈이 있을 리 없어."

　한 번 기분 상하면 두고두고 언짢아하므로 오늘 밤은 그런 일이 없도록 모두 조심스럽게 신경 썼다. 그 탓인지 춤이 끝날 때까지 매우 기분 좋았다.

　"자, 정월이니 모두에게 잔을 내리지."

　먼저 아야메, 다음으로 아야메의 두 시녀. 그리고 따라온 노부야스의 시녀들 순서로 잔이 한 번 돌았다.

　"아직 흥이 덜 나는군……."

　노부야스는 문득 생각하는 얼굴이 되더니 무릎을 탁 쳤다.

　"그렇지, 그 보름달을 불러오너라. 재미있는 일이 생각났어. 그래, 보름달을 빨리 여기로 불러오너라."

　한 번 말을 꺼내면 말려도 듣지 않는 것은 노부야스뿐만 아니라 취한 사람의 버릇이겠지만 아야메는 말리지 않을 수 없었다.

　"그건 용서해 주세요."

　'역시 기쿠노를 잊지 않고 있었다…….'

　그렇게 생각만 해도 왠지 가슴이 몹시 설레어왔다.

　"어리니 벌써 잠들었을지도 모르겠어요."

　"뭐, 잠들었다구…… 깨워오너라."

　"네…… 하지만 아직 그 아이는 작은주군님을 가까이 모시는 데 서투릅니다. 실수를 저지를지도 모르니."

"아야메!"

"네."

"어머님이 무엇 때문에 그 아이를 그대에게 맡겼는지 아직 모르는 모양이군."

아야메는 당황했다. 언젠가 자기 입으로 이야기해야 한다고 걱정하고 있던 일을 노부야스 쪽에서 먼저 말한 것이다.

"글쎄요, 그것은……."

"그 아이는 어머님이 나에게 떠맡기려고 보낸 계집애야."

노부야스는 말하고 피식 웃었다.

"좋다, 내가 깨워 오마."

"그것은 너무……."

"괜찮아, 아야메. 어머니를 좀 정신 차리게 해주어야겠어. 여자면서도 내 마음을 도무지 몰라. 나에게는 내 눈도 있고 취향도 있다는 것을 모른단 말이다."

노부야스가 비틀비틀 일어섰기 때문에 아야메는 놀라 저도 모르게 따라 일어섰다.

"그럼, 불러오겠습니다. 제가 불러올 테니."

억지로 노부야스를 앉히고 아야메는 기쿠노를 부르러 갔다.

기쿠노는 시녀 방에서 화로에 엎어질 듯이 앉아 꾸벅꾸벅 졸고 있었다. 둥그런 얼굴이 눈을 감으니 애처로울 만큼 어려 보였다. 긴 속눈썹 탓이리라.

"기쿠노……."

살며시 허리를 구부려 안으려다가 상대가 반짝 눈을 떴으므로 이번에는 아야메 쪽이 흠칫했다.

"알겠지요, 작은주군님 앞으로 나가게 되었어요. 작은주군님은 술에 취하셨으니 거스르면 안 돼요."

기쿠노는 아야메의 말을 알아듣는 데 얼마쯤 시간이 걸렸다.

"네, 뜻을 거스르면 안 된다는 거지요?"

"술이 취하셨으니까."

"네……."

온순하게 고개를 끄덕이는 것을 보고 아야메는 한층 더 마음이 괴로웠다. 아무것도 모르는 어린 소녀가 무엇 때문에 술자리에서 남의 비위를 맞추어야 하는지…… 그것이 불쌍하고 애처로웠다.

기쿠노는 두 손으로 눈을 비비며 아야메 뒤를 따라왔다.

"데리고 왔습니다."

"오……."

벌써 무언가 다른 이야기에 흥겨워하고 있었던 듯 노부야스는 기쿠노가 들어와 두 손을 짚는 것을 보자 생각난 듯 또 피식 웃고는 엄한 얼굴을 해보였다.

"보름달, 너는 어머님에게서 무슨 말을 듣고 이곳에 왔느냐. 숨기면 안 돼, 바른 대로 말해라."

노부야스는 어쩌면 아야메에게 자신의 애정을 보이려는 것이었는지도 몰랐다. 쓰키야마 마님이 뭐라고 하든 자기 사랑은 그대에게 있다…….

사실 노부야스처럼 대쪽 같은 성격을 지닌 자에게는 아야메 같은 여성이 가장 알맞은지도 모른다. 아야메는 반발하는 일이 없었다. 성낼 줄도, 원망할 줄도 몰랐다. 개성이 없는 대신 자아도 없고, 그러므로 상대의 감정 속에 아무 고통 없이 녹아들어가는 것이다. 도쿠히메라면 어느덧 노부야스와 맞붙어 싸우기 일쑤였지만…….

그런데 오늘 밤의 아야메는 어찌할 바 몰랐다. 개성 없는 아야메의 마음은 노부야스와 기쿠노에게 지고 있다. 노부야스의 억지를 받아주지 않을 수 없고, 기쿠노도 위로해 주지 않으면 안 되었다.

"자, 말해라. 어머님이 너에게 뭐라고 했지?"

"네, 말씀드리겠습니다."

"오, 말해 봐. 정직하게, 바른 대로."

"네, 너는 작은주군님에게 가서 아야메 님을 대신하여 아기를 낳아야 한다고 하셨습니다."

기쿠노는 진지한 표정으로 얼마쯤 긴장하고 있었다. 그러므로 웃음을 자아낼 이 대답이 오히려 모두에게 슬픈 분위기를 자아냈다.

"흠, 내 자식을 낳으라고 명령받고 왔단 말이지?"

노부야스는 그것 보라는 얼굴로 아야메를 쳐다보고, 곧 이어 기쿠노에게로 다시 눈길을 돌렸다.

"그럼, 네가 낳아보아라."

"네."

"혼자서 낳겠느냐?"

"글쎄요……."

진지하게 생각하다가 문득 생각난 듯이 다시 말했다.

"참 그랬어요, 딸은 필요 없으니 아들을 낳으라고 하셨어요."

"그래서 너는 아들을 낳으려고 왔단 말이지?"

"네, 나라면 틀림없이 낳을 수 있다고 마님이 말씀하셨기 때문에."

"그래. 그럼, 낳아다오. 언제쯤 낳아주겠나?"

모두들 조용한데 노부야스만 자못 재미있는 듯 놀려댔다. 아야메는 조마조마하여 노부야스를 쳐다보고 기쿠노를 보았다.

"아직…… 그것은 잘 모르겠어요."

"어째서 모르지? 네 배에 대한 일을 네 자신이 모른다니 말이 되나?"

"네……."

기쿠노는 다시 진지하게 생각했다.

"아기는 혼자서 낳을 수 없습니다."

"그럼, 누군가 도와주면 되지 않나."

"네……."

"도와줄 사람은 있느냐?"

"네……."

"있단 말이지. 좋아, 어디 들어보자꾸나. 누가 내 자식을 낳는 데 너를 도와준단 말이냐. 이거 참, 재미있게 되어가는걸."

노부야스가 다시 한번 흘끗 아야메를 보고 일부러 무릎을 내밀었을 때 기쿠노가 좀 들뜬 목소리로 대답했다.

"아야메 님께 도와달라고 하겠어요."

"뭣이!"

노부야스의 얼굴빛이 확 바뀌었다.

"너는 어린아이같이 꾸미고서 나를 놀리는구나."

"저……."

아야메는 다급해져 노부야스의 팔에 매달렸다. 노부야스의 손에서 갑자기 술잔이 날아가려 했던 것이다.

지식의 차이는 언제나 인간을 묘한 위치로 바꿔놓는 법이다. 지금까지 노부야스는, 어머니가 자기 취향도 모르고 보낸 기쿠노라는 어린 소녀를 놀려주려고 했다. 그런데 아야메의 도움을 받아 아들을 낳겠다는 말을 듣고부터 완전히 반대가 되어버렸다.

"아야메 님께 도와달라고……."

이 말이 노부야스의 지식으로 볼 때 아야메에게 노부야스를 자기에게 양보하라는 교활한 의미로 받아들여진 것이다. 그렇다면 이 애송이 계집애의 언행은 모두 얕은꾀에서 비롯된 것이나 마찬가지였다.

"놓아, 이년은 용서 못할 너구리야."

"아니, 아니에요. 그렇지 않아요. 이 아이는 저에게 어리광부리며 의지하고 있는 거예요."

"바보 같은 소리, 그대는 사람이 너무 좋아서 탈이야."

"아니, 그렇지 않아요. 이 아이가 의지하는 것은 저뿐…… 그 때문에 아야메의 도움을 받겠다고…… 고지식한 마음이 말로 되어 나온 거예요. 기쿠노, 그대도 어서 빌어요."

기쿠노는 동그란 눈이 더욱 동그래져 겁먹고 있었지만, 아야메와 달리 납득되지 않으면 잘못을 빌지 못하는 성질인 듯 곧바로 머리 숙이지 않았다.

"작은주군님! 저를 봐서…… 정초예요. 경사스러운 좋은 날이니."

"음."

노부야스는 그 한마디에 겨우 노여움을 눌렀다. 결코 기쿠노에 대한 의혹이 풀려서가 아니라 정초부터 또 아버지에게 책망들을 공연한 짓을 해서는 안 된다고 스스로 반성한 것이다.

"좋다. 그럼, 아야메는 이 보름달이 겉보기와 똑같은 어린 계집애란 말이지?"

"틀림없어요. 용서해 주세요."

"이봐, 보름달."

"네."

"능청스러운 대답이군, 술을 내리마. 이리 오너라."

"네."

기쿠노는 그제야 마음 놓은 듯했다. 내미는 술잔을 떠받들 듯하여 진지한 얼굴로 단숨에 마셨다. 노부야스는 웃었다.

"하하하……"

상대가 술을 받아 마신 것으로 기분이 풀린 게 아니라, 이 건방진 소녀를 애먹일 또 하나의 방법을 생각해냈기 때문이었다.

"그래, 너는 정직하게 생각나는 대로 말했단 말이지?"

"네."

"그렇다면 내가 성급했다. 모처럼 순순히 내 자식을 낳겠다고 하는 너를 나무라서."

"아닙니다, 괜찮아요."

"용서해 주겠느냐?"

"네."

"그럼, 낳아달라고 부탁할 것인지 내 쪽에서도 생각해 봐야겠다. 자, 너희들도, 모두 그렇게 생각하겠지?"

그러나 아무도 대답하는 사람이 없다. 노부야스는 혼자서 또 심술궂게 싱긋 웃었다.

"그럼, 보름달, 알겠지? 그 상 옆의 촛대 곁에 서 봐."

기쿠노는 아야메에게서 거스르지 말라는 말을 들었으므로 촛대 곁으로 가서 섰다.

"네."

"됐다, 거기서 옷을 벗어. 내 자식을 낳아줄 만한 여자인지 여기서 모두들에게 결정해 달라고 하자. 자, 어서 벗어라."

모두들 숨죽였고, 기쿠노는 의아한 듯 모두들의 얼굴을 둘러보았다. 기쿠노는 처음에 무슨 말을 들었는지 몰랐다. 기쿠노의 판단에 의하면, 작은주군의 기분이 좋아졌는데 모두들 긴장하여 얼굴 숙이고 있는 게 이상했다.

"자, 어서 벗어. 실오라기 하나 걸쳐선 안 돼."

그러자 기쿠노가 되물었다.

"예? 겉옷을 벗어야 하나요?"

"겉옷만 아니라, 속옷도 모두 벗어. 태어날 때처럼 발가숭이가 되는 거야."

"무엇 때문에?"

"그렇게 하지 않으면 네가 아기를 낳을 수 있는 여자인지 어떤지 모두들 알 수 없잖아."

기쿠노는 순간 슬픈 얼굴이 되어 발밑으로 시선을 떨구었다. 그러다가 곧 다시 생각한 듯 맑은 목소리로 대답했다.

"네."

그리고 띠를 풀기 시작했다. 모두들 얼굴을 숙이고 잠자코 있으므로 그렇게 하지 않으면 안 되는 줄 믿은 모양이었다. 띠가 사르르 다다미에 떨어지고 이어 겉옷이 어깨에서 미끄러졌다. 키는 아야메 못지않았지만 겉옷 속의 몸집은 아직 덜 익은 귤 같은 느낌이었으며 유방의 부풀음도 작았다.

얼굴과 눈에 이상한 긴장이 감돌며 다시 속옷을 벗으려 할 때였다. 참다못해 아야메가 소리친 것과 내팽개치듯 노부야스가 소리 지른 게 동시였다.

"저……"

"이제 됐어! 여봐라, 누군가 작은마님을 불러오너라. 얄미운 계집애다. 이 어린 것은 곧 도쿠히메에게 맡기자. 불러오너라."

노부야스의 인상이 험악하게 바뀌었으므로 시녀 하나가 허둥지둥 도쿠히메를 부르러 갔다.

산실에서 갓 나온 도쿠히메가 창백한 얼굴로 왔을 때, 기쿠노는 겁을 집어먹고 아직 겉옷의 띠도 매지 못한 채 우두커니 서 있었다.

도쿠히메는 옆방에 선 채 냉랭한 목소리로 노부야스에게 말했다.

"무슨 일이십니까?"

아야메는 놀라서 문턱까지 나가 두 손을 짚었지만 도쿠히메는 아야메 쪽을 거들떠보려고도 하지 않았다.

"무슨 일이십니까?"

면도 자국이 새파란 눈썹이 꿈틀꿈틀 떨리고 눈은 크게 뜨여져 있다. 두 번째 목소리는 여느 사람의 목소리가 아니었다. 아직 부기가 가라앉지 않은 산부의 격한 분노에 노부야스를 몸서리치게 하는 야릇한 살기가 감돌았다.

노부야스도 역시 도쿠히메를 보지 않았다.

"이 애송이 계집애가 얄미운 년이라 베어버릴까 했지만 딸도 탄생하고 정초이기도 하여 그대에게 맡긴다. 피를 보고 싶지 않아. 데려가 줘."

도쿠히메는 매서운 눈으로 기쿠노를 본 다음 다시 노부야스한테로 시선을 돌렸다. 온몸이 여전히 심하게 떨리고 있었다. 이윽고 도쿠히메는 꾸짖는 듯한 목소리로 말했다.

"기노, 그 아이를 데리고 오너라."

그뿐이었다. 도쿠히메는 옷자락을 홱 바로잡더니 꼿꼿이 얼굴을 세운 채 바람처럼 사라져갔다.

기노는 기쿠노를 손짓해 불러 정중히 절한 다음 데리고 갔다.

별안간 노부야스가 우는 것인지 웃는 것인지 이상한 목소리로 고함쳤다.

"하하하…… 아야메, 아야메, 이제 겨우 후련해졌어. 자, 새로 한 잔 하자. 술을 부어라. 무릎을 이리 내놔…… 하하……."

도쿠히메가 기쿠노를 데리고 간 뒤 노부야스는 비교적 온순했다. 슬슬 주량을 넘기고 있었다. 또 밤중까지 들볶는 게 아닐까 생각하는데 10시에 벌써 잠자리에 들었다. 그러나 곧 자려고 하지 않고 말했다.

"우리 집의 불행은 아버지와 어머니의 불화에 있다."

그러고는 물끄러미 천장을 노려본 채 불안스러운 듯 중얼거리기도 했다.

"어머니는 벌써 미쳤어. 어떤 파멸이 오지 말아야 할 텐데. 아야메, 내가 잠들기 전에 잠들면 안 돼."

"네."

'작은주군님 역시 외로운 사람일까…….'

생각하며 아야메는 살며시 노부야스 밑으로 소매를 넣었는데, 노부야스가 뜻밖의 말을 했다.

"그대의 따뜻한 살결…… 빠른 맥박, 그대는 살아 있구나."

"네? 뭐라고 하셨어요?"

"그대나 나나 살아 있다고 말했어. 오늘 살아 있다는 것은 내일 죽을지도 모른다는 거야."

아야메는 온몸이 굳어지는 듯했다.

"아드님을 낳지 못하는 죄, 용서해 주세요."

"뭐!"

이번에는 노부야스가 말꼬리를 잡았다.

"난 그런 말을 하고 있는 게 아냐. 남자와 여자의 묘한 인연을 말하는 거지. 이렇게 서로 살아서 맺은 두 사람 중에서 어느 쪽이 먼저 죽을까 하고 문득 생각해 본 거야."

"어머나, 그런 불길한 말씀을……."

"아니, 불길한 게 아니다. 지난해에도 죽을 고비를 몇 번 넘겼어. 올해에도 당연히 그 고비를 넘겨야 할 터…… 아야메, 내가 죽으면 그대는 울어주겠느냐?"

"어머나……."

아야메는 대답하는 대신 살며시 두 팔에 힘주어 노부야스에게 매달렸다.

"나는 그대가 사랑스럽다. 어머님은 사랑이라는 것을 모르지. 그래서 나는 화내며 그 보름달을 지나치게 모독했어."

"작은주군님!"

"그대도 걱정하게 했지. 아버지 말씀대로 나는 아직 모자라는 인간이야."

때때로 그는 이상하게 마음 약함과 따뜻한 정을 보이는 일이 있었지만, 오늘 밤처럼 뼈저리게 아야메의 가슴을 울린 일은 없었다.

'근본은 착한 분이다…….'

그런데 난세를 살아가는 무사의 억셈을 지니려고 끊임없이 초조해 하고, 그 모순이 취기와 더불어 거친 모습으로 나타나는 게 아닐까.

"아야메, 용서해라. 내가 전사하거든 그대만은 진정으로 울어다오."

"네……네."

"나도 그대를 진정으로 사랑하마."

"작은주군님!"

아야메는 뜻하지 않은 기쿠노의 출현으로 새로운 노부야스를 발견했을 뿐 아니라, 지금까지 알지 못했던 자기 자신을 발견하고 당황했다. 그것은 노부야스가 평화스러운 숨소리를 내며 잠든 12시 무렵이었다. 살며시 등을 밀어놓으려다가, 너무도 조용히 잠든 얼굴을 본 순간 주마등처럼 머리를 스치는 상념이 있었다.

'만약 노부야스가 죽으면 어떻게 할까…….'

생각한 것은 그뿐이었지만, 그 순간 자기가 얼마나 노부야스를 미칠 듯이 온몸으로 사랑하고 있는지 깨달은 것이다…….

아야메는 살며시 머리를 들어 눈 한 번 깜박이지 않고 노부야스의 잠든 모습을 들여다보았다. 노부야스는 아무것도 모르는 채 자고 있다. 등골을 거친 털로 쓰다듬은 듯 오싹한 느낌이 들어 아야메는 잠자리에서 일어나 앉았다. 무엇을 어떻게 하겠다는 생각은 아직 없었지만, 조용히 잠든 노부야스의 얼굴에 쓰키야마 마님의 얼굴이 겹쳐져 보였다.

'만약 노부야스가 죽으면 어떻게 할까?'

그 불안이 갑자기 쓰키야마 마님에 대한 두려움으로 바뀌었다. 비록 노부야스가 죽지 않더라도 마님은 이대로 아야메를 용서하지 않으리라. 기쿠노를 노부야스에게 권하도록 마님은 아야메에게 엄하게 명령하고 갔다. 그 기쿠노를 도쿠히메의 거실로 쫓아 보낸 것을 안다면 마님은 얼마나 노할 것인가. 아야메는 살결에 와 닿는 추위도 잊고 크게 머리를 저었다. 기쿠노를 보낸 사정을 마님에게 자세히 설명하여 납득시킬 힘이 자기에게는 없다는 절망의 표현이었다.

'어떻게 할까……?'

노부야스의 잠든 얼굴에 아직 눈길을 둔 채 아야메는 문 쪽으로 조용히 뒷걸음쳤다. 의지할 것을 하나도 갖지 못한 여자. 억셈도 반항도 모르는 여자. 그 여자는 문 앞에 멈춰서 여전히 노부야스에게서 눈길을 떼지 않는다.

"작은주군님……."

작은 소리로 불러놓고 조그맣게 중얼거렸다.

"아야메는 먼저 죽습니다."

얼굴을 외면한 채 비로소 어깨를 가늘게 떨며 울기 시작했다.

문 밖은 여전히 바람이 드세다. 덧문에 정원의 나뭇가지 스치는 소리가 나고 있었다. 복도에 켜져 있는 불은 어느덧 기름이 졸아붙은 듯 이상하리만큼 어둡고 빨갛게 보였다.

"작은주군님은…… 아야메를 사랑해 주셨어."

아야메는 다시 한번 중얼거리고 무엇인가에 밀리듯 정원수 가지가 스치는 왼쪽 끝 덧문에 다가섰다. 사랑하마, 라고 노부야스가 한 말이 자기를 죽음으로 몰아낸 줄 물론 깨닫지 못했으리라. 다만 이렇게 되는 것이 자신의 숙명이었다고 믿는 듯 덧문으로 다가서자 살며시 문을 6, 7치쯤 열었다. 차가운 바람이 베듯 살결을 쓰다듬는다. 젖어 있는 속눈썹이 따끔하게 아팠다.

"작은주군님…… 먼저……."

어차피 한 번은 모두 죽는다. 천진난만하게 생각하고 그대로 아야메는 어둠 속으로 사라져갔다.

이튿날 아침—

아야메가 '내전 뜰의 이런 곳에서 용케도'라고 여겨질 만큼 나직한 소나무 가지에 매달려 죽어 있는 것을 발견한 것은 노부야스였다.

날이 밝자 노부야스는 벌써 아버지보다 뛰어난 무용을 지니기 바라는 이 성의 주인이 되어 있었다. 노부야스는 아야메가 변소에 간 줄 알았다. 노부야스는 일어나자 곧 말 터로 나가려 했다. 그때 조금 열려 있는 덧문 틈에 고운 서리가 들이쳐 있는 것을 보고 문득 뜰아래를 내려다보았다.

"누구냐, 이 문을 열어놓은 것은?"

순간 그의 눈길은 땅에 닿을까 말까 한 새하얀 아야메의 발에 못 박혔다. 깜짝 놀라 달려오는 시녀를 보자 그대로 가슴을 펴고 복도를 걸어 밖으로 사라졌다.

뭉게구름

이에야스가 때를 기다리며 숨죽이고 있던 덴쇼 4, 5, 6년의 3년 동안이 노부나가에게 있어서는 그 패업의 기초를 완전히 굳힌 전대미문의 활약 기간이었다. 웅장하기로 일찍이 그 예를 찾아볼 수 없을 정도의 아즈치성을 쌓아 완성되고, 그가 장악한 영지는 야마토, 단바(丹波), 하리마(播磨)를 합쳐 500만 석에 이르렀으며, 관직은 정2품 내대신(內大臣)을 거쳐 우대신(右大臣)에 올라 있었다. 일찍이 가마쿠라에 막부를 열었던 미나모토 요리토모는 우쇼군, 다이라 시게모리(平重盛)는 내대신으로 그쳤지만, 아즈치성 천수각으로 옮긴 덴쇼 7년(1579) 5월 11일에 노부나가의 벼슬은 요리토모, 시게모리보다 높아져 있었다.

그렇다 해서 노부나가의 타고난 성격이 달라질 리는 없었다. 그날 노부나가는 미쓰히데를 데리고 완성된 천수각을 차례차례 돌아보고 있었다. 맨 아래는 높이 12칸 남짓한 돌로 쌓은 광이고, 그 위에 7층 건물이 사방을 위압하듯 우뚝 솟아 있었다. 1층은 남북 20칸, 동서 17칸, 기둥 수 204개. 본 기둥 길이 8칸, 굵기는 1자 5치와 6치 및 1자 3치짜리가 사용되었다. 기둥은 어느 것이나 모두 천을 감고 그 위에 검은 옻칠이 되어 있었다. 다다미 12장이 깔린 서쪽 방의 금분칠한 미닫이에는 가노 에이토쿠(狩野永德)가 그린 묵화 매화도(梅花圖), 서원에는 원사만종(遠寺晩鍾)의 경치. 다음 방의 선반에는 비둘기, 다다미 12장이 깔린 가운뎃방에는 독수리, 그다음의 다다미 8장이 깔린 방과 4장이 깔린 침실에는 꿩, 다다미 12장이 깔린 남쪽 방에는 당나라 선비 그림을 그려놓았다.

노부나가는 미쓰히데를 돌아보았다.

"여봐, 대머리."

때로 함께 걷고 있는 사람의 이름이 얼른 떠오르지 않으면, 노부나가는 옛날 그대로 히데요시를 원숭이라 부르고 이마가 벗어진 미쓰히데를 대머리라고 불렀다.

"예, 어디 마음에 안 드시는 데라도 있으십니까?"

미쓰히데는 조심스레 허리를 구부리고 머리를 수그렸다.

"거기 감독관들 이름을 적은 쪽지가 있지? 어서 이리 내놓아."

"예."

미쓰히데가 내미는 종이를 받아 흘끗 보고 나서 곧 돌려주었다.

　　석수 감독 니시오(西尾), 오자와(小澤), 요시다(吉田)
　　목수 감독 오카베(岡部)
　　장식 감독 미야니시(宮西)
　　칠 감독 오비토(首)
　　기와 감독 당인(唐人) 잇칸(一觀)
　　쇠붙이 감독 고토(後藤)

그것을 흘끗 보았을 뿐 다시 내밀었으므로 미쓰히데는 노부나가가 무엇을 생각하는지 전혀 알 수 없었다.

미쓰히데가 다시 말했다.

"무엇인가 마음에 걸리는 일이라도……."

"걱정하지 마라, 이 금등롱(金燈籠)이 마음에 들어서 이름을 본 거야."

"예, 고토가 귀신같은 솜씨로 만든 것이지요."

"말하지 않아도 벌써 알았어. 그런데 대머리."

"예."

"이것을 미카와의 사돈에게 보여주고 싶군."

"정말 놀라시겠지요."

"핫핫하. 자, 올라가자. 아직도 여섯 층이 남아 있다."

걸어가다가 이 우대신은 장난꾸러기처럼 목을 움츠리고 피식 웃었다.

"그런데 가이의 다케다 놈, 이에야스에게 또 싸움을 걸어온 모양이야."

"그렇습니다. 지난해까지 쥐죽은 듯 전쟁 준비만 하더니 가쓰요리도 마침내 다시 얕볼 수 없는 세력을 이룬 모양입니다."

미쓰히데가 언제나의 신중한 태도로 한마디도 소홀히 하지 않는 말투로 대답하자 노부나가는 그것이 거슬리는 듯 말했다.

"대머리……."

"예."

"지난해 연말에 오이강(大井川)을 건너 이에야스와 한 번 맞섰던 가쓰요리가 이번에는 에지리(江尻)로 나와 있는데, 이에야스 혼자 힘으로 몰아낼 수 있다고 보나?"

"글쎄요, 다케다와 도쿠가와 두 가문 모두 요 몇 해 동안 서로 힘을 기르고 기강을 바로잡으면서 무력을 비축해 왔으니까요……."

층계를 오르면서 노부나가는 성급하게 혀를 찼다.

"답답한 사나이로군. 어느 쪽이 이긴다고 한마디로 말할 수 없나?"

"황송하오나 어느 쪽이 이긴다고 속단할 수 없습니다."

"핫핫하…… 그러면 됐어. 그럼, 나도 안심하고 주고쿠 토벌에 나설 수 있지. 주고쿠로 파병하기 전에 이에야스를 한 번 초대해야 될 것 같군."

3층에 올라서자 조망이 확 넓어졌지만 노부나가는 걸음을 멈추지 않았다.

이곳에 그는 벌써 늘 머무를 거실을 마련해 두었다. 한 단 높게 다다미 4장을 깐 윗자리를 만들고 그 아래는 12장을 깐 넓이로, 방 가득 찬란한 화조도(花鳥圖)가 그려져 있었다. 그 남쪽의 다다미 8장이 깔린 방은 '현인의 방'이라 이름 짓고 호리병박에서 망아지가 뛰어나오는 그림이 벽에 그려져 있다. 현인과 표주박과 망아지가 무슨 관계있는지, 여기에 노부나가다운 점이 있었다.

3층의 기둥은 모두 140개.

4층에 오르자 노부나가는 다시 미쓰히데를 불렀다.

"휴가노카미(日向守)—"

이번에는 대머리 대신 벼슬이름으로 부르고 있다.

"이에야스는 아직 혼자 힘으로 다케다를 멸망시키지 못할 거야. 언젠가 역시 우리 손으로 끝장내야겠지."

"도쿠가와의 힘만으로 멸망시키면 뒤가 걱정된다는 뜻입니까?"

"그렇지, 역시 내 손으로 해두고 싶다. 내가 만약 주고쿠 토벌에 정신 빼앗기고 있는 동안 혼자 힘으로 이에야스가 해치운다면 나중에 무언가 말썽이 남을 테니까."

"그럼, 시기를 보아 가이를 먼저 공격하시는 게 어떨까요?"

노부나가는 침을 튀기며 꾸짖었다.

"못난 것! 그렇게 하면 도쿠가와가 너무 커져서 마음 놓고 서쪽으로 출병할 수 없게 되지. 나잇살이나 먹고도 바보 같은 소리만 하나!"

미쓰히데는 시무룩하여 입을 다물었다.

'이에야스만은 믿고 있다…….'

그렇게 생각해 왔는데, 노부나가는 아무래도 이에야스가 더 이상 커지는 것을 좋아하지 않는 눈치였다. 그러고 보니 이에야스 혼자 다케다 가문 영토를 차지한다면 호조씨도 우에스기도 맞설 수 없게 되고, 이윽고 오우(奧羽) 땅에까지 그 세력이 뻗을지 몰랐다.

이윽고 그들은 5층과 6층을 돌아보고 7층으로 올라갔다. 여기는 사방이 층계로 된 3칸 사방의 공간이다. 여기에 이르자 노부나가는 어느덧 세상사를 잊은 듯 황홀하게 늦봄의 비와 호수 풍경에 도취되어 갔다.

꼭대기 7층은 실내에 모두 금박을 입혔다. 아니, 실내뿐 아니라 사방에 두른 복도도 모두 금이고, 안기둥에는 하늘로 오르는 용과 땅으로 내려가는 용이 그려졌으며, 천장에는 선녀들이 춤추는 모습, 방 안에는 삼황오제(三皇五帝), 공자의 10철(哲), 상산사호(商山四皓), 칠현(七賢) 그림이 그려져 있었다. 아마도 이곳에 아침저녁으로 햇빛이 비치는 모습을 산 밑에서 바라본다면, 눈부셔서 견딜 수 없을 만큼 휘황찬란한 광채를 내뿜는 것처럼 보일 게 틀림없다.

지난날 새끼띠를 두르고 참외를 깨물며 진흙 속에 뛰어다니던 기치보시는 마침내 우대신으로서 이 높은 누각에 올라 마음껏 조망을 즐기고 있었다. 그 때문에 얼마나 많은 싸움을 했고, 얼마나 많은 사람의 목숨을 빼앗아왔는가…… 지금 그에게 그것을 상기시키는 건 너무 가혹한 일일까. 이세의 나가시마, 에치젠의 잇코 신도들 반란에서만도 5만 명은 죽었다. 혁명이란 그토록 무참하게 사람의 피를 바치지 않으면 이루어지지 않는 것일까……

노부나가가 사방을 한 바퀴 휘둘러볼 때까지 따라온 미쓰히데도, 일곱 근위무사도 그 가슴속을 오가는 감회를 방해하지 않으려 숨죽이고 있었다.

무엇을 생각했는지 노부나가가 별안간 몸을 확 돌렸다. 그리고 묵묵히 동쪽 층계를 내려가기 시작했다.

'또 무엇을 생각해냈구나……'

미쓰히데를 비롯하여 모두들 그 엉뚱한 행동에 익숙해 있으므로 묵묵히 뒤따랐지만 노부나가는 도중에 걸음을 멈추려 하지 않았다. 석축 높이 12칸 남짓, 그 위에 17칸 반이나 되는 7층 천수각이 있다. 따라서 꼭대기에서 아래까지는 30칸으로 180자쯤 된다. 그것을 단숨에 달려 내려와 천수각을 나오더니 곧 북쪽 외곽으로 향했다.

여기에 노부나가의 임시거처가 있었다. 축성을 명하고 나서 석 달째인 덴쇼 4년(1577) 2월 23일에 기후를 떠나 여기로 와 있었다. 그 임시거처 앞까지 오더니 노부나가는 말했다.

"대머리, 그만 됐어."

미쓰히데에게 턱짓하고는 안으로 성큼 들어갔다.

"노—"

여전히 옛날처럼 부르며 안으로 들어섰다. 그러면서 줄달음쳐 따라오는 시동들을 돌아보고 손을 저었다.

"올 것 없다."

미쓰히데의 외사촌누이뻘인 노히메는 아이를 낳지 않은 까닭인지 여전히 젊어 보인다. 잠자리는 이미 젊은 소실에게 양보하고 있었지만, 노부나가는 볼일이 있으면 개의치 않고 예사로 그곳에 묵었다.

노히메는 시녀를 거느리고 나와서 말했다.

"어서 오세요. 무슨 급한 일이라도."

노부나가는 앉자마자 입을 열었다.

"노, 저 대머리가 나에게 한 가지 좋은 것을 생각나게 했어. 그렇지, 언젠가 오카자키에서 도쿠히메가 보내온 편지, 그것을 기후에서 가져왔나?"

그러고 보니 노부나가가 기후성에서 이곳으로 나르게 한 것은 차 도구 말고 아무것도 없었다. 부지런히 모은 무기도, 황금도, 양식도, 마필도 남김없이 아들 노부타다에게 물려주고 왔다.

"저, 도쿠히메의 편지라니요……?"

"왜 있잖나, 쓰키야마 마님이며 노부야스에 대해 불평한 그 편지 말이야."

"네, 그거라면 문갑 속에……."

"내놔!"

노부나가는 노히메 앞으로 손을 내밀었다.

그러나 노히메는 곧 일어서려고 하지 않았다. 노부나가가 이상으로 명석한 두뇌를 가졌으며, 그의 뜻을 번개처럼 눈치채고 움직이는 노히메로서는 드문 일이었다.

"내놔! 빨리……."

노부나가는 노히메의 코 끝에 대고 다시 한번 손을 흔들었다.

"그런 것을 새삼 무엇에 쓰시려고요?"

"이상한 말을 하는군. 무엇에 쓸지 모를 만큼 그대는 바보가 아닐 텐데."

"그 편지를 증거로 누구를 문책하시려는 건가요?"

"그것도 알고 있잖아?"

노부나가는 잇몸을 드러내며 혀를 찼다.

"그대는 살모사(도산사이토)의 딸이니까."

"아니, 지금은 아니에요. 우대신 노부나가의 아내지요."

"건방지게끔……."

노히메의 표정이 창백하게 굳어지는 것을 보자 그는 이번에는 볼을 허물어뜨리며 웃었다.

"그 편지로 나는 이에야스에게 노부야스를 베게 하려고 결심했어. 그대가 그것을 모를 리 없을 텐데."

"알기 때문에 그만두시라고 말리는 거예요."

노히메의 목소리도 튕기듯 날카로워졌다.

"대감님은 이제 오다 가문의 우두머리가 아닙니다. 우대신 노부나가 공이 맏사위를 베게 한다면 두고두고 옥에 티가 되겠지요."

노부나가는 다시 한번 볼을 허물어뜨리고 비웃었다.

"건방지다…… 그대는 지금껏 오다 가문 우두머리의 마누라야. 아직 덜 자랐어. 덜 자랐단 말이야."

그러나 노히메도 지지 않는다.

"배우지 못한 것은 잘 알고 있어요. 하지만 배우지 못한 자에게는 배우지 못한 자의 부도(婦道)가 있습니다. 이 일만은 그만둬주십시오."

"안 돼!"

비로소 노부나가의 목소리가 커지더니 곧 다시 작아졌다.

"오다 가문의 우두머리라면 사위는 미카와의 친척, 어디까지나 단결하여 서로 잘 살아나가지 않으면 안 된다. 그러나 우대신이 되고 보면 그 생각은 늘 천하에 있지 않으면 안 돼. 이 이치를 모르는 그대는 아니겠지."

"……"

"알겠나. 내가 기후성에서 아무것도 가져오지 않고 오와리와 미노 두 나라를 노부타다에게 주고 발가숭이가 되어 이 성으로 옮겨온 마음은 이제 기후의 노부나가가 아니라고 내 마음의 태도를 바꾸기 위해서였어. 기후의 노부나가라면 내 자식, 내 사위, 내 친척에게 잘못이 있어도 눈감아줄 수 있을 테지. 하지만 아즈치의 노부나가는 그럴 수 없어. 천하를 어지럽히는 놈, 나라 평정을 방해하는 놈은 내 자식이든 사위든 용서할 수 없다. 그대가 그 이치를 모른다는 것은 아직 기후의 마누라에서 벗어나지 못한 증거라고밖에 생각할 수 없어."

노히메는 찌를 듯한 눈초리로 잠시 노부나가를 올려다보더니, 이윽고 일어나 문갑 속에서 한 다발의 편지를 꺼내 노부나가에게 건넸다.

"대감님!"

"알아들었군, 역시 그대는……."

그 말을 가로막으며 노히메는 말했다.

"도쿠히메의 편지를 분부대로 드리겠으니 자, 저부터 이 자리에서 베어주십시오."

노히메는 아직 노부나가에게 굴복한 게 아니었다. 새로 지은 성의 숲에서 골짜기로 두견새가 녹음을 스치며 두 번 울고 지나갔다.

"뭐, 베어달라고……."

노부나가는 뜻하지 않은 아내의 말에 얼마 동안 숨을 삼키는 표정이 되더니 이윽고 놀리듯 다시 웃기 시작했다.

"그대는 역시 저 대머리 아케치의 외사촌누이로군. 그대들 혈통 속에는 남을 충고하려는 바보 같은 버릇이 있어. 대머리 놈, 내가 히에이산을 불사를 때도, 나가시마 공격 때도 건방지게 충고했었지. 중을 죽이면 칠생(七生) 동안 저주받는다는 어리석은 충고를. 그대도 역시 마찬가지야."

노히메는 오싹할 만큼 차가운 목소리로 가로막았다.

"아니, 다릅니다. 저는 충고하지 않아요. 저부터 먼저 죽여 달라고 청하는 거지요."

"흥, 왜 죽고 싶지?"

"분하기 때문이에요."

"허, 내가 노부야스를 베면 그대는 분한가?"

"노부야스 님 일이 아닙니다. 그 때문에 도쿠히메의 인생에도, 쓰키야마 마님의 목숨에도 반드시 화가 미치겠지요. 같은 여자의 몸으로 저는 견딜 수 없이 분합니다."

이번에는 노부나가가 고개를 갸우뚱하고 물끄러미 아내를 쳐다보았다. 노히메가 이처럼 강한 태도로 남편에게 저항해 온 것은 두 사람이 결합한 뒤 처음 있는 일이었다.

"여자는 남자들 노리개가 아닙니다! 비록 천하를 위하는 일이더라도, 이 일에 동의해서는 여자로서의 제 마음이 용서치 않습니다."

"그런가?"

"쓰키야마 마님은 불쌍한 난세의 희생자, 맏따님 도쿠히메도 미워서 노부야스 님 일을 고자질해 온 건 아니지요. 일시적인 망설임, 사랑하기 때문에 하는 어쩔 수 없는 망설임…… 저는 그것이 여자의 본성이라고 슬프게 생각됩니다. 그런데 대감님은 그것을 방패 삼아 도쿠히메에게서 남편을 빼앗고, 쓰키야마 마님을 죽게 하려고 일을 꾸미십니다. 저도 같은 어리석은 여자, 자, 죽여주세요."

노히메의 얼굴에서 어느덧 핏기가 가시고 있다. 5월 바람이 푸른 잎사귀들을 씻고 흘러들어왔지만, 거실 공기는 얼어붙을 듯 매서웠다.

노부나가는 다시 얼마 동안 고개를 갸우뚱했다. 노부나가의 성급함은 가신들이 생각하는 것만큼 얕고 심한 게 아니었다. 때로는 보통사람보다도 더 화내지 않았다.

"좋아, 미카와 사돈에게서 오쿠보 다다요와 사카이 다다쓰구가 공사를 도우러 와 있어. 여기로 불러 두 사람에게 따져보자."

노부나가는 말투도 표정도 시원스레 바꾸고 손뼉 쳐 시동을 불렀다.

"이봐, 미카와의 오쿠보와 사카이를 이리로 오게 해라."

시동이 공손히 물러가자, 노부나가는 다시 아내를 바라보았다.

"그대도 백지로 돌아가. 나도 백지로 돌아가지. 노부야스가 문중에서 어떤 평을 받고 있는지, 우선 그것을 물어보겠다. 알겠나, 그런 뒤 노부야스를 베려 한 내가 무참했다면 깨끗이 물에 씻어버리지. 그 대신 그대가 무리였다고 깨달으면 더 말하지 마."

그러나 노히메는 아직도 창백하게 얼굴이 굳어져 대답하지 않는다.

이윽고 시동에게 안내되어 요시다 성주 다다쓰구와 니마다성(二股城)을 맡고 있는 다다요가 거실로 들어섰다.

노부나가는 노히메와의 언쟁을 잊은 듯 기분 좋게 두 사람을 맞았다.

"자, 이리로 가까이. 날마다 수고가 많소. 성 공사를 돕는 일은 백전노장인 그대들에게 맞지 않겠지만 잘 해주었소. 나는 오는 5월 11일이 길일이라 드디어 완성된 천수각으로 옮길 작정이오. 그렇게 되면 하루바삐 이에야스 님을 초대하여 성 구경을 시켜드리려 마음먹고 있는데, 어쨌든 나머지는 옮겨가는 일 뿐이겠지. 오늘은 날씨가 추우니 이런저런 이야기나 하다 가도록."

정2품 우대신 노부나가로부터 이처럼 친밀한 말을 들으니 무뚝뚝하기만 한 미카와 무사도, 새우춤을 잘 추는 다다쓰구도, 이따금 뜻하지 않은 우스갯소리로 사람을 잘 웃기는 다다요도 긴장된 표정을 떠올렸다. 게다가 새로 지은 성의 호화로움이 어느덧 그들의 마음에 위압을 가해 오고 있었다.

'그렇다. 노부나가 님은 이미 천하의 지배자다…….'

그러므로 두 손을 짚고 엎드린 다다쓰구의 눈에도, 다다요의 눈에도 엷게 눈물이 번졌다.

"이봐, 사양 말고 좀 더 가까이 오너라. 그리고 보니 다다쓰구는 나가시노 싸움에서 도비노스산을 기습하여 승리의 계기를 마련했고, 다다요는 울타리 밖으로 나가 다케다 군에게 맨 먼저 창을 들이댔었지. 이번에 또 가쓰요리가 싸움을 돋우고 있다던데, 두 사람이 없으니 이에야스 님도 곤란하겠군. 이제 공사도 끝났 겠다 빨리 돌아가 단단히 막아주도록 부탁해야겠지. 그래, 나도 오늘은 좀 틈이 났으니 술이나 나누도록 할까. 이봐, 술상을 준비하도록."

이렇듯 기분 좋게 시키는 일이라 노히메도 반대할 수 없었다. 노히메는 시녀를 불러 명했다.

불려온 두 사람은 더욱 황송해 몸을 굳히고 있다. 무엇보다도 우대신과 무릎 을 마주하고 마님 거실에서 술잔을 받는다는 데 몸 둘 바를 몰랐다. 아마 이에 야스도 이런 친절을 받은 적은 아직 없으리라.

"그대들은 도쿠가와 가문의 대들보일세. 앞으로도 가문의 결속을 잘 부탁하네. 다다쓰구부터 술잔을."

"옛, 하찮은 저에게 그토록…… 감사히 잔을 받겠습니다."

붉은 칠을 한 두 홉 들이 잔을 받는 다다쓰구의 뼈마디 굵은 손이 가늘게 떨 렸다.

"자, 다음은 다다요. 그대의 니마다성은 적과 가까워 걱정이 많겠지?"

"분에 넘치는 말씀입니다. 그럼, 들겠습니다."

두 사람이 마시고 나자 곧 이어 또 시녀에게 술을 따르게 했다.

"다른 사람에게 물을 수 없는 일이라 두 사람에게 묻는데, 문중에서 내 사위 노부야스에 대한 평이 그리 좋지 않다고 들었는데 무엇 때문일까?"

두 사람은 술잔 그늘에서 흘끗 얼굴을 마주 보았다. 다다요가 조심스럽게 대 답했다.

"황송하오나 지금 한창 혈기왕성한 때라, 그런 말을 하는 자가 있는 것으로 압 니다만."

다다쓰구가 뒤를 받았다.

"참으로 무용이 뛰어나시어 때로 진중에서 우리 같은 늙은이에게까지도 호통 치십니다. 그래서 그런 뒷말을 하는 자가 있는 게 아닐까요."

"허, 그대들마저 꾸짖는단 말이지?"

"예, 무용에서는 확실히 아버님보다 뛰어나다고 모두 말하고 있습니다."

"흠, 믿음직하군. 자, 더 들게."

그리고 또 술을 따르게 했다. 다다요도 다다쓰구도 노부나가의 가슴속에 노부야스를 제거하려는 생각이 감춰져 있는 줄 생각지도 못했다. 두 사람은 모두 자기 한 몸의 영광에 감격하여 노부나가의 말을 반대로 해석했다.

'우대신이 되시다니 사위를 더욱 귀엽게 생각하고 계시다…….'

그렇게 해석하니 다다쓰구는 노부야스의 행복이 도리어 화날 정도였다. 그는 석 잔째 술잔을 절반쯤 비우고 나자 눈가를 불그레 물들이고 노부야스를 노부나가 편 사람으로서 이야기하기 시작했다.

"무용은 대감님보다 뛰어나니 이제 문중의 인망을 모아야겠지요. 그 점에서는 아직 고생한 적 없어 지난해 동짓날, 오랜만에 가쓰요리가 오이강을 건너왔을 때만 해도 진중의 대감님 앞에서 저와 충돌하셨습니다."

노부나가는 잘 들어주는 척 말을 재촉했다.

"허, 꾸중들은 게 그때 일인가. 그래, 노부야스는 뭐라던가, 그대에게."

"이 다다쓰구의 용병이 느리다면서 싸움을 모른다, 용기가 부족하다고 말씀하셨습니다."

"과연, 노부야스가 좀 지나쳤군."

"예, 그래서 저도 작은주군이 그런 말씀을 하시다니 섭섭하다, 황송하오나 이 다다쓰구는 가쓰요리의 전술과 전법을 모두 알고서 하는 전진후퇴이니 내일의 싸움을 잘 보신 다음 평하시라고 쏘아붙이고 이튿날 멋지게 가쓰요리를 물리쳐 보였습니다."

"그래, 무용으로는 아버지보다 뛰어나지만 인품은 아직 아버지를 따르지 못한다는 말이군. 자, 술을 들면서 편하게 이야기하게."

"예, 무장은 단지 강하기만 해서는 안 되지요. 승리와 패배는 번갈아 찾아오는 것, 늘 승리하리라 여기면 나가시노에서의 가쓰요리 같은 꼴을 당한다고 노신들이 간언하지만 젊으므로 좀처럼 받아들여주시지 않습니다."

"신경질도 꽤 심하다면서? 언젠가 매사냥을 나갔다 돌아오는 길에 중을 만나 말안장에 붙들어 매어 끌고 다녀 죽였다던데?"

다다쓰구는 매우 너그러운 마음이 되어 말을 이었다.

"예, 실은 그때…… 여기 있는 다다요가 대감님 명을 받아 오카자키로 훈계 말씀을 전하러 갔습니다."

"그때 노부야스는 뭐라고 하던가?"

"황송하오나 우대신님의 높으신 이름을 들며 노부나가 공도 히에이산과 나가시마 등에서 몇 백, 몇 천의 중을 죽였다. 내가 죽인 것은 단 한 사람, 뉘우치고 있으니 그만 책망하라고 심부름 간 제가 오히려 단단히 호통을 들었지요."

노부나가는 노히메 쪽을 흘끗 보고 나서 말했다.

"다짐 삼아 말해 두지만, 나는 내 신경질로 승려를 죽인 일은 아직 한 번도 없네."

"예……."

"승려이면서 군사를 기르고 무력을 휘둘러 천하평정을 방해하므로, 승려의 탈을 쓰고 성지(聖地)를 범하는 얄미운 도둑들이라 여겨 가차 없이 죽여버린 거지. 그것과 이것을 혼동하다니 노부야스는 정말 버릇없군."

별안간 노부나가의 말투가 바뀌었으므로 두 사람은 순간 얼굴을 마주 보고 말없이 있다가 잠자코 다시 술잔을 입으로 가져갔다. 노부야스가 책망 듣는 입장이 되자 다다쓰구도 다다요도 안절부절못했다. 칭찬 들으면 조금 나무라는 소리도 하고 싶지만, 노여움받게 되니 노부야스를 두둔해 주고 싶었다. 나무랄 데 없는 작은주군이라고는 할 수 없지만 그렇다고 미운 것은 물론 아니다.

두 사람이 입을 다물고 있자 노부나가는 다시 밝게 웃었다.

"어떻게 된 건가, 별안간 꿀 먹은 벙어리처럼. 그런데 쓰키야마 마님은 여전하신가?"

이번에는 다다쓰구가 노부야스를 두둔하려는 마음으로 조심스럽게 입을 열었다.

"예, 그 일입니다만 어쨌든 그분의 집념은 여간 아니어서…… 지금껏 이마가와 가문 전성시대를 입에 올리고 계십니다. 말하자면 작은주군의 버릇없음도 마님의 영향을 받아서라고 우리들은 몰래 이야기하고 있습니다."

"과연 마님이 노부야스를 그르치고 있다는 말인가. 마님은 지금도 나를 요시모토의 원수라고 부르는가?"

"예, 실로 이상한 집념인가 합니다."

"나는 교토에서 요시모토의 아들 우지자네에게 공차기를 시키며 구경했어. 우지자네는 부모 원수인 내 앞에서 공차기하는 게 즐거운 것 같았는데, 그런가, 마님은 우러러볼 만하군그래."

"죄송한 일입니다."

"그럼, 지금까지 도쿠히메가 세자를 낳지 못하는 것을 기뻐하겠군. 또 누군가 측녀라도 찾고 있는가?"

"그게 모두 마님 혼자 서두르시는 일이지요. 도쿠히메 님이 아직 젊기 때문에 중신들은 아무도 걱정하지 않고 있습니다."

"좋아, 오카자키의 사정을 이것저것 듣게 되어 즐거웠네. 한 잔 더하고 가도록."

두 사람은 그제야 비로소 술잔을 엎고 말했다.

"뜻밖의 온정을 입어 너무 오래 있었습니다. 이것으로 실례하겠습니다."

그러고는 서로 재촉하여 나가버렸다.

노부나가는 한동안 잠자코 있었다. 초여름 바람이 마루에서 영창으로 불고, 처마 밑에서 매미가 울기 시작했다.

"가쓰요리조차도 가이의 뒤를 잇기에는 역량이 부족했어. 하물며 화난다고 시녀 입을 찢고, 승려를 안장에 매달아 끌고 다니다 죽인다면."

그것은 혼잣말이라기보다 역시 노히메에게 들으라는 중얼거림이었다.

"무엇보다도 중신들이 싫어하는 게 걱정이야. 혐오받으면서도 밀고 나갈 만한…… 그만한 재주꾼도 아니지. 게다가 아직까지 우리를 원수라고 욕하는 어머니가 딸려 있어. 이 집념과 노부야스의 성급함이 만약 하나로 합쳐진다면, 이에야스의 목은 안에서 오랏줄로 묶일지도 몰라. 이에야스가 넘어지는 날이면 일본은 다시 난세로 돌아갈 테지."

노히메는 별안간 엎드려 울기 시작했다.

노부야스를 제거하지 않으면 안 된다는 노부나가의 마음이 비로소 노히메의 가슴을 슬프게 꿰뚫기 시작한 것이다. 노히메는 엎드려서 울며 마음속으로 부르 짖었다.

'인간은…… 인간은…… 어째서 이처럼 어리석을까. 왜 좀 더 냉정한 분별을 지니고 태어나지 못할까……'

쓰키야마 마님의 집념도, 노부야스의 성급함도, 그리고 지금은 자신의 감정까지도 저주스러웠다.

노부나가는 몸부림치며 우는 마님을 보고 갑자기 무릎을 탁 쳤다.

"그대답지 못한 일, 삼가는 게 좋소."

그러나 마님은 한층 더 안타깝게 소리 내어 울었다.

낙뢰

이에야스는 무장한 채 동풍이 녹음을 스쳐지나가는 아래로, 오아이 부인의 산실을 향해 발걸음을 재촉하고 있었다.

그해 4월 23일 가쓰요리가 아나야마 바이세쓰의 거성인 스루가의 에지리까지 또 군사를 보내왔으므로 이에야스는 그것을 맞아 싸우기 위해 출전했다. 가쓰요리는 나가시노 패전에서 혼난 뒤 용병에 신중해져 쉽사리 나와서 결전을 벌이려 하지 않았다. 하는 수 없이 근위장수를 남겨 맞서게 해놓고 이에야스는 일단 하마마쓰로 돌아왔다.

오아이 부인은 이번이 초산은 아니었다. 덴쇼 4년(1576) 4월 7일 벌써 한 아기를 낳았다. 나가마쓰마루(長松丸)라고 이름 지은, 뒷날의 히데타다(秀忠)가 그였다. 동시에 오아이 부인은 사이고(西鄕) 마님이라고 불리며 정실이 없는 하마마쓰성에서 특히 모든 사람의 친근감과 존경을 받았다.

전쟁터에서 돌아와 보니 그 사이고 마님이 된 오아이 부인이 둘째 아기를 낳았다. 이에야스로선 노부야스, 오기마루, 나가마쓰에 이은 넷째 아들의 탄생이었다.

"또 사내아기가 태어났습니다."

성을 지키고 있던 혼다 사쿠자에몬으로부터 전해 듣고 무장도 풀지 않은 채 산실을 방문하게 되었다.

"그래, 큰 공을 세웠군. 성에 오래 머물러 있을 수 없으니 지금 가서 대면하고 가겠네."

이 성도 사쿠자에몬에게 명하여 전보다 훨씬 크게 확장했지만 그 검소함은 아즈치의 규모와 비교도 안 되었다.

노부나가의 추천으로 이에야스도 종4품 좌근위권소장(左近衛權少將)에 임명되고 영토도 서서히 늘어나고 있다. 그에 따라 생활이 얼마쯤 화려해져도 좋으련만 이에야스는 반대로 단단히 단속했다. 지난날 일즙오채를 허락한 이에야스가 일즙삼채로 충분하다고 말하는가 하면, 밥에도 보리를 2할쯤 섞으라고 명하는 등 고집스럽게 검소했다.

"이것만도 백성들보다는 훨씬 사치스럽지. 백성들이 무엇을 먹고 사는지 보고 오너라."

말하면서 된장그릇을 깨끗이 부셔서 마시거나 짠지를 오드득 소리 내어 씹어 먹는 이에야스를 보면 언제나 찬반이 엇갈렸다. 훌륭한 대장이라고 칭찬하는 자와 타고난 인색함이 드러난 게 아니냐고 위태롭게 여기는 자로 나뉘었다.

이에야스는 사쿠자에몬의 안내로 성 북쪽 구석에 세워진 회나무 껍질로 지은 조그만 산실 앞에 다다르자 시종을 그곳에 세워두고 살며시 가죽신 끈을 풀었다.

"좋아 좋아, 부르지 마라. 자고 있으면 살짝 들여다보고 그대로 가자."

새로이 이 세상에 삶을 얻은 아기를 만나는 마음은 각별했다. 마중 나온 유모와 시녀를 눈으로 제지하고 조용히 산실 미닫이를 조금 열게 하여 그 앞에 서자 소년처럼 심장의 고동소리가 높아졌다.

안에서는 옆에 아직 핏덩어리 비슷한 젖먹이를 뉘어놓고 오아이 부인이 눈을 반짝 떠 천장을 쳐다보고 있었…….

이에야스는 되도록 놀라게 하지 않으려고 낮은 목소리로 불렀다.

"오아이……."

오아이는 깜짝 놀라 시선을 움직여 이에야스의 모습을 발견하고 놀란 듯 자리 위에 일어나 앉았다.

"가만가만, 그대로……."

"오신 줄 모르고 이런 차림으로……."

"아냐 아냐, 큰 공을 세웠어. 또 아들이라면서? 나가마쓰도 동생이 생겨 기뻐하겠지. 아직 이름이 없구나. 그래서 오는 길에 곰곰이 생각하며 왔어. 먼젓번이 나가마쓰이니, 이번에는 후쿠마쓰(福松)라고 해라."

"네, 후쿠마쓰마루 님인가요?"

"그렇지. 후쿠마쓰마루…… 진중에 있는 몸이 아니면 모든 의식을 격식대로 해주고 싶지만, 적을 눈앞에 두고 그럴 수 없소. 용서해 주오."

젖먹이의 잠든 얼굴을 들여다보며 말한 다음 이에야스는 오아이 부인에게 미소 지어 보였다.

"묘하단 말이야."

"나중에 태어나는 놈일수록 귀여운 생각이 들어. 부모를 빨리 여의기 때문이라고 흔히 말하는데, 그런지도 모르지."

"네."

오아이는 순순히 대답했지만, 이것은 아직 오아이가 알 수 있는 감정이 아니었다. 오아이가 아는 것은 이에야스가 날로 허식을 싫어하고 엄하게 자기 내부의 충실을 꾀하고 있다는 사실뿐이었다. 그것은 노부나가가 파죽지세로 뻗어날수록 깊고 엄하게 가라앉아가는 음양 양극의 차이처럼 보였다.

"노부야스는 21살이 되었다. 오기는 아직 데려오지 않았지만 7살, 나가마쓰는 4살, 후쿠마쓰가 1살인가. 앞으로 노부야스의 아들인 손자 다케치요가 태어나면 모두 함께 탈춤구경이라도 하도록 할까."

"그러고 보니 작은주군께 빨리 세자가……."

"그것도 머잖아 이루어지겠지. 오아이."

"네."

"그대는 누워 있어도 좀처럼 마음이 한가롭지 못한 성미야. 이것저것 생각지 말고 빨리 건강을 되찾도록 해."

"고맙습니다."

"나는 곧 스루가로 다시 가야 돼. 그 전에 의논할 일들도 있으니, 충분히 몸조심해서."

이에야스는 일어나기 전에 말먹이 냄새가 밴 손으로 다시 한번 갓난아기의 볼을 살그머니 만지고 일어섰다.

오아이는 무릎을 가지런히 하고 자리 위에 엎드려 있다.

밖으로 나오자 아직 햇살이 겨우 기울기 시작한 참이었다. 서쪽 하늘에 뭉게뭉게 소나기구름이 솟고 있지만 소나기가 곧 내릴 기미는 보이지 않으니 오늘은 이대로 건조한 채 저물어 가리라.

이에야스가 다시금 노부야스로부터 지금 후쿠마쓰라고 이름 지은 갓난아이까지 자기 아들의 얼굴을 죽 생각하며 걷고 있는 곳에, 언제 다른 데 갔었는지 서두르는 걸음으로 사쿠자에몬이 돌아와 매우 흥분된 말투로 불렀다.

"대감님!"

"뭐냐, 사쿠자? 그대답지 않게시리. 무슨 일이 있었는가?"

"대감님! 노부나가 놈이 마침내 본색을 드러냈습니다. 그놈은 본디 교활하기 짝이 없는 맹수였지만 말입니다."

"말조심해, 사쿠자! 그 무슨 말버릇이냐!"

그러나 이에야스의 표정도 납을 칠한 듯 순식간에 흐려졌다. 남이 놀라서 흥분하면 일부러 시치미 뗀 침착함을 가장하는 것이 사쿠자에몬의 버릇이었다. 그 사쿠자에몬이 눈에 핏발을 세우고 입가의 근육을 꿈틀꿈틀 떨고 있다. 아니, 그보다도 요즘 노부나가가 왠지 모르게 이에야스의 마음에 그림자를 떨구고 있는 탓인지도 모른다.

난폭한 말투를 엄하게 나무라고 이에야스는 곧 다음 질문을 던졌다.

"어떻게 된 일이냐? 다다쓰구와 다다요에게서 무슨 말이 있었나?"

"예, 두 사람 다 안색이 달라져 돌아와 지금 본성에서 대감님을 기다리고 있습니다."

"두 사람 다 안색이 달라져……?"

"대감님! 노부나가 놈이 마침내 큰 난제를 내놓았습니다."

"이시야마 혼간사 공격이라도 말해왔다는 말이냐?"

"천만에 그런 하찮은 일이 아닙니다. 놀라지 마십시오. 오카자키의 노부야스 님을……"

말하려다가 사쿠자에몬은 얼굴 가득 증오를 나타내 보였다.

"저로서는 말할 수 없습니다. 빨리 두 사람을 만나주십시오."

이에야스는 그 한마디에 가슴을 푹 찔린 느낌이 들었다. 그가 은근히 두려워하던 일이 사실로 되어 나타난 모양이다.

"그래……"

하늘을 우러러보며 중얼거릴 뿐 이에야스는 이미 아무 말도 하지 않았다. 특별히 서두르지도 않고 낭패한 빛도 보이지 않는다. 차츰 뚱뚱해지기 시작하여 둥근 맛을 더한 이마에 흥건히 땀이 내배어 반짝이고 있었다.

본성에 들어가니 벌써 분위기가 홱 바뀌어 있었다. 다다쓰구도 다다요도 이상하리만큼 어깨를 떨군 채 앉아 있고, 그 양쪽에 늘어앉은 근위무사들 사이에 숨막힐 듯한 비분이 감도는 것을 느꼈다.

"두 사람 모두 수고 많았다."

이에야스는 애써 조용히 두 사람을 보고 근위무사를 보았다.

"우대신님은 안녕하시더냐?"

"예."

다다요보다도 먼저 다다쓰구가 두 손을 짚고 머리를 푹 늘어뜨렸다.

"왜 그래, 사람들을 물러나게 하란 말이냐?"

"아닙니다…… 그……그……그럴 필요는 없습니다."

"그렇다면 말해 봐, 무슨 일이 있었나?"

"오카자키의 작은주군과 쓰키야마 마님 두 분을 자결케 하라는 난제입니다."

단숨에 말하고 다다쓰구는 그대로 다다미에 이마를 조아렸다. 순간 주위에 살기가 들이찼다.

"다다쓰구…… 그대는 그것을 승낙하고 왔나?"

"천만의 말씀입니다! 우리 마음대로 그러한 일을 승낙할 수 있을 턱이 없습니다."

"그래?"

이에야스는 가볍게 두서너 번 고개를 끄덕이고 깊이 탄식 어린 목소리로 말했다.

"무엇 때문인가?"

"지금 그것을……말씀드리겠습니다."

다다쓰구는 떨면서 대답했고, 다다요는 고개를 푹 수그린 채 한마디도 말하려 하지 않았다.

"까닭은 12가지였습니다. 지금 제정신이 아니니 앞뒤의 순서는 용서해 주시기를……."

다다쓰구는 자세를 바로잡고 침착하려고 애썼다. 전쟁터에서는 10배 20배의 적을 대해도 코웃음 치며 상대하던 다다쓰구가 눈에 핏발을 세워 떨고 있는 게 이에야스의 마음에 무겁게 짓눌려왔다.

"첫째는 요즘 오카자키 언저리에서 유행하기 시작한 춤에 대해서였습니다. 그 춤은 이마가와 요시모토가 덴가쿠 골짜기에서 거꾸러지고, 그 아들 우지자네가 가문을 잇자 들불처럼 퍼졌던 춤입니다."

"음."

"그것이 오카자키에 유행하기 시작한 것은 무엇 때문이냐. 백성들이란 영주를 신뢰하고 마음에 희망이 있을 때는 그러한 유행을 받아들이지 않는 법. 하지만 눈앞에 희망이 없어지면 춤으로 자신을 잊으려 한다. 그 때문에 이 춤을 망국의 춤이라고 한다니, 이것은 노부야스 님이 백성들에게 희망을 줄 만한 덕이 없는 증거라고."

이에야스는 조용히 눈을 감고 고개를 끄덕였다.

"두 번째는……?"

"둘째는 이마가와 가문이 망할 때 우지자네도 그 춤을 곧잘 추었고 춤추면서 이마가와 가문을 멸망시켰는데, 노부야스 님 또한 그 춤을 좋아하여 몸소 마을을 돌며 춤출 뿐 아니라 춤이 서투르거나 누추한 옷을 걸친 자에게 화내며 활로 쏘아 죽였다, 이것은 영주로서 있을 수 없는 일……."

"다다쓰구."

"예."

"노부야스는 참으로 그런 일을 하였느냐?"

"예……예."

"그것을 중신들은 왜 나에게 알려주지 않았느냐?"

"말씀드리면 대감님께서 꾸중하시고, 대감께 꾸중 들으면 노부야스 님이 중신들에게 고자질했다고 화풀이합니다."

"세 번째는?"

이에야스는 내쏘듯 말하고 다시 눈을 감았다.

"세 번째는 매사냥 다녀오는 길에 승려 목에 새끼를 매고 말로 끌고 다니다 죽인 일입니다."

"네 번째는……무엇이었느냐?"

"네 번째는 사카키바라 고헤이타가 몇 번이고 간언하는 데 화내시어 활로 쏘아 죽이려고 했던 일입니다."

이에야스는 깜짝 놀라 오른쪽에 앉은 고헤이타에게로 시선을 돌렸다.

"고헤이타, 그런 일이 정말 있었느냐?"

"예."

"그때, 그대는 어떻게 했는가? 화살을 피하였는가?"

고헤이타는 문득 고개를 떨구다 말고 대답했다.

"죄 없는 소신을 죽이시면 대감님께서 어떻게 생각하시겠느냐며 자, 쏘아 죽이십시오, 라고 말씀드렸더니 안색이 부드러워지며 그대로 내전으로 들어가셨습니다."

이에야스는 자기 몸에 뺄 수 없는 대못이 점점 때려 박혀오는 느낌이었다.

'내가 모르는 일을 노부야스는 모두 샅샅이 알고 있다…….'

노부야스가 가신에게 신망이 없는 증거가 아니고 무엇이랴.

'불쌍한 놈…….'

생각하면서 다시 감정을 억누르고 이에야스는 조용히 물었다.

"다섯 번째는……?"

"다섯 번째는……."

다다쓰구는 슬며시 주먹으로 눈물을 닦았다. 넓은 방 안은 그리 덥지 않았고 선선한 바람이 이따금 불어왔는데도 다다쓰구의 등에는 땀이 흥건히 배어 있었다.

"작은마님 도쿠히메 님께서 연달아 따님을 낳으신 일을 불쾌히 여기고, 아들을 얻기 위한 구실로 첩을 두었으며, 매사에 학대한 일……."

"다음은?"

"작은마님을 따라온 시녀 고지주가 노부야스 님에게 간언한 것에 노하시어 베어버린 다음 두 손으로 입을 찢은 일."

"다음은?"

"쓰키야마 마님에 대해서입니다. 그 한 조목은 가쓰요리에게 밀서를 보내 내통하여 오다, 도쿠가와 두 가문의 멸망을 꾀한 일."

듣다 견딜 수 없게 되어 이에야스는 막았다.

"이제 그만! 마님이 모반을 꾀했단 말이지?"

"예……예."

"오다 님은 그 일에 노부야스가 동의했다고 하던가?"

다그쳐 물으면서 이에야스는 자신에게 화가 치밀었다. 이제 와서는 무슨 말을 해도 결국 넋두리에 지나지 않는다.

노부나가는 미카와의 비위도 맞추지 않으면 안 되었던 오와리, 미노의 영주에서 지금은 천하를 다스리는 책임 있는 인간으로 입장이 바뀌어 있다. 예전의 노부나가는 도쿠가와 가문에 있어 오와리의 친척이고 미노의 친척이었지만, 지금은 천하의 지배자라는 입장으로 대해오고 있음이 틀림없다.

그러한 노부나가의 눈에 오카자키의 노부야스는 성격도, 혈통도, 행동도, 두뇌도, 역량도 그리 좋지 않은 인간으로 비쳤으리라. 용기와 분별에서는 가쓰요리에게 뒤지고, 혈통으로는 오다 가문을 원수로 노리는 이마가와의 피를 이어받고 있다. 난폭한 행동이 많고 중신들이며 백성으로부터 존경받지 못하고 있다. 그 노부야스가 만일 아버지 이에야스와 사이가 나빠져 가쓰요리와 손잡는 일이 생긴다면, 그야말로 미카와 이하 동쪽의 질서는 수습하기 어렵게 되리라. 그러한 것을 세세히 검토하고 나서 자결하라고 명한 게 틀림없으며, 한 번 말을 꺼내면 뒤로 물러서지 않는 노부나가의 성격이었다.

"노부야스 님은 마님의 모반에는 관계없지만, 마님이 울며 매달리면 정에 이끌릴 염려가 있다. 만일의 일이 있으면 지금까지 쌓아온 도쿠가와 님의 공로가 하루아침에 무너질 것이니, 나에게 사양하지 말고 할복시키라……고 말씀하셨습니다."

"뭐, 사양하지 말고……라고 말씀하셨다고?"

"예."

"그런가? 노부야스는 노부나가 님에게도 귀여운 사위일 텐데……."

이에야스가 암담하게 중얼거리자 그때까지 역시 눈을 감고 듣고 있던 사쿠자가 한무릎 다가왔다.

"대감님! 어쩌시렵니까? 설마 순순히 받아들이시지는 않으실 테지요."

"받아들이지 않고 어떻게 하겠는가?"

"싸우겠다, 맞서 싸우겠다고 하지 않으면 노부야스 님 목숨을 구할 수 없습니다."

"기다려. 서두르지 마라, 사쿠자."

이에야스는 사쿠자에몬을 누르고 다시 깊은 생각에 빠졌다. 다다쓰구와 다다요는 여전히 어깨를 떨구고 있다.

모두들의 분노는 더욱 치밀어 올라 덤벼들 듯이 묻는 자조차 있었다.

"다다쓰구 님, 당신은 작은주군을 위해 뭐라고 변명하고 오셨소?"

"모두 사실이니 거짓말이라고는 말할 수 없었소."

"무슨 소리요! 비록 사실이라도 그럴 경우 잠자코 있을 수는 없소. 그런 일 없다고 잡아떼는 것이 노신의 소임이 아니겠소!"

"그렇소, 상대가 하는 말을 잠자코 듣고 올 뿐이라면 중신이 아니라 졸개 하인이라도 할 수 있는 일이지. 훌륭한 지위의 노신이 두 사람씩이나 아무 말 못하고 물러왔다니 분한 일이오!"

모든 사람의 분노가 점점 심해지자 마침내 다다요는 입을 다물고 대답하지 않게 되었다.

이에야스는 아직도 잠자코 팔걸이 가장자리를 움켜잡은 채 움직이지 않고 있다. 주위는 점점 어두워졌다. 황혼이 가까워 바람이 자고 반대로 파도소리가 멀리 또는 가까이 귀에 들리기 시작했다.

"대감님! 마님 일은 어떻든 작은주군의 일만은 싸우는 한이 있어도 받아들일 수 없다고 곧 사자를 보내십시오. 갈 사람이 없으면 이 사쿠자가 가겠습니다. 모반에는 관련 없다고 노부나가 놈도 말한다니, 그러면 이쪽의 태도 여하에 따라 상대도 납득할 일입니다."

그러나 이에야스는 그렇게 생각하지 않았다.

"노부나가 님은 기후에서 새로 지은 아즈치성으로 옮길 때 빈손으로 가신 분이야."

"빈손이 어쨌다는 겁니까? 저편에서도 우리가 강하게 나올 것을 예기하고 있을지 모릅니다. 노부야스 님은 사위님이십니다."

이에야스는 천천히 고개를 흔들었다.

"빈손으로 새 성에 옮겨가셨다. 그 결심을 헛되이 보아선 안 돼. 그것은 앞으로 천하 지배자로 행동하겠다, 작은 한 성의 성주가 아니라고 자신의 마음에 맹세한 엄한 의미에서의 빈손이 틀림없다. 그 엄격한 눈으로 보면, 노부야스는 정녕 노부나가 님이 불안하게 생각하신 그대로의 사나이…… 불초한 자식이지."

"그렇다 해서 적자를 남의 가문 지시대로……?"

"아무튼 기다려라, 얼마 동안."

그리고 이에야스는 비로소 생각난 듯이 말했다.

"다다쓰구, 다다요, 물러가 쉬어라. 나도 오늘 하룻밤 잘 생각해 보도록 하자."

"예."

"그러나 저러나 인생은 참으로 이상한 것이구나."

"무슨 말씀이십니까?"

"지금까지 생각지 못했던 일을 오늘 문득 생각했다. 노부야스를 비롯하여 이번에 낳은 핏덩이까지 모두 자리에 앉히고 탈춤이라도 볼까…… 문득 그렇게 생각했더니 벌써 한 아이에게 불상사가 생겼군."

"……"

"알겠나. 어떻게 할 것인지 오늘 하룻밤 생각해 보기로 하마. 하지만 그대들은 결코 노부나가 님을 뱃속 검은 사람으로 생각해선 안 돼. 아마 노부나가 님도 마음속으로 울고 계시리라. 나는 그것을 알 듯싶다. 사랑하는 따님의 남편이라도 큰일을 위해서는 용서할 수 없다고. 그리하여 뒤의 염려를 없앤 뒤 주고쿠 평정에 임하지 않으면 안 된다고 생각해서리라. 그러니 속단은 안 된다. 경솔한 짓도 안 된다. 내 생각이 결정되면 모두 따라주어야 한다."

여기저기서 약속한 듯 훌쩍이는 소리가 터져 나왔다.

그날 밤 이에야스는 일찍 잠자리에 들었다. 냉정해지려고 할수록 어지럽게 가슴을 뒤흔드는 감회가 있었다.

노부나가의 마음을 속속들이 꿰뚫어보고 있다고 생각하면서 지금까지 설마 하고 방심하고 있었던 것이다. 자세한 것은 도쿠히메가 써 보냈을 게 틀림없고, 도쿠히메와 쓰키야마를 오카자키에 함께 둔 것도 실수였다. 그렇잖아도 며느리와 시어머니. 더욱이 한쪽은 이마가와의 핏줄이고 한쪽은 그를 멸망시킨 오다 가문의 딸인 것이다.

그리고 노부야스의 경우만 해도 자기 쪽에서 먼저 말했어야 했다.

"노부야스 놈의 행패가 눈에 두드러지게 심하니, 오카자키에는 성주 대리를 두고 중요하지 않은 어느 작은 성으로 옮기고 싶습니다만······."

그렇게 했다면 반대로 노부나가는 노부야스를 두둔해 왔을지도 모른다. 노부나가에게는 그런 면이 확실히 있었다.

이 경우에는 중신들의 불찰도 컸다. 모두 무용에 뛰어나며, 곧고 충성스러운 면에서는 남에게 뒤지지 않지만 외교적 정치적 솜씨는 서투르다. 그런 것은 무사답지 않은 일이라고 싫어하여 모두 입을 다무는 결점을 지녔다.

야시로의 경우에도 그랬었지만, 이번 역시 이에야스가 처음 듣는 일도 몇 가지 있었다.

'이래서는 우리가 커졌을 때 난처하다······.'

이에야스는 스스로 놀라며 반성했다. 사랑하는 자식에게 닥친 불운 때문에 당황하여 가신을 원망할 뻔한 자신을 깨달았던 것이다.

잠자리에 들어서도 좀처럼 잠이 오지 않았다. 아침이 되자 비가 내리기 시작했다. 하늘에서 줄곧 소란스럽게 천둥이 울었다.

그 무렵부터 이에야스의 베개가 흥건히 젖기 시작했다. 오가는 갖가지 상념을 초월하여 이윽고 자식의 가엾음만이 바작바작 온몸을 죄어왔다.

"노부야스, 너는 어째서 좀 더 조심스럽게 살지 못했느냐?"

내 자식의 사랑에 빠져 여기서 노부나가와 무모한 싸움을 벌인다는 건 어림도 없는 일이었다. 그런 만큼 다시금 분노가 온몸의 피를 소용돌이치게 했다. 어차피 살릴 방법이 없다면 아즈치에 목을 보내주고 싶은 생각도 들었다.

"노부야스에게 잘못이 있어 내 손으로 베었습니다."

천둥과 비가 그치자 영창이 벌써 훤해져 있었다. 이에야스는 마침내 한숨도 자지 못한 채 일어나고 말았다.

숙직 시동이 황급히 달려오자 이에야스는 말했다.

"뜨락을 걷겠다. 따라올 필요 없어."

그리고 그대로 혼자 밖으로 나갔다. 축축한 흙, 산뜻한 아침, 바다 위 하늘이 불그스레 물들어 건너편 소나무 가지가 또렷하게 맑아 보였다. 이에야스는 잠시 눈도 깜박거리지 않고 그 하늘을 바라보았다.

짧은 인생과 영원의 대결. 자연의 위대함과 인간의 하찮음.

이에야스는 자신에게 타이르듯 입 속으로 중얼거렸다.

'그렇다…… 노부야스를 위해 내 고집을 버리고 노부나가 님에게 빌어보자. 그것이 솔직한 부모의 마음이지.'

차츰 동쪽 하늘의 홍조가 짙어지며 이윽고 이에야스의 어깨 위에서 부지런한 작은 새들이 지저귀는 소리가 들리기 시작했다.

이에야스는 얼마 뒤 거실로 다다쓰구를 불렀다. 근위 시동도 모두 물리치고 다만 한 사람 동석을 허락받은 것은 이에야스의 사위 오쿠다이라 구하치로뿐이었다.

다다쓰구 역시 잠을 못 이룬 듯 눈꺼풀이 무겁고 밝지 못한 표정으로 앉으며 한숨지었다.

"다다쓰구, 수고스럽지만 다시 한번 아즈치에 가주겠는가?"

"예……"

다다쓰구는 원망스러운 듯 이에야스를 쳐다보고 곧 눈을 내리깔았다.

"그대들이 듣고 온 일이니 부득이하리라. 부사(副使)는 다다요 대신 여기 있는 구하치로를 딸려주겠다."

구하치로는 가볍게 머리를 수그리고 다다쓰구를 물끄러미 노려보았다. 구하치로 또한 다다쓰구를 못마땅하게 여기는 게 역력했다.

"이런 일이 있을 줄 모르고 노부나가 님에게 바치려고 준비해 둔 말 한 필이 있네. 오슈에서 팔러 온, 노부나가 님 마음에 들 만한 4살짜리 밤색 말인데, 이것을 끌고 두 사람이 가서 노부야스를 위해 변명해 주지 않겠느냐?"

다다쓰구는 불안한 눈길로 말했다.

"분부이오나…… 만약 노부나가 공이 들어주지 않을 때는 어떻게 하실 생각이신지 들어두고 싶습니다."

"다다쓰구……"

"예!"

"그대답지 않은 소리를 하는군. 노부나가 님이 억지를 쓰면 내가 맞붙어 싸우기라도 할 거라고 그대는 생각하나?"

"예……아니, 그렇게 생각되지 않기 때문에……."

"내가 그대들을 보내는 것은……거듭거듭 불초한 자식이지만 아비가 되고 보니 불쌍해 못 견디겠어. 앞으로는 나도 그대들도 과오가 없도록 충분히 힘쓸 테니 작은 성에라도 옮겨 목숨을 살려주고 싶은 거야."

"예."

"만일 그대 입으로 그것을 말하기 거북하다면 나는 아직 아무것도 모르는 걸로 해줘도 좋겠지. 그대들이 하마마쓰로 돌아오니, 아무것도 모르는 내가 노부나가 님에게 진상할 명마가 손에 들어왔으니 곧 끌고 가 드리도록⋯⋯명했다고 말하라. 아무것도 모르고 좋아하므로 그만 말을 꺼내지 못했으니 아무쪼록 노부야스의 일을 다시 한번 고려해 주실 수 없느냐고 말해도 좋아. 알았는가, 내 마음을."

"예."

다다쓰구는 대답한 뒤 괴로움이 넘치는 표정으로 다시 한번 되물었다.

"그래도 여전히 노부나가 공이 들어주시지 않을 때는⋯⋯."

다다쓰구는 한 번 말을 꺼낸 노부나가가 다다쓰구의 변명 따위에 귀기울여줄 리 없다고 생각하는 모양이다. 이에야스는 노여움이 왈칵 치밀었다.

"그때는 받아들일 수밖에 없다고 처음부터 말하고 있는 것을 모르는가."

"예!"

"서둘러 가거라. 끌고 갈 말은 이미 구하치로를 시켜 준비했다. 그대도 자식을 가졌으리라. 생각일랑 가는 도중에 하여라."

"알았습니다. 그럼, 곧 다녀오겠습니다."

"구하치로, 알겠는가. 자네는 아무것도 모르는 척해. 다만 말을 전하러 온 것처럼."

두 사람이 물러가자 이에야스는 다시 멍하니 생각에 잠겼다.

다다쓰구와 구하치로가 물러간 얼마 뒤 옆방에서 컬컬한 사쿠자의 목소리가 났다.

"대감님, 들어가도 괜찮겠습니까?"

"사쿠자, 들어와."

사쿠자에몬은 어제와는 전혀 다른 조용한 동작으로 들어오더니 무명바지를 쓰다듬듯 하며 앉았다.

오늘은 어제만큼 바람이 없었다. 열어젖혀놓은 뜰의 푸른 잎사귀가 강한 햇볕에 숨죽이고 있는 것 같았다.

"대감님, 이제 일은 끝났군요."

"심부름이 헛일이라는 뜻인가?"

"지금 두 사람을 배웅하고 왔습니다만 다다쓰구 님은 처음부터 변명할 마음이 없습니다."

"나도 그렇게 보았는데, 역시……."

"설마 그만한 사나이가 여자에 관련된 원한으로 없는 말을 했다고는 생각지 않지만 노부야스 님에 대한 무슨 불평을 털어놓았는지도 모르지요."

"뭐, 여자에 관련된 원한……이라니 무슨 소리인가?"

"도쿠히메 님 시녀로 오후쿠라는 30살 난 여자가 있었습니다. 이 여자에게 다다쓰구 님이 마음을 두어 도쿠히메 님께 청하여 얻어다 요시다성에 두었습니다. 이것을 노부야스 님이 나중에 알고, 다다쓰구 님을 불러 도쿠히메 님 앞에서 욕을 퍼부었답니다."

이에야스는 혀를 찼다. 그 일 역시 이에야스는 처음 듣는 이야기였다.

"지난해 초겨울 싸움 때는 진중에서 말다툼했는데, 어쩌면 다다쓰구 님이 노부나가의 결심을 굳히게 한 원인이 된 게 아닌가……하고 이 늙은이는 생각하지요. 그러므로 변명했다 한들 듣지 않을 것은 처음부터 잘 알고 있는 일…… 대감님, 이제는 맞붙어 싸우자고 말하지 않겠습니다. 일은 벌써 결정되었으니 마음을 정하시도록."

이에야스는 꼼짝하지 않고 사쿠자에몬을 쏘아본 채 고개를 끄덕이지도 않고 대답도 하지 않았다.

'사쿠자 말대로 이것은 쓸데없는 사자였는지도 모른다…….'

그에 뒤이어 이런 생각도 들었다.

'그래도 좋다. 이것이 어버이의 어리석음이다.'

구하치로를 딸려 보낸 것은 어느 쪽이나 모두 사위, 라고 노부나가의 감정에 호소하고 싶은 심정에서였지만 다다쓰구에게 변명할 수 없는 사정이 있다면 이 또한 미련만 드러내 보이는 넋두리가 되었다.

"대감님, 더 이상 아무 말씀 드리지 않겠습니다. 다만 분하실 거라고만 말씀드릴 따름입니다."

"사쿠자, 걱정하지 말게. 이에야스는 마음의 어지러움 때문에 인내를 잊지는 않네.”

“이 늙은이도 사람 일생에 이런 일도 다 있는가 하고, 단단히 마음에 새겨두겠습니다.”

“그렇지만 사쿠자.”

“예.”

“다다쓰구에게 변명할 마음이 없었다고는 아무에게도 누설하지 마라.”

“예.”

“그건 그렇고, 큰 벼락이 내렸군.”

“예, 어제는 이 늙은이조차 발끈하여 미칠 것 같았지요.”

“잘 생각해야지, 문중을 어지럽히지 않고 노부나가 님에게도 웃음거리가 되지 않도록 잘 생각해서 처리하세. 키 큰 나무를 노리는 건 바람만이 아니라는 것을 잘 알았네.”

사쿠자는 무슨 생각을 하는지 정중하게 두 손을 짚고 이에야스에게 머리 숙였다.

채찍소리

　노부야스는 그날도 새벽에 일어나 말 터로 나갔다. 아버지 이에야스도 조부 히로타다도 아침마다 말을 달렸던 이 오카자키성 말 터에는, 늙은 벚나무가 빽빽이 늘어서 무성한 푸른 잎이 아침안개 속에 산맥처럼 보였다. 한쪽 어깨를 벗어젖힌 노부야스는 질풍처럼 말을 달리며 때때로 말 목덜미에 배어나는 땀을 보았다.

　아야메가 뜻밖의 죽음을 한 뒤 노부야스는 오로지 무예단련에 열중하고 있었다. 아니, 한때 유행하는 춤에 탐닉한 적도 있었지만 그것도 노부야스로 하여금 자신을 잊게 해주지는 못했다. 언제나 어디에서나 아야메가 쓸쓸히 자기를 지켜보고 있었다.

　'아야메, 왜 죽었어.'

　마음속으로 물어보면 아야메는 잠자코 고개를 조금 저을 뿐이었다.

　'정말 이해할 수 없는 짓을 했어. 내 마음을 짓밟고……'

　요즘은 노부야스도 나름대로 아야메의 죽음을 이해하게 되었다. 아야메는 무엇보다도 노부야스와 도쿠히메의 불화를 두려워한 거라고 여겨졌다. 자기로 말미암아 부부 사이가 나빠지면서 오다 가문에도 도쿠가와 가문에도 미안한 일이라고 소심하고 착한 마음으로 번민하고 있을 때 쓰키야마 마님이 기쿠노라는 처녀를 데려오자 노부야스의 사랑이 다른 곳으로 옮아가기 전에 죽음을 선택한 것……이라고 해석했다.

　그 뒤부터 노부야스는 도쿠히메와의 화합을 생각하게 되었다. 마음 한구석에 그것이 아야메의 명복을 비는 일이라는 생각이 있었기 때문인지도 모른다.

기쿠노는 그대로 도쿠히메 밑에서 17살이 되어 있었다. 어머니 쓰키야마 마님은 그것이 마음에 들지 않아 가끔 나타나 도쿠히메가 들으라는 듯 말했다.

"아무리 기다려도 아들을 낳지 못하는 정실부인에게 노부야스 님은 왜 그리 쩔쩔매시오."

그리고 돌아갔지만 그럴 때마다 노부야스는 웃어넘겼다. 당사자인 기쿠노가 완전히 도쿠히메의 시녀가 되어 만족하고 있는 탓도 있었다.

화합이란 이상한 것이었다. 노부야스가 도쿠히메와 정답게 지내려 마음먹으니, 도쿠히메 쪽에서도 어이없을 만큼 쉽게 감정을 풀어버렸다.

"작은대감님 용서해 주세요…… 저는 작은대감님을 원망한 적이 있어요."

잠자리에 들어 생각난 듯 사과하곤 하는 도쿠히메는 지난날의 아야메보다 더 유순한 여자로 보였다.

'나는 무장의 아들이다. 한눈팔지 않으리라. 아직 아버지보다 여러 가지로 부족하지 않은가.'

이런 생각이 들어 그 뒤부터 술을 삼가고 밤이면 무용담에 열중하고, 낮에는 맹훈련에 몰두했다.

말의 숨결이 거칠어지자 노부야스는 땅으로 훌쩍 뛰어내렸다.

"이런 허약한 놈! 얼마를 달렸다고 벌써."

말 목덜미를 토닥거리며 중얼거리고 있을 때 역시 말에 올라탄 히라이와가 급한 듯 다가오는 게 보였다.

하늘은 활짝 개어 씻어낸 듯한 푸른 하늘이 머리 위에 펼쳐져 땀에 흠뻑 젖은 살결을 선선한 바람이 상쾌하게 훑고 지나갔다.

다가온 히라이와가 말에서 내리며 말을 걸었다.

"작은주군, 열심이십니다."

노부야스는 돌아보지도 않고 땀에 젖은 말의 앞다리를 문지르며 말했다.

"이 말은 아직 힘이 부족한 것 같아. 싸움터에서는 믿을 수 없겠어. 아직 어린 탓도 있겠지만. 강물 속으로 몰고 들어가 씻어줄까."

"작은주군……."

"왜 그래? 나중에 이 녀석 위턱에 소인(燒印)을 좀 찍어줘. 혈통은 좋아서 명마

소질을 지니고 있어."

"주군……."

히라이와는 다시 한번 불러놓고 말을 잇지 못한다.

"할 말이 있나 보군? 스루가로 출전 명령이라도 떨어졌나?"

"그게 아니라, 좀 마음에 걸리는 소문을 들었습니다."

노부야스의 시선이 자신에게 보내지자 히라이와는 결심한 듯 그를 마주 바라보았다.

"마음에 걸리는 일?"

"그래서 이제부터 하마마쓰에 다녀올까 합니다. 작은주군, 혹시 사카이 다다쓰구 님한테 무슨 원한을 사신 일이 없습니까?"

"다다쓰구에게 원한을…… 그런 일이 있을 리 있나. 진중에서 하는 말다툼은 다툼이 아니야. 서로 생각이 달라 의견충돌을 일으키는 것은 군사회의에서 흔히 있는 일이지."

말하던 노부야스가 무슨 생각이 났는지 빙그레 웃었다.

"아, 그 오후쿠 일 말인가."

"오후쿠 일이라니 무엇입니까?"

"그대는 모르겠군. 도쿠히메를 모시던 오후쿠 말이야. 그 애를 다다쓰구가 탐냈지. 도쿠히메는 내 허락도 받지 않고 다다쓰구에게 주겠노라 약속하고 요시다 성으로 데려가게 했어. 도쿠히메에게는 기쿠노가 있으니까. 오후쿠가 30살이 되니 그냥 두기 측은해서 그랬던 모양이야. 그런데 나는 왜 내 허락을 받지 않았느냐고 다다쓰구와 도쿠히메를 야단쳤어. 까닭이 있어서였지. 기쿠노는 어머니께서 내게 주려고 데려온 여자, 그런 여자를 부리려고 오후쿠를 내보냈으니 나중에 도쿠히메가 어머니 꾸지람을 들을까봐 미리 내가 야단치고 용서해 준 것으로 한 거지. 그것은 다다쓰구도 알고 있을 텐데. 그런데 그런 소문을 어디서 들었나?"

히라이와는 고개를 갸웃거렸다.

"그러면 원한을 살 일은 아니군요."

"물론이지. 다다쓰구는 아버지 중신인데 내가 그와 다툴 리 있나. 그것이 대체 어떻게 됐다는 건가?"

"작은주군! 놀라지 마십시오."

"엄포 놓지 마라. 내 간담이 그렇듯 작은 줄 아느냐?"

"아즈치로 옮기신 우대신님께서 작은주군님을 할복시키라고 하마마쓰의 주군께 명을 내렸다 합니다."

노부야스는 비로소 말에서 손을 떼고 믿을 수 없는 듯 말했다.

"뭐……? 나에게 할복을…… 아즈치의 장인어른께서 무엇 때문에? 누굴 놀리는 겐가, 히라이와. 또 그 일이 다다쓰구와 무슨 상관있느냐. 그 늙은이가 그대를 속이기라도 했단 말인가?"

너무도 밝은 표정으로 되물으므로 히라이와는 저도 모르게 얼굴을 돌리고 숨을 삼켰다. 그에게 이 일을 은밀히 알려준 것은 혼다 사쿠자에몬이었다.

"작은주군, 농담이 아닙니다. 저는 곧 주군을 찾아가 뵙겠습니다. 작은주군께서도 그리 아시고 조심하십시오."

히라이와의 목소리는 이따금 죄어드는 듯했다.

노부야스는 그래도 믿지 못하겠는 표정으로 반쯤 웃고 있었다.

"어제 다다쓰구 님이 그 일을 해명하기 위해 이 오카자키를 지나 아즈치로 갔을 겁니다. 그가 이곳에 들렀는지 안 들렀는지. 만약 들르지 않고 갔다가 들르지 않고 하마마쓰로 돌아간다면 해명이 통하지 않은 것으로 여기라는 사쿠자 님 말씀이었습니다."

"뭐, 다다쓰구가 아즈치에 갔다고?"

"예, 들르지 않고 그냥 지나갔습니다."

"그럼, 누가 나를 장인께 모함이라도 했단 말인가, 히라이와?"

"그러니 이 히라이와가 하마마쓰로 가서 자세한 것을 알아오겠습니다. 그때까지는 드러내지 마시고 마음속에만 넣어두고 계십시오."

"그래? 그런 일이……."

"부디 자중하시기 바랍니다."

노부야스는 고개를 끄덕이고 하인을 불러 말고삐를 넘겨주었다.

"내가 장인어른께 두 마음이라도 품은 줄 알고 그러시는 것일까."

그러나 히라이와는 대답 없이 시선을 내리깔고 절하더니 그대로 말을 끌고 가버렸다.

노부야스는 한참 동안 눈앞에서 흔들리는 푸른 잎을 바라보았다.

해는 이미 지평선 위로 떠올라 목덜미가 따갑도록 내리쬐고 있었다. 노부야스는 걷기 시작했다.

'무엇이 장인의 비위를 건드린 것일까……?'

승마를 한 뒤에는 활터로 가는 게 일과였지만 오늘은 도무지 마음이 내키지 않았다.

해마다 더욱 울창해지는 본성 둘레의 푸른 솔밭 사이를 빠져, 내실과 현관 중간에 자리한 휴게실로 들어가 시동이 날라 온 차를 한 모금 마시고 곧 찻잔을 내려놓았다. 어쩌면 도쿠히메가 무슨 사정을 알고 있지 않을까 하는 생각이 들 만큼 노부야스는 멍해져 있었던 것이다.

도쿠히메는 아직 아침상을 물리지 않고 있었다. 시녀가 날라 온 밥상이 옆방에 그냥 놓여 있고 도쿠히메는 머리를 올리게 한 뒤 막 손 씻을 물을 받아 놓은 참이었다.

"아, 이렇듯 어질러져 있는데……."

노부야스의 모습을 보자 도쿠히메는 급히 치우도록 눈짓하고, 두 딸에게 다정한 목소리로 말했다.

"아버지께 인사드려야지."

맏딸 세나는 5살, 둘째는 3살이었다.

"아버지, 안녕히 주무셨어요?"

노부야스는 그 인사에 고개를 끄덕이고 자리에 앉았으나, 앉고 보니 무슨 말부터 꺼내야 할지 막막했다.

도쿠히메에게 특별히 어두운 구석은 보이지 않았다. 요즈음 부부 사이가 좋은데 만족하여 움직임 하나하나가 밝았다.

드디어 도쿠히메가 노부야스의 표정이 어두운 것을 깨달았다.

"작은대감님, 무슨 일이 있으셨어요? 얼굴빛이 좋지 않으신데. 자, 너희들은 저리로 가서 놀아라. 작은대감님, 무슨 걱정이라도?"

"당신은 아무것도 모르는 모양이군."

"모르다니…… 무엇을 말인가요?"

도쿠히메는 노부야스를 빤히 들여다보듯 쳐다보았다. 노부야스는 다시 한동안 도쿠히메를 바라보다가 입을 열었다.

“장인어른께서 나에게 몹시 화내고 계시다고 들었어……”

갑자기 ‘할복’이라는 말을 꺼내는 대신 화나셨다고 말하고 한숨 돌린 뒤 목소리를 낮춰 물었다.

“혹시 짚이는 일이 없나?”

“아즈치의 아버지께서……”

도쿠히메는 고개를 갸웃하며 먼 곳을 바라보는 눈길이 되었다.

“전에는 이 몸이 이것저것 투정 비슷한 것을 써 올렸지만 회답다운 회답도 없었고, 지난 2년 가까이 서신조차 올리지 않았습니다.”

“친정 쪽에서 아무 말도 못 들었단 말이지?”

“예, 몹시 화나셨다니…… 어떤 말씀을 내리셨습니까? 제 힘으로 될 일이라면 곧 사람을 보내겠어요.”

“그래?”

노부야스는 잠시 생각에 잠겼다.

“뭐, 괜찮아. 걱정할 것 없어.”

이렇게 스스로 말을 덮어버리고 시녀가 날라 온 찻잔으로 손을 뻗었다. 아직 어찌 된 일인지 그 내용이 분명치 않고, 다다쓰구가 이미 해명 차 떠난 데다 히라이와가 사정을 알아보러 하마마쓰로 가 있는 터였다. 이런 때 아무것도 모르는 도쿠히메가 소동을 벌인다면 오히려 일이 악화될지도 모른다고 스스로 억눌렀다.

“마음에 걸립니다. 사정을 좀 말씀해 주셔요.”

“그 사정이 아직 분명치 않아. 아니, 걱정할 것 없어.”

도쿠히메가 아무것도 모른다는 게 노부야스에게는 큰 도움이 되었다.

“지금 자세한 것을 알아보러 히라이와가 하마마쓰로 갔어. 돌아오면 알려 주지. 날씨가 점점 더워지니 아이들을 잘 돌보도록 하오.”

차를 다 마시고 노부야스는 다시 휴게실로 돌아갔다. 오래 마주 앉아 있는 것이 숨 막힐 듯 답답하여 견딜 수 없었던 것이다.

“노나카 시게마사를 불러라.”

거실로 돌아온 노부야스는 시동에게 명하고 밥상 앞에 앉았다.

‘음식 맛이 제대로 날까……?’

스스로 생각을 뿌리치려 애쓰면서 노부야스는 저도 모르게 굳은 표정을 풀며 웃었다. 노부나가가 무슨 생각을 하고 있는지 그리고 아버지가 어떤 번민을 하고 있는지 아직 잘 모르는 탓이리라.

식사는 여느 때와 같이 두 공기를 비우고 세 공기째를 먹어도 맛있었다. 네 공기를 먹고 웃으면서 상을 물리고 나니 시게마사가 벌써 옆방에 와서 식사가 끝나기를 기다리고 있었다.

"작은주군, 부르셨습니까?"

"오, 시게마사인가. 오늘도 꽤 더울 것 같지?"

"예, 저 매미소리를 듣기만 해도 온몸에 땀이 솟습니다."

"과연 듣고 보니 매미소리가 들려오고 있군. 대범한 척하고 있었지만 역시 아직 미숙한 모양이지."

"무슨 일이십니까? 작은주군, 미숙하다니요?"

"실은 히라이와가 오늘 아침 일찍 하마마쓰로 갔다."

"출전에 대한 협의라도 있습니까?"

"아니, 그게 좀 묘한 일이라서. 하마마쓰의 사쿠자로부터 소식이 온 모양인데."

"무슨 소식입니까?"

"아즈치의 장인이 나에게 자결하라고 요구해 온 모양이더군."

시게마사의 표정이 순식간에 흐려졌다.

"무슨 말씀이십니까? 우대신님께서 작은주군께."

시게마사가 황급히 되묻자 노부야스는 웃으며 고개를 끄덕여 보였다.

"내 마음에는 아무것도 짚이는 게 없어. 필경 무슨 오해겠지. 그래서 하마마쓰에서 다다쓰구가 해명 차 아즈치로 간 모양이야."

시게마사는 노부야스를 지그시 바라보면서 말이 없었다.

"그래서 시게마사."

"예."

"다다쓰구가 돌아가는 길에 이 성에 들르면 모든 게 확실해질 테니, 그대가 누군가를 길목에 세워두게."

"다다쓰구 님을 기다리게 하라는 것입니까?"

"기다려도 허사라는 표정이군."

"주군께선 왜 하필이면 다다쓰구 님을 보내셨을까요?"

"시게마사!"

"예."

"그대는 뭔가 짐작되는 게 있는 모양이구나."

"예, 전혀 없지 않습니다."

"그렇다면 이 노부야스가 의혹을 살 만한 일이 있단 말인가?"

"그렇습니다."

시게마사는 작은 소리로 대답하고 고개를 푹 숙였다.

"허, 그걸 알고 싶은데…… 무엇인가?"

"쓰키야마 마님이 다케다와 내통한 일입니다."

"그 이야기……그 이야기는 그만둬. 지나간 일, 이미 오래전 일이 아닌가."

"그런데 그 오래전 일이 다시 되살아난 게 아니겠습니까? 나가시노 이래 한동안 잠잠하던 가쓰요리가 다시 활발하게 움직이기 시작했습니다."

"음."

"작은주군, 그 밀서가 모두 우대신님 손안에 들어갔습니다."

"설마 그럴 리가……."

"없을 거라고 생각하고 싶으신 게 당연합니다만 쓰키야마 마님에게 있던 밀서는 시녀 고토조와 내전의 기노 자매가 처형하신 고지주를 통해 상세한 내용을 기후로 써 보냈다고 볼 수 있는 단서가 있습니다."

이번에는 노부야스가 침묵했다. 지금까지 자기 혼자만의 일이라고 생각하고 있었는데 어머니 신상까지 영향이 미치게 될 듯했던 것이다.

"그러면 어머니의 내통에 이 노부야스도 가담했을 거라고 의심하시는 것인가?"

시게마사는 천천히 고개를 저었다.

"아니, 그런 것 같지는 않습니다. 앞으로 내통할 우려가 있다……고 보시기 때문일 겁니다."

"뭐, 이제부터 내통할 우려가 있다고? 그런 말도 안 되는……."

"하지만 마님께서는 아직도 오다 집안을 원수라고 작은마님 앞에서 말씀하십니다. 그리고 밀서에는 오다, 도쿠가와 두 가문을 멸망시킨 뒤 가쓰요리가 작은주군께 오다의 영토 가운데 한 나라를 떼어주기로 씌어 있다고 들었습니다. 그러니 한통속이라고 몰아세울 수 있지 않겠습니까?"

노부야스는 다시 입을 다물었다. 사실 어머니는 아직도 노부야스 앞에서 오다 집안에 대한 험담을 그치지 않고 있다. 어머니의 증오를 잘 알고 있고 아무 힘도 없는 어머니인지라 못들은 척 흘려버렸는데, 어쩌면 그것이 옴짝달싹할 수 없는 불행을 초래했는지도 모를 일이었다.

"그래. 나는 그러한 어머니의 아들이었군……".

바로 추녀 밑에서 매미 한 마리가 불에 덴 것처럼 또 울기 시작했다.

고개를 푹 숙인 노부야스를 본 시게마사는 가슴 아픈 듯 얼굴을 돌리고 말을 이었다.

"실은 그밖에도 마음에 걸리는 일이 있습니다…… 사실은 사카이 다다쓰구 님이 마음속으로 쓰키야마 마님을 몹시 위험하게 여기고 있다 합니다."

"그럴 테지."

"작은주군께서도 이해하실 겁니다. 다다쓰구 님은 마님을 가리켜 언젠가 도쿠가와 집안에 진퇴불능의 화를 초래할 분……이라고 미간을 찡그리며 우리에게 말했습니다. 그러한 다다쓰구 님이 해명 차 갔다 한들……".

견딜 수 없어진 노부야스는 시게마사의 말을 가로막았다.

"그만! 이제 알았다…… 아무튼 다다쓰구나 히라이와가 돌아오기를 기다릴 수밖에 없겠군. 그런데 시게마사, 그대도 알고 있듯 이 노부야스가 아버지를 배반하여 다케다 군과 내통할 마음이 있을 리 없지. 내가 직접 아버지와 장인에게 해명하겠어. 공연한 걱정으로 일을 그르치지 말도록."

"명심하겠습니다……".

"그만 물러가."

시게마사는 노부야스의 뺨과 입술에 핏기가 하나도 없는 것을 보고 보통 일이 아니라고 생각했지만 웃는 얼굴로 일어서지 않을 수 없었다.

"작은주군께서도 너무 걱정 마십시오. 이 시게마사가 다다쓰구 님이 돌아오시기를 기다려 직접 사정을 상세히 확인하겠습니다."

노부야스는 대답 대신 가만히 허공을 쏘아보며 골똘히 생각에 잠겨 있는 것 같았다.

그 뒤 오카자키성에는 표면상 조용한 날들이 한동안 계속되었다. 가신들은 이미 이 소문을 듣고 일이 어떻게 되어 가는지 모두들 숨죽이고 있었다. 단지 쓰키야마 마님과 도쿠히메에게만은 아무도 알려주는 자가 없었다.

"오늘도 마님께서는 작은마님을 찾아가 작은주군께 측실을 두도록 권하라고 강요하신 모양이더군."

대기자들의 이야기 소리를 엿들으면서 성을 나온 시게마사는 길을 따라 야하기 큰 다리목까지 나아갔다. 그날 아침에 비가 개었지만 길은 축축이 젖어 있었다.

초소에 이르자 졸개 하나가 시게마사의 말을 맡으면서 보고했다.

"조금 전 오쿠다이라 구하치로 님이 아즈치에서 하마마쓰로 가신다고 소리치며 지나가셨습니다."

"뭐, 오쿠다이라 님이……혼자서?"

"예, 종자는 두 명. 말을 몹시 급하게 모셨습니다."

"그래……."

시게마사는 걸상에 털썩 주저앉았다. 구하치로 한 사람만이 먼저 돌아갔다는 것은 이미 흉보라고 보아 틀림없었다. 구하치로는 사태가 급박함을 한시라도 빨리 이에야스에게 고하려고 그냥 지나간 게 분명했다.

'그렇다면 다다쓰구 님도 오카자키에 들르지 않을 것이다.'

시게마사의 불안은 적중했다. 구하치로보다 네 시간쯤 뒤 말을 몰고 온 다다쓰구는 큰 다리목 초소에 있는 시게마사를 보자 얼굴빛이 달라졌다. 시게마사가 노부야스의 명령으로 자기를 베러 나온 게 아닌가……하고 짐작한 모양이었다.

"입 다물고 있게. 이번은 급한 길이어서 그냥 하마마쓰로 돌아간다. 하마마쓰에서 지시가 있을 테니 입 다물고 있어."

그러고는 시게마사의 말은 들으려 하지도 않고 동쪽으로 급히 길을 달려갔다.

히라이와는 그대로 하마마쓰성에 머무르면서 아즈치로 간 사카이 다다쓰구와 오쿠다이라 구하치로가 돌아오기를 기다리고 있었다.

고슈 군은 역시 도쿠가와 군을 쉽사리 격파할 수 없다는 것을 깨닫고 얼마 뒤 스루가에서 철수하고 있었다. 이에야스는 그 기회를 교묘히 포착하여 곧 오다와라의 호조씨에게 밀서를 보내 이마가와의 옛 영토를 호조와 도쿠가와가 나누기 위한 협상을 시작한 듯했다.

오다 집안과의 사이에 큰 위기가 찾아오고 있었다. 이런 때 만약 가쓰요리가 노부야스를 노린다면 어떻게 하나 하고 아픈 마음을 감추고 대책을 궁리하는 이에야스가 히라이와에게는 견딜 수 없이 슬퍼 보였다.

오늘도 그 지시와 돌아온 첩자의 보고 등으로 이에야스의 거실에는 아침부터 접견하려는 자들이 잇따라 찾아들고 있었다.

그 방문객들이 뜸해지기를 기다려 히라이와는 다시 이에야스 앞으로 나아갔다.

"주군, 아직 결심하지 못하셨습니까?"

계절은 이미 추석을 지났건만 올 더위는 유난히 끈질겼다. 살찌기 시작한 이에야스의 목덜미에 땀띠가 빨갛게 돋아 있었다.

"히라이와인가."

겨우 한숨 돌린 듯한 모습으로 이에야스는 앞가슴의 땀을 닦으며 시동들을 물러가게 했다. 노부야스의 일에 대해 그는 가신들에게 아직 표면적으로 아무 말도 하려 하지 않았다.

"다다쓰구 님이 아직 돌아오지 않는 것은 일이 잘 되지 않았다는 증거라고 봅니다. 이렇게 된 이상 이 히라이와의 간청을 꼭 들어주시기 바랍니다."

"가만있게, 땀 좀 씻고."

그리고 이에야스는 은근하게 덧붙였다.

"그대도 불운을 만나 딱하게 되었구먼."

히라이와는 다다쓰구와 구하치로가 노부야스의 구명을 분명하게 거절당하고 돌아오기 전에 자신의 목을 혼다 사쿠자에몬이나 이시카와 이에나리에게 들려 노부나가에게 바쳐달라고 재차 강하게 청하고 있는 것이었다.

"우대신님이 비록 몇 가지 의혹을 품고 계시더라도 그것은 젊은이들이 흔히 범할 수 있는 과오, 모두 사부(師傅)의 소임을 맡은 이 히라이와의 죄입니다. 우대신께서도 이 히라이와의 목을 보시면 목숨까지는 꼭 강요하지 않을 것입니다. 때를 놓치면 큰일입니다. 이렇게 간청하오니 허락해 주십시오."

이에야스는 땀을 씻고 나자 두 손을 짚고 있는 히라이와를 외면하듯 가볍게 말했다.

"히라이와, 나는 그대의 할복을 허락하지 않기로 했다."

"옛? 그것은 무슨 까닭에서입니까?"

"나는 무장이다. 나를 위해 칼을 맞은 자, 생명을 잃은 자가 무수하다. 알겠느냐, 히라이와…… 그러한 내가 자식을 살리기 위해 6살 인질 때부터 아쓰타, 스루가 등을 전전하며 줄곧 고락을 함께 해온 사람을 할복시킨다면, 내일부터 어떻게 신불 앞에 나아가 합장할 수 있겠느냐. 용서해 다오. 그대 마음에 두 손 짚고 울고 있는 이 이에야스…… 무리한 청은 두 번 다시 하지 마라."

이 말을 들은 히라이와는 갑자기 온몸을 굳히며 통곡하기 시작했다.

"주군! 이 히라이와는…… 주군이 원망스럽습니다."

히라이와는 아이처럼 울어대면서 말을 이었다.

"주군께서는 아직 이 히라이와의 마음을 몰라주십니다!"

"알고 있다. 알고 있기에 허락하지 않는 거다."

이에야스는 조용히 눈두덩을 누르며 고개를 돌렸다.

"아니, 모르십니다! 저는 그것이 원망스럽습니다! 6살 때부터 옆에서 모시며 소중한 적자의 양육을 맡았으므로 이 히라이와의 마음이 구석구석 주군께 통했다고 생각하고 기뻐한 게 한스럽습니다. 주군! 이 히라이와는 그저 충의와 의리 때문에 이런 말씀을 드리는 게 아닙니다. 이 히라이와는 진심으로 주군을 흠모해왔습니다! 그래서 어떤 고생도 오로지 기쁨일 따름이었습니다…… 그런데 주군께서는 이 히라이와의 말을 단순한 충의와 고지식함에서 나온 것으로 판단하시어 오히려 저를 위로하십니다. 위로받고 기뻐할 히라이와로 보인 게 분합니다!…… 주군, 주군께서는 작은주군에 대한 이 히라이와의 애정을 모르십니다. 만일 작은주군이 할복하신다면 이 히라이와가 어찌 살 수 있겠습니까!"

"히라이와, 그만하지 못하겠느냐!"

"아닙니다, 드릴 말씀은 드려야겠습니다. 주군만은 제 마음을 알아주시리라고, 이 히라이와가 믿으며 살아온 가슴속의 불꽃이 꺼졌습니다. 어떻게 가만히 있으란 말씀이십니까! 이 히라이와는 몇 번이고 말씀드리겠습니다. 주군을 원망하겠습니다."

이번에는 이에야스가 입술을 깨물며 어깨를 떨기 시작했다.

"히라이와! 더 이상 입을 열면 용서치 않을 테다!"

"용서치 않는다고 두려워할 줄 아십니까. 이 히라이와는 작은주군에 앞서 떠돌이 무사가 되어 아즈치성문 앞에서 할복하여 창자를 새 성의 성문에 내던져 최후를 장식하겠습니다. 그렇지 않으면 이 원통함을 풀 길이 없습니다."

이에야스는 소리쳤다.

"닥쳐라! 흥분하지 마라, 히라이와. 그대 마음은 거울에 비친 것처럼 잘 알고 있다. 알고 있으니 할복을 허락하지 못하겠다는 내 말을 이해할 수 없단 말이냐!"

"할 수 없습니다."

"고집불통이로군. 덮어놓고 고개만 젓지 말고 내 말을 다시 한번 잘 새겨들어라. 알겠느냐! 나는 무장이다. 평화를 바라고 정의를 입에 올리면서 많은 목숨을 앗아 왔다. 그러한 내가 자식 사랑에 눈이 어두워 모든 사람이 우리 문중의 기둥으로 인정하는 그대를 선뜻 죽여야 옳다고 생각하느냐? 그대의 목을 주고 난 뒤 노부야스도 할복해야 한다면 나는 대체 어떻게 되겠느냐. 이에야스는 살인죄조차 깨우치지 못한 무도한 자. 자식에게 눈이 어두워 소중한 중신을 죽인 데다 제 자식마저 잃은 어리석은 자라고 남들이 웃는 것은 고사하고라도, 그런 멍청이에게 신불의 가호가 내릴 리 없다는 생각이 들어 내 마음이 흔들리기 시작한다면 어떻게 되겠느냐. 이 이에야스가 사람을 죽이기 위해 이 세상에 태어난 죄업의 화신으로 전락한다는 것을 모르겠느냐!"

"……"

"히라이와…… 그대는 나를 흠모한다고 말했다. 노부야스에 대한 그대 사랑이 간절함을 알면 알수록 더욱 그대 목을 칠 수 없는 내 마음을 헤아려 다오."

"……"

"알겠느냐, 히라이와. 신불이 이 이에야스를 버릴 때까지는 그대가 먼저 죽어선 안 된다."

히라이와는 쏘는 듯한 시선으로 이에야스를 지켜보고 있었다.

이에야스는 히라이와의 모진 눈길을 되받으며 한숨을 내쉬었다.

"아직도 하고 싶은 말이 있는 듯한 눈치군. 그러나 앞으로는 용서치 않을 테다. 그대는 응석을 부리고 있어. 세상이 얼마나 비정하고 잔혹한지 잘 알면서 이 이에야스에게 응석 부리고 있는 거야. 히라이와, 나는 그렇게 응석 부릴 상대도 없다…… 다시는 그런 말 하지 마라."

히라이와는 그래도 한동안 잠자코 이에야스를 쏘아보다가 이윽고 고개를 푹 숙였다.

'나는 정말 주군께 응석을 부리고 있는 것일까?'

이렇게 생각하니 갑자기 지금까지와는 다른 슬픔이 가슴속에 번지는 것을 느꼈다.

'죽음보다 괴로운 삶이 있다는 것을 잊고 있었어……'

"주군! 그러면 주군께서는 작은주군을 이대로 못 본 척 버리실 각오를 하셨단 말씀입니까?"

이에야스는 보일 듯 말 듯 고개를 저으며 대답했다.

"나는 노부나가 님 지시를 기다릴 것 없이 자진하여 노부야스를 처리할지도 모른다. 나는 누구 지시도 받기 싫으니까."

"자진해서 처리하시다니요?"

"그런 것은 묻지 마라. 곧 알게 된다. 그보다도 그대는 곧 오카자키로 돌아가 가신들이 동요하지 않도록 힘써 다오."

히라이와는 더 이상 아무 말도 할 수 없었다. 누구의 지시도 받기 싫다는 이에야스의 심정을 헤아릴 수 있기 때문이었다.

구하치로가 혼자 돌아왔다고 오쿠보 헤이스케가 알려온 것은 그때였다. 이에야스는 가볍게 고개를 끄덕이며 헤이스케에게 물었다.

"구하치로의 안색은?"

질문받은 헤이스케는 그 자신도 핼쑥한 얼굴로 대답했다.

"황공하오나, 바로 이 헤이스케와 같습니다."

이에야스는 어두운 표정으로 고개를 끄덕였다.

"그래. 그럼, 일은 결정되었어. 알았다. 구하치로에게 수고했다고 전하고 부를 때까지 푹 쉬라고 하여라. 그리고 히라이와는 곧 오카자키로 돌아가도록. 그리고 혼다 사쿠자에몬에게 가서 지시한 준비가 다 되었으면 이리 가져오라 일러라."

헤이스케가 굳은 표정 그대로 고개 숙이고 나가자 히라이와도 역시 인사를 드리고 황급히 물러났다. 곧 구하치로를 찾아가 무언가 알아내려는 게 분명했다. 그런 줄 알면서도 이에야스가 애써 만류하지 않은 것은 이제 히라이와가 무슨 말을 듣더라도 일을 그르칠 염려는 없다고 믿기 때문이었다.

혼자 남자 이에야스는 팔걸이를 앞으로 돌려놓고 그 위에 팔꿈치를 얹어 턱을 괴었다. 열어젖혀진 문으로 묘하게 가락을 잃은 청개구리 울음소리가 마당에서 들려왔다. 비를 예고하는 것일까?

싸리꽃이 미풍에 떨어져 땅의 이끼가 단풍처럼 보였다.

"그래, 역시 결말난 거야……."

이에야스는 다시 한번 자신에게 타이르듯 중얼거린 뒤 가만히 눈을 감았다. 눈물이 마른 눈시울이 화끈거리며 구하치로의 핼쑥한 얼굴이 선명하게 떠올랐다. 구하치로는 다다쓰구의 해명이 탐탁지 않아 한발 앞서 돌아와 자기에게 그 뜻을 고하려는 게 분명했다. 이에야스는 그것을 듣기가 괴로웠다. 결과가 좋다면 두 사람이 따로 돌아올 리 없다. 그리고 구하치로의 보고를 들은 뒤 태도를 결정한 것으로 알려지는 건 견딜 수 없는 일이었다.

이윽고 혼다 사쿠자에몬이 반쯤 조는 듯한 표정으로 헤이스케와 함께 들어왔다.

"혼다 님 오셨습니다."

헤이스케는 말하고 물러갔지만 이에야스는 여전히 눈을 뜨지 않았다.

"주군, 졸고 계십니까?"

"……."

"오쿠다이라 구하치로 님이 돌아왔는데 어째서 곧 부르시지 않습니까?"

이에야스는 여전히 눈을 감은 채였다.

"사쿠자, 나는 내일 오카자키로 가겠다."

사쿠자는 고개를 끄덕이며 말했다.

"역시. 언제라도 모시고 갈 수 있도록 준비가 되어 있습니다."

"나는 불초한 자식을 두었어. 오카자키로 가서 노부야스의 죄를 묻겠다."

"예엣! 작은주군님께 무슨 죄가 있습니까?"

시치미 떼고 묻는 말과 달리 사쿠자에몬은 미간의 주름을 슬픈 듯 떨고 있었다.

"지금은 혼란스러운 세상이 겨우 새 질서를 찾으려 하는 중요한 때야."

"당연한 말씀이십니다."

"우대신 오다 님이 애써 고심한 노력이 열매 맺으려 하는 소중한 이때, 우대신의 사위임을 기화로 백성을 괴롭히고 아버지를 거역하고 중신과 다툴 뿐 아니라……게다가."

이에야스는 침을 꿀꺽 삼켜 목소리가 떨리려는 것을 억눌렀다.

"제정신이 아닌 쓰키야마가 다케다와 내통하는 것을 보고도 못 본 척한 죄는 용서할 수 없지."

"당연한 말씀이십니다."

"그러니 내가 오카자키로 직접 가서 처리하겠다. 그러나 노부야스는 우대신의 사위, 아무 통보도 하지 않으면 나중에 추궁이 있을지 모른다. 그래서 오구리 다이로쿠를 보내 아즈치에 내 뜻을 전하려는데, 이의 없겠지?"

"예."

사쿠자에몬은 드디어 견디지 못하여 고개를 돌리고 말았다.

'주군께서는 어쩌면 이토록 강인하실까……'

사쿠자의 판단에 의하면, 사카이 다다쓰구도 오쿠다이라 구하치로도 해명에는 실패했더라도 할복 명령을 그대로 받들고 돌아오라리고는 볼 수 없었다. 그러므로 두 사람 뒤를 따르듯 노부나가의 문책사자가 아즈치를 출발했을 게 틀림없다. 이에야스는 그것을 꿰뚫어보고 문책사자가 도착하기 전에 자진하여 노부야스를 처분하겠다는 뜻을 노부나가에게 통보하려는 것이다. 어디까지나 노부나가의 명령을 받고 움직이는 게 아니다. 나는 내 뜻으로…… 이렇게 말하려는 것이 이에야스의 뜻임을 깨닫는 순간 도저히 그 얼굴을 쳐다볼 수가 없었다.

"이의 없으면 곧 오구리 다이로쿠를 아즈치로 보내겠다. 그를 불러라."

이에야스는 낮은 목소리로 말하고 비로소 조용히 눈을 떴다.

사쿠자에몬은 고개를 돌린 채 대답했다.

"그럼, 곧."

그리고 허리를 굽히고 일어나 소리 없이 나갔다. 오구리 다이로쿠는 그날 안으로 하마마쓰를 출발했다. 이에야스가 자기 아들 노부야스에게 죄과가 있어 처분하려 하니 말리지 말아달라는 서신을 지니고…….

그 뒤 이에야스는 먼저 구하치로, 이어서 돌아온 다다쓰구와 대면했다.

다다쓰구는 이에야스의 얼굴을 보자마자 파랗게 질린 얼굴로 말했다.

"주군! 이 다다쓰구, 나이 값도 못하고 오다 님에게 당하고 왔습니다."

이에야스는 그저 고개만 끄덕일 뿐이었다.

"곧 뒤 따라 오다 님 사자가 올 겁니다. 그가 지니고 오는 불심장(不審狀) 속에 다다쓰구를 비롯한 중신들이 작은주군에 대해 불신을 호소했노라고 씌어 있습니다."

그래도 이에야스는 가볍게 대답했다.

"그래?"

외교에 익숙지 못한 소박한 다다쓰구와 다다요가 노부나가에게 그런 속셈이 있는 줄도 모르고 노부야스에 대한 불만을 털어놓고 나중에야 놀란 모습이 눈에 선히 보이는 것 같았다.

이에야스가 입을 열었다.

"실은 나도 이것저것 생각해서 노부야스를 오카자키에서 추방하기로 했다. 무엇보다 아비인 나를 허수아비로 여긴 놈, 그대로 두었다가는 가문의 장래가 걱정되어서."

젊은 구하치로는 이에야스를 지그시 쏘아보았으나 다다쓰구는 맥없이 고개를 푹 숙이고 있었다. 그들은 자기들의 실언을 온몸으로 부끄러이 여기고 있었다. 그러면서도 그 속에 결코 거짓말하지 않았다는 일종의 자긍심이 서려 있는 게 엿보여 이에야스는 견딜 수 없었다.

"알았으니 구하치로는 나가시노로, 다다쓰구는 요시다성으로 돌아가 빈틈없이 고슈 군에 대비하도록."

구하치로는 끝내 이에야스에게 한마디도 하지 않고 하마마쓰성을 떠났다.

이리하여 이에야스가 노부나가의 문책장이 도착하기를 기다리지 않고 하마마쓰를 출발하여 오카자키로 향한 것은 8월 1일이었다. 그날은 가을 냄새가 짙게 서린 보슬비가 대지를 촉촉이 적시고 엔슈 바다의 파도소리가 아주 가까이에서 요란하게 들려오고 있었다.

혼다 사쿠자에몬과 그가 준비한 200명의 부하를 거느리고 말에 올라 성을 나서자 이에야스는 반쯤 조소하듯 중얼거렸다.

"사쿠자, 여기서 오카자키로 군사를 이끌고 쳐들어오리라고는 생각지도 못하겠지?"

사쿠자에몬은 고개를 돌리고 대답했다.

"쳐들어가다니요. 당치도 않은 말씀이십니다."

이에야스는 말고삐를 조종하면서 말했다.

"아니, 쳐들어가는 거다. 일본을 위해 살려둘 수 없다는 우대신의 마음을 받들어 내 자식의 성으로 쳐들어가는 거다."

"그런 말씀은 듣고 싶지 않습니다."

"나도 말하기 싫다. 싫지만 그것이 사실이다…… 사쿠자, 방심하면 안 돼. 둘이서 첫 출전 날처럼 바짝 정신 차려 어떤 일이 있어도 후회 없이 하자."

이 말을 들은 사쿠자에몬은 스스로 말머리를 돌려 행렬 뒤쪽으로 멀어져 갔다. 듣고 보니, 외고집스러운 노부야스가 어쩌면 노부나가의 부당함을 내세워 아버지와 한바탕 싸움을 벌일 마음이 일지 않을 거라고 장담할 수 없을 것 같았다.

성 아래 거리를 벗어나자 빗발이 점점 더 거세지기 시작했다.

추방

사카이 다다쓰구가 오카자키에 들르지 않고 하마마쓰로 돌아갔다는 것은 노부야스를 몹시 불안하게 만들었다.

"어쩌면 내 생각보다 사정이 더 나쁜지도 모른다."

그때까지도 노부야스는 자신의 파멸이 가까워진 것을 모르고 있었다. 만일 일시적인 오해가 있다 할지라도 노부나가는 장인이며 하마마쓰에는 아버지가 있지 않은가. 오해를 풀기 위해 여러 모로 교섭을 계속하는 동안 반드시 자신의 결백이 증명되리라 믿고 있었다.

그러나 어머니 쓰키야마 마님의 경우는 그리 간단치 않을 거라고 예상했다. 지금 생각하니 겐케이도 수상쩍었고 오가 야시로도 어머니와 서로 연관이 있었던 것 같았다. 노나카 시게마사의 말대로 어머니에게 온 가쓰요리의 편지 사본이 노부나가의 손안에 들어갔다면 어떤 변명도 통하지 않으리라고 여겨졌다.

'그래, 이건 어머니에게 직접 알아보는 게 좋겠다…….'

노부야스는 그날도 오전 동안은 말 터에서 보내고 오후가 되자 보슬비 속에 어머니 처소로 갔다.

어머니의 시녀는 그 뒤 완전히 바뀌어 그를 맞이한 것은 오하야(투)라는 소녀였는데, 노부야스를 보자 안심한 듯 어머니 방으로 안내했다. 뭔가 꾸중을 듣고 있었던 모양이다.

"어머니, 좀 어떠십니까?"

쓰키야마 마님은 막 일어난 듯 거실 중앙에 털자리를 깔고 거울을 세워 고정시키다가 몸소 일어나 노부야스의 보료를 고쳐놓았다.

"오, 노부야스 님이 웬일로. 자, 어서 방을 치워라."

어느덧 여성의 황혼기를 맞아 탄력 잃은 피부가 처량해 보였고, 사람 좋으면서도 제멋대로인 성격이 그대로 드러나 보였다.

"어머니……."

"그래, 곧 차를 준비하겠어요. 요즘 날마다 열심히 단련하는 모양이던데."

"오늘은 마음에 좀 걸리는 일이 있어 뵈러 왔습니다."

"마음에 걸리는 일……?"

쓰키야마 마님은 들뜬 듯 고개를 갸웃했다.

"드디어 측실을 두어야 한다는 걸 깨달으셨군요. 20살이 넘었는데도 아들이 없다니…… 그래서는 조상님께 죄송하지요."

노부야스는 눈길을 돌려 마당의 빗발을 바라보고 있었다.

"어머니, 실은 아즈치의 우대신님께서 뜻밖에 어려운 요구를 들고 나오신 모양입니다."

"뭐, 우대신님? 노부야스 님, 아무리 장인이라도 이 어미 앞에서는 우대신님이라고 부르지 말아요. 노부나가는 이 어미의 원수야."

노부야스는 대답 대신 한숨을 내쉬었다.

"그 노부나가 님으로부터 어머니는 참형, 이 노부야스는 할복토록 하라는 분부가 있었던 모양이더군요……."

"뭐라고?"

쓰키야마 마님은 처음에 무슨 말인지 모르는 표정으로 시녀가 날라 온 찻잔을 들었다.

"노부나가가 이 어미를 어찌하라고 했다고?"

"어머니는 참형시키고 이 노부야스는 할복하라고……."

노부야스는 다시 한번 조용히 말한 다음 어머니에게서 시선을 돌렸다.

마침 그 무렵—

이에야스의 행렬이 이미 본성 큰 현관에 도착했지만 노부야스는 아직 모르고 있었다.

쓰키야마 마님은 한순간 바보가 된 것 같은 멍한 표정으로 노부야스를 바라보았다.

"노부나가가 이 나를 베라 했다고?"

"그리고 이 노부야스에게는 할복하라고……"

"대체 누구에게 그런 지시를 내렸단 말이오."

"하마마쓰의 아버지께……"

노부야스는 되도록 어머니가 흥분하지 않도록 말하려 애썼다.

"사정을 자세히 알아오라고 히라이와를 하마마쓰로 보냈습니다만, 아직 돌아오지 않았습니다."

"뭐, 하마마쓰의 아버지에게?"

쓰키야마 마님은 다시 한번 앵무새처럼 중얼거리고는 소리높이 웃기 시작했다.

"호호호…… 하마마쓰의 아버지가 언제부터 노부나가의 부하가 되셨지? 자기 아내와 적자를 베라, 할복시켜라 하는 주제넘은 간섭을 받으시고도 잠자코 계신단 말이오? 호호호."

"어머니!"

"왜요, 노부야스 님? 그러면 아버지는 한바탕 싸움을 벌이시겠노라고 대답하셨겠지. 그대에게는 도쿠히메라는 볼모도 있으니까."

"어머니!"

"그런 결심을 못하면 무장이 아니시지. 노부야스 님도 곧 준비하셔야 해요."

노부야스는 더 이상 견딜 수 없어 자신의 무릎을 탁 쳤다.

"그 일에 대해 어머니로부터 말씀 듣고 싶은 게 있습니다."

"미련 없이 한 싸움 벌이기 위해서?"

"그런 결정은 차후 문제입니다. 어머니께서는 가쓰요리에게 내통하겠다는 서약서를 보내시고 가쓰요리로부터 승낙서를 받으신 기억이 있습니까?"

"뭐!"

"아즈치에 그 사본이 있다고 합니다. 어머니 시중을 들던 고토조를 통해 동생 기노에게 건네지고 기노로부터 고지주를 통해 전해졌습니다. 그것이 우리 모자의 모반 증거라는 풍문이 떠돌고 있는 모양입니다. 어머니, 그렇게 하신 기억이 있습니까?"

순간 쓰키야마 마님의 얼굴에서 핏기가 가셨다.

"기억이 있으면 있다고 분명히 말씀해 주십시오. 듣고 나서 대책을 생각해 봐야합니다. 다른 오해라면 몰라도 아버지를 배반하고 적과 내통했다면 이 노부야스, 변명의 여지가 없습니다."

"호호호……"

마님은 다시 터질 듯한 웃음을 터뜨렸다.

"기억이 있다면 노부야스 님은 어떻게 할 작정이지?"

"그럼, 어머니가 정말로……"

"승낙서를 받은 기억은 있어. 모두 적을 속이기 위한 책략이었어요."

"적을 속이기 위한 책략?"

"야시로와 겐케이를 적의 첩자로 보고 나도 한패인 것처럼 행세했을 뿐이오."

노부야스는 어머니를 지그시 쏘아본 채 부들부들 떨기 시작했다. 적을 속이기 위한 책략…… 그런 일을 할 수 있는 어머니가 아니었다. 그렇다면 증거까지 빼앗긴 이 가련한 어머니를 구할 길은 없는 것일까?

그때 데려온 시동이 옆방으로 들어와 두 손을 짚었다.

"아룁니다. 방금 하마마쓰에서 주군님이 본성에 도착하셨으니 맞이하시라는 히라이와 님의 전갈이십니다."

노부야스는 흠칫 놀라 어머니를 바라보며 자리에서 일어섰다. 쓰키야마 마님이 겐케이나 야시로에게 이용당했다는 것은 의심할 여지가 없었다.

'정말 방심했어……'

노부야스는 급히 현관으로 나가면서 새삼 어머니를 측은히 여기며 자신의 부주의를 후회했다. 그 놀라운 풍문을 몇 번 듣기는 했었다. 그러나 모반 같은 엄청난 일을 할 어머니가 못 된다는 것을 알므로 굳이 아픈 곳을 건드리는 것은 잔인한 일이라고 애써 감싸왔는데, 정반대 결과가 되고 말았다. 다케다 가쓰요리는 다시 힘을 되찾아 기회만 있으면 스루가와 도토우미를 넘보았다. 이럴 때 서약서니 승낙서니 하는 것이 나타났으니 자신은 어떻든 어머니는 도저히 구하기 힘들 것 같았다.

쓰키야마 마님의 거처를 나와 본성으로 가는 도중, 히라이와가 머리와 어깨가 젖는 대로 내맡긴 채 보슬비 속에 서 있었다. 잠시 동안 눈에 띄게 늙고 여위었으며 눈이 퀭해져 있었다.

히라이와는 노부야스에게 다가와 나무 사이로 큰 성문 쪽을 가리켰다.

"작은주군…… 저것을 보십시오."

노부야스는 흠칫했다. 이에야스가 거느리고 온 군졸들이 문을 경비하고 있었다.

"히라이와, 저것이 어찌 된 일인가?"

"작은주군…… 부디 주군을 결코 거역하여 실수하지 않으시도록……."

"음, 그러면 아버지도 우대신님 말씀을 곧이들으신단 말인가?"

"예, 아니, 그 이상으로 괴로우신 마음…… 우선 큰방으로 가서 대면하십시오."

노부야스는 갑자기 끓어오르는 격렬한 분노를 느꼈다.

'정녕 피를 나눈 아들을 믿지 못하시는가.'

이러한 불만이 뜨거운 물처럼 가슴에서 끓어올랐다.

이 분노는 큰 현관에서 더욱 타올랐다. 사카키바라 고헤이타가 그곳에 서 있다가 허리에 찬 칼을 거둬들였다.

"작은주군, 칼을."

"이놈……."

꾸짖다가 노부야스는 히라이와를 돌아보았다. 그의 눈이 애원하듯 노부야스를 바라보고 있다.

"음, 그래. 나는 아버지에게 이미 이 성을 회수당하고 말았구나."

"주군께서 기다리고 계십니다."

"좋다, 안내하라."

노부야스가 큰방으로 들어오는 것을 이에야스는 정면 윗자리에서 물처럼 잔잔하게 내려다보고 있었다.

"아버지, 영접도 하지 못하고……."

노부야스가 아버지를 노려보듯 하며 앉자, 이번에는 갑자기 형언할 수 없는 서글픔에 휩싸였다.

좌중은 물을 끼얹은 듯 조용하여 기침 소리 하나 없었다. 윗자리에 앉아 있던 혼다 사쿠자에몬이 반쯤 혼잣말처럼 말했다.

"오늘부터 이 오카자키성의 수비를 이 사쿠자가 명받았습니다."

그러자 이에야스가 비로소 입을 열었다.

"노부야스, 너를 오늘부터 이 성에서 추방하여 당분간 오하마(大濱)에서 근신할 것을 명한다."

모든 감정을 죽인 바윗덩이 같은 말이었다.

그 말을 들은 노부야스는 눈을 확 부릅뜨고 아버지를 쳐다보았다. 노부야스는 갑자기 큰소리로 웃음을 터뜨렸다. 이미 자신의 감정을 스스로 주체하지 못하는 젊은이의 어쩔 줄 모르는 울상 같은 웃음이었다.

"갑자기 무슨 말씀이십니까. 이 노부야스가 아버지를 허수아비로 여기기라도 했다는 뜻인지요…… 하하하, 그 같은 농담을…… 당분간 싸움다운 싸움도 없을 것이니 오하마에서 한동안 낚시질이나 매사냥이라도 하라는 겁니까? 그러나 그런 일로는 아버지의 무장이 너무 거창하십니다."

"가만있지 못하겠느냐, 노부야스!"

이에야스는 어쩔 줄 몰라 하는 아들을 차마 볼 수 없어 일어서려 했다.

"히라이와, 시게마사, 고헤이타, 속히 서둘러 노부야스를 오하마로 옮겨라. 알겠느냐, 노부야스. 거역하면 안 된다. 오하마에서 처분을 기다려라!"

노부야스는 찢어질 듯한 목소리로 불렀다.

"잠깐 기다려주십시오, 아버지!"

그때까지 웃고 있던 얼굴이 보기 흉하게 굳어져 눈꼬리와 입 가장자리가 바르르 떨렸다.

"억울하단 말이냐?"

"그렇습니다!"

노부야스는 반격하듯 대답하고 무릎으로 두세 걸음 다가갔다.

"이 노부야스는 아버지의 자식인데."

"시끄럽다!"

이에야스의 눈이 붉게 충혈된 채 꼼짝도 하지 않고 노부야스를 쏘아보았다.

"너는 망국 춤에 정신 팔리고, 남루한 차림의 농부를 벤 일이 없느냐?"

"그것은…… 그자가 이 노부야스의 생명을 노렸으므로……."

"시끄럽다! 매사냥에서 돌아오던 길에 아무 죄 없는 승려를 말안장에 매달아 죽인 것은 누구였느냐?"

"그것은 이미 사죄가 끝난 일……"

"사카키바라 고헤이타에게 쌍촉 화살을 겨냥한 일은 없느냐? 오와리에서 데려온 고지주를 살해한 기억은? 아니, 그뿐만이 아니다. 다케다 가쓰요리와 내통하여 어미와 함께 이 아비를 치려고 꾀한 무도한 놈! 히라이와, 노부야스를 끌어내라!"

"앗! 아버지! 아버지! 너무하십니다…… 아버지……."

그러나 이미 이에야스의 모습은 그곳에 없었고 시게마사와 히라이와가 노부야스의 두 손을 붙잡고 울고 있었다.

늘어앉은 자들 가운데 고개를 들고 있는 것은 사쿠자에몬 단 한 사람. 그도 지그시 천장을 노려보며 격한 감정을 억누르고 있었다.

갑자기 오카모토 헤이자에몬(岡本平左衛門)이 소리 내어 통곡하기 시작하자 이에야스를 모시고 온 마쓰다이라 이에타다가 쥐어짜듯 중얼거렸다.

"작은마님은 비정한 분이야!"

모두들 이 비극을 도쿠히메의 밀고 때문으로 믿고 있는 증거였다.

노부야스는 이윽고 넋 나간 듯 자세를 고쳐 앉았다.

"지금 거역하면 안 됩니다. 우선 일단 오하마로……."

히라이와가 노부야스의 귓전에 속삭이자 노부야스는 어린아이처럼 순진하게 고개를 끄덕였다.

"그래, 오하마로 떠나자."

"그게 좋겠습니다."

"오늘이 8월 3일이지?…… 도쿠히메와 딸들은 만나지 않고 가겠다. 운 나쁜 날이로군."

헤이자에몬이 다시 통곡하기 시작했다.

누구도 노부야스를 똑바로 쳐다보지 못하고 있었다. 그런 가운데 노부야스는 넋 나간 사람처럼 흐느적흐느적 일어섰다.

"모두에게 걱정을 끼쳤구나. 그러나…… 떠들지 마라. 더 이상 아버지를 노하시게 해서는 안 된다."

노부야스의 눈에는 이에야스가 진노한 것으로밖에 비치지 않는지, 일어서서 추녀 끝의 빗소리에 지그시 귀 기울이며 마음을 진정시키는 모양이었다.

근위무사가 노부야스의 출발을 알려왔는데도 이에야스는 한동안 꼼짝도 하지 않았다.

여기서도 빗소리가 점점 커지고 기온도 마구 오르는 듯했다. 계절의 태풍이 휘몰고 오는 비인지도 모른다. 그러고 보니 사방에서 바람소리가 점점 커져갔다.

어제까지 노부야스의 거실이었던 서원에 묵묵히 앉아 있으려니 이에야스는 지난 37년의 인생이 온통 비참한 악몽처럼 여겨졌다.

'대체 어디에 이 비참한 오늘의 원인이 있었을까……'

자신과 쓰키야마의 불화 때문이라고 생각하고 싶지는 않았다. 그 불화의 원인은 오다 노부나가가 이마가와 요시모토의 목을 친 데 있다. 그러나 만일 노부나가가 요시모토를 치지 않았다면 요시모토가 노부나가를 쳤을 게 틀림없었다…….

이 세상은 모든 게 원인이 되고 결과가 되어 영원히 돌고 도는 비극의 연속이란 말인가?

역시 목상처럼 서원 입구에 앉아 있던 혼다 사쿠자에몬이 말을 걸었다.

"주군…… 이제 곧 해가 저물 텐데요……."

"알고 있다. 그런데 사쿠자, 악연이라는 게 있긴 있는 모양이군."

"주군 한 분께만 있는 게 아닙니다. 이 사쿠자, 주군 가문의 가장 큰 위기는 미카타가하라 전투……였다고 생각했었습니다만 이번 일은 그때보다 더 위태롭다고 여겨집니다."

"알겠다. 그럼, 곧 쓰키야마의 거처 밖에 울타리를 치고 출입을 일절 금하도록 하라."

"그 준비는 이미 다 해놓았습니다."

"음, 그러면 도쿠히메의 신변을 경계하라는 말이로군."

"예, 그것만은 주군께서 직접 명하지 않으시면 작은주군 부하들이 순종하지 않을 것입니다."

"그렇겠지. 이시카와 다로자에몬(石川太郎左衛門)을 불러라. 내가 직접 명령하도록 하지."

그리고 이에야스는 고개를 갸웃하며 바깥을 내다보았다.

"비가 가을 홍수를 낼 것처럼 쏟아지는군…… 사쿠자, 나는 도쿠히메가 결코 참살당하지 않도록 하겠다. 그 대신 쓰키야마도 참살당하지 않도록 해야지."

"그 말씀은 무슨 뜻이온지?"

"양쪽 다 뜬세상의 물결에 조롱당하는 불쌍한 아녀자, 약한 자를 처벌하는 것은 무장이 할 일이 아니라는 걸 깨달은 거야."

"알겠습니다. 주군의 마음…… 그러면 다로자를 부르겠습니다."

큰방에서는 아직 아무도 자리를 뜨지 않고 있었다. 그들은 모두 이에야스가 이처럼 엄하게, 그리고 이처럼 신속하게 노부야스를 제재하리라고는 생각지 못했던 것이다.

"작은마님이 정말 원망스러워, 아기님이 두 분이나 있는 사이인데 친정에 작은 주군을 참언하시다니."

"아니, 나는 다다쓰구 님이 밉네. 작은마님이 아즈치까지 가실 수는 없으니 밀고 역할을 한 것은 그 양반이 틀림없어."

"하여간 모두들 피로 도장을 찍어 주군께 탄원하지 않으면 큰일 나네. 이대로 둔다면 나머지 처분은 할복 명령일 게 뻔하지."

"만약 주군께서 탄원을 들어주시지 않으면 어떻게 되나?"

여기저기서 이런 이야기가 들리는 가운데 사쿠자에몬은 무표정하게 들어가 이시카와 다로자에몬에게 이에야스가 부른다고 전했다.

큰 거실에는 어둑하게 밤이 깃들고 있었다.

오카자키성 안은 그날 밤이 깊도록 사람들 움직임으로 부산스러웠다.

노부야스가 오하마로 떠나자 곧 쓰키야마의 거처 둘레에 출입구 없는 대나무 울타리가 세워지고 감시병이 배치되었으며 이어서 도쿠히메의 신변에 20명쯤 되는 호위병이 배치되었다.

그동안 마쓰다이라 이에키요(松平家清)와 우도노 야스사다(鵜殿康定)가 이에야스를 찾아가 구명을 탄원했지만, 이에야스는 두 사람에게 다시는 입을 열지 못하게 했다.

"아비가 자식을 처분할 때는 오죽하겠느냐? 일체 간섭마라."

그리고 성안의 조치가 끝나자 곧바로 오카자키 언저리에 있는 작은 성들 방비에 착수했다. 그것은 마치 노부야스가 아버지에게 역습을 시도하려 하고 있는 것처럼 삼엄했다. 별성에 있는 이에야스의 생모 오다이 마님까지 눈살을 찌푸리며 고개를 갸웃거릴 정도로 용의주도했다.

이런 이에야스의 마음을 혼다 사쿠자는 가슴이 시릴 정도로 잘 알 수 있었다. 이에야스는 노부나가에게 더 이상 한 가지라도 약점을 잡히지 않으려 필사적이었던 것이다.

노부나가가 장인과 사위라는 사사로운 정을 떠나 일본의 새로운 질서 확립을 위해 눈물을 머금고 노부야스의 자결을 강요한다는 태도를 취하는 이상 이에야스 또한 그에 못지않은 차원의 조치가 필요했다. 노부나가가 천황이 임명한 우대신이라면, 이에야스 또한 천황의 좌근위권소장. 결코 노부나가의 신하가 아니라는 입장을 분명히 하기 위해 만일을 위한 조치에 털끝만 한 소홀함도 있어서는 안 되었다. 만일 이번 소동이 더 이상 번진다면 그야말로 치욕스럽다는 엄숙한 자기반성 때문이었다.

성안 배치가 끝나자 이에야스는 다시 거실에 나타나 오하마, 오카자키와 더불어 작은 세모꼴을 이루는 니시오성에 마쓰다이라 이에타다를 배치하고 같은 북쪽 끝의 성은 마쓰다이라 이에키요와 우도노 야스사다에게 수비하도록 명했다.

"알겠느냐, 별일 없을 거라고 결코 얕잡아보면 안 된다. 이 성은 사쿠자에게 맡기고 마쓰다이라 야스타다, 사카키바라 고헤이타 두 사람에게는 오늘밤부터 앞뒤 성문의 불침번을 명한다."

빗발은 밤이 깊을수록 점점 더 거세지기 시작했다.

기록에 의하면 이 날부터 닷새 동안 비가 그치지 않아 홍수 피해가 상당했으며, 그 빗속에서 사람들은 명령받은 대로 배치에 동원되고 나머지는 큰 거실에서 이에야스에게 서약서를 써 올렸다. 어떤 일이 있어도 노부야스와 은밀한 서신 왕래를 하지 않겠다는 내용의 서약서였다.

그 서약서를 모아들고 이에야스가 다시 거실로 돌아온 것은 어느덧 밤 12시가 지나서였다.

아직 덧문은 닫히지 않았다. 발을 늘어뜨린 듯한 빗줄기와 점점 거세지는 바람 소리만이 땀이 끈적끈적한 음산함을 마당으로부터 거실로 밀어 넣고 있었다.

그때 이 빗속에 사람 그림자가 하나 나타났다. 갈대 삿갓에 농부 도롱이를 걸치고 온몸이 비에 흠뻑 젖은 맨발의 사나이. 그 사나이는 이에야스의 거실에서 새어나오는 불빛을 보자 샘가의 등롱 그늘에서 뒹굴듯 마루 앞으로 다가가 절규하듯 소리쳤다.

"아버지!"

그러고는 그대로 마당의 맨땅에 두 손을 짚고 흐느껴 울기 시작했다.

이에야스는 흠칫하여 어두운 마당 쪽을 쏘아보았다. 정원의 돌에 튀어 흩어지는 빗방울 때문에 갈대삿갓과 농부 도롱이를 입고 맨땅에 엎드린 상대의 모습을 알아보기까지 한참 걸렸지만, 그것이 노부야스의 목소리임은 곧 알 수 있었다.

"아니……너는?"

이에야스는 노부야스가 젊은 혈기로 혹시 반항할지도 모른다고 생각하고 있었다. 그러나 이렇듯 비참한 모습으로 이 쏟아지는 빗속을 뚫고 몰래 찾아오리라고는 생각지 못했다.

"너는……너는 이 아비의 명령을 잊었느냐?"

"아버지…… 이대로 헤어진다면 이 자식은 죽어도 눈을 감지 못합니다. 그래서 히라이와와 사카이 우타노스케에게 부탁했으니 그 두 사람은 꾸짖지 마시기 바랍니다……"

"아니! 사쿠자도 같은 마음으로 통과시켰겠지?"

"아닙니다. 사카키바라 고헤이타가 만일 문책이 내릴 때는 책임지겠노라고……."

노부야스는 다시 새하얀 손으로 땅을 짚은 채 어깨를 떨면서 아이처럼 흐느껴 울었다.

이에야스는 당혹하여 비가 쏟아지는 마당을 바라보다가 거실 안을 돌아보았다. 어느 곳에도 이 대면을 엿보는 자는 없었고 시동들까지 옆방으로 물러가 숨죽이고 있었다. 뭉클한 연민이 가슴 가득 치솟았으나 스스로를 꾸짖었다.

'지면 안 된다!'

노부야스가 다시 불렀다.

"아버지…… 아버지의 괴로우신 마음…… 이 자식은 히라이와로부터 누누이 들어 잘 알고 있습니다."

"건방진 소리 하지 마라. 그것을 아는 놈이 그런 모습으로 숨어든단 말이냐!"

"미련이 있어서입니다. 부끄럽습니다. 소자도 무장의 자식, 무장의 체면이 뭔지 잘 알고 있습니다. 그러나······.”

“그러나 어떻단 말이냐? 잘 들어라, 노부야스. 무장 본연의 임무는 자신의 생명을 버리고 천황께 충성하는 데 있느니라······ 이렇게만 말해서는 이해가 잘 안 되겠지. 천황께 충성하는 길은 천황의 보물, 즉 백성들의 생명을 지키는 일이다. 백성의 생명을 지키기 위해 자신의 생명을 아낌없이 버리는 게 무장이니라. 그러므로 조부 기요야스 님은 26살에 생명을 버리셨고 아버지 히로타다 님도 24살에 생명을 버리셨다. 나 역시 시비를 가려 물러설 수 없을 때는 언제든 미련 없이 내 몸을 싸움터에 내던질 각오가 되어 있다. 그 핏줄을 이어받은 네가 자신의 과오도 깨닫지 못하는 그 미련, 부끄럽다고 생각지 않느냐?”

“아버지! 그 말씀은 너무 무정하십니다. 제가 이렇게 잠입한 것은 결코 죽음이 두려워서가 아닙니다. 제 죽음이 가문을 위한 것이라면 기꺼이 죽겠습니다. 그러나 단 하나······.”

어느덧 노부야스는 새어나오는 불빛 속으로 정신없이 기어갔다. 삿갓을 벗어 내던져 머리칼도 눈썹도 뺨도 입술도 젖는 대로 내맡긴 채 눈동자만 푸른빛을 번뜩이며 빛나고 있었다.

“단 하나, 이 노부야스가 다케다 쪽과 내통했다······는 것은 너무 가혹한 말씀이십니다······. 이것만은 믿어주십시오. 불초하지만 이 노부야스······ 아버지의 아들입니다. 아버지를 거역한 자식이라는 말을 듣는다면 저승에서······저승에서 조부님과 증조부님을 뵐 낯이 없습니다.”

이에야스는 비틀거리며 거실 문기둥에 가까스로 몸을 기댔다. 소리 내어 통곡하고 싶은 격정이 돌풍처럼 가슴속에 몰아치며 피가 끓어올랐다. 인간이 한 길을 끝까지 나아가는 게 이처럼 괴롭고 어려운 것일까.

이에야스는 말해 주고 싶었다.

‘노부야스! 이 아비도 원통하기 짝이 없다······.’

노부나가가 천하를 위해서라며 정면으로 들고 나온 이번 일, 이쪽도 뒤로 물러설 수 없었노라고······ 노부나가가 어차피 할복을 명할 작정이라면, 내 손으로 앞서 처분하고 마음속으로나마 불쌍한 자식이라며 울어주고 싶노라고. 그러나 이런 말을 입 밖에 내면 아비의 체면이 서지 않는다는 것을 너는 헤아리지 못하느냐······.

"아버지, 부탁드립니다. 아버지만은 이 자식에게 다른 뜻이 없음을 믿고 있다……는 단 한마디! 그것만 말씀해주십시오."

"……."

"아버지, 왜 잠자코 계십니까? 아버지도 역시 이 아들이 가쓰요리와 내통했다고 생각하십니까?"

"……."

"그런 혐의를 입은 채 조부님과 증조부님에게 가라고 하시는 건…… 너무 가혹하다고 생각지 않으십니까?"

이에야스는 눈을 감는 대신 크게 부릅뜨고 노부야스를 노려보았다.

"아직도 정신을 못 차렸구나!"

그러나 두 사람의 시선은 그 누구의 것도 상대에게 통할 힘이 없어 헛되이 허공에서 불꽃을 튀길 뿐이었다.

이에야스는 견딜 수 없었다.

"그……그 단 하나의 변명, 그것이 미련임을 깨닫지 못하겠느냐! 근신하라는 명령을 받고 그것조차 참지 못할 만큼 너는 무력한 놈이냐!"

노부야스는 한쪽 무릎을 불끈 세우고 한동안 아무 말도 하지 않았다.

"이토록 말씀드리는데도."

"시끄럽다! 돌아가라!"

비바람이 회초리처럼 다시 노부야스에게 휘몰아쳤다. 살쩍이 온통 오른쪽 뺨에서 왼쪽 뺨에 달라붙었고 절망에 번뜩이는 눈은 원망으로 타올랐다.

"무장이란 명을 받으면 태산이 무너져도 꿈쩍하지 않아야 한다. 알겠느냐? 돌아가서도 경거망동하지 마라. 근신하라는 명을 받았으면 다음 명이 있을 때까지 오로지 근신하는 게 참다운 무장이다."

그러나 노부야스는 듣고 있는 것 같지 않았다. 그는 일어나더니 옆에 놓인 삿갓을 맨발로 지근지근 짓밟았다. 애원이 끝내 분노로 변한 것 같다고 생각하는데 이번에는 다시 고개를 푹 꺾고 흐느껴 울었다.

이에야스는 의연히 선 채 꼼짝도 하지 않고 자식을 내려다보고 있었다.

"돌아가겠습니다. 돌아가겠습니다……."

노부야스는 나직하게 두어 마디 중얼거린 뒤 어깨를 축 늘어뜨린 채 캄캄한 비바람 속으로 비틀비틀 걷기 시작했다. 걷기 시작하자마자 이내 정원의 돌에 채여 비틀거린 것은 발아래가 캄캄한 탓만은 아니었다. 아버지만은 나의 결백을 알아주시리라—고 믿고 그것만 희망 삼아 찾아온 젊은이의 꿈과 의지가 산산조각 난 절망의 모습이었다.

노부야스가 하얀 발바닥을 보이며 이윽고 어둠 속으로 완전히 사라지자, 오로지 모진 바람소리와 빗소리만 남았다.

울부짖는 사자

다음 날, 바람은 좀 잦아들었으나 비는 여전히 음울하게 내리퍼부었다. 기온도 전날보다 좀 내려가 아침나절에는 서늘한 느낌마저 들었다.

도쿠히메는 날이 새자 곧 바깥 복도 입구로 가서 내실을 경비하고 있는 경비 대장 이시카와 다로자에몬을 찾았다. 다로자에몬은 직접 불침번을 섰던 모양인지 눈이 벌겋게 되어 복도 옆방에 창을 세워놓고 대기하고 있었다.

"작은마님, 어인 일이십니까? 바깥출입을 삼가주시기 바랍니다."

"다로자, 대체 어찌 된 일이냐? 누가 이 성을 공격해 오기라도 하느냐? 작은주군께서는 뭘하고 계시는지 궁금하구나."

"작은마님, 주군께서는 이미 이 성안에 안 계십니다."

다로자에몬 역시 이번 사건의 원인은 도쿠히메의 밀고라고 믿으므로 저도 모르는 사이에 그만 말투가 거칠어지고 말았다.

"이 성에 안 계시다니…… 급한 용무로 하마마쓰에라도 가셨단 말이냐?"

"글쎄…… 작은마님께 말씀드려도 될지 어떨지, 이 다로자는 지시받지 못했습니다만……"

"그게 무슨 말이냐? 어제부터 성안의 움직임이 심상치 않아. 오늘 아침에도 인마(人馬) 소리가……"

말하다가 도쿠히메가 문득 목소리를 낮췄다.

"설마 작은대감 신상에 무슨 변고라도 생긴 것은 아니겠지?"

이 질문을 받자 그는 절반쯤 반감이 어리고, 절반쯤 의아한 눈길로 살피듯 도쿠히메를 쳐다보았다.

"그럼, 마님께서는 아무것도 모르고 계십니까?"

"그 말은 무슨 일이 있었다는 뜻이로구나. 마음에 걸린다. 다로자, 말해 다오."

다로자에몬은 일부러 뺨을 불룩하게 부풀렸다.

"뜻밖입니다. 저는 작은주군의 신상에 대해 작은마님께서 이미 아시리라 생각했습니다만."

"아니, 모른다. 작은대감께서는 아무 말씀도 안 하셨다. 무슨 일이 있었으면 말해 다오."

다로자에몬은 다시 한번 무뚝뚝하게 고개를 갸웃거렸다. 도쿠히메의 눈에 넘치는 당황과 초조해 하는 모습을 보면 도저히 거짓이라고 생각할 수 없었다.

'정말 모르는 것일까…… 아니, 그런 말도 안 되는…….'

"마님, 작은주군께서는 어제 이 성에서 추방당하시어 죄인이 되셨습니다."

"뭐? 작은대감이 이 성에서 추방되셨다고……."

"예, 우선 오하마에서 근신하라는 명을 받으셨습니다만 머지않아 할복 명령이 내려질 거라고……그래서 엊저녁부터 이 다로자까지 뒷일에 대비하여 작은마님과 따님들을 경호하고 있는 겁니다."

"다로자! 대체 작은대감께서…… 무엇 때문에 그런……?"

"어머니 쓰키야마 마님과 함께 다케다 군에 내통한 혐의입니다. 누가 그러한 일을 아즈치로 낱낱이 보고했는지 아즈치의 우대신께서 살려두지 말라는 지시가 있었던 것 같습니다."

다로자에몬은 그만 울분을 터뜨린 뒤 심술궂게 도쿠히메의 표정을 훔쳐보았다.

도쿠히메의 입술이 백짓장처럼 하얗게 질렸다.

"아즈치의 아버지께서 그런 지시를……."

"예, 말씀이 계셨으니 아무리 소중한 작은주군이시라도 용서할 수 없다는……게 주군의 심정. 가신들은 모두 원통함이 골수에 사무쳐 있습니다만, 주군께서 부하들을 거느리고 일부러 하마마쓰에서 오셔서 조용히 있으라는 엄명을 내리셨기 때문에 모두들 눈물을 삼키며 참고 있습니다."

이시카와 다로자에몬은 말하는 동안 도쿠히메가 점점 원망스러워졌다. 좀 더 따끔한 말을 하고 싶었지만 자기 임무를 생각해 겨우 억눌렀다.

'나는 마님 신변을 경호하라는 명령을 받지 않았는가……'

생각은 그렇게 했지만 말이 부드럽게 나오지 않았다. 고헤이타로부터 들은 노부야스의 비참한 모습에 대해 어느덧 말을 꺼내고 있었다.

"지난밤 그 무서운 빗속에 작은주군께서 농부차림으로 오하마로부터 몰래 오셔서……이 노부야스가 모반을 꾀했다는 것은 너무 무정하신 말씀……다른 일은 몰라도 그 점에 대해서만은 믿는다고 한마디 해주십사 애원하셨답니다. 그러나 주군께서는 끝내 그 청마저 뿌리치시고 마루에도 오르지 못하게 하셨다고 들었습니다."

그때 이미 도쿠히메는 다로자에몬의 말을 듣고 있지 않았다. 가슴 가득히 차오른 감정이 미친 듯 소용돌이치기 시작하여, 자기가 여러 사람들 원망의 대상이 되어 있다는 것조차 깨닫지 못했다. 여전히 뭐라고 말하는 다로자에몬에게서 별안간 등을 돌리더니 허공을 딛는 듯한 걸음걸이로 거실에 돌아갔다.

"기쿠노……기쿠노, 게 없느냐?"

"네, 작은마님, 여기 있습니다."

"오, 기쿠노, 불러다오. 어서 이리로!"

"누구를 부르라시는지?"

"누구겠느냐, 두 아이지."

기쿠노는 동그란 눈을 더욱 동그랗게 뜨고 재빨리 일어나 나가 공 던지기를 하고 놀던 두 아이를 양손에 잡고 돌아왔다.

"따님들이 오셨습니다."

그때까지 허공을 노려보던 도쿠히메는 그 소리에 시선을 돌렸다.

"오, 기쿠노. 너는 물러가 있어라. 혼자 생각하고 싶은 게 있다."

"네, 따님들은?"

"두고 가거라."

날카로운 어머니의 목소리에 딸들은 앉은 자세를 긴장시켰다.

"얘들아."

"네."

"네, 왜 그러셔요, 어머니?"

"큰일 났다. 생각지도 못한 큰일이……."

"무슨 큰일이요?"

"아버지가 추방당하셨어…… 말해 봐야 너희들은 잘 모르겠지만……아버지에게 큰일이 생기셨어. 이 일을 대체 어떻게 하면 좋을지…… 너희들은 아직 의논상대도 되지 못하고……."

두 아이는 의아한 듯 고개를 갸웃거리며 말했다.

"어머니, 공 던지기를 하면 안 되나요?"

"안 돼."

퉁기듯 대답하며 도쿠히메는 다시 쏘는 듯한 눈길로 두 아이를 가만히 지켜보았다.

하늘은 여전히 검게 흐린 채 언저리는 온통 끊임없이 내리는 음산한 빗소리뿐이었다.

나란히 앉은 두 아이는 놀라울 만큼 노부야스를 닮았다. 11살 때부터 쌍둥이처럼 함께 살아온 노부야스의 딸들. 부부로서 때로 화나는 일도 싸운 적도 있지만, 그것은 모두 자기 자신을 못마땅하게 여기는 감정과도 비슷했다. 인간이 자신의 수족에 대해 특별히 고맙게 생각하지 않는 것과 마찬가지로, 당연한 일로 여기며 조금도 의심하지 않았던 곳에 온갖 불평과 한탄이 있었던 것이다.

그런데 노부야스는 지금 도쿠히메 곁에서 격리되었다. 단지 격리되었다는 것만으로도 도쿠히메는 자신의 수족이 잘려나간 것 같은 당혹감을 느꼈다. 11살 때부터 21살 때까지의 10년 동안, 도쿠히메의 온 생애라 해도 지나친 말이 아닌 그 세월 동안 노부야스는 자기 몸의 일부였다고……새삼스럽게 느껴졌다.

도쿠히메는 다시 딸들을 불렀다.

"너희들……너희들을 위해서도 이대로 있을 수 없어. 너희들에게 단 하나뿐인 아버지시니까."

공치기를 못하게 한 것 때문에 아이들은 잔뜩 시무룩해져 있었다.

"나는 곧 아즈치로 가야 해. 그리고 너희들을 위해 단 하나뿐인 아버지를 다시 모셔오도록 해야만 해."

"어머니, 아즈치라는 곳이 어디예요?"

"아즈치는 오미 땅, 너희들 외할아버지 성이 있는 곳이지. 너희들을 위해 간곡히 사정하면 외할아버지도 꼭 들어주실 거야. 그렇지, 아즈치로 가야 해…… 기쿠노, 기쿠노……."

노녀에게 히라이와를 불러오게 하여 의논한 뒤 곧 여행 준비를 시작하려고 생각했다.

그때 도쿠히메에게 노녀가 급히 나타났다.

"작은마님, 주군께서 이리로 오십니다."

"뭐! 아버님께서……알았다. 마침 잘 됐구나. 시아버님께 내가 직접 길을 떠나겠다고 부탁드려야겠다. 그동안 너희들은 저리 가 있거라."

"네, 자, 아가씨들, 이 할멈과 저쪽으로 가십시다."

나가는 아이들과 엇갈려 무장한 이에야스가 이시카와 다로자에몬의 안내를 받아 도쿠히메의 거실에 나타났다. 투구는 오쿠보가 받쳐들었고 장검은 이이 나오마사가 들고 따라 들어왔다.

"아, 아버님, 어서 오십시오."

이에야스는 일부러 시선을 피하듯 윗자리로 가서 다로자에몬이 바친 의자에 걸터앉았다.

"정말 비가 많이 오는구나, 아가."

"……네."

"너도 이야기를 들었는지 모르겠다만 실은 노부야스에게 불미스러운 점이 있어 이 성에서 추방했느니라."

"저……그 점에 대해 아버님께 간청드릴 일이 있습니다."

도쿠히메는 창백한 얼굴을 들었다가 당황하여 다시 두 손을 짚었다.

"제발 저를 아즈치로 보내주십시오. 부탁드립니다."

이에야스는 다로자에몬과 흘끗 얼굴을 마주 보았다. 그는 도쿠히메가 신변의 위험을 느낀 것으로 생각한 것이다. 이에야스는 애써 불쾌한 표정을 감추며 온화하게 말했다.

"아가, 너는 우대신의 외동딸이다. 네 몸에 어느 누구도 손가락 하나 대지 못하게 할 테니 안심하여라. 머지않아 우대신께서 네 문제에 대해 무슨 말씀이 있을 것이니, 그때까지 이 성에 그대로 있거라."

도쿠히메는 조금 앞으로 나아갔다.

"아닙니다! 소문을 듣자니, 아즈치의 아버지께서 노부야스 님께 당치않은 의혹을 품으신 모양입니다. 노부야스 님이 결백하신 것은 제가 가장 잘 알고 있습니다. 어린 딸들을 위해서라도 곧 아즈치로 가서 사정드려 보고 싶습니다."

"뭐! 그럼, 노부야스를 위해 아즈치로 가겠다는 것이냐?"

"네, 그것이 아내의 도리임을 조금 전에 깨달았습니다. 부디 허락해 주십시오."

"그래, 노부야스를 위해서란 말이지? 미안하다. 그만 오해했구나."

"아버님, 노부야스 님은 결코 나쁜 마음을 품을 사람이 아닙니다. 성급하여 화낼 때도 있지만 그릇된 일은 추호도 하지 않습니다. 그리고 딸들에게는 다정한 아버지, 저에게는 하늘과도 땅과도 바꿀 수 없는 단 하나뿐인 지아비입니다."

이에야스의 눈이 점점 커지면서 눈시울이 붉어졌다.

"아가……."

"네."

"너는 왜 한두 해 전에 그런 마음을 먹지 않았더냐?"

"네, 솔직히 말씀드리겠습니다. 추방하셨다는 이야기를 듣고서야 노부야스 님은 저에게 어떤 일이 있어도 없어선 안 될 사람임을 깨달았습니다."

이에야스는 부채를 활짝 펴서 얼굴을 가렸다. 도쿠히메의 말에 추호도 꾸밈이 없다는 것을 알자 인생의 얄궂은 운명이 더욱 절절하게 감정을 뒤흔들었다.

"부탁입니다. 저를 아즈치로 보내주십시오. 목숨을 걸고라도 노부야스 님의 결백을 증명하고 돌아오겠습니다."

"아가……."

"네, 허락해 주시겠습니까?"

"아니다, 어떤 소문을 들었는지 모르겠다만 이번 일은 우대신의 지시에 따르는 일이 아니다. 모두 내 뜻이었다."

"네? 그럼, 아버님께서……?"

"그렇다. 그러니 아즈치로 갈 필요가 없다."

순간 도쿠히메는 망연자실하여 이에야스를 쳐다본 뒤 당혹한 듯 고개를 푹 숙였다.

"그러면 더욱 좋습니다. 저를 보시어 부디 노부야스 님을 용서해 주십시오. 아버님, 이렇게 애원드립니다. 노부야스 님이 아버지에게 모반을 꾀했다니……틀림없이 부자지간을 이간질하려는 악한 자들의 음모일 것입니다. 노부야스 님은 새벽부터 무예단련을 시작하시어 밤에 잠자리에 드실 때까지 잠시도 쉬지 않고 정진하고 있었던 것을 제가 가장 잘 압니다."

이에야스는 견딜 수 없는 심정으로 한참 동안 외면하며 손녀들이 거실에 두고 간 공을 바라보고 있었다.

"아버님, 설마 노부야스 님을 특별히 미워하시는 건 아닐 거라고 생각합니다. 노부야스 님은 아버님 걱정을 안 하는 날이 없었습니다. 노부야스 님의 효심을 생각하시어……아니, 어린 손녀들과 저를 가련히 여기시어 제발 추방명을 거두어주십시오. 이렇게 애원드립니다. 이렇게……"

이에야스는 열심히 탄원하는 도쿠히메를 보고 있는 동안 진심으로 인간이라는 존재가 가련하게 여겨졌다.

'이제 더 이상 할 말이 없다……'

이 방에 들어올 때까지는 제 자식을 추방하지 않으면 안 되는 아버지의 슬픔을 경솔한 며느리에게 깨닫게 해주고 싶은 심정이 없지 않았는데, 그런 생각도 아침안개처럼 사라져버렸다.

'경솔한 것은 결코 도쿠히메 한 사람이 아니었다……'

노부야스도, 자신도, 쓰키야마도, 노부나가도 모두 인간인 이상 끊임없이 과오와 회한 사이를 안타깝게 서로 오가는 듯했다.

"아버님, 부탁입니다. 손녀들을 보시어 제발 노부야스 님을……"

이에야스는 고개를 크게 끄덕인 뒤 일어섰다.

"네 마음은 잘 알았다. 아가, 이번 일은 그냥 넘길 수 없는 까닭이 있어 아비인 내가 눈물을 머금고 내린 처분이라고 생각하여라. 그러나……"

말을 이으려다 자꾸만 약해지려는 자신을 스스로 꾸짖었다.

"사람에게는 저마다 타고난 운명이 있느니라. 이 운명을 거역할 수 있는 자는 아무도 없다. 노부야스가 만일 나를 능가하는 운을 지녔더라면……"

여기까지 말하고 나서 이에야스는 당황했다. 듣는 사람에 따라 오해가 생길지 모르는 말임을 깨달은 것이다.

"외곬으로만 생각하여 말썽을 일으키지 말아다오. 나는 곧 니시오성으로 가야 한다."

도쿠히메는 이에야스의 말 속에서 어떤 구원을 거머쥐려고 열심히 이에야스를 지켜보고 있었다. 이에야스는 다시 한번 의미 없이 고개를 끄덕인 뒤 복도로 나갔다.

"다로자……."

"예."

"역시 도쿠히메를 만나보기 잘했구나. 노부야스가 아내의 사랑을 받고 있다는 것을 알았으니……."

"예, 작은마님 말씀에 저도 눈물이 나왔습니다. 소문과는 다른 모양입니다."

"그럼, 뒤를 잘 부탁한다. 실수 없도록 해다오."

이에야스는 빗속에 니시오성으로 향했다. 그곳은 문중 가신 사카이 우타노스케의 거성이었는데, 거기에서 오카자키와 오하마를 빈틈없이 살피면서 사건 해결에 털끝만 한 빈틈도 없이 대처할 생각이었다.

따르는 직속 병력은 200명, 거기에 총 30자루를 갖추어 니시오로 뻗은 가도를 숙연히 가노라니 새삼스레 6살 때의 옛일이 서글프게 되살아났다. 그때는 가마에 태워져 돌아올 기약 없이 더듬어가던 볼모의 여행길이었다. 그때 갔던 똑같은 길을 오늘은 자식에 대한 처단을 가슴에 품고 가고 있지 않은가.

'우선 니시오성을 굳건히 방어하게 한 다음 오하마의 노부야스에게 할복을 명하고 돌아간다……'

길 한복판을 지나가는데 양쪽에 젖꼭지나무 산울타리가 빗속에 흐릿하게 이어져 있다.

"아버님……."

바로 곁에서 도쿠히메가 부르는 것만 같아 이에야스는 저도 모르게 말고삐를 잡아당겨 세웠다. 물론 그곳에 도쿠히메가 있을 리 없어 그것은 공허한 환상이었지만 이에야스의 가슴이 방망이질치기 시작했다.

'며느리가 그렇듯 슬퍼하지 않는가.'

만약 오하마의 포위망 한구석을 뚫어놓는다면 가신 누군가가 노부야스를 어디로 데리고 달아나주지 않을까…….

이에야스는 그러한 생각을 마음속으로 부끄럽게 여겼다.

'이 무슨 미련인가!'

자신을 모질게 꾸짖고 다시 말을 몰았으나 한 번 떠오른 생각은 그의 마음속에서 집요하게 명멸을 되풀이했다.

이에야스는 9일까지 니시오성에 머물렀다. 아니, 머물렀다기보다 진을 치고 있었다고 해야 할 것이다. 무장을 풀지 않고 활과 총 부대를 거느린 채, 사방을 지키는 방비상태로 지낸 것이다.

계속 쏟아지던 비는 7일 오후가 되어 가까스로 멈췄지만, 이에야스에게는 그날 밤이 가장 동요되고 마음이 술렁거린 초조한 하룻밤이었다.

그 뒤로 노부야스의 구명을 탄원하는 자는 한 명도 없었다. 이에야스의 결의가 이미 뒤엎을 수 없는 확고한 것이라는 인상을 상하에 엄히 인식시킨 탓이리라.

그러는 동안 노부나가가 보낸 문책장에 이어 이쪽에서 보낸 노부야스 처단에 대한 서신의 회답이 왔다. 거기에는 이렇게 씌어 있었다.

'─그렇듯 아버지와 신하에게까지 버림받은 이상 시비를 막론하고 이에야스 공 뜻대로 하시오.'

당연히 예상했던 터라 그리 놀라지 않았다.

그날, 이에야스는 당번을 맡고 있는 오구리 다이로쿠를 불러 지나가는 말처럼 물었다.

"노부야스는 어떻게 하고 있느냐?"

오구리는 오하마와 니시오 사이를 오가며 노부야스의 동태를 일일이 이에야스에게 보고하고 있었던 것이다.

"예, 조금도 다름없이 거실에서 한 발자국도 움직이지 않고 근신하고 있습니다."

"알았다."

이에야스는 한숨 쉬었다. 모두들 자신의 명령을 엄격히 지키고 있다. 당연히 안심해야 할 텐데도 오히려 마음에 차지 않는 느낌이 들었다. 누군가가 자기 가슴속에 숨긴 생각을 알아차려 노부야스를 어디론가 데리고 도망쳐주지 않을까 ─ 하는, 해선 안 될 생각이 늘 마음속에 자리 잡고 있었다.

오하마는 해변이다. 육상 경비는 삼엄하지만 누군가가 야음을 틈타 바다 위로 조각배를 몰고 와서 노부야스를 약탈해 간다면 할복명령은 허공으로 떠버리게 된다. 행방불명된 동안 도쿠히메의 애끓는 심정이 노부나가에게 통한다면 노부야스는 혹시 죽지 않고 넘어갈 수도 있지 않을까……?

'아니, 생각지 않으리라! 내일은 할복명령을 내리자.'

이것이 지난 며칠 동안 이에야스의 애타는 망설임이고 초조함이었다.

오랜만에 비가 개어 맑은 가을하늘이 짙푸른 빛을 드러내자, 이에야스는 괴롭게 뒤엉키는 인간사에 새삼 화가 치솟았다.

'오늘 밤에는 꼭 결단 내리리라.'

그날 밤 이에야스는 별이 총총한 하늘을 쳐다보며 성안 여기저기를 두 시간 넘게 거닐었다.

그러나 한 번 동요하기 시작한 마음은 끝내 결단을 내리지 못하게 했으며, 얕은 잠에 빠졌다가 새벽녘이 되어 아주 엉뚱한 결심을 하고 말았다. 노부야스를 엔슈의 호리에(堀江)로 옮기자는 것이었다.

이곳 오하마에서는 자신의 명령이 너무나 큰 위력을 발휘했다. 그렇지만 한쪽이 하마나 호수인 호리에로 옮기면, 자신의 마음을 헤아려 조각배를 타고 나타나는 자가 반드시 있으리라…… 그 가운데 한 사람은 이번 일에 처음부터 관계하고 있는 사카이 다다쓰구, 또 한 사람은 다다쓰구와 함께 아즈치로 갔다 돌아온 오쿠보 다다요일 것이다. 두 사람 모두 노부야스 또래의 아들이 있다. 왜 주군이 호리에로……라는 의문을 일으켜 괴로운 아버지의 심정을 당연히 헤아려줄 것 같았다.

"생각하는 바가 있어 내일(9일) 노부야스를 엔슈의 호리에로 옮긴다. 준비하도록."

마쓰다이라 이에타다를 불러 명령 내리자 이에야스는 갑자기 자기 주변이 환해진 것 같은 느낌이 들었다.

노부야스가 하마나 호수 동북 연안의 호리에성으로 옮긴 것은 8월 9일이었다.

그날 노부야스는 아버지 명령으로 오하마를 출발해야 한다는 소식을 듣자 눈을 내리깔고 중얼거렸다.

"아버지가 이토록 나를 엄중하게 다루어야만 한단 말인가."

오하마는 오카자키와 가깝다. 이곳에 두면 만일 문중 사람들이 말썽부릴까 싶어 아버지 거성과 가까운 호리에로 옮기는 거라고 해석한 것이다.

"히라이와, 아버지께 마음 놓으시라고 아뢰어 다오. 나는 결코 아버지를 원망하지 않는다."

맑게 갠 가을하늘을 올려다보며 가마에 오를 때 노부야스는 어깨를 쭉 펴며 히라이와에게 웃어보였다.

"히라이와, 이제 다시 못 만날지도 모르겠군."

히라이와는 고개를 돌리고 꿇어 엎드린 채 아무 말도 하지 못했다.

"아버지를 잘 모셔. 내내 건안하기를 빈다."

노부야스를 따라가는 자는 시동 5명, 가는 길의 온갖 경비는 아버지가 이끌고 온 하마마쓰성 병졸들이 담당했다.

이에야스는 일단 니시오성을 나서서 행렬이 사라져가는 것을 확인한 뒤 오카자키성으로 돌아갔다.

그날 밤도 이에야스에게는 괴로운 하룻밤이었다. 끄덕끄덕 졸고 있노라면 곧 노 젓는 소리가 호수를 건너 들려왔다. 요시다성에서 사카이 다다쓰구의 부하들이 노부야스를 약탈하러 가는 꿈이었다.

"뒷일은 내가 책임지마. 무조건 노부야스 님을 모셔오너라. 그렇지 않으면 우리가 어떻게 문중의 가신들을 대할 수 있겠느냐."

뱃머리에 서서 외치는 다다쓰구의 모습을 보고 눈을 뜨니 주위는 이미 훤히 밝았고 베개가 흠뻑 젖어 있었다.

일어난 이에야스는 역시 여느 때처럼 호리에에서 정보가 오기를 마냥 기다렸다. 중간에 누군가가 약탈해 주었을까? 아니면 배를 타고 다다쓰구의 부하들이 노부야스를 구하러 떠났을까?

오늘은 꼭 무슨 연락이 있으리라―는 생각으로 마음속이 그저 초조하기만 했다.

그러나 9일 밤에도 10일 밤에도 기적은 여전히 일어나지 않았고, 노부야스는 호리에성에서도 오하마에서와 마찬가지로 방 안에서 근신하며 조용히 독서하고 있다는 보고가 들어왔을 뿐이었다.

12일이 되자 더 이상 참을 수 없어 이에야스는 오쿠보 다다치카를 불렀다. 다다치카는 다다요의 아들이었다.

"너는 곧 아버지에게 가서 호리에에 있는 노부야스를 후타마타성(二俣城)으로 인계받으라고 전해라. 나는 이제 곧 하마마쓰로 돌아간다. 만사 빈틈없도록……."

만사 빈틈없도록—하는 한마디에 무심코 힘을 준 이에야스는 섬칫했다. 가신에게 수수께끼를 던지지 않으면 안 되다니 이 얼마나 비참하고 어리석은 아비가 됐는가 싶어 자기 자신이 답답했다.

다다치카는 생기발랄한 뺨에 홍조를 띠며 또렷이 대답했다.

"잘 알겠습니다. 곧 후타마타성으로 가서 명령하신 대로 어김없이 아버지에게 전하겠습니다."

"잘 부탁한다."

행렬을 갖추고 오카자키를 떠나는 이에야스의 마음은 올 때보다 더 견딜 수 없이 괴로웠다.

'다다요, 너만은 내 수수께끼를 풀어주겠지. 그래서 다다치카를 사자로 보낸 것이다……'

하마마쓰에 닿은 이에야스는 또 노부나가의 사자를 맞이했다. 일이 어떻게 되어 가는지 그 결과를 알고 싶다는 게 구실이었지만, 실은 노부야스를 빨리 처분하라는 독촉임에 틀림없었다.

"노부야스는 현재 후타마타성으로 옮겼소. 오카자키에서 사카이 다다쓰구가 한 일에 엉뚱한 원한을 품고 말썽을 부리려는 자가 있어 만일을 생각하여 옮긴 것. 그리고 쓰키야마는 하마마쓰로 불러내 손수 처형할 생각이오."

이에야스는 대답하면서도 쓰키야마를 누가 벨까 보냐고 생각하며 짐짓 미간을 찌푸렸다.

"하오면 쓰키야마 마님은 그냥 오카자키에 계십니까?"

"그냥이라니! 대나무 울을 쳐서 거처를 옥사로 만들었소. 하마마쓰에 받아들일 옥사를 만들 때까지의 임시 처치로."

노부나가의 사자는 이 정도로 일단 아즈치에 돌아갔으나 이미 처단은 더 이상 시일을 끌 수 없는 상황으로 몰리고 있었다.

이에야스는 그 뒤에도 가끔 사자를 보내 노부야스의 동정을 알아보았다.

"노부야스는 여전한가?"

후타마타성은 벌써 적의 세력과 경계선을 이루고 있다. 그곳에서 한 발자국만 산악지대로 발을 들여놓으면 도쿠가와의 손길이 미치지 못한다고 봐도 틀림없다.

'노부야스 놈! 어이하여 제 스스로 살아나려고 하지 않는가.'

애타게 기적을 기다리는 동안 어느덧 8월 끝 무렵으로 접어들었다.

하마마쓰 서북쪽에 세운 쓰키야마의 임시거처가 완성된 것은 24일. 그곳에 유폐시켜 놓고 쓰키야마가 정신이상을 일으켜 실성해 버렸다는 핑계를 대어 천수만은 다하게 하려는 게 이에야스의 속셈이었다.

이에야스는 26일이 되어 오카자키로 사자를 보냈다.

"쓰키야마를 하마마쓰로 호송할 것. 중죄인인 만큼 도중에 실수 없도록, 특히 오카자키로부터 노나카 시게마사, 오카모토 헤이자에몬, 이시카와 다로자에몬으로 하여금 호위하도록 하라."

이 명령을 받고 간 사자 역시 오구리 다이로쿠였다. 오구리를 오카자키로 보낸 뒤 이에야스는 갑자기 오한과 현기증을 느꼈다. 가을이 완전히 깊어져, 아침저녁의 싸늘한 공기로 감기에 걸렸는가 싶었는데 잠자리에 들자 온몸의 관절이 마디마디 빠져 달아나는 것만 같았다.

'너무 피곤했나보다.'

전에는 병이 무엇인지 몰랐던 이에야스였건만 이번 일이 몸에 몹시 영향을 미친 것 같았다. 사이고 마님으로 불리는 오아이가 베개 맡에서 떠나지 않고 간호했지만 잠에 빠지면 가끔 크게 헛소리했다.

"노부야스! 자, 오너라. 내 뒤를 따라오너라!"

이러한 말을 외치기도 하고 꿈속에서 소리 내어 울기도 했다.

"내가 잘못했다! 내 가까이 두지 않은 게 실수였어. 할아버지, 할머님, 용서해주십시오."

꿈속에서는 마음 놓고 눈물을 흘리는 모양이었다. 오아이 부인은 말없이 눈물을 닦아주었다.

지는 해그림자

　가을의 해질녘 공기는 지나치게 메마르고 서쪽 하늘의 검붉은 색은 이미 보랏빛으로 변하고 있었다. 너도매화 열매를 탐내어 몰려들던 새소리도 어느새 멀어지고 대나무 울로 엄중하게 차단된 저녁 어스름 속에 물푸레나무 향기가 짙게 감돌고 있었다.

　쓰키야마 마님은 아까부터 마루에 선 채 하늘을 쳐다보고 있었다. 습관이 되어 있던 짙은 화장의 흔적도 보이지 않고 시녀들을 벌벌 떨게 했던 눈동자의 노기도 오늘은 없었다. 조용하다기보다도 싸늘하게 갠 겨울 호수를 연상케 하는 모습이었다.

　"마님, 바람이 차갑습니다."

　지난해부터 시중들게 된 시녀 미노메가 말을 걸었으나 쓰키야마 마님의 귀에는 들리지 않는 모양이었다.

　"아, 까마귀들도 둥지를 찾아가는구나…… 머지않아 기러기가 오겠지."

　"마님, 감기 드시면 안 됩니다."

　두 번째 말에 쓰키야마 마님은 살며시 옷깃을 여미었지만 안으로 들어가려 하지는 않았다.

　"미노메."

　"네."

　"그 뒤 노부야스의 소식을 듣지 못했느냐?"

"네, 후타마타성으로 옮기신 뒤 아직 아무 처분도 내리시지 않았다고, 하인들이 수군거리고 있었습니다."

"그래? 여기 있는 하인들은 나를 보면 슬슬 피해버려. 아주 싫어하는가봐. 뭐라고 수군거리는지 못 들었느냐?"

"네…… 아무 말도……."

시녀는 황급히 시선을 피하며 고개를 돌렸다. 듣지 못한 것은 아니다. 도쿠히메가 노부야스의 구명을 탄원하도록 아즈치로 보내달라고 이에야스에게 울며 애원했다는 말이 퍼지자 가신들의 원망이 쓰키야마 마님 한 사람에게 쏠렸다.

"그 훌륭한 작은주군님을 그르친 것은 쓰키야마 마님이야."

"대체 무슨 꿍꿍이속으로 다케다와 내통했을까?"

"생각 없는 분이라 겐케이 놈 마수에 걸려 색정에 눈멀어 이 꼴이 됐지."

"색정에 빠져 자식을 망쳤으니, 그야말로 악처, 악모의 표본이군."

이런 말을 수군거릴 뿐 아니라 미노메에게 이런 말까지 거침없이 했다.

"그 사람도 아닌 것은 아직 자결하지 않았나?"

쓰키야마 마님이 자결하여 가쓰요리와 내통한 것은 자기 혼자 생각으로 한 짓이었노라고 밝히면 노부야스가 살아날 길 있을 거라고 믿는 자가 적지 않다는 증거였다.

단 둘 뿐인 시녀 가운데 하나인 아즈사가 쓰키야마 마님과 미노메의 등 뒤에서 말했다.

"아룁니다. 방금 노나카 시게마사 님, 오카모토 헤이자에몬 님, 이시카와 다로자에몬 님이 함께 오셨습니다."

"그래, 기다리고 있었다. 곧 만나지. 이리로 들라 해라."

쓰키야마 마님은 비로소 저녁 빛 서린 하늘에서 시선을 옮겨 여전히 싸늘하고 맑은 표정으로 실내로 돌아가 윗자리에 앉았다.

"미노메, 곧 어두워질 테니 불을 켜라."

그때 시게마사를 선두로 세 사람이 들어왔다.

"올해는 유달리 가을이 일찍 오는 것 같습니다."

이렇게 말한 노나카 시게마사는 흘끗 눈을 치떠 쓰키야마 마님을 본 뒤 덧붙였다.

"오늘은 주군의 사자로 왔으므로 자리를 옮기는 게 옳으나, 사사로운 말씀도 있으니 이대로도 상관없으리라 생각합니다."

쓰키야마 마님은 그 말에 바로 대꾸하지 않고, 미노메가 날라 온 촛불로 방 안이 환해지기를 기다렸다.

"수고했다. 이 세나는 이에야스의 정실이니 새삼 자리를 옮길 필요는 없겠지."

세 사람은 저도 모르게 서로 얼굴을 마주 보았다.

'순순히 말을 들을 상대가 아니다……'

이렇게 충분히 경계하고 있는 눈이며 태도였다.

"이에야스 님이 뭐라고 하시던가, 우선 그 말부터 듣기로 할까."

"말씀드리겠습니다. 마님을 위하여 하마마쓰에 임시거처를 지었으니 그리로 옮기시라는 분부를 내리셨습니다."

"하마마쓰로?"

쓰키야마 마님은 그들이 예상했던 것보다 조용하고 대범하며 부드러웠다.

"대감께서 나이를 잡수시더니 옛 아내가 아쉬워지신 모양이군. 그래, 언제 옮기기로 했는가?"

"저희 셋이 도중의 호위를 맡으라는 명령이셨으므로 27일 이른 새벽에 출발해 29일 안으로 하마마쓰에 닿을 계획입니다."

"알았네. 그대들 편한 대로 하도록."

세 사람은 다시금 서로 마주 보지 않을 수 없었다. 이렇듯 순순한 대답을 들으리라고는 생각지도 않았다. 그런 만큼 주객이 전도된 느낌이어서 무슨 말을 해야 할지 모를 지경이었다. 그러자 이시카와 다로자에몬이 입을 열었다.

"마님, 후타마타로 옮기신 작은주군께서는 아직 아무 처분도 받지 않은 채 무사히 근신하고 계십니다."

"그래? 반가운 일이로군."

"반가운 일이라시면……그 조처에 대해 마님께 무슨 좋은 생각이라도 있으십니까?"

"이상한 소리도 다 하는구나. 모든 게 이에야스 님 뜻대로 움직이는 집안, 나 따위에게 무슨 생각이 있겠느냐. 비록 있다 하더라도 통할 리 없지."

그러자 성급한 다로자에몬이 발끈하여 몸을 내밀었다.

"마님, 도쿠히메 님께서는 작은주군의 구명을 탄원하러 아즈치로 보내달라고 대감께 눈물로 매달리며 애원하셨습니다."

그러나 쓰키야마는 웃지도 화내지도 않았다.

"그래, 며느리는 며느리, 나는 나. 나에게는 아무 생각도 떠오르지 않아. 다 이에야스 님 뜻대로지."

참다못해 이번에는 노나카 시게마사가 바싹 다가앉았다.

"마님! 작은주군께서는 아직 후타마타성에 살아계십니다!"

"그러니 반가운 일이라고 하지 않나."

"그건 어머니 되신 분의 말씀이라고 생각할 수 없군요. 할복 명령이 오늘 내릴지, 내일 내릴지…… 이렇듯 초조하게 하루하루 살아가시는 데 마님에게는 그것이 그토록 반가운 일로 여겨지십니까?"

"암, 반가운 일이고말고. 나는 이에야스 님 정실, 자식을 벌하면서 좋아하는 게 지아비의 낙이라면, 그에 따라 함께 기뻐하는 게 부도(婦道)가 아닐까, 헤이자에몬."

헤이자에몬은 자기 이름이 불리자 황급히 눈길을 피했다. 세 사람 모두 이에야스의 명령을 전하기 위해 온 것만은 아닌 모양이었다.

눈길을 돌린 채 헤이자에몬은 감정을 억누르며 말을 꺼냈다.

"우리 세 사람에게 마님을 하마마쓰로 호송하라는 명령이었습니다만, 그것은 어려운 일인지라 일단 사퇴했습니다."

쓰키야마는 여전히 싸늘한 목소리로 되물었다.

"오, 나를 하마마쓰로 호송하는 것이 그토록 어려운 일이란 말인가?"

"예, 아무튼 가신들이 모두 격분해 있어서."

"무엇 때문에?"

"작은주군을 사지로 끌어넣은 것은 어머니인 마님이니 마님을 처단하여 작은주군의 원통함을 풀어드리자는 자들이 수없이 많습니다."

헤이자에몬은 대담하게 여기까지 말하고 다시 황급히 눈길을 피했다.

밖은 이미 완전히 어두워져서 촛불이 가끔 쓰키야마 마님의 그림자를 흔들고 있었다. 쓰키야마 마님은 입술을 좀 일그러뜨리며 웃었다.

"오, 그래? 그토록 위험한 일이라면 사퇴하는 게 좋겠군."

이번에는 시게마사가 쓰키야마 마님을 노려보듯 하면서 말했다.

"그런데 주군께서 허락하지 않으십니다. 반드시 모셔오라는 분부셨습니다. 마님! 그 일에 대해 한 가지 청이 있습니다."

"무엇이지? 이 힘없는 나에게."

"작은주군의 구명탄원서를 쓰신 뒤 자결해 주시기 바랍니다."

쓰키야마 마님은 그것도 예상하고 있었던 듯 그리 놀라지 않았다.

"뭐, 자결…… 그것은 이에야스 님 명령인가, 아니면 그대들 세 사람의 뜻인가?"

한 번 말을 꺼낸 이상 시게마사는 물러서지 않았다.

"저희 뜻입니다. 문중 사람들의 분노는 상상 외로 큽니다. 저희들이 모시고 간다 해도 오카자키 땅을 무사히 벗어날 수 없을 겁니다. 도중에 치욕을 당하시기보다 차라리 여기서 자결하셨으면 합니다."

쓰키야마 마님은 갑자기 옷소매를 입에 대고 웃기 시작했다.

"호호…… 나는 이에야스 님의 좋은 아내가 되려고 새삼스럽게 다짐했어. 이에야스 님 명령이라면 어떤 것이라도 달게 받으리라. 그러나 가신인 그대들의 뜻을 좇을 수는 없다. 아무리 권해도 헛일임을 알라."

다로자에몬이 끝내 내뱉듯 소리쳤다.

"마님! 마님께서는 작은주군을 사랑하지 않으십니까? 주군께서 아직 할복 명령을 내리지 못하시는 그 심정이 이해되지 않습니까?"

"다로자, 그대가 진정 원한다면 이에야스 님에게 가서 자결하라는 명령을 받아가지고 오너라."

"대감의 하명이 있으시면 미련 없이 자결하시겠습니까?"

쓰키야마 마님은 담담하게 고개를 끄덕였다.

"하고말고. 도쿠가와 좌근위권소장 이에야스는 못난 사람이어서 노부나가 따위의 비위를 맞추기 위해 자기 처자를 죽인 사람이라고, 먼 후세에까지 조롱당하겠지…… 오, 명령만 내리면 미련 없이 자결해 주마."

노나카 시게마사는 자신의 무릎을 철썩 쳤다. 다로자에몬의 손이 허리의 단검 자루를 쥐고 있었기 때문이다. 다로자에몬을 제지한 뒤 시게마사는 다다미에 두 손을 짚었다.

"다시 한번 간곡히 말씀드립니다. 저희들 말이 거칠었음을 사죄드릴 테니, 작은

주군을 위해 다시 생각해 주시기 바랍니다. ……이렇게 간청드립니다."

"시게마사……."

"예."

"두 말하지 마라. 이 세나의 마음은 이제 어떤 일이 있어도 움직이지 않는다."

"그러면 작은주군을 잃는 한이 있어도 주군께 대한 원한을 버릴 수 없다는 말씀이십니까?"

"오, 야차(夜叉)라고 불러다오. 악귀라고 불러다오. 시체가 갈가리 찢기고 먹혀도 좋아! 나는 내 마음대로 하다가 죽겠다…… 다시는 말도 꺼내지 마라, 시게마사."

시게마사는 후—하고 어깨를 크게 흔들며 두 사람을 돌아보았다. 두 사람의 얼굴에도 노기가 역력히 드러나 있다.

"그럼……."

시게마사는 작은 소리로 두 사람에게 뭐라고 소곤거린 뒤 일어섰다.

"그럼, 27일 이른 새벽에 모시러 오겠습니다."

이쯤 되자 쓰키야마 마님도 차마 대답하지 못했다.

등 뒤에 날카로운 시선을 느끼면서 복도로 나온 다로자에몬이 내뱉듯 말했다.

"역시 제정신이 아니셔."

시게마사도 정체 모를 분노가 가슴 가득 밀려오는 것을 의식했으나 쓰키야마 마님에 대한 분노 때문만이라고는 할 수 없었다. 이마가와 요시모토의 조카딸로서 시집온 마님. 애정에 굶주려 자신을 주체하지 못하여 마침내 부부 사이에 골을 깊게 하고 만 가련한 여자. 싸움으로 지새는 전국(戰國)의 모략이 이러한 여인을 놓칠 리 없어 마침내 모반이라는 엄청난 이탈에 이르게 한 것이다…….

'이것은 대체 누구의 죄란 말인가.'

현관 밖으로 나서서 단 한 군데 뚫려 있는 대나무 울 사이로 허리를 굽혀 빠져나가면서 헤이자에몬이 불렀다.

"시게마사, 여러 생각할 것 없이 자객을 시켜 찌르는 게 상책 아닐까?"

시게마사는 대답 대신 하늘을 쳐다보았다.

"내일 모레는 제발 개었으면 좋겠는데."

"여기서 찔러버리면 자결한 것으로 통할 수 있지, 감시병들 입만 막으면."

다로자에몬도 험악한 말투로 입을 열었다.

"정말 어처구니없는 분이셔. 참으로 전무후무한 악처일 거야. 그런 여인이 숱한 남자 다 두고 하필 주군의 부인이라니. 어차피 자객을 보낼 바에는 아까 나를 말리지 말았더라면 좋았을걸."

헤이자에몬이 다시 불렀다.

"시게마사, 도중에 젊은 무사들 습격이라도 받는 날에는 더욱 수치스러워질 뿐 아니라 희생자가 많이 나네. 어떤가, 우리 셋이서 일을 도모하면."

"좀 생각할 여유를 주게. 나는 마님이 어떤 생각을 하는지 그것을 상상하고 있네."

"헛수고일걸. 마님은 미쳤어! 우리는 미친 사람을 상대하고 있는 거야. 시게마사……"

다로자에몬도 이미 헤이자에몬의 제안에 찬성하고 있는 것 같았다. 시게마사는 팔짱을 끼고 묵묵히 걸었다.

27일은 더할 수 없이 맑은 날씨였다.

쓰키야마 마님은 거처 현관에 놓인 가마를 흘끗 보며 배웅 나온 두 시녀에게 싸늘하게 중얼거렸다.

"이제 다시는 이곳에 돌아올 수 없겠지."

그리고 가마에 올라앉아 그대로 안에서 문을 닫았다.

가마에는 곧 그물이 쳐지고 8명의 병졸이 호위하는 가운데 대나무 울타리 밖으로 운반되어 나갔다.

오늘은 시게마사도, 다로자에몬, 헤이자에몬도 아무 말이 없었다. 그러나 가끔 마주치는 세 사람의 눈초리에는 무언가 슬프고도 험악한 감정이 깃들어 있었다.

스고(菅生) 어귀를 벗어날 무렵부터 안개는 차츰 벗어지기 시작했다. 가마 속은 물을 끼얹은 듯 조용했다.

문 밖으로 나서자 어디선지 모르게 돌팔매가 가마를 향해 날아오곤 했다. 그럴 때마다 병졸들은 서로 마주 보며 혀를 찼다. 돌팔매질하는 자에 대한 증오가 아니라 쓰키야마 마님에 대한 증오인 것 같았다.

10리마다 세워진 이정표가 있는 언덕께에 이르자 모두들 특별히 주위에 신경을 썼다. 젊은 무사들이 가마를 뺏으러 올지도 모른다는 소문이 돌았기 때문이었다.

병졸 중에는 일부러 쓰키야마 마님이 들으라는 듯이 말하는 자조차 있었다.

"튀어나오면 가마를 버리고 달아나는 수밖에 없지, 뭐."

"암, 이렇듯 무거운 것을 짊어지고 도망칠 수는 없으니."

그럴 때도 쓰키야마 마님은 말 한마디 없었다.

"설마 잠든 것은 아니겠지."

헤이자에몬이 고개를 갸웃거렸을 정도로 그날은 조용하게 아카사카 끝까지 가서 하룻밤 쉬었다.

이튿날인 28일은 요시다에서 하룻밤 묵고, 29일 한낮이 가까워 하마마쓰 남서쪽의 도미쓰카(富塚)에 닿았다.

걱정했던 비는 내리지 않고 그날 역시 햇살이 목을 태울 정도로 따가워 병졸들도 시게마사도 가끔씩 멈춰 서서 땀을 씻곤 했다.

"이쯤에서 점심 요기를 할까."

후미진 강 언덕 앞에 배를 대니 가지를 늘어뜨린 소나무 세 그루가 그들을 부르듯 그늘을 만들고 있었다. 병졸들이 배에서 가마를 내리자 시게마사는 부드럽게 말했다.

"마님께 긴히 드릴 말씀이 있으니 너희들은 그동안 언덕 너머 풀밭에 가서 쉬어라."

그리고 가마에 친 그물을 벗긴 뒤 가마 문을 열었다.

"마님, 이제 하마마쓰가 바로 눈앞입니다."

"하마마쓰를 눈앞에 두고 왜 이렇듯 한적한 곳에서 쉬는가."

시게마사는 다로자에몬과 흘끗 눈빛을 교환했다.

"송구하오나 이 시게마사, 마님께서 할복하신 뒤 목을 쳐드릴까 합니다."

"뭐, 할복 뒤에 목을 치겠다고…… 여기서 나를 죽일 작정이란 말이냐?"

"할복해 주시기를 이렇듯 간절히 부탁드립니다."

"그러고 보니 셋이서 짜고 하는 일이군. 설마 그대 한 사람 의견은 아니겠지."

"아닙니다. 저 한 사람의 간청입니다. 송구하오나 작은주군을 위해……."

시게마사는 안이 잘 보이지 않는 가마를 향해 연방 머리를 조아렸다.

"제발 가문을 위해 자결하시기를……이렇게 간청합니다……."

쓰키야마 마님이 가마 속에서 내다보니 밖은 눈부실 정도로 밝았다. 시게마사의 이마의 땀도, 그리고 털이 난 콧구멍도 오싹하리만큼 또렷이 보였다.

눈에 이미 분노의 빛은 없었다. 분노 이상으로 싸늘한 의지가 쓰키야마 마님의 피부로 시시각각 육박해 왔다. 처음에는 마음껏 냉소해 주고 튕겨버릴 마음이었던 쓰키야마 마님의 얼굴이 비로소 차츰 굳어지기 시작했다. 이것은 이에야스의 명령도 아니고 셋이 의논하여 결정한 것도 아니다.

'이것이 옳은 길이다……'

그렇게 믿은 시게마사의 고지식한 성격이 쓰키야마 마님의 성격과 정면으로 대립하여 어떻게든 끝장내고야 말겠다고 육박해 오는 것임을 잘 알 수 있었다.

"마님, 시게마사는 이제 더 이상 마님의 잘못을 들추지 않겠습니다. 그저 가련한 운명을 타고나신 분이라고…… 진심으로 동정할 따름입니다. 제발 이대로 자결하시어 이 시게마사가 목을 쳐서 저승으로 편히 보내드리는 소임을 다하게 해주십시오."

한마디 한마디가 더욱 차갑고 날카로운 살기를 품고 육박해 온다. 쓰키야마는 저도 모르게 온몸의 털이 곤두서는 것을 느꼈다.

"시게마사! 그건 안 돼."

"그러지 마시고 제발 주군의 가문을 위해서."

"그대는 모른다. 성급히 굴지 마라. 나는 자결하지 않겠다는 게 아니야."

"그러시다면 여기서 제발……."

시게마사는 단검을 뽑아 가마 앞에 놓았다.

"시게마사, 내 말을 잘 들어라. 나는 이미 내 운명을 내다보고 있다. 나는 이에야스 님 앞에서 자결하고 싶어. 잘난 척하지만 사실은 처자의 행복을 조금도 지켜주지 않는 냉혹한 남편 앞에서 보란 듯이 한마디 하고 죽고 싶다. 그러니 여기서만은 참아다오."

시게마사의 표정은 꿈쩍도 하지 않았다.

"안 됩니다. 두 분 다 불운하십니다. 마님도 불쌍한 분, 주군도 불쌍한 분이십니다. 그러니 여기서 자결하시기 바랍니다."

"싫어! 그대는 여자인 내 마음을 몰라."

"무슨 말씀을! 잘 알기 때문에 주군께 모시고 갈 수가 없습니다. 부부지간과 모자지간의 상처를 더 크게 하여 주군 가문에 깊은 비극을 남기시렵니까? 자, 목을 치는 소임은 제가 맡겠사오니……."

"싫다니까……."

다시 한번 외치자 쓰키야마 마님은 이상한 용기가 솟는 것을 느꼈다. 아니, 용기가 아니라 역시 죽음을 두려워하는 최후의 저항인지도 모르지만…….

'내가 왜 죽어!'

생각하면서 쓰키야마 마님의 몸은 어두컴컴한 가마 속에서 나와 눈부신 햇살 속에 오색 의상을 너울거리며 서 있었다. 아마도 달아날 수 있으리라는 계산이 쓰키야마 마님에게 있었던 건 아닐 것이다. 아니나 다를까 시게마사의 왼팔이 쓰키야마 마님의 몸을 가마지붕에 밀어붙이더니 오른손이 단검자루로 뻗었다. 그리고 다음 순간 주위에 피 무지개가 서렸다고 생각하자 쓰키야마가 가슴을 누르며 신음했다.

"이놈! 감히 주인을 죽……."

"편안히 가시도록 목을 쳐드리겠습니다."

밝은 햇살 아래 얼어붙은 듯한 싸늘한 시게마사의 목소리가 뒤엉켰다. 나머지 두 사람은 가마에 등을 돌린 채 가까이 오는 자가 없는지 숨죽이며 지켜보고 있었다.

"이놈! 감히 나를……저주하리라!"

정신이 아득해질 것 같은 맑은 하늘 아래 가슴에 꽂힌 단검을 거머쥐고 서 있는 쓰키야마 마님의 모습은 처참하다기보다 오히려 한없이 슬프고 가련한 인간의 최후처럼 보였다.

"도쿠가와 가문이…… 있는 한……저주하고, 저주하고, 또 저주할 테다."

"마님, 각오하십시오."

시게마사는 손에 잡힌 단검을 뺄 마음이 좀처럼 나지 않아 풀 위에 튄 핏방울로 시선을 떨어뜨렸다.

다로자에몬이 재촉했다.

"시게마사, 어서! 이런 모습을 하졸들에게 보이고 싶지 않네."

"내가 죽을 줄 알고? 안 죽는다. 혼백만은 이 세상에 남아……."

다시 악쓰기 시작한 쓰키야마 마님의 저주에 시게마사는 눈을 감고 단검을 빼들었다.

"으악!"

날카로운 새소리 같은 비명에 이어 시게마사의 목소리.

"용서하시기를!"

쓰키야마 마님의 몸은 그대로 시게마사의 품 안으로 쓰러져왔다.

"잘 했네. 여기서 죽이지 않으면 주군께 칼을 들이댈지도 모르는 분이니."

다로자에몬이 다시 격려하듯 말했으나 시게마사는 아무 대꾸도 하지 않았다. 두 팔에 묻은 피를 손수건으로 조용히 닦고 나서 합장한 뒤 쓰키야마 마님의 몸을 가마 속에 옮겨 싣고 문을 닫았다.

그리고 다시 그 언저리의 피를 닦으면서 시게마사는 자기가 방금 30년 가까이 모셔온 주군의 정실부인을 찔렀다는 사실을 도무지 느끼지 못했다. 주위가 너무 밝았기 때문에 신경이 제대로 작용하지 못하고 있는 건지도 몰랐다.

"아무튼 유해는 일단 주군께 가져간 뒤 지시받아 처리하는 게 좋을 걸세."

헤이자에몬의 말을 듣고 시게마사는 비로소 정신이 번쩍 들었다.

"이것은 어디까지나 우리 뜻으로 한 일……."

그렇게 하지 않으면 이에야스도 불쌍하고 노부야스도 불쌍하고 죽은 마님도 불쌍하다고 냉정히 계산하여 행동한 시게마사였다.

"두 사람에게 부탁하네. 알겠나? 이 도미쓰카 앞까지 오자 마님께서 가마를 세우게 하고 자결하셨다."

"그렇지……."

"그래서 하는 수 없이 목을 쳐서 편히 가시게 한 것은 노나카 시게마사, 검시는 오카모토 헤이자에몬과 이시카와 다로자에몬이 했다."

"음, 단단히 외워둬야겠군."

"그러나 아직 더위가 심해서 유해를 이대로 둘 수 없으니 노나카 시게마사의 단독적인 처리로 이 유해를 사이라이사(西來寺)에 맡기고 오겠네. 두 사람은 아까의 타합을 단단히 새겨 넣고 병졸들을 불러주게. 유해는 사이라이사로……."

"잘 알았네."

다로자에몬이 고개를 끄덕이고 졸개들을 부르러 갔다.

"마님께서는 여기서 작은주군의 구명 운동을 우리 세 사람에게 부탁하신 뒤 훌륭하게 자결하셨다. 참으로 어머니다운 마음씨. 모두들 염불을 올려라. 그리고 유해를 이 마을의 사이라이사로 옮기도록."

다로자에몬의 말을 듣고 있는 동안 시게마사는 더 이상 참을 수 없어 풀 위에 털썩 주저앉아 어린애처럼 울기 시작했다.

행렬이 그리 멀지 않은 사이라이사에 이른 것은 아직 오후 1시가 될까 말까 할 때였다. 헤이자에몬이 스님을 만나고 시게마사는 다로자에몬과 함께 병졸들을 지휘하여 묘지 북쪽 끝에 동서 방향으로 구덩이를 파게 했다.

다시 여름철로 되돌아간 듯 햇살은 여전히 강렬하여 파헤친 흙을 지글지글 태웠다.

"이것으로 마님 생명도 끝이로군."

구덩이를 다 팠을 때 주지스님이 행자승에게 극락왕생 글귀를 새긴 푯말과 꽃바구니를 들려 나타났다. 스님이 죽은 이에게 내린 법명은, 비극의 소용돌이에 휩쓸려 아들의 구명을 위해 자결한 이에야스의 정실부인으로 대우하여 '사이코인(四光院) 님, 마사이와 히데사다 대자(政岩秀貞大姉)'로 정해졌다.

유해를 구덩이 속으로 가마 째 조심스럽게 넣었을 때 시게마사는 다시 한번 흐느껴 울었다. 시게마사의 도덕관으로 볼 때 이번 일은 결코 '악'도 '불충'도 아니었다. 그 같은 심정으로 하마마쓰로 간다면 결국 마님은 모반을 꾀한 죄인이 되어 부정한 아내, 무정한 어머니로 최후를 마치게 된다. 그러한 오명에서 구하기 위해서는 이 방법 밖에 없다고 자신을 설득했고 유해에 대해서도 그렇게 빌었다.

졸개들이 흙을 끼얹는 동안 가까이에서 지저귀는 때까치 소리에 독경 소리가 섞였다.

'마님…… 이제 편안해지셨습니까? 마음을 진정하시고 극락세계로 가시기 바랍니다.'

입 밖에 내지는 못했지만, 시게마사는 마음속으로 몇 번이고 똑같은 말을 되풀이하면서 흙무덤 주변에 꽃을 심고 향을 피웠다.

그들이 하마마쓰성에 닿았을 때는 이미 서녘 하늘이 지는 해의 여운을 남긴 채 저물어가고 있었다.

성문 안으로 들어서자 시게마사는 두 사람에게 말했다.

"내가 먼저 주군을 뵙겠네."

처음에는 쓰키야마 마님에 대한 증오를 노골적으로 드러내던 두 사람도 그 무렵에는 몹시 풀 죽은 듯 어깨를 늘어뜨리며 한마디 다짐 둘 뿐이었다.

"자진하여 자결하셨노라고 말씀드려야 하네."

이에야스는 그날도 병상에 누워 있었다. 열은 내렸지만 얼굴이 눈에 띄게 수척해져 측근들 말에 의하면 미카타가하라 전투 이래 가장 얼굴빛이 좋지 않은 상태였다. 시게마사가 들어가자 오아이 부인 한 사람만 남기고 모두들 대기실로 물러가게 했다.

"수고했다. 무사히 임시거처로 모셨느냐?"

시게마사는 입을 꽉 다물고 누워 있는 이에야스를 노려보듯 하다가 굳은 목소리로 말했다.

"마님께서는 북 도미쓰카 맞은편 골짜기에 이르렀을 때, 작은주군의 구명을 탄원하시며 자결하셨습니다."

"뭐, 자결했다고?"

이에야스의 몸이 크게 꿈틀했으나 그대로 한동안 화석같이 꿈쩍도 하지 않았다.

"음, 그랬느냐? 여인의 몸이니 다른 방도를 세울 수도 있었던 것을…… 속 좁게도…… 자결케 했구나."

자결케 했다는 말을 들었을 때 시게마사는 갑자기 섬찟하여 그 자리에 엎드렸다.

우리가 죽인 것을 민감하게 느끼시는구나……하는 생각이 들자 온몸이 죄어들어 시게마사는 이에야스의 얼굴을 똑바로 볼 수 없었다.

그다음에 돋는 달

후타마타성에 도착한 뒤 노부야스는 오하마에서 따라온 시동들 말고는 면회가 금지되었다.

오늘도 아침부터 노부야스는 논어를 읽는 데 열중하여 아무와도 이야기하려 하지 않았다. 그의 시동 둘은 부엌으로 저녁상을 가지러 가고 둘은 시동실에 남아 곁에서 모시고 있는 것은 15살 난 기라 오하쓰(吉良於初) 하나뿐이었다.

이미 9월 14일이었다. 벌써 가을이 깊어 곳곳에 옻나무가 울긋불긋 물들기 시작하면서 곧 서리가 내릴 것을 예고하고 있었다.

실내가 어두워지기 시작한 것을 깨닫고 노부야스는 책을 덮은 다음 대기해 있는 시동을 불렀다.

"오하쓰―점점 어두워지는구나."

"예, 등불을 가져올까요?"

"그럴 것 없다. 오늘은 열나흘, 달이 뜨겠지. 창문을 열어라."

시키는 대로 오하쓰가 창문을 열자 노부야스는 웃었다.

"오, 물푸레나무 향기가 나는구나. 이상한 일이야. 이번 일을 당하기 전에는 꽃이나 달에 무심했었는데, 생각지 않은 곳에 즐거움이 있었군."

오하쓰의 생가 기라 집안은 이마가와 집안과 함께 아시카가 가문 후손이었다. 그런 만큼 이번 사건이 다감한 15살짜리 소년 눈에 비극으로 비친 듯 떨리는 목소리로 말했다.

"작은주군님, 이제 더 이상 숨기고 있을 수 없습니다. 어머님이신 쓰키야마 마님께서 지난달 29일에 세상 떠나셨습니다."

"뭐! 어머니가 지난달 29일에?"

"예, 다다치카 님에게서 그 소식을 들은 게 10일입니다."

"그래…… 10일부터 나흘 동안 네 가슴속에만 간직하고 있었구나."

"예, 작은주군 마음을 생각하니 도저히 말씀드릴 용기가 나지 않아……."

"그랬구나. 어디서 참형당하셨느냐, 오카자키에서냐?"

"그것이 저……."

오하쓰는 한참 동안 망설였다.

"하마마쓰로 호송하는 도중, 도미쓰카라는 곳에서라고 합니다. 그리고 참형당한 게 아니라 작은주군의 구명을 주군께 탄원하시어 자결하셨다고 들었습니다."

그 말을 들은 노부야스는 벌떡 일어나 창가로 다가갔다. 시동에게 눈물을 보이기 싫어서이기도 했지만, 어머니의 자결을 믿을 수 없는 마음도 있었다. 여기 이렇게 기거하게 되면서부터 노부야스는 비로소 부모의 비극 원인을 알 것 같은 느낌이 들었다.

'두 분 다 격렬한 성품이셨어…….'

아버지는 그야말로 전국시대 무장답게 용의주도한 인내심을 지니고 있고, 어머니는 여자의 처지에 집착하여 털끝만치도 자아를 굽히려 하지 않았다. 노부야스로서는 어느 편이 옳은지 판단할 수 없었지만, 두 사람을 그렇게 만든 그들이 자라온 세계의 차이를 뚜렷이 엿볼 수 있었다.

'아버지같이 자라면 아버지처럼 될 것이고, 어머니같이 자라면 대개의 여성은 어머니처럼 되리라…….'

"오하쓰, 달이 떴구나. 이리 와서 구경하지 않겠느냐?"

노부야스는 얼굴을 돌려 밖을 내다본 다음 눈물을 삼켰다.

오하쓰는 노부야스의 발치께에 와서 앉았다. 해 저문 검보랏빛 하늘에 혼구산(本宮山)이 뚜렷이 모습을 드러내고 열나흘 달이 떠올라 있었다. 그 능선 아래 경치는 가슴 가득 불만을 감추고 침묵을 지키는 어둠 같았다.

오하쓰는 노부야스에게라기보다 스스로에게 말하는 듯 감상을 담아 말했다.

"작은주군님, 저는 이 세상이 이렇듯 불쾌한 곳인 줄 몰랐습니다…… 저희들은 아시카가 쇼군 일족입니다. 이미 멸망하는 길밖에 없다고 운명에까지 버림받은 일족의…… 그 끄트머리에 대체 무슨 맛을 보게 하려고 태어나게 한 것일까요…… 저는 이곳에 와서 늘 그 생각만 했습니다."

노부야스는 여전히 시동에게 등을 돌린 채 말했다.

"오하쓰, 아버지께서…… 너무 괴로우신 나머지 병석에 누우신 모양이더군."

"예! 누가 그러한 말을?"

"나를 가끔 찾아오는 자가 있어. 그의 이름은 말하지 않겠다. 그는 나더러 여기서 도망치라고 권한다. 아버지는 분명 그것을 바라고 계시다면서…… 그래서 이름을 알려주지 못하는 거다. 아버지는 분명 그런 면을 가지신 분이다."

오하쓰는 믿을 수 없는 듯 고개를 저었다.

"주군께 그런 마음이 계신다면 어찌하여 마님의 자결을 막지 않으셨을까요? 저는 그렇게 생각지 않습니다."

"그래? 그럼, 너는 어떻게 생각하느냐?"

"주군의 굳은 결의가 마님으로 하여금 죽음으로 간언하게 하는 결과가 되었다고……."

노부야스는 가볍게 웃으며 말을 막았다.

"하하…… 제법 그럴듯하구나. 아마 재작년이었을 거야. 아버지께서 나와 어머니를 의식하여 오만이 낳은 오기마루와 부자지간의 대면도 하시지 않은 것이……."

"그런 일이 있었습니까?"

"있었지. 그래서 나는 일부러 사람을 보내 오기마루를 오카자키로 데려오게 했다…… 아버지께서 오카자키에 오셨을 때, 노부야스의 단 하나뿐인 동생이니 아무 말씀하시고 만나주시도록 간청드렸다."

"몰랐습니다…… 처음 듣는 이야기군요."

"그때의 아버지 표정이 지금도 눈앞에 선하다. 처음엔 노하신 듯 나를 쏘아보시더니, 이윽고 붉어진 눈으로 고개를 저으셨다. 아버지께서는 세상에는 질서 제일, 화합 제일이라고 생각하셔서 때로 가혹하리만큼 사사로운 정을 무시하는 면이 있다. 그래서 내가 강력히 권했지. 내가 이미 동생과 인사를 나눴는데 아버지가 허락하지 않으시면 다시 남남처럼 지내야 한다, 우리 형제를 불쌍히 여기신다면 부다……라고. 그러자 아버지께서 갑자기 내 어깨를 잡고 눈물을 흘리셨다. 그러나 말씀만은 여전히 엄하셨지. 네가 정 원한다면……하시며 오기마루를 불러들이셨지만 안아 보시지도 않고 단 한마디, 너는 좋은 형을 두었구나……하셨을 뿐이었어. 알겠느냐? 오하쓰, 그러한 아버지이시니 이번 일로 병석에 누우시는 것도 무리가 아니지…… 나는 어머니를 죽게 만들고 아버지를 괴롭히는……불효자였어."

어느 틈에 달이 산의 능선을 따라 움직이며 그들 그림자를 마루 끝에 뚜렷이 그리고 있었다.

"알겠느냐, 오하쓰? 이 성에서 달아나면 살 수 있다는 것을 나도 모르지 않는다. 다다치카는 그것을……."

말하다가 노부야스는 당황하고 말았다. 자기에게 도망치라고 권한 사람, 입 밖에 내서는 안 될 사람의 이름을 저도 모르게 입에 담은 것이다.

"아니, 저……도망을 권한 자는……지금 죽으면 개죽음이라고 하는구나. 살아남아서 뒷날을 기약하는 것이야말로 효라고 말했다. 그러나 나는 그렇게 생각지 않아. 여기서 도망친다면 갈 곳은 적지(敵地), 싫어도 한 번은 가쓰요리와 만나지 않으면 안 된다. 가쓰요리를 만난다면 아즈치의 장인께서 품은 의혹이 사실이 아니었다는 사실을 증명할 수 없어…… 알겠느냐, 오하쓰?"

오하쓰는 어느새 두 주먹을 무릎에 올려놓고 울고 있었다. 그도 역시 마음 한구석으로 노부야스를 도망시켰으면 하고 생각하고 있었음을 깨달은 것이다. 그러기 위해서는 아버지 이에야스에 대한 반감을 부채질해야 한다는 의식이 있던 모양이다.

"그러니 오하쓰, 나에게 부모님에 대한 말을 꺼내지 마라. 지금 나는 내가 믿는 길을 동요 없이 걷기로 결심했어. 도망하여 오쿠보 부자에게 누를 끼치고, 아버지를 의심받게 하며, 나 자신의 결백을 애매하게 만드는 것은 어리석은 일임을 깨달았다."

"작은주군, 용서하십시오! 제 생각이 짧았습니다."

"달이 점점 밝아지는구나. 눈물을 닦고 대자연이나 감상하도록 해라."

"예……."

"나는 행복했다…… 어머니 사랑을 받았고, 아버지께도 병석에 누우실 만큼 사랑받았다. 아니, 좀 지나친 말일까? 그렇다면 불효자였노라고 고치지. 어머니를 자결하게 만들고 아버지를 병석에 눕게 했으니…… 최후만이라도 올바르고 강하게 장식해야 한다."

"그러면 역시 자결을……?"

노부야스는 힘차게 고개를 저었다.

"아니, 죽는다는 게 아니다…… 지금까지의 내 삶은 삶이 아니었어. 세상 물결에 희롱당하여 나를 상실한 허망한 그림자에 불과했다. 그러나 이제부터는 내 의지를 관철시킬 테다. 내 생각대로 올바르게 살 것이다."

말하는 동안 노부야스는 자신의 죽음이 시시각각 또렷이 모습을 드러내며 다가오는 것을 느꼈다.

'아무래도 나는 죽을 준비가 된 모양이다.'

그때 두 시동이 촛대를 받쳐들고 들어왔다.

"곧 진짓상을 올리겠으니 덧문을 닫으시기를……."

한 시동이 말하자 노부야스는 뒤돌아보며 대답했다.

"알았다. 달구경도 했으니 그만 닫아라."

이때 문득 높은 마루 밑에서 움직이는 사람 그림자가 보였다.

"누구냐! 거기 있는 게 누구냐?"

"예, 다다치카입니다."

"다다치카, 그곳에서 엿듣고 있었구나."

"예, 하마마쓰에서 사자가 왔기에 아뢰려던 참에 그만……."

다다치카는 달빛 속에 조그맣게 도사리고 앉아 노부야스에게 힘 있는 시선을 던졌다. 노부야스는 그 눈에 서린 격한 감정을 느끼고 물었다.

"하마마쓰에서 누가 왔느냐."

필요 이상으로 침착하고 조용한 목소리였다.

"하마마쓰에서 핫토리 한조 님, 아마가타 미치쓰나(天方道綱) 님이……."

다다치카는 나직한 소리로 말한 뒤 고개를 푹 꺾었다.

"이렇게 애원합니다."

"주군의 가슴속은 그 두 분 말씀으로도 짐작할 수 있습니다. 이 다다치카의 생각이 옳다고 믿사오니 제발 생각을 고치시어……."

달아나라고는 차마 말하지 못하고 다다치카는 다시금 지그시 쏘아보았다.

노부야스는 그 강한 시선에 눌리지 않으려고 소리 내어 웃었다.

"하하하…… 알았다. 하마마쓰에서 온 것이 한조와 미치쓰나인가. 그럼, 곧 두 사람을 만나기로 하지. 다다치카, 내 말을 들었으면 다시는 아무 말도 하지 마라. 나는 이번만은 강해지겠다."

"강한 것만이 무장의 진면목은 아닙니다. 조금 전 작은주군께서 뭐라고 하셨습니까? 주군께서는 생각하시는 바를 내색하시지 않는 면이 있다고…… 그것은 주군뿐만이 아닐 겁니다. 생각한 바를 생각한 대로 입에 담을 수 있는 시절이 언제나 올지…… 작은주군! 이렇게 애원하오니……."

노부야스는 장지문을 탁 닫아버렸다.

"두 말하지 마라. 알겠느냐? 하마마쓰에서 온 사자를 이리로 들게 하라."

그러나 노부야스는 곁에 오하쓰가 있는 것조차 잊고 비틀거리듯 앉았다.

지금은 다다치카의 굳센 의지가 미웠다. 다다치카의 말대로 달아나 만일 이 후 타마타성을 벗어난 뒤 이름 없는 다케다 군 잡병에게 잡히면 어떻게 된단 말인가. 이런 우려가 있기 때문에 아들 다다치카는 자주 숨어들어와 도망을 권하지만 아버지 다다요는 오지 않는 것이다. 아니, 다다요가 와서 권할 정도라면 아버지도 분명 달아나라고 말씀하시리라…… 모두들 속으로만 생각할 뿐 입 밖에 내지 않는 것은 아무도 계산할 수 없는 앞날의 위험을 느끼기 때문임에 틀림없었다.

"작은주군!"

다다치카는 아직 단념되지 않는 모양이었다.

"작은주군! 한 번만 더 마루로 나오셔서 얼굴을……."

노부야스는 대답하지 않았다. 다다치카의 집요한 끈기는 오히려 하마마쓰에서 온 사자의 말이 어쩔 수 없는 최후의 지경에 이르렀다는 증거로 여겨졌다.

"작은주군!"

어느새 시동 수는 세 사람이 되어 여섯 개의 눈동자가 불안스럽게 노부야스를 바라보고 있었다. 그 여섯 개의 눈동자에게…… 아니, 그보다 역시 자기 자신을 향해 노부야스는 중얼거렸다.

"괜찮다, 대답하지 마라. 여기서 마음이 움직인다면, 나는 먼 후세까지 미련하고 어리석었다는 비웃음을 받을 것이다."

한참 만에 오하쓰가 나직한 목소리로 중얼거렸다.

"돌아가신 모양입니다."

세 시동은 한결같이 바깥쪽에 귀 기울이는 표정이었다. 듣고 보니 장지문 중간쯤에 비쳐드는 하얀 달빛 속에 귀뚜라미 소리만 맑게 들려왔다.

"오하쓰, 너희들은 물러가 있거라."

"예…… 하지만 곁에서 모시면 왜……."

"하마마쓰에서 온 사자를 만나는 것이니 걱정 말거라. 그런 눈으로 보지 마라."

"예."

세 시동이 나가자 노부야스는 슬며시 단검을 칼집 째 허리에서 뽑아들고 조용히 눈을 감았다. 휘영청 밝은 달빛과 더불어 귀뚜라미 소리가 점점 더 높게 스며들었다. 노부야스는 조용히 홑옷 가슴을 열며 문득 소나무 가지에 목매어 죽은 아야메의 얼굴을 떠올리고 있었다. 아야메의 얼굴은 어린 두 딸의 얼굴로 바뀌었다가 다시 아내 도쿠히메가 되었다.

노부야스의 입술이 희미하게 움직였다.

"아버지…… 두 명의 사자는 이 노부야스를 만나기 두려운 모양입니다. 노부야스를 위해 주는 마지막 동정, 그들을 괴롭히지 않고 가겠습니다. 웃고 있습니다, 이 노부야스는……."

이렇게 말했을 때 멀리서 복도를 걸어오는 발소리가 귀에 들어왔다. 저녁상이 오는 것일까, 아니면 하마마쓰에서 온 사자가 결심하고 오는 것일까?

'발소리는 세 사람…….'

노부야스는 급히 옷깃을 여몄다. 마음을 정하고 오는 것이라면 아버지의 사자를 만나야만 했다. 만나서 말할 것은 말하고 그런 뒤 침착하게 할복하는 것이 자신의 생명에 대한 예의이기도 하리라.

발소리가 옆방에서 멈추더니 다다요의 목소리가 들려왔다.

"아룁니다. 하마마쓰에서 핫토리 한조와 아마가타 미치쓰나 두 사람이 왔으므로 이리 안내해 왔습니다."

"그래, 잘 왔다. 들어오너라."

미닫이가 소리 내며 열렸다.

"자, 들어가시오."

두 사람을 들여보내고 다다요는 시동들에게 손을 저었다.

"너희들은 주방에 가서 식사하여라."

한조와 미치쓰나는 촛불 너머로 침착한 노부야스의 얼굴을 보더니 황급히 엎드렸다.

"핫토리 한조입니다."

"아마가타 미치쓰나, 주군 명령을 받들고 왔습니다."

"오, 잘들 왔다. 아버지는 병환이시라 들었는데, 그 뒤의 차도는?"

"예, 자리에서 일어나시어 엊그제 아침부터 다시 여느 때처럼 냉수욕을 하고 계십니다. 이번에 저희들이 온 것은……"

한조가 내친김에 무언가 단숨에 말하려는 것을 노부야스는 가볍게 제지했다.

"서두르지 마라. 한조, 묻고 싶은 것이 또 있다."

"예."

미치쓰나는 한조 옆에서 다다미에 두 손을 짚고 있고, 다다요는 혼자 등을 돌리고 옆방 문지방 가에 팔짱을 낀 채 묵묵히 앉아 있었다.

노부야스는 그 다다요의 모습이 마음에 걸렸다. 보기에 따라서는 다가오는 자를 경계하는 것도 같고, 또 한편으로는 이제부터 이 방에서 어떤 일이 벌어질지 짐작하고 거기에 대비하는 것 같기도 했다.

한조는 귀신이라고 소문난 사나이, 미치쓰나 역시 담이 크기로 이름을 떨치고 있었다.

'어쩌면 한조와 미치쓰나는 내가 할복 명령을 받아들이지 않을 때 단칼에 베어버리라는 명령을 받고 온 것이 아닐까?'

이렇게 생각하자 노부야스는 스스로도 이상하게 생각될 만큼 침착해졌다.

"어머니도 지난 29일에 자결하셨다고 들었는데, 사실이냐?"

"예, 그렇습니다."

"그래. 그럼, 한조, 이 노부야스도 할복하겠으니 온 김에 그대에게 내 목을 쳐달라고 부탁할까."

한조는 흠칫 어깨를 출렁이며 미치쓰나와 눈을 마주쳤다. 그가 받들고 온 명령은 노부야스가 예상한 대로 목을 치는 소임이었다.

한조에게 이 명령을 내릴 때, 이에야스는 병석을 걷어치운 거실에서 책상 앞에 앉아 무엇인가 쓰고 있었다.

"한조, 다름 아니라 그대가 후타마타에 가서 노부야스의 할복 시중을 들어주게. 아즈치에서 또 독촉이 왔다."

한 번 옮긴 시선을 창밖으로 흘끗 외면하며 담담하게 말했다.

"오다 님도 한 번 말을 꺼낸 일이라, 결과가 이것저것 궁금하셨던 게지."

한조는 제정신이 아니었다.

"주군, 그것은……."

아무쪼록 다른 사람에게……라고 말하려다 연거푸 머리만 숙였다.

"한조."

"예."

"실은 이 소임을 시부카와에게 명했더니 3대에 걸쳐 은혜 입은 주군에게 댈 칼은 없다……고 말하며 어젯밤 달아나버렸다. 고지식하지만 담이 작은 놈이야. 알겠느냐, 그러니 그대가 후타마타로 가서 다다요와 잘 상의한 뒤 충분한 각오 아래 실수 없이 소임을 다하고 오도록 하라."

이렇게 말한 다음 한조에게 다시 흘끗 시선을 던지며 말했다.

"검시 역으로 아마가타 미치쓰나를 딸려 보내주마."

그래도 한조는 누군가 다른 사람에게 명해달라고 사양했다.

그러자 이에야스는 좀 화난 듯 다그쳤다.

"이 심부름이 그토록 싫으냐?"

할 수 없이 맡아서 왔지만, 이렇듯 노부야스 쪽에서 먼저 목을 쳐달라고 나오니 고개도 들 수 없는 형편이었다.

"어때, 목을 쳐주겠지?"

"예, 옛…… 하오나……."

"하오나 어떻단 말이냐?"

"워……워……원통합니다. 이런 결과가 되다니!"

노부야스는 그 말에는 대답하지 않았다.

"다다요, 이제 내 마음은 변하지 않는다. 자리를 준비하라."

다다요는 여전히 등을 돌린 채 나직한 목소리로 대답했다.

"예."

그러나 움직이지 않았다.

한조는 이때야 비로소 갑자기 불안을 느끼기 시작했다.

'혹시 할복을 시켜선 안 되는 게 아닐까……?'

이에야스는 그가 노부야스의 목을 벨 수 없다는 것을 알고 일부러 시부카와 이야기를 들려준 것 같다는 생각이 들었다.

'3대에 걸쳐 은혜 입은 주군의 목에 댈 칼은……'

한조는 급히 외치며 다다요 쪽으로 돌아앉았다.

"작은주군! 작은주군께……작은주군께……이 자리에서……달리 뭔가 권해 드릴 일이 있지 않을까요?"

"없다!"

노부야스는 매섭게 말하고 조용히 윗옷을 벗기 시작했다. 마음이 정해졌을 때 죽을 작정으로 속옷은 이미 흰 것을 입었지만, 그것은 수의다운 순백색은 아니었다.

"자, 알겠지. 나를 너무 괴롭히지 마라. 미치쓰나는 검시하고 가거라."

이렇게 말한 노부야스는 주저 없이 단검을 뽑아 촛불에 가만히 비춰보았다. 차갑게 번뜩이는 칼날에 빨간 촛불 그림자가 따사로웠다. 자리를 준비하라는 명을 받고 다다요를 비롯해 한조도 미치쓰나도 숨죽이며 꼼짝 않고 있었다. 무엇인가 돌이킬 수 없는 커다란 실책의 굴레가, 지금 저항할 길 없는 힘에 의하여 시시각각 죄어지고 있다……는 불안에 너나할 것 없이 위협당하고 있었다.

이러한 정적 속에서 노부야스는 다시 한번 귀뚜라미 소리를 확인했다. 이미 죽었다는 어머니를 생각하고 아내와 자식과 아버지의 얼굴을 하나하나 다시 떠올렸다.

"그래, 새삼스럽게 준비할 것도 없겠지."

"……"

"한조."

"예."

"아버지께 이 말만은 다시 한번 꼭 전해 다오."

"예……."

"이 노부야스, 천지신명께 맹세코 티끌만한 죄도 없다고."

"작은주군!"

"아니다…… 이제 새삼 그런 말은 할 필요 없을 것 같군…… 아버지는 나의 결백을 잘 알고 계실 테니까. 그렇지, 그런 말은 필요 없다. 한조, 다만 노부야스는 미련 없이 할복했다는 말만 전하면 돼. 원망도 남기지 않고 눈물도 보이지 않고 의연하게 죽어갔다고, 그것만으로 충분해."

"작은주군!"

"그럼, 부탁한다."

노부야스는 단검 끝 4, 5치 되는 곳에 옷소매를 감아 움켜쥐었다.

"스물 한 해의 인생, 이 사람, 저 사람 많이 괴롭혔다. 그러나 그 뉘우침도 지금은 없다. 달이 점점 밝아지는 것 같군. 다다요, 신세 많이 졌다. 다다치카에게 안부 전해 다오. 모두 잘 있거라."

이윽고 왼쪽 배에 푹 칼을 찔러 넣는 기척을 듣고 한조는 핏발선 눈을 들었다.

"작은주군!"

'모든 게 끝났다!'

동시에 이 불행한 젊은 주군이 오래 괴롭지 않게 하려는 무사의 본능이 순간적으로 칼을 잡고 등 뒤로 돌아가게 하고 있었다.

"작은주군! 핫토리 한조, 명을 받들어 목을 치겠으니 용서를!"

"으윽……."

피 보라가 미닫이에 튀며 겨우 목덜미의 엷은 가죽만 남긴 채 목이 앞으로 축 늘어지자, 다시 그 위로 몸이 겹쳐져 쓰러졌다.

장지문에 어린 달빛이 차츰 그늘을 드리우다 아래쪽에 한 줄 또렷이 하얗게 남아 있었다.

방 안은 피 냄새로 음울한 어둠에 싸여 있었다. 한조는 피 묻은 칼을 늘어뜨린 채 바보처럼 서 있고, 미치쓰나는 두 무릎에 손을 얹고 반듯이 앉은 채 화석이 되어버렸다.

다다요 또한 여전히 이쪽에 등을 돌린 채 어깨를 심하게 떨고 있었다.

한조가 돌연 괴성을 지르며 촛대 하나를 베어버린 것은 그 얼마 뒤였다. 그는 베어져 날아간 촛불을 미친 듯 짓밟고 그 자리에 칼을 내던지며 큰 소리로 울기 시작했다.

노부야스의 시체에 먼저 손댄 것은 미치쓰나였다. 그는 절하고 노부야스의 목을 몸에서 떼어내 급히 비단옷으로 쌌다.

다다요가 벽장에서 비단을 가져와 시체를 덮었다······.

모든 게 끝났다는 허탈감 비슷한 감정과 그것이 계기가 되어 처절한 광풍이 휘몰아칠 듯한 불안이 세 사람의 마음을 지배하기 시작했다.

다다요의 아들 다다치카가 달려온 것은 세 사람이 아직 멍하니 생각에 잠겨 있을 때였다. 다다치카는 다다미에 흐르고 미닫이에 튄 피를 보더니 신음하듯 외쳤다.

"아뿔싸!"

그리고 누구에게라고 할 것 없이 대들었다.

"이래도 되는 겁니까?······ 이래도······ 세상에서는 가신들 중에 대체 목숨 걸고 작은주군께 간언한 자가 있느냐, 라고 수군거리고 있소. 그 잘못을 알면서도 간언하지 않았다면 아첨꾼이겠지요. 그런 아첨꾼이 작은주군의 목을 쳐도 된단 말입니까?"

"다다치카, 말을 삼가라!"

다다요가 나무랐으나 그 목소리는 약했다. 다다쓰구와 둘이서 노부나가의 꾐에 넘어가 아즈치에서 입에 담았던 경솔한 말들이 갈수록 뚜렷하게 그를 괴롭히기 시작한 것이었다.

"누가 목을 쳤소? 왜 다시 한번 뜻을 바꾸시도록 간언드리지 않았소?"

"다다치카, 용서하게. 오래 괴롭혀 드릴 수 없어 목을 친 것은 이 한조일세."

한조가 고쳐 앉아 다다치카 앞에 두 손을 짚자 미치쓰나가 황급히 그것을 만류했다.

"아니, 한조 님이 아닐세. 한조 님이 차마 치지 못하고 우시는 바람에 이 미치쓰나가 쳤네. 다다치카, 이 미치쓰나는 생각할수록 무사노릇이 싫어졌어. 이 죄를 빌기 위해 집도 녹도 버리겠네······."

"뭐, 집도 녹도 버리고 사죄하겠다고······."

"그렇다네. 이번 일을 맡을 때부터 고야산(高野山)으로 출가할 것을 각오하고 하마마쓰를 떠나왔지. 다다요 님, 한조 님, 작은주군의 장례를······."

미치쓰나가 여기까지 말했을 때 다다치카는 무슨 소리를 들었는지 성큼 일어서 옆방의 미닫이를 열었다.

"앗, 너는 오하쓰가 아니냐? 여러분, 시동 오하쓰가 주군을 따라 할복했소!"

다다치카의 절박한 목소리에 모두들 벌떡 일어섰다. 다다치카는 조용히 촛대의 심지를 잘랐다.

"그래, 네가 주군을 따라가주었구나……"

어린 소년인 오하쓰로서는 이번 일이 견딜 수 없었던 게 분명했다. 이렇게 생각하자 노부야스의 죽음까지 비로소 한꺼번에 비극의 파도가 되어 다다치카에게 엄습해 왔다.

"그래…… 오하쓰, 너는……"

어느새 다른 세 사람은 다시 문지방 가에 주저앉아 있었다. 오하쓰를 위해 합장해야 할지, 말아야 할지 그것조차 모르는 표정들이었다.

"오하쓰! 괴로우냐? 내가 도와주마."

다다치카는 말한 뒤 감개무량한 듯 중얼거리며 살며시 칼을 고쳐 잡았다.

"너는 행복한 놈이다…… 좋아하는 작은주군 곁으로 이렇듯 한달음에 갈 수 있으니."

노부야스의 자결은 다시금 문중에 큰 동요를 가져왔다. 소문은 소문을 낳아 오카자키에는 다다쓰구와 다다요를 욕하는 사람이 늘어갔다.

"작은주군을 죽인 것은 다다쓰구 님과 다다요 님이야. 그 두 사람이 노부나가에게 작은주군을 나쁘게 참언하여 죽인 거야."

"그뿐만이 아닐세. 대감님은 다다요 님이 그 잘못을 뉘우치고 반드시 작은주군의 목숨을 살릴 거라……믿고 후타마타성에 맡기신 건데."

"그렇고말고. 부자지간의 당연한 정이지. 그런데 살려드리지 않고 그냥 돌아가시게 하다니, 세상에 다시없는 큰 불충이지."

"그런데 유해는 대체 어떻게 했을까?"

"후타마타성 밖의 아무 표시도 없는 곳에 묻었기 때문에 오카자키에서 목을 훔치러 간 자가 있대. 그런 훌륭한 대장이 다시 나타날 리 없지. 그러므로 와카미야(若宮) 신사 언저리에 머리무덤을 만들어 신으로 제사지낼 거라고 들었네."

그리고 보니 유해를 안장한 후타마타성 밖^{(뒷날 이에야스가 기요
타키사(淸瀧寺) 건립)} 말고도 오카자키에 머리무덤 같은 것이 생겼고, 게다가 도쿠히메에게 유발(遺髮)이 전해졌다는 소문까지 퍼졌다.

도쿠히메는 은밀히 사카키바라 시치로에몬(榊原七郎右衛門)의 누이를 후타마타성으로 보내 유발을 손에 넣었다고 하며, 그 때문인지 시치로에몬 역시 집과 녹을 버리고 일족인 고헤이타의 집에서 근신했다.

이 모든 게 노부야스를 애석하게 여겼기 때문에 생긴 풍문이었지만, 풍문이 퍼져감에 따라 쓰키야마 마님의 유령을 성 아래 거리 여기저기서 보았다는 자까지 나타났다.

미치쓰나는 노부야스의 유해 처리가 끝나자 그 길로 고야산에 숨어버린 채 하마마쓰로 다시 돌아가지 않았으므로, 그 일에 대한 보고는 한조 혼자서 해야만 되었다. 이에야스는 한조가 돌아오기 전에 이미 노부야스의 자결을 알고 있었다.

나오마사가 고했다.

"핫토리 한조 님이 방금 돌아왔습니다."

"그래, 이리로 들여보내라. 그리고 모두들 잠시 물러가 있거라."

그리고 다시 생각을 바꾼 듯 고개를 크게 끄덕이며 말했다.

"괜찮다, 모두 여기 있어도."

뜰에는 가을비가 내려 노란 물푸레꽃이 축축하게 젖은 땅 가득히 흩어져 있었다.

한조는 몰라보게 여위어 있었다. 귀신이라는 별명을 들을 만큼 한 번 눈을 크게 부릅뜨면 마주 보는 사람이 눈을 내리깔지 않을 수 없는 사나이가 턱수염이 더부룩하고 눈가에 거무스름한 얼룩점이 생겨 있었다.

"한조냐, 수고했다."

이에야스가 말하자 한조는 성가신 물건을 부려놓듯 미닫이 옆에 앉았다.

"주군! 수고란 당치도 않습니다. 이 한조에게 할복을 명해 주십시오!"

이에야스는 그 말은 짐짓 듣지 못한 듯이 감정 죽인 목소리로 말했다.

"노부야스가 어떤 모습으로 할복했느냐? 반항하지는 않았느냐?"

그리고 슬며시 팔걸이를 앞으로 옮겨놓았다.

좌중은 물을 끼얹은 듯 조용해졌다. 혼다 헤이하치로는 오른쪽 어깨를 잔뜩 추켜올린 자세로 한조와 이에야스를 번갈아 쳐다보았고, 사카키바라 고헤이타는 한조에게서 시선을 떼지 않았다.

한조는 똑같은 말을 되풀이했다.

"저에게 할복을 허락해 주십시오. 아무래도 주군의 마음을 살피지 못하고 큰 실책을 범한 것 같으니, 할복 허락이 없으시면 입을 열 수 없습니다."

이에야스의 목소리가 날카로워졌다.

"한조! 진정하고 묻는 말에 대답이나 하라. 그대가 갔을 때 노부야스는 어떻게 하고 있더냐?"

"이미 할복하실 결심을 하고 있어서, 저희들 힘으로는 되돌릴 수 없었습니다."

"다다요는 아무 말도 없던데."

"예, 그러나 다다치카의 말에 의하면 작은주군께서, 달아나다 만일 적의 손에 들어가는 날이면 후세 사람들에게 결백을 증명할 길이 없다고……."

이에야스는 문득 얼굴을 돌리고 고개를 크게 한 번 끄덕였다. 과격한 성격의 노부야스였다. 한 곳을 쏘아보며 생각에 잠겨 있는 노부야스의 모습이 눈에 보이는 것 같았다.

"그래, 후세 사람들에게 결백을……."

"마지막으로 하신 말씀은, 천지신명께 맹세코 티끌만 한 죄도 없다고 대감께 말씀드려 달라고 하시다가……아니, 그럴 것 없다시며 그 말씀을 취소하셨습니다……."

"그럴 것 없다니……."

"아버지께서는 이미 내 마음을 잘 아시고 계실 터인즉, 노부야스는 조용히 할복했노라는 말만 드리면 된다……고 하셨습니다. 그때까지도 저희는 곧 자결하시리라고 생각지 못하고 잠시 방심한 동안 갑자기 왼쪽 아랫배에서 오른쪽으로 한 일자로 칼을 찌르시고……."

한조는 입을 크게 일그러뜨린 채 필사적으로 오열을 참으며 말했다.

"이미……이미……모든 것은 끝났다. 더 이상 괴롭게 해선 안 된다고, 저는 마음을 다잡아먹고……목을 쳐드렸습니다."

이에야스는 얼굴을 외면한 채 또 고개를 끄덕였다.

"그래, 유해는 어떻게 했느냐?"

"오쿠보 부자와 상의하여 성 밖 동남쪽에 안장하고 은밀히 제사지냈습니다. 주군! 사정이야 어떻든 주군의 아드님에게 칼을 댄 이 한조, 제발 할복을 허락하여 주십시오."

"안 돼!"

"안 되시다니, 무슨 까닭이십니까? 아마가타 미치쓰나는 이미 고야산에 들어갔습니다. 이대로는 한조의 면목이 서지 않습니다."

"안 돼!"

이에야스는 다시 꾸짖었다.

"그대도 히라이와와 똑같은 말을 하는구나. 알겠느냐, 노부야스 하나를 잃은 것만으로도 이 이에야스에게는 상처가 크다는 걸 알라. 그 위에 미치쓰나를 잃었고 그대까지 잃는다면 어떻게 되겠느냐? 그대의 할복을 허락하면 히라이와에게도 허락해야 한다. 알겠느냐? 다시는 그런 말 마라. 그렇지, 헤이하치, 고헤이타, 한조를 데리고 가서 한동안 감시해라. 아직 흥분이 가시지 않은 것 같으니."

"주군! 이 한조가……."

한조가 다시 무엇인가 소리치려 할 때 헤이하치로가 성큼성큼 다가와 미간을 찡그리며 오른팔을 잡았다.

"일어서, 얼른."

한조가 끌려 나가자 이이 나오마사도 슬며시 시동들을 데리고 물러갔다.

이에야스를 잠시 혼자 있게 하려는 생각인 것 같았다. 이에야스는 그것을 제지하려고도 않고 뜰의 빗줄기를 뚫어지게 응시했다.

쓰키야마도 죽고…….

노부야스도 죽었다…….

8살에서 19살까지 슨푸에서 보낸 오랜 반생의 흔적이 이것으로 물거품처럼 사라져버리고 만 것이다.

쓰키야마 마님인 세나를 이에야스와 짝지어준 이마가와 요시모토가 맨 먼저 이 세상을 떠났고, 요시모토에게 제발 사위로 삼게 해달라고 열심히 간청한 쓰키야마의 아버지 세키구치 지카나가는 요시모토의 아들 우지자네 때문에 할복 자결했다.

그 우지자네는 지금 어디서 무엇을 하고 있을까? 소문에 의하면 아버지를 친 노부나가를 위해 교토에서 공차기를 해보였다고 한다…….

이에야스를 못살게 굴던 신겐도 이미 없고 세상은 뒤바뀌어 오다 가문을 위해 꽃이 만발하는 봄이 되었다.

'그리고 그 봄바람을 타고 노부야스도……'

이렇게 생각하자 온몸의 힘이 빠져 아무것도 할 기력이 없었다.

이에야스는 입 속으로 가만히 중얼거려 보았다.

"노부야스…… 이 애비가 울어주마. 가엾은 녀석!"

그러나 눈물은 쉽사리 나오지 않았다. 이래서 되느냐고 날카롭게 자기를 꾸짖는 소리가 어딘가에서 들린다.

'아내와 자식을 죽게 하면서까지 오다 그늘에서 자리 지켜야 하느냐……'

하나의 언덕에서 힘에 부쳐 그 이상 앞으로 올라가려 하지 않는다면 수레는 이윽고 언덕 아래로 미친 듯 굴러 떨어질 게 분명하다.

어느덧 이에야스는 팔걸이를 꽉 잡은 채 숨마저 죽이고 있었다.

'이 언덕을 멋지게 넘어야 한다……'

그것만이 노부야스의 죽음을 살리는 단 하나의 길이었다. 이에야스는 다시 중얼거렸다.

"노부야스! 너의 죽음은 이 아비에게 가장 부족한 것이 무엇인지를 알려주었다."

그러자 억수 같은 빗속에 오하마에서 몰래 찾아왔을 때의 초라한 노부야스 모습이 눈앞에 떠올랐다.

"나는 무(武)만 중히 여겼다…… 이 이에야스의 마음속을 꿰뚫어보고 뭇 장수들과 능란하게 흥정할 수 있는 가신을 가까이 두지 못했어. 앞으로는 이 점에 정신을 기울이리라."

그러고 보니 이에야스의 막하에는 확실히 무장들뿐이었다. 소박하고 고지식한 반면 쉽게 화내고 남의 술수에 잘 넘어갔다. 다다쓰구와 다다요에게 좀 더 수완이 있었더라면 이번 일도 이처럼 비참한 결과를 낳지 않았을지 모른다.

"노부야스를 벌하신다는 건 당치도 않습니다. 그러면 동쪽을 제압하는 힘이 반감될 것입니다."

이렇게 주장했다면 노부나가도 그냥 자기 고집만 세울 수 없었을지 모른다.

어느덧 사방은 빗속에서 저물어가고 있었다. 이에야스는 여전히 팔걸이를 움켜잡은 채 움직이지 않았다. 멀리서 촛불을 준비하기 시작하는 사람들 기척이 은은히 들려오는 것 말고는 성 전체가 어깨를 축 늘어뜨리고 숨죽인 듯한 느낌이었다.

가이의 바람

가이의 올 겨울은 전에 없이 따뜻하여 분지 안에 자리한 쓰쓰지가사키성은 요 며칠 서리도 앉지 않는 밤이 계속되었다.

전 같으면 눈이 녹기를 기다렸다가 움직이기 시작하는 에치고 군에 대비하여 이 무렵부터 슬슬 전쟁 준비를 시작할 계절이었지만, 지금은 아버지와 평생 싸워 온 우에스기 가문의 겐신도 죽어 가이의 적은 오직 서쪽에만 있었다.

가쓰요리는 따뜻한 햇볕에 이끌려 정원으로 나온 듯 꾸며 스루가, 도토우미의 적정을 살피고 돌아온 나가사카 조칸(長坂釣閑)의 첩자로부터 보고 듣기 위해 거실을 나섰다.

"정원을 좀 거닐 것이니 따라올 것 없어."

큰 칼을 받쳐 든 시동까지 툇마루에 떼어놓은 채 봉오리가 맺힌 매화나무 아래를 지나 양지쪽으로 내려갔다. 그곳에 조칸과 조칸의 첩자가 역시 언저리의 풍경을 구경하는 척하며 나타났다.

"아, 주군께서도 나오셨군요. 날이 풀려 이제 눈을 이고 있는 것은 저 시나노의 연봉들뿐입니다."

조칸은 우선 정중히 머리 숙이고 난 다음 슬며시 눈짓했다.

35, 6살 되어 보이는 첩자는 가쓰요리에게 성큼성큼 다가가 손에 든 걸상을 양지쪽에 놓았다.

그러나 가쓰요리는 그곳에 앉지 않았다. 주위에 엿듣는 사람이 없다는 것을 알고 그는 성급하게 물었다.

"오카자키의 노부야스 부인은 어떻게 되었나?"

"이에야스의 인내심에는 그저 탄복할 따름입니다. 도쿠히메에게 끝까지 노한 기색을 보이지 않고 이달 2월 20일에 마쓰다이라 이에타다를 시켜 무사히 비슈(尾州; 오와리의 다른 이름)의 기요스성까지 보냈습니다."

"그래, 결국 아무 일도 일어나지 않았군."

가쓰요리는 크게 탄식하며 먼 산맥을 지그시 쏘아보았다. 그에게는 이번 도쿠가와와 오다의 비극이 결코 놓칠 수 없는 커다란 기회 중의 하나였다. 며느리의 사소한 실언이 시어머니와 남편을 죽게 만든 것이다. 일단은 수습되었지만, 그일은 반드시 감정의 대립을 초래하여 두 가문이 멀어지는 원인이 되리라. 그때에는……하고 생각했는데 아무래도 헛되이 끝나고 만 것 같았다.

"음, 끝내 아무 일도 없었단 말이지?"

"예, 도쿠히메 역시 도쿠가와 쪽에 대한 의리를 내세워 죽은 남편 노부야스를 애도하며 끝내 아즈치의 노부나가 공에게 가지 않고 당분간 기요스에 머무를 것 같은데, 그곳에서 노부나가 공에게 여러 가지로 원망의 말을 하고 있다 합니다. 이제는 도쿠가와 문중 사람들의 원망도 차츰 풀어져 도쿠히메를 미워하는 사람들이 많이 줄었습니다."

"알았다. 과연 이에야스답군. 집안을 잘 다스렸어. 그럼, 하마마쓰와 오다와라 사이는?"

첩자가 입을 열기 전에 이번에는 조칸이 앞질러 말했다.

"그 일에 대해서는, 오다와라는 주군의 처가이므로 믿을 수 없는 일이오나 아무래도 이에야스와 손잡고 이에야스가 다카텐진성으로 출병하면 오다와라에서도 스루가로 군사를 보낼 밀약이 확실히 성립되었다고 이자는 말합니다."

"뭐, 오다와라가 우리의 배후를 칠 밀약을……."

가쓰요리는 저도 모르게 나직이 신음했다. 그의 정실은 오다와라 성주 호조 우지마사의 막냇누이였다. 선대 성주였던 우지야스(氏康)가 나이 들어 낳아 그 애정을 한 몸에 쏟으며 키워 오랫동안 서로 손잡고 지내온 다케다 집안에 시집보냈다. 그 의미로 볼 때 전국시대치고는 드물게 정략적이지 않은 결혼이어서 올해 19살인 오다와라 부인은, 스와씨(諏訪氏)의 핏줄을 이어받아 30살이 넘었는데도 매우 단아한 모습의 가쓰요리를 진심으로 사랑하고 있었다. 가쓰요리 역시 젊은 정실의 정에 보답하느라 요즈음 측녀들을 멀리하고 있었다. 그런 만큼 두 집안의 친분에 금이 가는 것은 상상도 할 수 없는 일이었고, 또 사실 호조 우지마사는 가쓰요리의 의뢰를 받아들여 얼마 전 이에야스에게 접근했던 것이다.

"오다와 도쿠가와 집안 사이는 이번 노부야스 사건으로 반드시 금 가기 시작하리라. 금이 가면 오다 집안에서 원군을 보내지 않을 터이니, 계책을 꾸미며 이에야스를 스루가로 꾀어내 달라."

우지마사에게 부탁하자 그는 그 뜻을 받아들여 이에야스에게 청을 넣었다는 회답이 왔다.

"이에야스가 스루가에 출병하면 우지마사도 군사를 내어 가쓰요리를 칠 테니 스루가를 도쿠가와 호조 두 가문이 나누는 게 어떻겠는가?"

이리하여 우지마사와 가이 군이 기세강(黃瀨川)을 끼고 일부러 맞서는 듯 보인 것은 노부야스가 자결한 얼마 뒤인 지난달 10월 25일이었다.

이 계책이 어지간히 들어맞아 이에야스도 우지마사와 가쓰요리의 불화를 믿은 모양이었다. 그런데 이 책략이 계기가 되어 이에야스와 우지마사가 정말로 손잡고 말았던 것이다. 만일 이에야스와 우지마사가 손잡은 게 사실이라면 가쓰요리는 긁어 부스럼을 만들어 제 꾀에 넘어간 결과가 된다.

이번에는 첩자가 말을 이었다.

"도쿠가와는 되도록 오다의 도움을 받고 싶지 않았던 모양입니다. 그리하여 호조와 손잡아 주군께 대항하려고 고심한 끝에 끝내 호조를 설복시킨 겁니다."

"그럴 리가…… 아니, 너는 그것을 어떻게 알았느냐. 어떻게 쌍방이 진심으로 맺어졌다고 믿느냐?"

"두 가문 모두 주군께 아무 통고 없이 출전준비를 시작하고 있는 게 무엇보다 뚜렷한 증거라고……."

"그럼, 도쿠가와 쪽이 노리는 것은?"

"두 말할 것도 없이 다카텐진성 탈환입니다."

이 말을 듣자 가쓰요리는 몸을 확 돌려 자기 거실 옆을 바람처럼 지나 오다와라 부인이 있는 안마당으로 성큼성큼 들어가 버렸다.

'혹시 부인에게는 어떤 소식이 왔는지도……?'

이렇게 생각하면서 들어왔는데, 마당을 돌아간 가쓰요리는 뜨끔하여 걸음을 멈췄다.

그곳에도 포근한 햇살이 내려쬐고 있었다. 마루 가까이로 거문고를 들고 나와 따뜻한 햇살 속에서 타고 있는 아내 모습이 너무도 무심하고 고귀하게 보였기 때문이었다.

'이런 사람의 오빠가 적과 손잡다니…… 세상에 그럴 수도 있는가…….'

가쓰요리는 그 젊은 아내가 한 곡조를 타고 나서 발그레 상기된 얼굴을 들기를 기다렸다가 말을 걸었다.

"오랜만에 당신 거문고 소리에 취해 있었소. 한 곡조 더 타구려."

말하면서 마루로 올라서는 가쓰요리를 보고 오다와라 부인은 고개를 갸웃하며 미소로 맞이했다. 피부는 빨아들일 듯 향기롭고 눈동자는 소녀처럼 맑았다.

"서투른 가락으로 귀를 어지럽혀 드렸습니다."

"무슨 말을. 노래도 훌륭하지만 거문고 솜씨도 놀랍소. 정원을 거닐었더니 목이 마르군. 차를 한 잔 주구려."

"네, 마침 물이 끓고 있으니 곧……."

거문고를 놓고 살며시 일어나 차 도구가 있는 탁자 곁으로 가는 아내의 가느다란 목이 짜릿할 만큼 사랑스러웠다.

"부인……."

"네."

"부인에게 요즈음 오다와라에서 소식이 없었소?"

"소식……?"

티 없는 표정으로 돌아보며 가느다란 목을 흔들자 비녀가 흔들리며 은은한 소리를 냈다.

"요즈음 한동안 아무 소식도 없었어요."

가쓰요리는 고개를 갸우뚱하며 한참 동안 차 준비하는 부인의 모습을 지그시 바라보았다. 지금까지 노부야스와 도쿠히메의 관계를 좋은 기회라고 여기며 냉철하게 바라보았었는데 어느덧 자신의 일이 되어가고 있다.

오다와라로 곧 사자를 보내야 한다. 그러나 그 사자가 가지고 돌아올 회답이 두려웠다. 만약 첩자의 말대로라면, 우지마사를 탓할 수단인 볼모는 아내 말고 없었다.

"동생을 베어도 좋단 말인가?"

"이미 출가외인이니 뜻대로."

그의 힐문에 오다와라로부터 이런 대답이 돌아온다면 이 젊은 아내를 벨 용기가 자신에게 있을까…….

"서투른 솜씨로 끓였습니다만 드십시오."

부인은 가쓰요리가 뜻하지 않게 대낮에 찾아온 게 기쁜지, 온몸으로 즐거운 듯 어리광부리고 있었다.

"이대로 봄이 되어 꽃이 한꺼번에 피면 좋을 텐데……하고, 아까부터 그 생각만 하고 있었어요."

"그러나 봄이 되면 또 출진, 당신에게는 쓸쓸한 날이 계속될 텐데……."

"제발 지금처럼 싸움이 없었으면……하는 생각도……."

"부인."

"네."

"부인은 만일…… 이 가쓰요리가 부인의 오빠와 싸우게 될 때는 어떻게 하겠소?"

부인은 다시금 비녀를 한들한들 울리며 또렷이 대답했다.

"그런 일은 있을 수 없습니다. 돌아가신 아버님께서 결코 싸우게 되지 않을 신랑감……으로 애써 대감을 선택하셨습니다. 저는 행복합니다."

가쓰요리는 저도 모르게 한숨 쉬며 찻잔을 내려놓았다.

"음. 그러나 그 아버님은 지금 이 세상에 안 계시오. 만일 싸우게 되면 어떻게 하겠소?……그것이 문득 마음에 걸리는구려……."

"만일 그렇게 되더라도 제 마음은 변하지 않습니다."

"어떻게 변하지 않는단 말이오?"

"짓궂으셔요! 잘 아시면서……."

"어디까지나 이 가쓰요리의 아내로 살겠단 말인가?"

"네, 내세도 삼세도 그다음 세상까지 영원히……."

부인은 노래하는 듯한 목소리로 새하얀 손가락을 차근차근 꼽아나갔다.

가쓰요리는 이 방에 찾아온 게 후회되었다.

'와서는 안 되었는데……'

이 천진스럽고 세상모르는 부인은 아무것도 모를 뿐 아니라 가쓰요리의 마음을 약하게 만드는 괴상한 힘을 지니고 있었다.

"대감, 한 곡조 더 탈까요?"

동의를 구한다기보다 남편이 돌아가는 게 아쉬워 다시 거문고 앞에 앉았다. 아내가 아닌 다른 사람이었다면 가쓰요리는 꾸짖고 자리를 떴을 게 틀림없었다.

'오다와라에 누구를 사자로 보내 무슨 말을 해야 할까……?'

머릿속은 이 일로 꽉 차 있었지만 아내만은 꾸짖을 수 없었다. 나이 차이에서 오는 것만은 아니었다. 아내의 젊음을 지탱시키고 있는 천진한 기품이, 가쓰요리 같은 맹장에게 온몸으로 봄바람을 불어넣어주는 것이다.

그러고 보니 다시 거문고를 타기 시작하는 아내는 하나의 훌륭한 예술품이었다. 눈동자도, 코도, 귀도, 입도, 손도, 발도 이토록 귀여울 수 있을까 싶었다. 가쓰요리는 무슨 곡을 타고 있는지 끝내 귀에 전혀 들어오지 않는 상태에서 아내의 손길이 멈추기를 기다렸다.

거문고 소리가 끝났을 때 옆방에서 시녀 목소리가 들렸다.

"아룁니다. 대감님을 급히 뵐 일이 있다고 보쿠사이 님이 아까부터 거실에서 기다리고 계십니다."

말벗인 보쿠사이가 왔다는 말에 가쓰요리는 얼른 일어났다.

"뭐, 급하다고……? 그래, 거실로 돌아가 듣기로 하지. 그럼, 부인……."

부인은 언뜻 낙담한 표정을 지으며 두 손을 짚었다.

"살펴 가십시오."

"다음에 또 들르리다."

"네."

가쓰요리는 성큼성큼 복도로 나섰다.

"보쿠사이, 무슨 일이냐?"

"예!"

보쿠사이는 동그란 얼굴을 숙여 보였다.

"오다와라에서 쓰치야 마사쓰구(土屋昌次) 님 문하의 첩자가 돌아와 급히 아뢸 게 있다고 하여……."

“그래? 마사쓰구가 오다와라에 첩자를 두었었군.”

“예, 수상한 풍문을 들어 방심할 수 없다고 하여 주군의 지시를 기다리지 않고 이리 안내했습니다.”

“잘 했어.”

가쓰요리는 고개를 끄덕이며 그것이 단순한 소문만은 아니라고 느꼈다.

마사쓰구는 가쓰요리의 모습을 보자마자 말했다.

“사람을 물리쳐주십시오.”

“알았다. 보쿠사이, 시모후사(下總), 모두 물러가 있거라.”

그러고는 모두들 물러가기도 전에 물었다.

“무슨 일이냐, 마사쓰구. 오다와라에 무슨 일이 있느냐?”

“예.”

가쓰요리보다 젊은 마사쓰구는 모두들 사라진 것을 조심스럽게 확인한 뒤에야 입을 열었다.

“우지마사 공에게 보기 좋게 당했습니다.”

“그렇다면 도쿠가와, 호조 두 가문이 연합한 게 틀림없다는 거냐?”

“예, 2, 3일 안으로 스루가에 출병할 예정이라고 합니다.”

마사쓰구는 심각한 얼굴로 가쓰요리의 반응을 지켜보았다.

가쓰요리는 얼른 대답할 말이 없는 듯 지그시 허공을 바라보았다. 기우는 기우로 그치게 되지 않았다. 우지마사와 이에야스가 손잡다니! 이에야스는 어쩌면 이렇듯 운 좋은 것일까. 노부야스를 잃어 약화된 힘을 여기서 완전히 되찾아 가쓰요리에게 점점 거대한 적이 되고 있었다.

“아무래도 믿을 수 없는 일이야······. ”

자신의 매부와 적이 되면서까지 손잡다니 대체 이에야스의 어디에 매력이 있는 것일까······?

나가시노에서 비참하게 패배한 뒤 가쓰요리는 낡아빠진 다케다 집안의 전술과 전법을 멋지게 일변시켰다. 기마무사에 주력을 두었던 낡은 포진법을 바꾸어 활과 총을 든 병졸부대를 주력으로 하고, 새로운 조목까지 만들어 총 한 자루에 탄약 300발씩 준비하라는 명령을 엄격히 지키게 했다.

나가시노 패전 때 입은 인재 손실도 그 뒤 숨어 지내는 야인이며 칩거하는 무사들을 이 잡듯 찾아내어 이제 전과 다름없는 자신감을 되찾고 있는데 호조 우지마사의 눈에는 아직 이에야스에게 뒤지는 것으로 비치는가……?

마사쓰구는 말을 이었다.

"황공하오나…… 그곳에 못된 승려가 하나 나타났는데 예사롭지 않은 그자가 대감님을 방해하고 있는 모양입니다."

"뭐, 못된 승려가 나타났다고?"

"예, 분명 즈이후라는 이름이었습니다. 놈은 농부며 상민이며 무가에 봉공하는 자들까지 모두 병을 고쳐주고 인상과 골상을 봐주며 수상한 예언을 하여 이상하리만큼 많은 신자를 끌어 모으고 있는데, 놈에 대한 소문이 드디어 우지마사의 귀에 들어갔던 겁니다."

"놈이 나에 대해 무슨 말을 했단 말이냐?"

"아닙니다. 이에야스의 관상에 대해, 반드시 천하를 호령하며 무한한 부를 누릴 상이라고 떠들며 돌아다녔다 합니다."

"그런 헛소리를 호조 님이 설마 믿을 리 없는데……."

"그 말이 우지마사 님 귀에 들어갈 때까지 가신들 사이에서 이미 이상한 힘을 갖기 시작하고 있었던 것 같습니다. 인기란 허술히 보아 넘겨서는 안 될 무서운 것임을 깨달았다는 첩자의 보고입니다."

가쓰요리는 다시 한번 신음했다.

"음."

그러한 괴승 하나쯤 결코 두렵지 않았지만 무언가 불길한 초조감이 가슴 한 구석에 검은 그늘을 드리우고 있는 것은 사실이었다.

"좋다! 이렇게 된 이상 한시도 지체할 수 없다."

"지당하신 말씀입니다."

"마사쓰구, 모두들 곧 불러 모아라. 출병하겠다. 여기에 노부나가 원군까지 온다면 스루가, 도토우미의 우리 군사는 무너지고 만다."

"지당하신 말씀입니다."

"다카텐진성을 적에게 넘겨줘서는 결코 안 된다. 그곳이야말로 다케다 가문이 살아 있다는 상징이니까."

마사쓰구는 흘끗 불안한 눈빛이 되었으나 그대로 일어나 등성하고 있는 무장들을 부르러 걸음을 재촉했다. 그리하여 고후성 안은 다시금 활발한 출격 준비가 시작되었다.

당연히 오다와라에 힐문하는 사자가 파견되었다. 이에 대해 우지마사는 뭐라고 대답해올 것인가?

전국시대 여성의 비극은 미카와도 가이도 마찬가지였다. 도쿠히메와 노부야스를 엄습한 불행은 이제 오다와라 부인과 가쓰요리에게 비정한 창을 들이대고 있었다.

가쓰요리는 우지마사와 이에야스를 결합시킨 중요한 원인이 자신에게 있다는 것을 미처 깨닫지 못했다. 아버지 신겐과 계속 다투었던 우에스기 겐신의 죽음이 그로 하여금 과오를 범하게 한 것이리라.

겐신은 신겐이 죽은 뒤 가쓰요리에게 호의를 보이며 엣추, 노토에서 가가, 에치젠을 향해 군사를 보내 오다 군과 데토리강(手取川)에서 대진하고 있었다.

여기서 결전을 벌였다면 오다 군은 어쩌면 우에스기 군 때문에 다시 일어서지 못할 만큼 타격받았을지 모르지만 노부나가는 교묘하게 결전을 피했고 겨울철이 되어 겐신도 일단 군대를 철수시켰다.

그리고 다시 눈이 녹기를 기다려 노부나가와 결전을 벌이려다가 겐신은 덴쇼 6년(1578) 3월 13일 갑자기 죽고 말았다. 술을 좋아하여 술 때문에 급사한 것이었다. 가쓰요리는 이러한 우에스기 집안과의 관계로 겐신의 아들 기헤이지 가게카쓰(喜平次景勝)를 도와왔다.

겐신이 죽은 뒤 우에스기 집안에서는 상속에 대한 내부의 치열한 반목이 일었는데, 우지마사와 가쓰요리가 그 쟁점에서 대립하게 되었음을 가쓰요리는 미처 깨닫지 못하고 있었다.

겐신에게는 친아들이 없다. 그러므로 당연히 집안을 이어받을 사람은 가게카쓰였지만, 겐신에게는 또 한 사람의 양자가 있었다. 그것은 호조 우지야스의 일곱째 아들로 우지마사에게는 동생, 오다와라 부인에게는 이복오빠인 사부로 가게토라(三郎景虎)였다.

우지마사는 가쓰요리 역시 당연히 자기편을 들어 혈육인 가게토라의 상속을 위해 발 벗고 나서주리라 믿었는데 가쓰요리는 가게카쓰의 상속을 기정사실로 받아들여 아무 노력도 하지 않았던 것이다.

그러는 동안 가게토라는 살해되었다. 어리석다면 어리석다고도 할 수 있겠지만 이 일로 우지마사는 이미 가쓰요리가 자신에게 힘이 되지 못한다고 단정하여 이에야스와 손잡고 만 것이었다.

이에야스와 손잡는 것은 오다 집안과 손잡는 것과 같았다. 가게카쓰를 못마 땅하게 여기는 우지마사로서는 우에스기, 다케다의 연합 세력에 대항할 길은 그 것밖에 없었고, 대수롭지 않게 여긴 가쓰요리의 실책이 자기편을 적으로 돌아서 게 했음을 미처 깨닫지 못했다고 할 수 있다.

가쓰요리의 출병 명령은 세력 아래의 여러 장수들에게도 전해졌다. 싸움에 지 친 무장들이 호조까지 적으로 돌아섰다는 소문을 들으면 과연 옛날과 같은 사 기를 가져줄지?

숙적의 땅 스루가, 도토우미로 출격하기 위해 동원된 다케다 쪽 병력은 1만 6000명. 그들이 막 봄을 맞은 고후를 출발할 무렵 이에야스도 이미 다카텐진성 공격을 결의하고 하마마쓰를 떠나 나카무라 마을의 임시진지에서 군사를 출동 시켜 덴노(天王) 말 터에서 성안의 군사들과 탐색전을 벌이고 있었다.

가쓰요리가 출진하는 날, 오다와라 부인은 남편 부탁으로 다시 거문고를 한 곡조 탔다. 유키히메(雪姫)였던 옛날부터 부인이 홀린 듯 타던 '매화가지'에 나오는 '조곡(鳥曲)'과 '폭풍곡(暴風曲)'이었다. 이미 갑옷을 입고 야전의자에 걸터앉은 가 쓰요리 앞에서 거문고를 타노라니, 부인 자신이 먼 옛이야기 속의 인물이 된 듯 한 착각을 느끼게 했다.

어느덧 부인은 나지막한 소리로 노래까지 곁들이기 시작했다.

매화가지에
둥우리지은 꾀꼬리
바람 불면 어이할꺼나
꽃에나 머물 것을…….

오다와라 부인은 싸움의 처참함과 서글픔을 알지 못했다.
'대장부는 용감하게 싸우는 것……'
잘 교육받은 만큼 그러한 남편을 올바로 받드는 게 여자가 할 일이라고 믿고 있었다. 아니, 때로는 모진 바람에 몸서리칠 때가 있었지만 그런 것에서 애써 외면하려는 듯했다. 이제 막 맞이한 청춘이 모든 것을 아름답고 행복하게 채색하고 있기 때문이리라.

눈을 감고 가쓰요리는 듣고 있었다. 미묘한 13줄의 음향이, 이처럼 날카롭게 마음을 파고든 적은 없었다.

'나는 이 여자에게 다시 돌아오지 못하는 게 아닐까?'

또 문득 이런 생각이 들기도 한다.

'내가 없는 동안 아내가 죽어버리지나 않을까……?'

이런 운명을 자신에게 알려주려고 거문고 줄 하나하나에 기이한 영혼의 속삭임이 숨어 있는 것 같은 느낌이 들었다.

오다와라에 갔던 사자는 구사일생으로 돌아왔고, 부인이 만일 그것을 알면……하고 부인을 위해 숨긴다기보다 두려워서 숨긴 것이 작용한 탓도 있지만…….

우지마사의 회신으로, 영락한 이마가와 우지자네가 이에야스의 하마마쓰성에 몸을 의탁하고 있다는 것을 알았다.

'용의주도하기 이를 데 없는 이에야스놈…….'

우지자네를 이용하여 호조씨와 손잡고 이마가와의 옛 영토 스루가를 찾아준다는 게 구실인 모양이다.

"이마가와 집안은 호조씨와 대대로 친척 사이, 그 우지자네를 위해 옛 영토를 찾는 싸움이므로 이에야스 님에게 동의했다. 다케다 집안도 이마가와 집안과 인척간이니 이마가와 가문에 곧바로 스루가를 반환하기 바란다. 만약 돌려주지 않는다면 무장의 체면이 있으니 싸움터에서 만나리라. 누이동생에 대해서는 뜻대로 하도록."

우지마사의 회신을 읽은 가쓰요리는 말없이 그것을 찢어버렸다. 이마가와 우지자네를 위해 이에야스나 우지마사가 병졸 한 명이라도 내던질 리 없었다. 단순한 핑계임을 너무 잘 알므로 찢은 것이었다.

오다와라 부인은 얼굴이 발그레 상기되어 거문고 타던 손길을 멈추었다.

"마음에 드십니까?"

"오, 그만 넋을 잃고 취해 있었소."

"그것은 가락 때문이 아니라 봄볕 탓인지도 모릅니다. 대감, 이번의 개선은?"

"글쎄, 이르면 여름 장마철쯤……."

"늦으면?"

"늦으면……."

무심히 입을 열다가 가쓰요리는 황급히 부인을 외면했다. 방금 들판에 내던져진 자기 시체의 환상을 떠올리고 있었기 때문이었다.

부인은 다시 고개를 갸웃하며 재촉했다.

"늦으면요……?"

"늦으면 엔슈 언저리에서 새해를 맞이할지도 모르겠소."

"네? 새해를!"

"그러니 부인도 몸조심하고 건강하기 바라오."

"새해가 될 때까지……."

그때 가쓰요리의 맏아들인 15살 난 노부카쓰(信勝)가 출진을 축하하는 신주(神酒)를 들고 와 가쓰요리는 그쪽으로 돌아앉았다.

"노부카쓰, 이번은 우리 집안의 흥망을 결정하는 싸움이다. 알겠느냐? 뒤를 단단히 부탁한다."

노부카쓰는 심각한 표정으로 아버지 말에 고개를 끄덕였다.

"단단히 명심하고 있습니다."

"시라기 사부로 이래의 명문을 나나 너의 대에서 끊어지게 해서는 안 된다. 알겠느냐?"

그것은 노부카쓰에게 한 말이라기보다 싸움이 길어지면 올해 안에 못 돌아온다는 말을 듣고 눈물을 글썽이는 오다와라 부인에게 들려주고 싶었다. 그러나 부인은 그 말을 들은 것 같지 않았다. 남편이 없는 동안의 적적함을 자기 혼자 당하는 일처럼 철없는 생각에 잠겨 있다.

가쓰요리는 노부카쓰가 내미는 쟁반 위의 질그릇 잔을 들고 엄숙하게 말했다.

"부인, 따라주시오."

"네."

부인은 정신이 번쩍 든 듯 신주를 따르며 말했다.

"빨리 돌아오셔요."

가쓰요리는 말없이 단숨에 잔을 비우고 질그릇 잔을 일부러 정원 바위 쪽으로 던져 깨버렸다. 그 행동 뒤에는 살아 돌아올 것을 기약할 수 없는 무사의 결의가 비장하게 어려 있었지만 부인은 그것 역시 눈치채지 못하는 모양이었다.

 부자는 서로 말을 주고받았다.

"승승장구하시기를."

"너도 무사하기를……."

 가쓰요리는 이미 부인 쪽은 보지 않고 일어섰다. 긴 칼과 창과 총을 든 세 시동이 따랐다. 부인과 다시 한번 눈길이 마주친다면 자신의 마음에 더욱 불길하고 약한 감정이 끼어들 것 같아 가쓰요리는 견딜 수 없었다.

 부인은 다시 애원하듯 불렀다.

"대감, 건승하시기를! 대감……."

 가쓰요리는 뒤돌아보지 않고 그대로 복도 쪽으로 사라져갔다.

 오다와라 부인은 한동안 망연히 뒤에 남은 쟁반을 바라보고 있었다.

"전쟁……싸움……싸움……."

 자기 옆에서 남편을 데려간 것의 정체가 아직 어렴풋하게만 느껴질 뿐이었다. 그곳에 '죽음―'이 있는 것을 깨달았다면 부인은 아마 몸부림치며 출진을 말렸을지도 모른다…….

 아버지를 배웅하고 돌아온 노부카쓰는 아까와 같은 모습으로 여전히 그곳에 웅크리고 있는 부인을 보자, 그린 듯 아름다운 붉은 입술에 힘주어 불렀다.

"어머님! 이번 싸움에서 아버님은 어쩌면 살아 돌아오지 못하실지 모릅니다."

"뭐?…… 아니, 어째서?"

"어머님 오빠이신 우지마사 님이 도쿠가와 쪽으로 돌아섰습니다. 그래서 균형을 이루었던 세력에 큰 변화가 생겼다고 아녀자들까지 수군거리고 있습니다. 개중에는 그것이 어머님 탓이라고…… 어머님도 신변을 조심하십시오."

 오다와라 부인은 넋 나간 듯 중얼거렸다.

"뭐? 오다와라의 오빠가…… 그게 정말이냐, 노부카쓰?"

 그리고 한참만에야 소스라치듯 놀랐다.

미카와의 고집

덴쇼 8년(1580) 봄부터 다시…… 아니, 세 번째로 숙원의 적 다케다와 도쿠가와 의 사투가 전개되었다.

그동안 이에야스와 가쓰요리는 온갖 수단을 다해 자기편의 우세를 유지하려 애썼다. 가쓰요리는 에치고의 우에스기 가게카쓰와 계속 연락을 취했고, 이에야 스는 호조의 우지마사를 이즈(伊豆)와 스루가로 출병시키는 동시에 멀리 오슈(奥 州)의 다테(伊達) 집안과도 연대를 꾀하고 있었다.

약 1년쯤 넘는 이 전투에서 도쿠가와, 다케다 두 집안이 가장 힘 기울여 맞붙 은 곳은 도토우미의 다카텐진성이었다.

이에야스에게는 다카텐진성과 고야마성(小山城) 및 사가라(相良)의 보루(堡壘) 가 다케다 수중에 있는 것이 도토우미의 안정 도모에 암적인 존재와도 같았다. 더욱이 다카텐진성은 한 번 손에 넣었다가 덴쇼 2년(1574) 6월 17일, 가쓰요리에게 다시 함락당한 곳이다. 그 뒤 6년 동안 계속 되찾을 기회를 노리고 있었던, 단 하 나뿐인 다케다 집안 거점이었다.

다케다 집안에 있어서도 그곳은 그 이상의 의미를 지녔다. 아버지 신겐도 공략 하지 못했던 성을 가쓰요리는 자신의 힘으로 점령하여 이에야스와 노부나가에 게 무위(武威)를 자랑했으며, 또한 다케다 군의 사기를 드높이는 근거지이기도 했 다. 만약 그 성을 빼앗긴다면 도토우미 지방을 이에야스에게 깨끗이 바치는 게 될 뿐더러, 당장 스루가로 손길을 뻗쳐오는 위험을 부르게 된다.

이리하여 이에야스가 그 성 언저리에 차례차례 요새를 쌓기 시작한 게 덴쇼 8년 3월이었는데…… 그해 가을이 되어도 여전히 포위한 채 함락시키지 못하고 있었다.

덴쇼 2년 가쓰요리가 집요하게 공격했을 때, 도쿠가와 쪽은 오다 원군이 늦게 와 성을 지키던 장수 오가사와라 나가타다의 배반으로 함락당했었다. 이번에는 그곳에서 농성하는 다케다 군이 가쓰요리의 원군이 오기를 애타게 기다리고 있는 형편이었다.

어떻든 전략적으로는 호조와 동맹 맺은 도쿠가와 쪽이 우위에 있었다. 이에야스는 이곳에 주력을 기울여 공격할 수 있지만, 가쓰요리는 이즈와 스루가가 호조의 위협을 받고 있어 양면 작전을 해야 하는 입장이었다.

그런데—

이렇듯 지상에서 사투가 되풀이되고 있는 이 성의 지하 돌 감옥에 6년 전 싸움에서 홀로 다케다 집안에 항복하기를 거부하여 갇힌 미카와 무사 하나가 아직도 끈질긴 투지로 삶을 이어가고 있었다.

그의 이름은 오코우치 겐자부로. 그는 6년 동안, 여러 번 바뀐 이 성의 주인으로부터 몇 십 번 몇 백 번 온갖 말로 항복을 권유받았지만, 그때마다 자세를 바로하고 같은 대답만 되풀이해 왔다.

"나의 주군 이에야스 님은 예사로운 대장이 아니다. 반드시 다카텐진성으로 구원하러 오신다고 하셨다. 말씀하신 것은 반드시 실천하는 분인데 항복이라니 꿈에도 생각지 못할 일이다."

개중에는 감탄하는 자도 있었지만 몹시 노하는 자도 있어 번번이 심한 고문을 당했다. 지하 감옥 바닥에는 돌이 깔려 있었으며 가끔 물이 괴어 6년이 흐르는 동안 어느 새 두 발 모두 복사뼈까지 썩어들어 못쓰게 되고 말았다. 그러나 그의 투지는 하늘을 찌를 듯했다.

"우리 주군께서는 아직 안 오시는가?"

다카텐진성은 높이 700자쯤 되는 다카텐진 산마루에 세워져 있다.

지금의 시즈오카현(靜岡縣) 가케가와(掛川)시 남쪽에 해당하며 바다까지 약 10리, 산이 온통 푸른 연봉으로 둘러싸인 천연 요새로 이미 그 무렵 돌 감옥 속에서는 서릿바람이 완연히 느껴지는 계절이었다.

오코우치 겐자부로는 그 서릿바람을 타고 요즈음 예사롭지 않은 함성이 들려오는 것 같아 견딜 수 없었다.

"잘못 들은 것일까?"

성 북쪽 구석, 지상으로부터 20자 남짓한 돌계단을 내려간 그 아래에 만들어진 이 돌 감옥에서 바깥세상과 통하는 것이라고는 높은 환기창이 하나 있을 뿐이었다.

그 창을 통해 때로 은은한 봄의 향기를 느끼고 아득한 매미소리를 들었으며 우박과 서릿바람과 태풍 등 온갖 계절의 변화가 겐자부로를 찾아들었다. 새삼 손가락을 꼽아보면 가끔 숫자가 헷갈리지만, 이곳에서 싸늘한 겨울을 맞는 게 어느덧 여섯 번째였다…….

수염은 자라는 대로 내버려두었고 옷은 그 뒤로 세 벌 받았으나 형체도 알아볼 수 없을 정도였다. 외부 사람이 본다면 인간인지 짐승인지 구별하지 못하리라. 그래도 옥지기인 하인배가 하루에 한 번씩 조그만 주먹밥 두 개와 물, 짠지나 소금, 된장 등을 몰래 갖다 주곤 했다.

겐자부로는 그것으로 충분했다. 미카와의 고집은 험한 식사에 익숙해져 있다. 본디 항복이라는 말이나 약한 소리 하는 것을 죽기보다 싫어하는 겐자부로였다. 싫은 일을 하지 않기 위해서는 그만한 대가를 치러야 한다. 겐자부로는 이것도 사치스럽다고 생각했다.

"저것이 인간의 함성이라면, 주군께서 드디어 이 성을 탈환하러 오신 것일 텐데……."

그러고 보니 요즘 이 성에 여러 인간들이 입성해 온 것 같았다. 옥지기에게 물어보니 겐자부로가 아는 대장만도 확실히 5명은 넘었다. 오카베 단바노카미(岡部丹波守), 아이기 이치베에, 미우라 우콘다유(三浦右近太夫), 모리카와 비젠(森川備前), 아사히나 야로쿠로(朝比奈彌六郎), 오가사와라 히코사부로(小笠原彦三郎), 구리타 히코베에(栗田彦兵衛) 등 모두 도토우미에서 스루가에 걸쳐 무용을 떨치는 사람들이었다. 그들은 혹시 이에야스의 공격을 받고 이곳에서 일전을 벌일 각오로 입성했는지도 모른다.

언제나 한낮이 좀 지났을 때 식사를 날라 오는 옥지기가 오늘은 좀 늦어지더니, 저녁 해가 지려는가 여겨질 무렵에 나타났다.

옥지기의 이름은 사쿠조(作藏)라던가. 이미 50대 중반이 넘은 이야기하기 좋아하는 하인배로 나타나면 꼭 무슨 말인가 하고 돌아갔다.

그런 사쿠조가 등불을 의지 삼아 창살 가까이 다가왔다.

"자, 식사를 가져왔소."

그리고 곧 돌아가려는 옥지기를, 싸늘한 돌바닥 위를 기어서 다가간 겐자부로가 불러 세웠다.

"이보게, 사쿠조."

"뭐요, 오늘은 바쁜데."

"아무리 바빠도 그동안 사귄 처지에 말 한마디는 하고 가야지 않겠나. 어떤가. 지금 이 성은 우리 주군의 공격을 받고 있겠지?"

그러자 사쿠조는 좀 당황한 듯하다가 되돌아와 작은 소리로 말했다.

"그걸 당신이 어떻게 아오?"

겐자부로는 천천히 고개를 끄덕였다.

"이곳에 있어도 내 눈은 꿰뚫어볼 수 있어. 그래, 싸움은 우리 주군의 승리가 확실한가?"

"그럴 리 없어!"

옥지기는 황급히 겐자부로의 말을 부인했으나 다음에는 더욱 목소리를 낮추었다.

"만일 이 성이 함락되면 그동안의 정을 봐서 이 늙은이를 구해 주오, 죄수양반."

겐자부로는 가볍게 고개를 끄덕였다.

"좋아, 자네는 나의 좋은 벗이었으니까."

"그 말을 들으니 부끄럽소. 나는 당신을 진심으로 따뜻하게 대해 주지 못했는데."

"아닐세, 나에게 잘해 주었어. 그런데 오늘은 우리 주군의 부하들이 이 성 가까이까지 쳐들어왔겠지? 대장 이름이 뭐라는지 못 들었나?"

"그건 말 못하오. 단단히 함구령이 내렸소."

"그래? 그렇다면 묻지 않기로 하지. 캐물으면 자네가 불쌍하니."

겐자부로는 스스로 완고하게 자신의 고집을 굽히지 않으므로 남에게도 무리

한 요구는 하지 않았다.

겐자부로가 쉽게 물러서자 정직한 옥지기는 한숨을 크게 내쉬었다.

"그 말을 들으니 그냥 있을 수 없구려. 알겠소? 죄수양반. 나에게 들었다는 말씀은 마시오. 오늘 이 성 가까이까지 쳐들어온 대장은 오쿠보 헤이스케라는 창을 귀신처럼 쓰는 용감한 무장이었소."

"허! 오쿠보 헤이스케 님이 어느새 그렇듯 잘 싸우게 되었는가, 음."

"그리고 이것은 비밀인데, 오늘 이 옥 위에서 오카베 다테와키(岡部帶刀) 님과 나쿠라 겐타로(名倉源太郎) 님이 심한 말다툼을 벌였소."

"허! 무엇 때문에 말다툼했나?"

"뭐니 뭐니 해도 도쿠가와 쪽이 싸움에 능하다, 이 언저리의 보리도 벼도 모두 하졸배에게 부지런히 베게 하여 농민들에게 그날그날의 양식을 배급한다, 그러니 누구 하나 다케다 집안을 돕지 않는다, 이래서는 싸움에 패할 게 뻔하니 속히 성을 버리는 것이 좋다고 하신 건 나쿠라 님 이시고 오카베 님은 이 성을 버려봐라, 그러면 사방에서 추격받아 몰살당한다, 총대장 가쓰요리 님이 반드시 원군을 거느리고 오실 테니 그때까지 성을 지키자……고 하자, 천만에 총대장은 오다와라와 맞서고 있어서 못 오신다……며 크게 다투셨소."

겐자부로는 저도 모르게 어둠 속에서 웃음 지었다.

"그래, 그러면 머지않아 승부가 나겠군. 그런데 총대장 가쓰요리는 지금 어디 있나?"

"총대장은 이즈의……"

사쿠조는 말하다 말고 깜짝 놀란 듯 제 손으로 자기 입을 꼬집었다.

"별 것을 다 묻는 양반이군. 그런 일을 입 밖에 내어 말할 수 있겠소?"

"그런가, 잘못했네. 듣고 보니 자네 말이 옳아. 그런데 싸움은 언제 시작되었나?"

"올 3월부터요. 이젠 싸움에 진저리가 나오. 싸움 없는 곳은 어디 없을까, 죄수양반?"

"3월…… 그것을 몰랐군. 3월부터 싸움이 시작되었다면 나도 여기서 정좌하여 주군의 승리를 기원했어야 했거늘…… 아니, 아무리 몰랐다 해도 주군, 용서하시기를!……"

겐자부로가 썩은 발을 움직여 열심히 자세를 바로하려 할 때 옥 입구가 갑자기 소란스러워졌다.

사람 발소리를 듣고 겐자부로보다 옥지기가 더 어쩔 줄 몰라했다. 그는 급히 출구로 가려다가 들어오는 사람들에 의해 다시 옥 창살로 되돌아왔다.

"불을 밝혀라."

들어온 것은 너덧 명의 종자를 거느린 37, 8살쯤 되는 대장이었는데, 그 명령에 종자는 갖고 온 촛대에 3개의 50돈쭝짜리 초를 밝혔다.

주위가 환해지자 대장으로 보이는 사내가 창살로 다가와 안을 들여다보았다. "그대가 오코우치 겐자부로인가?"

겐자부로는 쓰지도 못하는 발을 앞으로 털썩 내던지며 금방 다른 사람이 된 듯 시비조로 말했다.

"그렇게 묻는 너는 누구냐?"

"음, 역시 당당한 말투로군. 내 이름은 나쿠라 겐타로. 겐타로, 겐자부로……형제 같은 이름이군."

겐자부로는 젖은 걸레쪽 같은 몸을 후들후들 떨며 버럭 소리쳤다.

"시끄럽다! 이름은 비슷하지만 근성은 하늘과 땅 차이다! 너는 어떻게든 이 성에서 도망쳐 살 것만 생각하겠지만, 나는 몇십 년이나 이곳에 갇혀 있어도 약한 소리 한마디 하지 않는다. 너 같은 겁쟁이 무사가 일부러 찾아온 용건도 대충 알고 있다! 쓸데없는 말 말고 냉큼 돌아가거라!"

너무나 맹렬한 기세에 겐타로는 다시 한번 창살에 이마를 갖다 대고 새삼스레 겐자부로를 들여다보았다.

"허허—지금의 그 말은 적이지만 정말 장하다! 이에야스 공에게 들려주고 싶구나."

"다시 한번 말하겠다. 나는 네 말에 대답하지 않을 것이다."

"좋다, 싫으면 아무 말도 하지 마라. 그러나 귀만은 막지 말고 들어라. 실은 이 성을 그대의 예언대로 도쿠가와 쪽이 탈환하러 와서 이미 바깥과 연락이 끊어진 지 석 달이 지났다. 이만하면 그대는 알아들으리라. 원군 도착은 일단 기대할 수 없다고 보고 성을 베개 삼아 전사하든가, 성을 버리고 나가 뒷날을 기약하든가 둘 중의 하나. 그래서 의견이 엇갈렸다고 생각하여라. 그런데 항복을 반대하는 자는 성을 벗어나도 반드시 어딘가의 골짜기에서 몰살당할 테니 헛일이라고 주장하고 있다."

창살 속의 겐자부로는 슬그머니 눈을 감고 얼어붙은 듯 움직이지 않았다.

"쓸데없는 말은 하지 않겠다. 그래서 나는 별난 사내가 이 성에 갇혀 있는 일을 생각해 냈다. 그런데 이 사실을 도쿠가와 쪽에서는 모른다. 그대는 벌써 옛날에 죽었을 것으로 믿고 있을 테니까…… 그러나 오늘날까지 무사의 고집을 내세워 버티고 견뎌온 그대…… 이럴 때 이에야스의 본진에 사자로 가줄 수 없을까 하고……의논하러 왔다. 그대는 이미 걸을 수 없다고 하니 탈것은 준비해 주리라. 본진으로 가서 성을 버릴 테니 북쪽 골짜기 통로 하나만 열어달라고…… 그러면 그쪽과 이쪽에서 생명을 구할 수 있는 자가 아마 1000명은 넘으리라는 것이 내 생각이다."

"……"

"어떤가? 죽음을 각오한 아군이 미친 듯 발악하면 도쿠가와 쪽에도 손해가 막심하리라. 그대가 공을 세우는 게 될 테니 이 일에 대해 잘 생각해 주기 바란다."

여기까지 말하다가 겐타로는 옥 안의 겐자부로가 가볍게 코를 골며 잠에 빠진 것을 비로소 깨달았다.

"음, 들을 필요도 없단 말인가. 정말 고집스러운 사내로군."

상대가 여전히 코를 골므로 겐타로는 혀를 찼다.

"옥지기, 문을 열어라."

"아……예, 그런데 어떻게 하시려고?"

"어떻게 하든 네가 참견할 일이 아니다. 열라면 열어라."

옥지기 사쿠조는 후―하고 한숨을 내쉰 뒤 문의 자물쇠에 열쇠를 꽂았다. 이 문이 열릴 때는 언제나 겐자부로에게 잔혹한 고문이 가해질 때……라는 것을 알므로 옥지기는 조심스럽게 입을 열었다.

"여보시오, 눈을 뜨시오."

문이 열리자 겐타로는 종자 둘에게 눈짓한 뒤 앞장서서 안으로 들어갔다. 잇달아 촛대를 든 자 하나와 칼자루를 거머잡은 자 하나가 뒤따른다.

겐타로는 종자에게 턱짓했다.

"깨워라!"

종자는 재빨리 칼을 뽑아 죄수의 뺨에 댔다.

"일어나!"

"귀찮다!"

"이놈은 안 자면서 자는 척하고 있습니다!"

종자의 말에 겐타로는 고개를 끄덕이며 말했다.

"대답할 필요도 없다……면 벨 수밖에 없군. 모처럼 옛 주군이 성 가까이까지 왔는데 만나지 않고 죽어도 후회 없겠나?"

그러자 겐자부로는 성가셔 죽겠다는 듯이 눈을 떴다.

"정말 시끄럽게 구는군. 나는 우리 주군과 늘 마음으로 통하고 있다. 미카와 무사가 일단 말을 꺼낸 이상 사정 둘 것 없으니 베고 싶으면 언제든지 베어도 좋아. 죽는 게 두렵다면 6년이나 어찌 견딜 수 있었겠느냐!"

겐타로는 몹시 자존심 상한 모양이었다.

"좋아! 베어주마! 그러나 그냥 베지는 않겠다! 베기 전에 큰소리친 미카와 무사의 인내심을 시험해 보리라. 이놈의 옷을 찢어라!"

"옛!"

대답한 종자는 칼등을 안쪽으로 하여 옷 속으로 쑥 집어넣었다. 옷이 두 쪽으로 갈라지며 바닥에 늘어지자, 더러워질 대로 더러워진 고목을 연상시키는 겐자부로의 살갗이 드러났다.

"추울 것이다. 놈의 등에 촛농을 떨어뜨려줘라."

"옛!"

다른 한 명의 종자가 촛대를 기울여 겐자부로의 머리 위로 가져갔다. 뚝, 뚝, 촛농이 머리에서 등으로 흘러내리다 등에서 굳어갔다.

겐자부로는 눈을 가늘게 뜨고 허공의 한 점을 응시한 채 어깨 한 번 움찔하지 않았다. 이미 육체가 메마를 대로 메말라 어쩌면 감각이 없어진 건지도 모른다.

"다시 한번 묻겠다."

겐타로가 말하자 칼을 든 종자가 칼등으로 겐자부로의 턱을 추켜들었다.

"어때, 사자로 가겠느냐, 아니면 이대로 죽겠느냐?"

"대답하지 않겠다니까! 나는 내 생각대로 할 테니, 너도 네 생각대로 하여라."

이 말을 듣자 겐타로는 몸을 부르르 떨면서 외쳤다.

"좋다! 손톱에 불을 붙여라!"

"옛!"

이번에는 칼날이 무릎에 놓인 겐자부로의 손을 거칠게 아래에서 위로 받쳐 올렸다. 겐자부로의 손은 아무 저항도 없이 하얀 칼날 위에 얹힌 채 머리 높이까지 들어 올려졌다. 여전히 무감각하게 눈을 뜨고 길게 자란 자기 손톱을 흘끗 쳐다 볼 뿐이었다.

겐타로는 긴장하여 숨을 죽인 채, 죄수의 더럽게 자란 손톱 끝으로 다가가는 촛대의 불빛을 노려보았다. 왼손 새끼손가락과 약지의 손톱이 바지직 타면서 주위에 역겨운 악취가 번졌다. 그러나 손톱이 타들어가는 겐자부로의 입은 조금 벌어져 있을 뿐이었다. 이를 악무는 표정은 털끝만치도 없었다.

"다음 것을 태워라!"

"예!"

이번은 먼젓번보다 더욱 잔인하게 불을 바싹 갖다 댔다. 손가락까지 태울 것 같았다.

"에잇! 빨리 다음 것을!"

"예!"

이윽고 왼손의 손톱이 모두 타버리자 촛대의 불꽃은 오른손으로 옮아갔다. 상대가 뜨거움을 못 이겨 칼날을 움켜잡는다면 순식간에 손가락이 후두둑 떨어지리라.

오른손마저 다 탔는데도 여전히 입을 벌리고 있는 겐자부로를 보며 겐타로는 몸서리치며 혀를 찼다.

"지독한 놈! 이놈은 이제 뜨거운 것도 추운 것도 모르는 모양이다. 이런 시체를 두고 더 이상 이러니저러니 할 것 없다. 이놈은 이미 죽은 거나 다름없어."

겐타로는 스스로 문을 박차고 밖으로 나갔다. 이대로 고문을 계속하다가는 스스로 자신을 통제하지 못해 정말로 상대방을 베어버리고 말 것 같은 공포를 느꼈음이 분명했다. 그런 의미에서 볼 때, 오코우치 겐자부로는 아마 이 성에서 죽여서는 안 되는 포로인 모양이었다.

겐타로를 따라 졸개들이 사라지자 사쿠조는 조심조심 겐자부로에게 등불을 갖다 댔다.

"대답하지 그러셨소, 죄수양반. 고집이 너무 세군요."

"후우……."

등불 불빛 속에서 겐자부로는 비로소 등을 구부리며 엎어졌다. 웃는 것도 아니고 우는 것도 아니었다. 손톱과 손가락을 태웠으니 뜨겁지 않을 리 없었다. 그러나 이런 고통이 지금의 겐자부로에게는 오직 하나의 사는 보람이며 생명 지속의 묘약이었다. 원망할 대상도 없고 싸울 상대조차 없는 옥중생활이었으면 그의 육체는 벌써 오래전에 죽고 말았으리라.

"후후…… 나무고문대명신(南無拷問大明神)인가."

그는 이런 말과 함께 윗몸을 조금 움직였다.

"사쿠조, 걱정마라. 이 일로 나는 앞으로 한두 달 더 살아갈 기력을 얻었다."

이 말은 결코 허세가 아니었다. 타버린 손톱 언저리에서 생명의 벌레가 왕성하게 움직이기 시작한 듯 온몸이 훈훈해지며 기분 좋은 졸음이 온몸을 감쌌다. 겐자부로는 사쿠조가 날라 온 밥을 그냥 둔 채 곧 코를 크게 골며 잠에 빠져들었다.

사쿠조는 급히 안으로 들어가 자신의 옷을 벗어 겐자부로의 등에 덮어주고 저도 모르게 합장했다.

"나무아미타불……나무아미……."

단 하나뿐인 환기창을 통해 서릿바람 소리가 윙―하고 귓속으로 파고들었다. 그다음 날부터 겐자부로에게 커다란 소망이 되살아났다.

겐자부로는 이에야스에게 사자로 갈 생각은 털끝만큼도 없었다. 그렇게 한다면 아무래도 독촉하는 것이 된다. 반드시 와주리라 믿었던 이에야스가 자신이 살아 있을 때 온 것만으로 충분히 만족스러웠다. 그러므로 그의 소망은 살아서 이에야스를 만나는 게 아니라 다시금 자신의 존재를 적에게 알려줄 수 있다는 것이었다.

겐타로가 그런 용건으로 옥까지 자기를 찾아온 것은 이미 승패가 뚜렷하다는 뜻이며, 자기를 사자로 보내지 않는 한 전멸을 면할 길 없다는 증거였다.

"반드시 다시 오리라. 이번에는 겐타로 아닌 다른 놈이……."

겐자부로는 이렇듯 차례차례 적장과 이곳에서 최후의 일전을 벌일 수 있다는 게 견딜 수 없이 기뻤다.

"싸움은 싸움터에서만 하는 게 아니었어……."

자신의 고집을 관철시켜 결코 적에게 굴복하지 않았다는 자존심은 싸우고 또 싸울수록 만족의 정도가 깊어졌다. 이것은 이론이 아니다. 오코우치 겐자부로라는 한 인간이 단 하나 이 세상에 남길 수 있는 '생존의 흔적'이며 의지의 '시(詩)'였다. 그러므로 여기서 인간의 모든 약점을 초월해야만 한다. 바위틈에 끼여 반짝이는 수정처럼 오로지 한 사나이의 근성을 추구해 가기만 하면 그것으로 충분하다……

이윽고 오카베 다테와키가 겐자부로에게 왔다. 잘 차린 음식상을 졸개에게 들려 와 입에 침이 마르도록 겐자부로의 무사도를 칭찬했다.

"헛소리 집어치워. 좋은 음식을 주고 추켜세운다고 내 고집을 팔 사내로 보이느냐!"

겐자부로는 비웃으며 상을 옆으로 밀쳐버렸다. 그러자 다테와키는 겐자부로의 흐트러진 머리를 묶고 그 속에 창대를 꿰어 옥 안을 끌고 다니게 했다. 탄력을 잃은 겐자부로의 머리카락이 뽑혀 피가 흐르고 살갗이 찢겨져 나갔으나 그것 역시 겐자부로에게 그만큼 만족감을 더해 주었을 뿐이다.

다음에 나타난 것은 유이 가헤에(油井嘉兵衛)였는데, 그는 들어오자마자 말했다.

"이제 성안에 양식이 얼마 남지 않았소. 포로인 그대에게까지 식사가 돌아가지 않을지 모르오. 만일 식사가 오지 않으면 그때는 무사답게 각오하시오. 식사 이외에 원하는 게 있다면 나에게 말해 주기 바라오. 우린 모두 무사이니 되도록 들어주도록 힘쓸 테니까."

가헤에가 돌아가자 그때도 겐자부로는 유쾌하게 웃어젖혔다.

"허참, 한 번 각오한 자와 안 한 자의 차이가 이토록 큰가."

그때부터 사쿠조가 날라 오는 주먹밥이 점점 작아지더니 이윽고 두 개가 되고 한 개가 되었다.

환기구멍으로 초연냄새가 흘러들기도 하고 화살소리가 들려올 무렵, 덴쇼 8년도 저물어 9년 봄이 되어 있었다.

"뜻밖에도 오래 버티는군. 이 성도 내 몸도……"

밖은 이미 3월이 되었을 거라고 생각하며 그날도 겐자부로는 사쿠조가 오기를 기다렸으나 하루 종일 끝내 나타나지 않았다.

날이 샌 모양이었다. 환기구멍으로 희미하게 느낄 수 있었다. 아침이 되면 향긋한 공기가 저절로 그곳으로 흘러들어오기 때문이었다.

겐자부로가 다리를 쓸 수 있었다면 발돋움하고 서서 미친 듯 그 공기를 들이마셨으리라. 그러나 이젠 다리뿐 아니라 손조차 마음대로 움직이지 않고 눈도 잘 보이지 않았다. 그런데도 귀와 후각만은 이 비정상적인 삶에 익숙해서인지 이상할 정도로 날카로워져 있었다.

"아니, 저건 꾀꼬리 소리……."

어제부터 갑자기 쥐죽은 듯 조용해진 성안에서 꾀꼬리가 울기 시작한 건 치열한 전투가 끝났음을 의미하는 것일까……?

"분명 꾀꼬리 소리야. 사쿠조도 오지 않는 것을 보니 성안 군사들이 모두 달아난 건지도 모르겠군……."

이런 생각이 들자 겐자부로는 자신의 온몸에서 생명의 힘이 조그만 거품이 되어 하나하나 사그라드는 듯한 초조감을 느꼈다.

'이것으로 충분하다…….'

그의 이상한 투혼이 이미 만족해버린 탓인지도 모른다.

배고픔도 없이 나른한 졸음이 엄습해 온 것은 한낮쯤일까.

문득 정신이 드니 이번에는 환기구멍으로 분명 작은 북소리 같은 게 들려왔다.

"이상한데……?"

겐자부로는 얼른 일어나 온 정신을 귀로 모았다. 공격군이 입성한 것 같은 소리는 아직 듣지 못했다. 그렇지만 그것은 분명 작은 북소리였다. 그의 보잘것없는 지식에 의하면 그것은 틀림없이 고와카 춤 북소리인 것 같았다.

"주군께서 하마마쓰로 옮기신 뒤 정월에 곧잘 춤 구경을 하셨는데 어쩌면 이미 입성한 게 아닐까?"

갑자기 겐자부로의 가슴속에 큰 동요가 일었다.

'입성하셨다면…….'

입성했다 하더라도 이 성의 이러한 곳에 이런 감옥이 있다는 것을 금방 알 수는 없는 일이다.

'모처럼 주군을 맞이하고도 만나 뵙지 못한 채 죽고 마는 것일까…….'

이런 생각이 들자 지금까지 맑고 잔잔하던 마음이 갑자기 거세게 요동치며 삶에 대한 생생한 집착이 얼굴을 내밀었다.

겐자부로는 창살을 붙잡고 일어났다. 전혀 일어설 생각도 하지 않았던 발끝에서 짜릿한 아픔이 온몸을 스쳐갔다.

"우우!"

겐자부로는 있는 힘을 다해 부르짖었다. 그러자 그때까지 들리던 작은 북소리가 사라지고 주위는 전보다 더 깊은 정적으로 돌아가 야릇한 슬픔이 가슴 가득 차올랐다. 겐자부로는 휘청거리며 옥 창살 아래 무너지듯 주저앉았다. 이젠 일어설 힘도 부르짖을 힘도 남아 있지 않았다.

얼마 뒤 창살 저편에 주위를 꺼리는 듯한 등불이 작고 동그랗게 떠올랐다. 겐자부로는 그것을 보지 못했다.

겐자부로는 옥지기의 소리를 꿈결 속에서 들었다.

"이보시오…… 이보시오…… 죄수양반, 어떻게 되셨소? 이봐요…… 이 사쿠조가 목숨 걸고 구해온 주먹밥이니 한 덩이 잡숴보시오. 이봐요…… 죄수양반……."

몹시 혼란스럽고, 지금까지 한 번도 체험하지 못한 수마(睡魔)가 온몸을 휘감고 있었다. 그것은 아마 생명력의 고갈을 예고하는 수마였으리라.

"이보시오! 정신 차려요."

겐자부로가 가까스로 눈을 뜨고 아득해지는 의식을 어렴풋이 되찾았을 때 사쿠조는 옥 창살 안으로 들어서고 있었다.

"이 사쿠조는 처음에 교활한 생각을 했소. 만일 성이 함락되면 당신 도움을 받으려고 친절을 가장했지요…… 그러나 지금은 그렇지 않소. 나는 진심으로 당신에게 감탄했소. 이분이야말로 진정한…… 무사 중의 무사…… 이런 분을 죽게 한다면 신불 앞에 고개를 못들 거라는 생각이 들었소…… 그래서 들키면 목이 달아날 각오를 하고 대장의 진(陣)으로 가서 훔쳐온 주먹밥이오. 그런데 자시지 않고 돌아가신다면…… 이 사쿠조의 마음이 어떻겠소? 이보시오! 정신 차리시오, 죄수양반."

그는 푸른 대나무통을 허리에서 끌러 얼굴을 조금 쳐든 겐자부로의 입에 물을 흘러내렸다. 물은 반 이상 입 밖으로 새어 메마른 가슴에 흘렀지만 그래도 그 덕분에 겐자부로는 사쿠조에게 안겨 있는 것을 비로소 깨달을 수 있었다.

"오! 사쿠조……."

"이제 정신이 드셨소? 이 성에는 쌀 한 톨 남아 있지 않소…… 아니, 조금 남아 있긴 하지만 오늘로 마지막이오. 그래서 대장 구리타 교부(栗田刑部) 님 진으로 숨어들어가 이것 하나를 훔쳐온 거요."

"뭐? 훔쳐왔다고?…… 그 주먹밥을."

"훔치긴 했지만 나는 도둑이 아니오. 아니, 도둑으로 몰려 목이 달아나도 상관없소. 당신은 미카와의 고집, 미카와 무사의 고집이라고 이 늙은 귀에 못 박힐 만큼 말씀하셨소. 나는 처음에 그 말을 건성으로 들었소. 그런데 이제 겨우 그것을 깨달은 거요. 알겠소? 당신같이 훌륭한 분을 굶겨 죽인다면 도토우미에 사람다운 사람이 없다는 말을 듣게 되오. 나는 그런 말을 듣고 싶지 않소. 나는 농부 출신이지만, 내 목숨을 걸고라도 도토우미에 당신 마음을 아는 자가 있었다는 말을 듣고 싶소. 내 목이 달아나도 좋소. 자, 이것을 잡수시오."

그 말을 듣고 있는 동안 겐자부로의 뺨에 눈물이 멈출 줄 모르고 흘러내렸다.

"오! 사쿠조는 엔슈 사람의 고집을 걸었는가!"

"예, 자, 나를 도둑으로 여기지 말고 이것을 잡수시오, 죄수양반."

"고맙네, 먹지. 그러나 먹기 전에 한 가지 물어볼 말이 있어. 아까 어디선가 작은 북을 친 사람이 있던 것 같은데……."

"아, 그 북소리. 내일은 드디어 총공격, 아군은 모두 성 밖에서 싸우기로 결정되어, 도쿠가와 님 본진에 있는 고와카 산다유(幸若三太夫) 님의 노래를, 이 성의 대장 구리타 교부님께서 청하신 거요."

"뭐? 우리 주군 본진에 있는 고와카 산다유의 노래를……."

"그렇소. 그것을 듣고 성안 사람들은 모두 눈물을 흘렸소……도쿠가와 님이 쾌히 허락하시어 성벽 가에 무대를 만들게 했고, 다유는 '다카다치(高館 ; 무사 세계를 소재로 한 춤곡)'를 고운 목소리로 노래하셨소. 적도, 아군도 숨소리 하나 내지 않고 그 노래에 취해 한동안 이 언저리에서는 아무 소리도 나지 않았소."

"오, 주군께서 적을 위해 노래를 허락하셨는가."

겐자부로는 갑자기 사쿠조의 손에 들려진 주먹밥에 절한 뒤 손가락 끝이 뭉툭하게 뭉크러진 손에 받아쥐고 허겁지겁 먹기 시작했다.

다카텐진성이 아직 함락된 것은 아니었다. 그러나 다케다 가쓰요리의 원군은 이제 오지 않을 것이라 보고 농성하던 성안 군사들은 각오를 정한 모양이었다.

가쓰요리는 어느 전선에서 진군을 저지당하고 있는 것일까?

오코우치 겐자부로는 사쿠조의 손에서 주먹밥을 받아먹고 푸른 대나무통 속의 물을 깨끗이 마신 뒤, 오늘의 노래에 대해 다시 한번 물었다.

"이제 성안 군사들의 목숨이 오늘 내일을 기약하기 어렵게 되었소. 부탁이니 산다유 님이 노래를 한 곡 불러주시면 이승에서의 추억으로 삼겠소."

성안 망루에서 화살에 글을 매어 쏘자, 이윽고 산다유 자신이 본진에서 나타나 이에야스의 허락이 내렸음을 알려왔다고 한다. 이곳저곳의 작은 전투가 이 일로 잠시 중단되고 깊은 정적이 이 산성을 에워싼 것은 그 때문이었다.

이윽고 성의 수비대장 구리타 교부는 일족인 쓰루고도마루(鶴壽丸), 히코베에 등을 데리고 망루에 올라가 산다유의 '다카다치'에 귀 기울였으며 성안 군사들은 모두 약속한 듯 눈물을 흘렸다 한다.

이윽고 노래가 끝나자 전투복 위에 붉은 빛깔 겉옷을 입은 무사가 성안에서 말을 타고 나가 산다유에게 사례로 선물을 주었다. 선물은 사타케다이호라는 종이 10첩에 두터운 천 1필, 그리고 단검 1벌이었다.

"산다유가 그것을 정중히 받자 붉은 빛깔 겉옷을 입은 무사는 이제 미련 없이 전사할 수 있다, 이에야스 님에게 고맙다고 전해달라……고 말하고 돌아왔소."

사쿠조의 말을 듣고 겐자부로는 저도 모르게 입술을 일그러뜨리며 중얼거렸다.

"얄밉군. 그 붉은 겉옷차림 무사의 행동이…… 그래, 그의 이름은?"

그러나 사쿠조는 그 무사의 이름을 알지 못했다.

"모른다고? 그래, 이름을 물은 내가 미련한 건지도 모르겠군."

이름을 모른다. 아니, 그보다 죽음에 맞닥뜨리면 누구나 가슴속에서 우러나기 마련인 애달프기 이를 데 없는 시의 가락. 이런 생각이 들자 겐자부로는 갑자기 새로운 힘이 솟는 것을 느꼈다.

사쿠조는 감옥에서 다시 밖으로 나가려 하지 않았다. 적과 아군 사이에는 아직도 '다카다치'의 감동이 기분 나쁠 만큼 정적의 꼬리를 끌며 남아 있었다.

이윽고 겐자부로는 다시 끄덕끄덕 졸기 시작했다.

다시 꿈에서 깨어났을 때 산이 하나 무너지는 것 같은 소음이 들려왔다. 날이 새기를 기다리지 않고 성안 군사들이 성문을 박차고 나갔고, 밖에서도 총공격이 시작된 게 틀림없었다. 꽹과리 소리와 더불어 총소리, 화살에 맞아 지르는 비명소리, 말 울음소리, 신음소리, 함성 등…… 조그만 환기구멍은 바깥의 아수라 같은 상황을 끊임없이 전해주었다.

겐자부로는 못 쓰는 다리의 무릎을 가지런히 하여 자세를 바로 했다. 인간들끼리 무엇 때문에 이렇듯 슬픈 시체를 쌓아 올려야만 하는지 그는 알지 못했다. 단지 그가 아는 것은 이런 현실을 없앨 힘이, 지상 어디에도 존재하지 않는다는 비정한 하나의 사실뿐. 그는 더러운 턱 밑에 두 손을 합장하고 이에야스의 승리를 정성껏 기원했다.

미친 것 같은 신음은 다음 날 아침부터 정오까지 계속되었고, 그동안 옥지기 사쿠조는 창살 가에 웅크리고 앉아 역시 줄곧 염불하고 있었다.

그날의 싸움이 얼마나 치열했는지는 나중이 되어서야 알았으며, 그날의 수급 (首級) 장부에 도쿠가와 쪽 장수들이 벤 이름 있는 무사의 머릿수가 다음과 같이 기록되어 있다.

177 오스가 고로자에몬(大順賀五郎左衛門).

138 스즈키 기사부로(鈴木喜三郎)

64 오쿠보 다다요

42 사카이 다다쓰구

41 사카키바라 고헤이타

40 이시카와 가즈마사

26 이시카와 나가토노카미(石川長門守)

22 혼다 다다카쓰

21 혼다 히코지로(本多彦次郎)

19 도리이 히코에몬(鳥居彦右衛門)

18 혼다 사쿠자에몬

―이하 생략―

총 688명이라고 씌어 있으니 잡병과 병졸들까지 포함하면 어마어마한 수가 되며, 언저리 계곡은 목 없는 시체로 가득 찼다 해도 과언이 아니었다.

성의 수비대장 구리타 교부와 그의 일족은 물론 오카베 다테와키, 오카베 단바, 미우라 우콘다유, 유이 가헤에, 나쿠라 겐타로, 오가사와라 히코사부로, 모리카와 비젠, 하라미이시 이즈미노카미(孕石和泉守), 아사히나 야로쿠로, 마쓰오 와카사노카미(松尾若狹守) 등도 모두 전사했다.

앞뒤 7년에 걸친 다카텐진성 쟁탈전은 마침내 이에야스의 승리로 끝났다. 아니, 다카텐진성의 승리는 결코 이 한정된 땅의 승리였을 뿐 아니라 가쓰요리의 운명에 커다란 영향을 미치게 되었다.

주위가 다시 조용해지자 옥지기 사쿠조는 조심조심 갱도를 기어나갔다.

겐자부로는 여전히 두 손을 합장한 채 앉아 있었다.

이윽고 5, 6명의 발소리가 시끄럽게 떠들면서 나타났다.

"햇수로 7년 전의 포로가 아직 살아 있다는군."

"누구일까?"

"빨리 안내하여라. 이봐, 캄캄하구나. 불을 밝혀라."

그 소리에 겐자부로는 눈을 떴다. 자기편인 것을 너무도 잘 알고 있었다.

사쿠조는 자기가 적 쪽의 옥지기라는 것조차 잊은 듯 숨 가쁜 목소리로 말했다.

"자, 여기입니다. 이 옥 창살 속에."

옥 창살 속에 그림자부터 던진 뒤 재빨리 안으로 들어온 자가 말했다.

"당신은 누구시오?"

겐자부로의 얼굴을 들여다보았다.

"음, 지독하군. 얼굴과 머리도 구별할 수 없어. 주군께서 무사히 입성하셨소. 곧 그대 일을 보고할 테니 이름은 무엇이며, 어디 사람이오?"

"오코우치 겐자부로……."

겐자부로는 대답한 뒤 자신의 이름을 듣고 상대가 몹시 놀라는 것까지는 느꼈으나 곧 정신을 잃고 말았다.

그가 다시 정신을 차린 것은 의자에 앉은 이에야스 앞으로 떠메어져 와서였다. 아직 해가 지지 않아 조용해진 성안은 제법 밝았으나 눈이 부셔서 주위를 잘 볼 수 없었다.

겐자부로는 정신이 들자마자 이에야스를 향해 이에야스를 빨리 만나게 해달라고 졸라댔다.

"주군은 어디 계시오? 오코우치 겐자부로, 빨리 주군의 얼굴을 뵙고 싶소."

낙화유정(落花有情)

다카텐진성이 함락될 무렵, 가쓰요리는 미시마(三島)로 출격한 호조 우지마사의 군사 3만여 명과 대치하여 공격도 후퇴도 할 수 없는 지경에 빠져 애태우고 있었다.

사실 가쓰요리 자신은 이때도 자진하여 호조 군과 결전을 벌이려 했다. 그러나 숙부 노부토요와 나가사카 조칸의 간언이라기보다 맹렬한 반대에 부딪쳐, 다카사카 겐고로(高坂源五郞)에게 누마즈(沼津)를 지키게 하여 고코쿠사(興國寺)와 도쿠라(戶倉) 등의 방비를 명령한 뒤 일단 군사를 철수시키지 않을 수 없게 되었다.

이 무렵부터 스루가에 있는 아나야마 바이세쓰도 자주 간언하기 시작했다.

"지금은 일단 싸울 뜻을 거두고 군사를 기를 때……."

그리고 그 결과가 실책으로 돌아가 다카텐진성이 함락되고, 덴쇼 9년(1581)은 끝내 가쓰요리의 생애에서 나가시노 패전에 이어 두 번째로 애타는 해가 되고 말았다. 원수라고 할 만한 증오의 대상이 오다, 도쿠가와, 호조 등 셋으로 늘어나 그들이 세 방면에서 바짝바짝 그의 영지를 잠식해 왔다.

가쓰요리는 이 세 방면의 전투에서 한결같이 잘 싸우려고 했다. 그보다 이미 세 방면에서 맞은 적들 가운데 어느 누구와도 타협할 수 없는 절박한 증오가 그를 사로잡고 말았다는 편이 좋을지도 모른다. 그것은 전략상 문제라기보다 오히려 그 마음의 문제였다. 이렇게 되니 지배 아래 있는 무장들에 대한 출병 요구가 당연히 가혹해지고 그것이 가속도로 백성들에게 피해를 주었다.

그러나 그 애타는 해가 흘러가고 덴쇼 10년 새 봄을 고후에서 맞이한 가쓰요리는 아직 투지에 차 있었다. 겨울 동안 군사를 쉬게 하고 봄이 되어 에치고의 우에스기 가게카쓰와 손잡아 이시야마 혼간사 무리를 움직인다면, 자신의 증오를 충분히 세 방면의 적에게 풀 수 있으리라는 계산을 하고 있었기 때문이다.

그러나 적 쪽에서도 그러한 계산을 하고 있었다. 적이 두려워하는 것은 가쓰요리가 천연 요새인 고슈에 들어박혀 유유히 백성들을 길러 만전을 기하는 일이었다. 시라기 사부로 이래 이 땅에서 다케다가 계속 이어져온 것은, 그들이 중앙의 패자(覇者)가 될 꿈을 꾸지 않고 차츰 실력의 축적을 꾀하며 대지에 단단히 뿌리박고 있었기 때문이다. 그러므로 어떻게든 가쓰요리를 멀리 유인해 내려는 게적 쪽의 계획이었지만, 애타는 가쓰요리는 그것을 정확하게 파악할 수 없었다.

이러한 사정 아래 기소의 후쿠시마성(福島城)에 있던 기소 요시마사(木曾義昌)가 오다 쪽으로 돌아섰다는 통지를 가쓰요리가 받은 것은 덴쇼 10년 2월 초였다.

사방에 파견한 감시 밀정 하나로부터 이 말을 들었을 때 가쓰요리는 어이없이 적의 술책에 걸려들고 말았다. 어쩌면 이미 그 시기가 닥쳐왔는지도 모른다.

가쓰요리는 곧바로 이마에 핏대를 세웠다. 쓰쓰지가사키의 자기 거실에서 근신들도 물리치지 않고 외쳤다.

"뭐, 요시마사가 이 다케다 집안을 배반했다고? 좋다! 봄이 되면 뒤가 시끄러워질 것이다. 지금 당장 쳐부숴버려야 해."

기소 요시마사는 미나모토 요시나카(源義仲)의 14대손으로 가쓰요리의 매부가 되었다. 같은 미나모토 씨 출신이며 매부인 기소 요시마사가 노부나가와 한편이 되었는데도 그것을 처단하지 못한다면 다른 일에 미칠 영향이 크다고 가쓰요리는 생각했다.

가쓰요리는 곧 출병명령을 내렸다. 반은 감정에 사로잡힌, 체면유지를 위한 이출병이 그를 점점 더 궁지로 몰아넣는 원인이 되리라고는 가쓰요리 자신도 전혀 생각지 못했다……

그때 후쿠시마성에 있던 기소 요시마사는 이미 노부나가에게 볼모를 보냈고, 가쓰요리의 분노를 계산하여 노부나가에게 잇따라 사자를 보내고 있었다. 배반의 원인은 두말할 것 없이 가쓰요리가 강요하는 빈번한 출병요청에 있었다. 일

년 내내 백성을 돌볼 틈도 없이 춘하추동 계속 싸움에 말려든다면 아무리 전국 시대라 하더라도 자멸하는 길밖에 없을 거라고 여겨, 살아남기 위한 싸움에서 살아남기 위한 항복으로 정책을 바꾼 요시마사였다.

그것은 요시마사 한 사람만의 문제가 아니었다. 요시마사를 처단하기 위해 출병한다는 말을 듣고 스루가에 있던 아나야마 바이세쓰도 비탄에 빠졌다.

"이제 다케다 집안도 운이 다했구나……."

그 역시 살아남기 위해 이에야스의 부하가 되려고 생각했다.

후쿠시마성에서는 다시 노부나가에게 사자를 보냈다. 곧 원군을 보내달라는 사자였지만 그것은 동시에 노부나가 쪽에서 은근히 기다리던 절호의 기회이기도 했다.

"좋다! 우리와 손잡은 자를 못 본 척할 수는 없는 일. 이 노부나가가 직접 구원하러 나갈 테니 안심하라고 일러라."

노부나가는 사자를 돌려보내고 히다(飛驒)의 가네모리 나가지카(金森長近)와 하마마쓰의 이에야스에게 곧바로 급한 사자를 보냈다. 노부나가 자신은 시나노에서, 가네모리는 히다에서, 이에야스는 스루가에서 출병하여 세 방면에서 가쓰요리를 공격하자는 것이었다.

노부나가의 급사를 맞이한 이에야스는 곧 스루가의 바이세쓰에게 사자를 보냈다.

"이미 다케다 집안의 장래가 뻔하니 나에게 항복하라."

가쓰요리가 자존심 때문에 기소 골짜기로 출격하겠다고 한 선언은 순식간에 중부 일본 전체에 커다란 파문을 일으켰다. 본거지인 고후성에서도 달아나는 병졸이 있었지만 아무도 가쓰요리에게 보고하지 않았다.

가쓰요리는 무장들이 자신의 명령을 어김없이 실행하고 있는 것으로 믿고 1000명쯤 되는 친위대를 이끌고 고후성을 출발했다.

산맥의 봉우리는 아직 눈을 이고 있었고 아침저녁의 추위는 겨울 날씨였지만 고슈에서 신슈(信州)로 들어가자마자 귀에 들어온 것은 노부나가의 대거 출격, 이어서 바이세쓰가 이에야스에게 항복했다는 것, 또한 히다에서 가네모리가 침입한다는 보고였다.

가쓰요리는 비로소 아연실색했다. 그때서야 자신이 '싸움에 중독된 사나이'라는 것을 깨달았다.

"바이세쓰까지 나를 배반했단 말인가! 하는 수 없지. 군사를 되돌려라. 철수하여 성에서 농성하자."

매화가 조금씩 피기 시작한 이다(飯田) 언저리까지 왔다가 그는 급히 군사를 돌렸다. 스루가에서 당연히 도쿠가와 군을 철저히 막아줄 거라고 생각한 바이세쓰가 적에게 돌아섰다는 것은 다케다 집안의 초석이 무너진 것이나 다름없는 일이었다.

아니, 기소 요시마사가 노부나가와 통하기 시작한 것이며 호조가 도쿠가와와 동맹 맺은 것이 모두 그런 징조였지만 가쓰요리는 지금까지 깨닫지 못했던 것이다…… 이미 전의를 상실한 다케다의 여러 장수들. 그것을 냉정히 꿰뚫어본 노부나가와 이에야스가 노도같이 공격해 올 게 뻔했다.

이렇게 된 이상 고후의 쓰쓰지가사키성은 이들을 맞아 싸울 수 있는 구조가 못 되었다. 성이라기보다 적이 접근하지 못할 거라는 조상의 자신감에서 설계된 저택에 불과했다.

출병하자마자 황급히 그 성으로 돌아온 가쓰요리. 오다와라 부인은 눈을 동그랗게 뜨고 그를 맞을 준비를 했다.

"어머나! 싸움이 이렇듯 일찍 끝날 줄은…… 자, 대감께서 오실 테니 머리를 얹어줘. 그리고 방에 향을 피우고."

오다와라 부인은 아직 남편이 얼마나 위태로운지 모르고 있었다. 정오 전부터 내리기 시작한 부드러운 봄비 소리를 즐겁게 들으며 거울을 세워놓고 입술연지를 발랐다.

"싸움이 완전히 없어졌으면 좋으련만."

머리를 매만지는 시녀에게 웃으며 말하자 시녀 이카와(伊川)가 거울 속에서 고개를 끄덕였다. 고후성의 여자들은 오다와라 부인뿐 아니라 거의 모두 공격당하는 일을 모르고 살아왔다. 싸움은 늘 먼 곳에서만 하는 것. 그리고 싸우면 반드시 이기고 돌아오는 것으로 어느새 믿고 있었다.

몸단장이 끝나고 실내에 향내가 서리자 부인은 거문고를 가져오고 술상을 준비하라고 분부했다.

"이제 언제 오셔도 돼. 그런데 왜 이리 안 오실까?"

자신이 사랑하고 또 사랑받고 있다고 믿는 젊은 부인은 남편이 어서 찾아주지 않는 게 원망스러웠다.

"또 가신들이 쓸데없는 말을 자꾸 아뢰고 있는 모양이구나. 이렇게 기다리고 있는 사람의 심정은 모르고……."

기다리다 지친 부인이 거문고 앞에 앉아 줄의 조임새를 살피기 시작했을 때였다. 예고도 없이 노부카쓰가 파랗게 질린 표정으로 쿵쿵거리며 복도를 건너왔다.

"어머니! 아버지 전갈입니다."

"아버지의…… 무슨 말씀인데?"

"내일 아침 일찍 이 성을 떠나 신푸(新府)성으로 옮기실 테니 모두들 신변을 정리해 두시랍니다."

"뭐라고……?"

부인은 비로소 거문고에서 손을 떼고 노부카쓰를 쳐다보았다.

"신푸성이…… 벌써 완성되었단 말인가?"

"아직 안되었습니다. 겨우 초벽이 되었다고 들었습니다만 적의 진군이 점점 급해져 이곳은 위험하므로, 신푸성에서 방어하기로 군사회의에서 결정되었습니다. 곧 떠날 준비를 하십시오."

"적…… 적이라면 이번 싸움에 패했단 말이냐?"

고개를 갸웃한 채 묻는 부인의 표정은 아직 천진스럽기 짝이 없는 17, 8살 난 소녀 같은 표정이었다.

패했느냐는 질문을 받고 노부카쓰는 저도 모르게 크게 혀를 찼으나 고쳐 생각한 듯 노여움을 감추었다.

"어머니께선 아무것도 모르십니다. 아직 패하지 않았지만 이 성에서는 적을 방어할 수 없습니다."

"그렇듯 많은 적이 쳐들어온단 말인가?"

"예, 도쿠가와, 오다, 가네모리의 세 군사이므로 아마 5만 명은 될 겁니다."

그리고는 좀 화나는 듯이 말했다.

"거기에 오다와라 군까지 가세하면 6만이 될지 7만이 될지……."

"그럼, 대감께선 오늘 밤 이곳에 못 오시겠네."

부인은 5만, 6만의 군사란 수가 많다는 것 말고는 아무 실감도 느끼지 못하는 것 같았다.

"못 오실 겁니다. 서둘러 무기와 탄약의 이동을 지휘해야 하니까요."

부인은 입을 다물었다. 그 얼굴에 실망의 기색이 역력히 떠오르면서 앉은 자세에 풀이 죽었다. 마치 장난감을 뺏긴 어린 소녀 모습을 연상시킨다.

"그러면 노녀를 불러 곧 지시하십시오."

노부카쓰는 더 이상 부인을 상대하고 있을 수 없다는 듯이 예의바르게 절하고 물러갔다.

시녀들은 그제야 불안한 표정이 되어 부인의 얼굴을 쳐다보았다. 부인은 한동안 멍하니 거문고를 내려다보고 있다가 이윽고 새하얀 손가락으로 줄을 뜯기 시작했다. 성 안팎은 이미 벌집을 쑤셔놓은 듯 소란스러웠다. 그 소동 속에서 조용한 봄비 소리와 거문고 소리가 어쩐지 삶과 동떨어진 듯한 서글픈 여운을 풍기고 있었다.

시녀가 3명의 노녀를 불러왔다. 이들은 말하자면 이 성에 사는 부인의 중신 격으로, 미간에 주름을 잡고 마님의 뒤와 양쪽에 앉았다. 그러나 부인은 여전히 타는 둥 마는 둥 하는 태도로 거문고 줄을 만지작거리고 있었다.

오른쪽에 앉아 있던 한 노녀가 더 이상 기다릴 수 없다는 듯 입을 열었다.

"마님, 내일 아침 일찍 신푸성으로 옮긴다고 들었으니 준비하셔야……"

"아, 알아서 해줘."

"그러면 저희들이 알아서 할까요?"

"응……"

세 사람은 서로 눈짓하고 일어섰다. 부인이 있는 내전에서 부리는 여자들도 230명 내지 240명은 된다. 그 많은 인원이 하룻밤 안에 준비해야 했다. 내전도 곧 술렁거리기 시작했다.

놀랍게도 5만인가 6만이라는 상상도 할 수 없는 대군이 이 성으로 쳐들어온다고 한다. 그만한 병력이 쳐들어오면 어떻게 될까? 여자들은 전혀 상상도 할 수 없었다. 여자들은 주사위, 시조놀이, 화투, 그리고 먹다 남은 과자까지 아까운 듯모두 챙겼다. 이윽고 시녀 방들에는 순식간에 짐이 산더미처럼 쌓였다.

그래도 한동안 부인 방에서는 거문고 소리가 멈추지 않았다. 해가 지고, 거문고 소리가 멈췄는가 싶자 마님은 다시 붓과 종이를 펴놓은 채 정원에 부딪치는 빗발을 망연히 바라보았다.

신푸성은 아나야마 바이세쓰의 건의로 고후 서쪽 니라사키의 천연적으로 험준한 땅에 건설 중이었다.

"선군께서는 영매하시고 인자하시어 온 나라를 그대로 성으로 삼아 따로 성을 쌓지 않으셨지만, 지금의 주군 가쓰요리 님은 아버지에 비해 무략이 훨씬 뒤떨어질 뿐 아니라 노부나가, 이에야스, 호조 등을 모두 적으로 돌려버렸다. 이렇게 된 이상 요새지를 선택하여 성채를 쌓는 수밖에 없다."

가장 먼저 이렇게 진언했던 바이세쓰는 이미 도쿠가와 쪽에 항복해버렸다.

그리고 세 방면에서 파죽지세로 진격해 오는 적을 눈앞에 두고 황급히 하는 이사였다. 그러나 그렇게 찾아간 신푸성도 전혀 믿을 만한 곳이 못되었다. 일부러 고른 천연적으로 험준한 곳이긴 했지만 그곳으로 수많은 건축 자재를 운반하기 위해 탄탄한 길이 나 있었다. 뿐만 아니라 망루도 성벽도 겨우 초벽을 칠했을 뿐이어서 총은 고사하고 화살조차 방어하기에 부족했다.

오다와라 부인 행렬은 성벽 앞에서 멈추라는 명령을 받고 어쩔 줄 몰랐다. 수많은 인부가 지고 온 짐을 내릴 장소가 마땅치 않았다.

먼저 출발한 가쓰요리가 보낸 쓰치야 마사쓰구의 동생 쓰치야 마사쓰네(土屋昌恒)가 와서 말했다.

"이 성에 듭시는 건 잠시 보류하십시오."

오다와라 부인은 비로소 얼굴에 매서운 표정을 지었다.

"이 성에 들지 말라니, 이대로 고후로 되돌아가라는 말씀이시더냐?"

마사쓰네는 당황하여 고개를 숙였다.

"그런 게 아니옵고…… 어디에 자리 잡는 게 좋을지 지금 의논하시는 중이라서."

"뭐, 어디로 가느냐에 대해 의논 중이라고?"

부인은 물으며 자기 뒤에 길게 따르고 있는 여자들 행렬을 돌아보았다. 이곳에 도착하면 쓰쓰지가사키에서와 똑같은 생활이 계속될 것으로 모두들 믿고 따라오는 행렬이었다.

"그럼, 이제 고후에는 돌아갈 수 없단 말인가……?"

"당분간은…… 그리고 아마도 이와토노성(岩殿城)의 오야마다 님이 보낸 사람이 영접하러 와 닿을 것이므로……."

이와토노성은 쓰루군(都留郡)에 있는 오야마다의 거성이었다.

"알았어요. 기다리기로 하지."

부인은 마사쓰네를 보낸 뒤 시녀를 불러 가마에서 내렸다. 어디에선가 꾀꼬리가 줄곧 울고 있다. 비만 쏟아지면 그야말로 엉망진창이 될 여행이었지만 다행히 오늘은 날씨가 좋아 사방의 산줄기가 옆으로 누운 구름 사이로 아른거리고 있었다.

"아……이제 도망 다니는 신세가 되었구나."

"네? 뭐라고 하셨습니까?"

손을 잡고 있는 시녀에게 부인은 부드러운 목소리로 다시 한번 말했다.

"이야기로는 들었지, 싸움에 지면 도망 다녀야 한다고……."

"네? 그것이…… 정말입니까……?"

"그런가 보구나."

부인은 마치 남의 일이기라도 한 듯 빛깔이 차츰 짙어지는 서쪽 하늘을 쳐다보며 눈을 가늘게 떴다.

"이러는 편이 좋을지도 모르지. 패해 버리면 싸움은 없을 테니까. 싸움만 없으면 아녀자는 남편 곁에 있게 되지 않겠어."

바로 가까이 있는 들매화 꽃그늘에서 다시 맑은 꾀꼬리 울음소리가 들려왔다.

가쓰요리가 새 성문 밖으로 나온 것은 주위가 어두컴컴해졌을 때였다.

"부인, 여기 있었소? 여봐라, 횃불을 밝혀라. 아낄 것 없다."

가쓰요리는 자기가 탄 말을 끄는 종자에게 내뱉는 투로 말한 다음 좀 흥분된 모습으로 부인 앞에 걸음을 멈추었다.

"부인, 이제 걱정할 것 없소. 오야마다로부터 마중이 왔소."

부인은 저녁 어스름이 깔리기 시작하는 속에 사기그릇같이 무표정한 모습으로 선 채 곧바로 대답하지 않았다.

"걱정되었을 거요. 당연한 일이지. 쓰쓰지가사키의 거처에서는 싸울 수가 없고, 믿고 찾아온 이 성은 이처럼 덜 되었으니. 감독 놈들이 나를 속였어. 나에게 보고한 것의 반도 되어 있지 않았소."

가쓰요리는 공사가 늦어진 원인이 민생이 피폐한 데 있음을 아는지 모르는지.

"길을 재촉해야 하오. 여인들은 많이 걸어보지 않아 괴롭겠지만, 지금 곧 이와토노로 출발해야겠소. 걱정할 것 없소. 가는 도중에 불을 여러 개 더 밝히고 앞뒤를 엄중히 경계할 테니까. 그리고 적도 밤길을 진군하지는 않을 거요."

가쓰요리의 말이 일단 멈추었을 때 갑자기 날카롭게 쿡 찌르는 것 같은 목소리로 부인이 불렀다.

"대감! 저는 이 성에 머물고 싶습니다."

"뭐? 이 성에 남겠다고…… 핫핫핫…… 무리한 말을 하면 안 돼. 이 성에 머물다 적이 나타나면 어쩔 작정이오?"

"그때는 미련 없이 자결하겠습니다. 대감! 대감께서도 이 성에서 전사하실 각오를 해주세요."

그것은 지금까지의 부인과는 전혀 다른 진지한 표정이며 목소리였다.

"이렇게 애원합니다. 저는 사랑하는 대감께서 성을 잃고 헤매는 모습……을 눈으로 차마 볼 수 없습니다."

"하하하하……."

가쓰요리는 큰소리로 웃어젖혔다. 아니, 웃어버리려 했으나 웃을 수 없는 불안한 찌꺼기가 가슴속에 남아 있는 게 견딜 수 없었다.

"부인은 무장의 고집을 모르는 모양이군. 무장의 고집은 비록 패하는 싸움인 줄 알더라도 끝까지 과감하게 싸우는 것이오."

부인은 세차게 고개를 저었다.

"저는 싫습니다."

"정말 억지를 쓰는군."

"만일 대감께서 싸우시는 모습을 보고 제가…… 대감께 정이 떨어지면 어찌하시겠습니까? 그래서…… 이 성에 남으려는 겁니다."

가슴을 에이는 듯한 느낌이 들어 가쓰요리는 저도 모르게 목소리가 거칠어졌다.

"부인! 이런 지경에 이르러 무슨 말을 하는 거요! 이와토노성은 부인의 친정인 사가미(相模)와 가깝소. 나에게 만일의 일이 생길 때는 부인을 무사히 사가미로 보내려는 생각이 있기 때문이오. 계속 그런 소리를 하면 용서하지 않겠소. 가마에 오르시오!"

　그래도 부인은 한참 동안 그를 지켜보기만 했다. 가는 길에 뭔가 예측할 수 없는 비참함이 기다리고 있다 ─ 는 느낌이 들어 부인은 견딜 수 없이 떨렸다.

　부인의 예감은 들어맞았다. 오야마다가 마중 보낸 것은 군사들이 아니라 사자였다는 것을 나중에야 알았다.

　가쓰요리가 쓰쓰지가사키성을 나와 신푸로 향했을 때 가쓰요리를 뒤따라오며 말하는 자가 두 명 있었다.

　"아무튼 일단 성으로 들어가십시오."

　한 사람은 오야마다, 다른 한 사람은 조슈(上州) 누마타(沼田)의 성주 사나다 마사유키였다.

　가쓰요리는 자기 뒤에 연약한 아녀자들 행렬이 따르지 않았다면 틀림없이 아버지 신겐의 근시 6인방 중에서도 신임이 가장 두터웠던 사나다 마사유키에게로 아마 갔을 것이다. 그러나 연약한 행렬을 거느린 그에게 조슈 누마타는 너무 멀었다. 그래서 여러 생각할 것 없이 사가미와 가까운 사루하시(猿橋)에서 20정쯤 북쪽에 있는 오야마다의 이와토노성에 가기로 결정 내린 것이었다.

　가쓰요리의 꾸중을 듣고 오다와라 부인은 한참 동안 가만히 서 있었으나 그냥 가마에 올라타 눈을 감고 말았다.

　"명령이시라면 어쩔 수 없는 일……."

　사가미와 가까운 이와토노를 택한 이유가 만일의 경우 자신의 목숨을 살리기 위한 거라고 가쓰요리가 말한 것이 부인에게는 뜻밖으로 여겨졌다. 가쓰요리와 헤어져 자기 혼자만 살아남는다……는 것은 부인으로서 꿈에도 생각할 수 없는 일이었다. 자신이 모르는 싸늘한 바람이 불어대고 있었다. 그러나 비록 아무리 모진 바람이 몰아친다 해도 남편과 함께 있는 한 즐거운 바람으로 느낄 수 있었다.

　'두 사람이 헤어지지만 않는다면…….'

　그런데도 오야마다의 이와토노성에 닿아 사가미로 돌려보낸다면 자기가 기뻐하리라고 가쓰요리는 믿고 있는 모양이었다.

　'신이여, 부디 이 행렬이 이와토노에 닿지 않게 해주십시오…….'

　그날 밤은 한없이 맑았다. 서리 내리는 싸늘한 밤의 어둠 속을 횃불이 길게 줄지었고 행렬은 거의 멈출 줄 몰랐다.

날이 샌 그다음 날은 짙은 구름 뒤로 해가 숨었고 악명 높은 북풍이 고후 분지를 종횡으로 휘몰아쳤다.

행렬은 가끔 숲속 바위 그늘에서 걷기에 지친 듯 멈추곤 했다.

"아, 저기 쓰쓰지가사키성이 보입니다."

"왜 저 성으로 들어갈 수 없는 걸까?"

"이미 적의 손에 들어간 모양입니다."

"아닙니다, 적이 벌써 온 게 아니라 모반인이 적에게 넘겨주기 위해 성을 관리하고 있다고 합니다."

가마 언저리의 이런 말소리를 오다와라 부인은 냉정하게 흘려들었다.

'대감께서는 너무 싸움만 해오셨어…….'

그래서 신불이 이쯤에서 부인과 둘이 푹 쉬라……고 하는 것을 대감께서는 아직 깨닫지 못하고 있는 것이다…….

그날 저물녘에 그들은 전에 반도산(坂東山)으로 불리던 사사고 고개(笹子峠) 기슭에 다다랐다. 이미 여자는 물론이고 남자 중에서도 낙오자가 생겼지만 부인은 몰랐다.

그들이 고마카이(駒飼)의 에린사(惠林寺)에 이르러 여인들 숙소를 부탁할 무렵 빗방울이 뚝뚝 떨어지기 시작했다. 그 무렵의 비는 한 번 내리기 시작하면 반드시 진눈깨비나 눈으로 바뀌었다.

숙소를 부탁하러 갔던 쓰치야 마사쓰구의 동생 마사쓰네가 돌아와서 말했다.

"여인을 금하는 절간이라 머무를 수 없다는 대답입니다."

그 말을 듣자 선두에 섰던 가쓰요리는 핏대를 발끈 세우며 말을 타고 산문 안으로 들어갔다.

"뭣? 머물게 할 수 없다고?"

가쓰요리는 말에서 내리지도 않고 본당과 창고 사이의 현관 앞에 버티고 서서 고함치듯 말했다.

"에린사 주지에게 묻노라. 지금 숙소를 부탁한 것이 다케다 가쓰요리와 그 부인 일행이라는 것을 알고 거절했느냐, 모르고 했느냐?"

경내는 이미 어두워져 그곳에서 움직이고 있는 두세 명의 중 같은 모습이 보였으나 얼굴까지는 잘 보이지 않았다.

"잘 알면서 거절했습니다."

"뭣? 가쓰요리임을 알면서 거절했다고. 그대가 주지냐?"

"주지께서는 안 계십니다. 저희들은 이 산문을 지키는 자들입니다."

"그럼, 부재 중이기 때문에 못 재워 주겠단 말이냐?"

"그게 아니라 여인들은 묵게 할 수 없다고 했습니다. 만일 불만이시라면 법당을 지키기 위해 우리도 싸움을 사양하지 않겠습니다."

"오! 너희들은 무장하고 있구나."

가쓰요리는 등이 오싹하지 않을 수 없었다. 하루 이틀 밤의 방황이, 그동안 이 땅을 다스려온 자신의 위력을 물거품처럼 사라지게 하고 있음을 깨달은 것이다.

"음, 그래? 법당을 지키기 위해 맞서겠단 말이지? 이 가쓰요리가, 맞서볼 테면 보라고 군사들을 난입시켜도 그 용기가 사라지지 않겠지?"

"황공하지만 다시 말씀드립니다. 만일 가쓰요리 님과 그 마님 일행을 머물게 한다면 이 절은 야습을 받아 손님들도 이 절간도 고스란히 소멸되고 말 것입니다."

"무엇이? 그냥 흘려들을 수 없는 말이로구나. 그렇다면 우리보다 먼저 와서 우리를 받아들여서는 안 된다고 명령한 자가 있는 모양이로군."

그러자 현관의 말소리는 문득 그쳤다가 곧 결심한 듯 뚜렷한 목소리로 말했다.

"그 반대입니다. 반드시 이 언저리로 찾아올 테니 오면 머물게 하라고 했습니다. 머물게 하면 야습을 감행하여 대감님을 비롯하여 근위대를 몰살시킬 계획임을 알고 머무르시려는 청을 단호히 거절하는 것입니다."

"그렇게 명한 것은 적이냐. 오다의 선봉 다키가와 가즈마스의 계략이냐?"

"아닙니다. 이렇게 된 이상 숨길 수도 없겠군요. 그런 말씀을 하신 분은 고개 넘어 이와토노의 성주 오야마다 님입니다."

이 말을 들은 가쓰요리는 잠자코 말을 돌릴 수밖에 없었다.

'믿을 수 없다! 이제부터 의지하려고 찾아가는 오야마다가 우리를 이 절에 숙박시켜 야습하려고 벼르고 있다니……'

그러나 그 말을 되풀이해 물을 용기가 없었다.

산문을 나서자 빗줄기는 더욱 거세졌고 갈 길인 반도산 쪽에서 바람까지 세차게 불어대기 시작했다. 이대로 가다가는 지칠 대로 지친 아녀자들 사이에서 얼어죽는 자가 나올 것 같았다.

근심스러운 듯 노부카쓰가 물었다.

"어떻게 되었습니까?"

"이 언저리에 또 다른 절이 있을 게다. 그렇군, 도도로키(轟) 마을의 만푸쿠사(萬福寺)로 가자. 모두 서둘러라."

가쓰요리는 말을 몰아 뒤쪽에 있는 부인에게 다가갔다.

생각 없이 쓰쓰지가사키를 떠나온 채 들어갈 성을 잃어버렸다는 것이 왠지 거짓말 같기만 했다. 바로 얼마 전까지 가이, 시나노(信濃), 스루가, 도토우미, 미카와 다섯 지방을 다스렸던 그가 아내와 함께 방황하다니……하는 생각이 들자 갑자기 서글퍼지고 배고픔이 심하게 느껴졌다.

오다와라 부인은 가쓰요리가 다가가도 시선을 피한 채 잠자코 있었다. 어디서 구한 것일까, 가마 위에는 농부용 도롱이가 덮여 있었다. 가마의 창문이 열려 있어 저녁 어스름 속에 떠오른 부인의 옆모습은 노한 것 같기도 하고 완전히 무감각하게 굳어져 있는 것 같기도 했다.

"부인, 곧 도도로키 마을의 절에 닿을 것이오."

가쓰요리는 이 한마디만 남기고 가마 옆에서 황급히 말을 몰아 다시 앞장섰다. 오야마다까지 배반했다는 것을 도저히 믿을 수 없었다. 역시 다키가와 가즈마스의 부하가 절의 중들을 위협한 것으로 여기고 싶었다.

말을 재촉하여 도도로키 마을에 닿았을 때는 갑옷도 머리도 비에 흠뻑 젖어 있었다. 횃불도 이미 다 써버려 겨우 선두에 선 쓰치야 마사쓰구 형제의 손에 얼마쯤 남았을 뿐이었다.

만푸쿠사의 불빛을 보고 마사쓰구가 먼저 산문 안으로 들어갔다. 그동안 가쓰요리는 말을 세우고 늙은 삼나무 밑으로 소리 없이 모여드는 사람들을 바라보았다.

쓰쓰지가사키성에서 거느리고 나온 병력은 1000명, 여인들은 240명 남짓이었는데 지금은 남녀를 합하여 400명이 될까 말까 했다.

"주군, 만푸쿠사 주지가 쾌히 숙소를 제공하겠답니다."

"알았다, 고맙구나."

가쓰요리 부부와 노부카쓰, 그리고 쓰치야 마사쓰구 형제의 아내와 아이들만 객실로 안내되고 나머지는 본당 복도와 창고 등으로 안내되어 그저 비바람을 피할 뿐이었지만 그래도 사람들 얼굴에는 말할 수 없는 안도의 빛이 떠올랐다.

창고에서 곧 서로 일손을 나눠 밥을 짓기 시작했다. 보급대에는 아직 사흘분 가량의 쌀과 소금이 있었는데 그것이 바닥나기 전에 어떻게든 처신할 방도를 정하지 않으면, 다섯 지방 태수가 한낱 유랑민으로 떨어질 판국이었다. 시늉만의 식사를 끝낸 것은 이미 한밤중, 객실 안에 둘러친 병풍 안으로 들어간 오다와라 부인은 비로소 가쓰요리를 쳐다보며 웃음 지었다.

"부인, 오야마다는 반드시 우리들을 맞으러 올 것이오. 오늘 밤에는 푹 쉽시다."

"네."

부인은 티 없이 고개를 끄덕이며 또 웃었다.

"맞으러 오지 않아도 상관없습니다."

그날 밤은 모두들 죽은 듯이 잤다.

그리고 날이 새자 곧 고개 너머로 사자를 보냈지만 이틀이 지나고 사흘이 지나도 사자는 돌아오지 않았다.

나흘째에 오다 군 선봉이 드디어 고후에 들어왔다는 소식이 날아들었다. 이렇게 된 이상 이 절에 더 이상 머물 수 없었다. 어쨌든 이와토노를 향해 출발하기로 했다.

그동안에도 한 명, 두 명 달아나 만푸쿠사를 출발할 때는 남녀를 합쳐 300명에 불과했다. 240명이었던 여인들도 어느새 70명쯤 되었고 남은 여인들은 모두 서로 떨어질 수 없는 애정의 연줄을 지닌 자들뿐이었다.

이 무렵부터 오다와라 부인의 표정이 유난히 밝아졌다. 인생의 고뇌를 전혀 모르는 소녀…… 같은 표정으로 만푸쿠사를 떠날 때는 이미 가마도 없이 걸어가야 했다.

추격당하면서 이리저리 헤매는 동안 봄은 쏜살같이 달려오고 있었다. 만푸쿠사를 나오자 산비탈에서 마을로 산벚나무가 세 겹으로 물결치고 7, 8정을 채 가기도 전에 온몸이 그대로 녹아버릴 것 같은 포근한 햇볕이 모든 사람을 감쌌다. 새 소리, 옷소매에 와 닿는 가벼운 봄바람, 천지가 모두 거짓말같이 포근한 봄 날씨였다.

어느덧 사사고 고개 언덕길로 접어들어 걸음 속도가 몹시 뒤처진 오다와라 부인 곁으로 가쓰요리가 말을 몰고 오자 부인은 마치 소풍이라도 나온 것처럼 응석부리듯 말했다.

"이대로 어디까지든 걷고 싶습니다. 저는 이 고개보다 산기슭을 도는 평탄한 길을 택하는 게 좋을 것 같아요."

가쓰요리는 그 의견을 엄하게 가로막았다.

"이와토노는 그쪽이 아니오. 지쳤으면 말을 타도록 하시오."

그러나 부인은 듣지 못한 듯 그 자리에 웅크리고 앉아 조그만 반지꽃을 꺾었다.

"벌써 꽃이 피었어요. 이 꽃이 피어 있는 쪽으로 갔으면……."

"부인은 오야마다가 맞으러 오지 않을 거라고 생각하는 모양이로군."

"잘 모르겠지만……."

부인은 그 말을 부정하는 것도 긍정하는 것도 아닌 듯이 입 속으로 중얼거렸다.

"고갯길은 그저 고생스러워서."

그러고는 그냥 소녀처럼 웅크리고 앉아 반지꽃을 찾고 있었다.

가쓰요리는 견딜 수 없는 심정으로 다시 말을 앞쪽으로 몰고 갔다. 지금까지는 자기 뜻대로 움직일 수 있는 세상모르는 19살 아내……라고 생각해 온 부인이었는데 지금은 자신보다 훨씬 침착한 어른으로 보이기 시작했다. 어쩌면 이미 죽음이 눈앞에 다가온 것을 날카로운 직감으로 깨닫고 가쓰요리의 마음을 어지럽히지 않으려 하는 것인지도 모른다.

앞길을 살피러 내보냈던 쓰치야 소조(土屋惣藏)가 가쓰요리 앞으로 되돌아온 것은 고개를 반쯤 올라갔을 때일까.

"주군! 아무래도 이 길로는 더 나아갈 수 없습니다. 급히 되돌아가야겠습니다."

"뭐, 더 나아갈 수 없다니! 적이 벌써 앞질러왔단 말이냐?"

"저 숲 사이의 기치를 보십시오. 고갯마루에서 우리를 북쪽 계곡으로 몰아넣으려는…… 틀림없는 오야마다의 부하들……."

"그럼, 소문은 역시……."

말을 듣고 위쪽을 쳐다보자 고개 위 풀숲에서 와! 하는 함성이 일며 13, 4개의 화살이 날아왔다.

"우욱!"

가쓰요리는 비로소 최후의 시기가 다가왔음을 깨달았다.

"이대로 올라가면 여인들을 거느린 채 적의 먹이가 될 뿐이다. 마사쓰구, 소조, 급히 길을…… 마님과 여자들을 데리고……."

"주군께서는 어찌하시렵니까?"

"이제 마지막이다! 오야마다 놈의 목을 갈가리 찢어주고 최후를 장식하리라."

그런데 그때 등 뒤쪽에서도 나가사카 조칸이 위급을 알리러 올라오고 있었다.

"주군, 오다 노부타다를 선봉으로 오다 군이 우리 뒤를 따라 육박해오고 있습니다. 촌각이 급하니 기치를 거두시고 산을 내려가 피하십시오."

이 말을 들은 가쓰요리는 저도 모르게 말에서 내려 하늘을 쳐다보았다. 아래위 양쪽에서의 보고에 접하자 얼른 결단내릴 수 없었다. 맹장 중의 맹장으로 소문난 가쓰요리였지만 너무나 숨 가쁜 운명의 급변에 부닥쳐, 마치 싸움을 전혀 모르는 시골사람처럼 사사고 고개에 망연자실하여 못 박혀 버리고 만 것이었다.

가는 길에는 오야마다 군, 산 아래에는 노부타다를 선봉으로 다키가와 가즈마스가 추격하고 있으니 갈 길이라고는 오른쪽이나 왼쪽의 풀밭으로 헤쳐 들어가는 것뿐이었다.

이처럼 사태가 급박한 줄 알았더라면 도도로키 마을에서 떠나지 말았어야 했다. 만푸쿠사 언저리에서 모두에게 최후가 왔음을 고하고 스스로 자결하여 세상을 버렸어야 했다.

그런데 아직 이별의 술잔도 나누지 못했다. 아무도 각오되어 있지 않을 거라는 생각이 들자 비로소 천하의 맹장 가쓰요리도 마음이 동요되지 않을 수 없었다. 여기서 뿔뿔이 흩어진다면 여자들은 어찌될 것인가? 자신의 후계자 노부카쓰도 아직 14살의 어린 소년에 불과했다.

"좋다! 지금은 우선 피하자. 그렇지, 왼쪽으로 길을 잡아라. 왼쪽의 대나무밭으로 갈 수 있는 데까지 가보자."

이미 그것은 군대의 대오가 아니고 어떤 의지를 지닌 집단도 아니었다. 아무 힘 없는 한 무리의 난민일 뿐이었다. 여인들은 손에 손을 잡고 메마른 대나무밭 사이로 몰려 들어갔고 처자 있는 남자들은 행렬 뒤쪽으로 돌아갔다. 가쓰요리와 노부카쓰, 쓰치야 마사쓰구, 소조, 나가사카 조칸은 여인들을 도망시키기 위해 눈을 번들거리며 지키는 개나 다름없는 꼴이 되어 있었다.

그날과 다음 날, 잠도 못자며 방황을 계속하다 다음다음 날, 차마 볼 수 없는 비참한 모습으로 그들이 이른 곳은 덴모쿠산(天目山) 남쪽 산기슭이었다.

덴모쿠산은 히가시야요군(東八代郡)에 자리하며 옛 이름은 도쿠사산(木賊山)으로 교카이 혼조 대사(業海本淨大師)가 원나라에 가서 그곳의 천목산(天目山)에서 수업하고 돌아와 이곳에 임제종(臨濟宗)의 세이운사(棲雲寺)를 건립하고 덴모쿠산이라고 이름 고쳤다.

그 도쿠사산 남쪽 다노(田野) 마을의 초원에 이르렀을 때 남자들은 겨우 41명, 여자들은 50명에 불과했다. 그곳에서 멈춘 것은 실은 쓰치야 마사쓰구의 5살짜리 사내아이가 더 이상 걷지 못하고 주저앉았기 때문이었는데…….

"자, 착한 아이지. 조금만 더 참고 걷자."

풀 위에 주저앉아 떼쓰기 시작한 아이를 어떻게 달랠지 몰라 애쓰는 마사쓰구의 아내를 본 가쓰요리는 험악한 표정으로 걸음을 멈추고 소리쳤다.

"누가 업어줘라!"

그러나 걷기에 지친 여인들은 누구 하나 그 아이를 업어주려 하지 않았다.

"누가 이 아이를……."

다시 가쓰요리가 짜증 섞인 소리를 질렀을 때, 그때까지 눈길이 부딪치면 미소 지으며 거의 입을 열지 않던 오다와라 부인이 말했다.

"여기서 좀 쉬는 게 어떨까요?"

"부인도 지쳤소?"

"예, 저도…… 신푸성에서 죽고 싶었습니다."

부인은 가쓰요리가 섬찟할 정도로 또렷하게 말한 뒤 웃으면서 마사쓰구의 아들 곁에 앉았다.

"자, 꽃을 줄께. 착한 아이지."

그날도 하늘은 포근히 개어 녹아내릴 듯한 햇살이 내리쬐고 있었다.

멸망의 노래

　가쓰요리는 아이와 함께 앉은 부인을 보자 짜증난 눈초리로 모두를 둘러보았다.

　누군가를 꾸짖고 싶은데 꾸짖을 자신감마저 잃어버린 한 인간의 비참한 모습……을 누구보다 확실히 느낀 것은 아이 아버지 마사쓰구였다. 아마 가쓰요리는 부인도, 그리고 자기 아들도 꾸짖고 싶은 것이리라. 그러면서도 꾸짖으면 어떤 사태가 벌어질지 두려워한다.

　'이런 주군이 아니었는데…….'

　무리인 줄 알면서도 끝까지 자기 고집을 내세우던 가쓰요리가 지금은 짜증 부리고 싶은데도 아내와 신하들 눈치를 살피고 있었다. 어쩌면 이 세상의 모든 것이 자기에게 반역의 손톱을 세우고 있는 듯 보이는지도 모를 일이었다.

　'이래선 안 돼! 이대로 가다가는…….'

　이런 생각이 드는 순간 마사쓰구는 마님 옆에 앉은 자기 아들에게로 다가갔다.

　"고시로(小四郎), 너는 무사의 아들이지?"

　5살짜리 아이는 놀란 듯 아버지를 쳐다보더니 다음에는 부인이 준 반지꽃 다발을 보았다.

　"그렇지? 무사의 아들이지?"

　"예."

"그 대답을 듣고 아버지도 마음 놓았다. 너는 아직 어리니 걸음이 늦어서 우리와 함께 저승길을 갈 수 없다. 한발 먼저 가거라."

"......"

"알겠느냐? 천상의 네거리로 먼저 가서 주군께서 오시기를 기다리는 거다. 자, 서쪽을 보고 염불을 외워라."

말함과 동시에 번개같이 단검을 뽑아 눈이 동그래져서 우는 것조차 잊어버린 자기 자식의 가슴을 단숨에 푹 찔렀다.

"아......"

오다와라 부인도, 아이 어머니도, 그 가까이 있던 여자들도, 그리고 좀 떨어진 곳에 아지랑이처럼 서 있던 가쓰요리와 노부카쓰도 한결같이 숨을 삼켰다.

"나무아미타불!"

마사쓰구는 외치듯 말하고 다시 한번 단검을 그었다. 이미 아무 소리도 내지 않는 아이의 조그만 손이 허공에서 심한 경련을 일으키다 굳어진 뒤 그대로 움직이지 않았다.

"주군!"

마사쓰구는 자기 아들 시체를 앞에 놓은 뒤 비틀거리며 풀 위에 털썩 주저앉았다.

"때가......때가 왔습니다."

아이 어머니가 소리 내어 울음을 터뜨리자 모두들 그제야 생각난 듯 얼굴을 가렸다. 여전히 그들을 포근하게 비춰주고 있는 봄볕은 어쩐지 있을 수 없는 한낮의 꿈속에 내던져진 듯한 느낌을 안겨주었다.

"아버지! 이제 각오하십시오."

한참 뒤 노부카쓰가 입을 열었을 때 가쓰요리는 그저 망연자실하여 도쿠사 산마루만 바라보고 있었다.

오다와라 부인은 어느 새 풀 위에 자세를 바로하고 앉아 필묵 통을 꺼내 손에 한 장의 종이를 들고 있다. 이런 것을 가져왔으리라고는 아무도 생각지 못했는데, 부인은 새하얀 이마에 정면으로 햇살을 받으면서 부신 듯 눈을 가늘게 뜨고 능숙하게 붓을 움직여갔다.

다 쓰고 나자 그것을 아이 시체 위에 덮고 나서 아이 어머니를 손짓으로 불렀다.

　　모두가 져야 할 봄날의 어스름이건만
　　어린 꽃 먼저 지니 애간장을 녹이네.

　입 속으로 이것을 읊고 나서 마사쓰구 부인은 다시 입술을 깨물며 흐느껴 울
었다.
　사람들 사이에 이상한 동요가 일었다. 이미 죽음 외에 다른 길이 없는 이 한 무
리의 방랑자들이 부인의 노래에서 비로소 자기들 운명을 깨달은 당혹감이며 동
요였다.
　그러나 그 동요도 이내 가라앉고 이번에는 전보다 한층 더 공허한 활짝 갠 날
의 푸른 하늘 같은 정적이 찾아들었다.
　그동안 고개 숙이고 있던 마사쓰구 부인이 고개를 들더니 역시 종이를 꺼내
붓을 놀리기 시작했다. 아마, 마님에게 응답하는 노래를 지을 작정이리라. 궁지로
몰린 양의 무리에 이렇듯 죽음을 장식하려는 마음이 숨어 있을 줄이야…….
　마사쓰구 부인은 정중하게 종이를 마님 앞에 바쳤다. 부인은 백납같이 투명한
표정으로 그것을 받아들고 천천히 읊기 시작했다.

　　……보람 없구나,
　　꽃봉오리 먼저 지고
　　허무한 가지에 잎은 남았어도…….
　　보람 없구나,
　　꽃봉오리…….

　되풀이하여 읊는 소리는 이미 막다른 곳까지 쫓겨 온 비참한 인간의 소리가
아니었다. 굳이 표현한다면 그것은 슬픔 그 자체의 소리라고나 할까. 사람에게도,
대지에도, 하늘에도, 초목에도 스며들 것 같은 소리였다.
　그 읊는 소리가 멈췄을 때 가쓰오리는 무엇에 튕긴 듯 일어나 성큼성큼 부인
곁으로 다가갔다.

"돌아가고 싶지 않소, 부인?"

"어디로……말입니까?"

"사가미의 친정으로."

부인은 여전히 읊조리는 듯한 소리로 말했다.

"저는 다케다 가쓰요리의 아내입니다. 행복했습니다. 저는……."

가쓰요리는 다급하게 말했다.

"그것은…… 그것은 본심이 아니야! 고향이 그립지 않은 자가 이 세상에 어디 있어! 혈육이 보고 싶지 않은 자가 어디 있어!"

부인은 순순히 고개를 끄덕였다. 아마 그립고 보고 싶기도 하다는 의미인 것 같았다. 그렇게 고개를 끄덕인 뒤 다시 말을 이었다.

"그러나 지아비 곁에 있는 행복은 그런 그리움 이상입니다."

가쓰요리는 갑자기 얼굴을 돌렸다. 이곳에서도 꾀꼬리 소리는 골짜기에서 골짜기로, 숲에서 숲으로 건너갔다.

가쓰요리는 몸을 떨면서 격렬한 목소리로 아들 이름을 불렀다.

"노부카쓰! 이 아비는 37년 동안 뜻대로 살아왔다."

"아버지! 이제 최후의 시기가……."

"잠자코 듣거라. 알겠느냐? 그러므로 지금 이곳에서 목숨을 버려도 후회 없다. 그러나 너와 네 어머니는……."

"아버지!"

"불쌍하다. 불쌍해…… 특히 너는 아직 젊다. 조부님 유언대로 다케다 집안의 주인이 되기도 전에 이렇게 간다면……."

노부카쓰는 다시 날카로운 목소리로 가로막았다.

"아버지! 이 자식 걱정은 하지 마십시오. 나팔꽃은 단 하루아침의 목숨이지만 그 짧은 동안 마음껏 핍니다."

그러고는 그 역시 엄숙한 표정으로 노래를 읊기 시작했다.

　　일찍 지는 꽃이라고 아쉬워하지 마라
　　늦어도 언젠가는 폭풍이 몰아치는 봄날 저녁이 올 것을

노부카쓰의 노래는 오다와라 부인의 동정녀 같은 순수함이 가쓰요리 부자에게 드디어 무엇을 해야 하는가 하는 이성과 여유를 되찾게 했다는 증거였다.

가쓰요리는 아들의 노래를 듣자 목소리를 떨구었다.

"알았다, 노부카쓰. 그래, 그것이 어린 너와 네 어머니의 각오임을 알았으니 미련은 없다!…… 부인!"

가쓰요리는 다시 젊은 아내를 돌아보았다.

"부인도 이곳을 자결할 땅으로 삼을 작정이로군."

"네, 기꺼이 길동무가 되겠습니다."

"그런가. 그 말을 들으니……아니, 저세상에 가서는 부인이 그토록 싫어하는 싸움은 그만두고 정답게 지내기로 합시다."

"네, 결심해 주셔서…… 기쁩니다."

"마사쓰구, 아내의 목을 자르는 소임은 그대에게 부탁하겠다. 아내는 이미 법화경을 펼쳐들고 있다. 신푸성을 떠날 때부터 이 사람은…… 오늘이 있을 것을 알고 있었나보다……."

그러고 보니 부인 앞에 다른 두 장의 두루마리가 놓이고 손에 염주와 경책이 들려 있었다.

두 장의 두루마리에는 다음과 같이 씌어 있었다.

돌아가는 기러기야, 내 부탁 들어다오.
이 사연 물고 가서 사가미 고을에 떨어뜨려주렴
지는 꽃 못내 아쉬워 울어주겠지
그 꽃빛을 띄고 있는 나뭇가지의 꾀꼬리

가쓰요리가 지적할 것도 없이 부인의 마음은 가끔 고향으로 날아갔던 것이리라. 그러나 그곳으로 돌아갈 생각은 없었다. 이 세상에서 만난 남편에 대한 일편단심을 그 누구, 그 무엇에 의해서도 깨뜨리고 싶지 않았다. 아니, 깨뜨리지 않을 세계로 어떻게 남편을 끌고 갈까 하는 게 신푸를 떠날 때부터 부인의 마음속에 간직된 단 하나의 소망이었다. 싸움도, 정략도, 음모도, 의리도 없는 세상. 그러한 세상으로 뜻대로 날아가는 자신의 마음을 얼마쯤 자랑스럽게 오빠들에게 알려주고 싶은 향수였다.

'오빠들이 나를 얼마나 애석해 할까…….'

그러나 거기에는 슬픔뿐만 아니라 아련한 승리감조차 있었다.

"그러면 분부를 받들어 이 몸이……."

마사쓰구는 칼을 잡고 부인의 등 뒤로 돌아가 섰다.

갑자기 마사쓰구의 등 뒤쪽에서 젊은 여자 목소리가 났다.

"저승 길잡이가 되어드리겠습니다."

부인의 시녀 오후지(藤)였다. 오후지는 단도를 가슴에 찌른 채 온몸으로 힘을 짜내어 역시 노래를 읊었다.

　……피어날 때는……

　어디에도 못 끼는 꽃이었건만……

　질 때는 함께 스러지는

　봄날의 어스름인가.

"오후지……"

일단 경책을 내려놓고 단도를 풀기 시작하던 부인이 다시 경책을 집어 들고 오후지 쪽을 향해 펼쳤다.

"너까지 길동무가 되어주는구나."

"마님……."

"고맙다. 그럼, 저승에서는 편히, 응?"

그리고 마사쓰구를 향했다.

"그럼."

오다와라 부인은 단도를 뽑아들었다.

가쓰요리는 그 자리에 선 채 침착한 부인의 모습을 찢어질 듯 부릅뜬 눈으로 지그시 쏘아보고 있었다.

오후지가 풀 위로 털썩 쓰러졌다.

오다와라 부인의 눈동자가 오후지의 주검에서 천천히 남편에게로 옮겨갔다. 여전히 털끝만 한 비장감도 없는 천진한 눈동자였다. 그 눈동자는 자기를 뒤따라

올 남편의 마음을 믿고 있었다.

단도 칼날에서 햇볕이 반사되었다. 햇살은 이미 봄날 저물녘답게 기울어 아련한 고원의 하늘은 엷은 빛을 띠기 시작하고 있었다.

부인은 입가에 미소를 띠며 다시 한번 마사쓰구를 재촉했다.

"그럼……."

마사쓰구는 긴 칼을 들고 등 뒤쪽으로 돌아가 그것을 머리 높이 쳐들었지만 그 순간 저도 모르게 비틀거렸다. 스스로 최후에 이른 것을 깨닫고 아들을 찌른 마사쓰구였지만 단정히 앉아 목을 내밀고 있는 부인을 보자 칼날을 댈 곳이라고는 아무데도 없는 신비로운 성상(聖像)으로 보였다. 그냥 내려치면 소리 내며 긴 칼이 부러질 것만 같은 느낌이 들었다.

'이럴 수는 없다!'

다시 칼을 쳐들었으나 칼을 쳐든 채 그 자리에 쿵! 주저앉았다.

"마사쓰구, 왜 그래요?"

대답 대신 마사쓰구는 통곡하기 시작했다. 왜 그런지 알 수 없었지만 팔이 뒤틀리고 다리에 맥이 빠져 서 있을 수 없었다.

"시간을 끌면 안 돼요. 어서……."

부인은 다시 맑은 목소리로 재촉했다.

"주군! 이……이……이 마사쓰구는 마님 목을 칠 수 없습니다."

"뭐, 칠 수 없다고……."

그러나 이 말을 한 것은 망연히 서 있는 가쓰요리가 아니라 여전히 같은 목소리의 부인이었다.

"그럼…… 내가 스스로 하겠어요."

"아……."

가쓰요리는 비틀거렸다.

다시금 단도가 빛을 번쩍 내는 순간 칼끝을 입에 문 부인의 몸이 내던져지듯 풀밭 위로 엎어졌다. 가쓰요리는 정신없이 아내 옆에 무릎 꿇었지만 안아 일으키지도 못하고 어깨 주위에서 헛되이 손을 떨고 있을 뿐이었다.

"으……으……으……."

가냘픈 신음소리와 함께 주위의 풀이 순식간에 피로 물들고 잠시 뒤 고개를 돌린 채 가쓰요리의 손이 부인 어깨로 돌아갔다.

"부인!"

가쓰요리는 한마디 외치고 황급히 갑옷 소매로 피에 젖은 부인의 얼굴을 가렸다.

"무장도 흉내 못 내오…… 장렬한 최후…….'"

"……."

"나도 뒤따라가리다!"

그러나 부인은 그때 이미 남편 팔 안에 축 늘어져 숨이 끊어져 있었다. 여자들 울음소리가 한꺼번에 터져 나왔다.

가쓰요리는 아내의 시체를 안은 채 다시금 일어서는 것도 잊고 있었다.

"앗! 적이 오는 모양이군."

벌떡 일어서서 서쪽으로 달리기 시작한 것은 아키야마(秋山)와 오하라(小原)였다. 아니나 다를까 해가 지려고 한층 광채를 더한 저녁노을 저쪽에서 징소리와 북소리가 어지럽게 들려오기 시작했다.

여기저기서 부인을 뒤따라 여인들의 자결이 시작된 것은 그때부터였다.

이윽고 고원의 해가 저물었다. 좀 떨어진 풀숲속에 꽃이 만발한 백목련 한 그루가 서 있었다. 그 꽃이 선명하게 두드러져 보이는 것은 그만큼 주위가 어두워진 탓이리라.

가쓰요리 주위에는 어느새 한 사람도 남아 있지 않았다. 쓰치야 형제도 적이 가까이 왔다며 달려갔고, 나가사카 조칸과 노부카쓰는 오른편 풀숲에서 할복하여 최후를 마쳤다. 이제 아녀자들도 살아남은 자는 하나도 없었다. 이곳저곳에 시체가 되어 나뒹군 채 허무한 생을 마친 뒤였다.

"놈들이 주군 곁에 가까이 못 오게 하겠습니다. 그동안 빨리……."

쓰치야 형제가 이 말을 남기고 달려간 것 같았지만 그 기억도 어렴풋했다. 지금 가쓰요리의 뇌리를 차지하고 있는 것은 시라기 사부로 이래 20여대에 걸쳐 이어져온 세이와 미나모토(淸和源)의 명문이 여기서 이렇게 소멸해 버린다는 기막힌 사실뿐이었다.

'왜……?'

이런 의문이 일어나자 갑자기 온몸의 피가 얼어붙었다.

'나는 그토록 불초자식이었단 말인가······.'

이런 생각도 들고, 한편으로는 거대한 운명 아래 이미 약속된 일처럼 여겨지기도 했다. 요시이에(義家), 요시미쓰(義光) 형제 대부터 늘 칼을 피로 물들이며 싸워온 집안이었다. 칼에 묻은 그 피의 저주가 마침내 더 이상 버티어나가지 못할 인과가 되어 이러한 결과를 낳은 건지도 모른다······.

그러한 가운데 단 한 명 오다와라 부인만이 눈부시게 아름다웠던 건 무엇을 의미하는 것일까. 죽인 자는 죽임을 당한다······고 한다면 부인만은 죽인 일이 없으면서 죽어갔기 때문일까?

"부인······."

이미 싸늘하게 굳어버린 아내의 몸을 가쓰요리는 비로소 풀 위로 내려놓았다. 그리고 다시 한번 멍하니 주위를 돌아보다가 저도 모르게 놀라며 가슴을 눌렀다. 주위에 어지럽게 널려 있는 여자들 주검에서 혼백이 너울너울 허공으로 떠오르는 것을 보았기 때문이다. 아니, 그것은 혼백이 아니라 완전히 어두워진 고원에 희미하게 떠있는 달이 하얀 속옷을 반사시키고 있는 건지도 몰랐지만 가쓰요리에게는 분명 혼백으로 보였다.

그 혼백 하나가 조용히 가쓰요리 앞에 섰다.

"나를 기억하겠어?"

가쓰요리는 저도 모르게 긴 칼을 잡았다.

"앗! 너······너······너는. 오후로구나. 너는 오후다! 호라이사 진중에서 처형한 오쿠다이라의 볼모 오후가 틀림없어!"

오후의 망령은 '후후······' 하고 웃으며 오다와라 부인의 망령을 손가락질했다. 죽어서 귀신이 되어 저주하겠다고 십자가 위에서 맹세했던 오후. 언젠가 반드시 가쓰요리가 가장 사랑하는 자에게 저주가 내릴 거라고 소리쳤던 오후······.

"얏!"

가쓰요리가 긴 칼을 뽑아들고 옆으로 홱 후려치며 눈을 부릅뜨고 보니 그곳에 이미 혼백은 없었다.

"주군!"

등 뒤에서 소리가 났다. 온몸에 상처 입은 채 긴 칼을 지팡이 삼아 비틀비틀 돌아온 마사쓰구였다. 그곳에 긴 칼을 집고 서 있는 사람이 유령이 아니라는 것을 가쓰요리가 확인하기까지는 잠시의 시간이 필요했다.

"오! 마사쓰구…… 아키야마 기이는?"

희미한 달빛은 상처 입은 쓰치야 마사쓰구의 모습을 그토록 창백하고 몽롱하게 비쳐주고 있었다.

"마사쓰구, 어떻게 됐느냐? 정신 차려라. 아키야마는 어찌됐어?"

"전사……."

"오하라는?"

"전사……."

"동생 마사쓰네는 어찌 됐느냐?"

"전사……."

똑같은 말을 거의 넋 나간 듯 되풀이한 마사쓰구는 더 이상 서 있을 수 없는지 비틀비틀 두세 걸음 휘청거리다가 달빛 속에 주저앉았다.

"이 마사쓰구…… 처자 곁에서 죽고 싶어 혼자 여기까지 돌아왔습니다. 주군! 어……어서 최후를…… 사방은 모두 적입니다."

"알고 있다."

팅기듯 말하고 왜 그런지 가쓰요리는 온몸이 후들후들 떨렸다. 이미 자기도 죽어버린 것 같은 착각에 빠져 있던 망연함에서 갑자기 다시 살아 있음을 깨달은 몸서리였다.

'모두 유령이 되었는데 나만 살아 있구나…….'

이것을 깨닫게 한 것은 처자 곁에서 죽고 싶어 비틀거리며 돌아온 마사쓰구였지만…….

"마사쓰구……."

다시 부른 가쓰요리의 목소리는 오싹하리만큼 음산하게 들렸다.

"그런 몸으로 내 목을 칠 수 있겠느냐?"

할 수 없으리라. 할 수 있을 리 없다……는 생각이 들자, 지금은 이 꼴로라도 일단 도망쳐 어디선가 재기를 도모하는 게 가문에 대한 자신의 의무가 아닐까…… 하는 생각이 고개를 쳐들었다.

달빛에 거의 녹아드는 듯한 목소리로 마사쓰구는 중얼거렸다.

"치라시면……하라시면……하겠습니다만, 이미 팔다리가 내 뜻대로……."

"움직이지 않는다는 말이냐? 무리도 아니지. 그대는 지칠 대로 지쳤어."

"아닙니다, 명령하시면 저승의 길잡이가 되어드린 뒤 뒤따르겠습니다. 그것이 우리 의무인즉."

마사쓰구는 진심으로 그렇게 믿는 듯 기다시피 하여 다가왔다.

"어서 유언 시를…… 모두들…… 모두들…… 유언 시를 읊으셨습니다."

"오, 유언 시 말이냐?"

가쓰요리는 당황하여 저도 모르게 뒤로 물러났다. 죽지 않으면 안 된다고 단정하고 있는 마사쓰구가 문득 미워졌고, 다음에는 자신에게 심한 혐오를 느꼈다. 지칠 대로 지친 주종 사이에 다시 한동안 시간이 흘러갔다.

"자, 유언 시를."

"오, 몽롱한 달이 구름 속으로 어렴풋이 숨어들고…… 맑아가는 곳은 서녘 산기슭……."

"서녘이란 정토(淨土)…… 고맙습니다. 마사쓰구 여기에 써놓고 저도 유언 시를 읊겠습니다."

"그래! 그대의 유언 시, 마음에 아로새기리라."

"옛, 존안……."

마사쓰구는 기어와 가쓰요리의 얼굴을 정답게 들여다보았다.

"존안의 길잡이로 떨어지지 않는 달이거늘, 뜨는 것도 지는 것도 같은 산기슭……."

그리고 다시 칼에 의지하여 비틀비틀 일어났다.

가쓰요리는 마사쓰구의 유언 시를 듣고 있는 동안 세 번째 결심을 했다. 죽음에 임하여 다시 변하려는 자신의 마음이 두려웠고, 몹시 불확실하고 믿을 수 없는 것으로 여겨졌다. 바로 이러한 동요는 도망치는 동안 떨쳐버리지 못하고 수없이 번민하던 감정이었다.

'죽어야겠다.'

이곳으로 오던 도중 지겐사(慈眼寺) 옆을 지날 때 분명 결심하고 그 절의 주지에게 사자를 보내 고야산으로 보내달라고 유품을 맡겼을 정도였다. 자기와 오다와라 부인과 노부카쓰의 초상화 한 폭, 아버지 신겐이 늘 몸에 지녔던 칼 한 자루, 이즈나 본존(飯繩本尊), 대양법도서(對揚法度書 : 신겐 자필 로쓴글), 비사문(毘沙門 : 신겐의 갑 옷 수호신)상하나, 단검 한 벌, 다이세이시(大勢至) 보살 그림 한 폭(오노 미치카제(小野道風)가 가 쓰요리의 수호신을 그린 그림), 관음품(觀音品) 한 권, 삼존아미타(三尊阿彌陀) 한 권, 불사리(佛舍利) 하나, 이러한 물건에 황금 10냥을 보태어 고야산으로 전해달라고 맡겼을 때는 이미 어디서 죽어도 한이 없을 듯했었다.

그런데 아직까지도 이 생각 저 생각을 하며 동요하고 공포를 느꼈다. 그리고 그 동요와 공포에서 벗어나는 길은 '죽음' 이외에 아무것도 없음을 가까스로 깨달았다. 오다와라 부인은 저승에서의 부부애를 믿어 선뜻 죽었고, 많은 가신들은 주군에게 목숨을 바쳐야 한다고 믿으므로 두려워하지 않았다. 그리고 쓰치야 마사쓰구도 깊은 상처를 입은 몸으로 가쓰요리가 자결하는 것을 본 뒤 죽으려고 칼에 의지하여 서 있다.

"주군! 아직…… 손발은 움직입니다. 나무유미야하치만(南無弓矢八幡)! 쓰치야 마사쓰구의 마지막 소임…… 부디 무사히 마치도록 해주십시오."

가쓰요리는 그 소리를 씹어 삼키는 듯한 표정으로 그곳에 있던 털 깔개를 끌어당겼다. 그리고 마음이 동요할까 두려워 그 위에 올라앉아 자세를 바로잡으며 꾸짖듯 소리쳤다.

"마사쓰구! 잘할 수 있겠느냣! 내일이면 적의 손으로 넘어갈 내 목, 잘못 베어 웃음거리가 되게 하지 마라!"

"잘 알고……있습니다."

마사쓰구는 비틀거리며 일어나 가쓰요리 등 뒤로 돌아갔다.

희미하게 달 무리진 달빛은 여전히 주위를 희끄무레하게 비추고 있었다.

"다시 한번 유언 시를…… 유언 시가 끝날 때 목을 쳐라…… 몽롱한 달이 구름 속으로 어렴풋이 숨어들고, 맑아가는 곳은 서녘 산기슭."

가쓰요리는 단검으로 자신의 배를 푹 찔렀다. 그래도 어느 한편에서는 살길을 찾아 생명이 꿈틀거리고 있었다…….

마사쓰구의 목소리가 아득하게 들렸다.

"분부대로 하겠습니다. 존안의 길잡이로 떨어지지 않는 달이거늘, 뜨는 것도 지는 것도 같은 산기슭. 얏!"

마사쓰구는 있는 힘을 다하여 한 칼 휘두르고 그냥 앞으로 푹 엎어졌다. 그리고 그곳에 목이 반쯤 떨어진 채 쓰러진 가쓰요리의 시체가 있는 것을 손으로 더

듣어 확인한 뒤 비로소 큰소리로 아들 이름을 불렀다.

"고시로! 아비도 간다!"

이미 고쳐 앉을 힘은 없었다. 마사쓰구는 쓰러진 채 칼끝을 입에 물고 온몸을 대지를 향해 내던졌다.

이것을 마지막으로 이 고원에는 움직이는 사람 그림자가 깨끗이 사라지고 말았다…….

가쓰요리 부자의 목은 그다음 날 오다 쪽 대장 가즈마스의 부하에게 발견되어 고후의 노부타다에게 곧 전해졌고, 노부타다는 다시 아버지 노부나가에게 보내 본인임을 확인했다.

이로써 다케다 집안은 완전히 멸망했다. 그러나 노부나가는 다케다 일족 소탕작전을 늦추지 않았다. 이에야스에게 항복한 아나야마 바이세쓰 부자가 겨우 살아남았을 뿐 다른 자들은 거의 모두 잡혀 죽었다 해도 과언이 아니었다. 스루가의 에지리성에 있던 바이세쓰는 다케다 씨 일족으로 그의 어머니는 신겐의 누이였지만 이에야스에게 항복하여 살아난 것이었다.

다케다 노부토요와 그의 아들 지로(次郎)는 시모소네 다쿠미(下曾根內匠)에게 속아 고모로(小諸)에서 죽었고, 신겐과 똑같이 생긴 쇼요켄은 고슈의 다테이시(立石)에서 살해되었다.

아토베 가쓰스케, 스와 요리토요(諏訪賴豊), 이마후쿠 마사히로(今福昌弘) 세 명은 스와에서 목숨을 잃고, 가쓰요리를 사사고 고개에서 몰아낸 오야마다, 오야마다 마사토키, 오야마다의 사위 다케다 노부미쓰(武田信光), 가쓰라야마 노부사다, 고스게 모토나리(小菅元成) 등은 함께 고후의 젠코사(善光寺)에서 참수당했다.

이치조 노부타쓰는 이치카와(市川)의 우에노에서 이에야스에게 공격당해 죽었고 야마가타 마사키요(山縣昌淸), 아사히나 노부오키(朝比奈信置)와 그 아들 노부요시(信良), 이마후쿠 단바(今福丹波), 이마후쿠 겐주로(今福善十郎), 다미네(田峰)의 스가누마 사다나오(菅沼定直), 스가누마 미쓰나오(菅沼滿直) 등도 이에야스의 공격을 받아 멸망했다.

이리하여 드넓은 다케다 영토는 모조리 오다, 도쿠가와 두 가문의 손에 들어갔다.

노부나가가 가쓰요리 부자의 목을 확인한 것은 일족의 토벌을 모두 끝낸 3월 13일, 이와무라에서 네바(根羽)로 진군해 14일에 다시 히라 골짜기(平谷)를 넘어 나미아이(波合)에 진을 쳤을 때였다. 노부타다에게 보내져 온 목을 가즈마스가 다시 노부나가의 진으로 가져간 것이었다.

주위는 이미 파릇파릇한 푸른 잎으로 가득했고 갑옷 속에 땀이 흠뻑 배도록 더웠다.

"뭣? 가즈마스가 가쓰요리 부자의 목을 가져왔다고? 좋다, 보기로 하지. 향을 피워라."

노부나가는 진막 속에 호랑이 가죽을 깔게 하고 그 위에 갑옷차림으로 앉아 가즈마스가 받쳐들고 온 목이 얹힌 쟁반을 보고 흥! 하고 웃었다. 목은 상당히 소중하게 다루어진 듯, 자결한 지 20일이 지났을 텐데도 그리 상하지 않았다.

가즈마스는 그것을 정중히 노부나가 쪽을 향하게 놓고 자신은 멀리 뒤쪽으로 물러났다.

노부나가는 한참 동안 눈을 가늘게 뜨고 바라본 뒤 중얼거리듯 가쓰요리의 머리를 향해 말을 걸었다.

"가쓰요리······그대는 운이 나빴어······."

곁에 대령하고 있던 모리 란마루가 눈을 붉게 물들이며 고개를 돌렸다. 노부나가가 반드시 인생의 무상함을 말한 것은 아니었지만, 젊은 란마루에게는 그렇게 들린 모양이었다.

"일본에서도 쟁쟁한 활의 명수였지만 끝내 내게 목을 바쳤구나. 이런 것이다, 인생이란."

그리고 천천히 노부카쓰를 향해 감개 깊은 듯 말했다.

"너도 드디어 어머니를 찾아갔구나."

노부카쓰의 어머니는 미노의 나에기성(苗木城) 성주 도야마 도모타다(遠山友忠)의 딸이며 노부나가의 조카딸이었다. 노부나가는 그녀를 자기 양녀로 삼아 신겐이 살아 있을 때 가쓰요리에게 출가시켰는데, 그녀는 노부카쓰를 낳고 얼마 안 되어 죽었던 것이다.

노부나가의 말투는 어느덧 내뱉는 듯한 어조로 바뀌어 있었다.

"노부나가를 원망하지 말라고 어머니에게 말해라. 네 아버지도, 할아버지도 이 노부나가의 운명을 꿰뚫어보지 못한 어리석은 데가 있었어."

그는 다시 노부카쓰의 목을 향해 말을 걸었다.

"네 어머니를 시집보낼 때…… 나는 아직 힘이 없었다. 네 조부 신겐의 비위를 건드리지 않으려고 여간 노심초사하지 않았지. 그러나 세월은 드디어 나와 가쓰요리의 위치를 바꾸어놓았다. 그리고 이 사실을 바로 보지 못한 가쓰요리는 결국 가이의 미나모토라는 명문을 멸망시키고 만 것이다."

노부나가는 다시 나지막하게 웃었다.

노부나가에게는 드문 일이었다. 불필요한 말이나 불평, 감개 따위는 일체 입밖에 내지 않는 주군인데……라는 듯이 곁에서 모시고 있는 시동들까지 서로 얼굴을 마주 보았다.

"나는 이제부터 급히 아즈치로 돌아가 이번에는 주고쿠를 정벌해야 한다. 저승에 가서 어머니를 만나거든 오랫동안의 싸움이었지만 천하통일이 이제 눈앞에 다가왔다고 전해라."

그리고 부채를 펼쳐 가즈마스를 불렀다.

"이 목을 이다(飯田)에 높이 내건 뒤, 노부토요의 목과 함께 교토로 보내라. 그렇군, 사자는 하세가와 무네히도(長谷川宗仁)가 좋겠다. 교토에서 목을 효수할 곳은 이치조모도리 다리(一條戾橋) 언저리로 할까."

"잘 알겠습니다."

가즈마스는 다시 공손히 대답하고 고개 숙였다.

노부나가는 그곳에서 하루 묵은 뒤 다음 날 곧 스와에서 이다로 출발해 뒤따라온 이에야스와 상(上) 스와의 홋케사(法華寺) 경내 진막에서 만났다.

이에야스는 다케다 일족 가운데 홀로 살아남은 아나야마 바이세쓰와 함께 있었다.

노부나가는 두 사람을 진막 안으로 불러들였다.

"도쿠가와 님, 이번에 수고가 많았소. 그대 덕분에 나는 드디어 주고쿠 평정에 온 힘을 기울일 수 있게 되었소."

이렇듯 극찬하면서도 데려온 바이세쓰는 거들떠보지 않았다.

이에야스가 소개하려 하자 갑자기 근위무사에게 명했다.

"기소 요시마사가 와 있다고 했지. 이리로 들라 해라."

요시마사가 안내되어 이에야스는 노부나가의 부하 같은 모습으로 왼쪽에 가만히 있지 않으면 안 되었다.

기소 요시마사는 막사 안에 이에야스와 바이세쓰가 있는 것을 보고 준마 두 필을 바친다는 말도 여간 조심스럽지 않았다.

"정말 고맙소. 그럼, 기소 님에게 선물상자를."

말이 떨어지자 미리 준비해 두었던 검과 황금 100냥이 하세가와 무네히도의 손을 통해 요시마사에게 증여되었다.

실은 바이세쓰 역시 말을 좋아하는 노부나가에게 밤색 말 한 필을 헌상하려고 이끌고 왔다. 기소 요시마사가 물러가자 이에야스는 노부나가에게 그것을 알렸다.

"아, 그렇소?"

노부나가는 가볍게 고개를 끄덕이며 바이세쓰를 흘끗 보았을 뿐 곧 화제를 바꾸었다.

"도쿠가와 님 가신 중에 지야리 구로라는 자가 있는 모양인데……"

"예, 부조 대대의 가신으로 창을 잘 씁니다."

"그자가 이레 낮, 이레 밤을 앉아 다케다 쪽 대장을 설복하여 항복시켰다고 들었는데, 그 지야리를 지금 데리고 왔소?"

그 항복한 대장이 바이세쓰인 것을 번연히 알면서 하는 통렬한 야유였다.

이에야스는 바이세쓰를 흘끗 보았다. 그는 고개를 푹 숙인 채 당장이라도 땅속으로 꺼져들고 싶은 듯이 보였다.

"그 지야리라는 자를 데리고 왔으면 한 번 만나고 싶소. 그의 공으로 도쿠가와 님이 그다음 싸움에서 그리 힘들이지 않고 승리를 거두었다고 들었소. 이레 낮, 이레 밤 동안 무슨 말로 설복시켰는지 듣고 싶구려. 상도 내리고 싶으니 불러주오."

이에야스는 마음에 따끔함을 느끼며 나직하게 대답했다.

"그는 아직 이곳에 도착하지 않았습니다."

물론 거짓말이었다. 뭐니 뭐니 해도 바이세쓰는 다케다 일족 중에서도 특히 이름 떨친 대장이었고 어머니는 신겐의 누이, 아내는 신겐의 딸이었다. 이 사실을 잘 아는 노부나가가 이곳으로 일부러 지야리를 불러 그 고심담을 이야기하게 하려는 것은 바이세쓰의 항복을 달가워하지 않는 증거였다.

'왜?'

생각해 보면 떠오르는 원인은 단 한 가지뿐이다. 다케다를 멸망시켰지만, 앞으로 이에야스의 세력이 살아남은 다케다 집안 신하들과 결탁하여 깊이 뿌리내리는 것을 노부나가는 경계하기 시작한 것이다.

'전에는 칭찬할 자는 칭찬하고 나무랄 자는 가차 없이 나무란 노부나가였는데⋯⋯.'

"그렇소? 아직 도착하지 않았다니 서운하군."

노부나가는 참으로 애석한 듯 혀를 차며 차고 있던 단검을 풀어 이에야스 앞에 놓았다.

"그에게 노부나가가 몹시 감탄하더라고 전하며 이것을 하사해 주시오. 도쿠가와 님 가신이니 내 가신이나 다를 게 뭐 있겠소."

"고맙습니다."

이에야스는 예를 올렸다. 그리고 요즘 노부나가가 다른 사람이 된 듯한 것은 역시 천하인으로서의 자부심 때문이 아닐까 하는 생각이 문득 들었다.

"도쿠가와 님 가신이라면 내 가신이나 다를 게 뭐 있겠소?"

이 말은 미카와의 친척이라고 부르던 때의 느낌과는 좀 다른 것 같았다. 자기는 천하의 호령자, 이에야스는 그 가신, 그리고 지야리는 가신의 또 가신이라는 것을 은연중 못 박으려는 듯 느껴졌다.

"그런데 그 지야리 구로에게 설복당하여 목숨을 건진 자가 누구였더라?"

"⋯⋯."

"고후에서 노부타다에게 얼핏 들었지만 잊어버렸구려. 아마 그는 도쿠가와 님에게 감사하고 있을 것이오."

참다못해 바이세쓰가 입을 열었다.

"황공하오나⋯⋯ 지야리 구로에게 설복당하여 수치를 무릅쓰고 살아남게 된 사람은 여기 있는 이 아나야마 바이세쓰입니다."

노부나가는 짐짓 시치미 떼는 표정을 지으며 말했다.

"허! 그대였단 말이오. 이런, 이런⋯⋯."

바이세쓰는 고개를 푹 꺾었다. 무릎에 올려놓은 두 손이 괴로운 듯 떨리며 눈물 한 방울이 뚝 떨어졌다.

이에야스는 그 모습을 흘끗 보고 부드럽게 말을 덧붙였다.

"이 진중으로 마쓰오(松尾)의 오가사와라(小笠原) 님이 오실 터이니, 저희는 이만 물러가겠습니다."

이에야스는 노부나가의 진을 나가 묵묵히 바이세쓰가 물러나오기를 기다렸다.

진막 앞에 오가사와라 가몬다유(小笠原掃部大夫)가 노부나가에게 헌상한 말이 바이세쓰가 끌고 온 말과 나란히 삼나무에 매어져 있었다. 바이세쓰는 말을 헌상하겠다는 말을 노부나가에게 하기 위해 한발 늦는 것이었다.

"보시오, 노부나가 공의 이 위세를."

이에야스는 감정을 억누른 침착한 목소리로 말하며 두 마리의 준마 옆에 짐을 싣고 수없이 끌려와 매어져 있는 말들을 가리켰다. 그것은 호조 우지마사가 하야마 모로하루(端山師治)를 사자로 삼아 에가와(江川)의 명주(銘酒) 시라토리(白鳥)와 말 사료로 쌀 1000섬을 보내온 것이었다. 아마 노부나가는 이러한 선물은 거들떠보지도 않으리라. 그는 이번 싸움에서 겨우 스루가로 출병했을 뿐인 우지마사에게 몹시 못마땅한 감정을 품고 있는 것 같았다.

전에는 사소한 호의도 기꺼이 받아들였던 노부나가가 지금은 그 반대가 되어 있다. 역시 '천하인'이라는 뜻을 품게 된 탓이리라. 그 위치에서 바라볼 때 모든 호의는 당연한 것이며, 그 어떠한 헌신도 역시 직책상 당연한 일로 보이는 법이다. 이러한 점은 마지막 쇼군이었던 아시카가 요시아키에게도 다분히 있었다. 요시아키는 모든 실력을 다 잃은 뒤에도 자기가 명령자라고 착각하여 사사건건 실패만 거듭했다. 아니, 요시아키뿐 아니라 가쓰요리의 착각 역시 거기에 있었다고 할 수 있으리라.

이에야스는 그 일들을 가슴 깊이 되새기느라 근위무사가 말을 끌고 와도 한참 동안 주위의 어마어마한 선물들을 둘러보며 꼼짝도 하지 않았다. 바이세쓰도 그의 곁에 서서, 역시 노부나가와 이에야스의 인물됨을 마음속으로 비교하고 있는 것 같았다.

이에야스가 말했다.

"바이세쓰 님, 수고스럽게 우리의 길잡이가 되어주어서 고마웠소."

"아닙니다, 아무 도움도 드리지 못하고……."

"가쓰요리 부자와 노보토요의 목은 아무래도 교토로 보내져 효수될 모양인데……."

"오다 집안의 숙적이니까요."

"우리도 선대 신겐 공으로부터 이것저것 배운 바가 많았소. 신겐 공이 없었다면 오늘날의 우리도 많이 달라졌을 거요."

"감개 깊은 술회를 듣는군요."

"나는 뒷날 노부나가 공의 허락을 받아 덴모쿠산 아래 땅에 다케다 부자를 위한 절을 하나 건립하여 여러 사람의 영혼을 위로할까 하오."

바이세쓰는 이에야스를 흘끗 쳐다보며 무슨 말인가 하려 했으나 꿀꺽 삼키고 말았다.

'적어도 노부나가와는 좀 다르게 세상을 살려고 하는 이에야스.'

이러한 것을 잘 알았으나 지금 곧 이 말을 한다면 아첨하는 듯 보일 수도 있다는 반성이 있었기 때문이다.

"무장의 생애란 참으로 슬픈 것이오. 그럼, 돌아가기로 할까."

이에야스는 바이세쓰를 전혀 의식하지 않는 듯 말하고 근위무사를 손짓으로 불러 천천히 말 위에 올라탔다.

바이세쓰도 이에야스의 뒤를 따랐다.

이곳저곳에서 보낸 헌상물을 실은 짐말이 점점 늘어나 이제 노부나가의 진막인 홋케사 주위는 사람과 말로 발 디딜 틈이 없었다.

이간(離間)

　노부나가가 아즈치로 개선한 것은 덴쇼 10년(1582) 4월 21일이었다. 이때의 호화로운 행렬 모습은 고슈, 신슈 사람들은 물론 스루가, 도토우미, 미카와, 오와리에서도 이것을 본 모든 이들을 놀라게 했다.

　노부나가는 키가 6자2치나 되는 흑인을 아즈치에서 일부러 고후로 불러 데려다녔고, 시동과 기마대는 하마마쓰에서 모두 고향으로 돌려보낸 다음 궁수와 소총수만으로 행렬을 짰다. 이 흑인은 지난해 덴쇼 9년 2월 23일, 선교사 윌리어니가 헌상한 26, 7살쯤 된 인도인인 듯한 젊은이로, 노부나가는 야스케(彌助)라고 이름 지어 부르고 있었다.

　"온몸이 소처럼 검은 이 사나이는 늠름한 모습이었다. 게다가 힘이 장사로 열 사람을 당하며……."

　흑인에 대한 이러한 기록이 있는 것으로 보아, 활과 소총만인 호위대와 더불어 그즈음 사람들을 놀라게 한 광경이 짐작되고도 남는다.

　이번 공으로 스루가를 포상받은 이에야스는 그러한 노부나가의 행렬을 위해 자기 영지 안 네거리마다 찻집, 마구간, 휴게소, 공동변소 등을 세심하게 지어 어느 곳에서나 식사준비를 갖추어 그들을 맞이하고 또 전송했다.

　그러기 위해 일부러 교토와 사카이에 사람을 보내 여러 나라의 진귀한 물건들을 준비했다. 이에야스로서는 매우 과도한 지출이었으며, 동시에 마음속 깊이 숨겨둔 경계심의 표현이기도 했다.

하마마쓰를 나서서 이마기레(今切)의 나루터를 건널 때 이용한 아름답게 장식한 배도 노부나가 마음에 든 모양이고, 오히라강과 무쓰다강과 야하기강 등에 모두 일부러 새 다리를 놓고 다이텐류강에 부교(浮橋)를 놓아 건너게 한 것도 노부나가의 마음에 몹시 흡족했던 것 같다.

아즈치성으로 돌아가자 노부나가는 곧 화려하기 이를 데 없는 3층 누각의 자기 거실에 지금은 휴가노카미(日向守)가 된 아케치 미쓰히데를 불러 의논했다.

"어쨌든 이에야스를 아즈치에 한 번 초대해야겠다. 다케다는 멸망했지만 호조란 놈이 이 노부나가를 얕보고 겨우 우키시마 들판(浮島原)까지 군사를 내고는 냉큼 돌아갔단 말이야. 이에야스에게 호조를 단단히 감시케 하고 그 사이 중지된 주고쿠, 규슈 평정을 마무리 지어야 하거든."

이미 초여름이었다. 노부나가는 벌써 홑옷을 입고 있지만, 미쓰히데는 번들거리는 이마에 땀을 흘리며 단정하게 의복을 갖추고 있었다.

"초대하면 곧 올까요, 이에야스 님이?"

"이 노부나가를 경계할 거라는 말인가, 대머리?"

"조심성 많은 분이니까요."

"하하하, 염려 마라."

노부나가는 호탕하게 웃고 눈 아래 펼쳐진 웅대한 비와 호수 경치를 굽어보며 눈을 가늘게 떴다.

"실은 처음에는 이에야스도 날 경계하는 것 같았어. 약속대로 스루가를 주겠다고 했더니, 스루가는 본디 이마가와 우지자네의 옛 영토이니 전부는 아니더라도 반은 우지자네에게 돌려주시면 고맙겠다……며 마음에도 없는 말을 하더군."

"허, 도쿠가와 님이 그런 말을 하셨던가요?"

"그래서 안 되는 일이라고 말해 주었어. 내 앞에서 기꺼이 공차기하던 우지자네, 그따위 인간에게 주면 또다시 혼란의 근원이 될 테니 깨끗이 도쿠가와 님에게 주겠소……라고 말했더니 금방 경계를 푸는 것을 알 수 있었지. 초대하면 기꺼이 올 테니 걱정 말게."

그리고 노부나가는 또 즐거운 듯이 웃었다.

미쓰히데는 노부나가를 흘끗 쳐다보았다.

"도쿠가와 님을 그렇게 가벼이 보시면……."

말하다가 입을 다물었다. 미쓰히데의 눈에도 요즈음 예전의 대쪽 같았던 노부나가와 달라보였다.

젊은 날의 노부나가는 아우 노부유키를 세우려고 모반했던 시바타 곤로쿠도 그대로 용서했다. 가신을 소중히 하고 실력 있는 자를 끌어올리려고 노력한 점에서는 아마 일본 으뜸이었으리라.

그런데 이에야스의 아들 노부야스를 할복시킨 무렵부터 변하기 시작했다. 적에게 매섭고 한편에게는 너그럽던 노부나가가 어느덧 적에게도 한편에게도 엄격해졌다.

이타미성(伊丹城)에서 배반한 아라키 무라시게(荒木村重)의 가족에 대해 취한 가혹한 처사는 고사하고라도, 혼간사 공격에 시일을 허비했다는 이유로 사쿠마 노부모리에게 힐문하는 사자를 보내 가차 없이 추방하여 올 정월 구마노(熊野)의 산속에서 쓰러져 죽게 했으며, 하야시 사도와 안도 이가노카미(安藤伊賀守) 부자도 추방했다. 지금 주고쿠 공격에 온 힘을 기울이고 있는 히데요시에게도 역시 이따금 심한 불만을 터뜨리고 있었다.

미쓰히데는 이것을 노부나가의 냉혹한 성격 탓이 아닐까 생각하고, 또 그 사업인 천하평정을 맞아 시야가 넓어짐에 따라 오히려 소싯적부터 길러온 부하들이 못마땅하게 여겨지는 건 아닐까 염려되기도 했다. 그러고 보면 요즈음 노부나가 주위에는 온갖 계급의 온갖 인물들이 모여 있었다. 그러한 일류 인물에 비한다면 오와리 시절부터의 가신은 어딘지 때가 벗어지지 않은 못마땅한 데가 있는지도 몰랐다.

미쓰히데가 고개를 갸우뚱하며 잠자코 있자 노부나가는 별안간 팔걸이를 두드렸다.

"대머리! 그대는 내가 이에야스를 부르겠다고 한 것이 불만이냐?"

"아닙니다. 그럴 리가……."

"그럼, 이에야스가 이 노부나가에게 반감 품고 오지 않을 거라는 말이냐?"

미쓰히데는 노부나가를 똑바로 보며 신중하게 말했다.

"황송하오나…… 지금 주군의 위업에 반감을 품는 자가 막하에 있을 턱이 없습니다. 두말 않고 올 줄은 압니다만……."

"올 줄은 알지만, 어떻다는 거냐?"

"주군께서 도쿠가와 님의 비위를 맞추시는 것으로 다른 가신들이 여길까 보아……"

노부나가는 눈을 번쩍이며 웃어젖혔다.

"와하핫…… 대머리는 질투 나는 게 아니냐, 이에야스에게?"

"원, 당치도 않은 말씀."

"그래? 아니, 그렇다면 더욱 그렇지. 이 노부나가는 공을 세운 자에게는 어김없이 큰 상을 내린다. 그렇지 않느냐. 이번의 다케다 토벌에 가장 힘쓴 것은 이에야스. 그 이에야스를 초대해 특별히 대접하는 데 무엇을 꺼린단 말이냐. 만일 이에야스가 오기를 주저한다면, 지금까지는 친척으로 지내왔는데 앞으로 신하의 예를 차리게 할까봐 그러는 것이겠지. 이 노부나가는 그런 일을 너무나 잘 알고 있어. 그러니 그대가 접대를 맡도록 해. 이에야스의 노파심을 날려 보낼 만한 호화로운 계획으로 깜짝 놀라게 해주어라. 알겠나?"

이 정도로 강력하게 말하자 미쓰히데는 더 이상 거스를 수 없었다.

"기대에 어긋나지 않도록 하겠습니다."

노부나가는 또 채찍 같은 소리로 명했다.

"그래, 저쪽도 개선하는 도중 우리를 자주 놀라게 하는 접대를 해주었다. 져서는 안 돼."

미쓰히데는 노부나가의 거실에서 나와 산 아래 깔린 무수한 집들을 내려다보며 탄식했다. 이번의 이에야스 접대 소임은 얼핏 보아 쉬운 것 같으면서도 깊이 생각해야 할 점이 많았다. 노부나가는 오늘 오랜만에 '친척'이라는 말을 썼다. 그러나 뒤에 '깜짝 놀라게 해주라'고도 했다. 그것은 이에야스에게는 친척 대접으로 믿게 하고, 천하의 여러 영주들에게는 이에야스가 스루가를 얻은 데 대한 인사로 아즈치에 신하의 예를 드리러 온 것으로 보이게 하라는 뜻이다. 바꾸어 말해 이에야스의 체면을 세워주면서 노부나가의 위엄을 천하에 알리라는 것이 분명했다.

"접대 역을 분부받았으니 먼저 이에야스의 숙소를 정해야 할 텐데……"

미쓰히데가 설계한 아즈치성은 지나치게 웅장하고 화려하다. 그에 비해 너무 초라한 숙소라면 이에야스에게 실례가 될 염려가 있다. 그 경비며 규모를 생각하니 미쓰히데는 어깨가 무거워졌다. 첫째 여름 접대는 밥상 하나에도 많은 고생이

따른다. 생선이며 닭고기는 상하기 쉽고, 싱싱함에 중점을 두면 모기가 모여들고 모기를 피하려면 싱싱한 맛을 잃기 쉽다.

미쓰히데는 자기가 세운 7층 높이 누각에 눈부시게 쏟아지는 햇살을 올려다보며 중얼거렸다.

"그러나…… 그 소중한 소임은 이 미쓰히데가 아니면 안 되는 것이겠지."

성을 나서자 산기슭까지의 길 양편은 매미소리로 넘쳐 있었다. 나무 사이로 엿보이는 호수는 하얀 은을 깔아놓은 듯 반짝였고, 턱진 구릉에 세워진 온갖 성벽은 산 그 자체를 거대한 성채로 보이게 하고 있었다.

'이 성을 보면 도쿠가와 님도 깜짝 놀랄 것이다.'

임무의 중대함은 미쓰히데의 가슴속에서 이윽고 하나의 자랑으로 바뀌었다. 일본에서 이만한 성을 설계할 수 있는 자는 자기 말고 없을 것이다. 그 성을 세운 미쓰히데이니, 이에야스의 숙소 또한 귀빈을 놀라게 할 만한 게 아니면 안 된다.

아무튼 주고쿠 토벌에 나가 모리, 깃카와(吉川), 고바야카와 3군과 대치하고 있는 히데요시에게서 원군을 보내달라고 연달아 파발마가 오고 있는 요즈음이다. 노부나가도 이에야스의 접대를 끝내고 몸소 출전해야 할 것이다. 따라서 이 접대는 하루라도 빨리 끝내야 한다……

'지금부터 준비를 시작하여 5월 중순에는…….'

미쓰히데는 산을 내려가며 마음속으로 이것저것 일정을 궁리하고 숙소를 생각하기도 했다.

"옳지, 숙소는 다이호사(大寶寺)가 좋을지 모른다. 그래, 다이호사에 들렀다 가자."

다이호사에 온갖 사치를 다한 임시 전각을 짓고 거기서 아즈치성으로 가게 하여 노부나가를 접견시킨다. 그러면 양쪽 다 체면이 설 것이었다.

미쓰히데는 산에서 내려오자 곧 다이호사로 향했다. 다이호사 숲은 여름 햇살이 차단되어 땅바닥 가득 이끼가 깔려 있었다. 미쓰히데는 그 속에 이에야스를 위해 짓는 임시 전각을 머릿속에 그려보았다. 무언가 만든다는 것은 즐거운 일이었다. 게다가 이따금 미쓰히데까지 냉랭하게 대하기 시작한 듯 느껴지는 노부나가가, 이 큰 소임을 감당할 수 있는 것은 미쓰히데라고 믿어 의심치 않는 일도 기뻤다. 재목은 기슈와 기소에서 날라 오고, 기둥에도 아즈치성의 그것에 뒤지지 않는 장식과 세공을 하고 싶었다.

'전각의 높은 난간에 단청 칠을 하고, 돌은 어디서 가져올까……?'

다이호사 숲을 나올 무렵에는 미쓰히데의 생각이 점점 뚜렷하게 윤곽을 잡아가고 있었다. 미쓰히데는 그 길로 다시 노부나가를 찾아갔다.

"장소를 다이호사로 정하고 싶습니다만."

그러자 주고쿠로부터의 파발꾼을 또 맞고 있던 노부나가는 시원하게 대답했다.

"오, 실수 없도록 알아서 하라."

미쓰히데는 곧바로 가신을 사방으로 보내고 이에야스한테도 사자를 보냈다. 가이에서 돌아오는 길에 이에야스가 도카이도를 천천히 구경시켜 주었으니, 그 답례로 이번에는 아즈치로부터 사카이, 오사카를 구경시켜 주고 싶다는 내용이었다.

이에야스로부터 정중한 회답이 왔다.

"분부를 받들어 5월 15일 아즈치에 도착하여, 이번 전승 인사를 드리고 싶소."

모든 것은 순조롭게 진행되었다. 다이호사 본전에서 서남쪽에 걸쳐 화려하기 이를 데 없는 전각이 홀연히 나타나고, 미쓰히데의 체면을 건 진귀한 도구며 집기들이 날려져왔다. 기둥과 문이 모두 장식 조각되어 금은 징을 박은 호화로움은 이곳에 아즈치성의 방을 하나 옮겨놓은 듯한 느낌이었다. 미쓰히데가 마음속으로 자랑을 느끼며 노부나가에게 검사를 청한 것은 5월 12일, 거의 침식을 잊고 20여 일 걸려 만들어낸 것이었다.

"허, 참으로 호화롭구나."

노부나가는 란마루를 데리고 미쓰히데의 안내로 산문을 들어서더니 코를 벌름거렸다.

"그런데 미쓰히데, 이상한 냄새가 나는걸. 저건 뭔가?"

"예, 준비한 생선이 좀 상한 모양입니다."

"음, 절에서 생선 썩은 냄새가 나는 건 곤란해. 명심하여 잘 치워라."

"예."

그런데 신축한 숙소 안으로 들어간 노부나가의 표정이 확 달라졌다.

"미쓰히데! 이건 대체 어떤 자를 묵게 할 숙사란 말이냐?"

"마음에 드시지 않는 점이라도 있습니까?"

노부나가는 그 말에는 대꾸도 하지 않고 한 발 들여놓았던 숙소에서 발을 돌려 거칠게 절 경내를 나가버렸다.

"볼 것도 없다. 란마루, 따라오너라!"

"주군! 제발 기다려주십시오."

미쓰히데는 당황해 쫓아갔다. 어쩌면 노부나가의 거실과 마찬가지로 가노 에이토쿠에게 그리게 한 벽화의 구도가 마음에 거슬렸는지도 모른다. 그리고 보니 거기 그려진 벽화는 아즈치성 3층의 화조도와 너무나 흡사했다.

"주군! 마음에 드시지 않는 게 있으면 아무쪼록 이 자리에서 분부해 주십시오."

그러나 노부나가는 뒤돌아보지도 않았다. 흰 이마에 힘줄이 꿈틀대고 얼룩무늬를 그리며 비쳐진 햇살 사이를 뛰다시피 하여 산문으로 갔다. 주고쿠에서의 싸움 때문에 분주하여 노부나가가 자세한 지시는 하지 않았지만, 완성된 게 예상과 크게 다른 것만은 사실인 듯 싶었다.

"주군!"

미쓰히데는 끈덕지게 뒤쫓아 가 마침내 산문 모퉁이에서 노부나가의 소매를 붙잡았다. 여기서 빌어두지 않으면 나중에 감정의 골이 더욱 깊어진다. 그렇게 생각하자 남의 눈만 생각하고 있을 수 없는 미쓰히데의 성품이었다.

아나나 다를까 노부나가를 따르던 자도, 이곳 경비를 맡고 있던 자도 깜짝 놀라 그 자리에 두 손을 짚었다.

"미쓰히데, 체면을 알라."

소매를 붙잡히자 노부나가는 걸음을 멈추며 칼로 베는 듯한 목소리로 말했다.

"여기선 말할 수 없으니 성으로 오너라."

소매를 홱 뿌리치는 것과 동시에 큰 칼을 든 란마루가 두 사람 사이에 끼어들었고, 미쓰히데는 꼴사납게 땅바닥에 무릎을 꿇었다. 보고 있던 사람들은 숨죽이며 긴장했다. 시동이나 근위무사가 꾸중 듣는 게 아니다. 노히메 마님의 외사촌 오빠로 지금은 오다 가문 중신 중의 중신이며 단바와 오미 두 곳에서 54만 석의 가메야마성을 가진 성주 미쓰히데가 땅바닥에 무릎 꿇고 있는 것이다.

노부나가는 물론 그동안 가버리고 없었다. 노여움이 치밀어도 여기서 미쓰히데에 대한 불만을 말하지 않고 성으로 오게 한 것은 노부나가의 분별심이었지만,

미쓰히데에게는 그렇게 받아들여지지 않았다.

'얼마나 성급한 행동인가······.'

생각하니 그것은 그대로 히에이산의 화공(火攻)이며 나가시마, 호쿠리쿠에서의 잔인한 싸움을 연상시켰다.

'화나면 무슨 짓을 할지 모르는 분······.'

그때 아케치 사마노스케(明智左馬助)가 달려와 미쓰히데를 부축해 일으켰다. 이미 누군가에게 자초지종을 듣고 온 모양으로 사마노스케의 표정은 미쓰히데보다 더 창백했다.

"자, 객실로 가셔서 좀 쉬십시오."

사마노스케가 옷자락의 흙을 털어주며 말하자 미쓰히데는 천천히 머리를 흔들었다.

"아니야, 이대로는 안 돼. 곧 찾아뵙고 마음에 드시지 않는 점을 여쭈어 보아야겠어."

"그렇다면 곧 가마를 준비하겠습니다."

"아니야, 말을 타고 가겠다. 서두르지 않으면 더욱 노여워하실지 모르니까."

미쓰히데가 노부나가 뒤를 쫓아 산문을 나가자 사마노스케는 비로소 주위의 졸개들을 돌아보며 꾸짖었다.

"뭣들하고 있는 거냐?"

시오텐 다지마(四王天但馬)와 나미카와 가몬(並河掃部)이 깜짝 놀란 듯 대기소에서 뛰어나와 곧 말을 끌고 왔다.

"무엇이 못마땅하신 건지 도무지 알 수 없군. 알겠나, 돌아올 때까지 소란 피워선 안 돼."

미쓰히데도 여간 아닌 사람인지라 당황하지는 않았다.

노부나가와 미쓰히데의 성품은 빛과 그림자만큼 거리가 있었다. 아니, 어쩌면 좀 더 극단적으로 대낮과 한밤중의 차이가 있다 해도 좋을지 모른다. 그리고 그 차이는 지금까지 상대에게 얼마쯤 좋은 영향을 교묘하게 주는 조화의 바탕이 되어왔다.

"대머리! 대머리!"

입으로는 상스럽게 부르면서도, 노부나가는 미쓰히데의 축성과 포술(砲術)뿐 아니라 고전에 밝은 학문도, 예의바른 사교술도 충분히 인정하여 중용해 오고 있었다. 단지 노부나가는 격렬한 뙤약볕의 야성을 일부러 드러내어 관철시키려는 버릇이 있고, 미쓰히데는 그 반대로 필요 이상 점잔빼는 버릇이 있어 때로 거만하게조차 보였다.

미쓰히데는 성안으로 들어가자 예의바르게 란마루를 거쳐 곧 뵙고 싶다는 뜻을 노부나가에게 알렸다.

노부나가는 그때 이미 기후에서 달려온 셋째 아들 노부타카를 맞아 니와 나가히데도 참석시켜 시고쿠에 보낼 원병에 대한 의논을 시작하고 있었다.

"미쓰히데가 왔다고? 이리로 들라 해라."

노부나가의 얼굴에서 이미 잠시 전의 노여운 빛은 사라지고 없었다. 대나무를 쪼개듯 소낙비가 퍼붓는 듯 노부나가의 노여움은 순간적으로 왔다가 순간적으로 사라지는 모양이었다.

그러나 미쓰히데는 아직 노부나가의 속모를 노여움이 있을 경우를 두려워하여, 평소의 지나치게 신중한 태도로 거실에 들어갔다.

"아까는 뜻하지 않게 노엽게 해드려 죄송합니다."

"오, 대머리냐. 내가 어째서 화났는지 이제 알았는가?"

미쓰히데는 공손하게 두 손을 짚고 노부나가를 올려보았다.

"황송합니다만…… 이 미쓰히데, 태생이 어리석어 오는 도중 주군의 심중을 이리저리 생각해 보았지만 도무지 짐작이……."

"뭣이, 대머리가 본디 어리석다고…… 어리석은데 충성을 할 수 있나. 그리고 그처럼 시치미 뗄 필요 없다. 조금도 어리석다고 여기고 있지 않다, 그 얼굴은."

"황송합니다. 아무쪼록 불만스러운 점을 말씀해 주십시오."

노부나가의 눈에 다시 성급한 노여움이 솟았다.

"음. 그대는 이 노부나가의 말을 어떻게 들었느냐. 이에야스를 실수 없이 대접하라고 했지만, 거기에는 한계가 있다는 것을 모르겠느냐?"

"예, 한껏 위엄을 보이고자……."

"못난 것! 분수에 넘치는 대접은 상대에 대한 아첨이 되고 이쪽의 위엄이 오히려 깎인다. 그 기둥과 벽화 따위는 괜찮다 하더라도 가구와 집기들은 세상에 둘도 없는 것들뿐이더구나. 미쓰히데, 이에야스를 이처럼 대접했다가 만일 황공하

옵게도 천황, 상황(上皇), 또는 칙사, 원사(院使)를 여기에 맞이할 때는 어떻게 대접할 생각이냐? 이 노부나가의 근왕(勤王)의 뜻을 망각한 분에 넘친 준비, 그래서 내가 노한 것이다. 알겠느냐, 이 바보 놈아."

미쓰히데는 조심스럽게 머리 숙이고 대답했다.

"예!"

그런 다음 다시 엄숙하게 얼굴을 들었다.

"황송하오나 말씀드릴 게 있습니다."

"뭣이, 또 말할 것이 있느냐?"

노부나가는 일단 군사회의 쪽으로 돌리려던 눈길을 다시 미쓰히데에게 던졌다.

"황송하오나 간토(關東)의 손님을 놀라게 하려면 그것도 부족하지 않나 여깁니다."

"닥쳐라."

"예."

"알겠나. 이 노부나가의 근왕의 뜻을 버리게 하고도 충성이 된다고 생각하느냐. 좋아, 아직도 그따위 소리를 한다면, 그 소임은 나가히데에게 맡기겠다. 나가히데, 그대가 맡아 해라. 그리고 미쓰히데는 빨리 사카모토성으로 돌아가 병마를 쉬게 하라."

"옛."

미쓰히데는 다시 한번 대답한 다음 끈질기게 물고 늘어졌다.

"황송하오나…… 이번의 주고쿠, 시고쿠 정벌은 시일이 무척 오래 걸릴 것으로 생각됩니다만……."

"그게 어떻다는 거냐?"

"그러므로 간토의 손님을 극진히 대접하며, 이곳저곳 여행으로 유인해 되도록 본국을 오래 비우도록 하는 것이……."

"뭐라고, 이에야스에게 반심이라도 있다고 그대는 말하는 건가?"

"반심이 있다고는 생각하지 않습니다만 주고쿠에서 고전이라도 하게 된다면 호조, 우에스기의 손길이 뻗지 않는다고 할 수 없고……."

노부나가는 크게 고함쳤다.

"물러가라! 그대는 이 노부나가의 눈을 그처럼 어수룩하게 보는가. 이번의 이에야스 대접은 어디까지나 전승 포상을 받은 데 대해 인사차 오는 자를 접대하는 것이다. 이 천치 놈아, 스루가를 받고 기뻐서 사례하러 오는 자를 천황이 오신 듯 맞이해도 된다고 생각하느냐. 물러가라, 물러가 쉬어라. 네놈의 대머리가 고장 난 모양이다."

이번엔 그 점잖은 미쓰히데도 얼굴빛이 달라졌다. 두 사람의 대조가 너무 기묘하여 누군가 소리죽여 웃은 것도 미쓰히데의 신경을 자극했다.

그렇긴 하지만 벼락 치듯 거침없이 독설을 퍼붓는 노부나가와 몇 번이나 당하면서도 자기주장을 꺾지 않고 거스르는 미쓰히데는 확실히 양쪽 다 정상이 아니었다.

미쓰히데가 다시 입을 열었다.

"황송하오나…… 이대로 사카모토성으로 돌아가 쉬라는 분부시지만, 가신들이 온 힘을 기울여 준비한 이번 소임, 이미 손님이 도착하실 때도 다 되었으니……."

거기까지 엄숙하게 말했을 때 마침내 노부나가의 울화통이 폭발했다.

"란마루! 미쓰히데를……대머리를 때려 내쫓아라!"

"뭐……뭐라고 하셨습니까?"

"아무리 말해도 자기 잘못은 모르고 얼굴빛이 달라져 대들려고 하는구나. 이 노부나가를 얕보는 마음이 있는 증거, 이젠 용서 못한다! 란마루, 후려갈겨라."

"예!"

대답하면서 란마루는 주위를 둘러보았다. 그러나 미쓰히데의 집요한 태도에 불쾌감을 느낀 노부타카와 나가히데는 말리려 하지 않았다. 다른 근위무사며 시동들은 더욱 입을 열 처지가 못 된다.

"란마루, 뭐하고 있느냐?"

"옛! 주군 명령이오, 실례하겠소!"

시동이면서도 노슈(濃州) 이와무라에서 5만 석을 받고 있는 란마루의 사북을 박은 부채가 미쓰히데의 두건을 날려 보냈다. 물론 란마루는 때린 게 아니었다. 때리는 척 모자를 날려 보내고 그대로 그 자리에 꿇어 엎드릴 수 있는 분별이 란마루에게는 있었다.

두건이 날아가자 말끝마다 대머리라 불리고 있는 미쓰히데의 훌렁 벗겨진, 이미 모근을 상실한 머리가 드러났다. 미쓰히데는 그것을 보고 누군가 소리죽여 웃는 것 같은 느낌이 들었다. 이토록 분한 일은 없었다. 에치젠의 아사쿠라 가문에서 아시카가 요시아키를 데리고 와서 섬긴 이래 문자 그대로 견마의 충성을 다한 미쓰히데였다. 나이도 노부나가보다 위인 미쓰히데가 많은 사람들 앞에서 봉변을 당했다…… 성급한 성미는 알고 있었지만 이것은 이미 상식을 벗어난 일이었다.

우대신으로 임명되자 교제 범위도 넓어져 종래의 가신들이 자못 촌스럽고 못마땅해 보이는 것이겠지—라고 생각하는데, 도쿠가와 노부야스의 할복이며 사쿠마 노부모리와 아라키 무라시게와 하야시 사도 등에 대한 매정함이 완전히 다른 각도에서 한꺼번에 머리에 떠올랐다.

'이것은 단순히 성급하기 때문만은 아니다……'

이렇듯 미쓰히데를 분노하게 만든 다음 녹봉을 압수하고 추방하려는 속셈이 있어서 그러는 것은 아닐까. 그렇게 생각하자 미쓰히데는 저도 모르게 눈물이 쏟아질 것만 같았다.

좌중이 조용해지자 노부나가까지 잠시 동안 입을 열지 않았다.

'여기서 참아내지 못하면 안 된다. 그러면 상대의 덫에 걸리는 거나 마찬가지……'

"역정 내시게 하여 죄송합니다. 곧 분부대로 하겠습니다."

미쓰히데는 대머리를 일부러 나직이 숙이고 떨리는 목소리로 말한 뒤 조용히 두건을 집어 들고 물러갔다.

그것을 움켜쥔 채 저도 모르게 비틀거린 것은, 2층으로 내려가는 계단을 중간쯤 내려왔을 때였다. 눈물 때문에 발밑이 보이지 않아, 그대로 미끄러져 둔중한 소리를 내며 2층으로 굴러 떨어지고 말았다.

"미쓰히데 님, 왜 그러시오?"

뒤쫓아온 모양으로 나가히데가 곧장 다가와 부축해 일으켰다.

"좀 현기증이 나서 그러오."

"그건 좋지 않은 일이니 조심하십시오."

그리고 나가히데는 미쓰히데의 귀에 대고 속삭였다.

"일시적인 노여움이십니다. 나중에 잘 말씀드리겠으니 접대 소임은 그대로 맡아주십시오."

미쓰히데는 정중히 머리 숙이며 말했다.

"고맙소, 아무쪼록 잘 부탁드리오. 이제 괜찮으니 어서 돌아가 보시오."

"괜찮겠습니까? 누가 부축해 드리는 게……."

"괜찮소."

그리고 그대로 현관까지 나갔는데, 현관에서 달려오는 가신을 보자 지금까지 생각지도 않았던 의혹의 구름이 뭉게뭉게 피어올랐다.

'어쩌면 나가히데도 한몫 낀 것이 아닐까……?'

나가히데는 그런 뒤 또 주군의 명령을 무시했다고 노부나가에게 트집 잡으려는 것은 아닐까. 만일 그렇다면 이것은 할복과 추방, 어느 쪽의 구실도 될 수 있을 듯했다.

"나가히데도 수상하다……."

미쓰히데는 하인이 바치는 짚신을 신자 집으로 돌아가 들어박힐 생각을 하며 비로소 눈썹을 곤두세웠다.

반질반질하게 닦아놓은 계단에서 떨어져 엉덩이뼈를 호되게 다쳤으므로 말은 탈 수 없었다. 미쓰히데는 자꾸만 절룩거리게 되는 흉한 꼴을 감추려고 일부러 느릿느릿 가슴을 펴고 산을 내려갔다. 내려가면서 양쪽의 녹음이 몇 번이나 흐릿해지고 길이 아른아른했다. 처음에는 어쩌면 나가히데도 노부나가의 뜻을 받들어 자기를 함정에 빠뜨리려고 하는 게 아닐까 생각한 것이 어느덧 움직일 수 없는 확신으로 바뀌었다.

'이것은 나가히데뿐 아니라 란마루도 나에 대해 참언하고 있는 것이다.'

미쓰히데가 이만큼 준비해 놓았으니 그 후임은 누구라도 할 수 있을 것이다. 나가히데는 여기서 접대역을 대신 맡아 시고쿠와 주고쿠에의 출전을 모면하려는 게 틀림없고, 란마루는 현재 미쓰히데의 영지가 포함된 오미의 우사야마성(宇佐山城)이 탐나 몰래 기회노리고 있었던 게 분명했다…… 그리고 보니 란마루가 그것을 자주 노부나가에게 몇 번 조른다는 걸 차 심부름하는 아이로부터 들은 적 있었다. 우사야마성은 란마루의 아버지 모리 산자에몬이 지난날 차지하고 있다가 거기서 전사한 인연 있는 성이기 때문이다.

'그래, 측근 모두가 적이었어…….'

여느 때의 미쓰히데였다면 이러한 분노 뒤의 생각이 얼마나 빗나가기 쉬운 것인지 깨닫지 못할 리 없었지만, 오늘의 분노는 너무나 크고 억울했다.

미쓰히데는 산기슭의 자기 집에 돌아오자 곧 사람을 보내 다이호사에 있는 중신들을 불러모았다. 아케치 사마노스케를 비롯해 아케치 지자에몬(治左衛門), 아케치 사에몬(左衛門), 아케치 주로자에몬(十郎左衛門), 쓰마키 가즈에(妻木主計), 후지타 덴고로(藤田傳五郎), 시오텐 다지마 등이 앞서거니 뒤서거니 미쓰히데의 거실에 모였다.

모두 모였는데도 잠시 창백한 표정으로 눈을 감은 채 있는 미쓰히데를 보고 참다못해 사마노스케가 입을 열었다.

"성주님! 주군의 기분은 어떠하셨습니까? 우대신께서 또 무언가 난제를 내놓으신 게 아닙니까?"

미쓰히데는 그 말에 대답하는 것도 하지 않는 것도 아닌 태도로 중얼거리듯 말했다.

"우리 힘으로 이제 도쿠가와 님을 맞이할 준비는 다 되었다."

"그렇습니다."

"그런데 여기서 우리를 대신하여 이 접대역을 맡아 시고쿠와 주고쿠로의 출전을 모면하려고 꾀하는 자가 있다면, 그는 어떤 책략을 꾸밀 거라고 생각하나?"

"예? 그런 자가 있습니까? 만일 있다면 결코 용서할 수 없습니다."

부르짖듯 대답하며 몸을 내민 것은 강직하기로 이름난 시오텐 다지마였다.

"아마 그런 것 같아. 우리가 이번에 쓴 비용은 이미 주고쿠 출전 비용보다 더하면 더했지 모자라지 않는데……."

"여부가 있겠습니까. 출전 대신 분부하신 접대역—이제부터 교토, 오사카, 사카이로 귀빈을 안내하는 게 우리 소임입니다."

미쓰히데는 다시 눈을 감은 채 말했다.

"그런데…… 나는 접대역을 빼앗기고 게다가 여러 사람 앞에서 두건이 날아가도록 매를 맞았다."

"뭐……뭐……뭐라고 하셨습니까?!"

이번에는 사마노스케의 폐부를 찌르는 듯 경악한 목소리였다.

"나는 아무래도 참소를 받은 모양이야."

미쓰히데는 더욱 가라앉은 목소리로, 다시 땀에 젖은 불룩한 이마의 핏줄을 닦으며 말했다.

"참소자는 우리에게서 접대역을 뺏고 우리를 대신 출전시키려 하는 게 틀림없다. 그건 잘 알겠지만, 분한 것은 그들의 말을 주군이 그대로 믿으셨다는 사실이다."

미쓰히데의 처남 스마키 가즈에가 가로막았다.

"주군! 주군이 순순히 출전을 승낙하셨단 말씀입니까?"

미쓰히데는 이 말에는 대답하지 않고 말을 이었다.

"참소자의 말을 믿는다는 건 우대신 마음이 이미 우리를 떠난 것으로밖에 판단할 수 없다."

한 번 격노로 끓어올랐던 좌중은 미쓰히데의 이 한마디에 다시 잠잠하게 가라앉았다.

"우대신 마음이 이미 우리를 떠났다……."

이 말은 대체 무엇을 의미하는 것일까?

미쓰히데는 일단 눈을 뜨고 모두를 둘러본 다음 다시 침통하게 눈을 감았다.

"매미 소리가 시끄럽군. 바람은 좀 불지만 더위를 몰고 오는 남풍이야."

자신에게 마음의 여유가 있는지 없는지 시험하듯 중얼거리고 나서 말했다.

"우사야마성을 탐내는 자도 우대신 측근에서 이런저런 책동을 거듭하고 있다. 알겠지, 그러한 갖가지 원인으로 우대신 마음이 점점 우리를 떠나간 거야…… 그리고 마침내 미쓰히데를 사지로 몰아넣으려 마음으로 작정하셨다면, 글쎄 이다음에는 어떻게 나올 것인지. 모두들 그 일에 대해 잘 생각해주기 바란다."

"……."

"알겠지, 접대역은 빼앗겼다. 다음에는 출전 명령이 내린다. 그래도 이 미쓰히데는 꾹 참고 겉으로 노여움을 드러내지 않을 것이다. 노여움을 보이면 주군을 넘본 놈이라고 곧바로 추방당하거나 할복을 명령받게 된다. 그러므로 미쓰히데는 조금도 화내지 않는다…… 그러면 상대는 이번에 영지를 바꾸라고 할 테지."

"영지를 바꾼다…… 그게 사실입니까?"

그러나 가슴속으로 혼자 흑백의 바둑돌을 놓고 있는 미쓰히데가 대답할 리 없었다.

"아마 오미의 영지는 압수되고, 뜻하지 않은 궁벽한 곳을 빼앗아 가지라고 명령할 게 틀림없어."

"주군! 그때도 주군은 참으시겠습니까?"

후지타 덴고였다.

미쓰히데는 그 말에도 대꾸하지 않고 또 말을 이어간다.

"내가 말한 이 순서대로 하나하나 압박해 오는가 아닌가로 우대신 마음을 명백히 알 수 있을 거다. 모두 마음에 단단히 새겨 잊지 말도록 하라. 인내해야 한다, 인내만이 우리 앞에 놓인 수호신이다. 그리고 우대신 마음이 풀릴 날을 조용히 기다리는 수밖에 도리 없다."

이 혼자 두는 바둑은 미쓰히데의 버릇이었으며, 일찍이 노부나가를 향해 둔 이 바둑은 거의 빗나간 일이 없었다. 그것을 알므로 좌중에서 갑자기 나지막한 사나이의 울음소리가 새어나왔다.

이때 미쓰히데의 장남 미쓰요시(光慶)가 급한 걸음으로 들어와 밝은 목소리로 말했다.

"아버님, 대감님께서 아오야마 요소(靑山與總) 님을 보내셨습니다."

미쓰히데의 장남 미쓰요시는 이때 14살이었다. 어딘가 나약한 점이 없지 않은 밝은 느낌의 미소년으로 누구에게나 격의 없는 사랑을 받고 있었다. 그 티 없는 맑은 얼굴이 때가 때인지라 한결 좌중의 불안을 더욱 깊게 했다.

"사자가……벌써 왔느냐?"

"예, 아버님이 오늘 본성 계단에서 굴러 떨어지셨다지요?"

"사자가 그런 말을 하더냐?"

"다치신 데는 없는지 걱정하기도 하고 웃기도 하셨습니다. 본성 계단은 잘 닦여져 있긴 하지만 아버님 머리만큼 미끄럽지는 않을 텐데 하시면서."

미쓰히데는 못마땅한 얼굴로 꾸짖었다.

"바보 같은 놈! 사나이는 우스갯소리를 입에 올리는 게 아니라고 그토록 타일렀건만."

미쓰요시는 그래도 웃음 지은 얼굴을 거두지 않았다.

"아오야마 님이 그렇게 말씀하셔서 전한 것뿐입니다."

그렇게 말하고 성큼 옆방으로 가버렸다.

"벌써 왔다……."

미쓰히데는 다시 한번 침통하게 한숨짓고 모두들의 얼굴을 둘러보며 말했다.

"전광석화는 주군의 주된 특기다. 알겠나, 우리 마음은 이미 결정되었다. 어떤 무리를 강요하더라도 시끄럽게 굴어선 안 된다."

그리고 애써 느릿하게 일어나 옷깃을 여미고 객실로 향했다.

객실에는 노부나가의 사자 아오야마 요소가 싱글싱글 웃으며 부채질하고 있었다.

"미쓰히데 님, 오늘 혼나셨다지요?"

미쓰히데는 쓸쓸한 표정으로 아랫자리에 단정히 앉아 예를 올렸다.

"이 무더위에 아오야마 님이 수고 많으십니다."

상대는 그 말을 가볍게 받아들이며 또 웃었다.

"원, 별 말씀을. 아무튼 아즈치에는 이따금 뜻하지 않은 벼락이 치니까요."

"그런데 용건은?"

"그 벼락을 취소하셨습니다."

"예? 벼락을 취소하다니요?"

"니와 나가히데 님, 모리 란마루 님 두 분의 주선으로 천둥벼락이 친 뒤 활짝 갠 여느 때의 날씨가 되었습니다. 이제 와서 접대역을 바꾼다는 게 이미 오카자키까지 와 있는 귀빈의 귀에 들어가면 그야말로 마음 언짢아할 것이니, 그대로 접대역을 맡아달라는 분부십니다."

"뭐, 이대로 맡아라고, 주군이……음."

미쓰히데는 그만 신음소리를 낸 다음 두 손을 다다미에 짚었다.

"분부대로 받들겠다고 전해 주시오."

목소리도 인사도 변함없이 정중한 미쓰히데였지만, 마음속에서는 더욱 의혹이 커졌다. 두 사람의 충돌이 극단적인 성격 차이에 의해 빚어진 것이라고 판단할 수 없게 된 미쓰히데로서는 나가히데와 란마루가 주선해 노부나가가 씻은 듯이 화를 푼다……는 것은 있을 수 없는 일이었다.

'또 무엇인가 꾸미고 있구나.'

물론 그것은 가슴속 깊이 넣어두고 결코 내색하지 않았지만, 언제나 혼자 바둑을 두는 버릇은 미쓰히데의 마음속에 있는 바둑판 위에 바쁘게 흑백의 돌을 놓고 있었다.

대지(大地)의 소금

오카자키성에서는 오랜만에 한가로운 이에야스를 맞이하여 모두들 기쁨에 싸여 있었다.

이마가와 가문의 성주 대리가 버리고 간 이 성을 이에야스가 차지했을 때는, 미카와의 4분의 1도 마음대로 할 수 없는 마쓰다이라 가문 최악의 시대였다. 그런데 지금은 미카와, 도토우미, 스루가 세 곳을 완전히 손에 넣어 그 옛날의 이마가와 요시모토를 능가하는 큰 영주가 되어 있다.

이에야스 자신도 감개무량하지만 아즈치 방문을 수행하기 위해 따라온 중신과 근위장수들도 보는 것, 듣는 것, 생각나는 것, 스치는 것이 모두 뜨거운 눈물을 자아내는 추억거리였다.

이번 나들이에 따르는 자는 사카이 다다쓰구, 이시카와 가즈마사, 도리이 모토타다, 혼다 헤이하치로, 사카키바라 고헤이타를 비롯하여 아마노 야스카게, 고리키 기요나가, 오쿠보 다다쓰케, 오쿠보 다다치카, 이시카와 야스미치(石川康通), 아베 젠쿠로(阿部善九郎), 혼다 모모스케(本多百助), 스가누마 사다조(菅沼定藏), 와타나베 한조, 마키노 야스나리, 핫토리 한조 이하 성주 28명.

거기에 측근시동들은 도리이 마쓰마루(鳥居松丸), 이이 나오마사 이하 12명 외에 다케다 일족의 명문 아나야마 바이세쓰를 7일 동안 밤낮없이 설득하여 이에야스에게 항복하게 한 지야리 구로도 따르고 있었다.

오카자키성 안팎은 사람과 말로 메워지다시피 했다. 그래도 요소요소의 성에는 빈틈없이 수비 장수가 지키고 있어 언제 어떤 사태가 일어나도 긴급히 대처할 준비는 충분했다.

이에야스는 5월 10일 오카자키에 도착하자 그 길로 다이주사에 참배하고 이어서 성안 별채에 기거하는 생모 오다이 부인을 오랜만에 찾았다.

이미 56살이 된 오다이 부인은 찾아온 이에야스를 보더니 아랫자리로 물러나 전승을 축하했다.

"마침내 세 지방의 태수가 되셨군요. 축하드립니다."

말하는 어머니의 눈은 어느덧 붉어져 있었다.

아마 이번의 스루가 영유로 가장 감개를 느끼는 것은 이 어머니였으리라. 어머니는 이 성이 가장 가난했던 시절에 이리로 출가해 왔고 여기서 이에야스를 낳았다. 그리고 이에야스가 3살 때는 이마가와 가문에 대한 의리로 오카자키에서 쫓겨나 가리야의 미즈노 가문으로 돌아갔던 것이다. 그즈음의 슬픔이 어머니 가슴에서 사라질 리 없었다.

이에야스는 그것을 잘 알므로 일부러 가벼운 마음으로 마루 가까이 앉아 자기를 따라온 시동 미우라 오카메와 이이 나오마사를 물리쳤다.

"부를 때까지 그대들은 밖에서 시원한 바람이나 쐬도록 해라."

단둘이 되자 이에야스는 흰머리가 늘기 시작한 어머니의 모습에 관심 어린 시선을 보냈다.

"어머니, 어디 몸이 불편하신 곳은 없으십니까?"

"황송하여라. 대감님 모습을 보면 그만 할머님 게요인님이 생각나서……."

이에야스는 말없이 고개를 끄덕였다.

게요인은 오다이 부인의 생모인 동시에 이에야스의 조부 기요야스의 아내이기도 했다. 그리고 그 조모는 이마가와 가문에 인질로 가 있던 다케치요 시절의 이에야스를 따라 머나먼 슨푸로 갔던 단 하나의 혈육이었다.

"그렇습니다. 오늘의 이에야스가 있는 것은 조모님 은혜라고 할 수 있지요…… 어떻습니까, 이에야스의 어딘가에 할머니 모습이 남아 있나요?"

이에야스의 질문을 받고 오다이 부인은 조용히 웃으며 말했다.

"송구하오나 모습보다 성격을 잘 이어받으셨다고 생각됩니다."

"그렇겠지요. 조모님은 도카이도 으뜸가는 아름다운 여인이었으니까요. 돌아가실 적에도 60살에 가까웠지만, 더할 데 없이 아름다운 비구니스님이었지요. 그때 저는 11살이었는데……."

이에야스가 문득 옛날을 회상하는 얼굴이 되자, 어머니는 한무릎 다가앉으며 아들에게 부채질하기 시작했다. 이에야스는 일부러 그것을 말리지 않았다.

"어머님, 제 모습이 누구를 가장 많이 닮았습니까?"

"네, 마쓰다이라 가문의 조부 기요야스 님과 미즈노 가문의 조부 다다마사 님을 가장 잘 닮으셨다고 게요인 님이 말씀하셨지요."

"음, 모두들 저세상에 계신 분들뿐이군요. 그런데 성격은 역시 어머님을 닮은 것 같습니다."

"황송하여라."

"아닙니다, 고마운 일입니다. 어머니는 이 이에야스를 잉태하고부터 낳을 때까지 축원드리며 이 난세를 끝낼 수 있는 자식을 낳게 해달라고 비셨다지요."

"그……그……그런 말을 누가 대감님에게……."

"게요인님입니다……."

이에야스는 장난꾸러기처럼 어머니를 쳐다보며 미소 지었다.

"그래서인지 이번 싸움에서도 나는 우대신님만큼 매섭게 다케다의 잔당을 벨 수 없었지요."

"이에야스 님."

"예, 어머님. 이야기하는 동안 손을 쉬십시오. 부모에게 부채질받는 것은 괴로운 일이니까요."

오다이 부인은 흐뭇한 표정으로 고개를 끄덕이며 말했다.

"네, 조금만 더하고 쉬도록 하지요. 우대신님과는 결코 다투지 마세요."

"예?"

이에야스는 다시 한번 어머니와 시선을 마주쳤다.

"어머니에게는 다툴 것처럼 보입니까?"

오다이 부인은 그 물음에는 직접 대답하지 않았다.

"우대신님은 반드시 주고쿠에 출전하라고 말씀하실 겁니다."

"글쎄요, 그럴지도 모르지요."

"그걸 아신다면 이쪽에서 먼저 군사를 내겠다고 청하시는 게 어떨지…… 이 늙은이는 그런 생각이 드는군요."

"이쪽에서 먼저……."

이에야스는 진지하게 대답하면서 마음이 찡해졌다.

'어머니라는 존재는 이렇듯 좋은 것이구나.'

어머니의 조언이 아니라도 이에야스는 노부나가에게 자청해 그렇게 말할 생각이었는데, 그런 일까지 마음써주는 자가 가신 중에 있었던가.

'사랑은 또한 언제나 위대한 전략이기도 한 모양이다.'

"과연 그것이 좋을지도 모르겠군요."

이에야스는 다시 한번 어린아이처럼 크게 고개를 끄덕이며 어머니를 바라보았다.

오다이 부인은 문득 부채질하던 손을 멈추었다. 그리고 전보다 더욱 거리감 없는 어머니의 수심을 솔직하게 드러내 보이며 목소리를 떨구고 호소하는 투로 말했다.

"이번의 아즈치 행차…… 저로선 왠지 가슴이 두근거립니다. 이 늙은이가 말씀드릴 것도 없겠지만 오다의 우대신님은 예전의 우대신님이 아닙니다."

"확실히……."

"얼마 전 이 오카자키에 묵으셨지요. 그때 우대신님께서 노부야스의 딸들을 데려오라고 반드시 분부하실 줄 알고, 이 늙은이는 속으로 은근히 기다리고 있었답니다."

"노부야스의 딸들 말입니까?"

"네, 그 두 아이는 우대신님에게도 다시없는 손녀들, 예전의 우대신님이라면 반드시 불러오게 하여 가엾다는 말씀을 내리셨을 터인데…… 그 분부가 없으신 채 그대로 떠나셨지요."

이에야스는 잠자코 두세 번 고개를 끄덕였다.

"바쁘신 몸이라 그만 깜박 잊으셨겠지요."

오다이 부인은 가로막았다.

"아닙니다. 잊어버리실 우대신님이 아닙니다. 알고 계시면서도 만나지 않는 분으로 변하셨지요."

"과연, 저는 미처 깨닫지 못했습니다."

"늙은이가 걱정하는 것은 마음먹으면 그대로 행동하시던 그 우대신님이 어째서 그처럼 변하셨는지……? 이것은 천하를 위해 사사로운 정은 돌아보지 않는 마음이 되신 탓이 아닐까 하고……."

이에야스는 다시 가슴이 섬찟하여 어머니를 쳐다보았다. 이에야스가 노부나가에게 느끼는 불안을 어머니는 전혀 다른 관점에서 품고 있는 듯하다.

"어머님, 그래서 우대신님과 다투면 안 된다고 하시는 겁니까?"

"네, 아니, 그건……."

오다이 부인은 반은 긍정하고 반은 희미하게 고개 저으며 아들 눈을 지그시 들여다보았다. 사물을 언제나 한쪽만 보지 않고 안과 밖과 좌우를 깊이 생각하는 어머니 성격은 확실히 이에야스와 꼭 닮았다.

"어미는 대감님이 분별없이 다투실 분이라고는 생각하지 않습니다. 그러나 우대신님은 이제 일단 입에 담으신 말씀은, 비록 그것이 잘못이라는 걸 깨달으시더라도 결코 뒤로 물러나지 않는 분이 되었습니다. 그것을 마음에 새기시고 늘 미리 헤아리며 조심하시기 바랍니다."

"고맙습니다!"

이에야스는 저도 모르게 어머니 손을 잡고 그대로 자기 이마에 대며 말했다.

"이제 마음이 확실히 결정되었습니다. 정말 좋은 선물을 받았군요."

"제 마음을 알아주시겠습니까?"

"잘 알았습니다! 참으로 옳은 말씀입니다."

그것은 숨김없는 이에야스의 본심이었다.

이에야스가 망설이고 꺼리던 불안은 아즈치에서 노부나가가, 주고쿠 싸움을 위해 군사를 얼마나 내라고 요구할 것인지 하는 그 한 가지였다. 물론 이에야스 쪽에서 출전하고 싶다고 먼저 말을 꺼낼 작정이었지만, 본심은 한 명도 보내고 싶지 않았다. 이에야스로서는 지금이야말로 다케다의 옛 영토를 굳히고 동쪽의 불안을 없애는 게 가장 중요했지만, 노부나가가 군사를 내놓으라고 요구한다면 거절은 생각지도 못할 일이었다. 어머니는 그 이에야스의 망설임과 불안에 하나의 돌파구를 열어주었다.

오다이 부인은 다시 느릿하게 부채를 움직이기 시작했다.

"대감님, 주고쿠 토벌 대장은 하시바 님이라더군요."

"그렇습니다. 우대신님 눈에 든 반슈(播州) 히메지(姬路) 56만 석의 성주로 출세하신 히데요시 님이 총대장이지요."

"이러면 어떨까요? 그 히데요시 님 진중으로 대감님이 자청해 사자를 보내는 게."

이에야스는 자신의 어머니면서도 무서워지기 시작했다. 이에야스가 생각하고 있는 것과 꼭 들어맞는다. 노부나가의 명령을 모면하는 길은 그것밖에 없었던 것이다.

아즈치에 이르면 노부나가는 먼저 이에야스의 노고를 위로하고 반드시 극진한 환대를 하리라. 그리고 옴짝달싹할 수 없는 기회를 포착하여 주고쿠 출병을 종용할 게 틀림없고, 그렇게 되면 이미 때는 늦다. 그러므로 먼저 노부나가와 접견하자마자 선수를 쳐서 청한다.

"우리에게도 주고쿠 출전을 허락해 주십시오."

그리고 군사는 얼마쯤 거느리고 가는 게 좋겠느냐고 히데요시에게 곧 사자를 보내는 것이다. 히데요시는 어지간히 힘든 싸움이 아닌 이상 아마도 출병할 필요가 없다고 할 게 틀림없다. 이에야스가 출전한 뒤 이기게 되면 히데요시의 공은 반으로 줄어든다. 어머니는 그 같은 일마저 알아차리고 군진의 진퇴까지 이미 계산하고 있었던 것일까…….

이에야스는 짐짓 담담하게 웃어보였다.

"그 일이라면 걱정하지 마십시오. 어머님 말씀을 듣고 좋은 생각이 떠올랐습니다."

"그렇다면 다행이군요, 부디 방심하지 않도록 하십시오."

"그런데 어머님, 어머님이 남자로 태어나셨다면 만만찮은 적이 되었을지도 모르겠군요."

이에야스는 웃으면서 다시 한번 어머니 손목을 잡아 부채질하는 손을 멈추게 했다.

'남자도 생각하지 못할 깊은 사려…….'

말과는 반대로, 어머니의 한없는 진심에서 나오는 생각은 명장보다 더 훌륭하다고 사랑의 신비로운 힘을 새삼 느끼는 심정이었다.

"그럼, 이 이에야스가 우대신님이 만나지 않고 가신 손녀들을 보고 가겠습니다.

어머님도 더위에 부디 조심하십시오."

"네, 대감님도 아무쪼록."

이에야스가 일어나자 오다이 부인도 따라 일어나 현관까지 배웅했다.

이에야스는 현관에 서서 큰소리로 시동들을 불렀다.

"마쓰마루, 나오마사……"

그러고는 그것이 스스로도 몹시 우스웠던 모양이다.

"어머니한테 오면 저도 모르게 다케치요로 돌아가는 것 같습니다. 하마마쓰에 있으면 몹시 근엄한 대장인데."

그러나 그때는 오다이 부인도 벌써 그 자리에 부복하여, 히사마쓰의 아내가 영주를 대하는 깍듯한 태도로 돌아가 있었다.

나오마사와 마쓰마루가 맞은편 소나무 그늘에서 달려와 무릎 꿇었다. 이에야스는 다시 한번 엎드려 있는 어머니에게 목례하고 밖으로 나왔다.

오랜만에 어머니를 만난 탓이리라. 전에는 하치만 성이라고 불렸고 또 선친 히로타다가 다케치요의 성이라 불렀다고 전해지는 본성으로 가는 길의 흙 내음, 풀 향기, 울창한 나무들 하나하나에 감개가 새로웠다. 24살에 죽은 아버지 히로타다의 모습은 단아한 젊음으로 기억에 남아 있었다. 할머니 게요인은 지금도 그 언저리 골짜기에서 보랏빛 두건 아래 자애로운 눈빛을 반짝이고 염주를 굴리면서 나올 것만 같은 생각이 들었다.

"다케치요 님, 할머니는 여기 있어요."

본성 망루를 뒤덮을 듯 가지를 뻗은 노송나무에는 할아버지 기요야스가 손수 심은 손길이 느껴졌고, 사카타니 골짜기 언저리에 나란히 선 벚나무에는 지금은 없는 오후쿠며 오만의 모습이 아로새겨져 있는 것 같았다.

'그리고 보면 세나도 가엾은 여자였어……'

그 세나가 낳은 노부야스의 생애 또한 견딜 수 없이 가여웠다.

"……노부야스"

어느덧 이에야스는 벚나무 아래 발길을 멈추고 실눈을 떴다. 여기에 서서 성 공사에 빗대어 무장의 마음가짐을 설명해 주었을 때의 노부야스 얼굴이 망막 속에 떠올랐던 것이다. 동그란 눈, 고집 있어 보이는 입술, 그것은 아직 13, 4살 난 어린 대나무 향기를 지닌 노부야스였다.

"……네가 남기고 간 두 손녀를 이제부터 안아주러 가는 길이다."

나오마사와 마쓰마루 뒤에는 어느덧 14, 5명의 근위무사가 뒤따르고 있었다. 그들도 이에야스의 감회가 짐작되는지 걸음을 멈추면 그대로 호젓한 나무그늘에서 한쪽 무릎을 꿇고 숨을 죽였다.

"네 어머니 쓰키야마 마님에게 전해다오. 이에야스는 이마가와 요시모토의 옛 영토를 모두 되찾았다고…… 그리고 머지않아 네 어머니가 애타게 원했던 슨푸성으로 옮겨가 살 거라고……."

이에야스는 노부야스의 환영이 어느덧 슨푸 시절 자신의 볼모 모습으로 바뀌어가는 것을 의식했다. 그 무렵 이에야스는 길을 갈 때마다 모든 사람에게 업신여김을 받았다.

"미카와 거지."

좋아하는 매 한 마리 손에 넣지 못하고 때까치를 길들여 참새를 잡게 했었다. 그러고 보니 그 때까치 때문에 화가 나서 지금 이곳에 대기하고 있는 마쓰마루의 아버지 도리이 모토타다를 마루에서 밀어버리고 호되게 후려갈긴 일이 생각났다. 이에야스는 감회가 움직이는 대로 그 아들에게 말을 걸었다.

"마쓰마루……."

"예!"

"네 아버지 모토타다는 이에야스보다 3살 위여서 내가 8살 때 11살이었다."

"예……."

"어느 날 화가 나서 그 모토타다를 때리고 할머니 게요인에게 꾸중들은 일이 기억 나는군…… 그 무렵의 이에야스는 네 할아버지 다다요시의 도움으로 슨푸에서 가까스로 살고 있었는데."

마쓰마루는 무엇 때문에 그런 이야기를 하는지 몰라 고개를 갸웃거리는 표정으로 이에야스를 올려다보았다. 이에야스는 갑자기 소리 내어 웃기 시작했다. 그 두 눈에 엷게 눈물을 보이면서…….

"핫핫하…… 내가 왜 또 이런 생각을 하는 것일까. 아냐, 역시 네 할아버지 다다요시가 생각났기 때문일 거야. 좋은 할아범이었다! 내가 꾸중 듣고 있는 곳으로 와서 할아범만이 나를 칭찬했다. 화났을 때 가신을 매질할 수 없는 자는 대장 그릇이 아니다, 참으로 모토타다를 잘 때리셨습니다, 장합니다, 라고 칭찬했지……

알겠느냐, 마쓰마루? 그때부터 이 이에야스는 가신에게 화날 때마다 주위를 둘러보며 반성하게 되었다…… 칭찬하며 타이르는 훌륭한 할아범이었어!"

이에야스는 말하고 나서 다시 밝게 웃었다.

"그 할아범의 아들이라 모토타다도 나를 능가하는 강한 놈이 되었어."

"예? 무슨 말씀이신지?"

"너도 이제 어른이 되었으니 이야기해 줄까. 이것은 이번에 가이를 공격했을 때의 일이다."

"예."

"바바 노부후사의 딸이 어딘가 숨어 있다고 나한테 알려온 자가 있었다. 그 고장에서 소문난 어여쁜 여자이니 불러들여 진중에서 잔시중을 분부해 주십시오, 라는 말하자면 구명탄원이었어."

이에야스가 거기까지 말하자 나오마사는 픽 웃더니 당황해 헛기침했다.

"나오마사, 너도 알고 있구나?"

"아닙니다, 전혀 모르는 일입니다."

"하하…… 모르는 사람이 앞질러 웃는단 말이냐? 마쓰마루, 그래서 나는 모토타다에게 그 여자를 보호해 두라고 명했다."

"예……."

"그런데 얼마동안 군무에 바빠 마음 쓰이면서도 잊고 있었다. 알겠느냐, 마음 쓰이면서도 잊는 건 인간에게 흔히 있는 일이다. 그러나 본디 마음에 두고 있는 일이라 틈이 나면 생각나곤 하더구나. 그래서 그 여자를 나한테 데려오라고 명했지. 그런데 그 여자는……."

이에야스는 즐거운 듯 눈을 가늘게 떴다.

"그 여자는 모토타다가 이미 진중으로 데려가 없다지 않겠느냐. 모토타다 놈, 보호해 준다는 핑계로 품 안에 넣고 말았지 뭐냐, 하하하하."

마쓰마루는 고개를 완전히 돌린 채 귀뿌리까지 새빨개져서 잠자코 듣고 있었다.

이에야스는 또 웃었다.

"하하…… 알겠느냐, 단순한 우스갯소리로 들어선 안 돼. 그게 다른 자의 짓이었다면 아마 화났을 거다. 그러나 그때도 문득 생각한 것은 네 할아버지 다다요시의 말이었다. 화났을 때 가신을 매질…… 아니다, 아무튼 우스운 일이지. 그런 말을 해버린 체면상 쓴웃음 지으며 모토타다 놈 참으로 재빠르군……하고 할아범 얼굴을 떠올리며 성미를 죽였다. 나오마사."

"옛."

"왜 웃지 않느냐? 웃어라, 웃어."

이에야스는 말하면서 다시 걷기 시작했다.

"나는 이 성의 흙을 혀에 대어보면 짭짤할 거라고 생각한다. 대대로 가신과 주군이 슬퍼서 흘리고 기뻐서 흘린 눈물로…… 알겠느냐, 그 대지의 소금을 진하게 맛보고 아즈치로 가고 싶구나……."

이에야스는 노부나가가 마음의 규모를 원심(遠心)으로 향할수록 자신은 구심을 향해야 한다고 생각하고 있었다. 밖으로 향하는 마음과 안으로 향하는 마음은 결코 만나게 될 염려가 없다. 하지만 같은 방향을 지향하면 반드시 불행한 충돌이 일어날 게 틀림없었다. 노부나가가 천하를 어떻게 평정할까 고심하고 있을 때 이에야스는 자신이 태어난 땅에 스며든 눈물의 맛을 되새기고 있다…….

이에야스는 그날 두 손녀를 안아주고, 다음 날 각 사원의 묘지에 잠들어 있는 인연 있는 사람들 공양을 명했다. 명하고 보니 그가 명복을 빌어주어야 할 불행한 혼백이 무수히 많았다. 쓰키야마를 비롯하여 노부야스, 히로타다, 기요야스, 게요인, 혼다 홀어미, 세키구치 지카나가, 다다키치, 아야메…… 그리하여 5월 12일, 이에야스의 행렬이 서쪽으로 떠날 때 오카자키의 모든 절은 어디나 독경 소리로 넘쳐났다.

바로 얼마 전 노부나가가 흑인 시종과 소총 부대를 거느리고 지나면서 사람들의 눈과 넋을 빼앗았던 그 길을 이에야스는 아나야마 바이세쓰와 함께 평범한 행렬을 지어 오와리로 들어갔다가 미노를 거쳐 오미 길로 접어들었다. 노부나가의 명이 있었던 듯 가는 길의 영주들이 몸소 마중 나와 극진히 접대했다. 그리고 그들이 지나는 길을 다카노(高野), 나가사카(長坂), 야마구치(山口) 세 사람의 지휘로 보수하기도 했다.

이에야스는 그 사람들에게 일일이 정중하게 인사하며 지나갔다. 그 옛날 스루가, 도토우미, 미카와의 태수였던 이마가와 요시모토가 스스로 고쇼(御所 ; 대신·쇼군 등의 처소 또는 그들의 높임말)라 칭하며, 눈썹을 그리고 이를 물들이며 권세를 뽐낸 데 비해 너무나 소박하고 조심스러운 모습이었다.

14일에는 반바(番場)에 도착하여 하루 묵었다. 여기에서는 니와 나가히데가 일부러 임시숙소를 마련하고 마중했다.

나가히데와 미쓰히데, 그리고 노부나가 사이에 자신에 대한 접대를 둘러싼 개운치 않은 소동이 있었음을 알 리 없는 이에야스는 여기서 하루 묵는다고 결정되자 측근들에게 엄명을 내려 졸개 인부들에 이르기까지 엄격히 이르게 했다.

"이에야스의 문중에 영지가 늘더니 거만해졌다는 평판이 들리지 않도록 모든 일을 조심스럽게 하여라, 알겠느냐?"

물론 여기서도 말단에게까지 술이 나왔지만 이에야스의 지시가 있었으므로 노랫소리 하나 새어나오지 않았다.

다음 날 15일—

오전 9시에 반바를 떠나 행렬은 그날 오후 3시 아즈치의 다이호사에 도착했다.

접대역 미쓰히데는 현관까지 마중 나왔다. 그는 가마에서 내리는 이에야스를 보더니 심한 동요의 빛을 보였다. 노부나가 말고는 지금 일본에서 가장 큰 영지를 가진 이에야스이다. 그런데 그에 비해 자신의 옷차림이 너무 호사스러웠던 것이다.

"먼 길에 건강하신 모습으로 도착하시어 이 휴가노카미 미쓰히데, 진심으로 축하드립니다."

이에야스는 미쓰히데의 얼굴을 지그시 바라보고 사뭇 작은 시골 영주 같은 태도로 공손히 절했다.

"영지를 하사하신 데 대해 인사드리러 온 자가 도중에 후한 접대를 받아 오히려 황공하오. 휴가노카미 님께서 우대신님에게 잘 말씀 전해주시오."

이에야스는 미쓰히데에게 안내되어 전각으로 들어섰다. 이에야스는 신기한 듯 기둥을 어루만지고 천장을 우러러보며 벽화에 감탄했다.

"휴가노카미 님, 우리에게 과분한 규모군요. 맡으신 소임이라고는 하지만 이 노고를 뭐라고 치하해야 좋을지 모르겠습니다."

그리고 마음속으로 더욱 경계를 늦추지 않았다. 이 호화로운 대우 뒤에 무서운 압력이 숨어 있는 것을 느꼈기 때문이다.

미쓰히데는 그것을 전혀 다른 감회로 받아들였다.

'내 고심을 진심으로 기뻐해 주는구나…….'

더욱이 노부나가에게 심한 욕을 본 뒤이므로 이에야스와 노부나가의 인품을 비교하게 되고, 그것이 감상으로 이어졌다.

"그 말씀을 들으니 휴가노카미…… 다만…… 다만…… 기쁜 마음 헤아릴 길 없습니다."

미쓰히데는 자신을 알아주는 사람을 만난 기쁨에 그만 눈시울이 붉어졌다. 이에야스는 그것을 보고 섬칫했지만 곧 난간으로 시선을 옮겼다.

"이처럼 훌륭한 일을 해낼 만한 장인(匠人)은 우리 영내에 없소. 과연 영지로 들어오는 자를 막지 않는 우대신님의 호쾌하신 인품 덕인가 하오."

미쓰히데는 나오려는 눈물을 겨우 참으며 말했다.

"그렇습니다. 영내에 관문을 두지 않는 주군의 덕망으로, 지금은 아즈치가 사카이 다음으로 번창하고 있지요."

"그럴 거요. 이것은 다른 사람이 흉내 내지 못할 일. 이 이에야스는 감탄하여 모든 걸 잊은 채 넋 잃고 보았소. 우스꽝스러운 내 꼴 또한 흥취가 되리. 우대신님에게 그대로 전하십시오."

"마음에 드신다니 미쓰히데 생애의 명예입니다."

두 사람이 저마다 감회에 젖어 있는 동안 숙소의 객실에는 이에야스가 갖고 온 공물이 차례차례 날려져와 쌓이고 있었다.

차림새는 고작 2, 30만 석의 태수로 보일 만큼 검소한 이에야스. 진상품을 얼마나 갖고 왔을까, 하는 것도 미쓰히데의 마음에 걸리는 일 가운데 하나였다. 진상품 전달 역시 미쓰히데의 소임이라, 목록을 읽을 때 노부나가가 반드시 한마디 할 것 같은 생각이 들었다. 너무 적으면 고함칠 것 같다.

"이 노부나가를 은연중에 얕보고 있군그래. 그대들 마음이 미치지 못한 탓이야."

그리고 너무 많으면…… 미쓰히데는 생각했다.

'아니지, 많을 턱이 없다…….'

이에야스의 옷차림, 가신들의 검소한 모습, 어쩌면 이에야스는 천성적인 구두쇠인지도 모른다.

"진상품을 모두 날랐습니다. 살펴보십시오."

사카이 다다쓰구가 알려왔을 때는 벌써 저녁 무렵이었다.

이에야스는 고개를 꾸벅 숙이며 말했다.

"휴가노카미 님, 이에야스의 마음뿐인 선물을 받아주시어 우대신님에게 잘 말씀드려 주십시오."

이에야스 뒤를 따라 미쓰히데도 일어났다.

그리고 객실에 이르자 어지간한 미쓰히데도 그만 자기 눈을 의심했다. 행렬 짐바리가 거의 모두 진상품이었던 것이다.

두 사람이 앉기를 기다려 이시카와가 목록을 읽어 내려갔다.

"첫째, 황금 3000냥, 둘째, 말 갑옷 300벌…… 셋째……."

미쓰히데는 그만 온몸이 굳어지며 숨을 삼켰다.

홍수 이전(以前)

말 갑옷 300벌만 해도 이미 예상 밖이었으며, 황금 3000냥은 생각지도 못한 거금이었다. 도토우미와 미카와를 소유하고 있다지만 지금까지 쉴 새 없이 싸워온 데다 스루가에서는 아직 아무 수입도 없을 터였고, 노부나가의 도카이도 유람을 위해서도 막대한 지출이 있었던 뒤였다.

'이에야스는 노부나가를 참으로 두려워하고 있구나.'

의식(衣食)을 절약해 마련한 게 틀림없다는 것을 알므로 미쓰히데는 이에야스가 가엾어져 그 고지식해 보이는 둥그스름한 몸을 다시 보지 않을 수 없었다.

이시카와가 목록을 읽고 나자 이에야스는 둥그런 몸을 또 구부려 미쓰히데에게 절했다.

"마음뿐인 선물이라 부끄럽습니다만, 오다 님에게 잘 말씀드려 주십시오."

"정성스러운 선물, 곧 주군께 전하겠습니다. 그때까지 목욕이나 하시면서 쉬십시오."

여느 때의 미쓰히데였다면 이에야스의 이 진상품을 보고 노부나가를 두려워하는 것뿐이라고만 생각하지 않았으리라. 이것은 두려워하고 있는 게 아니라 요즈음의 노부나가 마음을 냉정히 분석해 본 결과에서 나온 경계심임을 알고 그자신도 뭔가 깨닫는 바가 있었을 것이다. 그런 의미에서 미쓰히데는 아직 어딘가에서 이에야스보다 노부나가를 우위에 두고 있었다.

미쓰히데가 일어나려 하자 이에야스는 생각난 듯 다시 불러 앉혔다.

"휴가노카미 님, 실은 우리도 일단 영지로 돌아간 다음 주고쿠 싸움터로 갈까 하오. 그에 앞서 그곳 전황도 알아볼 겸 도리이 모토타다를 히데요시 님 진중에 보냈으니, 이 점도 우대신님께 전해 주시오."

"잘 알겠습니다."

미쓰히데는 대답하고 문득 쓴웃음을 지었다. 노부나가를 지나치게 겁내고 있는 이에야스를 보니 지기(知己)를 얻은 듯했던 처음의 감동이 크게 빗나가는 심정이었다.

성으로 들어가니 주고쿠의 히데요시가 보낸 사자가 또 와 있었다. 빗추의 다카마쓰성을 에워싸고 그 지형을 이용해 아시모리강(足守川)과 다카노강(高野川)의 물을 막아 성을 물바다로 만든 다음 성주 시미즈 무네하루(淸水宗治)에게 항복을 권하고 있는 곳에 모리 데루모토(毛利輝元), 깃카와 모토하루(吉川元春), 고바야카와 다카카게(小早川隆景)의 3만 원군이 도착해 히데요시는 그들과 대치한 상태에서 진퇴양난에 빠져 있다는 것이었다.

히데요시로부터 온 사자는 전했다.

"아군도 긴급히 원군을 보내주십시오."

미쓰히데가 등성했다는 말을 듣고 노부나가는 사자를 별실로 잠시 물러가게 하고 만났다.

"미쓰히데, 동쪽 손님은 무사히 도착했겠지. 일이 생겨서 오늘 내일은 만나지 못할지도 모른다. 모든 일에 소홀하지 않도록 잘 대접하라."

"알겠습니다."

미쓰히데는 공손히 머리 숙이며 자기 역시 노부나가 앞에서는 필요 이상으로 비굴해지는 생각이 들어 문득 자신이 싫어졌다.

"도쿠가와 님이 가져온 선물, 마음뿐인 선물이라며 주군께 잘 말씀드려 달라 하셨고 물건은 이미 성안에 운반해 들였습니다."

"그래?"

노부나가는 담담하게 고개를 끄덕이며 옆에 있는 세키안을 돌아보았다.

"목록을 받아 읽어봐라."

세키안은 공손한 태도로 미쓰히데의 손에서 그것을 받아 읽어나갔다.

"뭐, 말 갑옷 300벌에 황금 3000냥?"

무슨 생각을 했는지 노부나가는 갑자기 험악한 얼굴이 되었다가 목을 젖히고 크게 웃었다.

"기마무사 갑옷 300벌이라. 좋다, 그 갑옷을 보자꾸나."

웃음을 거두고 노부나가는 또 별안간 엄한 표정으로 돌아가 말했다.

"란마루, 너도 오너라. 미쓰히데, 안내하라."

"옛."

"세키안, 그대도 뒷날의 공부를 위해 봐둬라. 동쪽 손님이 어떤 갑옷을 가져왔는지."

노부나가는 벌써 앞장서 거실을 나서고 있었다.

이 7층 성에는 돌담을 쌓아올린 1층이 무기창고로 되어 있다.

"불을 준비하라!"

사방이 이미 어둑하므로 란마루는 노부나가의 뒤를 따르며 시동들에게 명하고 뛰다시피 층계를 내려갔다.

노부나가가 산더미 같은 진상품 앞에 서자 미쓰히데는 직접 하나를 꺼내 바닥에 놓았다. 사방에서 시동이 등불을 들이대자 검은 실로 미늘을 얽어맨 갑옷의 옻칠이 묵직하고 둔중하게 반짝였다.

"란마루, 들어봐라."

"옛."

란마루는 그 가운데 한 벌을 집어 들고 노부나가 앞에서 좌우로 흔들었다. 마른 미늘과 가죽소리가 돌로 쌓은 무기고 속에서 맑은 메아리를 울렸다.

"무게는?"

"알맞습니다."

"미쓰히데!"

"옛."

"이에야스의 속셈을 알겠느냐?"

"무슨 말씀이신지?"

"기둥에 조각하고 다도놀이에 천금을 던지는 우리에 대한 야유도 들어 있지만 동쪽 방어는 염려 말라는 뜻의 선물이라고 생각된다. 그런데 그밖에 무슨 말은 없었나?"

미쓰히데는 고개를 갸웃거리며 생각했다.

"예…… 그렇게 말씀하시니 생각납니다. 이번 여행이 끝나면 도쿠가와 님도 곧 주고쿠에 출전하고 싶다시며 전황을 살피기 위해 진중으로 중신을 보냈다고 했습니다."

"뭣이!"

노부나가의 눈이 인광을 번뜩이며 미쓰히데의 이마를 쏘아보았다.

"대머리!"

"옛!"

"어째서 그 이야기를 먼저 하지 않았느냐! 그 대갈통, 빤질빤질하게 벗어진 것은 장식이냐, 병신 같은 놈!"

"예?"

"과연 이에야스는 빈틈없구나. 내가 말하기 전에 먼저 선수 쳤어. 그렇게 나오면 무리한 말을 할 수 없지…… 그래, 전황을 살피러 원숭이한테 사람을 보냈다고? 이번 싸움에선 원숭이가 대장, 그 밑에 들어가도 불만 없다는 자세. 얄미우리만큼 눈치 빠른 놈이다……."

노부나가는 느닷없이 미쓰히데의 번뜩이는 이마를 손가락으로 쿡 찔렀다. 미쓰히데는 중심을 잃고 란마루가 금방 내려놓은 갑옷 위로 보기 흉하게 엉덩방아를 찧었다. 얼마 전 층계를 헛딛고 미끄러졌을 때 삔 왼발이 아직 낫지 않았던 것이다.

노부나가는 고함질렀다.

"천치……! 그런 꼬락서니는……도저히 상대가 안 돼. 이에야스는 아마 네놈을 비웃고 있을 게다."

"죄송합니다."

미쓰히데는 황급히 그 자리에 똑바로 앉으며, 또 비굴한 자신의 모습에 견딜 수 없는 혐오를 느꼈다.

"손가락 하나에 쓰러질 나이는 아직 아닐 텐데. 대체 네놈 뱃속에는 무엇이 들어 있느냐. 봐라, 시동들까지 웃음을 참으며 구경한다. 바보 같은 놈."

노부나가는 마룻장을 쾅 굴렀다.

"알겠느냐, 네놈이 이에야스한테서 비웃음 받으면 이 노부나가가 비웃음 받은 것과 마찬가지야!"

미쓰히데는 말없이 입을 다문 채 고개를 푹 숙이고 있었다. 그 모습이 노부나가를 더욱 짜증 나게 했다.

"네놈에게 접대역을 명한 건 역시 잘못이었는지 모른다. 그렇다고 이제 바꿀 수도 없고……. 네놈 체면이 서도록 해주는 수밖에 어쩔 도리 없지. 좋다, 이 황금 3000냥 가운데 1000냥을 곧 갖고 돌아가 이에야스에게 도로 주어라."

"예? 그럼, 이 진상품을……."

"그래도 모르겠나, 이 바보 놈, 네놈 체면을 살려주려는 거야."

노부나가는 출구로 거칠게 걸어가다가 혀를 차며 미쓰히데를 돌아보았다.

"알고 있겠지, 그걸 도로 내밀면서 해야 할 말을?"

"황송하오나 그러면 도쿠가와 님에 대한 큰 실례가 아닐지……."

"뭐? 정말 천치로구나, 저놈은."

노부나가는 답답하다는 듯 또 발로 마룻장을 세게 굴렀다.

"네놈 체면을 세워주기 위해 일부러 생각해 준 것을 모르겠느냐. 말 갑옷은 고맙게 받았다, 도쿠가와 님은 이제부터 교토로 가시게 되면 여러 가지로 비용이 들 것이다, 황금 2000냥은 두고 나머지 1000냥은 그 비용에 충당하시오, 이렇게 이야기하란 말이다. 알겠느냐? 이에야스도, 네놈도 이 노부나가의 부하다. 가볍게 보이면 용서하지 않으리라."

미쓰히데는 엎드린 채 노부나가의 발소리가 사라져가는 것을 마음 한 귀퉁이로 듣고 있었다.

이곳에 옮겨놓은 1000냥을 일부러 돌려주라고 한다…… 노부나가의 심정으로는 3000냥이 분에 넘친 선물이라고 비꼬며 여기서 자신의 위력을 톡톡히 보여줄 셈일 테지만, 미쓰히데인들 어린 나이는 아니다. 54만 석을 받는 50살 넘은 미쓰히데가 한 번 받아온 황금을 다시 갖고 돌아가 말한다면 너무나 비참하여 체면이 서기는커녕 몸 둘 곳도 없으리라.

"주군의 분부이므로……."

아마도 노부나가는 충분히 호기를 부려 그것을 돌려주는 것은 노부나가의 배려라고 미쓰히데를 통해 말하게 하려는 속셈이 틀림없었다. 그러나 그것은 사람에 따라서였다. 미쓰히데는 그 정도로 무신경하지 않았다…….

'하지만 이렇듯 뚜렷이 명령받은 이상 그대로 끝나지 않는다……'

미쓰히데는 시동이 창고지기 하급무사에게 주고 간 등불 아래 잠시 방심한 것처럼 앉아 있다가 이윽고 얼굴을 들었다.

"황금 1000냥을 다이호사로 다시 운반하라."

명하고 천천히 일어났다. 만일 이에야스가 순순히 받아주지 않는다면 할복하는 수밖에 도리없다.

'비참한 일이다. 남에게 충성하는 것이란……'

조용히 옷자락 먼지를 털며 미쓰히데는 또 눈앞이 뿌옇게 흐려졌다. 그 조용한 이에야스의 말 속에 쉽사리 움직일 수 없는 고집이 한 가닥 묵직하게 도사리고 있는 듯한 느낌이 들었다.

'만일 받아주지 않는다면……'

미쓰히데는 다시 한번 입 속으로 중얼거리며 얼굴을 돌려 눈물을 닦았다.

급히 다이호사로 돌아오니 객실에는 벌써 식사준비가 다 되어 미쓰히데가 돌아오기를 기다리고 있었다.

미쓰히데는 요리와 등불을 자세히 살펴보는 척하며 속으로는 오로지 이에야스에게 할 말만 골똘히 생각했다. 처음부터 풀죽어 입을 열면 받지 않겠다고 말했을 때 난처하고, 고자세로 나가기에는 미쓰히데의 성격이 너무 소심했다. 그러나 이대로 저녁식사 시간을 넘겨버리면 더욱 예를 벗어난다.

미쓰히데는 용기내어 새로 지은 숙소의 구름다리를 건너갔다.

"오, 휴가노카미 님이시군요……"

여전히 둥글둥글한 얼굴로 웃는 이에야스의 말을 누르듯 미쓰히데가 입을 열었다.

"우대신 말씀을, 도쿠가와 님께 전합니다."

"그렇습니까? 마침 의복도 갖춘 참이니 그냥 여기서 듣겠습니다."

"정성을 다하신 말 갑옷은 때가 때이니만큼 곧 쓸모 있게 쓰일 것이므로 고맙게 받겠습니다. 하지만 황금은……"

거기까지 말한 미쓰히데는 당황하여 이마의 땀을 씻으며 양쪽에 죽 늘어앉은 이에야스의 시동과 중신들을 훔쳐보았다.

"황금에 대해선…… 뭐라고 분부하셨습니까?"

"3000냥 중 2000냥은 성의로 받지만, 나머지 1000냥은 앞으로의 여행 비용에 쓰도록 돌려드리라고 하셨습니다."

이에야스는 뜻밖이라는 듯 고개를 갸웃했다.

"허. 이 이에야스, 여행 비용은 따로 준비해 두었으니 염려 마시라고 거듭 전해 주시기 바라오."

"그러나 이것은 하명이시라……."

이번에는 이에야스가 미쓰히데를 가볍게 제지하며 말했다.

"우대신님 마음은 우리도 잘 압니다. 우리 쪽에서도 여러 가지 지출이 있었던 뒤라 넉넉지 않으리라는 염려이신 줄 아오. 그러나 염려를 거두어 주시오. 우리가 늘 조의조식(粗衣粗食)하며 비용을 절약하고 사는 것은 만일의 때에 도움될까 해서입니다. 어리석은 생각입니다만, 우대신님의 이번 주고쿠 출병은 이 나라가 통일되느냐 않느냐의 여부가 걸린 중요한 싸움, 모두들 한결같이 갈망하는 평화의 주춧돌이 이로써 결판난다고 봅니다. 그 같은 천재일우의 때를 맞아 미력하나마 힘을 보태는 것은 이에야스의 기쁨입니다, 이렇게 도리어 염려를 끼치면 오히려 본디 뜻에 어긋나니 부디 받아주시도록 거듭 전해 주시기 바랍니다."

"음."

미쓰히데는 대답이 궁하여 절로 탄식이 나왔다. 그가 가장 두려워하던 부드러우면서 이치가 명료한 대답을 들은 것이다. 아무튼 참으로 논리정연한 주장이 아닐 수 없었다. 이렇듯 분명한 말에는 대꾸할 말이 없었다. 그렇다 해서 이대로 다시 한번 노부나가 앞에 나가는 일은 생각도 할 수 없는 미쓰히데였다.

미쓰히데는 다시 납빛으로 변한 이마의 구슬땀을 떨리는 손으로 닦으며 말했다.

"도쿠가와 님에게 꼭 부탁드릴 것이 있습니다……."

"나에게 부탁이 있다고요……?"

"그렇소. 이 미쓰히데, 생사를 걸고 하는 부탁이니…… 아무쪼록 들어주시기 바랍니다."

그렇게 말하고 미쓰히데는 저도 모르게 그 자리에 두 손을 짚고 뚫어질 듯 다다미만 내려다보았다.

이에야스는 미쓰히데의 심상치 않은 변화를 깨닫고 다시 한번 고개를 기울였다. 늘어앉은 시동과 중신들도 저마다 얼굴을 마주 보며 의아한 눈짓을 주고받 았다.

"말씀하시오, 휴가노카미 님. 이 이에야스가 할 수 있는 일이라면 도와드리리 다."

미쓰히데는 여전히 다다미를 내려다본 채 말했다.

"도쿠가와 님도 아시듯 우대신께서는 여간 격한 성미가 아니십니다."

"허."

"일단 말씀하시면 한 걸음도 뒤로 물러나시지 않습니다…… 이 미쓰히데, 도쿠 가와 님 말씀이 아니라도 한 번 성안으로 들인 황금이니 받아들이시라고 말씀드 렸습니다."

"그렇겠지요……."

"그러자 그것이 오히려 우대신님 성미를 돋운 결과가 되어, 도쿠가와 님의 뜻을 생각하면 생각할수록 더욱 못 받겠다, 1000냥은 여행비용으로 곧 갖고 돌아가라 는 엄명이셨습니다."

"허, 엄명을 내리셨다는 말씀이군요."

이에야스는 그때 비로소 옆에 앉아 있는 혼다 헤이하치로와 사카이 다다쓰구 에게로 시선을 옮겼다.

"엄명이시라면, 휴가노카미 님 입장도 생각해 드려야겠는걸."

물론 두 사람 모두 이에야스에게 대답하지 않았다.

이에야스는 문득 두 눈을 감고 말했다.

"휴가노카미 님."

"예."

"알겠습니다. 그럼, 본의는 아니나 그 1000냥은 이에야스가 다시 받아들이겠소."

"승낙해 주시겠습니까?"

"어쩔 수 없는 일이지. 그대들도 모두 같은 생각이겠지?"

미쓰히데는 별안간 몸을 푹 숙인 채 가늘게 어깨를 떨기 시작했다. 울지 않으 려 애쓰는 울음임을 잘 알 수 있었다.

미쓰히데는 그들에게 저녁식사가 늦어진 것을 사과하고 이에야스와 중신들을 객실로 안내했다. 아나야마 바이세쓰를 비롯하여 성주 이상의 사람들이 모두 참석한 가운데 한 사람 앞에 네 상씩 나왔다.

이리하여 15일 밤은 아무 일 없이 지나가고 16일이 되었는데, 노부나가에게서는 아직 만나자는 전갈이 오지 않았다.

성안에서는 작전회의가 계속되고 있는 게 틀림없었다. 당연히 다이호사로 이에야스를 찾아오리라 생각했던 오다 가문 중신들도 얼굴을 보이지 않았지만 그 대신 미쓰히데의 접대는 극진했다.

17일이 되어서야 노부나가에게서 사자가 왔다. 노부나가는 18일에 소켄사(總見寺)에서 이에야스를 위해 위로 연회를 베풀며 그 자리에서 대면할 테니 그때까지 다이호사에서 천천히 쉬기 바란다는 내용이었다.

그 사자가 돌아간 얼마 뒤 미쓰히데의 모습이 다이호사에서 사라지고 대신 호리 히데마사(堀秀政)가 나타나 인사했다.

"지금부터 휴가노카미 님 대신 제가 접대역을 분부받았습니다. 아무쪼록 잘 이끌어 주시기를."

이에야스는 그때도 잠깐 고개를 갸웃거렸을 뿐 자세한 사정은 묻지 않았다.

이튿날 잠에서 깨어보니 다이호사 안팎뿐 아니라 온 아즈치 거리가 생선 썩은 냄새로 코를 들 수 없을 지경이었다. 미쓰히데가 지금까지 사들인 생선을 모두 강과 개천에 내버리고 간 것이었다.

이에야스 접대에 여러 모로 애쓰고 있는 미쓰히데에게 접대역을 그만두고 곧 빗추로 달려가 히데요시를 도와주라는 명령이 내린 것은 16일 저녁의 일이었다.

미쓰히데는 다이호사에서 쓰마키를 통해 그 통지를 들었다.

'마침내 올 것이 왔다……'

휴식실에서 잠시 숨을 가누며 꼼짝도 하지 않았다. 아니, 꼼짝하지 않았다기보다 꼼짝할 수 없었다고 하는 편이 좋을 것이다. 일단 좋고 나쁜 감정을 품으면 끝까지 상대를 집요하게 물고 늘어져 구렁텅이에 빠뜨려야만 직성이 풀리는 노부나가…… 미쓰히데는 어느덧 그렇게 확신하며 마음 어딘가에서 그 물결이 밀어닥치기를 전율하며 기다리고 있었던 것이다…….

'역시 내 눈이 틀림없었어……'

노부나가는 결코 그대로 노여움을 거두지 않고 이에야스가 와 있으므로 우선

하는 수 없이 미쓰히데에게 일을 계속하게 해놓고 은근히 다음 기회를 노리고 있었던 것이다……

'나는 대체 어떻게 맞서야 하는 것일까……?'

미쓰히데는 이에야스에게 인사도 하지 않고 그 길로 자기 집으로 돌아갔다. 집에서는 사마노스케를 비롯하여 지자에몬, 주로자, 덴고로, 다지마 같은 자들이 통지문 사본을 에워싸고 앉아 씁쓸한 침묵에 빠져 있었다.

"결국 출전하게 되었군."

미쓰히데가 애써 모두들의 감정을 자극하지 않으려 하며 상석에 앉자 시오텐 다지마가 미쓰히데의 무릎 앞으로 사본을 와락 내밀며 으드득 이를 갈았다.

"주군! 이것을 보십시오. 이 통지문 내용을…… 너무나 우리 문중을 짓밟는 처사입니다."

"다지마, 이를 갈 것 없다."

미쓰히데는 조그맣게 말하고 그 사본을 촛불 앞으로 가져갔다.

─가까운 시일 안에 빗추로 원군 차 출병할 것. 이것에 의해 각 장수들은 나보다 앞서 그곳에 이르러 하시바 히데요시의 지시를 받을지어다.

이케다 가쓰사부로(池田勝三郎)

이케다 산자에몬(池田三左衛門)

호리 히데마사

아케치 미쓰히데

호소카와 후지타카

나카가와 세베에(中川瀨兵衛)

다카야마 우콘(高山右近)

아베 니에몬(安部仁右衛門)

시오카와 호키(鹽川伯耆)

노부나가 인

미쓰히데는 조용히 읽고 나서 말했다.

"이 통고문은 그리 분개할 내용이 아니지 않은가."

이번에는 후지타 덴고로가 입을 열었다.

"주군! 주군은 아케치 일족의 대장입니다. 우리 아케치 가문의 명령을 받드는 자는 교고쿠, 구쓰키 두 가문 말고도 오미, 단바에 무수히 많지요. 노부나가 공 막하에서 우리 가문보다 위인 분은 에치젠 기타노쇼 75만 석의 시바타 곤로쿠 님 밖에 없습니다. 그 명문 이름을 관위도 없는 작은 영주인 이케다와 호리보다 아래에 기입하고, 하물며 졸개 출신 히데요시 따위의 지휘 아래 들어가라는 명령인데도 화나시지 않습니까?"

미쓰히데는 창백해진 표정으로 상대를 제지했다.

"글쎄, 기다려보게. 싸움이란 가문이나 신분만으로 이기는 게 아니다. 현재 히데요시는 다카마쓰성을 수공(水攻)하여 점령 직전에 있는 것 같다. 그렇다면 거기서는 히데요시를 내세워 히데요시의 뜻에 맡겨 싸우는 게 득책이라고 생각지 않느냐?"

미쓰히데는 자신이 가신보다 훨씬 분노하고 있다고 느끼면서, 이마의 땀을 그대로 둔 채 설득하기 시작했다.

"비록 이케다나 호리 아래에 이름이 적혀 있다 하더라도 화낸들 어쩌겠느냐. 세상에 임금이 임금답지 못하더라도 신하는 신하다워야 한다는 훈계도 있으니, 모두들 곧 영지로 돌아가 분부대로 싸움터에서 공을 세워 우리 가문의 존재를 보여주자꾸나."

"그럼, 까닭 없이 접대역에서 파면되어도 분하지 않다는 말씀입니까?"

"그것은 그것, 우대신은 우리 주군이야."

덴고로는 엎어질 듯 다시 한무릎 나앉았다.

"하지만…… 많은 사람들 앞에서 란마루에게 매 맞으신 일도…… 주군……주군이 그 때문에 절룩거리시는 것을 우리가 모른다고 생각하십니까?"

미쓰히데는 흠칫했지만 곧 웃으면서 말했다.

"그것은 잘못 안 거야. 발을 다친 것은 내가 실수로 층계를 헛디딘 탓이다. 자, 사자를 기다리게 해선 안 돼. 객실로 가서 통고문에 도장을 찍자."

미쓰히데가 일어나자 사마노스케가 입술을 깨물며 뒤따랐다.

객실에서는 사자로 온 아오야마가 기다리고 있었다.

"기다리게 했소."

미쓰히데는 아오야마의 날카로운 눈을 피하듯 하며 앉아 굽 달린 상에 얹혀 있는 지시문을 펴보고 도장을 찍었다.

"통지문 취지는 단단히 명심하였으니, 곧 다음으로."

"휴가노카미 님, 이번 접대역에 수고 많으셨을 거라고 주군께서 자주 말씀하셨습니다. 교체는 어쩔 수 없는 싸움 사정 때문이니 곧 영지로 돌아가 준비하시는 게 좋을 듯 싶습니다."

미쓰히데는 이때서야 비로소 자신의 분노가 얼마나 맹렬한지 깨달았다. 호의적인 아오야마의 말인 줄 알면서도 동정하는 상대의 말에 오히려 분노가 촉발된 모양이었다.

"그것은 주군 말씀인가, 아니면 그대의 조언인가?"

"무슨 말씀을, 주군께서 그렇게 하시는 말씀을 들은 것은 물론 이 아오야마가……."

"쓸데없는 걱정 마시오. 갑작스러운 역할 교체로 나는 바쁘오."

아오야마는 얼굴빛이 확 달라지더니 통고문을 가만히 품속에 넣고 자리에서 일어섰다.

"그렇다면 실례하겠소."

사마노스케가 그를 전송했지만, 미쓰히데는 그 자리에 앉은 채 흔들리는 불그림자를 지그시 응시했다. 일족과 가신들을 위해 어떤 굴욕도 참아야 한다고 결심했으나 온몸의 피가 콸콸 소리 내며 역류하는 것을 느꼈다.

'무엇 때문에……?'

그것은 미쓰히데가 노부나가의 마음을 자기 나름대로 해석하여 자신을 괴롭히고 있는 탓이었는데, 거기에 다시 나쁜 소식이 들어왔다. 하인들이 접대역 교체에 격분하여 요리하고 남은 것에서 생선과 고기는 말할 것도 없고 조리대까지 모두 다이호사 해자에 던져 넣었다는 기별이었다.

"무엇이, 요리하고 남은 것을 모두 해자에?"

눈썹을 곤두세우고 달려온 나미카와(竝河)에게서 그 말을 들었을 때, 미쓰히데는 눈앞이 캄캄해지고 말았다.

'이건 아니다!'

주군인 자기가 아무리 참아도 통하지 않으리라는 절망이었다. 이 맹렬한 더위

속에 밥찌꺼기, 남은 안주로부터 생선, 날고기 따위에 이르기까지 모두 해자에 던져 넣었다니 내일 오후면 벌써 온 아즈치가 견딜 수 없는 썩은 냄새가 풍기는 거리로 바뀌리라. 이것은 이에야스에 대한 실례일 뿐 아니라 우대신 노부나가의 머리 위에 분뇨를 퍼붓는 것과 같은 일이었다. 아마도 저 성질 급한 노부나가는 말을 타고 달려와 단숨에 미쓰히데의 목을 벨 게 틀림없으리라.

'그래, 그런 짓을 했단 말이지!'

지금이 낮이라면 무슨 핑계든 대어 해자를 치울 방법이 있지만, 밤이 된 뒤 귀빈 숙소를 둘러싼 해자로 인부를 들여보내는 일은 엄두도 낼 수 없다.

'미쓰히데의 운명이 이런 곳에서 무너질 줄이야……'

미쓰히데는 불빛을 하나로 줄이고 거실의 사방을 열어젖히게 하여, 누군가 이곳에 숨어들어와 자기를 찔러 죽여 주지나 않을까 하는 생각까지 했다. 중신들이 대부분 현장으로 달려갔지만, 이제 와서 손쓸 묘안이 있을 리 없었다.

그러자 그곳에 아오야마가 또 사자로 들이닥쳤다. 미쓰히데의 얼굴에서는 이미 핏기가 사라진 지 오래였다. 지금에 이르러 생각할 수 있는 일은 단 하나, 스스로 할복해 노부나가와 이에야스에게 이 부주의를 사죄하고 아들 미쓰요시에게 가문만은 잇게 하는 것이었다. 하지만 그것도 노부나가에게 미움받기 시작한 미쓰히데의 아들이고 보니……

"기뻐하십시오, 휴가노카미 님. 이번에 귀하께 이즈모(出雲), 이와미(石見) 두 곳을 하사하신다는 분부가 계셨습니다."

사자는 말하며 사령장을 상에 올려놓았다.

"예? 뭐라고 하셨소, 아오야마 님?"

"이즈모, 이와미 두 나라를 추가하여 산인도(山陰道) 지방을 모두 휴가노카미 님에게 하사하시겠다고 하셨습니다."

미쓰히데는 사자를 무섭게 쏘아보다가 공손히 절했다.

"고마우신 은혜……"

순간 아들 미쓰요시에게 가문을 물려줄 희망도 이로써 끝이라고 생각했다. 두 성의 하사는 고마운 일이지만 그런 뒤 옛 영지인 단바, 오미를 뺏을 속셈이라고 미쓰히데는 이미 나름대로 계산하고 있었다.

"아시겠소. 주군으로선 드물게도 이번의 접대역 교체를 언짢아하시고 계십니다.

곧 영지로 돌아가 출전준비를 하십시오."

"알았소."

아오야마가 일어나자 이번에는 미쓰히데가 몸소 현관까지 배웅했다. 그리고 그 뒷모습이 저택 밖으로 사라진 순간 어깨를 크게 꿈틀하며 주위를 살며시 둘러보았다.

내일 오후까지는 썩은 냄새의 거리로 바뀔 아즈치. 아무래도 그곳에 머물러 있을 수 없는 미쓰히데였다. 그 미쓰히데가 자식의 상속 문제에 절망하고, 노부나가의 눈 밖에 났음을 확신하면서도 여전히 살아남으려 한다면 길은 더욱 좁아진다……

'모반……'

그것밖에 없다고 생각하며 미쓰히데는 다시 한번 주위를 둘러보았다.

전날 밤 잔치

아즈치성 3층의 노부나가 거실에는 호수를 건너오는 바람이 끊임없이 서쪽에서 동쪽으로 흐르건만 몸에 흥건히 땀이 배었다. 노부나가는 홑옷 가슴을 열어젖히고 하세가와(長谷川)에게 그리게 한 다카마쓰성 배치도 위로 몸을 내밀어 이따금 붉은 줄을 긋고 있었다.

옆에는 란마루, 리키마루(力丸), 보마루(坊丸) 삼형제 외에 오가와(小川), 다카하시(高橋), 가나모리(金森) 등 시동들이 참석했으며, 그 뒤에 일부러 이 자리로 불려나온 쓰다(津田), 가토(賀藤), 노노키(野野木), 야마오카(山岡) 등 노장파도 이따금 이마의 땀을 닦으며 대기하고 있었다.

노부나가는 무언가 다른 일을 생각하는 듯 혼잣말 비슷하게 중얼거렸다.

"알겠느냐, 내가 없을 때는 각별히 조심하라. 본성은 쓰다, 가토, 노노키, 도야마(遠山), 요기(世木), 이치하시(市橋), 구시다(櫛田)가 지키도록. 또 별성은 가모(蒲生), 기무라(木村), 나루미(鳴海), 소후에(祖父江), 사쿠마, 후쿠다(福田), 지후쿠(千福), 마루모(丸毛), 마쓰모토(松本), 마에나미(前波), 야마오카들이 충분히 명심하여 방비를 게을리하지 마라."

"옛."

모두들 입을 모아 대답했지만 노부나가는 그것도 절반쯤 귀에 들리지 않는 듯 란마루에게 물었다.

"아오야마는 아직 돌아오지 않았느냐?"

란마루는 곧 일어나 거실을 나갔다가 다시 급히 돌아왔다.

"지금 돌아와 땀이 찬 의복을 갈아입고 있습니다."

"뭐, 옷을 갈아입는다고? 예의를 차릴 줄 아는군."

그런 다음 눈앞의 배치도를 천천히 감아 리카마루를 시켜 선반 위로 올려놓게 했을 때였다.

"아오야마, 방금 돌아왔습니다."

"수고했다. 미쓰히데는 사카모토성으로 돌아갔나?"

"예, 오늘 아침 일찍 모두들을 이끌고 출발했습니다."

"그래. 대머리 놈, 두 영지의 하사로 겨우 골이 풀렸군…… 너무 소심한 것도 다루기 힘들단 말이야……."

말하다가 노부나가는 별안간 코를 벌름거렸다.

"아오야마, 그대가 들어오고 나서 이상한 냄새가 나는 것 같다."

자기 홑옷의 냄새를 맡기도 하고 얼굴을 흔들어보기도 했다.

"이상한 냄새군, 생선 썩은 것 같은."

아오야마도 미간을 모으며 말했다.

"황송하오나…… 냄새가 배어 옷을 갈아입고 왔습니다만, 아직도 몸에 남아 있나 봅니다."

"무슨 냄새가 배었단 말이냐?"

"예, 휴가노카미 님 부하들이 남은 안주를 여기저기 버리고 갔기 때문에 히데마사 님과 의논해 그것을 치우고, 도쿠가와 님 숙소를 우선 히데마사 님 저택으로 옮겼습니다."

"뭣이, 대머리의 부하들이 남은 음식을 해자에라도 버렸다는 거냐?"

"그 때문에 다이호사 주위에는 썩은 냄새가 진동하여……"

아오야마가 더듬더듬 거기까지 말했을 때였다.

노부나가는 반쯤 벗은 몸을 흔들며 웃어댔다.

"으핫핫핫하…… 정말 어처구니없는 대머리구나. 저 혼자 기뻐서 이 더위도 잊고 가다니. 아무튼 지독한 냄새군…… 이에야스도 이것엔 질렸겠구나."

얼마나 화낼지 몰라 오들오들 떨고 있던 아오야마는 저도 모르게 안도의 한숨을 내쉬며 이마의 땀을 닦았다.

"여느 때라면 용서하지 못할 일이다. 거리에는 코도 들고 다닐 수 없을 만큼 지독한 냄새가 날 테지."

"……예."

"아무튼 좋아. 황급한 출전 준비 중의 접대, 이에야스에게는 이 노부나가가 잘 사과하지. 그래, 숙소를 곧 히데마사의 집으로 옮겼느냐?"

노부나가는 무슨 생각을 하고 있는지 뜻밖에도 선선히 고개를 끄덕이며 말했다.

"오늘 하루뿐이다, 실수 없도록. 내일은 소켄사에서 뵙겠다고…… 옳지, 그대도 이에야스를 다시 한번 찾아가 미쓰히데의 실수를 사과해 두어라. 아무튼 호인이니 출전이 정해져 그런 실수를 했다고 하면 이에야스도 웃어넘기고 말겠지."

"예."

"곧 갔다 오게."

"……예."

"왜 일어나지 않나. 또 할 말이 있느냐?"

"옛, 실은 휴가노카미 님……."

"대머리가 어쨌다는 거냐?"

"휴가노카미 님 자신의 생각은 어떻든 가신들이 이번 교체를 매우 불만스럽게 여기는 눈치여서……."

"하하하, 알고 있어. 그들은 간덩이가 아녀자처럼 작은 놈들이야. 그 때문에 처음에는 참소니 좌천이니 질투니 하고 망상하고 있었겠지. 그것을 알므로 전쟁이 끝나면 두 영지를 주겠다고 한 거야. 지금쯤 골이 풀려 어떻게 공을 세울까 궁리하느라 정신없을 거다. 걱정마라."

"그럴까요?"

"그럴까요……라니, 어젯밤 그대가 그 말을 전했을 때 대머리가 일부러 현관까지 전송했다고 하지 않았느냐?"

"예, 실은 그 때문에 좀 꺼림칙해서요."

"뭐……뭐가 꺼림칙하단 말이냐?"

"일부러 전송한 다음 음식을 모두 해자에 버렸다는 게 도무지 이해되지 않습니다."

"아오야마!"

"옛!"

"다이호사로 가서 중들에게 다시 물어봐라. 아마 그대가 사자로 가기 전에 한 짓이겠지. 대머리 놈의 골내는 버릇, 뻔하지 않나. 시무룩해서 부하의 경거망동을 타이르는 것도 잊고 다이호사를 나가버린 거지."

"아, 그렇겠군요……."

"대머리가 다이호사를 나왔다, 소임이 바뀌었다는 걸 알았다, 주군을 따르는 어리석은 자들이 충성이라고 믿고 나머지 음식을 해자에 내던진다, 대머리는 그 것도 모르고 그대로 그 수박대가리를 끄떡거리며 사카모토성으로 갔는지도 모른다."

그 말을 듣고 보니 아오야마도 차츰 그렇게 생각되었다.

"조사해 보고 만일 나머지 것을 버린 게 두 영지를 준다고 말한 뒤였다면 나한테 알려라. 그렇지 않다면 걱정할 것 없다. 히데마사에게 잘 말하여 내일 일에 거듭거듭 실수 없도록 해라."

"알겠습니다."

이처럼 명백한 노부나가의 말이 없었다면, 아오야마는 다시 한번 미쓰히데의 마음을 분석해 보았겠지만…….

곧 다이호사로 가서 물어보니 노부나가의 말대로 나머지 음식을 버린 것은 두 영지 하사의 말이 있기 전이었으며 그 때문에 경솔한 짓을 한 부하들은 중신들에게 심한 꾸중을 들었다는 것도 알았으므로, 그는 안심하고 냄새에 쫓겨 허둥지둥 히데마사의 집으로 이에야스를 찾아갔다.

이에야스는 요즈음 눈에 띄게 살찐 몸을 더위와 냄새 때문에 주체하지 못하고 있었다. 물론 옷을 벗거나 예의 없이 드러눕는 이에야스가 아니므로 다이호사와는 비교도 안 되는 호리 히데마사 저택의 검소한 서원 구조 넓은 방에 단정히 앉아 부채질하고 있었다.

"다다쓰구, 오늘은 우대신님이 산에서 내려오시지 않았으면 좋겠어."

"어째서입니까?"

다다쓰구 역시 아침부터 몇 번이고 피워 올리는 가라(伽羅) 향나무 연기에 진저리치며 코 둘레에 거무스름하게 동그라미를 그리고 있었다.

"우대신님이 산꼭대기의 성에 계시니 이것으로 끝나지만, 만일 거리를 걸으신다면 미쓰히데 님이."

"아, 그 말씀이군요. 명심해야 할 일입니다. 설마 나중에 이렇게 될 줄 알고 버린 것은 아니겠지만……."

이에야스는 눈가에 웃음 지으며 헤이하치로와 다다치카를 보았다.

"미쓰히데 님은 히데요시 님 지휘 아래 싸우는 게 불쾌한 건지도 모르지."

그러나 그 말은 그들에게 순간적으로 이해되지 않은 듯했고 이에야스 또한 그 일을 더 이상 언급하지 않았다. 다만 서남풍이 불어올 때마다 시원함보다 코를 막아야 하는 썩은 냄새에 얼굴을 마주 보며 쓴웃음 짓기를 되풀이할 뿐.

그때 아오야마가 나타나 노부나가의 말을 전했다.

"허, 그러면 우대신님도 알고 계시오?"

이에야스는 이 냄새를 알면서도 화내지 않는 노부나가가 이상하게 여겨졌다.

'빗추 싸움에 이만저만 마음 쓰는 게 아닌 모양이다.'

그러고 보니 다키가와 가즈마스는 간토의 우마야바시(廐橋)에 머물고, 시바타와 삿사 나리마사는 엣추에서 우오즈성(魚津城)을 에워싸 싸우고 있었다. 노부타카는 아와(阿波)에 건너가려 사카이로 출발했고, 노부카쓰는 이세에 두어야 한다. 그 많은 병력도 거의 빠듯한 느낌이 없지 않았다.

'꾹 참아야만 하는 것일까…….'

이리하여 문제의 악취가 아즈치 거리에서 가까스로 사라진 것은, 드디어 노부나가가 이에야스를 위해 위로잔치를 베풀기로 되어 있는 18일 아침이었다.

이날 아침 이에야스는 성주급 가신 20여 명과 바이세쓰를 동반하고 소켄사로 찾아갔다. 그들이 도착했을 때 노부나가는 벌써 와 있었다.

"오, 도쿠가와 님, 잘 오셨소. 자, 오늘은 노부나가가 접대하리다."

얼굴에 흥분의 빛을 보이며 손을 잡더니 마련한 좌석으로 안내하여 손수 이에야스 앞에 상을 놓았다. 이런 노부나가를 일찍이 본 적이 없었다. 그러므로 당사자인 이에야스도 접대역 니와 나가히데, 호리 히데마사, 하세가와의 얼굴도 오히려 조용해져 긴장하고 있었다. 단지 도쿠가와 가문 가신들만은 이 모습을 보고 자기 주군에 대한 각별한 존경심과 감격을 느낀 것은 말할 필요도 없다.

요리는 그즈음으로서는 최고의 사치를 다한 다섯 상으로 구성되었다. 이윽고 잔치가 끝나자 노부나가는 그들은 직접 안내하며 아즈치성을 구경시켰다.

산꼭대기에 솟은 7층 성이 그들의 넋을 얼마나 빼앗았을지 짐작하기 어렵지 않다. 구경이 끝나자 이번에는 3층의 넓은 방에서 도쿠가와 집안 가신들에게 손수 옷을 두 벌씩 나눠주었다. 한 벌은 고향의 아내들에 대한 선물이라는 얄미울 만큼 세심한 배려였다.

향연은 다음 날 19일에도 계속되었다. 이날도 장소는 소켄사로 전날에 못지 않는 호화로운 요리가 나오고 주연이 끝난 뒤 고와카 다유(幸若大夫)의 노래와 탈춤 구경이 있었다.

때마침 교토에서 고노에 사키히사(近衛前久)가 와 있어 그와 노부나가와 이에야스 세 사람이 정면 상석에 나란히 앉았다. 그런데 사키히사가 번번히 노부나가의 안색을 살피는 눈치였으므로 이에야스는 일부러 촌놈으로 가장하여 되도록 노부나가의 신경을 건드리지 않으려 했다.

노부나가는 이따금 이런 말을 했다.

"언젠가 이렇듯 둘이서 태평한 날을 즐길 날이 있겠지 하고 생각했었는데, 마침내 이루어졌군."

그리고 이렇게 내뱉기도 했다.

"노부나가 앞이라 여느 때보다 배우들이 긴장하고 있어."

고와카의 춤은 노부나가의 마음에 든 모양이었다. 춤이 끝나자 노부나가는 말했다.

"어떻소, 도쿠가와 님?"

이에야스가 대답했다.

"정말 좋았습니다. 황홀하여 넋 잃고 보았습니다."

"좋아, 고와카를 불러라. 상을 내리겠다."

노부나가는 세 사람 앞에 고와카를 불러 황금 10냥을 주며 호탕하게 웃었다.

"잘 추었다, 상금이다."

그런데 이어서 단바의 사루가쿠(猿樂 ; 익살스러운 동작, 곡예를 주로 한 일본 중세시대의 민중예능) 명인 우메와카 다유(梅若大夫)가 춤추기 시작하자 노부나가의 눈썹이 파르르 떨리기 시작했다.

우메와카는 노부나가의 성격에 대해 미쓰히데로부터 필요 이상으로 많이 듣고 있었는데, 막상 무대에 서고 보니 노부나가가 정면에서 꿰뚫을 듯한 눈초리로 자기를 노려보고 있는 게 아닌가. 그렇게 생각한 순간 춤이 어색해지고 어색해진 것을 느끼자 다음 차례를 잊어버리곤 했다.

춤이 끝나자마자 노랫소리보다 몇 갑절 큰 호통소리가 사방을 진동시켰다.

"몇 번이나 잊어버리다니 무슨 짓이란 말이냐…… 우메와카를 불러라!"

이에야스는 순간 노부나가가 우메와카를 베어버릴 것 같은 생각이 들었다.

'이 경사스러운 자리에서 절을 피로 더럽힌다면……'

이렇게 생각하자 짐짓 감탄한 듯 신음소리를 냈다.

"참으로 훌륭한 솜씨! 과연 소문은 거짓이 아니었군."

이 목소리는 노부나가의 어깨를 꿈틀 떨게 한 뒤 다시 거칠어진 숨결을 진정시켰다.

새파랗게 질린 우메와카는 란마루의 안내로 앞으로 나오자 노부나가를 올려다볼 기력도 없었다. 그저 납작하게 엎드려 와들와들 떨고 있을 뿐이었다.

"우메와카! 그대에게도 상을 내리겠다. 옛다!"

앞서와 마찬가지로 황금 10냥을 던지듯 앞에 놓은 다음 노부나가는 다시 고와카를 소리높이 불렀다.

"그대가 다시 한번 추어라."

이에야스는 안도의 숨을 내쉬었다. 노부나가의 노한 목소리를 듣고 고노에 사키히사까지 잠시 전부터 떨고 있었던 것이다.

이에야스는 생각했다.

'이것은 이미 우대신의 목소리가 아니다……'

"도쿠가와는 정말 유별나게 탈춤을 좋아하는군. 저 우메와카까지 칭찬하다니."

"그렇습니다, 저만한 솜씨도 저희는 여간해서 구경하기 힘드니까요."

"그렇소? 그렇다면 춤추게 한 보람이 있었군. 자, 다시 한번 고와카의 춤을 보시구려."

노부나가는 겨우 기분이 나아진 모양이었으나, 그래도 떨며 물러가는 우메와카를 노려보는 눈은 독수리처럼 날카로웠다.

이에야스를 위한 화려한 잔치는 18일에서 20일까지 사흘 동안 계속되었다. 정말은 병력이 모자라 고후에 있는 장남 노부타다를 불러 주고쿠에 출전시키게 되어 그 도착을 기다리기 위해서이기도 했지만, 노부나가 자신 왠지 이에야스와 헤어지고 싶지 않은 감정도 있었던 모양이다.

사흘째인 20일에는 장소를 고운사(高雲寺)로 옮겨 여기서도 노부나가는 반 장난삼아 이에야스의 상을 직접 날라 왔다.

"여보게, 도쿠가와, 둘이서 이렇듯 흉금을 털어놓고 만날 날이 또 올는지?"

이에야스는 그때 상대의 친절에 끌려들어 섣불리 웃어선 안 된다고 자신을 다잡았다.

"참으로 황송하신 말씀이십니다. 천하는 이미 평정되어 가고 있습니다. 다음에는 교토에서 다시 이런 잔치에 초대받을 수 있도록, 이에야스도 결코 노고를 아끼지 않겠습니다."

"허, 이거 한 대 맞았구려."

노부나가는 손수 술병을 들어 황송해 하는 이에야스에게 억지로 술을 따라주었다.

"빗추 일만 아니면 교토로부터 나라(奈良)며 사카이로 함께 구경 다닐 생각이었는데, 고후에서 노부타다가 왔으니 교토까지는 노부타다를 딸려주겠소."

"고맙습니다."

"내일 21일에 교토로 출발하시오. 미쓰히데에게서 이야기 들었소만, 출전은 천천히 구경하고 돌아온 다음이라도 좋소. 오사카, 나라, 사카이 그 밖의 곳에는 하세가와, 마쓰이 유칸(松井友閑)을 안내로 내세워 결코 불편하지 않도록 해드리리다. 그럼, 오늘은 잠시 동안의 작별, 노부나가도 취하겠으니 귀하도 드시구려."

그날의 요리 또한 뒷날 '아즈치 요리'라 하여 그즈음 전대미문이라 일컬어진 호화로운 것으로 역시 다섯 상짜리였다.

이날은 두 가문의 중신들도 한결 가까워져 잔치는 저녁때까지 계속되었고, 저마다의 여흥이 튀어나와 지금까지 없었던 흥겨운 자리가 되었다.

잔치가 끝난 것은 저녁 6시 전, 노부나가는 고운 사 현관까지 나가 이에야스를 전송했다.

"개똥벌레라도 보면서 천천히 걸어가시구려. 이 노부나가의 성 아래 귀하를 해치려는 자는 결코 없을 테니."

밝은 목소리로 웃으며 말했고, 사실 악취가 사라진 거리 여기저기에 개똥벌레가 한가로이 날고 있었다.

이에야스는 공손히 머리 숙인 다음 현관을 나와 문 앞에서 다시 한번 뒤돌아보았다. 아직도 노부나가가 서 있을 것 같아 돌아보지 않을 수 없었던 것이다. 그리고 시선이 마주치자 두 사람은 동시에 미소 지었다.

"그로부터 35년이 지났어. 지금 그걸 헤아려보고 있었지."

"맞습니다……."

그로부터……란 두 사람이 처음 만난 이에야스가 6살 때의 일이었다.

'35년…… 이 사람과 용케도 시비 없이 사귀어왔구나…….'

그들이 동맹 맺은 지 벌써 21년이 지났다.

"그럼, 조심해서 여행하시오."

"그럼, 이만."

그것이 이 세상에서 두 사람이 나눈 마지막 말이었다.

이에야스는 천천히 산문을 나왔고, 노부나가도 큰소리로 성으로 돌아갈 준비를 명하고 있었다.

이에야스는 41살.

노부나가는 8살 위인 49살.

덴쇼 10년(1582) 5월 20일 초저녁이었다.

미쓰히데를 맞이한 오미의 사카모토성에서는 거의 밤을 새우며 중신들 회의가 이어졌다.

성주대리 아케치 미쓰카도(明智光廉), 오쿠다(奧田), 미야케(三宅), 야마모토, 스와, 사이토 도시미츠(齋藤利三), 이세 사다나카(伊勢貞中), 무라코시(村越) 등이 새로이 모여들고, 거기에 아즈치에서의 이번 사건을 아는 사람들이 참가하여 노부나가의 속셈을 타진했다. 아케치 사마노스케도 시오텐 다지마도 나미카와 가몬(竝河掃部)도 입을 모아 노부나가가 드디어 아케치 집안을 없앨 결심을 한 게 분명하다고 증언했다.

"이즈모와 이와미 두 영지를 하사한다지만, 그곳은 아직 적의 수중에 있소. 거기에 출전하여 빼앗는 동안 단바와 오미를 압수당한다면 부모처자가 몸을 누일 곳도 없게 되오. 엉거주춤하게 만들어 사쿠마 노부모리, 하야시 사도의 예와 마찬가지로 아케치 가문을 멸망시킬 계획이 틀림없습니다."

그런데 무엇보다 이상한 일은 이즈모와 이와미 두 영지를 준다고는 했지만 누구도 오미와 단바를 뺏는다고 말한 자가 없는데 마치 그것이 기정사실인 듯 논의되고 있는 점이었다.

미쓰히데는 그날 밤 거의 한마디도 하지 않았지만 날이 밝자 하루 종일 조마조마하여 마음을 진정할 수 없었다. 이를 데 없이 고약한 썩는 냄새를 맡고 누군가 아즈치에서 그 잘못을 따지러 올 것만 같은 생각이 들어 견딜 수 없었다. 그런데 그 문책 사자는 끝내 오지 않았다.

20일 밤에 이르러 비로소 미쓰히데는 다시 모두들을 불러모았다.

"이제 우리 가문은 존망의 위기를 맞이했다."

미쓰히데는 무겁게 입을 열며 눈물을 뚝뚝 떨어뜨렸다.

"……잘 들어라, 앉아서 자멸을 기다리느니 앞서면 상대를 제압할 수 있다는 옛말처럼 이쪽에서 군사를 일으킬 도리밖에 없다고 생각한다. 그대들 심정을 말해보라."

이때는 이미 모두들 마음이 정해져 있었으므로 한 사람의 반대자도 없었다.

"그러면 사마노스케, 지자에몬, 다지마, 가몬 이하는 이제부터 곧 단바의 가메야마성으로 돌아가 아라키(荒木), 오키(隱岐) 등에게 이번 일을 설명하고 오는 그믐날 이즈모와 이와미의 새 영지로 향한다고 발표한 뒤 전군이 가메야마에 집결하도록."

"주군은……?"

"나는 한발 늦게 사카모토를 떠나 돌아오는 길에 아타고산(愛宕山)에서 참배하고 가메야마로 갈 것이다. 내 뜻에 동의한다면 모든 일에 빈틈없도록 하라."

모반 결심은 이제 움직일 수 없는 게 되어 사카모토의 군사들은 24일에 우선 선발대가 단바를 향해 출발했다. 미쓰히데는 그 이튿날 나머지 3000여 명의 군사를 이끌고 시라카와(白河) 고개를 넘어 사가(嵯峨)의 석가당(釋迦堂) 앞으로 길을 잡고, 거기서 군세를 오쿠다와 무라카미(村上)에게 맡긴 채 자기는 측근을 얼마쯤 데리고 아타고 산에 올랐다.

겉으로는 주고쿠 출전을 위한 축원이었지만, 속셈은 서쪽의 승원 이토쿠 암자(威德庵子)의 고유(行祐)를 찾아가 평소에 취미로 삼고 있는 100운(韻)의 렌가(連歌)를 짓기 위해서였다.

'좋든 싫든 노부나가와 천하를 다투지 않을 수 없게 되었다……'

그렇게 생각하자 늙은 삼나무에 비쳐드는 햇살과 이끼 앉은 돌층계까지 무언가 중요한 일을 미쓰히데에게 속삭여오는 것 같았다.

고유는 렌가 명인이었다. 미쓰히데가 온다고 하여 그는 쇼하(紹巴), 쇼시쓰(昌叱), 신젠(心前), 겐뇨(兼如), 유겐(宥源) 등 그 방면의 명인들을 불러 모아 기다리고 있었다.

도중에 미쓰히데는 신궁에 참배했다. 그가 점괘를 세 번씩이나 뽑는 것을 보고 고유는 미소지었다.

"휴가노카미 님답군요. 아무리 그래도 점괘를 세 번씩이나……"

물론 미쓰히데에게 들리게 말한 것은 아니었지만, 이 반역 음모자가 필요 이상으로 소심하고 초조해 하는 것은 그 뒤의 행동 하나하나에도 잘 나타났다.

그들은 이토쿠 암자에 모이자 담담하게 세상이야기를 하며 노래짓기를 준비하기 시작했다. 기록은 미쓰히데의 가신 히가시 로쿠로베에(東六郞兵衛)가 맡았는데, 그는 와카와 렌가에 솜씨 있었으며 특히 필적이 뛰어났다.

미쓰히데가 먼저 첫 구절을 읊었다.

"때(時 ; 도키)는 지금 비(雨 ; 아메) 내리는 5월이로다."

이어서 고유가 읊었다.

"물이 불어나는 뜰의 여름 동산―"

쇼하는 무언가 섬찟해진 모양이었다. 입 속으로 미쓰히데의 첫 구절을 줄곧 중얼대고 있다.

"때는 지금……도키(土岐 ; 미쓰히데의 옛성(姓))는 지금 하늘(天 ; 아메)이 내리는 5월이로다……"

그러고 보니 미쓰히데의 눈치가 여느 때와 다른 느낌이었다. 이따금 넋 잃은 듯 창밖의 바람소리에 귀 기울이는 듯싶다가 무의식적으로 부채를 폈다 접었다 하며 허공을 물끄러미 노려보기도 한다.

쇼하는 젊을 때부터 미쓰히데를 잘 알고 있었다. 아니, 미쓰히데보다 노부나가를 좀 더 깊이 알고 있었는지도 모른다. 그런 만큼 두 사람이 함께 있는 자리에서 늘 뭔가 답답함을 느껴왔다. 노부나가는 미쓰히데를 다른 누구보다 강하게 의식했고, 미쓰히데 또한 그 이상으로 노부나가를 의식했다.

전날 밤 잔치　329

'이 두 사람 사이에 무언가 불행한 충돌이 없으면 좋겠는데'

그런 생각을 고유에게 이야기하여 웃음을 산 일이 있었다.

"미쓰히데 님은 고지식한 분이고, 우대신님은 미쓰히데 님 따위 염두에도 없을 거요."

"그럴까."

그때 그 이야기는 그렇게 끝났지만 오늘 이상하게도 마음에 걸렸다.

'점괘를 세 번 뽑는가 하면 때(도키)는 지금 하늘(아메)이 내리는 5월……이라니.'

쇼하는 마음속의 의아함을 그대로 두고 고유가 '물이 불어나는 뜰의 여름 동산—'이라고 읊은 데 이어 화답했다.

"꽃잎 떨어지는 연못의 물줄기를 막고."

노래는 차례차례 이어졌다. 이 모임에서 미쓰히데가 읊은 노래는 모두 16구절이었다. 끝맺음에 와서 신젠이 읊었다.

"빛깔도 향기도 취기를 돋우는 꽃송이 아래."

미쓰히데가 이어받았다.

"고을마다 더욱 평화로운 때."

그리고 그 밑에 자기 아들 미쓰요시의 이름을 쓰게 했다.

여기서도 때(도키)를 끌어다 '도키(土岐)'를 암시했다.

'아무래도 이상한걸. 무슨 생각을 하고 있는 모양인데……'

쇼하는 의아심을 품은 채 노래가 끝나 밤참을 들고 모두 침실로 물러갈 때까지 미쓰히데를 계속 관찰했다.

잠자리에 들자 미쓰히데는 별안간 부엉이와 비둘기 울음소리에 신경이 쓰였다.

'지금은 저들이 우는 계절이긴 한데……'

그렇게 마음에 타일러 보았지만 그 하나하나가 불길한 연상으로 이어져 까닭 없이 화가 치밀었다.

오늘 사가의 석가당 앞에서 얻은 정보에 의하면 이에야스는 이미 상경하여 교토 구경을 끝내고 오사카를 향해 떠났다고 했다. 니와 나가히데와 호리 히데마사는 이미 빗추로 달려갔고 노부나가도 29일에 상경하여 혼노사에서 묵을 예정이었다.

군사를 거의 거느리지 않고 상경하는 노부나가.

'어쩌면 노부나가를 거꾸러뜨릴 수 있겠지만……'

그러나 그 뒤에 곧바로 교토를 점령하고 천하에 포고를 내릴 것인가, 아니면 주고쿠의 모리와 동맹하여 히데요시가 거느린 오다 군을 배후에서 먼저 칠 것인가 하는 게 문제였다.

교토에서 천하에 포고를 내리는 동안 히데요시와 모리가 손잡고, 시바타와 삿사와 다키가와 등은 우에스기와 연합하고, 게다가 도쿠가와 군을 맞을 판국이 될 듯한 생각이 자꾸만 들었다.

"에잇!"

귀에 거슬리는 부엉이 소리에 견디다 못해 저도 모르게 소리 지르자 옆방에서 자고 있던 쇼하가 말을 걸었다.

"휴가노카미 님, 왜 그러십니까. 나쁜 꿈이라도 꾸셨습니까?"

미쓰히데는 가슴이 철렁하며 온몸이 긴장되었다.

"내가 뭐라고 했나?"

"네, 잠꼬대를 몹시 하시는 것 같았습니다만."

"지금 몇 시나 되었을까? 홈통의 물소리가 조용해졌군."

말한 다음 미쓰히데는 덧붙였다.

"이번 출전, 무사히 승리를 거두면 드디어 산인도가 내 손에 들어온다. 내일 아침 일찍 각 불당에 시주하고 다시 한번 필승을 축원한 뒤 산을 내려갈 것이다. 그만 자게."

쇼하는 입을 다물었다. 산인도를 내 손에 넣는다…… 그 때문에 긴장했던 것인가 하고.

이튿날, 미쓰히데는 의외로 밝았다. 일어나자 곧 다시 신궁에 참배하고 황금 50냥과 엽전 500관을 헌납하고, 서쪽 불당에 50냥, 주인을 비롯한 노래쟁이들에게는 저마다 10냥씩, 아다고산에는 엽전 200관을 기부했다.

"그럼, 개선한 뒤 또 만납시다."

미쓰히데는 그들의 전송을 받으며 유유히 산을 내려갔다.

산을 내려간 뒤부터는 미쓰히데도 신경질적인 나약함을 보이지 않았다.

가메야마성에 한발 먼저 보내둔 큰아들 미쓰요시가 아타고산에서 자기 이름으로 렌가가 끝났을 무렵부터 학질에 걸려 심한 열로 헛소리하고 있었지만 그것도 마음에 두는 기색 없이, 겉으로는 어디까지나 빗추 출진으로 꾸미고 노부나가 습격을 1일 밤부터 2일 새벽 사이로 작정하여 준비에 착착 몰두했다.

전쟁준비가 끝난 아케치 군 1만1000명 남짓이 '주고쿠 출발 사열'을 끝내고, 전군을 셋으로 나누어 가메야마성을 출발한 것은 1일 오후 3시였다.

제1진은 아케치 미쓰하루(明智光春)를 대장으로 시오텐 다지마, 무라카미 이즈미(村上和泉), 마야케 시키부, 쓰마키 가즈에 등 3700명.

제2진은 아케치 지자에몬 밑에 후지타 덴고로, 나미카와 가몬, 이세 요사부로(伊勢與三郎), 마쓰다 다로자에몬(松田太郎左衛門) 등 약 4000명.

본대는 총대장 미쓰히데가 이끄는 아케치 주로자에몬, 아라키 야마시로(荒木山城), 아라키 도모노조(友之丞), 스와 히다(諏訪飛驒), 사이토 구라노스케(齋藤內藏公), 오쿠다 구나이(奧田宮內), 미마키 산자에몬(御牧三左衛門) 이하 3200명 남짓.

대장 한 사람 말고는 모두 주고쿠 출전으로 알고 떠나는 전열이었다.

혼노사(本能寺)

　노부나가가 란마루 형제 등 근위무사를 50명쯤 거느리고 혼노사(本能寺)에 들어간 것은 5월 29일 해질 무렵이었다. 이미 여자들 한 무리와 200명쯤 되는 경호무사들이 먼저 가서, 오후부터 내리기 시작한 비를 내내 걱정하며 기다리고 있었다.

　노부나가가 상경하면 언제나 공경들이 야마시나(山科)까지 마중 나왔다. 그들과 지루하게 형식적 인사를 나누는 것을 노부나가는 무척 싫어했다.

　'그 일 때문에 또 지체하여 비를 맞고 계시는 것은 아닐까…….'

　그렇게 생각되자 하루 먼저 혼노사에 도착하여 여자들에게 이것저것 지시하고 있던 노히메 부인은 애가 탔다.

　큰 아들 삼위중장(三位中將) 노부타다는 이에야스를 안내해 이미 묘카쿠사(妙覺寺)에 머물고 있었다. 이에야스에게 하세가와와 스기하라(杉原)를 딸려 오사카에서 사카이로 보내고 나자 자신은 니조성으로 옮기고 묘카쿠사에는 동생 가쓰나가(勝長 ; 노부나가의 막내아들)를 대신 보냈다. 노부타카는 스미요시(住吉)에 출전하여 아와로 건너가려 하고 있었으니, 이로써 오다 형제들은 아버지 노부나가의 상경을 기다려 단숨에 주고쿠 공략에 들어갈 태세가 완료된 셈이었다.

　그런 만큼 여기서는 되도록 모든 허례를 피하고 부자를 빨리 싸움터로 보내고 싶었다. 그렇지만 교토에 오면 일이 그리 간단하게 진행되지 않았다. 무엇보다 공경들이 노부나가를 두려워하여 정중하게 예의를 차리려 하기 때문이었다. 그것을 대충 다루면 그다음에는 더욱 정중해진다. 이번에는 안 그래도 이에야스 접대에 시간을 뺏겨 출전이 늦어지고 있었다.

노히메 부인이 일부러 여자들을 따라 나온 것은 이 허례적인 시간을 조금이라도 단축시키고 싶었기 때문이었다.

아니나 다를까 비에 젖은 가마에서 내려 혼노사 내전으로 든 노부나가는 기분이 좋지 않았다.

"노, 그대까지 뭣 때문에 일부러 와 있는 거요?"

노히메 부인은 대답하는 대신 웃으며 갈아입을 의복을 가져오라고 일렀다.

"그대를 세상에서 도깨비라 부르고 있어."

"네, 저도 이따금 그런 뒷소문은 듣고 있어요."

"여자는 33살이 지나면 뒷전에 숨어 여생을 즐겨야 하는 법이야."

"네, 하지만 저는 아직 20대니까요."

노히메 부인은 사실 나이를 짐작할 수 없는 야릇한 젊음을 간직하고 있어서, 옛일을 모르는 교토 사람들에게는 겨우 30살 남짓으로밖에 보이지 않았다. 개중에는 시녀 우두머리쯤으로 생각하는 공경도 있었고 측실로 보는 자도 있었지만, 노히메 부인은 그런 일에 조금도 개의치 않았다.

"궁전 승정(僧正)님도 안 계셔서 내일 초하룻날 문안차 올 공경들 이름을 적어놓았어요."

"누구누구야? 교토는 좋지만 그게 귀찮아. 오늘도 야마시나까지 많이 나와 있어서 속이 부글부글 끓었지."

"네, 고노에 님과 마님을 비롯해 구조(九條) 님, 이치조(一條) 님, 니조(二條) 님, 쇼고인(聖護院) 님, 다카쓰카사(鷹司) 님, 기쿠테이(菊亭) 님, 도쿠다이지(德大寺), 아스카이(飛鳥井), 니와타(庭田), 다쓰지(田辻), 간로지(甘露寺), 사이온지(西園寺)……"

노히메 부인이 손가락을 꼽아가자 노부나가는 짜증내며 가로막았다.

"그만해! 오건 말건 멋대로 하게 내버려 둬!"

노부나가가 가로막아도 노히메 부인은 들은 척도 하지 않았다. 다른 측근이나 시녀들은 노부나가의 이 노성 한마디에 입을 다물고 물러갔기 때문에 오히려 뒤처리가 늦어지기 쉬웠다.

"귀찮으시더라도 아직……"

같은 상태로 계속 손가락을 꼽는다.

"사이온지 님 다음이 산조세이(三條西), 구가(久我), 다카쿠라(高倉), 미나세(水無瀬), 지묘인(持明院), 니와타(庭田)의 고몬(黃門), 간슈사(觀修寺)의 고몬, 오기마치(正親町), 나카야마(中山), 가라스마루(烏丸), 히로하시(廣橋), 보조(坊城), 이쓰쓰지(五辻), 다케노우치(竹內), 가잔인(花山院), 마데노고지(萬里小路), 나카야마 중장(中山中將), 레이제이(冷泉), 니시노토인(西洞院), 시조(西條), 온묘노카미(陰陽頭)……"

노부나가는 또 소리쳤다.

"알았다니까…… 교토의 공경이란 공경은 다 나왔군."

노히메 부인은 미소 지었다.

"맞습니다. 이미 장마철에 접어들었기 때문에 내일 접대는 다과만으로 하도록 지시해 두었습니다."

"건방진 지시다. 어쨌든 싸움에는 전기(戰機)가 있다는 것도 모르는 양반들, 아부는 오히려 귀찮아."

"대감, 중간에 약주를 내오라는 분부는 하지 마십시오."

"쓸데없는 간섭은 하지 마."

"저녁에는 노부타다와 가쓰나가가 올 겁니다. 노부타다와는 고후 이래 한 번도 식사를 함께 하시지 않았다니 부자분이 즐기세요."

노부나가는 기막힌 듯 혀를 찼다.

"도깨비 할망구 같으니, 하나부터 열까지 간섭이군. 그렇다면 적당한 때 아부꾼들을 쫓아 보내."

"네, 충분히 환담하고 돌아가시도록 하겠습니다."

그날 밤 노부나가는 여느 때보다 일찍 침실에 들었다.

깊은 해자로 둘러싸인 혼노사의 주룩주룩 내리는 빗소리가 숲을 감싸고 있었다. 모기장을 치는 여자들 모습이 어떤 환영처럼 땀에 젖어 어슴푸레해 보였다.

노히메 부인은 노부나가가 잠들 때까지 옆에서 남편 모습을 지켜보고 있었다.

'내가 따라오지 않으면……'

이렇게 생각하면서도 지금은 남편과 자기 사이에 먼 거리를 느낀다. 우대신이라는 관위와 숱한 사람들의 아부가 두 사람 사이를 멀리 떼어놓아 이윽고 어느쪽도 보이지 않는 위치로 끌고 갈 것만 같았다.

'옛 가신들도 틀림없이 그것을 섭섭해 하리라…….'

노히메 부인은 자기를 노히메라고 부르던 옛날의 노부나가를 그리운 마음으로 눈 속에 그리다가 어느새 잠에 빠져들었다.

날이 밝으면 드디어 6월 초하루.

10시 무렵부터 객전에는 어제 통지해 온 공경들이 잇따라 모여들었다. 비는 오락가락하고 있었다.

노부나가는 걱정했던 것만큼 기분 나쁘지 않았고, 진상품은 모두 그 자리에서 사양했지만 시동에게 차를 끓이게 하여 황궁의 여름행사에 대해 재미있게 이야기를 주고받았다. 아마 저녁나절에 부자가 단둘이 술상을 벌이게 될 일이 마음에 들었기 때문이리라.

물론 노히메 부인은 이러한 공식적인 자리에는 거의 모습을 보이지 않았다.

수많은 공경과 승려들이 돌아가기 시작한 것은 4시가 지나서였다. 그들은 노부나가가 겉으로는 호탕해 보이지만 사실은 신경질적이고 의심 많은 대장으로 한결같이 보고 있는 모양이었다. 그런 만큼 서둘러 돌아가 버리면 겉으로야 어떻든 뒷일이 무서웠다.

'저놈이 노부나가를 가볍게 보고 있다.'

그렇게 생각하면 반드시 어딘가에서 보복당할 것 같은 느낌이 들었다. 그래서 오늘 저녁에도, 노부타다가 찾아와 부자 사이에 싸움에 대한 의논이 있을 거라는 말이 좌중에 전해질 때까지 아무도 일어나려 하지 않았다.

적당한 때 란마루의 동생 보마루가 들어와 물었다.

"삼위중장님께서 이제부터 듭시어도 좋으냐고 여쭈어보라는 분부가 계셨습니다."

사람들은 그제야 비로소 일어나기 시작했다. 모두 노히메 부인의 지시였지만, 노부나가는 별로 불쾌한 기색이 아니었다.

"그래, 좋다고 전하라."

그리고 웃는 얼굴로 모두들을 전송했다.

"머잖아 모리를 물리친 다음 다시 사열식이라도 구경시켜 드리겠소."

그 무렵부터 비가 개어 혼노사의 숲 사이로 희미하게 푸른 하늘이 보이기 시작했다.

노부나가는 일단 옷을 갈아입고 객전의 높은 누마루에 올라 두 아들이 도착하기를 기다렸다.

"이제 이 누마루도 낡았구나, 힘껏 밟으면 부서질 것 같다."

삭기 시작한 마룻장을 일부러 밟아보기도 하고 낡은 난간 조각을 올려다보기도 한다.

'역시 자식을 만나는 건 즐거운 일인가보다……'

노히메 부인은 그것이 또한 쓸쓸했다. 자식 없는 여자는 남편밖에 의지할 데가 없다. 그런데 그 남편은 어느덧 아내 손이 닿지 않는 구름 위로 날아가려 하고 있다……

"노……."

"네."

"오늘 저녁에는 노부타다와 가쓰나가의 시종들에게도 술을 내리시오."

"네."

"내일은 이미 싸움터에 있을 터. 오늘 저녁은 마음껏 마시게 하고 노부나가도 푹 쉬어야겠어."

"마음껏 마시도록 허락하신다면 저도 마셔도 괜찮겠습니까?"

"핫핫핫, 좋고말고. 시동들에게도 오늘은 마음껏 마시게 하오."

"대감……."

"뭐요, 불만스러운 얼굴인 것 같은데?"

"여기는 성이 아닙니다. 부자분과 시녀들은 괜찮더라도 근위무사들까지 술을?"

"안 된다는 이야기군. 핫핫핫핫……."

"옛날의 대감 같지 않습니다. 앞으로 관습이 될지도 모르니……."

노부나가는 또 가소롭다는 듯 웃었다.

"핫핫핫, 노는 역시 여자로군. 만일 노부나가의 신변을 노리는 자가 있다면 시동들이 술에 취하고 안 취하는 게 문제된다고 생각하오? 혼노사는 아무 방비도 없소. 게다가 노부나가의 신변에는 지금 병력도 없잖소. 염려 마시오, 만취하여 정신을 잃을 정도로 마시게 하지는 않을 테니."

'옛날과 달라졌다!'

노히메 부인은 고개 숙이고 입술을 깨물었다.

노부타다와 가쓰나가 형제는 서로 상대의 도착 시간을 계산하고 온 듯했다.

"오, 왔구나, 왔어, 기다리고 있었다."

노부타다의 모습을 보고 노부나가가 익살스러운 몸짓으로 반쯤 펼친 부채로 어서 오라고 손짓했을 때 가쓰나가의 행렬도 중문을 들어섰다.

삼위중장 노부타다는 벌써 26살의 한창 나이였지만 가쓰나가는 아직 앞머리를 기른 소년—그 어린 아들이 쓰다 마타주로(津田又十郎), 쓰다 간시치(津田勘七), 오다 구로지로(織田九郎次郎) 등 휘하 3000여 명에게 묘카쿠사로 모이도록 명령하고 빗추 싸움에 첫 출전하기 위해 볼을 상기시키며 눈을 빛내고 있었다.

"음, 가쓰나가도 왔구나. 잘 왔다, 어서, 이리 오너라."

노부나가는 앞장서서 마련된 자리로 갔다.

"여봐라, 손님이 도착했다. 불을 더 밝혀라, 불을……."

바깥은 아직 어슴푸레했지만 객전 안은 벌써 밤이었다. 시동들이 종종걸음으로 촛대를 더 갖다놓은 뒤 이어서 차려놓은 상이 날라져왔다.

"중장은 이에야스 님에게 공경들을 잘 대면시켜 주었겠지?"

"충분히 명심해서 하였습니다."

"이에야스는 시골뜨기라 묘카쿠사에서도 여전히 딱딱하게 있더냐?"

"예."

노부타다는 무슨 생각을 했는지 쓴웃음을 지었다.

"도쿠가와 님에게 민망스러운 일이 있었습니다."

"민망스러운 일……?"

"생각해 보니 저는 중장이고 도쿠가와 님은 소장이었습니다."

"아, 그렇군……."

"제가 공경들을 대면시키자 모두들 약속이나 한 듯 중장님 수행인을 만나게 되어 영광이라고 말하더군요. 내 수행인이 아니라 아버님의 귀한 손님이라고 해도 끝내 수행원 취급을 했습니다."

노부나가는 배를 잡고 웃음을 터뜨렸다.

"왓핫핫핫…… 그래, 미처 그 생각을 하지 못했군. 공경들이 이에야스를 중장 수행원으로 취급했다고? 왓핫핫핫, 정말 재미있구나."

이에야스에게는 민망스러운 일이었지만, 공경들 아부로 두 사람 사이에 신분상의 명확한 선이 그어진 게 왠지 노부나가를 즐겁게 했다.

술이 들어오고 가이에서의 무용담이 이것저것 나왔다. 빗추의 모리 군 이야기, 히데요시 이야기, 다카마쓰성에 대한 이야기에서 이윽고 덴가쿠 골짜기에서 이마가와 요시모토를 거꾸러뜨렸을 때의 공훈담까지 나와 자리를 흥겹게 했다.

"그때 나는 중장보다 하나 위인 27살이었다. 그렇지, 노……."

"네, 무인답게 아주 훌륭하셨습니다."

"선 채로 공깃밥을 먹었지…… 세 공기였던가?"

"네, 세 공기를 단숨에 잡수시며……."

노히메 부인이 그리운 듯 말하자 노부나가는 외치며 일어섰다.

"노, 부채! 가쓰나가, 잘 봐둬라. 사람의 일생이란, 나아가거나 물러서거나 전광석화 같아야 한다."

막내를 향해 눈을 번쩍이고는 두 소매를 가지런히 하고 읊기 시작했다.

인생 50년
돌고 도는 무한에 비한다면
덧없는 꿈과 같도다…….

그가 좋아하는 아쓰모리가 시작되는 줄 알고, 노히메 부인은 벌써 작은북을 준비하고 있었다. 낭랑한 노부나가의 목소리와 함께 북소리가 옛 절 객실에 울려 퍼졌다.

혼노사에서 부자 사이의 단란한 주연이 한창 무르익은 오후 7시, 미쓰히데 군은 호즈(保津)의 숙소에서 야마나카를 빠져 사가 들판으로 나와 기누가사산(衣笠山) 기슭에 이르고 있었다.

여기까지 오자 병졸들도 비로소 고개를 갸웃거렸다. 주고쿠로 출진하는 거라면 미쿠사(三草)를 넘어야 하는데 말머리를 동쪽으로 돌려 오이노(老山)산에서 야마자키, 셋쓰를 거쳐 간다고 했다. 그런데 오이노산에 오더니 또다시 오른쪽으로 가지 않고 왼쪽으로 내려간 것이다. 이렇게 가면 교토로 가게 된다.

"길이 좀 틀리지 않나? 누가 윗사람에게 물어보는 게 좋겠어."

"그래. 이대로 가면 한밤중에 교토로 들어가게 돼. 굉장히 도는 길이야."

그러나 그때는 저마다 무사대장으로부터 새로운 지시가 내려왔다.

"이번 군사를 노부나가 공이 교토에서 사열하신다고 한다. 도는 길이지만 하는 수 없다. 따라서 여기서 식사하고 무장을 단단히 갖추도록 하라."

행렬은 기누가사산을 등지고 좌우로 넓게 흩어져 가져온 주먹밥으로 배를 채웠다.

'노부나가 공이 사열한다……'

있음직한 일이라고 생각되므로 아직 아무도 의심하는 자가 없다.

다만 이때 이 대군을 보고 고개를 갸웃거린 자가 농부들 외에 또 한 사람 있었다. 교토 행정관대리 무라이 하루나가(村井春長)의 부하 요시즈미(吉住)였다. 그는 가쓰라강(桂川) 언저리의 전답관리를 맡아보고 있었는데, 이 군대를 보자 가슴이 덜컥 내려앉았다.

'아케치 군이 교토로 가고 있다……'

그는 그 길로 언저리 농가에서 밭갈이 말을 빌려 정신없이 채찍질하며 10시쯤 호리카와(堀河) 관저에 있는 하루나가를 찾아갔다.

"이상한 일입니다. 아케치 군이 서쪽으로 가지 않고 교토를 향해 몰려오고 있는데, 혹시 반역의 뜻이 있는 게 아닐까요?"

그러자 하루나가는 얼근히 취한 술 냄새를 사방에 풍기며 웃었다.

"잠꼬대 같은 소리 마라. 지금 우리 주군에게 칼을 들이댈 얼빠진 놈이 어디 있나."

그도 가쓰나가를 호위하여 혼노사에 갔다가 그때까지 노부나가의 춤을 구경하고 돌아온 참이었다.

"더욱이 아케치 님은 주군께 누구보다 큰 은혜를 입고 있어. 만약 교토를 향해 온다 해도, 아마 주군의 명령이 있어서겠지."

일이 잘못될 때는 꼭 무슨 징조가 있는 법이라, 이 한마디로 노부나가 부자의 운명은 결정되고 말았다.

한편—

구쓰카케에서 배를 채운 아케치 군에게 미쓰히데는 비로소 '적은 혼노사에 있다!'는 속뜻을 밝혔다.

"치지 않으면 당하므로 하는 수 없이 우대신 목을 벤 다음 내일부터 천하를 호령하기로 했다. 모두들 말발굽의 징을 뽑아버리고, 보병들은 새 짚신을 신고 새 감발을 쳐라. 총 부대는 화약심지를 1자5치로 자르고, 그 끝에 불을 당겨 5개씩 불 끝을 거꾸로 달아라. 알았으면 단숨에 가쓰라강을 건너라. 적은 혼노사와 니조에 있다. 이제부터 천하는 휴가노카미의 것이 되는 거다. 잘 싸우다 죽으면 아들이 있는 자는 아들을, 아들이 없는 자는 그 연고자를 찾아내어 대를 잇게 해줄 것이다. 자, 공을 세워라."

사마노스케의 3700명 군사는 혼노사로, 지자에몬의 4000명 남짓은 니조성과 묘카쿠사로, 미쓰히데의 본진 3000명은 산조(三條) 호리카와로 정한 다음 전군이 마침내 교토에 들이치는 성난 파도로 바뀌었다.

미쓰히데는 진두에 서서 교토로 말을 몰며 자신이 무슨 짓을 하고 있는지 아직 확실히 파악할 수 없는 심정이었다.

젊었을 때는 누가 천하를 잡을지 곧잘 논했었다. 노히메 부인의 아버지 사이토 도산의 영향으로 남몰래 천하를 노리는 자신을 상상하지 않은 바도 아니었다. 하지만 도산의 처참한 최후를 보고, 아사이와 아사쿠라의 멸망 및 쇼군 요시아키의 말로와 신겐의 죽음을 목격해 오는 동안 그것은 어느덧 그의 뇌리에서 사라져버리고 없었다.

'천하인'이란 결코 실력만으로 쟁취할 수 있는 이름이 아니었다. 눈에 보이지 않는 운명이 어디선가 강력한 지배의 실을 잡고 있었다. 그 실의 존재를 깨닫지 못하고 억지로 일을 서두르는 것은 남이 볼 때 자진하여 멸망의 못에 뛰어드는 어리석음으로 보였다. 가까이는 가쓰요리, 멀리는 요시모토가 좋은 본보기였다.

'분수를 아는 게 자손번영의 근본이다.'

그렇게 깨닫고 4남 3녀에게 저마다 무난한 지위와 살 곳을 마련해 준 참으로 소박한 아버지였다. 세 딸 가운데 장녀는 아마가사키성주 오다 노부즈미(織田信澄)에게 출가시키고, 차녀는 단고(丹後) 태수 호소카와 후지타카의 적자 다다오키(忠興)에게 시집보냈다. 셋째는 장남으로 14살인 미쓰요시, 지금 학질을 앓고 있어 가메야마성에 두고 왔지만, 차남 주지로(十次郎)며 3남 주사부로(十三郎)며 셋째 딸로부터 막내 오토주마루(乙壽丸)에 이르기까지 남몰래 '편안한 일생'을 으뜸으로 생각해 온 아버지가 지금 우연한 계기로 노부나가를 거꾸러뜨리고 천하를 잡지 않으면 안 되게 된 것이다.

'참으로 일이 공교롭게 되었다……'

때때로 그렇게 생각하며 스스로를 꾸짖었다.

"정신 차려, 미쓰히데. 이번 기회에 천하를 잡지 못하면 너는 한낱 모반인, 처자 권속은 사지가 찢겨 죽게 된다."

이리하여 셋으로 나누어진 아케치 군이 교토에 들어간 것은 자정이 넘은 시간이었다. 따라서 정확히 말하면 6월 2일이 되는 셈이다.

군사들은 곳곳의 관문을 부수고 거리에 들어서자 비로소 기치를 세우고 한달음에 저마다 맡은 장소로 달려갔다.

그중에서도 노부나가의 숙소인 혼노사를 급습하는 사마노스케 군은 이만저만 긴장한 게 아니었다. 캄캄한 어둠 속에서 혼노사의 무성한 쥐엄나무와 대나무 숲을 향해 나아가 땅 위에 검게 번쩍이는 해자를 발견하자 그 주위를 세 겹으로 둘러쌌다.

첫째 원은 시오텐 다지마, 둘째 원은 무라카미와 쓰마키, 셋째 원은 미야케.

포위를 끝내자 사마노스케는 미쓰히데의 본진 산조 호리카와로 전령을 보내이 사실을 보고했다. 뜻밖의 원군이 혼노사로 가지 못하도록 하기 위해 일을 서두른 것이다.

사마노스케의 전령이 왔을 때는 벌써 묘카쿠사도, 니조성도, 행정관 대리 무라이 하루나가의 호리카와 관저도 포위가 끝나 있었다. 그리고 그 외곽의 오쓰 (大津), 야마시나, 우지, 후시미(伏見), 요도(淀), 구라마(鞍馬)와 각 출입구에 2, 300명의 복병을 배치하는 일도 완료되었다.

"됐다! 여름밤은 짧다. 단숨에 쳐들어가 날이 새기 전에 반드시 노부나가의 목을 베어야 한다."

전령은 쏜살같이 사마노스케한테 되돌아갔다. 이미 새벽 2시, 혼노사 내전은 이제 막 잠들었는지 후덥지근한 어둠 속에 조용하기만 하다.

사마노스케의 명령이 떨어졌다.

무엇 때문에 싸우는 것인가? 언제나 그렇듯 그것은 군사들이 알 바 아니었다. 산다는 것은 싸워 이기는 것…… 그러한 현실 속에서 끊임없이 큰 칼을 휘두르고 창을 겨누며 거칠게 살아온 무사들은 난입하라는 명령이 떨어지자 함성을 지르며 앞 다투어 벽에 달라붙었다.

앞문에서는 힘이 장사인 시오텐 다지마의 아들 마타베에가 60관은 됨직한 댓돌을 던져 문을 부수었다. 약 1만 평쯤 되는 혼노사 경내는 아직 무시무시하리만치 조용했다. 푸른 쥐엄나무 잎사귀 냄새가 목이 막힐 듯 풍기고, 나뭇가지 사이로 별이 하나 둘 어른거리고 있었다.

군졸들은 다시 칼과 창을 쳐들고 함성을 질렀다.

"와—아!"

이상한 정적과 숲속의 어둠이 한순간 그들의 진격을 방해했다.

그때 내전의 모기장 속에서는 노부나가가 섬뜩하고 이상한 공기의 움직임을 느끼고 벌떡 몸을 일으켰다.

노부타다와 가쓰나가를 돌려보낸 뒤, 12시쯤까지 시녀들을 상대로 기분 좋게 술잔을 기울이다가 만취해버린 노부나가였다.

노부나가는 일어나자마자 다음 방에 대고 소리 질렀다.

"게 누구 없느냐! 하인들이 술에 취해 다투는 모양이다. 어서 말리고 오너라."

지난날 덴가쿠 골짜기에서 이마가와 요시모토를 급습했을 때, 요시모토는 그것을 가신들의 싸움으로 착각했는데 오늘 밤 노부나가도 마찬가지였다.

"옛!"

옆방에서 란마루, 오가와 아이헤이(小川愛平), 이가와 미야마쓰(飯川宮松) 세 사람이 일어나는 기척이 났다.

노부나가는 또 부르짖었다.

"기다려라! 다투는 게 아니다. 저 소리를 들어봐…… 앗, 많은 군졸들이 절 안으로 침입하고 있다."

노부나가는 모기장에서 튀어나가 큰 칼을 잡고 또 귀를 기울였다.

"어떤 놈 짓이냐, 본때를 보여주자. 란마루!"

"옛!"

란마루는 한 손에 큰 칼, 또 한 손에는 촛대를 들고 마루로 뛰어나갔다. 확실히 예사롭지 않은 인마의 소란이었지만 사방이 어두워 아직 분간할 수 없다.

"웬 놈들이냐, 주군이 여기 계시다. 소란피우지 마라, 무례하다."

말하는 동안에도 중문 밖과 회랑 언저리에 군사들이 물밀듯 몰려드는 느낌이었다.

다시 한번 크게 소리 질렀다.

"웬 놈들이냐? 미야마쓰, 아이헤이, 보고 오너라."

란마루의 소리에 답하여 미야마쓰가 중문 담까지 가서 다람쥐처럼 소나무에 올라갔다.

"아, 깃발이 보입니다. 물색바탕에 도라지꽃 무늬!"

"뭣이, 도라지꽃 무늬? 그렇다면……."

란마루가 노부나가의 침소로 되돌아가려 했을 때였다.

"음, 미쓰히데 놈이로구나."

새하얀 명주 홑옷을 걸친 노부나가가 벌써 높은 누마루에 나와 있었다. 노부나가는 한 번 잡았던 긴 칼 대신 세 사람이 당겨야 쏠 수 있는 강궁(强弓)을 잡고 바깥의 어둠을 쏘아보고 있었다. 그 뒤에 활 통을 들고 서 있는 것은 시동인지 시녀인지 잘 알 수 없었다.

"주군! 미쓰히데의 모반이 분명합니다. 여기 계시면 위험합니다. 어서 안으로……."

란마루가 노부나가의 몸을 밀어 넣으려 했을 때였다.

"이놈! 이 대머리 놈아……."

노부나가는 최초의 화살을 힘껏 당겨 어둠 속에 날렸다. 동시에 중문이 우지끈 부서지면서 적의 그림자가 어두운 뜰에 점점이 떠올랐다.

"괴한들이다!"

"모반이다!"

절 안은 갑자기 벌집을 쑤셔놓은 듯한 소란으로 가득했다. 절 안의 인원은 야경과 화재당번 군졸까지 합해 겨우 300명뿐이었지만, 노부나가가 특별히 선발해 온 시동들인 만큼 그 동작은 민첩하기 이를 데 없었다. 재빨리 미닫이를 열어젖히며 다니는 자, 군졸들을 지휘하여 절 마당을 달리는 자, 노부나가 주위에 사람울타리를 치는 자…… 이 같은 위급을 예상한 사람은 아무도 없었을 텐데, 잠깐 동안에 최선의 방비태세를 갖추고 있었다.

노부나가는 숨도 돌리지 않고 잇따라 4개의 화살을 날렸다.

그때마다 중문에서 안뜰로 침입한 검은 점이 하나씩 허공을 잡으며 쓰러졌다. 어디서 누가 날리는 화살인지 모르므로 마구 쏟아져 들어오던 적병의 움직임이 잠시 주춤했다.

"주군, 어서 안으로."

"그래."

노부나가는 그때 비로소 여느 때의 떠나갈 듯한 목소리로 명령했다.

"미쓰히데의 모반이니 도리 없다. 이렇게 된 이상 본때를 보여주고 자결하자!"

"옛."

주위에서 많은 사람들 목소리가 들렸지만 노부나가는 이미 듣고 있지 않았다.

시키는 대로 란마루가 법당 처마 안으로 들어가 접근해 오는 적을 쏠 자세를 취하고 주위를 둘러보았다.

란마루는 이미 병졸들을 지휘하기 위해 달려 나가고, 뒤에 남은 것은 아직 14살밖에 안 된 란마루의 막냇동생 보마루와 그 밖의 4, 5명이었다. 노부나가는 그 가운데 한 사람에게 문득 시선을 멈추더니 날카롭게 불렀다.

"노! 그대였군."

"네."

"그대는 여자들을 데리고 빨리 달아나오."

그러나 노히메 부인은 대답하지 않았다. 처음부터 활 통을 받쳐들고 따랐는데도 지금까지 그것을 깨닫지 못한 노부나가였다.

"노!"

"네."

"여자들을 데리고 빨리 피신하라는 말이 들리지 않나!"

"그 일이라면 다른 사람에게 분부해 주십시오."

이번에는 노부나가가 대답하지 않았다. 피신하라고 말하기는 했지만 들을 여자가 아닌 것을 잘 알기 때문이었다.

노부나가는 다시 한번 자신에게 이르듯 입 속으로 되뇌었다.

'미쓰히데가 모반했다…….'

이상하게도 화나지 않고 왠지 우스꽝스러운 생각이 들며 웃음이 나올 것만 같았다. 그러면서도 그 조심성 많은 대머리 놈이 궁리 끝에 모반한 이상, 준비에 빈틈이 없을 터이니 빠져나가는 것은 생각도 할 수 없는 일이라고 확실히 계산되었다.

'정말 우습군……'

이렇게 될 바에는 낮에 공경들에게 좀 더 인심이나 써두었더라면 좋았을걸…… 선물도 거절하고, 기대하고 왔을 터인데 우대신의 호화로운 다회(茶會) 맛도 보여주지 않다니 노부나가란 인색한 사나이야……

어느덧 절 안에서는 적과 아군이 한 덩어리가 되어 싸우고 있었다. 어디선가 총소리가 탕탕 났다.

만약 이에야스가 상경해 오지 않았다면 노부나가는 초하룻날 혼노사에서 공경들을 놀라게 할 만한 큰 다회를 벌였을 게 틀림없었다. 그 방면의 이름난 차 도구도 많이 수집해 두었고 빗추의 싸움에 이토록 마음을 서두르게 되지도 않을 것이다. 다회라면 무엇보다도 사카이의 다도 명인들을 부를 필요가 있는데, 그들을 불러 모으면 지금 사카이에 있는 이에야스의 접대에 지장을 줄 것 같았다.

이에야스는 아마 지금쯤 소큐나 유칸 등과 함께 사카이에서 즐겁게 다회를 열고 있을 게 틀림없었다.

'이것이 나의 최후가 되려는가……'

노부나가는 점점 가까워지는 칼 부딪는 소리를 들으며 저도 모르게 입 밖에 내어 중얼거렸다.

"노부나가도 참 우스운 놈이지……"

"네? 무슨 말씀이신지."

"아니, 아무 말도 안 했어."

여전히 다가오는 적을 쏘아 쓰러뜨리려는 자세로 있으면서, 머릿속에서는 대담할 정도로 조용하게 자신의 인생을 돌아보는 노부나가였다.

오와리 으뜸가는 멍청이. 남이 오른쪽이라면 왼쪽이라 하고, 희다면 끝까지 검다고 주장했던 고집불통. 덴가쿠 골짜기며 나가시노 싸움은 어쨌든 히에이산, 호쿠리쿠, 나가시마, 고야(高野) 등……스님과 속인을 가리지 않은 철저한 대학살. 하늘을 찌를 듯한 7층의 아즈치성과 눈이 휘둥그레질 만큼 장관인 남만사 건립. 6척 넘는 흑인 시종을 데리고 다니며 대포를 실은 거대한 철선을 건조하여 일본인뿐 아니라 포르투갈 사람들 간담까지 써늘하게 만든 노부나가. 전대미문의 아즈치와 교토 대 사열식을 비롯하여 이따금 다회로부터 기독교 문화 수입에 이르기까지 세상을 놀라게 하고 사람들 의표를 찌르지 않고는 만족하지 않았던 노부나가.

그 노부나가가 지금 '최후'에 이르러서도 역시 또 온 일본을 깜짝 놀라게 해주려는 것이다.

'대머리 놈이 제법이구나…….'

쉴 새 없이 들려오는 적의 함성 속에서 장난스러운 망나니로 상투에 새끼 띠를 두르고 다녔던 시절의 야성이 49살 된 노부나가의 몸속에서 폭발하듯 소리내며 되살아났다. 더욱이 그것은 '인생 50년……'의 예감과 각오를 뛰어넘어 뜨겁게 죽음의 화살을 쏘며 다가왔다.

바로 가까이에서 찢어지는 듯한 소리가 났다.

"상대해 주마!"

시동 다카하시 도라마쓰가 4자 가까운 큰 칼을 높이 쳐들고 누마루에 올라온 세 명의 적을 향해 실이 끌리듯 뛰어갔다.

노부나가의 활에서 화살이 윙 날랐다.

"앗!"

이어서 두 번째, 세 번째 화살을 쏘았을 때 이번에는 가장 어린 리키마루가 노부나가 곁에서 떨어져 탄환처럼 법당 마루로 달려 나갔다.

"역적 놈, 덤벼라……."

먼저 뛰어나간 아이헤이와 리키마루의 형 보마루가 등을 마주 대듯하여 5, 6명의 적에게 쫓겨 들어오고 있었다.

노부나가는 또 연거푸 화살을 세 개 날렸다. 그 화살이 두 명의 가슴팍을 꿰뚫어 마루 밑에 굴러 떨어지자 나머지는 모두 재빨리 시야 밖으로 물러갔다. 과연 활을 잡은 노부나가에게 늙음이란 없었고 그 눈과 손과 발이 강력한 무기였다.

노히메 부인은 노부나가에게 재빨리 화살을 주면서 지나칠 만큼 냉정하고 싸늘한 표정으로 남편 모습을 바라보고 있었다…… 이미 300명 남짓 가운데 200명 가까이는 쓰러졌을 거라고 노히메 부인은 계산하고 있었다.

짧은 여름밤, 머잖아 동녘부터 훤해져 올 것이다. 비도 개어 좋은 날씨가 될 것같다고 마님은 생각했다.

산조의 호리강에서 끌어온 혼노사 둘레의 해자에는 연꽃이 맑은 물 위에 여기저기 떠 있었다. 그 사이에 아침놀 구름이 드리워지면 얼마나 아름다울까 하고 문득 생각하다가 마님은 왠지 승리한 것 같은 심정조차 들었다.

마님의 혈육 가운데 그 생애를 끝까지 마친 이는 하나도 없었다. 아버지 도산도, 어머니 아케치 마님도, 동생들도, 배다른 오빠도 모두 허나라 목이 토막 난 전란의 희생물이 되었다. 그런데 자기 혼자 다다미 위에서 조용한 죽음을 맞는가 생각하니 늘 불안이 뒤따랐었다.

본디 노부나가의 잠자는 목을 베려고 출가해 온 몸이었다. 그런데 언제부터인가 평범하게 남편을 섬기는 아내가 되었고, 끝내 그 아내의 자리에도 절망했다. 노부나가는 결코 아내의 것이 아니었다. 열을 얻으면 백을 바라고, 백을 차지하면 천을 욕심낸다. 멈출 줄 모르는 사나이의 탐욕 앞에, 노히메 부인은 쉴 새 없이 두 사람을 잇고 있는 가냘픈 애정의 실이 끊어질 때를 두려워했다.

그런데 뜻하지 않은 미쓰히데의 반역을 만나 그 사정이 확 뒤바뀌었다. 노히메 부인은 노부나가가 이미 죽음을 결심하고 있는 것을 알았다. 조심성 많은 장난꾸러기가 순간적인 방심 때문에 교묘하게 허를 찔려, 다시 예전의 노부나가로 돌아간 것이다.

지금 다가오는 적을 향해 정신없이 화살을 날리고 있는 노부나가는 이미 천하인이 아니었다. 죽음을 피할 수 없음을 뻔히 알면서도 다가오는 자의 가슴팍을 꿰뚫어놓지 않을 수 없는 지난날의 기치보시로 되돌아가 있었다. 그 기치보시의 아내는 노히메 외에 있을 리 없었다.

'기치보시와 노히메로 죽게 될 줄은 몰랐어.'

정문 쪽에서 또 총소리가 나고 쥐엄나무 녹음향기 속에 화약 냄새가 섞였다.

그때 붉은 창에 피 칠을 한 란마루가 덧문 맞은편 툇마루에 나타나 돌아선 순간 누군가 한 사람을 찔러 넘어뜨렸다.

"이놈, 덤빌 테냐!"

그리고 그 뒤로 17, 8명의 그림자가 어지럽게 시야에 쏟아져 들어왔다.

"모리 리카마루다. 덤벼라!"

리카마루의 앳된 목소리가 힘차게 터지는가 싶더니 다음 순간 그 어린 목소리는 애처로운 비명으로 바뀌었다.

"앗!"

베려다가 자신이 당하고 만 것이다.

"동생의 원수! 모리 보마루다, 꼼짝 마라!"

"건방진 놈! 야마모토 산에몬이다."

"앗!"

이번에도 또 아군의 비명.

노히메 부인은 처마 안에서 시윗줄을 울리고 있는 노부나가에게 정신없이 화살을 건넸다. 노부나가는 이미 옛날의 악동으로 돌아가 자신이 지휘자라는 것을 잊고 있는 건 아닌지.

적은 벌써 내전으로 닥치고 있었다. 자결할 생각이라면 이제 그곳을 물러나야……한다고 생각했을 때 란마루, 도라마쓰, 요고로, 고하치로 네 사람이 눈앞의 적을 아수라처럼 또 몰아냈다. 이미 리키마루도, 보마루도, 아이헤이도, 마타이치도 쓰러져 있었다.

노부나가는 크게 숨을 돌리고 외쳤다.

"무네히토는 어디 있느냐? 이때다. 여자들을 데리고 피신하라. 서둘러라, 무네히토!"

노부나가의 소리에 응하여 하세가와 무네히토(長谷川宗仁)가 대답했다.

"옛."

그때 내전 입구에서 함성이 올랐다.

"무네히토, 그대는 무인이 아니다. 여자들을 데리고 빨리 피해라. 대머리는 아녀자를 베지 않는다."

그것을 듣고 노히메 부인은 깜짝 놀랐다. 이미 악동으로 돌아간 노부나가. 모든 것을 잊고 눈앞의 적에게 맞서고 있는 줄만 알았는데, 실은 정확하게 미쓰히데의 성격까지 계산하고 있었던 것이다. 아니, 이것은 계산이 아니라 노부나가라는 한 마리의 큰 짐승이 몸에 지니고 있는 날카로운 싸움 감각임에 틀림없다.

옆방에서 몸을 서로 맞대어 움츠리고 있던 14, 5명의 여자들이 이 소리에 구르듯 마루로 뛰어나왔다.

"노히메 부인은……"

무네히토가 말했지만, 노히메 부인은 거들떠보지도 않고 손을 내저으며 다시 노부나가에게 화살을 건넸다.

"그럼, 물러가겠습니다."

무네히토 뒤를 따라 여자들이 비명 지르며 층계를 구르듯 안뜰로 내려갔다.

"아……."

노부나가가 부르짖었다.

"시윗줄이 끊겼다! 창을 다오."

이제 노부나가 둘레에는 한 사람의 시동도 남아 있지 않았다. 밀려왔다 물러 갈 때마다 누군가 뛰어나가 다시는 돌아오지 않았기 때문이다.

"네."

노히메 부인은 안으로 뛰어들어 십자 창을 들고 와 노부나가에게 건네주었다.

노부나가는 늠름하게 창을 훑고는 또 흘끔 노히메 부인을 보았다. 들꽃무늬 옷을 입은 노히메 부인은 연한 남색 끈으로 소매를 걷어매고 시동들처럼 땀받이 머리띠를 했으며 흰 자루가 달린 긴 칼을 겨드랑이에 끼고 있었다.

"노! 그대도 어서 피해."

"달아나지 않겠어요."

"뭐라고, 이 노부나가를 욕되게 할 작정인가, 노부나가는 죽을 때 여자의 힘을 빌리지 않는다."

"저는 여자가 아닙니다. 그보다도 몸소 싸우시는 것은 이제 그만두세요!"

"못난 것!"

매서운 소리로 호통 쳤지만 노부나가의 눈은 웃고 있었다.

"네 지시를 받을 것 같으냐, 이 노부나가가?"

그곳에 또 네 명의 사람 그림자가 허리를 굽히고 우르르 달려들었다. 노부나가가 이 언저리에 있다는 것을 마침내 적도 눈치챈 모양이었다.

적의 모습을 보고 뒤로 물러설 노부나가가 아니었다.

"네 이놈!"

덧문 밖으로 확 뛰어나가더니 선두에 선 한 사람을 꼬챙이에 꿰듯 창으로 찔러 휘둘렀다.

비명이 올랐다.

"으악!"

"우대신이 여기 있다! 모두들, 우대신이 여기에……"

큰 소리를 질러대는 두 번째 그림자에게 노부나가는 손에 익은 창을 다시 뻗쳤다. 그러자 그 그림자가 넘어지는 쪽에서 온몸이 피투성이가 된 젊은이가 달려왔다.

"몸소 나서시게 해서 죄송합니다. 자, 이제는 자결을!"

부르짖으면서 남은 두 사람을 순식간에 창끝으로 해치웠다.

이미 온몸에 상처 입은 란마루였다.

땅 위의 수련

란마루가 나타나자 잠시 노부나가 앞에 다시 사람 그림자가 없어졌다. 그러나 이편에 유리한 상황 따위는 결코 일어날 리 없었다. 첩첩이 둘러싼 적의 원이 서서히 좁혀지면서 칼 부딪는 소리가 내전 처마 밑에서도 들려오고 있었다.

노히메 부인은 긴 자루가 달린 칼을 단단히 겨눈 채 란마루로부터 빨리 자결하라는 말을 들은 노부나가가 어떻게 할 것인지 숨죽이며 지켜보고 있었다.

노부나가는 눈꼬리를 치뜨고 란마루가 사라진 쪽과 주위에 쓰러져 있는 양쪽 무사들 시체를 쏘아보며 호흡을 가누고 있었다. 공경들이며 다도 명인들이며 기독교 신자들 앞에 있을 때 노부나가는 왠지 물에 떠도는 기름처럼 보였지만, 지금 이렇게 피 묻은 창을 짚고 선 노부나가는 싸울 때 지르는 고함소리와 조화를 이루어 있어야 할 것이 제자리에 있는 것 같은 느낌이었다.

'노부나가는 역시 무장이었을까……'

그러나 노히메 부인은 머리를 저었다. 난세경륜(亂世經綸)의 재능을 충분히 지니고 태어난 노부나가, 그러므로 오늘날까지 세상 사람들을 놀라게 해온 것이다.

그러나……하고 노히메 부인은 생각했다. 난세의 영웅이 반드시 평화스러운 때에도 영웅이 될 수 있는 건 아닌 듯했다. 마치 노히메 부인이 앞뒤 분별없이 날뛰는 젊은 노부나가의 아내일 수는 있었지만 우대신의 아내는 아니었듯이…… 마님은 숨을 크게 몰아쉬는 노부나가의 가슴속에서 지금 어떤 감회가 물결치고 있는지 알고 싶었다.

어떤 경우에도 마음 약한 소리는 하지 않았던 노부나가. 인생은 50년이라고 입버릇처럼 말하던 노부나가. 그 노부나가가 49살로 절체절명의 죽음 앞에 서 있었다. 지나치게 허세를 부리는 것도 슬프지만 때를 놓치고 허둥대면 더욱 슬프다.

"우대신님."

부르려다가 노히메 부인은 다시 예전의 친숙한 호칭으로 바꾸었다.

"대감! 재미있는 일생이었습니다, 저에게는."

노부나가가 돌아보았다.

"뭐? 그대도 나와 함께 죽을 작정인가?"

"대감께서는 분하시겠지요. 미쓰히데 따위에게 이처럼……."

짓궂은 물음이었다. 대답에 따라서는 일생에 마지막으로 큰 소리로 웃어줄 생각이었다.

"노부나가란 그런 사람이었나요? 이제야 정체를 드러내시는군요. 혈육인 형제를 베고, 사위를 죽게 했으며, 가신을 내쫓은 끝없는 의심의 끝이 겨우 이것이었군요."

이렇게 말하면 노부나가는 어쩌면 손에 잡은 창으로 노히메 부인을 찌를지도 모른다. 그러나 노히메 부인 역시 이름난 미노 살모사의 딸이다. 찔리더라도 웃으면서 죽을 심정이었다.

"대감, 왜 대답이 없으십니까. 분하지 않으십니까?"

노부나가는 또 다가오는 칼 소리에 귀 기울이며 내뱉듯 말을 던졌다.

"천치 같은 것! 생과 사는 하나, 잔말 말고 물러가 있어!"

또 많은 사람의 발소리가 이번에는 여자들이 사라진 뜰아래에서 쿵쾅거리며 들려왔다. 침입자들 앞에서 도라마쓰, 란마루, 요고로 세 사람이 이쪽으로 등을 보이며 쫓겨 왔다. 아까까지 함께 있던 오치아이 고하치로의 모습은 이미 보이지 않았다. 어디선가 쓰러져 죽었으리라. 쫓겨 온 세 사람도 온몸이 피투성이가 되어 란마루의 붉은 칠을 한 창에서도, 도라마쓰의 칼에서도 검은 피가 뚝뚝 떨어지고 있었다.

란마루가 다시 부르짖었다.

"주군! 빨리 안으로!"

이제 살아남은 시동은 노부나가가 자결할 수 있는 시간을 만들어주려고 생각하는 모양이었다. 세 사람 모두 노부나가가 아직 창을 짚고 서 있는 것을 보더니 미친 듯이 적을 향해 공세를 취했다.

노히메 부인은 그러한 시동들의 분전과 그것을 대하는 노부나가의 태도를 냉정한 눈으로 지켜보기만 했다.

가장 상처가 심한 요고로는 반격에 밀려 층계 밑으로 몰리고 말았다. 그에게 덤벼든 것은 두 사람 다 창을 든 적, 층계 밑에 깔린 돌에 걸려 몸의 중심을 잃는 순간 노부나가는 괴성을 지르며 층계를 향해 달려 나갔다.

"얏!"

과연 어릴 때부터 단련해 온 전란의 아들 노부나가.

번개같이 창을 확 두 번 내질렀다 싶은 찰나 따라붙은 적 두 사람은 저마다 창을 허공으로 뒤집으며 맥없이 나자빠졌다.

"요고로!"

이미 창에 찔린 줄 알고 엉덩방아를 찧었던 요고로는 대답하며 일어섰다.

"옛!"

그리고 노부나가의 모습을 보자 란마루와 도라마쓰가 또다시 정원 밖으로 몰아내려는 적을 향해 튕기듯 뛰어들었다.

'이로써 요고로도 마지막이구나.'

노히메 부인은 본능적으로 난간 끝에 있는 노부나가 곁으로 달려갔다. 부인은 한쪽 무릎을 꿇은 채 요고로의 뒷모습에서 언뜻 싸늘한 죽음의 그림자를 느꼈다.

노부나가는 한 발을 난간에서 내리고 다시 한번 신음소리를 뱉어냈다.

"음."

그것은 다기(茶器)를 감상하거나 공차기를 바라보는 우대신의 목소리가 아니라, 피를 보고 흥분하는 맹수의 으르렁거림이었다.

어느 틈에 야마다(山田)와 오쓰카(大塚) 두 사람이 앞머리를 흐트러뜨리고 옆머리에서 피를 흘리며 달려와 마구 적을 무찌르고 있었다. 적들은 뜰 밖으로 우르르 물러갔다.

노부나가는 여전히 적을 노려보는 자세로 우뚝 서 있었다. 추녀 끝에 매달린 등불이 그러한 노부나가와 머리띠를 바짝 동이고 긴 칼을 안은 자신의 모습을 희미하게 비쳐주고 있다……고 생각했을 때 노히메 부인은 문득 가슴이 뜨거워지며 잊어가고 있던 남편에 대한 애정이 끓어오르듯 목구멍에 치밀어 올랐다.

'우리는 부부였다…….'

투쟁의 마당에 서면 문자 그대로 생사를 초월하여 싸우는 것밖에 염두에 없는 이 위대한 맹수를, 끝내 누구 손에도 내주지 않았던 것이다…….

"대감! 이제 준비하십시오."

노히메 부인은 자신의 목소리가 어떤 감정에 떨리고 있는 것을 비로소 깨달았다.

노부나가는 아내의 목소리가 들리는지 안 들리는지 여전히 안뜰 입구를 매섭게 쏘아보며 서 있었다. 노히메 부인은 또 한 번 말을 건네려다가 생각을 바꾼 듯 머리를 저었다. 싸움에 익숙한 이 맹수는 누군가에게 주의받지 않더라도 덤벼들 때는 덤벼들고 물러날 때는 물러나 결코 일을 그르치지 않으리라. 만약 안으로 물러날 여유가 없으면, 여기 선 채로 할복할지 모른다.

그 사나운 성미에 훈련된 젊은 사자들, 이들은 또 얼마나 우직하고 용맹스러운가. 모두들 벌써 풀밭에 쓰러질 정도로 상처 입었으면서도 몇십 배나 되는 적을 다시 안뜰에서 몰아낸 것이다.

사람 그림자가 사라진 안뜰에 비틀거리는 걸음으로 누군가 돌아왔다.

"대감님! 란마루 님 말씀……일각을 지체 마시고……."

그것은 가장 크게 다친 도라마쓰의 목소리였다.

"주군!"

다시 비틀거리며 한 걸음 더 내딛었다. 손에 든 휘어진 큰 칼이 노히메 부인 눈에 슬프게 비쳤다. 그때 그 그림자를 쫓아 미끄럼 타듯 중문에 들어선 또 하나의 그림자가 엉키듯 달라붙었다.

"도라마쓰, 도망치지 마라!"

"웬 놈이냐!"

"아케치 군에서도 그 유명한 야마모토 산에몬이다. 덤벼라!"

검은 실로 튼튼하게 짠 갑옷이 소리 내며 재빠르게 창이 날아들었다. 도라마쓰는 휘어버린 큰 칼로 그 창끝을 낫질하듯 내려쳤다. 두 사람은 풀 위로 털썩 엉덩방아를 찧었다.

노부나가의 몸이 다시 새처럼 마당으로 몸을 날리려다 그대로 신음하며 서버렸다.

"음!"

엉덩방아를 찧은 한 사람은 일어섰지만 또 한 사람은 일어서지 못했다. 일어선 그림자는 산에몬, 그대로 엎어져버린 것은 도라마쓰였다.

노부나가는 도라마쓰와의 거리를 재어보고 이미 늦었다고 여겨 움직이지 않은 게 틀림없다. 그러한 계산이 몸서리쳐질 정도로 정확하게 이 맹수의 신경에 새겨졌던 것이다.

'내 남편…… 싸움에 능란한 이 사나운 사자가…….'

노히메 부인은 죽을 때까지 싸울 결심인 노부나가의 할 일이 이미 끝났음을 똑똑히 느꼈다. 그는 역시 우대신도 천하인도 아니었다. 난마처럼 얽혀 손댈 수 없는 전국에 한 줄기 길을 내기 위해 산을 헐고, 나무를 찍고, 숲을 불태우기 위한 파괴자였던 것이다.

'나는 그 파괴자의 아내였다.'

노히메 부인은 뺨을 장밋빛으로 물들이고 결연히 남편을 올려다보았다.

"대감! 저도 이제는 이 팔에 피를 칠하겠어요."

"건방진 도깨비 같으니!"

노부나가가 말했지만 노히메 부인은 일어나 긴 칼에 천천히 힘을 주었다. 중문에 적 그림자가 다시 몰려왔기 때문이었다.

쏟아져 들어온 적 하나가 큰 소리로 고함쳤다.

"우대신은 어디 계시오! 아케치의 가신, 미야케 마고주로(三宅孫十郞), 목을 받으러 왔소! 우대신은 어디 계시오?"

그 소리 밑에서 역시 부상 입은 아군 하나가 별안간 칼을 내던지고 돌진했다.

"건방지다, 덤벼라!"

덤벼든 자가 누구인지 노히메 부인은 알 수 없었다. 길길이 날뛰는 투견끼리 이빨을 으르렁대듯 뒤엉켜 싸우는 두 사람의 몸을 네 개의 그림자가 우르르 뛰어넘어 누마루로 달려왔다. 누마루 위에 창을 짚고 버티어 서 있는 것이 노부나가임을 알아본 모양이었다.

산벚나무 껍질로 미늘을 엮어 짠 갑옷을 걸친 선두의 한 놈이 실에 끌리듯 마님 앞으로 달려왔다. 그리고 누마루 밑에서 뭐라고 큰 소리 질렀지만, 그다음에 따라온 검은 가죽갑옷에 흰 실로 짠 어깨받침을 날리며 떠나갈 듯 이름을 대는 늠름한 무사의 목소리에 묻혀 알아들을 수 없었다.

두 번째 무사는 부르짖듯 외쳤다.

"우대신 노부나가 공인 줄 아오. 나는 아케치 군에서도 이름난 야스다 사쿠베에(安田作兵衛)."

그때 노히메 부인이 긴 칼을 확 쳐들고 단숨에 뜰로 뛰어내렸다.

'바로 지금이 죽을 때!'

그런 감개가 회오리바람처럼 머리를 스쳤지만 그다음은 정신이 없었다. 맨 앞의 한 명이 당황해 한 발 물러서는 것을, 나무랄 데 없는 자세로 육박하여 틈을 주지 않고 아래에서 오른쪽으로 쳐올렸다. 상대는 손에 든 창과 함께 턱에서 투구가 날아가고 사방에 피 보라를 뿌리며 벌렁 나자빠졌다.

이어 사쿠베에에게 달려들자, 사쿠베에는 총을 겨눈 채 두어 걸음 물러나며 이를 갈았다.

"여자로구나, 건방지게! 비켜라, 여자에게는 볼일 없다. 비키지 못할까!"

마님은 코웃음 치며 한 걸음 더 나섰다. 그동안 노부나가는 충분히 안으로 들어갈 수 있다.

'이렇게 하는 것이 맹수의 아내……'

"비키지 못할까!"

사쿠베에는 상대에게 전혀 물러설 의사가 없으며 자기를 두려워하지도 않는 것을 알고 갑옷 어깨받침을 뒤로 확 젖히며 창을 겨누었다.

노히메 부인의 몸이 또 한 걸음 나아갔다.

"얏!"

사쿠베에가 창을 앞으로 내지르는 것과, 노히메 부인의 긴 칼이 바람을 일으키며 원을 그린 것이 거의 동시였다. 칼끝이 검은 갑옷 가죽에 스치는 소리가 났다. 그와 동시에 노히메 부인은 중심을 잃고 비틀거렸다. 아랫배에서 옆구리에 걸쳐 달군 쇠에 찔린 듯한 뜨거움을 느꼈다. 이어 다시 한 걸음 내딛으려던 다리가 꺾이며 무릎을 꿇었다.

그래도 다시 일어서면서 긴 칼을 휘두르려고 했다. 그러나 앞을 가로막은 녹색

문 때문에 움직일 수 없었다. 노히메 부인의 몸은 그때 이미 잔디 위에 엎어져 있었던 것이다. 풀냄새가 코에 물씬 들어와 고개를 들고 보니 안뜰의 풀밭 전체가 파란 수면처럼 보였다. 그 수면에 점점이 쓰러져 엎드려 있는 양군의 시체가 수련꽃을 띄운 것처럼 눈에 어렸다. 노히메 부인은 신기한 것을 구경하듯 다시 한번 땅 위에 핀 수련을 보고 이번에는 노부나가 쪽을 우러러 보았다.

'이제는 제발 안으로 들어가 주셨으면……'

그러나 노부나가는 누마루 난간에 한 발을 걸친 채 도도하게 우뚝 서 있었다. 그 눈이 피를 토하듯 번쩍이며 자신을 쏘아보고 있었다.

노히메 부인은 그 눈과 시선이 부딪쳤을 때 자신의 일생이 불행하지 않았다고 생각했고, 또 자기를 찔러 넘어뜨린 사쿠베에가 왜 노부나가에게 덤벼들지 않을까 이상하게 생각했다.

눈은 확실히 보이는데 귀는 매우 답답했다. 어딘가 먼 곳에서 들리는 듯한 소리—

어딘가 멀리서 란마루의 목소리가 들리는 것 같았다.

"사쿠베에, 멈춰라!"

노히메 부인은 온몸의 힘을 쥐어짜 고개를 들어 그쪽을 보았다.

한 졸개가 노히메 부인의 오른쪽 난간에 서서 이제 막 어깨를 빌려주어 사쿠베에를 누마루 위로 올려 보내는 참이었다.

'아, 대감이 위태롭다……'

사쿠베에는 창을 지팡이삼아 누마루에 훌쩍 뛰어올랐다.

"사쿠베에, 목을 받으러 왔소!"

노부나가는 그래도 도도하게 창을 짚은 채 버티고 서 있었다. 흰 명주 홑옷에 같은 새하얀 띠를 맨 모습이 뚜렷이 부각되어 야릇한 숭엄함을 지닌 채 살기를 띠고 있다.

꼼짝도 않는 노부나가 뒤에서 느닷없이 한 그림자가 뛰어나와 사쿠베에에게 창을 겨누었다.

"사쿠베에, 네놈은 이 모리 란마루를 아느냐!"

뛰어나온 것은 란마루인 모양이다. 이 얼마나 지칠 줄 모르는 처절한 투지를 지닌 사나이란 말인가. 18살 난 그는 노부나가가 가진 모든 것을 빨아들여 공포를 모르는 초인으로 성장해 있었다.

"오, 란마루냐. 알고말고!"

사쿠베에 역시 빈틈없이 창을 겨누고 자세를 취했다.

란마루가 먼저 날카롭게 공격했다. 사쿠베에는 그것을 가볍게 피하더니 이윽고 창이 서로 뒤엉켰다. 그리고 그 창이 떨어졌을 때 부상당해 있던 란마루가 마루에 털썩 엉덩방아를 찧었다.

그 순간이었다. 그때까지 지그시 노히메 부인을 응시하고 있던 노부나가가 시선을 홱 돌려 그대로 안쪽으로 걷기 시작한 것은…… 안으로 통하는 작은 장지문이 방 안의 불빛을 받아 하얗게 반짝이고 있었다.

사쿠베에는 노부나가에게 따라붙었다.

"우대신, 돌아서시오!"

그러나 그는 돌아보지 않고 걸음도 멈추지 않았다.

불빛이 다다미에 환하게 쏟아지더니 곧이어 장지문이 다시 닫혔다. 사쿠베에는 그 장지문으로 달려갔다.

"얏!"

사쿠베에는 밖에서 한 번 찔렀지만, 그때는 머리를 흩트린 란마루가 다시 덤벼들고 있었다. 사쿠베에는 혀를 차며 란마루를 상대했다.

란마루가 안을 향해 다시 외쳤다.

"주군! 적을 한 발짝도 들여놓지 않겠습니다. 뒤는 걱정 마시고."

"얏!"

사쿠베에는 조바심 내며 창을 내질렀다. 란마루는 또 엉덩방아를 쿵 찧으며 창 자루로 사쿠베에의 정강이를 후려쳤다.

사쿠베에는 애가 탔다. 란마루도 죽여야 하고, 노부나가에게 첫 번째로 창을 들이대어 그 목도 빨리 베고 싶었다. 산조의 미쓰히데 본진에서는 혼노사 정문에 진치고 있는 사마노스케에게 몇 번이고 전령을 보내왔다. 아직도 노부나가의 목을 베지 못했느냐는 애타는 독촉이었다.

만약 싸움이 낮까지 이어진다면 승패가 뒤바뀔지도 모른다. 교토 사람들이 일어나기 전에 무슨 일이 있어도 노부나가의 목을 산조 개울가에 효수하지 않으면 안 된다. 그렇게 하면 무력한 현실주의자인 공경들은 무조건 미쓰히데를 궁중에 주선하여, 그의 머리 위에 새로운 무장 우두머리로서의 관위를 주상해 줄 게 틀림없었다. 그렇지 않으면 그는 한낱 주군을 살해한 역신에 불과한 것이다. 미쓰히데는 그러한 역신으로 한낮의 태양 아래 나서는 게 두려워 잇달아 전령을 보내오고 있었다.

사마노스케는 산에몬, 사쿠베에, 시오텐 다지마 세 사람에게 엄명했다.

"날이 밝기 전에 무슨 일이 있어도 목을 베어라."

사쿠베에는 마침내 완강한 저지선을 뚫고 여기까지 들어와 두 눈으로 똑똑히 노부나가의 모습을 찾아낸 것이다.

란마루는 넘어진 채 사쿠베에 앞으로 몸을 구른 뒤 또 한 번 정신없이 상대의 정강이를 후려쳤다. 사쿠베에는 조급한 나머지 신음소리를 내며 한 걸음 물러섰다. 그 순간을 틈타 몸을 일으킨 란마루는 또다시 맹렬하게 사쿠베에를 찔렀다. 이제 더 이상 체력이 남아 있지 않을 거라고 생각하고 있던 사쿠베에는 불의의 습격을 받고 좌우로 창끝을 피하면서 가까스로 뒤로 물러섰다. 란마루는 그에 힘입어 더욱 맹렬하게 공격했다. 사태는 뒤바뀌었다. 조금 전까지 여유를 가지고 공세를 취하던 사쿠베에가 란마루에게 쫓겨 순식간에 난간 끝으로 몰렸다.

"얍!"

란마루의 필사적인 기합소리가 나자, 그와 동시에 물러선 사쿠베에의 몸이 이상하리만큼 날렵하게 공중을 날아 뜰로 뛰어내리고 있었다.

두 사람이 동시에 외쳤다.

"앗!"

하나는 헛찌른 란마루의 목소리였고, 또 하나는 뜰로 몸을 날린 순간 다듬은 돌로 쌓은 처마 끝 도랑에 발이 빠져 벌렁 나자빠진 사쿠베에의 당황한 목소리였다.

사쿠베에가 허겁지겁 일어서려고 했을 때 난간에 한 발을 걸친 란마루의 창이 다시 공격해 왔다. 결코 재빨리 찌른 것은 아니었지만, 사쿠베에가 막 일어나려던 참이었기 때문에 창끝이 갑옷자락 틈으로 왼쪽 허벅지를 꿰뚫고 그대로 돌에 박혔다.

다음 순간 창을 버린 사쿠베에의 오른손은 허리의 큰 칼을 잡고 있었다.

란마루는 낮게 신음했다.

"음!"

사쿠베에의 큰 칼이 창 자루와 난간 지름대, 그리고 란마루의 오른쪽 다리를 무릎에서부터 단번에 베어버린 것이다.

"부……부……분하다……."

란마루는 크게 한 번 비틀거리더니 창 자루를 움켜쥔 채 마루에 쿵 쓰러졌고, 마치 그것이 신호인 듯 방 안의 장지문이 이상하게 밝아지기 시작했다.

안에서 불이 난 게 틀림없었다. 불길이 세 번쯤 미닫이에 크게 비치더니 이윽고 그 중앙에서 새빨간 혓바닥이 날름거리며 나왔다. 아니, 새빨간 혓바닥이 나왔다고 생각한 순간 자욱한 검은 연기가 문틈에서도, 천장에서도, 마루 밑에서도 새어나오고 있었다.

그것이 보인 것은 이미 둘레가 어슴푸레 밝아오고 있었기 때문이었다. 아마 불길이 타오르는 소리도 들렸으리라. 그러나 노히메 부인 귀에는 이미 그 소리가 들리지 않았다. 다만 란마루와 사쿠베에가 싸우는 동안 노부나가가 충분히 자결했을 것이라는 사실과, 적에게 목을 넘겨주지 않기 위해 불을 질렀다는 것만 분명히 알 수 있었다.

란마루를 쓰러뜨린 사쿠베에는 황급히 일어나 허벅지 상처를 꽉 싸매고 그대로 연기 속으로 뛰어들려다 멈칫했다. 장지문이 순식간에 불길에 싸여 그 너머는 이미 발을 들여놓을 수 없는 불바다였다.

그런데도 사쿠베에는 두 번 세 번 연기를 피하고 불길을 칼로 베며 뛰어들려고 조바심치고 있었다. 그 모습이 노히메 부인에게는 몹시 우스꽝스러워 보였다. 어릴 때 이나바 산성 아래에서 본 꼭두각시놀음의 인형이 생각났던 것이다. 그러고 보면 모든 인간이 무언가의 조종을 받아 허무한 춤을 추고 있는 꼭두각시인 듯한 생각이 들기도 했다.

'그러면서도 언제까지나 살아서 춤추고 싶은 건 무엇 때문일까?'

노히메 부인은 아직 죽고 싶지 않다고 생각하는 자신을 발견하고 갑자기 어찌할 바 모르며 당황했다. 노부나가가 불길 속에서 통곡하고 있을 것 같은 생각이 들었던 것이다.

"살고 싶다! 좀 더 살고 싶다!"

"2년만 더! 그러면 반드시 일본을 평정할 테다! 아니, 2년이 무리라면 1년도 좋다.

1년이 무리라면 한 달도 좋다. 한 달만 있으면 나는 주고쿠를 평정할 수 있다. 한 달이 무리라면 앞으로 열흘, 닷새, 사흘, 아⋯⋯."

그것은 노부나가의 목소리가 아니라 노히메 부인의 가슴속 외침이었지만, 노히메 부인은 어디까지나 노부나가의 소리라고 생각했다.

집 안에서는 사쿠베에가 마침내 불길에 쫓겨, 노부나가의 목에 대한 미련을 버린 듯했다. 우스꽝스러운 춤을 그만두고 그는 빨간 도깨비 같은 표정으로 쓰러져 있는 란마루에게 다가갔다.

"란마루!"

그는 왼발로 시체를 차려다가 상처의 아픔 때문에 얼굴을 찡그리며 그만 두었다.

"네놈은 이 사쿠베에가 끝내 우대신 목을 베지 못하게 했다. 참으로 장하지만⋯⋯ 얄미운 놈이다."

사쿠베에는 피 묻은 칼을 입에 물고 란마루의 시체를 기둥까지 끌어가 거기에 억지로 세워놓았다.

노부나가의 목을 얻지 못한 분풀이로 란마루의 목을 베어갈 모양이었다.

청각을 잃은 노히메 부인 눈에 비치는 이 말없는 세계의 동작은, 모든 음향 속에서 일어나는 살육과는 비교도 안될 만큼 참혹하고 비정했다.

'그래. 란마루는 18살로 인간의 애달픈 춤을 다 추고 간 것이다⋯⋯'

노히메 부인은 입술을 깨물며 숨을 거둔 란마루의 목이 두 동강나는 것을 차마 볼 수 없어 외면하려 했지만 자신에게는 이미 그럴 힘조차 남아 있지 않음을 깨달았다.

상처 입은 몸이 왼쪽으로 조금 기울어져 땅바닥에 누워 있기 때문에 노히메 부인의 피는 상처를 통해 모두 대지로 빨려 들어간 것 같았다. 그런데도 아직 눈만은 살아 있는 것은 어째서일까? 어쩌면 두 번 다시 살아서 돌아올 수 없는 현세를 끝까지 보아두려는 집착 때문인지도 모른다.

손에도 발에도 감각이 없었다. 노히메는 억지로 목을 오른쪽으로 돌려 그대로 눕혔다.

"대감이 불타 죽는 것도, 인간의 가엾은 춤도 모두 보았어. 더 이상 목이 없는 란마루의 시체는 보고 싶지 않아."

노히메 부인은 얼굴을 돌리고서야 비로소 둘레가 옥빛 새벽을 맞고 있음을 알았다. 머리 위의 별이 벌써 사라지고 있었다. 투명한 도자기 표면 같은 하늘에, 남서풍을 따라 때때로 새까만 연기가 소용돌이를 그리며 흘러가는 게 똑똑히 보였다.

노히메 부인은 문득 호화로운 아즈치성 7층 천수각을 생각하고 있었다. 지금 이 혼노사의 가람을 불태운 업화가 그대로 아즈치로 흘러가 저 화려한 천수각을 단번에 핥아버릴 것 같은 생각이 자꾸 들었다. 사람도, 그리고 사람이 만들어 낸 모든 것도 언젠가는 남김없이 '무(無)'로 돌아간다. 누가 하는 일인지 모르지만, 결국 모든 것은 꼭두각시놀음꾼의 실 끝에 매달려 있었던 것이다…….

란마루의 그 영리하고 단정한 목은 이미 사쿠베에게 넘어갔을 게 틀림없었다. 아니, 그것은 사쿠베가 벤 게 아니고 사쿠베에게도 미쓰히데에게도 이윽고 그러한 일을 깨닫게 해주려는 심술궂은 꼭두각시놀음꾼의 소행이 틀림없었다.

그 차갑고도 냉엄한 사실을 노히메 부인은 이미 알았고, 노부나가도 란마루도 숨이 끊어지는 순간 깨닫고 갔을 게 분명하다. 그렇지만 사쿠베며 미쓰히데며 그들을 둘러싼 살아 있는 많은 사람들은 아직 아무것도 모른 채 자신의 의지로 움직이는 줄 알고 그 우스꽝스러운 춤을 계속 추고 있는 것이리라…….

노히메 부인은 거기서 자신의 마음이 다시 동요하는 것을 느꼈다. 노부야스를 잃고 비탄 속에 살아가는 도쿠히메며, 히데요시의 아내 네네, 지금은 에치젠의 기타노조(北庄)에서 시바타 곤로쿠의 아내가 되어 있는 이치히메에게 말해주고 싶은 심정이었다. 인생이란 이런 거라고.

'그러기 위해서는 살아야 할 텐데…….'

그렇게 생각했을 때 뜰 안에 쓰러져 여기저기 널려 있는 시체들이 다시 선명하게 눈에 들어왔다. 서서히 날이 밝아졌기 때문이리라. 푸른 잔디가 그대로 수면에 뜬 부평초 같았고 시체는 더욱 선명한 수련으로 보였다.

노히메 부인은 갑자기 기침을 했다. 순식간에 퍼진 본당의 불길이 마침내 이곳까지 연기와 불길을 보내왔기 때문이었다.

"맵다……눈이 쓰리다."

노히메 부인은 눈에 보이지 않는 누군가를 나무라듯 말한 뒤 그대로 머리를 조금 움직였고, 새하얀 손으로 풀을 움켜쥔 채 더 이상 움직이지 않았다.

아직 절 안에 살아남은 아군이 있는 듯 점점 거세지는 맹렬한 불길이 내는 소리와 더불어 어디선가 칼 부딪는 소리가 들려왔다.

머리 위에서는 불길에 놀란 까마귀 떼가 7, 80마리 무리지어 시끄럽게 울며 북쪽으로 날아갔다.

해지기 전후

노부나가가 혼노사에서 쓰러지기 사흘 전—

덴쇼 10년(1582) 5월 29일, 사카이 사람들은 큰길가의 야마토강(大和川) 해자 입구까지 이에야스를 마중하라는 통지를 받았다. 이에야스의 안내를 맡은 궁내성 최고승 마쓰이 유칸은 사카이 장관을 겸하고 있었으므로, 최대한 예의를 다하기 위해 모든 주민들을 동원하여 노부나가의 빈객을 환영하고 싶었다. 그러나 마중 나온 사카이 상인들 중에는 이에야스를 모르는 이도 꽤 있었다.

그날은 화창한 날씨였지만 더위를 못 견딜 정도는 아니었다. 바다에서 건너오는 서남풍이 시원하게 거리를 빠져나가고 이에야스 일행을 태운 배가 갖가지 깃발을 꽂고 차례차례 선창 석축에 닿자, 주민대표 이마이 소큐(今井宗久)가 모두들에게 이상한 주의를 주었다.

"도쿠가와 님은 원만한 분이지만 가신들 중에는 이름난 용사…… 그렇지, 참으로 용맹스러운 분들이 있다네. 각별히 조심하도록."

소큐는 노부나가의 다도 스승뻘이 된다. 센 소에키(千宗易 ; 리큐(利休))와 더불어 자주 초청받아 다도를 지도하고 있어서, 이에야스 집안과 미카와 무사의 기풍에 대해 이것저것 들었음이 분명했다.

"허, 그토록 용맹스러운 분들이오?"

"그렇소, 우대신님이 늘 부러워하십니다. 도쿠가와 님은 좋은 가신을 두었다면서."

"흠, 우대신님이 부러워한다면 예사 용사들이 아니겠군요."

한 장로가 맞장구친 것은 꼭 비꼬는 뜻에서만은 아니었다. 이 거리에서 '천하 으뜸가는 난폭자'는 노부나가라는 게 상식으로 되어 있었다. 220년 가까이 자나 깨나 전란에 시달려온 일본에서 누구의 무력에도 굴복하지 않고 남북조(南北朝) 시절부터 아시카가 시대를 거쳐 당나라며 남만의 배들과 자유롭게 무역을 계속하여 특이한 평화지역으로서 막대한 부를 쌓아온 곳이 사카이였다. 그 사카이 사람들을 위협하여 처음으로 자신의 직할지로 삼은 게 바로 노부나가였기 때문이다.

"그러나 우대신님이 인정하시는 분이라면 성품이 의외로 시원스러우실 게 틀림 없소. 아무튼 잘 대접해 좋은 고객으로 삼읍시다그려."

누군가 말했을 때 소큐가 자신의 입에 손가락을 대며 제지했다.

"쉿."

사람들은 모두 입을 다물었다. 접시꽃 문장을 단 30석짜리 배에서, 도리이 마쓰마루와 이이 나오마사를 양옆에 거느린 이에야스가 유칸과 하세가와에게 인도되어 석축 위로 내려섰기 때문이다.

마중 나온 사람들은 저도 모르게 휴 한숨을 내쉬며 얼굴을 마주 보았다. 이에야스의 옷차림이 마중 나온 유지며 상인들보다 훨씬 초라했던 것이다.

'대단한 고객은 못되겠는걸……'

아마도 자유도시의 부자들 눈에는 그렇게 비쳤을 것이다.

사뭇 우중충한 느낌의 이에야스 앞에, 역시 유칸의 지시로 뽑힌 이곳 처녀 셋이 눈이 번쩍 뜨이는 색깔의 꽃다발을 받쳐들고 나타났다. 그 꽃을 본 이에야스가 흠칫 서버리는 것과 동시에 이에야스와 처녀들 사이로 성큼성큼 비집고 들어가 눈을 부라리며 처녀들을 나무라는 자가 있었다.

"무례한 짓 마라."

신변보호를 위해 따라온 혼다 헤이하치로였다. 쉴 새 없이 전란 속에 몸을 내던져온 자와 싸움을 모르고 자란 처녀들이 뜻밖에 마주선 것이다.

소큐가 당황하여 무언가 설명하려 했지만 그때는 벌써 한 처녀가 소리 내어 웃기 시작했다.

"호호호……"

"무엇이 우스우냐? 대감님께 다가가지 마라, 무례하다."

"하지만 가까이 가지 않으면 이 꽃을 드릴 수 없어요."

"꽃 따위는 필요 없다. 정 바치고 싶다면 우리 손을 거쳐 바치는 게 도리, 장난 하면 용서 않을 테다."

소큐가 또 뭐라고 말하려 했다. 그러나 이번에는 유칸이 막았다. 이 거리에서 귀빈 접대에 뽑히는 처녀들은 부호의 자녀로 동시에 재치와 언변이 뛰어난 외교 가이기도 했다. 그러므로 유칸은 이들의 대응을 미소로 지켜보아도 괜찮을 거라 고 판단한 모양이었다.

그 밖에도 또 하나 까닭이 있었다. 이 자유항에서 이에야스가 묵을 숙소를 유 칸은 선인장과 백단 등 남만의 정취가 가득한 정원이 있는 묘코쿠사(妙國寺)에 정하려 했는데 이에야스의 측근이 거절했다. 물론 경비의 허술함을 염려해서였으 며 그 때문에 관가를 겸한 유칸 자신의 저택으로 숙소가 바뀌어 그 일이 유칸을 얼마쯤 짓궂은 계몽자로 만든 면도 있었다.

헤이하치로의 호통소리를 듣고 맨 앞의 처녀가 또 해맑은 목소리로 웃었다.

"도쿠가와 님은 꽃을 싫어하시나요?"

"꽃이 좋고 나쁜 것을 말하는 게 아니야. 낯선 자가 가까이 오는 게 안 된다는 거지."

"낯선 자라니요…… 처음으로 만나면 누구나 첫 대면. 그럼, 저희 세 사람 이 름을 말씀드리면 허락하실 건가요? 저는 나야 쇼안(納屋蕉庵)의 딸 고노미(木實), 이쪽은 센 소에키 님의 따님 오긴, 또 이쪽은 고니시 주토쿠(小西壽德) 님의 따 님……."

거기까지 말했을 때 이에야스가 헤이하치로에게 말했다.

"헤이하치, 그 꽃을 받고 빨리 가자."

"예."

헤이하치로는 무뚝뚝하게 말했다.

"그럼, 내가 받아서 나중에 다시 주군께 드리겠다, 이리 내라!"

그것은 순간적으로 일어난 일이었지만 그곳 분위기를 매우 어색하고 답답하 게 만들고 말았다. 그도 그럴 것이 긴키, 주고쿠는 물론 시고쿠, 규슈의 여러 영주 들까지 이 거리로 곧잘 물건을 사러 오지만 이곳에서 이토록 노골적으로 경계를 보인 자는 없었기 때문이다.

이 거리는 영주와 백성이 따로 없는 분위기였다. 이곳에 오는 사람들은 누구나 두세 명의 하인만 데리고 다니며 자유롭게 놀았다. 물론 다도며 유흥을 통해 대상인들을 친구처럼 대했는데, 그 편이 또한 여러 나라의 정보와 새로운 지식을 탐지하는 데 훨씬 편하기 때문이었다.

그런데 이 촌스러운 스루가, 도토우미, 미카와 태수 일행은 먼 길을 온 귀빈에게 평화와 호의를 나타내기 위해 바치는 꽃다발까지 거절하고 무시무시한 창을 앞세워 거의 사람을 얼씬도 못 하게 하며 유칸의 집으로 들어갔다.

환영 나온 사람들은 노골적으로 실망과 경멸의 빛을 띠며 이들을 전송했지만, 이에야스는 숙소에 들자 안도의 한숨을 짓는 표정으로 헤이하치로에게 속삭였다.

"헤이하치, 너도 눈치채고 있었느냐? 이상한 놈이 이 사카이까지 쫓아왔다. 어떤 놈일까?"

헤이하치로는 그들 뒤를 미행하는 수상쩍은 자가 있음을 알고 특별히 경계를 엄중히 한 것은 아니었다. 그래서 깜짝 놀라며 물었다.

"수상한 놈이 뒤따르고 있었다니요?"

"아니다, 됐다……."

이에야스는 더 이상 아무 말도 하지 않고 그대로 유칸을 따라 긴 복도를 걸어갔다.

유칸의 집에서는 이미 혼간사에서 온 사자 야기(八木)가 수많은 진상품을 갖고 와서 이에야스의 도착을 기다리고 있었다. 다섯 바리에 실은 세 종류의 짐인 싱싱한 도미 30마리, 큰 장어 100마리, 커다란 만두 상자 둘, 그 밖에 부인으로부터 술잔받침과 수저 등 갖가지 선물이 있었다.

'틀림없이 오사카에서부터 미행하고 있었는데…….'

이에야스는 사자의 말을 들으면서 다시 그 일을 생각하고 있었다. 이토록 환대해 주는 노부나가가 뒤에서 이에야스의 목숨을 노릴 리 없고, 혼간사에서도 이처럼 자청해 친교를 청해오고 있다.

그렇지만 틀림없이 자객으로 보이는 자가 5명 또는 7명씩 무리지어 이에야스를 미행하고 있었다. 그 무리도 하나가 아닌 둘 이상인지도 몰랐다. 그래서 일부러 육로로 간다고 말을 퍼뜨린 다음 뱃길로 바꾸고, 묘코쿠사에 숙박한다고 하고는 유칸의 집으로 바꾸었던 것이다.

조금 전 야마토강 선창에서 이곳 처녀들이 꽃다발을 들고 나타났을 때, 이에야스는 낯익은 그들의 얼굴이 환영 인파 속에 섞여 있는 것을 보고 놀랐었다. 그 가운데 한 사람은 분명 유지 같은 차림을 하고 있었다. 한 번 보면 잊히지 않는 이상한 미모를 지닌 그 얼굴은 길게 찢어진 눈길로 이에야스를 지그시 바라보고 있었다. 나이는 때로 37, 8살로 보였고 어떤 때는 이에야스보다 위로도 보였다. 이에야스가 그 사나이의 얼굴만 그처럼 똑똑히 기억하는 것은, 오늘 아침 나니와즈(難波津)를 떠날 때도 똑같은 사나이가 전송인 속에 틀림없이 서 있었기 때문이었다. 모습은 자못 기품 있었지만 그 눈은 언제라도 번갯불로 바뀔 날카로움을 숨기고 있다.

'솜씨도 담력도 예사로운 인물이 아닐 것이다······.'

배가 도착하자 그 얼굴이 또 선창에서 이에야스를 마중하고 있었으니 놀랄 수밖에 없었다.

혼간사 사자가 돌아가자, 이곳에 머무는 동안 이에야스와 바이세쓰의 일정표를 가지고 주인 유칸이 웃는 얼굴로 들어왔다.

"오늘 저녁 여기서 유지들과 함께 약주를 드시며 여러 가지로 사카이 이야기를 들으시게 될 텐데, 글쎄 여기저기서 초대가 너무 많이 들어와서, 거참."

내일 하루는 시내 구경, 6월 초하루에는 이른 아침부터 소큐 집에서 다회가 열린다. 낮에는 쓰다(津田)의 집에서, 밤에는 이 집에서 똑같은 다회를 연 다음 고와카 춤을 구경하고 그 뒤 연회가 있을 예정이라 시간이 없다고 말한 다음 덧붙였다.

"그런데 유지의 한 사람인 나야 쇼안 님이 급히 만나 뵙고 드릴 말씀이 있다고 합니다만······."

이에야스는 급히—라는 한마디가 이상하게 마음에 걸려 무심코 대답했다.

"만나겠소, 안내해 주십시오."

그런데 이윽고 유칸의 안내를 받아 들어온 사나이를 보자 저도 모르게 숨을 죽였다. 그는 바로 전까지 이에야스가 꺼림칙하게 생각하고 있었던, 나니와즈에서도 보고 이곳 선창가에서도 본 바로 그 사나이가 틀림없었다······.

쇼안이라고 자칭하는 그는 혼자가 아니라 뒤에 처녀를 거느리고 있었다. 바로 이에야스가 상륙했을 때 꽃다발을 바치려다 헤이하치로와 옥신각신했던 처녀였다. 그러고 보니 처녀는 그때 분명 나야 쇼안의 딸 고노미라고 자신을 소개했었다.

이에야스는 처녀를 보고 안심했다. 그 사나이 혼자였다면 혹시 옆에 대기한 마쓰마루의 손에서 큰 칼을 받아들었을지도 모른다.

"나야 쇼안 님 부녀입니다. 은밀히 여쭐 게 있다고 하니 저는 이만 물러가겠습니다. 마음 놓고 말씀 나누십시오."

유칸은 이에야스의 조심성을 알므로 마음 놓고―라는 말로 틀림없는 상대임을 강조하고 절한 다음 조용히 나갔다.

해는 이미 기울어 마루에서 불어 들어오는 바람에 바다냄새와 파도소리가 섞여 있었다.

유칸의 발소리가 사라지기를 기다려 상대는 맑은 목소리로 말했다.

"쇼안입니다. 도쿠가와 님 자당과 인연 있어서 미카와에서 몇 번 뵌 일이 있습니다."

"뭣이, 어머님을 아신다고?"

"예, 아직 가리야에 계셨던 무렵 저는 다케노우치 나미타로로 불리던 혈기왕성한 애송이였습니다만."

"허……."

이에야스는 상대가 무슨 목적으로 그런 이야기를 시작하는 것인지 수상쩍게 여기며 어정쩡하게 고개를 끄덕였다.

"그럼, 어머님과 같은 연배이신가?"

"그렇습니다. 이 사람이 두 살쯤 위일지도."

"놀랍소. 나는 당신을 30대로 보았는데."

쇼안은 밝게 웃었다.

"하하…… 불로장생의 영약을 복용하고 있는 덕분인지도 모르지요."

"음."

"어제를 잊고 내일에 걱정이 없는 자에게는 들이마시는 숨, 내쉬는 숨 모두 불로장생의 영약입니다. 그리고 저는 루손(필리핀)에 두 번, 마카오에 한 번, 샴(태국)에 한 번 다녀왔습니다. 좁은 일본을 떠나 여행하는 것 또한 젊어지는 묘약이지요."

"그것 참, 부럽소. 이 거리 사람들은 그런 의미로 일본에서 가장 행복한 분들이오."

쇼안인 나미타로는 미소도 짓지 않고 말했다.

"맞습니다…… 이 행복을 빨리 온 나라 사람들에게 나눠주고 싶습니다. 아니, 나누어줄 분이 이젠 나타나도 좋을 때라고 은근히 기다리고 있지요. 실은 여기 있는 이 처녀는 고노미라고 합니다만, 이 아이도 얼마쯤 도쿠가와 님 핏줄을 이었다고 할 수 있습니다."

"뭐, 나와……."

"그렇습니다. 이 처녀는 도쿠가와 님 외숙부이신, 나가시마 공격 때 우대신의 노여움을 사서 돌아가신 미즈노 노부모토 님 손녀입니다."

"허, 노부모토 님 손녀란 말인가?"

이에야스가 놀라 처녀를 다시 바라보자, 쇼안은 벌써 화제를 바꾸고 있었다.

"도쿠가와 님은 알고 계셨겠지요. 교토를 떠날 때부터 가까이 뒤따르는 자기 있었음을."

"글쎄…… 그런 자가 있었던가?"

"그 한 무리는 이 쇼안, 그러나 다른 한 무리가 수상해서 탐지해 보았지요. 그것은 지금의 휴가노카미 아케치 미쓰히데 님 부하인데, 무슨 짐작되시는 일이라도 없으신지요."

쇼안은 고개를 갸웃거리며 살피듯 눈을 가늘게 떴다.

이에야스는 놀라움을 감추며 일부러 천천히 고개를 갸웃했다.

"아케치 님 가신이 내 뒤를……?"

쇼안도 잠시 동안 곰곰이 생각하는 척하며 이에야스의 눈치를 살폈다.

"실은 이 처녀 고노미가, 미쓰히데 님의 따님이자 호소카와 다다오키 님의 내실되는 분과 다도, 신앙 등으로 친교가 있으므로 비밀히 여쭐 게 있다고 합니다만……."

거기까지 말하고 시선을 고노미에게로 옮겼다.

고노미가 거리낌 없는 말투로 입을 열었다.

"호소카와 님 마님께서도 저와 같은 기독교 신앙을 가지셨지요."

"허, 나도 교토에서 남만의 절을 구경하고 왔소……."

"그 마님과 어떤 장소에서 만났을 때 마음에 뭔가 고뇌하시는 게 있는 눈치여서……."

거기까지 말하고 장난꾸러기처럼 입을 오므리며 말을 끊었다.

이에야스는 조그맣게 한숨을 내뱉었다. 지금 다시 본 처녀의 야릇한 신선감도 눈을 놀라게 했지만, 그 처녀의 말은 이에야스가 숨을 삼킬 만한 의미를 갖고 있었다.

'미쓰히데의 부하가 이에야스를 미행하고 있다…… 그리고 호소카와 가문에 출가한 딸이……'

이번에는 이에야스 편에서 설명을 기다리는 눈초리로 쇼안을 쳐다보았다. 만일 미쓰히데가 노부나가에게 모반을 꾀하는 일이 있다면 맨 먼저 사위 다다오키에게 사정을 고백하고 협력을 청할 것이며, 당연히 노부나가와 특별한 관계가 있는 이에야스의 목숨을 노릴 것이었다. 어쨌든 어머니 오다이를 알고 있다는 이 사나이는 무엇 때문에 그 같은 사실을 이에야스에게 일부러 알리려 하는 것일까……?

"만일……."

또 잠시 사이를 두고 쇼안은 나무 향내가 물씬 풍기는 백단나무 부채를 천천히 움직이며 말을 이었다.

"교토에 변고가 있을 때는 우리와 친밀한 사이로 도쿠가와 님 시중을 맡고 있는 자야 시로지로(茶屋四次郞) 님이 달려오기로 되어 있습니다만…… 모처럼 조용해지려는 이 일본이 다시 폭풍 속에 휩쓸리게 되었습니다."

이에야스는 저도 모르게 몸을 내밀듯이 하고…… 그러나 입은 열지 않았다. 이 처녀와 사나이가 이토록 대담한 말을 입에 올리다니. 그들은 이미 미쓰히데의 모반을 기정사실로 믿고 있었다.

이에야스는 두 사람을 번갈아 보며 말했다.

"충고의 말, 고맙소. 하지만 그 충고는 나와 먼 핏줄이라는 인연을 생각하는 데서 나온 호의요?"

쇼안은 부채를 흔들었다.

"아닙니다. 100년 이상 난리가 계속된 뒤라 백성은 평화에 굶주리고 있습니다. 난세로 되돌아가는 것은 이미 진저리나는 일이니, 부디 헤아려주시기를."

"그러면 충고 말씀은 백성을 위해서란 말이오?"

"그렇습니다…… 나는 앞머리를 길렀던 젊은 시절, 도쿠가와 님 자당과 싸움 없는 날이 하루 빨리 오게 하자고 서로 맹세한 일이 있습니다. 부디 조심해 주십시오."

쇼안은 말하고 처녀를 돌아보며 재촉하는 표정으로 웃음 지었다.

"더 말씀드릴 게 있느냐?"

이번에는 고노미가 또렷이 말했다.

"도쿠가와 님은 이 사카이 거리를 잘 모르십니다."

이에야스는 이처럼 구김살 없이, 이처럼 매섭게 말하는 여자는 본 적이 없었다.

"허허, 그렇다면 나는 말도 안 되는 촌놈이란 말이로군."

"그래요. 사카이는 이 나라의 소중한 눈과 코. 이곳에 있으면 천하 제후들의 모든 움직임을 손바닥 들여다보듯 알 수 있지요."

"과연 그렇겠군."

"어디의 누가 총을 얼마나 구했는지, 어떤 목적으로 배를 어디로 돌렸는지……오다의 우대신님이 재빨리 패업의 기초를 굳히신 것도 사카이를 손안에 넣었기 때문이지요."

그는 이 당돌한 처녀의 말에 끌려들어 가는 듯한 기분이었다.

"그럼, 그 눈과 코가 중대한 일을 냄새 맡아냈으니 조심하라는 거로군."

"아니에요, 도쿠가와 님도 그 눈과 코를 가지시는 게 좋을 거라고."

"그럴듯하군, 그런데 달리 또 냄새 맡은 것이라도 있나?"

"아케치 님 맏따님은 아마가사키(尼崎)성에 출가하셨는데, 거기에도 사자가 빈번히 오간다고."

"아마가사키에……?"

"네, 아마가사키는 우대신님 생질의 성이지만 아케치 님 사위이기도 합니다. 또 하나는 네고로(根來) 무리들이 화약을 사들이고, 쓰쓰이 준케이 님 가신들이 사카이의 은신처에서 허둥지둥 철수했습니다."

이에야스는 순간 아연실색하여 처녀의 얼굴을 바라보았다. 물론 이것은 쇼안이 시킨 게 틀림없었다. 어쨌든 이렇듯 냉정하고 정확하게 옆에서 관측되고 있다면 사카이에서는 어떤 중요한 일도 숨길 수 없다.

"음……"

이에야스가 저도 모르게 나지막이 신음하자 쇼안이 재촉했다.

"고노미, 고단하실 테니 이제 그만 물러가기로 하자."

"네, 그럼, 부디…… 아버님과 자당님과의 약속을 듣고 도쿠가와 님을 꼭 뵙고 말씀드리겠다고 아버지께 조른 것은 저였어요. 저도 싸움에 싫증난 백성의 한 사람이니까요."

그리고 고노미는 공손하게 절하고 일어났다.

"그럼, 나중에 연회석에서 또 뵙겠습니다."

이에야스는 두 사람의 모습이 복도를 돌아 보이지 않을 때까지 꼼짝도 하지 않고 전송했다. 백성을 위해, 평화를 위해 알린다고 말했다. 생모와 아는 사람이고 처녀는 또 멀지만 핏줄로 이어진 관계…….

이에야스는 여느 때와 달리 단호한 목소리로 불렀다.

"마쓰마루! 헤이하치로를 불러오너라."

"예."

"아무도 모르게 살며시 오라고 해."

"예."

마쓰마루가 허리 굽힌 다음 복도로 나가자 이에야스는 팔걸이에 한 팔을 걸치고 가만히 두 눈을 감았다. 나미타로인 쇼안과 고노미의 얼굴이 눈꺼풀 속에 선명하게 어른거렸다.

'미쓰히데에게 반역심이 있다면 근위병도 거느리지 않고 교토에 머무르는 노부나가는…….'

"대감님, 헤이하치로입니다."

헤이하치로가 놀라서 방에 들어왔지만, 이에야스는 여전히 눈을 감고 생각에 잠겨 있었다.

이에야스는 아직 눈을 감은 채 나직하게 말했다.

"헤이하치, 모처럼 사카이에 왔으니 이곳을 대충 알고 싶다. 고리키 기요나가(高力淸長), 사카키바라 고헤이타에게 그 뜻을 전해라."

헤이하치로는 고개를 갸우뚱한 채 말했다.

"그 일이라면 이것저것 모두 적어놓았습니다만."

"그래, 주민 수는 얼마쯤이냐?"

"그럭저럭 7만2000명쯤 되는 것 같습니다."

"그 가운데 남자 수는?"

"예, 3만5000명 남짓. 여자가 더 많다고 합니다."

"양조장이 눈에 많이 띄던데 빚어내는 술의 양은?"

"6만 석에 이른다는 유칸 님 청지기의 말입니다."

"총을 만드는 대장간은 얼마쯤이냐?"

"대략 800곳으로 1년에 3000자루쯤 만들며, 모두 다치바나 마타사부로(橘又三郞)가 각지에 공급한다 합니다……."

"출입하는 외국 배는 1년에 몇 척이나 될까?"

"글쎄요, 그건……."

"유녀(遊女) 수는."

"아직……."

"기독교 신앙에 대해서, 그리고 사원의 수, 실어 나르는 짐의 행선지와 그 내용, 그리고……."

거기서 이에야스는 비로소 눈을 뜨고 말했다.

"떠돌이 무사의 수. 우대신이 그들의 고용을 엄금했다는데, 금하는 것은 고용하는 자가 있다는 증거 아닌가. 그리고 부유한 상인들과, 다도에 관심 있는 자들이 출입하는 곳. 남만 무쇠 장사치, 상품의 종류와 상세한 수량. 다른 고장에 없는 세공사(細工師)와 거래액…… 조사할 게 얼마든지 있을 것이다. 명심하고 어서 알아보라고 하게."

"미처 생각하지 못했습니다. 곧 그렇게 전하겠습니다."

"참, 우대신 명으로 시고쿠에 건너갈 예정이던 노부타카 님이 기시와다(岸和田)에 배를 댄 이유는, 이 사카이에 일체 군사를 넣지 않기로 약속했다면서 이곳 사람들이 배 대는 것을 거절했기 때문이야. 우대신도 이곳 사람들에게는 때로 한발 양보하신다. 그러한 곳임을 단단히 일러두어라."

"알겠습니다. 그럼……."

헤이하치로가 일어나려 하자 이에야스는 불러세웠다.

"기다려라, 또 있다……."

이에야스는 목소리를 낮추며 사방을 둘러보았다.

"그대도 고리키, 고헤이타와 함께 거리를 구경하는 척하며 살며시 기시와다로 가서 노부타카 님 본진 분위기를 염탐해라."

"노부타카 님의……?"

"쉿! 그리고 본진에 이상한 기척이 없으면 그 길로 교토에 가라. 이유는 말하지 않겠다. 그러나 우대신이 그대로 교토에 계시다면 뵙고, 이에야스는 일정을 단축하여 2일에 교토로 돌아가 우대신의 출전을 전송해 드리겠다고 전하라."

"예?"

헤이하치로는 눈을 둥그렇게 떴다. 이에야스는 사카이에서 기슈, 나라로 구경을 계속할 예정이었기 때문이다.

"뭔가 마음에 걸리시는 일이라도……."

"아무 일 없으면 다행이련만. 그러나 꿈이 좋지 않았어. 서둘러라, 헤이하치."

헤이하치로는 더 이상 묻지 않았다.

'심상치 않은 뭔가가 있다…….'

그렇게 생각하기에 충분한 이상하게 긴장된 이에야스의 태도였다.

"그럼, 교토에서 다시 뵙겠습니다."

헤이하치로는 딱딱하게 말하고 물러갔다.

이에야스는 쉽게 사람을 믿는 성품이 아니었다. 반년만 지나면 만 40살이 되는 그가 생애를 통해 관찰해 온 인간의 모습에는 대략 네 가지 면이 있었다. 그 가운데 두 가지가 결점이고 나머지 두 가지가 장점이라면 괜찮은 인물이지만, 결점 셋에 장점 하나인 사람이 많다. 그렇다고 장점이 하나도 없는 인간은 없으며, 장점이 없어 보이는 것은 상대가 장점을 발견하려는 노력을 게을리하기 때문으로 믿고 있었다. 따라서 사람과 사람의 싸움은 그 결점의 충돌로 시작되고 사람의 화합은 장점이 만나는 곳에서 생겨난다. 그런 의미에서 그는 노부나가와 미쓰히데의 충돌을 충분히 일어날 수 있는 일로 우려하고 있었다.

노부나가는 세 가지 결점을 지녔으면서도 하나의 장점으로 뭇사람들 위에 군림했다. 탁월한 그 장점을 인정하지 않았다면 이에야스 또한 자신의 아들 노부야스의 자결을 요구받았을 때 노부나가와 정면으로 충돌했을 게 틀림없었다. 그때 이에야스가 자신을 꾹 억누를 수 있었던 것은, 노부나가의 유일한 장점이 '난세의 종식'이라는 만백성의 염원에 집약되어 있음을 알기 때문이었다. 천하 통일은 지금 노부나가 한 사람의 야심이 아니라 보이지 않는 만백성의 소리인 것이다.

노부야스는 사랑하는 아들이었다. 감정적으로는 견딜 수 없이 분한 일이었다. 그러나 계속되는 난세는 그러한 노부야스와 이에야스의 슬픔을 끝없이 되풀이시키고 있었다. 그렇게 생각했으므로 사사로운 정을 누를 수 있었던 것인데, 미쓰히데에게 과연 이에야스보다 더욱 간절하게 난세의 종식을 원하는 마음이 있을까?

미쓰히데는 본디 출세를 꿈꾸며 이리저리 다니다가 아사쿠라 가문에서 오다 가문으로 옮아간 자였다. 따라서 노부나가의 뜻을 응시한다는 점에서 이에야스보다 뛰어나다고는 생각되지 않았으며, 노부나가가 이에야스에게보다 미쓰히데에게 부드럽게 대할 리도 없었다. 같은 세기의 바람을 받는다면, 이에야스는 참을 수 있는 일도 미쓰히데에게는 참을 수 없는 게 아닐까? 그것은 결코 인내심 문제가 아니라 마음에 품은 뜻의 내용에 따라 이해의 정도가 크게 다르기 때문이었다.

'있을 수 있는 일이다…….'

이에야스는 예정된 일정에 따라 그날 밤은 유칸 저택의 주연에 참석하고 이튿날은 혼간사, 조라쿠사(常樂寺), 묘코쿠사 등과 에비스섬(戎島)을 구경했다. 시치도 해변(七堂濱)에 늘어선 숱한 창고며 바다 멀리 정박해 있는 남만의 배 등을 보며, 마음속으로 노부나가가 무사하기를 간절히 빌었다. 지금 노부나가를 잃는 것은 아침 해를 그대로 떨어뜨리는 것과 같았다. 군웅들이 금방 다투어 일어나 벌집을 쑤신 듯한 소란이 온 나라 안에 퍼져 가리라.

초하루에도 역시 예정대로 소큐 저택에서 아침차를 마시고 낮에는 쓰다 저택, 밤에는 또 유칸 저택으로 돌아와 환대받았다.

쇼안은 그 모든 자리에 얼굴을 보였지만 이에야스에게 특별히 말을 걸지는 않았다.

쇼안 말고는 아직 아무도 미쓰히데의 획책을 눈치챈 자가 없는 모양으로, 노부타카의 기항을 거절했는데도 노부나가가 용케 화내지 않았다는 이야기가 나왔을 뿐이었다.

초하룻날 밤 연회가 끝나 침실에 든 것은 이미 자정. 같은 시각에 노부나가도 혼노사에서 잠자리에 들었는데.

2일 아침 이에야스는 이시카와에게 행렬 준비를 명하고, 다다쓰구를 시켜 10시의 출발을 유칸에게 알리도록 했다.

기시와다에서 교토로 먼저 갈 예정이던 헤이하치로가 새파래진 얼굴로 뛰어든 것은 조라쿠사의 10시 종이 울리기 시작했을 때였다. 헤이하치로는 유칸 저택 문 앞에서 큰 소리로 고함쳤다.

"크, 큰일이 생겼습니다. 도쿠가와 가문 가신 혼다 헤이하치로, 대감 숙소로 들어가오."

두들겨 부수 듯 외치고 이에야스의 출발을 위해 열어놓은 문으로 말을 타고 달려 들어갔다. 보기에도 지쳐빠진 짐말 위에 매달리듯 올라탔으며 기운이 세어 보이는 한 사람이 재갈을 잡고 있었다. 따라서 문지기는 말 위의 사람이 헤이하치로이고 재갈을 잡은 사람이 부하인 줄 알았지만 사실은 그 반대였다. 헤이하치로는 다짜고짜 현관 오른쪽으로 돌아 이에야스의 숙소로 배당된 동쪽 서원의 안뜰로 그 말을 끌고 들어갔다.

"주군! 교토의 자야 시로지로 님께서 중대사를 알리러 달려왔습니다."

이에야스는 이미 거실을 나서려면 참이어서 헤이하치로가 고함치기 전에 두 사람을 내려 보며 마루에 서 있었다. 말 위의 사람은 이에야스의 모습을 보더니 굴러 떨어지다시피 말에서 내렸다. 이 소동으로 하세가와도 유칸도 어느새 달려와 마루 아래쪽에 앉아 있었다.

헤이하치로가 자야를 위해 호통 쳤다.

"물! 상인의 몸으로 교토에서 단숨에 달려오셨다. 뭐하고 있느냐, 물을 가져와!"

"예!"

고헤이타가 대답하고 국자에 물을 떠다주었다.

자야는 이에야스 앞에 쓰러지듯 무릎 꿇고 그 물을 한 모금 머금어 '푸' 하고 내뿜었지만 그래도 한동안 목소리가 나오지 않았다.

"침착하게, 자야 님. 상세한 것을."

"옛, 아케치 미쓰히데 님 모반……"

"무엇이……."

곳곳에서 경악의 목소리가 새어나왔지만, 이에야스는 자야를 뚫어지게 쳐다본 채 조각상처럼 서 있었다.

"그 때문에 우대신은 오늘 새벽 8시 지나 혼노사에서 별세……."

"뭣이, 별세하셨다고?"

"예, 살해되었다느니, 자결하셨다느니 소문이 구구하지만 별세하신 건 확실합니다."

"그럼, 노부타다 님은?"

"니조성에서 역시 전사하셨습니다."

이에야스보다 먼저 유칸이 몸을 내밀고 입을 열었다.

"자야 님은 우대신님 부자의 생사를 어떻게 확인하셨소?"

"예, 그것은……."

그때부터 자야는 겨우 호흡을 가누기 시작했다.

"우대신님 부자분뿐 아니라 혼노사도 니조 궁전도 불타 살아남은 자가 거의 없으며, 양쪽 모두 차마 눈뜨고 볼 수 없을 만큼 시체가 산더미처럼 쌓여 있었습니다. 게다가 미쓰히데 님 군사로 교토 출입구가 모두 차단되어 교토 안팎은 아케치 천지가 되어 있습니다."

이에야스는 비로소 입을 열었다.

"자야 님, 우리가 이제부터 돌아가더라도 교토에 들어갈 수 없단 말이오?"

자야는 크게 고개를 저었다.

"황송하오나…… 이미 야마자키(山崎) 이상은 나아가기 어려울 겁니다. 아무튼 우대신님 부자께서는 모반을 모르고 초하룻날 밤까지 주연을 베푸셨습니다. 전혀 무방비 상태에서 당했기 때문에 아케치 군은 물샐틈없이 요소요소를 굳게 장악하고 있습니다."

이에야스는 말없이 고개를 끄덕이더니 조용히 시선을 들어 뜰의 소나무 가지를 바라보았다.

'노부나가 부자가 어이없이 살해되었다…….'

그것은 이에야스에게 무어라 형용할 수 없는 사건이었다. 쇼안의 밀고로 미쓰히데의 모반이 있을 수 있는 일로 여겨져 그 때문에 여정을 바꾸어 교토로 돌아가려 생각하고 있었는데, 설마 이렇듯 허무하게 부자가 나란히 목숨을 잃을 줄은 생각지도 못한 일이었다.

인간의 생사에는 사람 힘이 미치지 않는 점이 확실히 있었다. 게다가 노부나가는 이미 한낱 오다 가문의 성쇠 따위를 떠나 일본과 일본 민중의 운명에 결부된 존재가 되어 있었다. 그런데 이토록 간단히 살해되었다는 건 방심이나 방비, 또는 개인의 불운 등으로 처리해버릴 수 없는 문제였다…….

신불(神佛)은 대체 노부나가를 죽게 하고 미쓰히데에게 무엇을 시키려는 것일까? 이 나라는, 이 나라의 백성은 어떻게 되는 것일까?

오다 가문 중신은 니와, 시바타, 다키가와, 하시바…… 등이고, 이에야스 또한 지난 20년 동맹을 통하여 미카와의 친척으로서 특별한 우호관계를 맺고 있었다.

'이 이에야스에게 하늘은 대체 무엇을 시키려는 것일까……?'

이에야스가 잠자코 소나무 가지를 쳐다보고 있을 때, 교토의 거상 자야 시로지로가 가져온 흉보의 소용돌이는 순식간에 이 저택에 파문을 펼쳐나갔다. 마루에는 이미 하세가와의 모습도 유칸의 모습도 없었다. 그들이 이에야스에게 탈춤을 구경시키고 술잔을 올리는 동안 천하가 뒤집히고 만 것이다. 더욱이 천하를 뒤엎은 사람이 미쓰히데라는 것을 알자, 우선 이 거리의 입장과 방비와 몸의 처신을 생각해야만 되었다.

이윽고 혼간사에서도 교토의 의류상 가메야 에이닌(龜屋榮任)을 통해 같은 급보를 듣고 그 일을 알리기 위해 사자가 사카이 장관 저택으로 허둥지둥 달려왔다. 아마 앞으로 반 시각도 지나기 전에 흉변의 파문은 이 거리 구석구석까지 퍼져 온갖 움직임을 불러일으킬 게 틀림없었다.

"주군! 어서 지시를 내리셔야 합니다. 우선 저리로……."

다다쓰구가 이에야스의 손을 잡아끌듯하여 객실 중앙의 보료 위에 앉히자, 약속이라도 한 듯 중신들이 그를 에워쌌다. 헤이하치로도 자야의 팔을 움켜잡고 거기에 끼어들어 이에야스의 다음 질문을 기다리고 있었다. 이시카와 가즈마사, 사카키바라 고헤이타, 오쿠보 다다스케, 오쿠보 다다치카, 아마노 야스카게, 이이 나오마사들도 너무나 중대하고 심각한 사태에 할 말을 잊은 표정이었다.

"주군! 이대로 있어서는 안 됩니다. 곧 지시를 내리십시오."

연장자인 다다쓰구가 다시 재촉했지만 이에야스는 대답하지 않았다.

"주군! 이대로 시간을 보내다가는 이 거리에도 틀림없이 아케치의 손길이 미칠 것입니다."

"다다쓰구……."

"예."

"지참한 황금이 아직 남았을 테지?"

"예, 물건을 사지 말고 기다리라고 하셨기 때문에 아직 2000냥쯤……."

눈을 감은 채 이에야스는 조용한 목소리로 말했다.

"좋다, 여기서 떠나자. 교토로 간다. 그리고 우대신을 따라 할복하겠다."

헤이하치로가 어리둥절하여 물었다.

"교토로 가서 할복을……?"

"그래."

이에야스는 무겁게 고개를 끄덕이고 나서 눈을 떴다.

"지온사(智恩寺)는 병화가 미치지 않을 것이다. 그렇잖소, 자야 님."

"예, 거기까지는 시중에서 아무리 소란이 벌어지더라도."

"그럴 거야. 지온사에 들어가 할복해야겠다."

"그러나 그것은……."

이번에는 다다치카가 다급하게 한무릎 나앉았지만, 그때 벌써 이에야스는 여전히 조용한 어조로 다음 말을 잇고 있었다.

"우대신 부자가 모두 살해되었다……는 것은, 그들과 결부된 내 운명에도 마지막이 온 조짐으로 생각된다. 운이 다 된 자가 그것을 깨닫지 못하고 헛되이 버둥대다가 살해되는 것은 추한 꼴, 다행히 아직 황금도 남아 있으니 이것을 지온사에 시주하고 조용한 마음으로 할복하고 싶다. 알겠느냐. 그 뜻을 유칸 님에게 전한 다음 기시와다에 있는 셋째 아드님 노부타카 님 진중의 니와 나가히데 님, 그리고 아마가사키성에 있는 우대신님 조카 노부즈미 님에게 전해주십사 이르고 오너라."

다다치카가 다시 부르짖듯 말했다.

"주군! 할복하실 바에는 마지막까지 싸워 미카와 무사의 고집을……."

이에야스는 귀도 기울이지 않고 가로막았다.

"안 된다. 여행 도중에 이 인원으로 싸우다 죽는다면, 이에야스는 전법도 모르는 바보라고 비웃음 받으리라. 그보다 의를 위해 교토로 가서 우대신님과 죽음을 함께 한다. 그것을 위한 길임을 안다면 아케치 군도 막지 않으리라. 다다쓰구, 빨리 전하고 오너라. 그리고 모두 이대로 떠나자."

이에야스는 앉았던 보료에서 일어나 앞장서 걷기 시작했다. 어지간한 고집쟁이들뿐인 미카와 무사들도 이에야스의 이 결단은 거스를 수 없었다. 아무튼 뜻밖의 급변이었고, 게다가 이에야스의 말대로 노부나가를 쳐서 기세등등해진 아케치 군과 싸울 수 있는 인원이 아닌 건 사실이었다.

모두들 얼굴을 마주 보며 이에야스의 뒤를 따랐다. 할복할 정도라면 달리 수단이 있을 것 같은 생각이 들기도 했지만 섣불리 그 말을 꺼내면 자신이 비겁하게 여겨질 듯싶은 망설임이 있었다. 노부나가와의 의리로 할복하는 이에야스를 혼자 내버려둘 수는 없다. 그렇다면 할복해야 하는 것은 모두의 운명이 된다. 그 일을 꺼려서 하는 발언으로 보인다면 그들의 고집이 서지 않게 되는 것이다.

그들이 유칸 저택 문을 나서자 거리에는 벌써 얼굴빛이 달라진 사람들이 허둥거리며 오가기 시작하고 있었다.

"헤이하치, 마침내 우리도 주군을 따라 배를 가르게 됐군."

가즈마사의 말에 헤이하치로는 말 위에서 침을 퉤 뱉었다.

"돼먹지 않은 대머리 놈 같으니."

"정말이야, 만약 성에 있을 때 이 이야기를 들었으면 곧바로 대군을 이끌고 무찔러버리러 갔을 텐데."

"넋두리는 그만하게. 주군 마음은 이미 결정되었어."

"그래, 하다못해 배를 가르는 법이라도 후세에 모범으로 남겨야겠지."

이에야스는 선두에서 말을 몰며 거의 한마디도 입을 열지 않는다.

그들보다 조금 뒤처져 사카이를 출발한 안내역 하세가와가 헐떡이며 쫓아온 것은 이미 모리구치(守口) 언저리 사사즈카(笹塚) 기슭에 이르렀을 때였다.

해는 이미 떨어져 있었다. 귀로를 위해 유칸에게 부탁하여 모은 말들은 모두 지칠 대로 지쳐 있었다.

'이대로 밤길을 갈 수는 없을 것이다……'

그렇다고 섣불리 멈추면 곧바로 들도적이며 떠돌이 무사의 습격을 받을 염려가 있었다. 들도적이나 떠돌이 무사뿐 아니라, 교토에 정변이 일어난 것을 알면 농민도 어부도 곧 폭도로 변할 게 틀림없었다. 이 언저리가 질서 잡힌 듯 보였던 것은 모두 노부나가에 대한 공포가 시키는 거짓된 모습에 지나지 않았다.

사카이에서 한 걸음 한 걸음 멀어질수록 그들 사이에는 점점 침묵이 흘렀다.

처음에는 이 일을 노부나가만의 불행으로 여기고 오다 가문의 변고라고 생각했지만, 실은 그 이상으로 도쿠가와 가문의 불운이었고 자신들에게 닥친 급변임을 깨달았다. 노부나가의 손님으로서 무력을 갖추지 않고 여행하고 있을 때 당사자 노부나가가 살해된 것이다.

미쓰히데는 아마도 물샐틈없는 계획을 세우고 있을 게 틀림없었고, 그렇다면 이에야스의 말대로 교토로 돌아가 할복하는……게 그들에게 허용된 최대, 최선의 한계인 듯했다.

"주군이 분부하신 대로 말고는 길이 없겠어."

다다스케가 말하자 조카 다다치카는 눈에 핏발을 세우며 혀를 찼다.

"우대신님 초대부터가 이미 미쓰히데의 계획이었는지도 모릅니다, 숙부님."

그렇게 생각하는 것도 무리가 아니었다. 노부나가의 중신으로서 문벌이 뛰어난 미쓰히데는 문제의 아즈치성을 설계한 본인이자 접대역이었으며 또 이에야스 일행에 앞서 본국으로 돌아가 노부나가의 단신 상경을 기다린 셈이 되지 않았는가……

우연은 때로 어떤 기획자보다 훨씬 멋진 호기를 마련하여 결과부터 추론하고 싶어 하는 인간들을 야유하는 법이다. 사람들은 어느덧 다다치카와 똑같은 착각에 빠졌다. 그들은 무력을 갖추지 않고 사카이로 여행하다가 보기 좋게 미쓰히데의 계략에 걸렸으며, 그 때문에 이에야스와 함께 지온사에서 할복할 수밖에 달리 방법이 없다고 믿게 된 것이다.

그때 노부나가가 그들에게 딸려준 안내역 하세가와 역시 짐말을 몰고 쫓아왔다.

"오, 누군가 뒤쫓아 오는 자가 있다."

뒤에 있던 고헤이타가 맨 먼저 이를 발견하여 말을 세웠고, 이윽고 큰 소리로 외쳤다.

"하세가와 님입니다."

이에야스도 말을 세웠다. 여전히 무표정하고 냉정하게 가라앉은 얼굴이었다.

"좋다, 여기서 기다리자. 모두 말에서 내려 먼저 화톳불을 피워라."

사람들은 시키는 대로 언덕을 등지고 말을 매어놓은 뒤, 이에야스를 위해 걸상을 놓고 화톳불 피울 준비에 들어갔다.

"도쿠가와 님. 아, 힘들다. 겨우 쫓아왔군."

하세가와는 말에서 내리자 이마의 땀을 씻으며 이에야스 앞에 한 무릎을 꿇고 역시 조용한 어조로 말했다.

"과연 도쿠가와 님이십니다, 지온사에 들어가 자결하신다는 이야기를 듣고 저희들 우대신님 부하가 되지면 명예롭지 못하다고 생각되어 급히 사카이의 일을 지시하고 쫓아왔습니다. 하찮은 무사의 고집이오나, 이번에 황천길 안내역을 훌륭히 마치고 싶습니다."

이에야스는 하세가와의 말에 가볍게 고개를 끄덕였다.

"과연 하세가와 님다운 고마우신 말씀입니다."

그리고 때마침 타오른 화톳불 불길을 쫓듯이 시선을 돌렸다.

"그대에게 이것저것 폐가 많았는데, 이렇듯 마지막 황천길 안내까지 부탁하게 되었군요."

"걱정하지 마십시오. 이제부터 교토로 가는 길목 요소요소에는 내 손발같이 움직여 줄 자가 있습니다."

"고맙소. 이에야스, 마음에 새겨 두리다."

"별말씀을…… 이것은 우대신님 눈에 들어 도쿠가와 님을 모시게 된 우리의 소임이니 끝까지 안내하게 된 게 기쁠 따름입니다."

"하세가와 님……"

이에야스는 뭔가 말하려다가 생각을 고친 듯 말했다.

"사카이는 평온합니까? 미쓰히데의 손길이 아직……"

"아닙니다, 이미 선발대로 첩자들이 들어온 것 같습니다. 아마도 도쿠가와 님께서 성으로 돌아가시려 했다면 그들은 집요하게 뒤쫓았을 겁니다."

"그렇겠지."

"그런데 도쿠가와 님은 지온사로 자결하러 가시고 아나야마 바이세쓰 님은 급히 귀향하신다……는 걸 알고 바이세쓰 님 뒤를 쫓아간 모양입니다."

"그렇소? 아나야마 님에게 할복을 권하는 것은 무리라고 생각하여 일부러 잠자코 떠난 것인데."

그러고 나서 이에야스는 목소리에 좀 힘을 주었다.

"하세가와 님."

"예."

"이 이에야스, 귀하가 훌륭한 무사임을 알았으니 진심을 말하리다."

"예? 진심을……"

하세가와보다 주위 중신들이 한결같이 놀라며 숨을 삼켰다.

"이 이에야스, 사실은 자결하러 가는 게 아니오."

"음."

"우대신의 뜻을 망각하고 정신이 어지러워져 뒤쫓아 배를 가른다면, 우대신께서 그 날카로운 눈을 부릅뜨고 큰소리로 꾸중하시리다. 천치 놈아, 나잇살이나 처먹고 미쳤느냐고."

이에야스의 눈매에 비로소 날카로운 빛이 번뜩이기 시작했다.

"하세가와 님, 우대신의 뜻은 천하의 소란을 하루 빨리 끝내는 데 있었소. 그러니 이에야스는 우대신을 친 미쓰히데에게 우대신의 육체는 멸망시켰더라도 그 뜻을 훌륭히 살릴 수 있는 실력이 있다고 인정되면 이를 악물고 머리 숙일지도 모르오."

"무슨 말씀이십니까, 그 역적에게."

"끝까지 들어보오. 이것은 하나의 예라고 할 수 있소…… 그런데 미쓰히데는 단지 역적, 우대신의 뜻을 헤아리지 못했기 때문에 모반을 저지른, 이를테면 단순한 난세의 무장. 천하를 다스릴 그릇이 아니라 보았기 때문에 속이고 사카이를 급히 떠났던 것이오."

"……"

"사카이에 들어와 있는 아케치 군을 방심시키고 우선 이 자리를 벗어나, 비록 땅을 기어서라도 미카와에 돌아가 곧바로 미쓰히데 토벌군을 일으키는 거요…… 이것이 우대신의 혼백에 보답하는 길…… 이것이 이 이에야스의 진심이오."

사람들은 얼어붙은 듯한 표정으로 이에야스를 쳐다보았다.

사방이 어두워졌다. 빨간 화톳불의 반사를 받아 하세가와의 얼굴이 이상한 웃음으로 무너지기 시작한 것은 그때부터였다. 하세가와는 잠시 이상한 미소를 지은 채 이에야스를 쳐다보고 그를 둘러싼 중신들을 바라보았다. 하지만 이윽고 그 미소가 입술 가에서 천천히 이지러졌다. 눈에 반짝반짝 이슬이 맺히고 어깨가 와들와들 떨리기 시작했다.

"과연 이에야스 님…… 지금의 말씀을 들으시고 지하에서 흐뭇해하실 우대신님 목소리가 이 귀에 들리는 것 같습니다."

그리고 비로소 흘러내린 눈물을 손가락으로 훔쳤다.

"실은 저도 그것을 권해 드리고 싶어 다급하게 뒤쫓아 온 것입니다. 황천길 안내는 그다음의 방책, 우리와 달리 우대신님 뜻을 이으실 분은 결코 많지 않습니다. 그 소중하신 한 분……을 무사히 미카와성으로 돌려보내드린 뒤 교토로 달려가 우대신님 뒤를 쫓는 게 우리의 바람이었습니다."

이에야스는 고개를 크게 끄덕였다. 그러나 곧 입을 열지는 않고 지그시 불길을 처다보며 작은 소리로 중얼거렸다.

"바이세쓰 님이 우리 대신 살해되는구나…… 다다쓰구, 지참한 황금을 이리로."

"예……황금을……? 이런 장소에서"

"상관없으니 모두에게 두 닢씩 나눠줘라. 결코 당당하게 오미에서 미노길을 지나갈 수 없는 이번 여행이니, 도중에 어떤 고생을 만나더라도 반드시 살아서 미카와 땅을 밟아야만 한다."

"예."

"몸을 지키는 것은 칼뿐이라고 생각하지 마라. 황금 한 닢으로 한 번씩, 그것으로 두 번은 생명을 구할 수 있다는 걸 알아라."

모두들은 비로소 이에야스의 마음을 눈치채고 서로 얼굴을 마주 보았다.

"한 닢 쓰고 나면 곧 다다쓰구에게 말하여 늘 두 닢씩 준비해 둬라. 그리고……."

이에야스는 헤이하치로를 돌아보았다.

"나머지는 그대가 다다쓰구와 함께 관리하며 결코 내 옆을 떠나선 안 된다."

"알겠습니다."

"만일 적이 한두 사람의 농부나 도적일지라도 얕보고 칼을 뽑아서는 안 된다. 저마다 재치로 금은을 주고 지나가는 게 좋다. 만일…… 30명 내지 50명의 무리 지은 자들이 나타나면 다다쓰구나 가즈마사나 헤이하치를 통해 나에게 곧 알려라. 그들은 내가 직접 다루마."

그 말에 모두들 고개를 끄덕이는 동안 다다쓰구가 돈을 나눠주고 다녔다.

"모두들 돈을 나누어 받았으면 다시 한번 말해 두겠다."

"예."

"모두들 나를 따라 교토에 들어가 지온사에서 한 번은 죽었다고 생각하는 게 좋을 것이다. 죽은 자에게 서두를 일이란 없다. 인내뿐이다. 인내만이 통행증이라는 걸 단단히 마음에 새겨둬라. 모두 잘 알았느냐?"

"예."

모두들 입을 모아 대답하자 이에야스는 비로소 하세가와에게로 시선을 옮겼다.

"들으신 대로 여행 주의사항은 일러두었소. 그런데 어느 길을 어떻게 지나는 게 무사하리라 여기는지 의견을 듣고 싶소."

"감탄했습니다."

하세가와는 눈물을 씻으며 품 안에서 한 장의 지도를 꺼내 펼쳤다.

"주제넘은 말입니다만, 미쓰히데는 이름난 전략가인 데다 여자 같은 세심함이 있으니 이미 도쿠가와 아케치는 싸움에 들어간 것으로 아시고 임해 주십시오."

모두들의 시선이 약속한 듯 하세가와가 펼친 지도 위로 모였다. 아무도 말하지 않았지만, 이에야스의 진심이 할복이 아닌 싸움에 있음을 알고 어느덧 보이지 않는 활기가 넘치기 시작하고 있었다.

"미쓰히데는 세심하고 섬세한지라 기슈 길도, 야마시로(山城)와 야마토 가도에도 모두 군사를 배치해 놓았을 겁니다."

"그럴 거요."

"그러니 그들의 계략을 벗어나 얼마쯤 더 북쪽으로 가다가 동쪽으로 꺾어 쓰다, 호타니(穗谷)에서 우지(宇治)의 다와라, 고노쿠치(鄕口)의 산길을 빠져 다시 다라오(多羅尾)에서 이가 땅으로 들어가는 게 가장 좋을까 합니다."

"옳지, 이가를 지난다…… 그런데 우리 가신 중에는 그 길을 아는 자가 없소."

"그 점은 염려 마십시오. 여기 계신 자야 님이 길안내를 하시겠답니다."

"자야 님, 자신 있으시오……?"

"예."

그때까지 사람들 뒤에 거의 숨듯이 있던 자야가 말했다.

"저의 싸움도 도쿠가와 님 작전처럼 금은이 무기가 될 것입니다."

"음, 그 무기는 미쓰히데의 손길이 미치지 않는 곳이라면 신통하게 듣겠지만 손길이 미치고 있다면 역효과가 될 것이오.”

“잘 알고 있습니다. 저는 이미 사카이에서 만난 가메야 에이닌 님에게 부탁하여 통행하실 북쪽은 고슈의 시가라키 언저리까지 적절하게 손써 두도록 했습니다. 가메야 님은 우리보다 한발 먼저 교토로 돌아가셨으니 내일 새벽에는 벌써 미쓰히데의 손길이 뻗쳤는지 안 뻗쳤는지 길목마다에서 저에게 알려주리라 생각합니다.”

“참으로 재빠른 솜씨로군.”

이에야스는 말했지만, 그런 만큼 더욱 불안하기도 했다. 자신이 지온사로 가는 것처럼 꾸미고 성으로 돌아가는 것을 꿰뚫어본 자가 여기 또 한 사람 있었던 것이다.

‘어쩌면 아케치 편에서도 알면서 일부러 아나야마 바이세쓰의 뒤를 쫓게 한 것이 아닐까?’

만일 그렇다면 잠시도 머뭇거릴 수 없다. 사태는 이미 자신과 미쓰히데의 촌각을 다투는 대결이 되어 있는지도 모른다.

‘운명의 대결……’

“그런데 다라오에서 이가로 나간 뒤에는 어느 길을 가는 게 좋을까?”

“예……”

하세가와가 도면을 부채로 짚으며 설명했다.

“이가에 들어가 마루하시라(丸柱), 가와이(河合), 쓰게(柘植), 가부토(鹿伏兎)로 험한 준령을 넘으면 길이 험한 대신 기습받을 염려는 없을 겁니다. 가부토에서 노부타카 님 영지인 고베(神戶)로 나가면, 거기서부터는 적의 손길도 미치지 못하고 이세 바다를 건너 미카와에 들어갈 수 있을 듯합니다만.”

갑자기 이에야스가 말했다.

“알았소. 오늘 저녁은 여기서 야영할까 생각했었지만, 이것이 생사의 갈림길이 될지도 모른다. 이에야스의 운명은 하세가와 님과 자야 님 손에 맡기기로 하고 곧 여기를 출발하자.”

사람들은 늦추었던 짚신 끈을 다시 졸라맸다.

그 결단이 다행이었다. 한 시각만 늦게 출발했더라면 이에야스도 바이세쓰와 마찬가지로 이 언저리에 시체를 묻게 되었을지도 모른다.

이가의 회오리바람

아케치 미쓰히데는 노부나가의 성격에 숨은 난폭성을 증오한 나머지 천하를 무서운 돌풍 속에 던져넣고 말았다.

이상은 때로 현실을 더욱 비참한 한쪽 길로 몰아넣는 일이 있는 법인데, 이번 경우도 그러했다. 미쓰히데가 노부나가를 쓰러뜨린 것을 안 순간부터 영주도, 상민도, 농민도 하나같이 다시 '난세'를 머리에 그리며 움직이기 시작했다.

미쓰히데에 대한 신뢰감이 노부나가의 힘에 미칠 수 없다는 증거로서, 이에야스가 모리구치 언저리의 사사즈카에서 행동을 일으켰을 때는 이미 그 근방의 떠돌이 무사며 들도적이 큰 칼을 등에 짊어지고 설치기 시작했으며 농민들은 먼저 곡식부터 숨기고 죽창을 깎기 시작했다.

전쟁 청부를 업으로 삼고 있는 고장의 토호며 네고로(根來) 무리 같은 승병들은 때가 찾아왔다는 듯 탄약자루와 총포를 내놓고 살 사람을 기다리고 있었다.

혼자서 강탈의 기회를 노리는 이른바 패잔병 약탈에서부터 자신을 지키려는 농민 병사, 또는 영주에 대한 불만을 이번 기회에 풀겠다고 멍석깃발을 세우는 폭도 집단까지, 선악을 모두 저마다의 입장에서 결정해 일어섰으므로 손댈 수 없는 혼란으로 치달았다.

이에야스 일행이 모리구치에서 동북쪽으로 길을 잡아 북 가와치군(北河內郡)의 쓰다 방면을 향해 나아가기 시작했을 무렵, 요도강(淀川) 기슭에는 벌써 재빨리 그물을 친 온갖 도적들이 날뛰고 있어 한눈을 팔 수 없는 형편이었다.

"이봐, 북가와치로 누가 지나갔다고 하니 급히 쫓아가."

"이 길을 지나갔다면 가는 곳은 기즈강(木津川) 기슭이다. 길을 질러 나루터에서 습격하는 게 좋겠다."

그런 속삭임과 함께 길이며 나루터며 고개는 모두 지리에 밝은 무뢰배들의 매복 장소로 바뀌었다.

이에야스 일행이 네야강(寢屋川)가의 가미우마후세(上馬伏) 언저리에서 북쪽으로 길을 접어들었을 무렵에는 벌써 서너 무리의 늑대들이 소리죽여 뒤따르고 있었다.

그런데 네야강을 건널 때가 되자 다행히도 그들은 더 좋은 먹이를 발견하고 그쪽으로 가버렸다.

"또 한 무리가 가고 있다. 오미 길을 향하나보다."

"그럼, 두 패로 갈라져 따로따로 쫓아갈까?"

"아니, 저쪽이 옷차림도 훨씬 좋고 부자인 것 같다. 게다가 인부 같은 자가 많으니 일이 편해."

"좋아. 그럼, 그쪽으로 하자."

나중에 생각해 보니 그것은 바로 바이세쓰 일행으로, 바이세쓰는 이에야스가 미노 길을 피할 것이라 추측하고 따로 안내인을 고용하여 우지바시(宇治橋)에서 고하타(木幡) 고개를 넘어 고슈(江州)로 들어갔다가 다시 미노로 나가 이와무라에서 신슈, 고슈(甲州)를 밟아갈 셈이었던 것 같았다.

물론 이에야스 일행은 자야 시로지로의 주선으로 그 지방에 친지를 둔 걸음 잘 걷는 장사치를 두 명씩 한 조로 하여 앞뒤로 내보내 정찰시키면서 나아갔다.

그 첩보원 하나가 새벽녘이 가까운 무렵 새파랗게 질려 돌아왔다.

"여기서 잠시 기다리십시오. 이 앞에서 지금 나그네들 한 무리가 심한 칼싸움을 하고 있답니다."

그들은 북 가와치산을 지나 간나비산(甘南備山)의 험한 길을 한 줄로 걷고 있던 중이었다.

맨 앞의 고헤이타가 혀를 차며 물었다.

"뭣이, 나그네가 도적에게 습격받고 있다고? 이 산골짜기에서는 멈출 수 없다. 이런 곳에서 습격받으면 나아갈 수도 물러설 수도 없으니까. 가서 보고 와, 인원이 얼마나 되는지. 적에 따라선 무찔러버리고 장소가 좋은 곳으로 나가야 하니."

오른쪽은 높은 벼랑이고 왼쪽은 조릿대와 산대나무 덤불이며, 밤부터 구름이 끼기 시작한 시커먼 하늘에서는 안개인지 이슬비인지 모를 것이 떨어지기 시작하고 있었다.

"이 어둠 속에서는 가까이 가도 인원수를 파악할 수 없습니다. 머지않아 사방이 훤해질 테니 그때까지……."

"뭐라고, 그대들은 만일의 경우에 대비하는 지형의 이점을 모르는가. 여기서 머무르다 습격받으면……."

고헤이타가 말하려 하자 이에야스가 가로막았다.

"기다려라, 고헤이타. 이미 미쓰히데와의 싸움이다. 움직였다가 오히려 눈치채게 해선 안 된다. 좀 쉬어라."

이 무렵에는 벌써 탈 만한 말은 한 필도 없었고 겨우 짐을 싣고 헐떡이는 두 마리뿐이었다. 이에야스도 어디 있는지 알 수 없을 정도로 말없이 산길을 걷고 있었다.

그들은 걸음을 멈추었다. 자야가 고용한 인부와 행상인까지 합쳐 50명 남짓한 사람들이 사카이에서 가져온 주먹밥을 다 먹은 뒤라 몹시 배가 고팠다. 날이 밝고 보면 아마 짚신도 떨어져 맨발로 걷고 있는 자가 꽤 많이 보일 것이다.

이에야스는 손으로 더듬어 길에 앉으면서 시동들 이름을 불렀다.

"마쓰마루는 어디 있느냐. 오카메는, 고겐다(小源太)는 쓰러지지 않았느냐?"

"예, 마쓰마루는 주군 바로 뒤에 있습니다."

모토타다의 아들이 대답하자 서로 뒤질세라 대답했다.

"오카메도 있습니다."

"고겐다도."

그 목소리에서는 굶주림과 피로가 역력히 느껴졌다.

"이 이에야스가 가장 힘들었던 것은 미카타가하라 싸움 때였다. 그때는 배고프고 춥고 게다가 다케다 군이 어찌나 완강한지 번갈아 나타나 이름을 부르짖으며 덤벼들지 않겠나. 그러나 나는 굴복하지 않았다. 양옆으로 창을 휘두르며 아침부터 밤까지 계속 싸우다 유유히 성에 돌아가던 때에 비하면, 이 정도는 고생에도 들지 않는다."

어둠 속에서 누군가 웃었다.

"누구냐, 웃는 게?"

"예, 오쿠보 다다치카입니다."

"내가 시동들에게 무용담을 들려주고 있는데 무엇이 우스우냐?"

"하하…… 그때 주군께서 말 위에 오물을 지리셨다고 아버지로부터 들은 게 생각나서요."

"바보 같은 놈, 그건 똥이 아니라 볶은 된장이었다. 핫핫핫핫…… 그러나 인간이 다급해 똥을 지린 것도 모를 만큼 버틴다면 굉장한 일이지."

그 한마디에 모두들 소리죽여 웃었다.

"웃지 마라, 웃지 마. 이번에는 그보다 더한 고생을 겪을지도 몰라. 그렇더라도 결코 항복해선 안 돼."

바로 그때 앞쪽의 어둠 속에서 와자지껄하는 사람 소리가 들려왔다. 저편에서도 이곳에 사람이 쉬고 있는 줄 모르고 이편의 선두와 부딪친 게 틀림없었다.

"야, 상당한 인원이다. 방심하지 마라."

"오, 횃불을 붙여라. 빨리……."

그것은 의심할 여지없이 이번 사건이 낳은 폭도들임에 틀림없었다. 상대의 횃불이 새빨간 불꽃을 내뿜기 시작한 무렵에는 이쪽도 모두 칼자루에 손을 대고 있었다.

"주군! 주군은 빨리 뒤로. 다치시면 안 됩니다."

뒤쪽을 맡고 있던 와타나베 한조가 좁은 길을 미친 듯 달려와 사방에 쩌렁쩌렁 울리는 목소리로 고함쳤다.

"웬 놈들이냐! 무엇 때문에 우리를 적대하느냐? 비키지 않으면 몰살시켜 버릴 테다."

그러자 이에야스가 나무라며 말했다.

"기다려, 한조. 이 일은 자야 님이 상대하는 게 좋겠소. 자야 님, 한 번 흥정해 보시구려."

그러나 그때는 벌써 하세가와가 앞으로 나서서 폭도와 교섭을 시작하고 있었다.

"여보게들, 우리는 요 넘어 고카군(甲賀郡) 영주 다라오 님 문중 사람들인데, 여기까지 몰아넣은 우리의 사냥감을 그대들이 가로챘군."

그러자 상대는 뻣뻣하게 받아넘겼다.

"가로챘다니 시비조로군. 우리는 가와치부터 계속 쫓아왔어. 남에게 뺏기는 게 분하다면 왜 먼저 와서 잠복하지 않았지?"

"하긴 그렇군……."

하세가와는 일단 상대의 창끝을 피한 다음 다시 말했다.

"이치는 그럴듯하지만 잘 생각해 보면 경우에 어긋나."

"어째서 그런가?"

"노상강도질이 무사로서 할 짓이라면 강도질하고 돌아오는 그대들을 여기서 기다렸다가 빼앗는다 해도 전혀 상관없을 터."

"그럴 순 없지. 피 흘리고 부상자를 내며 빼앗아 온 물건, 쉽사리 남에게 내줄까보냐!"

"그렇다면 일이 까다로워지겠는걸. 여기는 이미 우리 다라오성 세력 범위다. 그러나 애써 뺏어온 물건을 모두 내놓으라는 것도 인정 없는 짓. 좋다! 황금이며 의복이며 짐바리는 말과 함께 모두 그대들에게 주마. 칼만은 두고 가거라. 우리는 그대들과 만나지 않은 것으로 하고 성으로 돌아가겠다. 그렇지 않으면 이름난 망나니 다라오 형제가 우리를 결코 용서하지 않을 게다."

"흠, 칼이면 되겠느냐. 그럼, 잠깐 기다려."

사람과 사람의 관계는 때에 따라 상식으로는 생각할 수 없는 이상한 분위기에 의해 지배된다. 이들이 나그네라는 걸 알았으면 그들은 이빨을 드러내며 결사적으로 덤벼들었으리라. 하지만 같은 목적을 가진 동류가 되면 묘한 의리로 분위기가 확 바뀌는 것이었다.

"좋다. 그럼, 칼을 내주고 다른 길로 가도록 하마. 그러나 우리는 칼이 목적이 아니어서 너덧 자루밖에 없다. 자……."

우두머리격인 사나이 두세 명이 이마를 맞대고 수군수군 의논하더니, 잠시 뒤 뺏어온 칼을 촉촉이 젖은 산길에 내던지고 와글와글 되돌아갔다.

하세가와가 흥정하는 소리를 이에야스는 감탄하면서 듣고 있다가, 그들이 가버리자 배를 잡고 웃기 시작했다.

"하하…… 책략이란 중요한 거야. 이치로 타이르는 대신 같은 들도적들 패거리가 되었군…… 그래, 이것도 하나의 중요한 방법이 되겠어."

그리고 하세가와가 쓴웃음 지으며 날라 온 큰 칼들을 보더니 서둘러 명했다.

"나오마사, 불을 밝혀라."

그 한 자루의 손잡이 끝에 다케다 가문 문장이 아로새겨져 있는 게 아무래도 아나야마 바이세쓰의 칼……같았던 것이다.

시동 우두머리 나오마사가 불을 밝히자 이에야스는 낮게 신음했다. 틀림없는 바이세쓰의 칼이었다.

"나오마사, 좀 더 밝게."

이에야스는 칼을 뽑아 보았다. 불빛에 보니 칼날에 점점이 매화꽃을 뿌린 듯 핏자국이 묻어 있다.

"싸우다 칼을 빼앗겼군……."

그것은 무엇을 의미하는 걸까? 가이 미나모토 씨의 멸망에서 단 한 사람 살아남은 행운, 그게 바로 아나야마 바이세쓰라고 생각했건만 그가 가쓰요리보다 조금 더 연명한 것은 이런 산속에서 들도적 따위에게 죽기 위해서였단 말인가…….

"이제 불은 필요 없다."

칼집에 칼을 꽂고 이에야스는 저도 모르게 입 속으로 염불을 외웠다. 참으로 어지러울 만큼 변천하는 인간 운명이었다. 가쓰요리를 치고 다케다 가문의 멸망을 보았을 때도 마음 아팠는데, 그것을 친 노부나가도 단 한 사람 살아남았던 바이세쓰도 이미 이 세상에 없었다.

다음에 목숨 잃을 사람은 미쓰히데일까, 자신일까.

가까스로 하늘이 훤해져 왔다. 아직 어둠이 남은 오른쪽 벼랑 위에서 새들이 지저귀기 시작했다.

"좋아, 그 칼을 바이세쓰 님 유해라 생각하고 장사지내 주자. 나오마사, 그대가 들고 가라."

이에야스는 나오마사에게 칼을 건네주었다.

"자, 서두르자. 보이지 않는 어려움이 잔뜩 기다리고 있을 테니."

그들은 다시 동쪽으로 움직였다. 사방이 점점 밝아지고 앞쪽의 하늘에 드리워진 구름이 불그레 물들었다.

이슬비는 개어 있었다. 시야는 점점 넓어졌지만 그들의 짚신은 거의 끈만 남아 있었다. 이제 가와치와 야마시로의 국경을 넘었을 게 틀림없었다.

자야는 이따금 이에야스 곁으로 와서 말을 건넸다.

"이제부터 덴노(天王)로 나가 다시 다타라(多多羅), 구사우치(草內)로 가면 기즈강이 나옵니다. 기즈강을 건너면 그 언저리부터 교토의 포목상 가메야 에이닝 님 손길이 미치고 있을 테니, 먹을 것을 손에 넣을 수 있을 겁니다."

이에야스는 그때마다 웃는 얼굴로 고개를 끄덕였다.

"음식 이야기는 그만두세, 자야 님. 듣기만 해도 뱃속에서 꾸르륵 소리가 나니."

그러고 보니 요 얼마 동안 모두들 미식에 길들어 있었다. 그런 만큼 어느 얼굴이나 모두 여느 싸움터에서보다 훨씬 초췌해 보였다.

앞쪽에 기즈강이 보이기 시작한 것은 그로부터 반 시각 뒤. 날은 벌써 활짝 개어 구름 사이에서 햇빛이 비치기 시작했다. 그렇게 되면 이번에는 심한 졸음이 엄습해 오지만 두세 명의 시동을 제외하고는 그러한 단련이 몸에 밴 용사들뿐이었다.

"오, 이 언저리에서 풀을 짓밟고 싸운 흔적이 있구나."

그들은 기즈강에 이르자 먼저 물부터 마시고 대충 얼굴을 씻었다.

나루터에서는 자야와 하세가와의 주선으로 별 탈 없이 건널 수 있었다.

그리고 고노쿠치에서 다와라로 나가, 그 가까이에서 식량을…… 그렇게 생각하고 있을 때 그들을 맞이한 것은 수많은 폭도들의 멍석 깃발이었다.

다와라에 들어서자 자야는 그들과 떨어져 모습을 감추고 있었다. 앞서 가 있는 교토의 포목상 가메야와 연락하여 이에야스를 위한 휴식 장소와 식량을 제공하기 위해서였다.

"조금만 더 견디자. 다와라에 들어가기만 하면 되니 힘내야지."

"뭐, 이제 겨우 이틀 굶었을 뿐인데. 인간은 허리띠를 단단히 졸라매고 버티면 사흘 낮밤쯤은 먹지도 마시지도 않고 싸울 수 있다고 들었어."

곳곳에서 그런 속삭임이 들려오고 사실 그들 얼굴에는 햄쑥하게 피로의 그림자가 깃들어 있었다.

고헤이타도 이에야스 뒤에서 산길을 걸으며 이따금 놀라 정신 차리고 보면 쩽쩽 내려쬐는 햇볕 밑에서 꿈을 꾸고 있었다. 자기 앞을 말없이 걷고 있는 이에야스가 콩고물을 묻힌 맛있는 떡으로 보였다. 그것을 냉큼 베물고 또 베물어 입 속에 넣는데도 도무지 배가 차지 않았다.

'이렇게 끝없이 먹는데도 어째서일까.'

걸으면서 꿈속에서 고개를 갸우뚱하고 있을 때, 자야가 새파랗게 질려 달려 돌아왔다.

"큰일 났습니다."

고헤이타는 깜짝 놀라며 꿈속에서 깨어났다.

"세타(瀨田), 이나즈(稻津) 언저리에서 이쪽으로 쏟아져 들어온 폭도들이 다와라에서 약탈한 다음 지금 돌아가고 있습니다."

그들은 불길한 긴장에 싸여 걸음을 멈추었다. 고헤이타 앞에 우뚝 선 이에야스의 굵은 목덜미에 은빛 땀이 번들거리고 있었다.

"어서 길을 바꾸지 않으면 그 무리와 부딪칩니다. 아, 저기 저렇게 멍석 깃발이!"

순간 아무도 대꾸하는 자 없이 사방이 정적에 싸였다. 그들을 위협하듯 대나무 고둥소리가 높게 낮게 우―우―하고 산맥을 압도해 왔다.

이에야스가 말했다.

"폭도라면…… 황금으로 다루어야지."

자야가 흙투성이 얼굴을 세차게 흔들며 말했다.

"그게…… 좀체로. 미쳐 날뛰는 자들이라, 있는 줄 알면 속옷까지 벗겨갑니다. 산적이나 들도적과는 종류가 다른 골칫덩어리지요."

고헤이타는 메마른 입술을 핥으며 이에야스의 대답을 기다렸다. 길을 바꾼다 해도 이 산속에서는 온 길을 되돌아가든가 길 없는 골짜기로 빠져 숨는 수밖에 도리 없다. 게다가 자야의 말대로 폭도와 도적은 그 성질이 전혀 다르다. 도적에게는 도적다운 계산이 있지만 폭도에게 흥정이란 없다. 한쪽은 직업화되어 있어 자기 몸의 위험에 민감하지만, 한쪽은 쌓이고 쌓인 울분이 폭발하여 드러나는 광포성이 그대로 무리를 지배하므로 몸의 위험을 냉정히 계산하는 일 따위 바랄 수 없었다.

누군가가 고헤이타 뒤에서 외쳤다.

"주군! 폭도를 겁내어 되돌아간다면 살아남더라도 무사의 체면이 서지 않습니다."

"깨끗이 싸우잔 말인가?"

"아니면 다른 방도가 없을까?"

이야기하고 있는 동안 상대는 이미 유야 골짜기(湯屋谷) 산등성이에 모습을 드러냈다. 약탈의 성공으로 기세가 충천한 듯, 녹음 사이로 수많은 깃발과 죽창이 시야를 비집고 들어온다. 300명이나 500명 정도가 아니었다. 가난한 이들의 불만이 모든 시냇물을 합쳐 하나의 격류를 만들며 밀어닥치고 있었다.

이에야스는 이마에 손을 대고 그들을 바라본 채 아직 길을 바꾸려 하지 않았다.

자야가 다시 재촉했다.

"주군, 어서 결단을. 이 상태로는 가메야 님 입김이 닿은 자들도 몰살당했을지 모릅니다. 보십시오, 선두의 죽창에 나란히 사람 목이 하나씩 꽂혀 있습니다."

이에야스는 그 말에는 대답하지 않고 입 속으로 중얼거렸다.

"800명쯤 될까?"

그리고 헤이하치로를 손짓해 불렀다.

"헤이하치, 그대가 가서 무엇을 원하는지 물어보고 오너라. 아니, 뭘 원하든 내가 들어줄 테니 우두머리를 이리로 데려와. 그대는 공연히 상대를 화나게 할지도 모르니."

헤이하치로는 불만스러운 눈빛이었지만 곧 고쳐 생각한 듯 걸어갔다.

저쪽에서도 이미 이쪽을 눈치챈 모양이었다. 낫처럼 생긴 큰 칼을 찬 자가 네댓 명 골짜기 아래로 우르르 달려 내려오는 게 보였다.

자야는 더욱 불안스러운 듯이 말했다.

"그럼, 무슨 일이 있어도 되돌아가시지는……? 말해서 통할 상대가 아닙니다."

"자야 님."

"예."

"이에야스는 우대신의 뜻을 이으려는 사람이오. 우대신의 뜻은 무장끼리의 싸움을 없애고 백성을 고통 속에서 건지려는 것이었소."

자야는 그 의미를 알 수 없어 고개를 갸웃하며 입을 다물었다.

이에야스는 다시 뜨거운 햇살을 목덜미에 받으며 이마를 손으로 가리고 있다.

점점 사납게 육박해 오는 대나무 고동소리에 이따금 때 아닌 꾀꼬리소리가 섞이는 것도 우스꽝스러웠다.

이쪽에서 내려간 헤이하치로와 저쪽에서 뛰어온 칼을 든 사나이 5명이 꾸불꾸불한 잿빛 산길에서 마주쳤다. 폭도는 연신 어깨를 들먹이며 헤이하치로를 위협했고, 헤이하치로 역시 평소의 대담한 성격으로 상대를 째려보는 것 같았다. 이윽고 상대 하나가 곧장 길을 뛰어 돌아가 마구 밀어닥치는 멍석 깃발의 격류 속으로 모습을 감추었고, 네 사람에게 에워싸인 모습으로 헤이하치로가 돌아왔다.

"알겠지, 아무도 입을 열지 마라."

이에야스는 이른 다음, 비로소 시동이 날라 온 걸상을 길 복판에 놓고 앉았다. 사람들은 약속이라도 한 듯 길 양쪽으로 흩어져 이에야스를 수호하는 형태로 무릎을 꿇었다.

고헤이타는 혼자 이에야스 앞에 서서 다가오는 네 사람의 모습을 쏘아보았다. 그들은 모두 무릎까지 오는 일옷에 사초로 만든 앞가리개를 두르고 짚신을 졸라맨 엄중한 차림으로 칼에 손을 대고 있다.

'이놈들은 배불리 먹고 있구나.'

고헤이타는 문득 생각한 다음 그만 실소하고 말았다. 그 용맹한 차림새에 비해 허리에 찬 약탈한 물건들이 참으로 순박하기 그지없는 그들의 욕심을 낱낱이 드러내고 있었기 때문이다. 맨 앞의 사나이는 왼쪽 허리에 여자 허리끈을 늘어뜨리고 오른쪽에는 주전자와 꽹과리와 염주와 차 국자를 달아맸으며, 다음 사나이는 공기며 술잔이라도 들어 있는 듯 울퉁불퉁한 무명 자루를 단단히 배에 차고 있었다. 평소에 갖고 싶었던 물건들을 닥치는 대로 뺏어온 게 분명했다.

선두의 사나이가 핏발선 눈으로 이에야스에게 고함쳤다.

"여봐, 나그네무사, 껍데기를 모두 벗어라!"

혼자서는 약하고 선량한 인간도 집단을 이루면 헤아릴 수 없는 광포성을 발휘한다. 맨 먼저 소리친 사나이의 옆머리에서 어깨에 걸쳐 피가 반쯤 말라붙고 칼자루도 거무칙칙하게 젖어 있었다.

"왜 잠자코 있지? 저 멍석 깃발이 보이지 않느냐! 꾸물대면 저것이 밀어닥친다."

선두에 이어서 뒤의 두 명이 어깨를 흔들며 또 소리쳤다.

"그렇고말고, 만일 대항하면 몰살시키고 지나갈 거야."

"빨리 가진 물건을 모두 내놔! 이쪽은 갈 길이 바빠."

이 기세로 고슈의 세타 언저리에서부터 이곳까지, 자기들이 무엇을 하고 있는지 잘 생각지도 않으며 미쳐 날뛰었을 게 틀림없다.

이에야스는 일부러 사이를 두고 조용한 목소리로 말했다.

"그대들은 오다 님에게 원한이 있느냐? 영주에게 원한이 있느냐? 그것이 어떤 원한인지 말해 봐라."

"뭐, 뭐라고 지껄이는 거야? 무사답지 않다. 잘 안 들려."

"그대들을 괴롭힌 게 누구였느냐고 물었다. 괴롭힌 자가 있었으니 성이 나서 들고 일어났을 테지."

"그야 물론이지."

"그럼, 그 상대가 누구냐? 통쾌하게 목을 베었느냐?"

"오, 베었고말고. 벌써 그럭저럭 목이 100개는 될 거야. 그렇게 말하는 네놈 목도 베어버리겠다."

이에야스는 손을 들어 선동하듯 말하는 상대를 제지했다.

"서두르지 말고 침착하게 말해 보아라. 이야기를 잘 들은 다음 그대들에게 상을 주려고 한다."

"뭐, 상이라고……?"

이 한마디가 마구 날뛰는 그들의 마음에 불가사의한 쐐기를 박았다. 그들이 온몸을 떨며 고함쳐대는 것도, 덮어놓고 칼을 휘두르는 것도, 결국은 오랫동안 인종을 강요당해 온 자의 열등감에 지나지 않았다.

이에야스는 냉정하게 그것을 꿰뚫어본 모양이었다. 그리고 집단심리의 맹점을 찔러 그들 속에서 우선 계산과 이성을 끌어내리고 시도하는 게 틀림없었다.

"그렇다. 나는 스루가, 도토우미, 미카와 세 지방의 주인이다. 무장이란 백성을 모든 폭정자의 손에서 지켜주는 게 가장 큰 의무……."

"그래서 상금을 준다고…… 속지 마라. 이놈은 악질적인 변설가다."

이에야스는 다시 나무랐다.

"기다려라. 백성을 고통에서 구하는 게 무장의 의무이므로 새삼 그대들에게 묻고 있는 거다. 불만의 근원은 공물이겠지. 공물을 얼마나 뺏겼느냐?"

"7대 3이야. 3할 몫으로 어떻게 먹고 살겠나. 그나마 그 3할도 전쟁이 나면 또 뺏긴다. 그 때문에 선수를 쳐서……."

"멍석 깃발을 세우고 영주의 곳간을 열었다는 이야기군. 설마 같은 고통을 겪고 있는 다른 마을의 농민을 습격하지는 않았겠지?"

"뭣이, 다른 마을……?"

이것이 두 번째 쐐기가 되어, 그들이 흘끗 자책의 시선을 나누었을 때 이에야스는 여유를 주지 않고 다시 말을 이었다.

"동료는 지켜줘라. 알겠느냐, 오다 님은 살해되었지만 이대로 난세로 돌아가지 않는다. 내 군사 10만 말고도 주고쿠에 가 있는 하시바 히데요시의 십 몇만 명도 곧 긴키로 돌아올 거다. 그때까지의 일시적 혼란이니 무장을 대신하여 동료를 잘 지켜주어라. 그럼, 상금을 내리마. 다다쓰구, 황금을 이리 가져오너라……."

다다쓰구가 시키는 대로 돈 자루를 날라 오자 네 사람의 표정은 우스꽝스러울 정도로 달라졌다. 모두들 선량한 생활인임에 틀림없다. 한 사람이 당황해 선두에 나선 사람의 소매를 끌어당겼고 나머지 두 사람은 그들을 감싸듯하며 뭔가 소곤소곤 의논하는 것 같았다. 강압에 굴종할 것인가, 아니면 맞서서 날뛸 것인가, 양자택일밖에 길이 없는 자의 가련한 당혹감이 네 사람의 얼굴에 떠올랐다.

"그대들이 이번 일의 우두머리냐? 이름이 무엇이냐?"

이에야스는 황금 10냥씩 네 무더기를 땅바닥에 놓았다.

"머잖아 천하가 안정을 되찾는 대로 이름을 밝히고 나오너라. 반드시 힘이 되어주리라. 오늘은 이 돈과 증서를 내려줄 테니, 동료들 중에서 30명쯤 뽑아 길을 안내해 다오. 하세가와 님, 글 쓸 준비를."

이 말에 하세가와가 얼른 붓통을 끌렀다.

"행선지는 우지의 다와라에 있는 야마구치 미쓰히로(山口光廣) 저택이다. 그럼, 그대 이름부터 차례로 말하라."

이에야스는 마른 피를 묻히고 있는 그 사나이에게 자신감 있게 재촉했다.

고헤이타는 이때처럼 야릇한 감정을 느낀 적이 없었다. 이 흥정은 결코 성사되지 않을 거라고 칼자루를 단단히 잡고 있었는데, 이에야스의 독촉을 받고 상대는 손바닥을 뒤집듯 유순해졌다.

"예……저는 오이시 마을(大石村)의……마……마……마고시로(孫四郞)입죠."

그러자 이것을 신호 삼아 다른 세 사람도 귀신에 홀린 듯한 표정으로 이름을 대었다.

"저는 사쿠라타니(櫻谷)의 세키베에입니다."

"저는 시시토비 마을(鹿飛村)의 야로쿠(彌六), 또 이 사람은 다가미(田上)의 로쿠자에몬(六左衛門)이라고 합니다."

하세가와는 그것을 진지한 얼굴로 받아 적었고, 이에야스는 눈을 거의 감듯이 하여 다음 내용을 구술했다.

"위에 적은 자들은 우지 다와라 산속에서 길안내를 해주어 공을 세웠으니 뒷날을 위해 몇 자 적어두노라……"

그리고 그것을 받아 손수 '이에야스'라고 서명하여 피 묻은 사나이에게 건네주었다.

그 순간 고헤이타는 이에야스의 머리 위에 일곱 빛깔의 후광이 비치는 것을 확실히 본 듯한 착각에 사로잡혔다.

'이것은 여느 사람이 해낼 수 있는 일이 아니다!'

이에야스 자신은 신불의 화신이라 처음부터 폭도 따위는 문제 삼지도 않았던 것 같은 생각이 들었다.

사실 그들은 이 증서와 황금을 손에 넣자 화살처럼 되돌아가 폭도들에게 길을 열게 하고, 이에야스의 말대로 30명의 건장한 젊은이를 뽑아 길안내를 해주었다.

이것은 이에야스의 가신들보다 하세가와와 자야를 더욱 감탄시켰다. 다와라에 있는 미쓰히로한테 가면, 거기서부터는 하세가와와 자야도 충분히 자신 있었던 것이다. 물론 그들의 감탄은 고헤이타와 똑같은 것은 아니었다.

자야는 생각했다.

"천성적인 인자함을 지니신 분!"

하세가와는 탄복했다.

"우대신님 못지않은 기략."

이리하여 호랑이 아가리를 벗어난 그들은, 그날 2시 지나 쓰러질 듯 우지 다와라의 야마구치 저택에 이르렀다……

야마구치 미쓰히로는 오미의 이가군(伊賀郡) 다라오의 성주 다라오 미쓰토시(多羅尾光俊)의 다섯째 아들로 하세가와와 친교가 있었다.

그들이 도착하자 마침 아들집에 와 있던 아버지 미쓰토시와 미쓰히로는 이에야스 일행을 뜰에 이어진 다원(茶園)으로 맞아들여 커다란 통에 식사를 내왔다.

교토며 사카이에서 먹었던 흰 쌀밥이 아니라 현미에 팥을 섞어 쪄낸 팥밥이었지만, 금방 지은 밥 냄새가 코에 물씬 들어오자 이에야스는 다짜고짜 손으로 집어먹기 시작했다.

"모두들 이렇게 해라. 싸움터이니 체면 차릴 필요 없어. 먹고 나면 바로 출발이다."

사납게 날뛰는 폭도들을 도중에 달래고 왔다는 소문은 벌써 미쓰토시 부자의 귀에도 들어와 있었다. 과연 스루가, 도토우미, 미카와 세 지방의 태수이며 신불의 화신이라고 소문나 있던 참이라 가신들은 우물쭈물 거리며 물러났고 미쓰토시 부자도 깜짝 놀라 얼굴을 돌렸다. 무성한 다원 밭고랑에서 햇볕을 피하며 더러워질 대로 더러워진 모습으로 정신없이 팥밥을 퍼먹는 모습은, 신불의 화신은커녕 추악한 한 마리의 야수처럼 보였다.

"이 다원에서 차라도 한 모금 대접할까 했습니다만 곧 출발하시렵니까?"

이에야스는 입을 우물우물 움직이며 말했다.

"오, 그럴 필요 없소. 비상시에는 비상의 각오가 있어야만 하오. 이 접대야말로 무엇보다 진수성찬, 만일 여분이 있다면 주먹밥으로 만들어 저마다에게 나눠주시오."

부자는 응낙하고 그들에게 주었던 큰 통을 들여다보았지만 거의 비어 있었다.

"그럼, 당장 다시 지어 올리겠습니다."

"아니, 그럴 필요는 없소."

먹고 나자 이에야스는 곧 일어났다.

"이 언저리 상황이 이렇다면 이가의 길이 염려되오. 촌각을 다투는 일이라."

그러고 보니 이른바 고가 무리니 이가 무리니 하고 불리는 토박이무사들은 모두 노부나가에게 깊은 원한을 품고 있었다. 일찍이 노부나가가 토벌할 당시, 다른 지방으로 달아난 자들까지 찾아내어 가차 없이 처단했기 때문이었다.

'그들에게 만일 미쓰히데의 손길이 미친다면…….'

이에야스가 가장 염려하는 것은 그 일이었다.

"이가 무리는 농민 폭도들처럼 다룰 수 없으니 서둘러야 하오."

이에야스는 일어나자 곧 차고 있던 구니쓰구(國次) 단도를 끌러 미쓰토시에게 주었다.

"이번 일이 수습되면 언젠가 다시 우지의 차를 맛보러 오리다. 그럼, 건승을 빌겠소."

다와라에 머무른 것은 겨우 반 시각 남짓. 당연히 여기서 하룻밤 머물 줄 알고 미쓰토시의 적자 고타(光太)가 하세가와와 함께 호위 무사들을 소집하며 뛰어다니는 동안 짚신만 얻어 재빨리 저녁 해를 등지고 출발했다. 그 출발 역시 그들을 기다리고 있던 위기를 절묘하게 피하는 원인이 되었는데…… 그런 면에서 이에야스의 육감은 동물적인 감각을 지니고 있었던 것이다.

다와라를 나서서 동쪽으로 길을 잡고 와시즈산(鷲津山) 기슭을 돌아 고스기(小杉) 쪽으로 나아가려 할 때, 앞쪽의 숲에서 나타나 그들 앞에 엎드린 자가 있었다.

"이 길로 나아가시면 큰일 납니다. 일단 시가라키로 빠지셨다가 이가의 마루하시라로 가십시오. 길안내를 하겠습니다."

해는 이미 떨어졌지만, 정중한 말씨의 무사 곁에 오이시 마을의 마고시로라고 이름 밝혔던 농민이 눈을 빛내며 따르는 것을 알 수 있었다.

이에야스는 마고시로를 금방 알아보았지만 직접 말을 걸지는 않았다. 가즈마사와 헤이하치로가 이에야스 앞을 가로막듯 하고 말을 걸었다.

"그대는 조금 전의 폭도. 그런데 이 무사는?"

"옛, 이가의 무사로 쓰게 산노조(柘植三之丞)라 합니다."

"산노조……그럼, 이 앞에 폭도가 또 길을 막고 있다는 것인가."

헤이하치로가 다그쳐 묻자 이번에는 마고시로가 입을 열었다.

"아닙니다, 이가와 고가의 무리가 두 패로 갈라졌습니다."

"두 패라니?"

"예, 여기 계신 쓰게 님이 가가쓰메(加加爪) 님에게 달려가 도쿠가와 대감님 편에 가담하라고 말했더니, 반은 아케치 님을 편드는 게 이익이라면서 이 앞쪽에 매복하여 기다리고 있습니다."

"뭣이, 매복해 있다고?"

"쓰게 산노조가 말씀드리겠습니다."

"오, 말해 보아라."

"이곳 토박이무사들은 대부분 오다 가문에 원한이 있습니다. 그 때문에 여기서

원한을 풀자, 우리를 대신하여 궐기한 아케치 군에 가담하자며 고집을 굽히지 않고 있습니다. 우리는 일찍이 대감님이 엔슈를 치실 때 하마마쓰 언저리에서 대감님의 따뜻한 온정을 입은 은의가 있다고 몇 번이고 설득했습니다만, 끝내 의견이 갈라져 그렇다면 양쪽으로 나뉘어 싸우자는 험악한 분위기로 바뀌었습니다."

"그래?"

"그래서 지금 말씀드리고 있는 쓰게 산노조, 아들 이치스케(市助)와 진파치로(甚八郞)를 비롯하여 가가쓰메 유토쿠(加加爪遊德), 핫토리 겐베에(服部源兵衛), 도미타 야헤에(富田彌兵衛), 야마구치 진스케(山口甚介), 야마나카 가쿠베에(山中覺兵衛), 한치 한스케(半地半助), 나무라 쇼겐(名村將監), 도쿠다 이치가쿠(德田一學) 이하 동지 200여 명이 대감님 편에 가담하기로 했습니다만, 이대로 이 길로 나아가 싸우는 것도 이롭지 못한 일이니 여기서 길을 바꾸시도록 오이시 마을 농민 마고시로를 안내로 내세워 각 동지의 이름을 적어가지고 왔습니다."

산노조는 품 안에서 연판장을 하나 꺼내 가즈마사에게 공손히 건넸다.

가즈마사가 그것을 전하자 이에야스는 곧 명을 내렸다.

"수고했다. 좋다, 길을 바꾸자."

행렬은 모두 일어나 앞장선 마고시로와 산노조를 따라 왼쪽 산등성이를 돌아갔다. 10정쯤 갔을 때 산노조의 말대로 200명 남짓한 이가 무리들이 지형에 익숙한 태도로 그들을 앞뒤양옆에서 호위하기 시작했다.

이에야스는 그것을 바라보며 비로소 뱃속에서부터 천천히 숨을 뱉어냈다. 그것은 감탄이고 탄식이며 동시에 안도의 한숨이었다.

'나라에는 이렇듯 보이지 않는 기둥이 있다……'

그 기둥이 쓰러지면 순식간에 혼란이 지상에 퍼지고, 그 퍼진 혼란 속에서 다음 기둥을 찾는 무의식적인 의지가 숨 가쁘게 움직이는 것이다.

여전히 산, 또 산속의 길. 때로는 끊기고 때로는 넓어지는 사람과 짐승의 길을 헤치면서 이에야스는 문득 아까 그 농민 마고시로를 불러 이야기를 나누고 싶어졌다.

노부나가가 겪은 뜻밖의 흉변으로 이에야스는 미카타가하라 이래 최대의 위기를 맞고 있다. 그때는 오로지 싸우고 싸워서 살아남았지만, 이번엔 철저하게 무력(無力)함을 자각하고 대처하는 곳에 살아남을 길이 있는 것 같은 생각이 들었다.

"나오마사, 피를 묻히고 다니는 저 농민, 이름이 뭐라고 했더라?"

"예……오이시 마을의 마고시로라고 한 것 같습니다."

"그래, 그를 불러다오."

"알겠습니다."

나오마사가 행렬 선두로 뛰어가 그 농민을 불러왔을 때는 벌써 발밑이 어둑해지고 있었다.

"마고시로라고 했나? 걸으면서 이야기를 좀 듣자."

"예……이제 시가라키까지 20리쯤 남았습니다."

"길을 묻는 게 아니다. 그대는 내가 부탁하지도 않았는데 이가 무리한테 달려갔다지."

"예……잘못한 겁니까?"

"아니다, 꾸짖는 게 아니야. 어째서 그리로 달려갈 마음이 들었는지 묻는 것이다."

"그것은…… 대감님을 살리고 싶어서였습죠."

"흠, 그대는 내가 약하다고 생각했구나."

"아닙니다…… 그……그런 것은"

"살려주려는 것은 약하게 여겼다는 이야기일 텐데?"

"아닙니다!"

상대는 자신의 표현력에 답답함을 느끼는 눈치로 부정했다.

"대감님이 우리에게 잘해주셔서, 그렇지요, 잘해주셨기 때문입니다."

"잘해주었다……?"

"예. 잘해주지 않았으면 그때 저희들은 싸웠을 겁니다. 싸웠으면 이겼을지도 모른다……고 지금도 생각하고 있지요."

"흠, 그런데도 싸우지 않았다……는 건 뒤가 무섭다고 생각해서였구나."

이에야스가 짓궂게 살피듯 묻자 상대는 고개를 끄덕였다.

"맞습니다. 그때 대감님을 쳤더라면, 이겼어도 진 게 됩니다."

"허허, 어째서 이기고도 지는 건가?"

"훌륭하신 분을 죽여 그보다 못한 사람이 천하를 잡게 되면, 농민들은 또다시 평생 울 수밖에 없지요. 훌륭하신 분이라는 걸 알았을 때 그런 분을 살리는 게 이익이라고……말했더니 다른 사람들도 모두 이해하더군요. 폭동을 일으킨 사람들도 알아주는데 무사들이 알아주지 않을 리 없다고 여겨……."

"이가 무리에게 달려갔나?"

"예, 그랬더니 이렇게…… 대감님, 이치란 강한 것이더군요."

이에야스는 저도 모르게 신음했다.

"음. 그런가. 그게 이치인가……."

이 소박한 농민의 술회가 어딘가에서 이에야스의 양심을 세게 채찍질했다.

이에야스는 농민들을 진심으로 가엾게 여겨 잘해준 것은 아니었다. 자신의 무력함을 계산하고 승산이 전혀 없다고 판단하여 흉한 꼴을 당하지 않기 위해 무장의 의무를 입에 올린 데 지나지 않았다. 그런데 그 일이 이 폭도를 움직여 위기를 벗어나게 되는 원인이 될 줄이야…….

그들은 이에야스를 비할 데 없이 소중한 존재로 여기며 저녁 어스름 속을 말없이 나아갔다…….

백성의 소리

이에야스가 시가라키에 이른 것은 이미 해가 지고 난 뒤였다. 하나의 위기를 벗어나면 길이 자꾸 열리는 법, 이곳에는 이미 먼저 와 있던 교토의 포목상 가메야와 자야의 손길이 뻗쳐 있었다. 그들은 반 시각쯤 잠잔 뒤 짚신을 바꿔 신고 마루하시라의 험준한 고개로 향할 수 있었다.

가메야와 자야는 이가와 고가 무리가 호위하는 것을 보고 마음 놓으며 그들 일행과 헤어졌다. 이제 길안내에는 무력이 딸려 있었다. 나머지는 오직 자지 않고 쉬지 않는 육체적인 고통과 싸우는 일뿐이었다. 때로 무도하게 날뛰는 산적과 들도적 무리가 얼굴을 내밀었지만, 이들은 큰소리는 쳤어도 그들을 방해할 힘은 없었다.

그러나 이에야스가 생애를 통해 가장 많이 배운 것은 실은 마루하시라에서 가와이(河合), 쓰게, 가부토를 빠져 스즈카강(鈴鹿川) 물줄기를 따라 이세 만에 있는 시로코(白子)까지 가는 하루 낮밤에 걸친 여행에서였다. 그동안에도 농민 마고시로는 계속 그들을 따라왔다. 그는 아무래도 이에야스에게서 떠날 수 없는 애정을 느끼는지 때때로 이에야스와 시선이 부딪치면 싱긋 웃으며 얼굴을 숙였다.

오랜 옛날, 이에야스가 아직 슨푸에서 이마가와 요시모토의 볼모로 있던 무렵 그 정신을 계승시키기 위해 훈육에 힘써 주었던 셋사이 선사가 생각났다. 그 선사가 맹자를 강의할 때 거듭하여 강조하던 말이 생각났다

"백성의 소리를 깊이 새겨들으라."

백성의 소리를 들으라는 것은 백성의 소리에서 진리를 깨달으라는 뜻이었다. 백성의 소리 외에 진리가 있다고 생각하면 어느 틈에 혼자만의 망상에 빠지고 만다는 가르침이었다. 그 백성의 소리를 듣기 위해서는 우선 '자아'를 버리고 '무'가 되어야 하며, '무'가 되는 것이 실은 보다 큰 '아(我)'를 확립하는 기초가 된다는 가르침도 자주 받았다. 이에야스는 나름대로 그 '무'를 터득했다고 여기고 있었는데, 마고시로의 출현은 그러한 이에야스를 한껏 비웃었다.

"아직 멀었다."

'이 사람은 셋사이 선사가 보냈는지도 모른다…….'

이에야스가 걸으면서 때때로 눈으로 마고시로를 찾은 건 그러한 격렬한 반성 때문이었다.

'백성의 소리에 따르는 것 외에 진리는 없다……'

그 의미를 다시 음미하고 나자 노부나가의 죽음까지 결코 불의의 죽음이 아닌 자연사인 것 같은 생각이 들었다.

노부나가는 처음에 백성의 소리를 가장 잘 듣고 궐기한 선택받은 걸물이었다. 그는 전란에 진저리내고 평화를 갈망하는 백성의 소리를 대표하여 온갖 적들과 부딪쳤다. 만일 나라의 안정에 방해되는 존재라고 보면 히에이산 승려이든 혼노사 신도이든 용서하지 않았다. 그리고 긴키에 겨우 질서의 서광이 비치려 할 때 쓰러지고 말았다.

'요즘 와서 노부나가가 백성의 소리를 떠나 있었기 때문이 아닐까?'

백성의 소리는 이쯤에서 그에게 휴식을 원하고 있었건만, 그는 외교적으로 교섭할 여지가 있는 주고쿠 정벌에 앞뒤 가리지 않고 달려갔던 것은 아닐까……?

그들이 이세의 시로코 해변에 이를 때까지 이에야스는 줄곧 그것에 대해 자문 자답을 계속하고 있었다.

만일……하고 이에야스는 생각했다.

'노부나가가 여기서 주고쿠와 부드럽게 외교교섭을 하면서, 그의 세력 아래 있는 광대한 동부 일본 백성들의 힘을 배양하는 데 힘썼다면 어떻게 되었을까……?'

그 경우 아마도 미쓰히데가 엿볼 틈을 주지는 않았을 게 아닐까. 무턱대고 주고쿠를 무력으로 찍어 누르려 하며 백성의 소리로부터 귀를 막은 무리함이 미쓰히데로 하여금 오판하게 한 원인이 되었던 건 아닐까.

'내가 한 번 궐기하면……'

누구보다 세심하고 계산에 밝은 미쓰히데였다. 만일 미쓰히데가 노부나가의 잘못을 규탄하고 나서더라도 민심이 노부나가와 함께 있어서 그를 편들 자는 거의 없다……는 정세였더라면 과연 이번 거사를 일으킬 용기를 낼 수 있었을까……?

"백성의 소리…… 백성의 소리……."

그 진실의 소리를 이에야스는 뜻하지 않게 이번 여행길에서 한 농민의 입으로부터 들은 것 같은 느낌이 들었다. 정직히 말해서 이에야스는 그때까지 미카와로 돌아갈 생각만 했지, 돌아가서 어떻게 할 것인지에 대해서는 아직 구체적으로 생각하고 있지 못했다. 노부나가와의 신의로 당연히 대군을 모아 미쓰히데와 자웅을 결정짓지 않으면 안 된다……고 생각했지만, 그 전술 전략은 그때 가서 임기응변의 조처를 취할 생각이었다. 그런데 가와타에서 스즈카를 거쳐 시로코 해변에 와 닿아 새벽녘 바닷가에 서서 배편을 구하게 했을 때부터 자꾸만 그 일이 마음에 걸리기 시작했다.

'과연 그래서 될 것인가?'

지금 여기서 대군을 이끌고 단숨에 미쓰히데와 자웅을 결판내려는 것은, 노부나가가 무턱대고 주고쿠를 굴복시키려 한 것과 똑같은 조급함이며 똑같은 과오를 부르는 일이 아닐까 하는 반성이 계속 밀려왔다.

이 시로코 해변에서 지타 반도(知多半島)의 도코나메(常滑)까지 최단거리로 가는 배는 장작을 싣고 가는 쪽배밖에 없는데, 그것조차 지금은 한 척도 해변에 보이지 않았다. 이 지방은 본디 오다 노부타카의 세력권으로 노부타카가 시코쿠로 건너가려고 군사를 이끌고 기시와다에 가 있었으므로, 영내의 큰 배는 거의 사카이 언저리로 징발되어 있었다.

이에야스는 마침 이 해변에 닻을 내리고 있는 마쓰사카(松阪)의 상인으로 오미나토(大湊)에서 왔다는 가도야 시치로(角屋七郎)를 배에서 해변으로 불러내어 배 알선을 부탁했다.

가도야는 검붉게 탄 넓은 이마에 손을 대며 말했다.

"정말 난처합니다. 저로서는 배를 내드려도 무방합니다만, 뱃길을 안내할 사람이 없습니다. 알고 계시겠지만 교토에 큰 변이 일어나 배가 얼마나 필요하게 될지 모르기 때문이지요. 쪽배 한 척도 함부로 다른 영내로 가지 말도록, 이 지방의 마을과 해변마다 팻말이 붙어 있습니다."

"뭐, 벌써 팻말이……?"

"예, 제 배 같으면 어떻게든 할 수 있습니다만, 이 지방 사공들이 말을 들을지……."

"그러면, 내가 가서 부탁해 보지."

밤새 걸어와서 주위는 이미 훤해지기 시작하고 있었다. 과연 해변에 떠 있는 배라고는 시마(志摩)에서 온 가도야의 배 한 척뿐. 조수의 변화가 심한 바다에서 뱃길을 안내할 사람이 없으면 건너는 게 무리라는 걸 이에야스 일행도 잘 알 수 있었다. 이에야스는 백성의 소리를 직접 듣겠다는 마음으로 한 채의 농가 앞으로 성큼성큼 가서 섰다.

"이 집 주인을 깨우시려고요?"

헤이하치로가 서둘러 문을 두드리려는 것을 이에야스가 손을 저어 말렸다.

"내가 깨우겠다. 그대들은 멀리 가 있거라."

이에야스는 새벽 어스름 속에 조용히 잠들어 있는 초가집 판자문을 두드렸다.

농가이지만 해변 가까이 점점이 흩어져 있는 오두막 같은 집과는 비교가 되지 않았다. 이곳에서는 역시 중농 이상의 유복한 집이리라.

"여봐라, 좀 물어볼 말이 있다. 누가 나와 보지 않겠나?"

이에야스가 말하기 전에 안에서는 이미 잠이 깨어 있었던 모양이다. 쉿 하며 놀라는 가족을 진정시키는 소리가 들리더니 떨림을 가까스로 억누른 굵은 목소리가 곧 들려왔다.

"예, 누구신지. 무슨 일입니까? 보시다시피 가난한 집이라 재물은 없고, 공교롭게도 딸년은 욧카이치(四日市)의 친척집에 다니러 갔지요. 보리쌀이라면 좀 있습니다만……."

이에야스는 마음에 따끔하게 찔리는 서글픔을 느꼈다.

"도둑은 아니니 염려 마라. 그대는 마을 사정에 밝을 테니, 저쪽 도코나메 해변까지 갈 쪽배 한 척을 구해 주었으면 한다."

"뭐, 쪽배를 내달라구…… 어림도 없는 소리!"

말하면서 상대는 문을 열고 목을 내밀었다.

"비록 쪽배일지라도 배는 다른 영지로 내보내지 말라고 엊저녁에 엄한 분부가 내렸소. 그것을 어기면 이 목이 달아납니다. 뭐, 오다 대장님이 교토에서 죽어 일본 전국에 또 큰 난리가 났다나 어쨌다나…… 아니, 당신은 무사이시군."

이에야스는 짐짓 위엄 있게 고개를 끄덕였다.

"엄명이 있었다는 것을 알고 부탁하는 거라면 어떻게 하겠나?"

"예? 그럼, 내가 오가와 마고조(小川孫三)라는 걸 알고 깨우셨다는 겁니까…… 그러시는 당신은 대체 어디의 누구십니까?"

이에야스는 상대의 이름을 그대로 받아 불렀다.

"마고조…… 또다시 천하를 혼란에 빠뜨리지 않기 위해 미카와, 도토우미, 스루가의 주인 도쿠가와 이에야스가 날이 밝기 전에 이 바다를 건너 성으로 돌아가고 싶은 것이다."

"예? 그럼, 당신은 도쿠가와 님 부하입니까……?"

무슨 생각에서인지 마고조라 자칭한 40살 가까운 농민은 별안간 그 자리에 털썩 주저앉았다.

"그렇다면 체념해야지……자, 마음대로 이 목을 치십시오."

"목을 치라고……?"

"하는 수 없지요. 배를 내지 않겠다고 하면 목을 벨 생각일 테니까. 내가 죽는 게 두려워 배를 내면 영주님 손에, 나쁠 뿐 아니라 가족과 친척 모두 죽습니다. 이것이…… 난세를 살아가는 백성의…… 슬픈 운명이라는 걸 알고 체념하고 있소. 자, 죽여주십시오."

이에야스는 가슴에 비수가 꽂히는 것 같은 느낌이었다. 어쨌든 겉으로는 나라와 백성을 수호해야 할 무장이었다. 그런데 실제로는 무기를 가진 무법자로 여겨지고 있다…….

날이 밝아 이세만이 장밋빛으로 물들 무렵 이에야스가 탄 가도야의 배가 도코나메를 향해 바다 위를 곧장 달리고 있었지만, 이에야스는 그 배 위에서 계속 눈을 감은 채 생각에 잠겨 있었다. 물론 그 가도야의 배 앞에는 시로코 해변의 쪽배가 서둘러 앞장서고 있었다…….

이에야스는 돛대를 등지고 목상처럼 앉아 있었다. 지금 자기를 앞뒤에서 압박하고 있는 것은, 배 한구석에 우두커니 앉은 오미 오이시 마을의 마고시로와 가도야의 배를 안내하는 마고조라는 사실이 이상하기도 하고 그렇지 않은 것 같기도 했다.

시로코 해변의 농민 마고조는 싫다고 하면 이유를 막론하고 죽이는 게 무사인 줄 믿고 있었다. 무장에게 있어 이보다 더 큰 불신이 또 있을까? 그들은 무력에 의지하여 그것에 보호받아본 경험은 없고, 오히려 쓰레기처럼 짓밟혀온 것이다……

그 사실이 절로 '하늘의 소리'가 되어 마고조의 입을 통해 이에야스에게 돌아왔다. 배를 내주면 일족 모두 영주에게 죽임당하니 자기를 죽여 달라고 마고조가 말했을 때 이에야스는 부끄러움으로 온몸이 오그라드는 것 같았다. 허공에서 꾸짖고 있는 셋사이 선사의 채찍이 소리 내며 이에야스를 내리쳤던 것이다.

"들었느냐, 이에야스? 이것이 참된 백성의 소리다."

이에야스는 말했다.

"그러냐? 그대는 무사를 그토록 무법자로 알고 있었단 말인가. 좋다, 그럼, 다른 데 가서 부탁해 보지. 놀라게 해서 미안하다."

이에야스의 이 한마디는 마고조에게 있어 꿈에도 생각할 수 없었던 말이었다.

"다른 데 부탁한들 헛일이지만…… 대체 당신은 도쿠가와 님의 뭐라고 하는 무사입니까?"

"내가 이에야스다."

"예? 뭐라고 하셨지요?"

"내가 도쿠가와 이에야스라고 했다. 이에야스는 그대에게서 좋은 말을 들었다. 지금 교토의 급변을 듣고 급히 성으로 돌아가는 길인데, 성으로 돌아가면 그대가 지금 한 말을 다시 음미해 보겠다. 자기 일신만 위한 일로는 결코 군사를 움직이지 않겠다고."

나중 말이 마고조의 귀에 들어갔을 것인지? 다만 배를 낼 수 없다고 거절한 자기를 죽이지 않고 가려 하는 사람이 스루가, 도토우미, 미카와 태수 이에야스 본인임을 알고 쉽사리 말이 나오지 않는 모양이었다.

"가……가……기다려주십시오."

그는 처마 밑에서 구르듯 뛰어나와 꿇어 엎드리더니 소리쳐 말했다.

"내지요. 배를 내겠습니다!"

이에야스로서는 그 돌변한 태도 뒤의 애달픈 인간 모습에 또 견딜 수 없어졌다. 무시받고 짓밟혀온 자가 처음으로 맛본 기쁨…… 그 기쁨이 마고조를 어린아이처럼 순진한 감격에 빠뜨린 것이다.

"배를 내겠습니다! 예, 우리 일족에게 무슨 일이 일어나더라도 대감님이 직접 시키시는 일이라면…… 예, 내겠습니다! 내드리고말고요."

이에야스는 그 마고조에게 뒤탈이 없도록 이것저것 지혜를 일러준 뒤 안내로 내세웠다…….

마고조는 정체불명 침입자에게 배와 함께 끌려간 것으로 하고, 딸과 아내는 친척집에 맡기게 했다. 이로써 이에야스가 이 이세까지 통치하는 날이 오지 않으면, 마고조 일족은 살아서 다시 만날 수 없으리라…….

이에야스의 가슴에서는 순박한 마음으로 그를 곤경에서 구해 준 두 농민과, 미쓰히데의 반란에 의한 현실 모습이 슬프게 엇갈리며 멀어져 갔다.

농민들이 이에야스를 구한 것은 의식적이든 무의식적이든 이에야스에 의해 평화를 보장받고 싶은 마음의 표현으로 생각되었다. 그런데도 그 이에야스는 급히 미카와로 돌아가 미쓰히데 정벌 싸움에 나서지 않으면 노부나가에 대한 의리가 서지 않는 입장에 있었다.

"노부나가에 대한 의리……"

그것은 과연 무엇일까? 그것은 난세에 새로운 질서를 세우고 백 몇십 년 계속되어온 싸움에 마침표를 찍는 일로, 그런 의미에서 노부나가의 의지와 백성들 희망은 같은 것이었다.

'그런데도 나는……'

생각하다가 이에야스가 저도 모르게 무릎을 탁 친 것은 해가 벌써 높이 떠올라 앞길에 그토록 기다리던 지타 반도가 보이기 시작했을 때였다. 그러고 보니 바람도 그들을 위해 불고 있었다.

'그렇다, 이제 내 마음이 결정될 것 같다……'

이에야스는 자신이 하찮은 의리에 구애받지 않고 오로지 노부나가의 뜻을 이어받는 진정한 계승자여야 함을 깨달은 것이다. 그렇게 깨달으니, 앞서 가는 배 위의 마고조 모습이 그대로 부처님처럼 보여 자신도 모르게 합장하지 않을 수 없었다.

다다쓰구가 가즈마사에게 속삭였다.

"저길 봐, 주군께서 합장하고 계시네. 참으로 기쁘신 게지. 미카타가하라 싸움에서도 합장 같은 것은 하지 않았는데."

이에야스의 마음속까지는 꿰뚫어보지 못한 그들의 미소가 그대로 배 위에 퍼졌다. 따라서 배가 도코나메 앞 바다에 닻을 내리고 마고조의 쪽배로 해변에 내렸을 때 이에야스가 한 말도, 가신들에게는 그저 무사히 도착한 데 대한 기쁨으로만 해석되었다.

이에야스는 해변에 내려서자 곧 마고조를 불러 말했다.

"마고조, 수고했다. 이 언저리는 또다시 전쟁터가 될지 모른다. 그러니 그대를 스루가로 보내주마. 스루가까지는 결코 전쟁터로 만들지 않을 테니까. 거기서 그대가 살 수 있는 땅을 마련해 줄 테니 자리잡으면 가족을 불러와 살도록 하라."

"……예."

마고조는 그때도 기특할 만큼 순순히 대답하고 곧 해변가 가까이 있는 절 안으로 뛰어 들어갔다. 그 절에는 바다 쪽으로 난 뒷문이 있었다. 이름은 세이주사(正住寺)라고 하며 마고조에게서 해마다 땔나무를 사들이는 단골 절이었다.

이윽고 절 뒷문이 안쪽에서 열려 모두들 뙤약볕을 피해 절 안으로 빨려들 듯이 들어갔다.

"여기까지 왔으니 이젠 염려 없어."

"그렇다고 방심해서는 안 되지. 이 언저리도 들도적과 해적의 출몰이 심한 곳이야."

"좋아, 어쨌든 이 절 주지부터 만나자."

헤이하치로가 젊은이들에게 주위 경계를 명하는 것을 등 뒤로 들으며, 이에야스는 마고조의 안내를 받아 뜰에서 객실로 들어섰다. 그리고 노부나가와 백성의 의지가 같은 것이었다는 발견을, 무언가에 취한 듯 마음속으로 몇 번이고 되뇌고 있었다.

'그렇다. 저마다 고집 때문에 그것이 같다는 걸 이따금 잊고 있었을 뿐이다……'

짚신을 벗은 사람은 이에야스뿐, 다른 사람은 모두 처마 밑 그늘을 찾아 밖에 앉았다.

주지 겐쿠(顯空)가 이에야스를 알아보고 허둥지둥 옷을 갈아입은 다음 객실로 와서 엎드렸다.

"알지 못한 일이라 마중도 못 나가 드리고……이 세이주사 주지 겐쿠입니다. 오시느라고 노고가……."

단정하게 두 손 짚고 말하려는 것을 이에야스는 가볍게 손을 저어 가로막았다.

"폐를 끼쳐 미안하오. 사실은 교토에서 오다의 우대신님이 아케치 미쓰히데의 모반으로 쓰러졌다는 소식을 듣고 밤낮을 가리지 않고 여행길에서 돌아왔소."

"그 소문을…… 시로코 해변에서 온 사람한테서 방금 듣고, 영고성쇠의 무상함에 새삼 놀라고 있던 참입니다."

"스님, 우리는 이제부터 급히 오카자키로 돌아가 곧 아케치 토벌군을 일으키려 하는데, 부처님을 섬기는 그대들이라면 이 경우 어떻게 하겠소?"

이미 50살이 넘어 보이는 겐쿠는 아기중이 날라 온 차를 조용히 이에야스 앞에 밀어놓고 천천히 고개를 기울이며 생각에 잠겼다.

'무엇 때문에 이런 질문을 하는 것일까.'

반은 경계하고 반은 안도하는 듯한 표정이었다.

"송구하오나 우리 불제자의 생각이 무장이신 도쿠가와 님께 참고가 될 수 있을지……."

"안 될 것 없지요. 한 번 질서가 잡힐 듯하던 세상에서, 그 기둥이라고 할 만한 사람을 잃었으니…… 그때 가장 먼저 해야 할 일은 불제자로서 무엇일까?"

겐쿠는 또 한 번 신중히 고개를 갸웃하고 나서 말했다.

"예……불제자라면 백 년, 천 년 뒤의 지기(知己)를 구하며 오로지 부처님 뜻을 따를 뿐입니다."

"그 경우 부처님의 뜻이란?"

"지상에 극락의 큰 뜻을 이루는 날까지 지켜야 할 도리라고 생각합니다만."

"지상에 극락을 세운다는……것은 모든 사람이 편안히 살 수 있는 평화를 말하는 거겠군요."

"과연! 바로 그것입니다."

"또 하나 묻고 싶소. 그날을 위해 지키지 않으면 안 될 길이라면?"

"예, 탐욕을 부리지 말 것. 소유하려는 욕심에서 벗어나는 것이라고 늘 가르침받고 있습니다."

"흠."

이에야스는 비로소 찻잔을 들어 맛있는 듯 한 모금 마셨다.

"탐욕하지 않는 마음이라…… 맛있군!"

그런 다음 이번에는 온화한 미소를 지으며 말했다.

"우대신은 너무 욕심 부린 건지도 모르오, 한꺼번에 평화를 불러오려고. 아니, 그건 나도 마찬가지…… 길만 재촉하고 마음의 준비가 없었다면 성에 돌아가서도 당황할 뻔했소…… 그래, 불제자는 모든 인간이 소유하려는 욕심을 버릴 때까지 싸움이 계속된다고 보고 있구려."

"그렇습니다."

"그렇군, 그렇다면 조급하게 굴어서는 안 되겠지. 백 년, 천 년 뒤…… 그날이 올 때까지 이렇게 하면 평화가 온다, 이것이 유일한 길이니 이것을 보라, 하며 속세를 떠나 중이 되어 모든 욕망을 버리고 살아가는……그것이 참된 승려의 길이란 말이구려. 알았소. 고마웠소. 이로써 오카자키에 돌아가 망설임 없이 모두를 지휘할 수 있으리라……."

겐쿠는 다시 공손히 머리 숙이며 염주를 굴렸다.

이에야스는 거듭 말했다.

"고맙소."

백성이 지향하는 것과 노부나가가 지향한 게 같다는 발견이, 겐쿠와의 문답에서 한 번 더 역력하게 다음 깨달음의 장막을 걷어주었다. 그것은 불교가 지향하는바 역시 민중의 희망과 같다는 것이었다. 아니, 그렇기 때문에 부처님은 위대하고, 승려는 아직 절과 함께 남아 있는 게 틀림없었다.

그 이치를 한 걸음 더 밀고 나아가면 무장은 어떻게 해야 하는지 아침햇살을 받은 꽃처럼 선명하게 보이기 시작한다. 모든 사람이 한결같이 바라는 '극락정토' 건설에 목숨 걸고 협력하는 게 참된 무장의 임무였다.

이에야스는 그 사실을 너무나 잘 알면서도 어느새 잊고 있었던 것이다.

"스님, 우리도 또한 서두르지 않고 초조해 하지 않겠다고 마음을 정했소. 다시는 갈팡질팡하지 않으리다. 그런데 이왕이면 스님의 주선으로 누구든 좋으니, 이 반도를 가로질러 고로모가우라(衣浦)로 빠지는 지름길을 안내할 사람을 알아봐 주시겠소."

"예, 알겠습니다. 다행히 이 마을 촌장 하치베에(八兵衛) 님이 신앙 두텁고 의협심도 있는 분이므로 소승이 벌써 사람을 시켜 부르러 보냈습니다."

"허! 벌써 손써 주었단 말인가?"

"예, 도중의 들도적들 귀에 들어가기 전에 해야 한다고 생각하여…… 들도적들은 도쿠가와 님 심정을 알지 못하기 때문이지요."

이에야스는 그 마지막 한마디가 참으로 기뻤다. 아무래도 겐쿠는 이에야스와의 문답에서 그가 지향하고자 하는 목적을 알아차린 듯했다.

"우대신님이 돌아가셨으니, 이제부터 이 지방 백성들에게 또다시 큰 변화가 일어나겠군요."

"그 변화란 무엇이오?"

"영주님에 따라 풍작과 흉작 이상의 차이가 생기지요. 모처럼 안도하고 있는 가난한 자들의 행복을 지켜주고 싶습니다."

이에야스는 빙그레 웃으며 고개를 끄덕였다. 그가 마음속으로 결심한 것도 그 일이었다. 백 년, 천 년 뒤를 목표로 하는 불제자에게는 미치지 못하더라도 내 영내의 백성만이라도 미쓰히데 모반이라는 회오리바람에서 지켜주어야 한다. 그것이 자기 임무의 하나라고 굳게 마음에 결정하고 있었던 것이다…….

'우선 인근의 산적이나 다름없는 무장의 폭력이 들어올 수 없게 만들어주자…….'

바꾸어 말하면 그것은 자기 발밑을 비춰보고 돌아보며 단단히 다지는 힘이고, 평화를 넓히는 발판도 되어줄 것이다.

"안을 튼튼히 다지는 것을 으뜸으로 삼고, 나머지 힘으로 미쓰히데와 싸운다……."

온 힘을 다하여 미쓰히데와 싸우다 만약 패하는 날이면 그야말로 자기 날개 아래 있는 참새 새끼를 독수리 둥우리에 던지는 것과 다름없었다. 무장으로서 이보다 무분별한 죄는 없다.

그때 촌장 하치베에가 땀을 닦으며 들어와 마루 끝에 웅크리고 앉았다.

"부르셨다기에…… 촌장 하치베에입니다."

이 역시 난세에 지쳐 보이는 자못 선량한 얼굴이었다.

"촌장님, 실은 여기 계신 분이 도쿠가와 님이시오."

겐쿠의 말을 들은 하치베에는 기이한 표정으로 이에야스를 우러러보았다. 아마 그로서는 스루가, 도토우미, 미카와를 다스리는 이에야스의 풍모가 상상과 너무 동떨어져 어리둥절한 게 틀림없었다.

"저, 이 어른께서……?"

이에야스는 웃으며 입을 열었다.

"그렇소. 요 며칠 동안 수염을 깎지 못하고 머리도 빗지 못했소. 꽤 지저분하겠지만 내가 이에야스요."

"아이구, 이런!"

하치베에는 당황해 하며 다시 겐쿠를 쳐다보았다.

"그런데 이 하치베에에게 무슨 볼일이 있으신지요?"

"촌장님, 실은 도쿠가와 님께서 지금 여행하시는 도중인데 이제부터 미카와로 돌아가시오. 이 절의 본사인 나라와(成岩) 마을의 조라쿠사까지 내가 모실까 하는데, 촌장님이 길안내를 해주지 않겠소?"

"나라와 마을까지…… 그야 어렵지 않지요."

하치베에는 다시 이에야스를 찬찬히 쳐다보았다.

"그렇군요, 이 어른이……".

"그렇게 말하는 것을 보니, 미카와 대감님에 대한 소문을 촌장님도 들었나 보군요."

하치베에는 비로소 얼굴 가득 웃음을 띠었다.

"물론이지요. 아구이 마님의 아드님이라고…… 아니, 그보다 오늘도 해변에서 소문이 자자했지요."

"허, 어떤 소문이었나요?"

"예, 오다의 우대신님이 교토에서 돌아가셨다나요. 이렇게 되면 또 나라 안이 어지러워지니 차라리 난리가 없는 곳으로 옮기자고 부질없는 넋두리들이었지요."

"난리가 없는 곳으로?"

"예, 차라리 대감님 사시는 하마마쓰로 옮겨갈 수 있도록 탄원하자고…… 농민이며 어부에게는 제 나름대로의 소원과 넋두리가 있습죠."

"과연, 그렇겠군."

겐쿠는 이에야스를 흘끗 쳐다본 뒤 말했다.

"어쨌든 승낙해 주어 고맙소. 그럼, 곧 대감님에게 식사를 대접한 다음 출발하겠으니 길안내를 잘 부탁하겠소."

이에야스는 하치베에가 차비하러 일어서는 것을 말없이 전송했다.

'그래, 이곳은 어머니가 오래 사셨던 아구이와 가까운 곳이었지…….'

여기까지 왔으니 이제 미카와에 다 온 것이나 마찬가지였다. 이 언저리 백성들이 자신의 영지에서 살고 싶어 하는 게 반드시 아첨이라고만은 생각되지 않았다.

"백성들의 넋두리라……."

이윽고 겐쿠가 내온 식사를 마치고, 촌장 하치베에를 앞세워 세이주사를 나섰을 때 앞길 언덕은 매미소리로 가득했다.

"다다쓰구, 나니와나 사카이의 매미소리와는 어딘지 다른 것 같군."

"예, 매미까지도 미카와 사투리를 닮았습니다."

"다다쓰구, 오카자키에 이르면 그대는 곧 군사를 모아 아쓰타로 떠나게."

"그러시면 주군께서는?"

"나는 우선 영내 백성들을 안정시킨 다음 곧 뒤따라 아즈치로 가겠다…… 미쓰히데 따위가 발악한다고 해서 스루가, 도토우미, 미카와의 내 백성들을 불안하게 만들어서는 영주의 체면이 서지 않으리라."

이에야스는 보기 드물게 하늘의 여름 구름을 올려다보며 소리 내어 웃었다.

모든 것을 걸다

이에야스가 이가의 험한 산길을 헤매고 있던 6월 3일 오후—

히데요시는 하치스카 히코에몬(蜂須賀彦右衛門)과 구로다 간베에(黑田官兵衛)를 거느리고, 빗추에 자리한 다카마쓰성의 포위망을 둘러보고 있었다.

아침부터 태풍 기운을 품고 쏟아지던 호우는 그쳤지만, 아직 땅이 마르지 않아 자꾸만 말이 미끄러져 따라오던 이시다 미쓰나리 등의 시동들이 소리 죽여 웃었다. 히코에몬은 말 타기에 능숙한 기수였지만 절름발이 간베에는 말이 미끄러지면 몸이 위태롭게 흔들린다. 속으로는 동정하면서도 보면 웃음을 참을 수 없는 나이의 시동들이었다.

"웃지 마라, 주군 귀에 들어가면 어떻게 하려고."

그러나 30기 남짓한 근위장수들을 거느리고 선두를 가는 히데요시는 그 간베에와 히코에몬과의 이야기에 열중해 있었다.

히데요시는 이맛살을 모으며 간베에에게 말했다.

"정말이지, 고집 부려도 분수가 있어야지. 보아라, 팔대용왕(八大龍王)까지 이 히데요시를 편들어 이처럼 비를 내리셨다. 이 정도라면 물바다가 된 면적이 200정보를 넘었을 거야. 그런데다 우대신님이 이곳에 도착하시면 어떻게 할 참인가?"

"그렇지만 제가 굴복하는 건 아니지요."

"하긴 그래. 하지만 빗추, 빈고(備後), 미마사카, 이나바, 호키(伯耆)의 다섯 영지를 잘라줄 테니 이 다카마쓰 공세의 포위를 풀어달라는 건 너무도 우리를 얕잡아보는 모리의 수작이야. 다섯 영지라면 크게 양보하는 것 같지만, 빈고 말고는 아직 모리의 영지도 아니잖나. 내일 안코쿠사(安國寺)의 에케이(惠瓊) 스님을 만나거든 화의는 안 된다고 거절하게."

간베에는 소리 내어 웃었다.

"그럼, 무슨 일이 있어도 이 다카마쓰성에서 농성하고 있는 시미즈 무네하루(淸水宗治) 등을 내놓으라는 것입니까?"

"그렇지, 이러쿵저러쿵 흥정을 벌이다 보면 5000명 성안 군사들이 굶주린다. 굶주린 다음에 무슨 소용 있느냐고 한 번 강경하게 나가봐. 그대도 그렇지만, 에케이도 흥정에 강한 놈이야. 나는 이것이 모리의 마지막 속셈이라고는 생각지 않네."

이번에는 오른쪽의 히코에몬이 웃었다.

"저쪽에서도 그렇게 말하고 있을 겁니다."

"뭐라고?"

"히데요시도 정말 끈질긴 사나이로군, 하고 말입니다."

"하하하…… 그럴 테지. 저쪽도 내가 이렇게 엉덩이 무겁게 주저앉아 수공(水攻)을 하리라고는 생각지 못했을 거야."

"정말 대담한 전략이었습니다. 보십시오. 200정보의 큰 못 속에 탈 없이 서 있는 것은 성으로 통하는 길의 가로수뿐입니다. 인가는 지붕만 보이고 작은 숲은 수초로 변했어요."

"그러니 이쯤에서 손을 들라는 거야. 나같이 운 좋은 사나이와 만난 게 불운이었다는 걸 재빨리 깨닫는 군사(軍師)가 모리 편에 없단 말이다."

간베에는 또 미끄러지는 말의 요동을 바로잡으며 말했다.

"그런데……저쪽에는 그 나름대로의 생각이 있는 것 같아서."

"어떤 생각? 내 운에 이길 수 있다고 생각하는가?"

"즉, 주군 위에 또 한 분 계시다. 그 분이 오신 뒤 교섭하는 게 낫다고 생각하는 것 같습니다."

"우대신님을 두고 하는 말이군."

"그렇습니다. 그리고 우대신님과 교섭하여 양보하는 게 얄미운 히데요시의 얼굴에 똥칠할 수 있다는 이유로……."

간베에는 그렇게 말하고 앞길에 서서 뭉게구름을 바라보며 심술궂게 빙그레 웃었다. 히데요시는 노골적으로 얼굴을 찌푸리며 간베에를 노려보았다.

"입에 독을 품은 사나이로군. 저쪽이 그렇게 나온다면 나도 끝까지 버티겠다. 아무렴, 우대신님이 오신다 해도 내 주장은 통해."

간베에도 양보하지 않았다.

"그러나…… 우대신님이 오시기 전에 전쟁을 끝내는 것이 공을 세우는 게 아닐까요?"

"그렇다면 여기서 에케이에게 한 발 양보해 주란 말이지, 자네는?"

"양보하시라고는 않겠습니다. 저는 상대방에게 희망주면서 교섭하는……게 흥정의 요령이 아닌가 합니다."

"왓핫핫핫핫, 그거 좋은 생각이다. 바로 그거야. 간베에의 지혜는 역시 대단하단 말이야……."

"또 시작됐군요, 사람을 추켜올리는 주군의 버릇이. 어쩐지 목덜미가 근질근질해집니다."

그러나 그때 이미 히데요시의 눈과 머릿속에는 간베에가 전혀 들어 있지 않았다.

시일을 너무 끌어온 싸움이었다. 시미즈 무네하루가 지키는 다카마쓰성에는 아시모리강(足守川)과 나가라강(長良川) 두 강물을 막아 커다란 호수를 만들어 바깥세상과 전혀 연락을 못하게 하고 있었지만, 나가라강 건너 히사시산(日差山)에는 모리의 깃카와와 고바야카와 두 집안에서 3만 대군을 이끌고 구원하러 와 있었다.

간베에 말대로 노부나가가 서쪽으로 내려오면 뒤가 시끄러울 테고, 모리 쪽의 제안을 단호하게 거절하여 성안 군사들을 굶어 죽게 하는 것도 그리 좋은 방법이 못되었다.

'무슨 묘안이 없을까…….'

가벼운 대화를 나누는 동안에도 쉴 새 없이 그 일을 생각하고 있는 히데요시였다.

그 히데요시가, 지금 그의 본진이 있는 이시이산(石井山) 고개 첫 번째 초소 울타리 문 옆에서 수상쩍은 행동을 하고 있는 사람을 발견했다.

이 첫 번째 초소는 야마노우치 가즈토요(山內一豊)가 수비하고 있었다. 그러나 그 가즈토요의 군사들도 눈치채지 못하고 있는 모양이다. 마치 나는 듯한 걸음걸이로 달려와 울타리 문에 다가가더니 갑자기 병자처럼 비틀비틀 걸었다. 사람이 바뀌었나, 하고 생각했으나 그렇지 않았다.

"주군, 무엇을 보고 계십니까?"

"쉿!"

히데요시는 돌아서서 이시다 미쓰나리를 제지했다.

"아하, 저 사람은 장님이구나. 지팡이를 짚고 있어. 아까는 틀림없이 지팡이를 어깨에 메고 달리던데, 저놈을 잡아라."

자기 자신도 젊었을 때 충분히 경험한 일이 있으므로 그는 그것이 첩자임을 곧 알아차렸다. 그렇지만 정말 조심성 없는 사나이였다. 장님 흉내를 내려면 끝까지 장님 노릇을 할 것이지, 사람이 없다 싶으면 눈을 뜨고 달려서 허술하기 짝이 없다.

하치스카 히코에몬이 성큼성큼 말을 몰아갔다.

"서라!"

느닷없는 소리에 그 장님은 갓 속에서 어깨를 움찔 떨고는 울타리에 기대듯하고 섰다.

"갓을 벗어라!"

"……예, 저는 앞을 못 보는 장님입니다. 제가 무슨 잘못이라도?"

시키는 대로 갓을 벗은 그 사나이는 몸에 바늘구멍만한 틈도 보이지 않고 눈을 감은 채 가만히 고개를 숙였다.

히데요시는 큰소리로 웃었다.

"진짜 장님이구나. 다카도라, 그 장님을 본진 뜰로 끌고 오너라."

따라온 젊은 무사 도도 다카도라(藤堂高虎)에게 명하고, 다시 간베에와 어깨를 나란히 하여 첫 번째 초소를 통과했다. 히데요시의 본진은 여기서부터 아사노 야혜에(淺野彌兵衛)가 지키는 두 번째 성문을 지나는 이시이산 위의 지보사(持寶寺)에 있다.

"빗물을 듬뿍 받아먹고 나무 잎사귀들이 싱싱해졌구나."

"그렇습니다. 내일부터는 다시 더위가 기승을 부리겠지요."

"자네는 안코쿠사의 에케이를 몹시 높이 평가하던데, 에케이라는 중은 확실히 고바야카와나 깃카와에게 좋은 책략을 제안할 수 있을 만큼 신용을 얻고 있는 사람인가?"

"예, 주군께서 저를 믿어주시는 만큼."

"흠, 그렇다면 굉장한 인물이군. 나는 첫째도 둘째도 자네뿐이니까."

간베에는 쓸쓸하게 웃었다.

"모리 모토나리가 생전에 아키(安藝)의 안코쿠사를 방문했을 때 예사 중이 아닌 것을 알고 줄곧 총애해 온 걸출한 인물입니다. 게다가 이 걸물은 입만 열면 주군을 칭찬하고 있습니다."

"뭐, 나를 칭찬한다고…… 방심할 수 없는 중이군. 함부로 사람을 칭찬하는 놈은 속이 엉큼하다."

"예, 그 점은 주군을 꼭 닮았습니다."

"왓핫핫핫핫, 그러냐? 그렇다면 이쪽에서도 달리 흥정해야겠는걸."

히데요시의 웃음소리가 너무 컸으므로 머리 위의 매미가 울음을 뚝 그치고, 두 번째 초소를 지키고 있던 아사노 가문 졸개도 깜짝 놀랐다.

"좋다. 머잖아 원군이 도착할 테고, 주군의 선발대로 호리 님도 오신다. 그 전에 한 번 더 에케이를 만나보아라."

그러는 동안 지보사 산문에 이르러 히데요시는 말을 내렸다.

"모두 쉬도록 해라. 다카도라, 거기 있는 장님을 뒤뜰로 끌고 오너라."

"예. 가자, 이놈아."

32살 난 다카도라는 상대를 첩자라고 생각하여 뒤로 손목을 묶은 밧줄 끝을 쥔 채 밀었다.

"이제 와서 장님인 척할 필요는 없다. 죽어도 깨끗하게 죽어야지."

상대는 그래도 눈을 뜨지 않았다.

"뭔가 오해하고 계신 겁니다. 제발 의심을……."

중얼중얼 입 속으로 말하며 석양이 비치는 경내를 돌아 객실 뒤에 있는 한적한 뜰로 끌려갔다.

히데요시는 시동들이 단풍나무 그늘에 갖다놓은 걸상에 앉아 기다리고 있었다.

"오, 데려왔구나, 운 나쁜 밀사님을."

"저, 저는……밀사가 아닙니다."

"밀사라고 해서 나쁘다는 이야기가 아니다. 밀사도 때로는 무사히 보내주는 게 좋을 경우도 있다. 대강은 알고 있으니 무의미하게 목숨 버릴 필요는 없어. 지니고 있는 게 있을 테지. 그것을 내놔."

벌써 47살이 된 히데요시의 말에는 부드러움 뒤에 천근의 무게가 있었다.

"순순히 내놓으면 죽이지 않겠다. 그 밀서 하나로 이 싸움이 뒤집혀지거나 하지는 않아. 다카도라, 품 안에 밀서가 있다. 꺼내 오너라."

그러자 그때까지 고개 숙이고 있던 상대가 갑자기 눈을 크게 부릅떴다. 다카도라는 그가 반항할 것으로 여기고 밧줄 끝으로 오른쪽 뺨을 한 번 후려치고 상대의 품 안에 손을 넣었다.

"얌전히 있어!"

그리고 전대 속에 들어 있는 한 통의 편지를 꺼내 그대로 히데요시에게 넘겼다.

히데요시는 그것을 펼치면서 뒤돌아보았다.

"여보게, 유코(幽古), 여기 와서 이것을 읽어줘."

그러다가 어느 정도 그것을 읽을 수 있었던지 히데요시는 손을 저었다.

"아니, 이 정도는 나도 읽을 수 있다. 오지 않아도 돼."

그리고 가짜 장님을 지그시 바라보더니 갑자기 온 얼굴을 주름투성이로 만들며 웃기 시작했다.

"왓핫핫핫핫…… 이놈이 이따위 아이들 장난으로 나를 놀라게 하는군. 바보 같은 놈."

그리고 편지를 꾸기듯 하여 품 안에 집어넣었다.

"어쩐지 수상한 놈이라 생각했더니 일부러 수상한 행동을 해서 나에게 잡히는 게 목적이었구나."

그러나 상대는 이상할 정도로 온순하게 머리를 숙인 채였다.

밀서는 미쓰히데가 모리 데루모토와 그의 숙부 깃카와 모토하루(吉川元春), 고바야카와 다카카게(小早川隆景) 두 집안에 보내는 것으로 노부나가를 혼노사에서, 노부타다를 니조성에서 저마다 죽였음을 알리는 내용인 것 같았다.

'미쓰히데가 노부나가 부자를 죽였다……'

등 뒤에 섬뜩하게 칼날이 느껴지는 기분이었지만, 그것은 곧 웃음으로 바뀌었다. 무엇보다도 붙잡힌 밀사의 태도가 너무 허술했다. 가짜 장님이 적진 언저리를 달려가다니……그만큼 급했다고 한다면 그렇게 생각지 못할 것도 없었지만, 그보다 일부러 잡혀 히데요시를 동요시킨 뒤 서둘러 화의를 진행시키려는 속셈이 분명했다.

'뭐니 뭐니 해도 성병 5000명이 굶어 죽기 직전에 있으니까.'

히데요시는 상대가 죽을 각오임을 확인하고 더욱 그런 느낌을 가졌다.

"여봐, 왜 잠자코 있는 거야. 살고 싶지 않으냐?"

"살고 싶다……고 생각지 않습니다."

"그래? 그런 말을 들으면 살려주고 싶은 게 내 버릇이다. 좋다, 다카도라, 이자를 산 아래까지 데려가 놓아줘라. 장님으로 좋다면 그대로, 불편하다면 눈을 뜨고 제 가고 싶은 곳으로 가게 해줘라."

"예, 일어서라!"

도도 다카도라가 다시 밧줄 끝을 잡고 가짜 장님을 끌어 세웠다.

히데요시는 그들이 본당과 별실 사이를 잇는 복도 저쪽으로 사라질 때까지 눈도 깜박이지 않고 바라보다가 갑자기 큰소리로 이시다 미쓰나리를 불렀다.

"미쓰나리!"

"지금 그 가짜 장님은 이름 있는 무사다. 이기는 싸움이니 베라고 해라."

"예? 이기는 싸움이니 베라……는 겁니까?"

"그렇다. 싸움에 이기고 있을 때는 마음에 틈이 생기기 쉽다. 나라고 해서 예외일 수 없겠지. 재미 삼아 밀사를 살려 후회의 씨를 남겨서는 안 된다. 상대는 죽을 작정을 하고 있다. 베라고 해라."

"예!"

미쓰나리가 나가자 히데요시는 혼자 중얼거렸다.

"이런 말도 안 되는……."

가짜 장님의 뒷모습을 보고 있는 동안 그는 문득 불안해진 모양이었다.

히데요시는 걸상에서 일어나 거실로 쓰고 있는 서원으로 들어가 진중에 데리고 와 있는 이야기꾼 유코에게 말했다.

"차를 한 잔 다오."

그리고 다시 한번 외치면서 고개를 갸웃거렸다.

"이런 말도 안 되는 일이……."

주위는 아직 밝았지만 땅 위에는 이미 나무그늘이 사라지고, 실내에는 풍로 앞에 앉은 유코의 차 젓는 국자 소리가 가볍게 울리고 있었다.

노부나가와 미쓰히데의 성격 차이에 대해서는 히데요시도 잘 알고 있었다. 노부나가가 날카로운 직감력으로 늘 결론을 앞세우는 데 비해 미쓰히데는 끈덕지게 순서와 조리를 따지는 사람이다. 그러니만큼 두 사람은 같은 일을 지향하고, 같은 일을 이야기하면서도 곧잘 중간에 의견충돌을 일으켰다.

'그러나 그러한 감정 충돌쯤으로 모반을 꾀할 만큼 미쓰히데는 바보가 아니다.'

지금 노부나가를 쓰러뜨린다는 것은 미쓰히데가 노부나가를 대신하여 천하를 통치할 만한 자신감의 밑바탕이 없으면 할 수 없는 일이다.

'역시 거짓말이다, 이건…….'

그렇게 생각하니 가짜 장님인 첩자 하나쯤 죽이라고 한 것이 어처구니없는 일로 느껴지기도 한다.

"차를 가져왔습니다."

"오, 고맙다."

유코가 건네주는 찻잔을 예법대로 받아들고 문득 무심하게 차 속에 자기 자신을 녹이듯 소찻잔을 돌려주고 나서 시동 쪽을 돌아보았다.

"히코에몬과 간베에에게 오늘 저녁식사를 함께 하자고 일러라. 아직 자기 진으로 가지 않았을 거다."

오타니 헤이마(大谷平馬)가 분부를 받고 일어서 나갔다.

히데요시는 얼마 동안 저물어가는 뜰 경치에 넋을 잃고 있었다. 매미소리는 이미 그치고 차츰 거무스름해져 가는 나무 사이로 시원한 바람이 불어왔다.

문득 싸움터에서 오래 지내온 감상이 가슴을 스치며 지나갔다. 그는 이미 반슈(播州) 히메지(姬路)의 56만 석 태수가 되어 오다 가문 가신 중에서 시바타 곤로쿠 다음에 자리하며, 서쪽 지역을 지키는 중요한 곳에 놓인 몸이었다. 대 이을 자식이 없으므로 주군 노부나가의 넷째 아들 오쓰기마루(於次丸)를 양자로 삼아 하시바 히데카쓰(羽柴秀勝)라고 부르며 오미의 나가하마에 두어 8만 석 영지를 다스리게 했다. 따라서 영지까지 합치면 64만 석 되는 굉장한 신분이었지만, 히데요시 자신은 가족을 나가하마에 남겨둔 채 눈코 뜰 새 없이 싸움터에서 지새고 있었다. 노부나가에게서 주고쿠 정벌 명령을 받고 반슈로 출진하여 쇼샤산(書寫山)에 진을 친 것은 덴쇼 5년(1577) 10월이었다. 그 뒤 오늘까지 6년 동안 갑옷을 벗고 잠잔 날은 손으로 꼽을 정도밖에 되지 않았다. 노부나가의 큰 뜻이 난세의 종식임을 알고 감격하여 헌신해 온 점에서는 히데요시를 따라올 자 아무도 없다고 누구 앞에서나 말할 수 있었다.

'그토록 섬겨온 노부나가가 미쓰히데 따위의 손에 죽다니……?'

간베에가 다리를 절며 들어와 한 발을 내던지고 앉았다.

"주군, 무슨 생각을 그토록 하고 계십니까? 그러고 보니, 여자 구경을 못하는 생활이 꽤 오래 되셨습니다."

간베에가 앉자 히데요시는 느닷없이 물었다.

"간베에, 만일 지금 우대신님에게 반감 품고 모반을 꾀하는 자가 있다면 누구일까?"

간베에는 문득 의아스러운 얼굴이 되었다가 웃으면서 주위를 돌아보고 가까이에 듣는 사람이 없는 것을 확인했다.

"또 주군의 버릇이 나오는군요. 거기에 대하여 에케이가 이런 말을 했습니다. 여기서는 히데요시를 이길 수단이 꼭 한 가지 있다고."

"뭐, 나를 이길 수단이? 모리에게 말인가."

"예."

"어허, 그냥 들어 넘길 수 없는 말이다. 어떤 수단인가?"

"미쓰히데를 선동하여 모반하게 하는 일이라고 했습니다."

"뭐, 미쓰히데를……?"

히데요시는 놀랐을 때의 버릇으로 움푹 꺼진 눈을 크게 뜨고 팔걸이에 몸을 내밀며 웃었다.

"그런 수단이 있다면 왜 손쓰지 않는가, 모리 편은?"

"그것은 영원한 승리가 될 수 없기 때문이랍니다. 히데요시는 여기서 곧 철수할 것이다. 그러나 머잖아 미쓰히데를 치고 다시 돌아온다. 즉……."

간베에는 놀리듯 목소리를 낮추었다.

"결과는 오히려 주군의 이름만 높여준다. 그것이 비위에 거슬려 책략을 알려드리지 않는다고 했습니다."

"흠, 에케이라는 중은 이상한 놈이군. 이자를 언젠가는 내 편으로 만들어야지, 군사님."

"하하…… 주군의 잘 반하시는 버릇이 또 시작되었습니다그려. 다음에 만날 때는 주군 말을 그대로 전하겠습니다."

"그러면 뭐라고 할까?"

"뜻밖에도 그쪽에서 더 반할지 모르지요. 에케이는 우대신님에 대한 주군의 헌신은 예사롭지 않다, 그토록 모든 것을 바쳐 헌신하는 것은 드문 일이니 우대신님 위업은 자연히 주군이 계승하게 될 거라고 합디다."

"간베에, 그놈은 아첨꾼이군. 방심해서는 안 돼."

입으로는 그렇게 말했지만 얼굴에는 마음이 그대로 드러나는 웃음이 번지고 있었다.

"그래? 그 말을 들으니 걱정되는 일이 있다."

그때 히코에몬이 들어왔으므로 이야기는 중단되었다.

불이 켜지고 밥상이 들어왔다. 갑옷을 입은 채 하는 식사지만 밥상에 놓인 것은 결코 허술하지 않았다. 도미가 있고, 전복이 있고, 히데요시가 좋아하는 볶은 된장도 있었다. 세 사람은 거기에 탁주를 얼마쯤 곁들여 노부나가가 도착했을 때의 일을 의논하면서 식사를 마쳤다.

그리고 히코에몬이 먼저 자리에서 일어나 자기 진으로 돌아가려 했을 때였다.

"누구냐, 허락도 받지 않고 지나가면 안 되는 걸 모르느냐?"

뜰에서 경비서고 있던 당번의 쩌렁쩌렁 울리는 소리가 들리자 그것을 튕겨내듯 대답하는 소리가 이어졌다.

"아사노 야헤에다. 급한 일이니 탓하지 마라."

야헤에의 목소리와 함께 뜰에 비친 불빛 속으로 네 그림자가 떠올랐다. 보니 두 번째 초소를 지키고 있는 아사노의 부하 둘이 목에 문갑을 건 채 기진맥진해 있는 사나이를 양쪽에서 떠메다시피 하고 있었다.

히데요시는 황급히 마루로 뛰어나갔다.

"야헤에, 그자는 누구냐?"

진중에는 진중의 규칙이 있지만 그것을 지키지 않는 것은 언제나 히데요시 자신이었다. 안내자도 기다리지 않고 마루로 나온 그는 벌써 상대의 얼굴을 이리저리 뜯어보고 있었다.

"파발마로 온 모양이다. 이가 패인 나카니시(中西)의 부하 같은데."

"예, 파발마로 와서 첫 번째 초소에 이르자 야마노우치 가즈토요의 병졸에게 여기가 하시바 님 진지냐고 확인한 뒤 그만 기절해버렸다고 합니다."

"그 문갑을 이리 내라. 마음에 걸리는 일이 있다."

"예."

야헤에가 사나이 목에서 가죽주머니를 벗기려 하자, 상대는 다시 물었다.

"여기가…… 확실히…… 하시바 님의……."

"걱정마라. 하시바 님 몸소 그대 앞에 서 계시지 않느냐?"

"분명…… 여기가……."

"정신 차려. 들리지 않느냐? 얏!"

야헤에는 그의 등에 기합을 넣었다.

"보낸 사람은 하세가와 무네히토라고 합니다."

무네히토는 그날 밤 노부나가가 자결하기 직전 여자들과 함께 피난시켜 살아남은 몇 사람 가운데 하나였다. 히데요시는 야헤에 손에서 문갑을 받아들고 간베에와 히코에몬의 얼굴을 번갈아보며 고개를 갸웃거렸다.

"이상한 일이다…… 나는 무네히토와 그리 가까운 사이도 아닌데. 교토를 떠난 게 언제지?"

히데요시의 말을 그대로 받아 야헤에가 사나이의 귀에 입을 대고 묻자 상대는 마지막 기력을 다하여 대답했다.

"교토를 떠난 것은 이틀 전 오전 11시쯤 지나……."

"좋아, 너무 지쳐 있다. 간호해 줘라. 히코에몬, 촛대를!"

교토에서 이곳까지는 약 700리. 그것을 하루 반 만에 달려왔다면 오장육부가 뒤집혀 아마 목숨을 보존하기 어려울 것이다.

히데요시는 서둘러 편지를 펼쳤다. 히데요시의 글이 짧은 것을 아는지 쉬운 글자로 갈겨쓴 글이었다. 편지를 읽은 히데요시의 얼굴빛이 바뀌었다.

"무슨 일입니까?"

"무슨 변고라도?"

히코에몬과 간베에가 거의 동시에 다급하게 물었지만 히데요시의 입술은 움직이지 않았다. 오늘 저녁녘 미쓰히데가 모리에게 보내려던 밀서 내용과 같은 흉보. 그렇다면 그 가짜 장님도 이 언저리까지 파발마로 와서 더 이상 통행이 어려울 것으로 보고 그런 행동을 하다가 붙잡힌 모양이었다.

"무슨 큰일이……?"

"아니다…… 이건 됐으니, 샛길은 물론 길 없는 밭두렁 논두렁도……샅샅이 감시하도록. 은밀히 해야 한다."

그때 시동 대기실에서 오타니 헤이마가 왔다. 노부나가의 선발대로 교토에서 출발한 호리 히데마사의 도착을 알려온 것이다.

서원 안 공기는 이상한 긴박감을 띠고 있었다.

'무슨 일이 있는 것일까?'

야헤에도 히코에몬도 숨죽이고 있다. 간베에는 히데요시의 손을 살피듯 날카롭게 불렀다.

"주군!"

히데요시는 우뚝 선 채로 어두워진 정원 나무들에 시선을 주고 있었다. 어느덧 그의 눈에 이슬이 맺히더니 이내 눈물이 주르륵 흘러내렸다.

간베에가 말했다.

"혹시 나가하마에 계신 노모님이……?"

남달리 어머니를 극진히 위하는 히데요시가 진중에서 곧잘 어머니 건강을 걱정했기 때문이다. 히데요시는 고개를 저었다.

"그럼, 오쓰기마루 님 신상에 무슨 일이?"

"아니야…… 입으로는 말할 수 없다. 이것을 보아다오."

비로소 손에 든 편지를 간베에게 건네준 히데요시는 무너지듯 그 자리에 주저앉았다.

"호리 히데마사 님이 오셨다지. 이리 모시도록…… 아마 히데마사 님도 이번 사건을 모르고 떠나신 모양이다."

간베에는 편지를 히코에몬에게 넘겼고, 히코에몬은 야헤에에게 넘겼다.

"야헤에, 알았으면 서둘러라."

"예!"

야헤에는 창백해진 입술을 떨면서 고개를 끄덕인 뒤 그대로 모두에게 허리를 굽히고 나갔다.

히데요시의 설명을 들을 것까지도 없이 흉보가 모리 편에 전해진다면 큰일이었다. 한동안 아무도 입을 열려 하지 않았다. 노부나가가 죽었다. 그 무서운 기백으로 우레처럼 살아온 노부나가가…… 히데요시는 목젖 안에서 몇 번이고 기묘한 소리를 내려다가 흐느낌을 참으며 허공을 노려보았다.

"부자가 함께 죽다니……."

하치스카 히코에몬이 말을 꺼낸 것은 시동들 안내를 받으며 호리 히데마사의 모습이 벌써 복도에 나타난 뒤였다.

"역시 미쓰히데일 줄이야. 에케이의 예상이 재수 없게 들어맞았군."

"쉿!"

히데요시는 두 사람을 제지하고 일단 편지를 말아 넣었다. 히데마사를 맞이하기 위해서였다.

호리 히데마사도 그 자리의 공기에서 문득 심상치 않은 것을 느낀 듯했다.

"오랜만입니다. 하시바 님, 밤중까지 전략을 짜시느라 수고 많으십니다."

그리고 히데요시 옆에 앉으며 쾌활하게 말했다.

"우대신님은 기분 좋게 교토의 혼노사로 들어가시어 30일과 1일은 만조백관을 불러 차를 대접하시고 늦어도 3일에 교토를 출발하실 겁니다."

물론 아무도 대답하는 사람이 없었다.

"본진은 서면에 있는 대로 류오산(龍王山)으로 하시고, 근위장수 숙영지가 좁다면 새로 지으라고 하셨습니다. 군량은 잇따라 도착할 예정이며, 그것을 분배하는 일에 대한 자세한 지시를 받았습니다."

"……."

"노부타카 님은 니와 나가히데 님과 뱃길로 시코쿠에 가시고……"

거기까지 말했을 때 비로소 히데요시는 손을 들어 그 말을 가로막았다.

"히데마사 님, 잠깐 기다리시오."

히데요시의 제지를 받은 호리 히데마사는 다시 고개를 갸우뚱했다.

"기다리라니요?"

"그 전에…… 드릴 말이 있소."

"저에게 하실 말씀이?"

"그렇소, 실은 조금 전 하세가와 무네히토가 보낸 파발마가 도착했는데."

"허, 파발마……라시면 무슨 급한 일이라도, 제가 교토를 떠난 뒤에?"

"그렇소."

히데요시는 고개를 끄덕이더니 또 눈물을 흘렸다.

"하시바 님, 울고 계시군요…… 아니, 하시바 님만이 아니군. 히코에몬도 간베에도"

"이걸 읽어보시오. 아무래도 입으로는 말 못하겠소."

"이것이 무네히토에게서 온……."

이번에는 히데마사가 놀라면서 편지를 훑어본다.

"앗!…… 이거…… 큰일 났군!"

"히데마사 님……."

히데요시는 불러놓고 어린아이 같은 동작으로 눈물을 닦았다.

"눈물은 눈물, 한탄은 한탄……하지만 뒷일도 생각하지 않으면 안 되오. 우대신 님 부자는 이미 이 세상에 없고, 노부타카 님은 뱃길로 시코쿠를 향하는 중이라면 내가 지휘를 맡아야겠소."

"옳은 말씀입니다."

"만일 저쪽에서 이 변고를 알면, 우리는 여기서 몸을 뺄 수 없게 되오. 지금은 이 급변을 숨기고 강화 맺은 뒤 곧 미쓰히데 놈을 쳐야 하오."

히데요시는 울면서 말했지만 히데마사의 마음에는 아직 실감되지 않았다.

'노부나가가 살해되었다…….'

말로서는 알겠지만 그 실감은 그를 사로잡지 못하고 있었다.

"그런 말도 안 되는 일이……."

도무지 어리둥절해서 히데요시가 무엇을 말하려는 것인지 말 속의 의도까지는 이해되지 않는다.

"히데마사!"

"예……."

"오늘부터 누구를 막론하고 내가 명령하겠다고 한 말에 이의 없겠지?"

호리 히데마사가 히데요시한테 하대 말을 들은 것은 이때가 처음이었지만 이상하게도 화나지 않았다. 히데요시도 그 이상으로 감정이 혼란스러울 텐데 울면서, 눈물을 닦으면서 벌써 뒤처리를 지휘하기 시작하고 있었다.

'확실히 지휘를 맡길 만한 사람이다……'

그런 심정이 절로 드는 것은 노부나가가 죽은 뒤 히데요시의 실력을 인정하고 있기 때문이기도 했다.

"외부와의 통로는 완전히 차단했지만, 시기를 놓쳐서 적이 알면 안 된다. 이 자리에서 가장 최선의 대책을 세워야 한다."

"참으로 하시바 님 말씀이 옳습니다."

"다행히 간베에도 와 있으니 여기서 모두의 지혜를 빌리자. 불을 더 밝히고 가까이 오도록."

히데요시는 말하면서 또 흑흑 소리 내어 울었다. 울면서 생각하면서 히데요시 역시 노부나가의 죽음을 마음속에 납득시키려 애쓰는 게 틀림없었다.

시동이 또 입구에서 두 손을 짚었다.

"아룁니다."

시동이 알려온 것은 아사노 야헤에가 친 그물에 벌써 수상한 중 하나가 걸려들었다는 것이었다. 아케치가 모리에게 보내는 밀사로 보고 엄중하게 문초하는 중이라고 한다.

히코에몬이 히데요시에게 그 사실을 전하자 히데요시는 가볍게 고개를 끄덕이며 직접 시동에게 명했다.

"우대신님이 오늘내일 오신다. 그 준비로 오늘 밤 군사회의는 밤샘이 될지도 모르겠다. 모두들 잠이 오면 팔씨름이나 다리씨름을 하며 기다려라."

시동은 분부받고 물러갔다.

히데요시와 히데마사를 중심으로 히코에몬과 간베에 네 사람이 둘러앉았다. 유코는 좀 떨어져 등을 돌리고 앉아 가까이 오는 자를 경계하고 있었다.

히데요시는 눈물자국이 얼룩진 이상한 얼굴을 그들에게 돌리고 오른쪽에서 왼쪽으로, 왼쪽에서 오른쪽으로 둘러보았다.

"나는 곧 모리 군과 화의하여, 내 평생을 걸고 미쓰히데와 싸우겠다."

모두 긴장한 채 그 말에 고개를 끄덕였다.

"그러나 내 스스로 이런 결의를 했다는 말은 하지 말아야 한다. 그대들이 나에게 권하여 차마 뿌리치지 못해 궐기한다고 세상에 퍼뜨려라. 이것이 우리 편에서 적을 만들지 않을 수 있는 최선책이다."

순간 간베에가 빙그레 웃는 것 같았다. 여기서 히데요시가 미쓰히데 토벌을 선언하면 시바타 곤로쿠며 노부나가의 둘째, 셋째 아들은 틀림없이 히데요시가 천하를 노린다며 반감을 품을 우려가 있다. 그것을 막는 게 가장 중요한 줄 아는 것을 보면 울면서도 이성은 조금도 흔들리지 않는 걸 알 수 있었다.

히데마사가 앞의 말을 삼키듯하며 히데요시를 재촉했다.

"두 번째 대책은?"

"권유에 못 이겨 궐기할 결심을 한 히데요시가 두 번째로 할 일은 모리와의 강화. 다행히 그 강화를 모리 편에서 먼저 에케이를 통해 제의해 왔다."

히코에몬이 가로막았다.

"그러나 주군의 뜻을 받들어 제가 오늘 냉정하게 거절했습니다만……"

"히코에몬 님, 냉정하게 거절했다면 더욱 잘된 일이오."

간베에는 옆에서 그렇게 말하고 또 웃었다.

"뭐, 냉정하게 할수록 잘한 거라고……?"

히데요시는 간베에의 말에 맞장구쳤다.

"그렇다, 간베에가 말한 대로야. 그대는 이제부터 에케이에게 아들을 보내라. 오늘 교섭에서 내가 히데요시의 참뜻을 잘못 전했다, 그것을 잠자리에 들어서야 깨달아 황급히 이 편지를 보낸다, 그대가 아직 주군에게 보고하지 않았다면 지금 당장 만나자…… 알겠나. 이것은 말로 전하는 것보다 가급적 확실한 자필편지로 하는 게 좋을 거다."

히코에몬은 히데요시가 무엇을 생각하는지 아직 잘 이해하지 못하여 다시 되물었다.

"그러나 주군에게 벌써 보고해 다시 만나도 소용없다고 할 때는……?"

히데요시는 태연히 말하며 웃었다.

"걱정마라. 에케이는 지체 없이 그대 아들과 함께 달려올 것이다. 나는 알고 있어."

옆에서 보고 있으면 히데요시는 정말 이상할 정도로 표정이 잘 바뀌었다. 능청을 떠는가 하면 갑자기 위엄 있는 얼굴이 된다. 몹시 풀죽어 보이는가 하면, 의기양양해 보이기도 하고…… 그러나 그 변화의 밑바닥에는 언제나 한 줄기, 냉정한 의지와 계산이 있었다.

"모리 편 우두머리 세 대장이 믿고 보낼 정도의 에케이, 히데요시의 생각을 잘못 전했다는 말을 들으면 그냥 있지 못하고 지체 없이 달려온다. 오면 이렇게 말하라…… 알겠는가?"

"예……."

"나는 빗추, 빈고, 미마사카, 이나바, 호키의 다섯 영지를 떼어줄 테니 다카마쓰 성의 포위를 풀고 시미즈 무네하루 이하 장병 5000명의 생명을 살려달라고 한 당신의 말을 도무지 생각할 여지가 없다고 거절하였다. 그것을 히데요시에게 알렸더니 히데요시는 눈살을 찌푸리며 생각할 여지가 없다고 한 게 아니다, 성 수비 장수 무네하루를 할복시키면 우대신님 앞에서 나도 체면이 서는데 하고……말했다."

"예……."

"알겠는가, 그때 그대는 아무 말 없이 이 히데요시 앞을 물러났다. 그러나 근무를 마치고 자리에 들어 베개를 베는 순간 자신의 큰 실책이었음을 깨달았다. 시미즈 무네하루의 생명만이라면 혹시 교섭할 여지가 있었던 게 아닐까, 하고. 그래서 밤이 늦었지만 아들을 당신에게 보낸다……."

거기까지 듣자 옆에 있던 히데마사가 저도 모르게 무릎을 탁 쳤다.

"과연 그렇게 하면 한밤중의 사자를 조금도 의심하지 않을 것입니다. 과연 하시바 님이십니다!"

"그러나 에케이는 쉽게 승복하지 않을 것 같습니다만."

히코에몬이 말하자 히데요시는 물어뜯을 듯한 얼굴이 되어 호통 쳤다.

"승복시키라고 누가 말했나. 혼자서는 어쩔 수 없으니 돌아가 상의하겠다고 한 뒤 거절해 오겠지만, 그런 일은 처음부터 계산하고서 하는 말이다. 알겠나, 이 다음에 또 한 번 같은 조건으로 이번에는 간베에가 에케이를 설득한다. 이것도 듣지 않는다면 이 히데요시가 직접 설득하겠다."

간베에는 언제나 그렇듯 비스듬히 앉아 빙그레 웃었다.

"간베에, 그대도 내 의견에 이의 없겠지?"

"물론 명안이라고 생각합니다."

히코에몬은 끈질기게 한 번 더 확인하고 싶었다.

"그렇다면…… 주군이 마지막에 설득할 경우 모리 쪽에서 우리 주장을 들어줄까요?"

"그렇지!"

히데요시는 벌써 자신만만한 능청스러운 표정으로 좌중을 둘러보았다.

"알겠나, 성 수비 장수 시미즈 무네하루를 처벌하는 것으로 강화가 이루어지면 곧바로 포위를 풀고 일단 히메지로 돌아간다. 히메지에서 군사를 수습하여, 그때부터는 나의 세 번째…… 이것이 성공하면 우대신님은 기꺼이……."

천하를 나에게 줄 것이다……라고 말하려다가 히데요시는 황급히 가슴께로 시선을 떨구고 합장했다.

히데요시의 계산

하치스카 히코에몬의 아들 이에마사(家政)가 사자로 왔다는 말을 듣는 순간 에케이는 생각했다.

'이상하다? 무슨 일이 있군.'

아무튼 오전 1시가 가까운 한밤중의 사자이다. 이시이산에 있는 하치스카 히코에몬의 진막까지는 10리 남짓, 이제부터 말을 달려간다 해도 돌아오는 것은 새벽, 그러한 때 사자를 보내다니 심상치 않은 일이다.

'무슨 말로 그 점을 변명할까……?'

그는 일부러 천천히 일어나 손을 씻은 다음 사자를 맞았다.

그러자 이미 안면 있는 이에마사가 자기도 까닭을 알 수 없다는 표정으로 편지를 내놓았다. 펴보니 이렇게 적혀 있었다.

"내가 히데요시의 뜻을 잘못 전한 것 같다."

정말 그런 거라면 한밤중에 만나자고 청해도 이상한 일은 아니다. 그런데 그 내용을 이에마사가 모르고 있다는 점이 의심되었다.

"아하, 이건 히코에몬의 머리에서 나온 일이 아니다."

히코에몬의 지혜가 아니라면 간베에, 또는 히데요시 자신의 지혜……라는 답이 명백하게 나온다. 에케이는 천천히 편지를 말면서 문득 이렇게 말하고 싶은 감정을 애서 참았다.

"내일 아침에 가 뵙겠소……."

지금 불리한 입장에 놓인 것은 히데요시가 아닌 모리 쪽이다. 모리의 가훈에는 모토나리가 유언한 뭉쳐야 산다는 가르침이 있었고, 상하의 결속 또한 철벽 같아야 한다고 했다. 말하자면 이번 싸움에서 히데요시 쪽은 완전한 승리자이며, 모리 쪽은 가훈에 따라 수공(水功)받고 있는 시미즈 무네하루 이하 장병 5000명의 생명을 무슨 일이 있어도 구해야만 될 입장이었다. 그런데 사실상 이러지도 저러지도 못하고 있었다. 내버려 두면 성안 군사들은 굶어 죽고, 서둘러 공세를 취하려 해도 히데요시는 응하지 않을 것이다. 만약 여기서 5000명 장병을 떼죽음시킨다면, 모리 가문의 무사도에는 정도 의리도 없는 게 되어 군사들이 싸울 뜻을 잃어 언젠가 무너지고 말 것이다.

'그래, 이 일은 어디까지나 성실하게……'

에케이는 마음을 정하고 이에마사에게 말했다.

"그럼, 곧 동행하도록 하겠소."

말하면서 역시 무슨 일이 있는 거라고 거듭 생각하며, 이번에는 교섭이 성사될지도 모르겠다고 계산했다.

이에마사의 안내로 두 사람이 언제나 은밀한 회견장소로 삼고 있는 이시이산 중턱 가와즈가하나(蛙鼻)의 임시거처에 닿았을 때는 벌써 오전 3시. 이곳은 이 지방에 사는 나무꾼 움막이었던 것을 감시병들 휴식소로 다시 고쳐 지은 것으로, 두 사람이 도착했을 때는 사람 그림자 하나 없었다.

에케이는 이에마사의 안내로 그 안에 들어가자, 시동이 불을 켜는 동안 마루에 서서 조용히 호수 위에 떠 있는 다카마쓰성을 바라보았다. 성에는 불빛 하나 없었다. 호수 가득 기름을 쏟아부은 것 같은 정적으로 무겁게 괸 수면에 태고의 별이 점점이 비치고 있었다. 에케이는 왠지 서글퍼졌다.

'이 정적의 밑바닥에서, 교활한 인간들이 간사한 꾀로 서로 죽이지 않으면 안 되다니……'

무엇 때문에? 무엇을 바라고……?

'살기 위하여……'

에케이는 전부터 이 말을 경멸하고 있었다. 인간이 살기 위해 있는 존재라고 생각하면 모든 게 투쟁의 씨앗이 된다. 생존 본능의 탐욕이 서로의 불안을 끝없이 키워가기 때문이다. 그런데 하찮은 차이지만 '살리기 위해서……'가 되면 그 내용은 완전히 바뀐다.

"지옥과 극락은 종이 한 장 차이입니다. 인간은 살기 위해 존재하는가? 아니면 살리기 위해 존재하는가? 앞엣것을 내세우면 무간지옥, 뒤엣것을 내세우면 극락에 이르겠지요."

모리 모토나리가 그에게 불법을 물으면 늘 대답한 말이었지만, 실제로는 살리려는 마음에서 서로 죽이는 경우도 결코 없지 않았다. 지금 물속에 떠 있는 다카마쓰성의 운명이 그러했다. 히데요시는 5000명의 장병을 몰살시킬 사람이 아니었고 모리 역시 이를 구하기 위해 온 힘을 기울이고 있지만, 쌍방의 하찮은 집착이 이 교섭을 가로막고 있다.

뒤에서 사람들 말소리가 다가왔다. 진막에서 교섭상대인 하치스카 히코에몬이 찾아온 것이다.

"모두들 멀리 물러가 있거라."

그렇게 이르고 임시거처 안으로 들어오더니 촛대를 사이에 두고 에케이에게 인사했다.

"새벽 3시라 정말 조용하군요. 빨리 와주셔서 고맙소. 빨라도 내일 아침에 오실 거라 생각하여 그만 잠들어……."

그 변명을, 에케이는 자기 예상대로 말한다고 마음속에 새겨 넣었다.

"편지에 하시바 님 뜻을 잘못 전했다고 씌어 있기에 이렇듯 허겁지겁 찾아왔습니다."

히코에몬은 일부러 천천히 말했다.

"그렇습니다…… 제가 모리 쪽의 제안을 단호히 거절하고 돌아온 전말을 말씀드렸더니, 주군께서 좀 씁쓸한 얼굴을 하시더군요."

"허허……."

"그러나 저는 그대로 자리에서 일어섰지요…… 그러자 주군께서 거듭."

"뭐라고 하셨습니까?"

"……나는 모리 쪽이 제안해 온 조건으로는 생각할 여지가 전혀 없다고 말한 게 아니다. 시미즈 무네하루를 할복케 한다면 우대신님에 대한 내 체면이 설 텐데……라고 말씀하시는 듯했지만 딱히 불러 세우신 것도 아니어서 그냥 물러 나와 버렸소…… 그런데 잠자리에 들어 생각해 보니 이건 내가 큰 실수한 게 아닌가 하는 의심이 들었소."

에케이는 온화하게 고개를 끄덕이며 말했다.

"아하, 그러면 귀하는 무네하루 님을 베라, 그러면 이편의 제의를 받아주겠다……고 대장님 마음을 읽었다는 말이군요."

"그렇소. 만약 주군 마음이 그렇다면, 귀승이 한 번 더 모리 쪽을 설득해 주실수 없을지. 그것을 확인하고 싶어 한밤중에 이렇듯 오시게……."

히코에몬이 거기까지 말하자 에케이는 손을 들어 상대를 가로막았다.

"그런 이야기라면 가망 없소."

에케이의 거절이 너무도 단호하여 히코에몬은 화가 났다.

"그렇다면 장수 한 사람의 목숨에 구애되어 5000명 군사를 굶겨 죽이겠다……는 게 모리 가문의 무사도란 말이오?"

에케이는 웃으며 말했다.

"그게 아니오. 그 일은 몇 번이고 말씀드린 대로, 하시바 님과 이쪽의 생각 차이라고 할 수 있소. 모리 쪽에는 하시바 님처럼 개별적으로 모은 군사가 없소. 5000명은 늘 한 몸이오. 아니, 5000명뿐 아니라 원군 3만의 장병까지 늘 한 몸이므로 대장을 잃으면 군사도 살지 못하고, 군사를 잃으면 대장도 없소. 그렇기 때문에 충신 시미즈 무네하루를 베는 것은 모리의 긍지를 모두 버리고 항복하는 거나 다름없는 일…… 그러니 내 힘으로는 어쩔 수 없다고 말씀드리는 거외다."

하치스카 히코에몬은 신음했다.

"음."

처음부터 이 교섭은 자신에게 벅차다고 생각하고 있었지만, 다음은 간베에, 그다음은 히데요시가 나서기로 되어 있는 만큼 교대하게 된다면 자신이 너무 비참했다.

히코에몬은 굵은 눈썹을 치켜올렸다.

"말씀하시는 뜻은 잘 알겠소! 그쪽에서는 더 이상 양보할 수 없으며 우리가 거절할 경우 모두 한 덩어리가 되어 결전을 벌이겠다는 말씀이군요."

"그것도 여러 번 말씀드린 바입니다만."

"하지만 물에 갇혀 고립된 성에서 성안 군사 5000명을 굶어 죽게 만드는 일은 너무 무모하다고 생각되는데요."

"하치스카 님."

"말씀하시오."

"귀하는 지금 무모하다고 하셨소. 무모하다면 애당초 전쟁 자체가 무모한 게 아니겠소?"

"불교도다운 말씀이군요."

"그렇소. 중이라서 향냄새를 풍길지 모르겠소만…… 여기서 영지 다섯을 손에 넣고 다카마쓰의 조그만 성 하나쯤 살려줬다 해서 그것이 오다 님 패업에 무슨 지장 있겠소? 그렇게 되면 모리 쪽은 자연히 오다 가문을 따르게 되지 않겠소?"

히코에몬도 쉽게 굽히지 않았다.

"천만의 말씀! 우대신님의 주고쿠 공세는 이것으로 세 번째. 여기서 또다시 애매한 강화를 맺으면 패배하지 않았다고 여기는 모리의 가풍이 언젠가 네 번, 다섯 번째 반란을 일으킬 것이오. 모처럼의 일이니 귀승께서 어떻게 우리 체면을 세워줄 수 없겠소?"

"그런 부탁은 이 에케이가 하고 싶군요."

에케이는 끈기 있게 버티며 미소 지은 채 합장했다.

"천하에는 기운이라는 게 있소. 그 기운을 타는 자와 타지 못하는 자가 있지 않겠소? 세 번, 네 번 공격받으며 겨우 자기 가문이나 부지하는 힘밖에 없는 자가 어떻게 중앙을 넘보겠소? 전에도 말씀드렸듯 이번 일은 때의 기운을 탄 자가 타지 못한 자에게 걸어온 싸움, 성급히 굴지 않더라도 천하대세는 자연히 결정될 것이오. 이 점을 분별하시어 대장님에게 잘 말씀드려 주시오."

여름밤은 짧았다. 어느덧 주위가 밝아오고 촛대의 심지가 빨갛게 늘어나 있었다.

"오, 벌써 날이 새는군……."

하치스카 히코에몬은 상대의 말 하나하나가 이치에 어긋남이 없음을 느끼는 자신이 초조하고 안타까웠다.

'과연 에케이의 말이 맞다……'

그러나 노부나가의 죽음으로 사정이 바뀌었다. 무슨 일이 있어도 에케이를 설복해야 하는데, 자신에게는 역시 그럴 만한 능력이 없는 것 같았다. 날이 밝기 시작한 양옆의 숲속에서 참새들이 지저귀는 소리를 들으며 그는 천천히 머리를 들었다. 그리고 밖에서 경계하고 있는 아들을 불렀다.

"이에마사…… 이제 날이 밝았으니, 간베에 님 진막까지 얼른 다녀오너라. 간베에 님은 나와는 또 다른 입장에서 주군 마음을 잘 알고 있을 터. 화의가 결정되느냐, 마느냐는 중대한 고비이니 서로 유감이 없도록 충분히 대화를 나눈 다음 주군의 결재를 받고 싶다. 그렇지 않소, 에케이 님."

에케이는 점잖게 고개를 끄덕이면서 자신감을 굳혔다.

'아무래도 예사롭지 않은 일이 벌어졌나보다……'

"그렇소. 저로서도 간베에 님에게 우리의 참뜻을 전하고 싶소."

이에마사가 나가자 하치스카 히코에몬은 시동을 불러 대나무통에 든 뜨거운 차를 따르게 하여 에케이에게 권하면서, 자칫하면 상대 앞에서 눈을 내려 깔게 될 것만 같아 견딜 수 없었다.

본디 하치스카 가문은 빈곤이며 불만을 폭력으로 해결하는 단순한 떠돌이 무사나 예사 호족이 아니었다. 조상 대대로 오와리의 아마고리(尾張海部郡) 한 모퉁이에 뿌리내리고 살면서 다케노우치 나미타로와 마찬가지로 예로부터의 소박한 신앙에 바탕하여 어느 성주도 섬기지 않았다.

만백성이 한 임금을 섬기는 신앙의 길에 서면 백성이 백성을 사사로이 소유하는 것은 있을 수 없는 일이다. 따라서 하늘이 내린 군사라면 주인을 섬기지 않더라도…… 이 사상은 노부나가의 아버지가 지켜온 근왕(勤王), 경신(敬神)의 행위에 커다란 영향을 미치고, 히라테 마사히데를 통해 노부나가가 천하통일의 꿈을 키우는 하나의 길잡이가 되었다. 천하를 위해 행동하는 것이라면 자진해 협력하지 않으면 안 된다 하여 오다를 섬겨 히데요시의 막하에 배치되어 있는 몸이었다. 그러므로 노부나가의 죽음은 그의 신앙을 안에서부터 온통 뒤흔들었다.

"간베에 님이 오셨습니다."

이에마사가 와서 말했을 때는 벌써 날이 밝아 우윳빛 안개가 짙게 퍼지고 있었다.

어느덧 촛대의 불이 꺼지고, 가마에서 내리는 간베에의 모습이 야릇하게도 작고 불안해 보였다. 키는 몹시 작지만 온몸이 지혜덩어리라고 자타가 공인하는 간베에가 오늘 아침에는 유난히 심하게 오른발을 절고 있었다.

"이거 참, 비온 뒤면 고질병이 도져서 견딜 수 있어야지."

간베에는 에케이를 보자 이유 없이 하하하……웃으면서 발을 내밀고 옆으로 앉았다.

"아무래도 담판이 잘 이루어지는 것 같지 않군요. 참으로 수고 많으십니다."

에케이는 이 너구리 같은 놈 하고 생각하면서 조용히 머리 숙였다.

"담판이 대체 어디쯤에서 걸리셨소. 모든 일에는 시기라는 게 있는 법이오. 우 대신님이 오시기 전에 결정짓는 것은 모리 쪽에 있어 매우 좋은 기회라고 생각합니다만."

그리고 간베에는 자기 앞에 차를 내오려는 히코에몬의 시동을 꾸짖었다.

"여봐라, 모두 물러가 있거라. 여기 있지 말고."

"시미즈 무네하루를 베는 것은 모리의 긍지와 무사도를 내던지고 항복하라는 거나 다름없는 일이니 도저히 그럴 수 없다는 거요."

"그러실 테지……"

간베에는 그럴듯하게 고개를 숙여보였다.

"하치스카 님, 잠시 자리를 피해 주실 수 있겠소."

"아니, 그럴 필요 없을 것 같소만."

에케이가 말했지만 간베에는 손을 내저었다.

"아니오, 여기서 내가 에케이 님과 죽이고 죽는 일이 벌어질지도 모르는 일, 그렇게 되면 공연한 누명을 쓰게 될지도 모르니 우선……"

에케이는 저도 모르게 하하하 하고 웃었다.

"그럼, 나는 물러가 있겠소."

히코에몬이 자리를 뜨자 두 사람은 다시 얼굴을 마주 보며 웃었다. 결코 친밀감만으로 웃는 웃음이 아니다. 서로 상대의 마음을 읽고, 한 치도 물러설까 보냐는 매서운 투지를 번뜩이는 웃음이었다.

"에케이 님, 이쯤에서 자신의 출세를 위해서도 결정지어 버립시다. 당신 역시 가슴속에 야심이 있을 것 아니오."

이번에는 에케이의 눈이 기분 나쁘게 빛났다.

"허허, 나에게 야심이 없다고는 하지 않겠소. 그러나 간베에 님, 대체 무슨 일로 강화를 서두르는 거요?"

"하하…… 무슨 일이 있을 거라고 생각하시오. 그 정도도 눈치채지 못할 당신이 아니잖소."

"비밀이어서 간베에 님 입으로는 말할 수 없다는 거요?"

간베에는 대수롭지 않다는 듯이 손을 저었다.

"아니오. 일이 성사되면 언제든 말씀드리겠소. 하지만 아직은 그럴 자신이 없소. 자신 없으면서 섣불리 말하는 것은 당신을 협박하는 게 되오. 섣불리 말했다가 일이 성사되지 않으면 당신을 그냥 살려서 돌려보낼 수 없거든. 하하……."

에케이도 따라 웃었다.

"과연, 참으로 우습군. 하하하…… 이런 참, 내가 경솔했소. 어쨌든 무리해서라도 강화를 맺고, 군사를 철수시켜야 할 사태가 일어났다……는 정도면 교섭을 위한 지식으로 충분하지요."

"그렇소. 바로 그거요……."

간베에는 오히려 재미있다는 듯이 호탕하고 숨김없는 사나이의 배짱을 드러내 보이며, 반은 능청떨고 반은 위협하는 눈으로 에케이를 향해 합장했다.

"그것만 아셔도 흥정하기에는 충분하지 않겠소. 그러니 시미즈 무네하루 한 사람만 당신 손으로 베어주시오. 이렇게 빌겠소, 에케이 님."

에케이는 저도 모르게 신음했다.

"음."

물론 승낙하지 않는다면 살아서 이 자리를 떠날 수 없다. 두려울 건 없지만 상상외의 큰일이 벌어진 것만은 짐작할 수 있었다. 에케이는 그 큰일이 무엇인지 알고 싶은 욕망에 더욱 사로잡혔다.

"하시바 님은 좋은 군사(軍師)를 두셔서 정말 부럽소."

간베에는 쓴웃음 지었다.

"이거 참, 과분한 칭찬을 하시는군요. 겉보기만 그렇지요. 이 간베에는 단지 정직한 것뿐, 그걸 빼면 아무 재주도 없는 놈이오."

에케이는 감탄을 담아 말했다.

"공연한 소리를! 전에는 다케나카 한베에라는 보도(寶刀)를 가지셨지만 다케나카 님이 돌아가신 뒤 간베에 님, 하시바 님은 정말 운 좋은 분이시오."

"에케이 님, 운 좋은 그 분을 위해서요. 부디 수고 좀 해주시오."

"무엇 때문입니까?"

"당신도 본디 우리 대장님에게 호감을 가지셨을 것이오. 솔직히 말해 당신의 출세를 위한 길이며 모리 편을 위한 길이기도 하지요."

바로 그때였다. 인가와 떨어져 있는 이 임시거처 언저리가 갑자기 소란스러워졌다.

"무슨 일일까요?"

"대장님이 순찰도시는 모양이오. 오늘 아침에는 유난히 이르시군!"

간베에는 말한 뒤 에케이의 얼굴에 떠오른 희미한 웃음을 보고 호탕하게 웃었다.

"아시겠지만 이것은 당신한테 보여드리기 위해서겠지요. 보시오."

방 안에서 그 속셈을 털어놓은 것을 아는지 모르는지 바깥에서는 언제나 호리병박 마표에 위용을 갖춘 히데요시가 100기 남짓한 수하 장수들을 거느리고 아침바람에 기치를 휘날리며 노부나가 식으로 크게 소리치고 있었다.

"이에마사, 수고 많구나! 별일 없느냐?"

"예, 없습니다."

"우대신님이 오늘내일 사이 도착하실 것이니 엄중하게 경계해야 한다."

"명심하고 있습니다."

방 안에서는 에케이보다 간베에 쪽이 자라목을 하고 소리죽여 웃었다.

"이제 막 해가 돋았으니 성에서 보면 저 호리병박 기치가 한층 더 근사하게 보일 거요."

"간베에 님."

"예."

"대장님이 방금 오늘내일 사이 우대신님이 도착하신다고 말씀하신 것 같은데."

"그것이 어떻다는 겁니까?"

"우대신님……이라고 말씀하실 때 특히 힘주셨는데, 그렇다면 혹시……."

"하하…… 대장님도 나처럼 정직한 분이라 속마음을 숨기지 못하신단 말이야. 하하……?"

"간베에 님!"

"왜 그러시오, 얼굴빛이 달라져서?"

"혹시 오다 우대신님 신상에 무슨 변이 생긴 것은……?"

그러자 간베에는 비로소 평소의 독수리눈으로 돌아갔다.

"그렇다면 어쩌시겠소. 자, 구로다 간베에, 배짱을 정할 대답을 듣겠소."

불편한 다리를 끌 듯하며 에케이의 얼굴을 밑에서 노려보았다.

에케이는 저도 모르게 숨죽이며 눈을 감았다. 육감으로는 노부나가가 병사했다고 생각할 수 없었다. 그는 노부나가가 아직 기요스에 있던 무렵, 길에서 엇갈릴 때 그 미간에 감도는 살기에 섬뜩했던 일을 기억하고 있다.

'참으로 특이한 상(相)이다. 어쩌면⋯⋯.'

그때의 인상이 그 뒤에도 강하게 남아, 언젠가 농담 삼아 노부나가는 천하를 잡아도 그것을 누리지 못하고 히데요시가 뒤를 잇게 될지도 모르겠다고 간베에와 함께 이야기한 적 있었다. 그런데 그것이 적중한 것은 아니더라도 그에 가까운 흉변이 있는 모양이다. 간베에는 그 일을 에케이에게 숨길 필요가 없다고 처음부터 드러내놓고 있다.

'나도 죽을 때가 왔는지 모르겠다⋯⋯.'

눈치채지 못했다면 살려줄지 모르지만 그것을 모를 만큼 둔감한 에케이가 아니다. 이 자리에서 살아남을 방법이 있다면, 그것은 오직 히코에몬과 간베에가 말하는 대로 다카마쓰성에서 이를 악물고 분투해 온 장수 시미즈 무네하루를 모리 형제로 하여금 베게 하는 수밖에 없다.

"에케이 님, 이제 와서 이러는 건 당신답지 않소. 마음속으로 벌써 이것저것 계산했을 터. 우리 요구를 들어주시겠소?"

"간베에 님, 내가 거절하면 대장님께 뭐라고 진언할 작정이오?"

간베에는 중얼거렸다.

"어쩔 수 없는 일이오. 물러나려 해도 물러날 수 없는 하시바 히데요시와 모리 가문은 끝까지 싸우다 함께 멸망할 따름이오."

"그렇겠지요."

"에케이 님, 당신이 좋아하는 하시바 히데요시, 당신에게 의리가 남아 있는 모리 가문이 함께 멸망하여 천하가 다른 사람 손에 넘어가느냐, 아니면 또다시 전국시대로 되돌아가느냐. 이것은 불문에 몸담은 당신이 잘 생각해야 할 점인 것 같소."

에케이는 비로소 손목에 건 염주를 들고 굴리기 시작했다.

"그러시다면 나도 말씀드려야겠소. 모든 여래(如來), 모든 보살님이 보고 계시오.

이 에케이는 누구의 적, 누구의 편도 아니오. 하지만 간베에 님."

"예."

"누구 편도 아닌 백지로 돌아가 모리 쪽에게 시미즈 무네하루를 할복하게 할 수단이 있다면 말씀해 보시오."

"무슨 말씀이오?"

"천하를 위한 일이라고 내가 입에 침이 마르도록 설득해도 여기는 싸움터. 쌍방의 감정이 날카로워져 있으니 모리 편에서 천의 하나도 승복하지 않을 것이오. 승복하지 않는다면 나로서 도리 없는 일 아니겠소. 명안이 있으면 그 지혜를 나에게 빌려주시오."

"당신은 승낙하지만 모리 쪽에서 결코 승복하지 않을 거라는 말씀이오?"

"그렇소."

간베에는 큰소리로 말했다.

"좋소! 하늘의 뜻이 어느 쪽에 있는지 시험해 볼 수 있는 기회요. 당신이 직접 우리 대장님을 만나주시오. 그리고 지금 나한테 한 말을 그대로 대장님에게 해보시오. 그러면 대장님에게 묘안이 있는지 없는지가 당신 운명을 결정짓게 될 것이오."

에케이는 간베에를 다시 인식하지 않을 수 없었다.

'이 사람은 어쩌면 이렇듯 대담한 말을 한단 말인가⋯⋯? 만약 내가 히데요시를 만나, 그에게 묘안이 없다면 어떻게 할 것인가⋯⋯? 책임은 자신에게 있지 않고 히데요시에게 있다⋯⋯고 큰소리칠 작정일까⋯⋯?'

"간베에 님, 당신은 대장님에게 묘안이 있을 거라고 생각하는 겁니까?"

"하하⋯⋯ 그것은 모르지요."

간베에는 날카로운 시선을 햇살이 비치기 시작한 나무 사이로 돌렸다.

"사람에게는 저마다 지니고 태어난 운이 있지요."

"허, 운이 없다면 체념하시겠다는 말씀입니까?"

"어쩔 수 없다고 생각할 뿐. 그러나 이 운은 오로지 우리 대장님만의 운이 아니오. 그대로 모리, 깃카와, 고바야카와 세 가문의 운에도 연결되는 것⋯⋯ 그렇지 않습니까, 에케이 님. 담판이 깨어지면 모름지기 세 가지 경우밖에 없을 거요. 하나는 우리 대장님이 패해서 자멸하는 것, 또 하나는 모리 쪽의 세 가문이 지상에서 자취를 감추는 것, 나머지 하나는 함께 쓰러져 제삼자가 어부지리를 얻겠지요. 그런 걸 명백히 알면서 모리 쪽이 끝까지 무문의 고집에 얽매인다면, 결단 내릴 분은 대장님밖에 없소. 자, 안내해 드리겠소."

에케이는 순간 온몸이 오싹해지는 것을 느끼고 입을 다물었다. 간베에가 아무렇지 않게 지껄이는 말은 무책임하게 내뱉는 게 아니라, 이미 속속들이 계산하여 배짱을 정한 뒤 할 수 있는 대담한 말임을 알았기 때문이었다.

"가십시다."

조용히 말하고 이번에는 에케이가 나직하게 웃었다.

"아무래도 소승은 누구 편인지 모르게 되었군요."

"그렇지요. 불도는 어느 누구의 가신도 아닐 테니까."

간베에는 큰소리로 이에마사를 불러 히데요시가 본진으로 돌아갔는지 살피고 오라고 부탁했다.

하치스카 히코에몬은 이미 여기에 없었다. 물론 히데요시한테 달려가 그때까지의 교섭을 보고하고 있을 게 틀림없었다.

다시 가마가 준비되어 간베에와 에케이가 올라탔을 때, 이에마사의 말이 달려돌아와 순찰을 끝낸 히데요시가 본진으로 돌아갔다고 보고했다.

"아, 오늘도 또 더워질 것 같군. 이 언저리 매미는 교토의 매미와 울음소리가 다른 것 같군. 어딘지 태평스럽고 느릿하다니까."

간베에는 시치미뗀 얼굴로 가마에 오르더니 능청스럽게 농담하면서 앞장서 갔다.

에케이는 잠자코 허공을 노려보고 있었다.

'사람에게는 저마다 타고나는 운이 있다…….'

그 운으로 볼 때 모리의 세 가문이 히데요시를 압도하고 있다고는 생각되지 않았다. 오와리의 나카무라에서 태어난 농민 자식이 히메지성주가 된 뒤 5년이나 끌어온 싸움, 히데요시를 만일 이대로 이 땅에 주저앉게 한다면 모토나리 이래의 모리 가문도 결코 평안할 수 없으리라.

가마가 히데요시의 본진 산문을 들어갈 때까지 에케이는 같은 생각을 몇 번이고 마음속에서 되풀이했다.

'하지만 모리 쪽에 뭐라고 설득해야 시미즈 무네하루를 베려고 할지…….'

두 사람의 가마가 본진에 도착했는데도 오늘 히데요시는 여느 때처럼 가볍게 일어나 나오지 않았다. 도무지 대장 같지 않은 대장, 위엄을 꾸미거나 점잔 빼는 대신 느닷없이 상대의 어깨를 치며 왓핫핫핫 하고 웃어젖히는 대장. 그리고 웃었을 때는 이미 빈틈없이 이해관계와 인간적 매력 양쪽으로 상대의 마음을 사로잡는 대장. 그런데 간베에가 에케이를 데려왔다고 알려도 거실에 들어오라는 말이 없었다.

안내하러 나온 이시다 미쓰나리가 두 사람에게 객실로 들라고 전하자, 간베에는 에케이를 돌아보며 빙그레 웃었다.

"흠, 대장 기분이 좋지 않으신 모양이군. 좋아, 내가 가서 심기를 좀 풀어드리고 모셔오지."

그리하여 간베에는 거실로, 에케이는 객실로 두 사람은 따로따로 안내되었다. 객실에 들어간 에케이는 또 시무룩하게 실눈을 뜨고 처마 밖의 홈통에서 물이 떨어지는 광경을 물끄러미 바라보았다. 분위기가 조용하며 어디에도 이상한 기척은 없다. 물론 변고는 철저히 비밀에 부치고 있으리라.

시동이 다과를 날라 오고 조용히 물러가자 에케이는 이미 히데요시의 마음은 결정되어 있는 게 아닐까 하고 문득 생각했다. 간베에는 물론 에케이의 말을 전하겠지만, 그 전에 히코에몬으로부터 보고를 들었을 것이다. 그래서 에케이를 이곳에 불러 연금시켜 변고가 누설되지 않도록 한 다음 모리를 급습하는 것도 그럴듯한 책략으로 여겨졌다.

'내가 속아 넘어간 것인지도 모른다……'

저도 모르게 이미 식어버린 찻잔을 들어 한 모금 마셔보았다.

'만일 그렇다면 히데요시도 대단한 인물은 못 된다…… 적어도 교섭 중에 상대를 함정에 빠뜨리는 얕은꾀를 부리는 자라면……'

그때 다급한 발자국 소리가 들려왔다. 하나는 발을 저는 간베에임을 곧 알 수 있었고, 또 하나는 그보다 더 종종거리는 성급한 소리였다. 시동도 근위무사도 거느리지 않았다.

"오, 에케이 스님이오. 기다리게 해서 미안하오."

말하며 히데요시는 10년 지기라도 대하는 듯한 친근감으로 에케이 앞에 불쑥 책상다리를 하고 앉았다.

"방금 간베에에게서 이야기 들었소. 아무튼 이것은 서로 깊이 잘 생각해야 하는 문제요."

"그렇습니다…… 소승은……."

"아니, 우리 인사는 생략하기로 합시다. 히코에몬과 간베에에게서 자주 이야기 들어 알 만큼 잘 알고 있소. 스님은 부처님 마음, 백지로 돌아가 이 화의를 주선하신다지요. 그러니 이쪽도 뱃속까지 드러내 보이겠소. 보시오, 여기에 모리 편의 우에하라 모토스케(上原元祐)에게서 온 편지가 있소. 모토나리의 사위조차 이 싸움은 귀하 편의 손해라고 계산하고 있는 거요. 자, 여기서 이 히데요시에게 선심 좀 써주시구려. 뭐, 시미즈 무네하루 한 사람을 죽게 했다 해서 무문의 수치가 되기야 하겠소……."

"송구합니다만, 그 일이라면……."

당황해서 에케이가 입을 열자 히데요시는 입을 오므리며 웃었다.

"책략은 있소. 책략은 내가 일러주리다."

"책략이 있다……고 하시면 깃카와, 고바야카와 두 대장님에게 무네하루를 베게 할 수단이라도?"

에케이가 당황해 되묻자 히데요시는 정색하고 말했다.

"물론 있소!"

진지해지면 얼굴이 쏘는 듯 날카롭게 바뀌는 히데요시였다.

"이제 무네하루의 목숨 하나에 모리도, 이 히데요시도 체면이 서느냐 마느냐가 걸리게 되었소. 이것을 우선 스님 가슴에 접어 넣고, 스님은 이대로 다카마쓰성으로 떠나시오."

"예! 뭐라고 하셨습니까. 소승이 이대로 시미즈 무네하루한테?"

히데요시는 에케이를 빠히 주시했다.

"그렇소. 이 히데요시, 시미즈 무네하루는 참으로 소문난 명문 모리의 중신이라고 진심으로 감탄하고 있소. 아니, 아무것도 숨길 필요 없소. 여기서 화의가 성립되느냐 안 되느냐에 따라 판가름될 이해를 무네하루에게 자세히 말하시오. 아키(安藝), 스오(周防), 나가토(長門), 빈고, 빗추, 호키, 이즈모, 이와미, 오키(隱岐)를 합해 162만 석. 하지만 이것은 표면적인 일이지. 규슈에는 부젠(豊前), 분고(豊後), 지쿠젠(筑前), 지쿠고(筑後)에서 히고(肥後)에까지 큰 세력을 갖고 모리 일족을 노리는 오토모(大友) 씨가 있소. 이에 대한 방비도 한시인들 게을리할 수 없을 터……
그러므로 동쪽을 향해 움직일 수 있는 군세는 이 히데요시가 도저히 미치지 못
할 거요. 여기서 서로 고집을 내세우다 화의의 기회를 잃는 것은 모리 가문을 위
한 충성이 아니라고 이 히데요시가 말한 대로 무네하루에게 전하시오."

"음."

에케이는 숨죽이며 히데요시를 쏘아보았다.

"그렇지 않소? 히데요시도 무장, 무네하루의 장한 마음은 너무나 잘 알고 있소.
그래서 무네하루의 자결에 꽃을 바치리다. 물론 성에 농성한 5000명의 생명은 그
대로 살려주지만, 그밖에 모리 쪽에서 주겠다고 제의한 다섯 영지 가운데 둘은
무네하루의 충성스러운 죽음에 보답하여 받지 않을 거요. 알겠소, 이렇게 말하
면 무네하루는 보기 드문 충신이니 반드시 주인 가문을 위해, 5000명의 목숨을
위해 자결할 테지요. 자결을 보고 난 다음 곧 화의를 맺고 우대신님에 대한 주선
은 이 히데요시가 목숨 걸고 할 테니, 그렇게 되면 명문 모리 가문은 만만세일 거
라고 전해 주시오."

듣고 있는 동안 에케이는 온몸이 덜덜 떨려왔다. 책략, 책략이라고 하면서도 히
데요시의 그것은 결코 작은 책략이 아니라 철저하고 치밀한 이성의 계산이었다.
주군 가문을 위한 일이라고 설득하면 무네하루는 스스로 자결할 것이고, 그렇게
되면 난관을 타결할 해결의 실마리를 제공해 줄 거라고 보는 그 안목의 정확성
이 무섭지 않을 수 없었다.

에케이가 생각해도 무네하루는 그런 사나이였다. 아니, 어쩌면 히데요시는 에
케이 역시 이러한 순서로 이렇게 설복하면 이 심부름을 할 사람이라고 꼼꼼히
계산하고 있었는지도 모른다.

"어떠시오, 에케이 스님, 배는 준비되어 있소. 이쯤에서 스님께서 나설 만한 때
라고 생각되는데."

에케이는 저도 모르게 염주를 굴리며 머리 숙였다.

"모든 것을 지금 말씀하신 대장님 지혜대로……"

"움직여주겠소?"

"움직이지 않으면 그대로 놓아줄 분이 아님을 뼈저리게 알았습니다."

"그래, 참으로 고맙군. 고맙소, 에케이 님. 모리 가문을 위해, 오다 가문을 위

해…… 아니, 이 나라를 위해, 히데요시를 위해서 말이오."

에케이가 다카마쓰성으로 갈 것을 승낙하자 기다렸다는 듯 간베에가 손뼉 쳐 시동을 불렀다.

시동이 곧 날라 온 것은 전쟁에 이기도록 기원하는 밤을 곁들인 질그릇 술잔이었다. 무엇이든 마음먹은 대로 될 거라고 앞의 또 앞을 내다보며 한 치의 틈도 없는 히데요시의 준비…… 에케이는 이따금 두려움을 느끼며 꿈속에 망연히 서 있는 심정이 되었다.

"자, 출발을 축하하며 한 잔."

마치 자기 가신을 사자로 보내는 듯한 말투와 태도로 그는 에케이의 잔을 손수 채워주었다.

"여보게, 간베에, 에케이 님이 맡아주어 정말 다행이네."

"그렇습니다."

간베에는 여전히 얼굴에서 미소를 지우지 않은 채 에케이를 부추겼다.

"이로써 모리 가문의 무사도는 더욱 빛나고, 시미즈 무네하루의 이름도 무장의 본보기로 영원히 청사(靑史)에 남을 것이오, 축하하오."

아니, 이것은 부채질하는 척하면서 또한 넌지시 지혜를 귀뜸해 주는 게 틀림없었다. 만일 에케이가 이 두 사람의 '인간'에게 반감을 품고 있다면, 아마도 이처럼 마음이 뒤틀리는 지시도 없으리라. 그런데 반감이 전혀 없고 오히려 이상한 감동을 느끼게 되는 것은 무슨 까닭일까……?

에케이도 여기서는 결국 위대한 꼭두각시 인형놀이꾼의 손에 조종되는 한낱 인형에 지나지 않았다. 더욱이 그 조종법이 너무나 능란하여 인형까지 황홀해지려 하고 있다.

"이 히데요시가 애석하게 여기고 있다고 부디 무네하루에게 전해주오."

나쁘게 해석하면 이토록 사람을 얕보는 말도 없으리라. 하지만 그 말은 손톱만큼도 불쾌한 울림을 주지 않았다.

'히데요시란 이런 사나이다……'

그가 애석하게 여기는 마음도, 죽이려는 마음도 진심으로 생각되었다.

술잔이 돌고 나자 에케이는 다시 어쩔 도리 없이 가와즈가하나로 끌려갔다. 그렇다, 끌려갔다고 하는 편이 정확했다. 그 자신의 의지는 이미 아무 데도 없었고,

완전히 히데요시가 마음먹은 대로 움직이고 있었으니까……시각은 아직 오전 10시가 지났을 뿐이었다. 한밤중에 숙소에서 불려나와 얼마나 바쁘게 끌려 다녔던 것일까.

가와즈가하나에 이르니 190정보나 되는 땅을 완전히 호수로 바꿔버린 물 위에 이미 한 척의 군선이 그가 도착하기를 기다리고 있었다.

그 물 위로 햇볕이 이글거리며 내리쬐어 물속에 뜬 외로운 성을 애처롭게 비춰 주었다. 그 맞은편의 사루카케산(猿掛山) 왼쪽에 모리 데루모토의 본진이 보이고, 오른쪽에는 깃카와 모토하루의 기치가 녹음을 메우고 있는 게 건너다보였다. 아마도 고바야카와 다카카게는 오늘도 데루모토의 본진에서 군사회의를 계속하고 있을 터이지만, 그 세 사람 모두 에케이가 지금 다카마쓰성에 사자로 가려 하는 것은 꿈에도 모르리라.

"알겠소, 에케이 스님? 시각은 정오. 정오까지 물 위에 배를 띄우고 그 위에서 무네하루에게 자결하라 하시오. 이쪽에서도 확인할 배를 보내리다. 그것이 끝나면 오후 2시까지는 화의가 맺어지는 거요. 알겠소, 정오까지요."

배에 한 발을 걸쳤을 때 히데요시가 다시 어깨를 툭 치자, 에케이는 부르르 몸서리를 쳤다.

천하는 누구에게

　내용이 밖으로 새어나가는 것을 꺼릴 때 사카이 유지들은 흔히 다회처럼 꾸미고 모였다. 따라서 처음에는 유지가 아닌 다인(茶人)도 몇 명 섞여 있다. 그러나 차를 마시고 나면 유지들만 뒤에 남고 그 밖의 사람들은 교묘하게 좌석을 물러나게 되었다. 그리고 이른바 이 자유도시의 비밀회의가 열리는 것이었다.

　오늘 쇼안의 집에서 열린 차 모임도 다분히 그런 의미를 지니고 있다……고 사카이 사람들은 추측했다. 왜냐하면 이 자유도시에 처음으로 군림해 왔던 노부나가가 미쓰히데에 의해 타도되고, 미쓰히데는 그대로 노부나가의 기득권을 행사하려고 사자를 줄곧 보내오고 있었기 때문이다.

　그런데―모인 얼굴들을 보니 유지들보다 여느 손님이 더 많았고, 그들이 차를 마신 뒤 일어나려 하자 모두들 한결같이 만류했다.

　그리고 쇼안의 자랑거리인 지은 지 얼마 안 된 넓은 대청에 모여 잡담을 나누기 시작했다. 이 경우 잡담은 당연한 순서로서 저마다 가져온 정보를 주고받으며 서로의 의견과 의사를 발표하는 것이다.

　주인 쇼안도, 다른 유지들도 모두 그것이 목적이었던 모양으로 두 시각쯤 가까이 귀 기울이고 있었다. 개중에는 이제 떠돌이 무사를 고용해서라도 자치를 도모하여 사카이를 다시는 무장의 지배 아래 두어선 안 된다고 하는 자가 있는가 하면, 이미 사카이의 자유를 바라는 것은 낡은 생각이니 모름지기 누군가를 선택하여 그에게 천하를 잡게 하고 그 천하인을 계몽하면서 세금 경감도 도모해야 한다고 말하는 자도 있었다.

모인 사람들 중에는 노부나가에게 내면적으로 큰 영향을 주어온 센 소에키(리큐)를 비롯하여 쓰다 소큐(津田宗及), 이마이 소큐(今井宗久), 고니시 주토쿠(小西壽德), 스미요시야 소무(住吉屋宗無), 요로즈야 소안(萬代屋宗安), 그 밖에 칼집 만드는 장인(匠人) 소로리 신자에몬(曾呂利新左衛門), 총포 대장장이 다치바나(橘), 장식장이 도자에몬(藤左衛門), 금박장이 구로자에몬(九郎左衛門), 물감장수 소사(宗佐), 북장이 히구치(樋口)······ 거의 온갖 직업의 사람들이 총망라되어 있었다.

그 사람들의 의견과 희망이 대충 나왔을 무렵, 칼집 만드는 소로리가 한 가지 제안을 내놓았다. 유지를 뽑을 때와 마찬가지로, 여기서 사카이 사람들이 장래를 위해 누구에게 천하를 맡기는 게 가장 좋다고 생각하는지 무기명으로 투표하여 오늘 모임의 여흥으로 삼자는 것이었다.

장로들은 싱글벙글 웃었고 젊은 요로즈야며 히구치는 열광적으로 찬성했다. 30명 남짓한 손님이 모두 저마다 마음에 둔 사람 이름을 적어 투표하여, 그것을 주인의 대접에 대한 보답으로 그대로 남기고 돌아간 것은 오후 3시가 지나서였다.

손님들이 가고 나자 주인 쇼안은 웃으며 안채로 돌아와 기다리고 있는 손님에게 말했다.

"잘 되었습니다. 이것으로 사카이 사람들의 소리를 확실하게 들을 수 있을 겁니다."

손님은 정중히 고개 숙이며 중얼거렸다.

"명심하겠습니다. 주인을 대신하여 감사드립니다."

이에야스의 심복밀사인 자야였다.

쇼안인 나미타로는 옛날 그대로의 냉정하게 가라앉은 표정으로 앉으며 말했다.

"아무튼 사카이 사람들은 겉으로는 어떻든 마음속으로는 천하인을 자유로이 만들어낼 수 있는 것으로 생각하고 있으니까요. 아니, 천하인이란 그들의 장사를 위한 지배인쯤으로 알고 있지요. 신도(神道)를 배운 자의 눈으로 볼 때 이것은 지극히 이치에 맞는 이야기입니다."

자야는 그 말에는 직접 대답하지 않고 한무릎 다가앉았다.

"그런데 사카이 사람들은 누구에게 천하를 맡길 생각일까요?"

자야는 이 무렵 이미 교토의 대상인으로서 사카이에도 알려지기 시작했지만, 사실은 마쓰모토 기요노부(松本淸延)라는 이에야스의 버젓한 가신이며 나미타로의 신도 제자이기도 했다. 따라서 그는 이에야스의 측근으로서는 담력과 지략이 더불어 뛰어난 상담역, 교토에서는 고위층의 동정을 살피는 고등첩자, 사카이에서는 이에야스의 어용상인이라는 너덧 개의 얼굴을 가진 사나이였다.

나미타로인 쇼안은 물론 그것을 잘 알고 있었다. 아니, 알고 있다기보다 오히려 나미타로의 감화로 그렇게 되었다고도 할 수 있었다.

"딸아이 고노미가 곧 투표상자를 가져오겠지만, 그 결과를 알아보는 게 나로서도 즐겁습니다."

"이 자야는 두려운 생각이 듭니다."

"하하…… 그럴지도 모르지요. 무기명 투표는 신의 심판이기도 하니까요."

쇼안은 손뼉을 쳐서 소녀를 불렀다.

"고노미에게 투표상자를 이리로 가져오라고 해라."

그러고 나서 또 생각난 듯 웃었다.

"히데요시 님이 모리 가문과의 화의에 성공했다는 소식이 이 거리에 벌써 자자합니다."

"예, 그러면 주고쿠에서 곧 철수하겠군요."

"아니, 벌써 철수하고 있을 거요. 왜 있잖소? 고니시 주토쿠의 아들이 약장수인데…… 그 아들 고니시 유키나가(小西行長)가 오카야마(岡山)에 입성할 때 안내한 공훈으로 지금은 히데요시 측근에 있지요. 군량 조달을 맡고 있답니다. 그 점에서 히데요시도 사카이를 잘 주무르고 있다고 할 수 있지요."

"그럼, 고니시 유키나가 말고도……."

"아직 모르고 있었소?"

"전혀…… 그것은……."

"하하하…… 그래서야 이에야스 님이 미더워하시겠소? 이번의 주고쿠 싸움에서 가장 큰 승리의 원인을 만든 것은 사카이 사람들이 히데요시가 쳐들어가기 전에 쌀을 모조리 사들이고 다닌 일이오. 주고쿠뿐이겠소. 모리의 손에 들어갈 것 같은 고장은 규슈든, 시코쿠든, 산인도든…… 물론 히데요시의 부탁이었지요.

히데요시라는 사람은 이상한 매력을 지닌 모양이오. 부탁받은 자들이 모두 그의 편이 되어 일하니……."

자야는 신음했다.

"음. 그렇다면 투표 결과는 볼 필요도 없을 것 같군요."

"아니, 그렇지도 않소. 사람을 움직이는 일과 신뢰받는 일은 다른 것. 움직여진 사람이 반드시 그 일에 기쁨을 느낀다고는 할 수 없지요."

"예……?"

"먼저 투표결과부터 봅시다."

쇼안이 즐거운 듯 다시 부채를 움직이기 시작했을 때, 고노미가 자개로 만든 문갑만한 상자를 받쳐 들고 들어왔으므로 주위가 확 밝아졌다.

자야는 사교성 있게 머리 숙이며 말했다.

"고노미 님, 또 폐 끼치고 있습니다. 히데요시 님이 모리님과 화친을 맺었다더군요."

"예, 그 일에 대한 재미있는 이야기를 들었어요. 나중에 이야기해 드리지요."

고노미는 지난번 이에야스를 맞았을 때보다 한결 청초한 모습으로 가져온 푸른 자개로 된 투표상자를 쇼안 앞에 놓았다.

"아버님, 벼루도 필요하겠지요?"

"벼루도 필요하지만…… 그렇지, 그 재미있다는 이야기를 먼저 자야 님에게 들려드려라. 그동안 나는 벼루와 종이를 준비하겠다."

"네, 그렇게 하겠어요."

쇼안이 일어나 나가자 고노미는 그대로 아랫자리에 앉아 자야를 쳐다보았다. 갓 태어난 젖먹이처럼 맑은 눈동자 속에 다감한 청춘의 숨결이 숨 쉬고 있었다.

"이번 화친이 성사된 것은 시미즈 무네하루라는 사람의 도량 덕분이었대요."

"허, 다카마쓰성주 시미즈 님의……."

"예, 히데요시 님 편에서는 무네하루 님 목을 내주면 화친을 맺겠다했고, 모리 편에서는 충신을 죽일 바에는 끝까지 싸우겠다고 주장하여 도무지 끝이 보이지 않았거든요."

"그렇겠지요……."

"그 이야기를 들은 무네하루는 5000명의 생명이 살아남고 또 양군의 사상자

없이 해결되는 일이라면, 그까짓 내 생명 하나 아낄쏘냐 하시며 수의(壽衣)를 입고 양군 사이로 배를 저어 나와 히데요시 님이 보시는 앞에서 조용히 한 가락 춤추고 나서 장렬하게 할복하셨답니다……."

"한 가락 춤추고 나서 말이오?"

"예, 할복을 승낙했다고 히데요시 님에게 대답을 전하자, 히데요시 님은 오랜 농성의 노고를 위로하시며 술과 안주 10짐에 극상품인 차 3부대를 군사들에게 선물하셨지요. 그에 대한 사례로 한 가락 춤추시고 웃으며 배를 갈랐다고 합니다."

"술과 안주 10짐에 차 3부대라……그로써 화친이 맺어진 거로군요?"

"예, 이어서 무네하루 님의 형님이시며 스님이신 겟세이(月淸) 님과 모리 쪽에서 와 있던 군감 스에치카(末近) 님이 할복하시고, 그 나머지는 모두 살았다지요…… 무네하루 님이야말로 천주님 은총을 입은 참다운 무장이라고 오늘 아침부터 시중에 소문이 자자하답니다."

듣고 있는 동안 자야는 이 거리가 더욱 더 무서워졌다. 여기저기 첩보망을 쳐놓고 소식통이라고 자부하는 자기가 아직 아무것도 모르는데, 이 거리에서는 화친의 계기까지 교회당의 화제가 되어 있을 줄이야…….

"그러면 술과 안주 10짐에 차를 선물한 히데요시 님은 천주님 뜻에 맞지 않는 겁니까?"

"예, 그것은 수단인걸요. 수단으로는 은총을 입지 못해요."

"흠, 아름다운 이야기라 하더라도 수단이라면……."

그때 쇼안이 벼루와 두루마리를 가지고 들어와 자야 앞에 놓았다.

"자, 투표상자를 열겠습니다. 거기에 이름을 적어보십시오."

"알겠습니다. 그럼……."

자야가 붓에 먹을 찍는 동안 쇼안은 상자를 열고 먼저 한 표를 펼쳤다.

"준비되었습니까, 맨 처음의 한 표는…… 다카야마 우콘(高山右近). 하하하, 이것은 천주교 표로군."

옆에서는 고노미가 눈을 빛내며 자야의 손 밑을 기웃거리고 있었다…….

자야는 부르는 대로 우콘의 이름을 쓰면서 마음속으로 또 고개를 갸웃거리지 않을 수 없었다. 이곳의 상식은 세상과 얼마쯤 달랐다. 무네하루의 할복도 그렇지만, 술과 안주와 차를 선물했다는 히데요시의 행동에 난세를 살아가는 무장의 가슴 뭉클한 아름다움이 느껴진다. 그러나 거기에 감탄하지 않는 건 물론이고 수단이라면서 오히려 비난의 빛조차 보인다.

그것과 똑같은 차이가 '다카야마 우콘'이라고 쓴 사람의 마음에서도 느껴진다. 가정이기는 해도 다음 천하가 누구 손에……라는 투표가 아닌가. 우콘은 고작 셋슈(攝州) 다카쓰키(高槻) 6만 석 영주, 아무리 신앙이 같다 해도 그에게 천하를 맡겨 다스려질 거라고 생각하는 것일까.

"다음은…… 오다 노부카쓰(織田信雄)."

쇼안이 계속 불렀다.

"다음은…… 하하하, 노부나가의 장손 산보시(三法師)가 나왔군."

쇼안은 혼잣말하고 다음 이름을 불렀다.

"다음은 아케치 미쓰히데."

소리높이 읽으며 자야와 눈이 마주치자 소리 내어 웃었다.

자야가 한마디 했다.

"역시 역적으로 보지 않는 자도 있군요."

"그것은 노부나가 님이 사카이를 침략했다고 원망하는 자의 생각일 겁니다. 다음은…… 휴가노카미 미쓰히데, 역시 아케치로군."

"예, 적었습니다."

"다음도 아케치……."

"흠, 아무래도 내 예상과는 매우 다르군요."

"다음은…… 하하하, 여기에는 묘한 노래가 적혀 있군. 어디 보자…… 불타버려 곡식이 여물지 않는 오다(小田; ^{작은 밭 오다(織 田)를 일컬음})에 바람 몰아치니 어디에나 똑같은 가을 저녁…… 누가 천하를 잡든 마찬가지라는 이야기로군."

"여물지 않는 오다(織田)라는 뜻이군요."

"아니, 여물어서 한 번은 수확했지요. 다음은…… 도쿠가와 이에야스."

"허!"

"다음은 노부타카."

"다음은……."

"다음은 하시바 히데요시…… 이제 나왔군."

"하지만 의외로 적군요."

"다음은 호소카와 후지타카."

"다음은 쓰쓰이 준케이."

"다음은 또 후지타카…… 이것은 가문에 대한 동경일 테지."

"아들 다다오키는 아케치의 사위지요."

"그렇지요. 그러므로 아케치는 싫지만 호소카와라면……하는 풍자인지도 모르오. 다음은 히데요시."

"네."

"다음도 히데요시…… 다음도 히데요시…… 다음은 노부카쓰…… 다음은 모리 데루모토."

"모리……라고 생각하는 사람도 이 거리에 있습니까?"

"그야 있겠지요. 어쩌면 주고쿠에서 철수하는 히데요시의 배후를 찔러 이길 거라고 생각하는지도 모르지요."

"그렇군요."

"다음은 오다 노부카쓰…… 다음은 센 소에키."

거기까지 읽자 고노미는 소리 내어 웃기 시작했다.

"뭐가 우습지, 고노미는?"

"소에키 아저씨가 천하를 잡으면 제 친구 오긴은 어떻게 되나 해서요."

쇼안도 웃었다.

"하하…… 걱정마라, 오긴은 처음부터 천주님 왕비이니."

"어머…… 왕비가 아니라 따님이에요."

쇼안은 이미 그쪽은 바라보지 않았다.

"다음은 또 미쓰히데. 그리고 이번에는 산보시 그다음, 우콘이 또 나왔군."

"예, 적었습니다."

자야는 가만히 이마의 땀을 씻었다. 자기 주군 이에야스가 시야 넓은 사카이 사람들로부터 겨우 1표밖에 얻을 수 없는가 생각하니 몹시 괘씸한 마음이 들었다. 다케다씨도 없고 호조와 우에스기씨도 스러져가고 있는 지금 스루가, 도토우미, 미카와 말고도 가이에서 시나노에 이르는 이에야스의 실질적 세력은 충분히 오다씨에 버금갔다. 그런데도 미쓰히데는 벌써 4표, 히데요시는 5표가 나왔는데 여전히 1표인 것이다.

"다음에는 또 아케치…… 다음은 소에키, 다음은 노부타카……"

29표를 다 읽고 난 쇼안이 말했다.

"계산해 보십시오, 자야 님."

아케치 미쓰히데 5표

하시바 히데요시 5표

오다 노부카쓰 3표

오다 산보시 2표

호소카와 후지타카 2표

다카야마 우콘 2표

센 소에키 2표

이에야스는 여전히 나머지 6명과 함께 1표에 머물러 있었다.

자야가 읽어나가자 쇼안은 감탄한 듯 무릎을 쳤다.

"재미있군! 이것은 결코 사카이만의 소리가 아니야. 이 속에 온 일본 백성의 소리가 들어 있다고 판단하고, 이곳 사람들은 거기에 따라 움직여야 하겠지요."

"그러면 역시 아케치와 하시바가 천하를 다투게 되는 것일까요?"

쇼안이 가로막았다.

"아니오, 그렇지는 않소. 아케치, 하시바의 5표씩보다 오다 일족의 것이 2표 많아요. 노부카쓰의 3표와 산보시와 노부타카의 2표씩을 합하면 7표가 되지 않습니까."

"하긴…… 그러면 역시 우대신 뒤를 동생이나 장손이 잇기를 바라는 소리가 가장 많은 게 되는 셈인가요?"

쇼안은 또 대뜸 고개를 저었다.

"아니오, 그렇지도 않소. 미쓰히데가 호소카와 부자를 한편으로 끌어들이면 이것도 이미 7표, 거기에 쓰쓰이 준케이의 1표를 더하면 8표가 되지요. 숫자란 이상한 것이라, 그것이 그대로 힘으로 바뀌어 승패를 결정하게 됩니다. 이를테면 도쿠가와 님에게 1표가 있으니 이것을 오다 일족의 7표와 합치면 이것도 8표."

자야는 섬칫해 물었다.

"우리 주군에게 1표를 던진 사람이 대체 누구일까요?"

쇼안은 웃었다.

"하하하…… 아마 고노미겠지요…… 그렇지, 고노미? 도쿠가와에게 1표를 던진 것은?"

"예, 도쿠가와 님을 자기편으로 끌어들이는 분이 다음 천하를 잡을 분이라고 일부러 한 표 따로 넣었습니다."

"음."

자야는 낮게 신음했다. 이에야스 지지자가 이 어린 소녀 하나라는 게 몹시 실망스럽기도 하고, 순수한 신의 소리인 것 같기도 한 심정이었다.

"고노미."

"네."

"나는 너의 안목을 칭찬하고 싶구나. 실은 나도 투표했다면, 역시 도쿠가와 님이라고 쓸 생각이었다. 하지만 나에게는 그럴 권리를 주지 않았어, 저 소로리라는 놈이."

소로리란 신자에몬의 별명이었다. 그가 만든 칼집은 소로리 소로리(스르를) 칼이 드나들며 소리가 전혀 나지 않는다며 스스로 자기에게 별명을 붙여 그 솜씨를 떠벌이고 다녔다. 아마도 오늘 투표에서 노래를 적어 넣은 것도 그 소로리였으리라. 누가 천하를 잡든 마찬가지……,

"그런데 고노미, 네가 그 투표의 숫자를 기초로 장래의 예상을 말해 보아라. 자야 님에게 참고가 되도록."

"예."

고노미는 또렷한 목소리로 대답하고 자야의 손에서 종이쪽지를 받더니 잠시 고개를 갸웃하며 계산했다.

"이것은 역시 히데요시 님 승리로 생각됩니다."

"그 이유는?"

"히데요시 님의 5표가 만일…… 오다 일족과 합해지면 12표가 되고 반을 잃더라도 8표 반이 되지요."

"허허, 그 계산은 좀 잘못되지 않았을까? 이를테면 미쓰히데의 5표에 호소카와의 2표, 쓰쓰이의 1표에 우콘의 2표를 보태면 몇 표가 되지? 10표가 되지 않느냐. 8표 반이라면 10표만 못할 텐데."

"아니에요."

고노미는 명랑하게 고개 젓고 다시 쪽지를 들여다보았다.

"히데요시 님의 5표는 호소카와, 쓰쓰이, 다카야마 등을 누를 수 있다고 판단한 5표. 그러므로 그 반을 한편으로 할 수 있다면, 히데요시 님은 10표가 되고 반대로 미쓰히데 님은 8표 반이 되지요."

"그러면 여기서는 히데요시의 수완에 달렸다는 말이냐."

"아니에요, 역시 도쿠가와 님을 얻어야만 해요. 아니, 도쿠가와 님이 협조하는 동안 미쓰히데를 쓰러뜨리지 못하면 히데요시 님 천하는 오지 않고 세상은 다시 난세가 되겠지요. 난세가 될 것……이라는 판단은 이 풍자노래 1표, 소에키 아저씨 2표, 다카야마님 2표, 쓰쓰이님 1표에 뚜렷이 나타나 있지요."

"그러면 그 사람들은 어차피 난세가 된다고 여겨 천하를 잡지 못할 사람의 이름을 들었다……고 보는 거로구나."

"예, 그 수를 합하면 6표, 히데요시 님과 미쓰히데보다 많습니다."

자야는 어느덧 눈을 빛내며 고노미를 쳐다보고 있었다. 숫자란 이 얼마나 불가사의한 해석을 할 수 있는 것이란 말인가. 더욱이 지금 이 처녀가 풀이하는 걸 들으니 그 하나하나가 한창 나이의 자야 가슴을 울렸다.

쇼안은 자야를 흘끗 쳐다보며 날카로운 눈빛이 되었다.

"자야 님, 어떻습니까? 도쿠가와 님에게 좋은 선물이 되지 않을까요? 이것으로 사카이 사람들 생각을 대충 짐작할 수 있을 거라고 생각합니다만."

"그렇군요."

"의외로 미쓰히데 지지가 많은 것은 그가 우대신을 쓰러뜨린 뒤 재빨리 공경들을 제압한 데 있소. 고노에의 손으로 칙사 파견까지 꾀하고 있는 것을 사카이 사람들은 잘 알고 있으니까요."

"그러면 역시 칙사는…… 미쓰히데의 생각대로?"

"무력을 지닌 자가 무력을 갖지 못한 자를 압박하니 어쩔 수 없는 일이지요. 그렇지, 미쓰히데가 아즈치성에 들어간 즈음 칙사가 가리다. 그로써 미쓰히데는 일단 천하인이 되는 겁니다. 하지만 자야 님, 그것은 어디까지나 피상적인 일일 뿐이오."

"예."

"문제는 역시 미쓰히데의 무력에 있고 지금의 투표가 그것을 잘 말해주고 있지요. 히데요시와 미쓰히데, 어느 쪽이 자기들 무력에 사카이 사람들 힘을 가져갈 것인가가 커다란 승패의 갈림길이 되겠지요."

"……."

"소에키 님을 비롯하여 이 투표에 나타난 호소카와, 다카야마, 쓰쓰이 등은 물론 셋슈 이바라키(茨木) 성주 나카가와 기요히데(中川淸秀) 등의 거취 역시 사카이 사람들 움직임에 따라 결정될 것으로 봐도 틀림없을 거요. 천하를 다투는 싸움이라면 군량과 병기는 물론이고 보이지 않는 금은 비용도 엄청나지요. 그런 것 모두가 사카이 사람들 힘이 없으면 안 되는 일이오."

자야는 부르르 몸서리쳤다. 참으로 쇼안의 말대로 노부나가가 후반에 성공한 요인도 거기에 있었다고 확실히 말할 수 있었다.

"그런데…… 자야 님이 가져갈 선물에 이 쇼안의 또 한 가지 선물을 보탤까 하오."

"고마우신 말씀입니다."

"이 투표로 사카이 분위기는 대략 알았소. 그러니 모두 마음을 합쳐 될 수 있는 대로 서민의 고통이 없도록 시대에 맞는 천하인을 내놓아야만 하오."

"그렇습니다……."

"그래서 이 쇼안은 이곳의 장로며 유지들과 의논해 히데요시를 밀 생각이오…… 아시겠소? 이 점이 소중한 선물이 되는 대목이지요. 고니시 주토쿠와 소에키가 밀고 있는 히데요시를 말이오."

자야는 어느덧 자신의 옷차림을 잊고 무사로서의 근엄한 자세로 쇼안을 똑바로 올려다보고 있었다.

다시 고노미의 웃음소리가 자야의 긴장을 풀어주었다.

"호호호. 사카이 사람들이 뒤를 밀 것이니 도쿠가와 님도, 라는 뜻이네요. 그렇지요, 아저씨?"

"그……그……그렇습니다. 물살을 거스르는 자는 머잖아 빠져죽는 법. 귀중한 선물, 틀림없이 받았습니다."

자야는 휴 한숨지으며 정중하게 머리 숙였다.

"고노미, 그 투표지를 모아 뜰에서 태워버려라. 그리고 상을 가져오게 하고 자야 님께 네 거문고 솜씨라도 들려드리도록 해라."

"예."

고노미는 일어나 투표지를 모으면서 무슨 생각이 들었는지 또 혼자 웃었다.

자야는 더 묻고 싶은 게 많이 있었지만 굳이 묻지 않기로 했다. 이에야스에 대한 쇼안 부녀의 남다른 호의를 알았으니, 이쪽이 묻지 않더라도 중요한 일은 상대 쪽에서 반드시 들려줄 것이다.

그렇지만 이에야스에 대한 쇼안의 호의는 대체 어디에서 비롯되는 것일까? 쇼안은 이에야스의 생모 오다이 부인과 오랜 지기라고 했는데, 그것만으로 이 같은 호의를 베풀 수 있는 것인지…….

양녀 고노미가 사실은 이에야스와 먼 핏줄이 된다고도 했지만, 자야가 알아낸 바로 그것은 원한이 될지언정 결코 호의의 요인은 될 듯하지 않은 관계였다. 고노미는 쇼안의 누이동생 손녀였다. 잘은 모르지만, 다케노우치 나미타로로 불리던 무렵의 쇼안에게 오쿠니라는 누이동생이 있었다. 그 오쿠니와 나가시마 싸움 때 노부나가로부터 할복을 명받아 죽은 미즈노 노부모토와의 사이에 딸이 하나 태어났는데, 그 딸이 고노미의 어머니라고 한다. 고노미의 어머니는 미친 어머니 오쿠니의 배에서 태어나, 모리 가문 우다(卯田) 아무개의 아내가 되었다. 그러나 남편을 싸움터에서 잃은 뒤 이 사카이로 와서 열성적인 천주교 신자가 되었으며 지난해에 죽었다고 한다.

노부모토의 핏줄이라면 이에야스와 그리 좋은 사이라고 할 수 없다. 그런데도 쇼안과 양녀가 남다른 호의를 보이며 자주 자야를 감동시키는 것이다.

고노미가 투표지를 태우고 돌아오자 굽 높은 화려한 붉은 색 소반이 3개 나오고, 쇼안의 자랑거리인 유리 술병이 고노미의 거문고와 함께 날려졌다.

"자, 우선 한 잔 드시지요."

"고맙습니다."

잔을 들며 자야가 물었다.

"고노미 님은 아까 투표지를 태우면서 웃으셨지요."

"네…… 아, 그거요?"

"무엇이 우스웠는지요?"

"호호…… 만일 투표결과가 다르게 나왔더라면 아버님이 뭐라고 말씀하셨을까 하고……"

"얘야, 얘야, 고노미. 함부로 말하면 못써."

"아니오, 괜찮아요. 결과가 완전히 달랐더라도 아버님은 같은 말씀을 하셨을 게 틀림없거든요."

"같은 말이라니?"

"사카이 사람들은 마음을 합해 히데요시 님 편이 될 것이다. 그 사실을 마음에 새기시라고, 아저씨에게."

"그러면 이것과 투표는 관계없는 일이라는 건가요?"

"아니오, 투표가 아버님 생각대로였다는 이야기일 뿐이에요…… 자, 한 잔 더 드세요."

"예, 참으로 고맙습니다."

잔을 거듭 받고 자야는 고노미에게 다시 말을 걸었다.

"고노미 님은 왜 그토록 우리 주군을 도와주고 싶어 하는 겁니까?"

"호호……"

고노미는 또 웃었다.

"저는 거짓말할 줄 모르는 촌사람은 모두 좋아해요. 정직의 연못은 한없이 깊어서 무엇이 나올지 모르거든요. 거짓말은 금방 바닥이 드러나 추하니까요……"

"그렇군요……"

여기에도 사카이의 눈과 마음이 있다고 생각하며 잔을 내려놓았을 때, 고노미는 벌써 거문고 앞으로 몸을 돌리고 새침하게 줄을 고르기 시작했다.

도라지꽃의 눈물

자야가 쇼안의 집을 물러나온 것은 오후 2시 가까워서였다.

'이로써 이에야스에게서 명받은 긴키의 정세는 알아낼 만큼 알아냈다.'

나머지는 이번 난리의 장본인 미쓰히데의 그 뒤 움직임을 자세히 조사하고 교토에서 미카와로 숨어들 예정이었다.

난리가 일어난 지 6일째. 일단 성으로 돌아간 이에야스는 오카자키에 8000명쯤의 군사를 모아 다다쓰구에게 딸려 오와리 접경지역으로 출발시키고 있을 터였다. 이것은 물론 그 길로 아즈치까지 밀고 가겠다는 것은 아니었다. 그러나 오와리 동쪽에는 전란의 물결이 한 걸음도 들어오지 못하게 하겠다는 단호한 결심의 표시이며, 표면상 언제 진격해 나갈지 모른다는 미쓰히데에 대한 견제였다.

주고쿠에서 화의 맺는 데 성공한 히데요시는 모든 어려움을 무릅쓰고 히메지로 돌아오는 중임을 알았고, 이로써 미쓰히데에 대한 방책은 동서에서 크게 마련된 셈이다. 따라서 이 울타리 안에서 미쓰히데가 얼마만 한 힘의 규합에 성공하느냐는 것이 성패를 가리는 열쇠가 된다.

자야는 가벼운 장사치 차림으로 사카이 거리를 북쪽으로 빠져 해자를 건너고 가로수 길을 따라 야마토 다리에 이르렀다.

그 다리 밑에서 교토와 오사카로 가는 배가 떠나고 있었다. 자야는 일부러 30석짜리 배에 올라 뱃머리에 모인 손님들 사이에 앉았다. 무사로 보이는 네 사람, 나머지는 거의 상인이고 여자 손님이 둘 있었다. 한 사람은 어느 집 마님인 듯싶고 또 한 사람은 그 마님의 시녀 같았다.

배가 출발하자 배 손님들은 곧 큰 소리로 이야기하기 시작했다.

"여보게, 이제 2, 3일 뒤에는 이 배도 교토로 못 가게 될 모양이야."

화제는 어디서나 마찬가지다. 천하를 잡는 자가 누구일까? 그것이 이러한 서민 한 사람 한 사람의 입에 오르는 일은 아마도 이번이 처음이리라. 역시 미쓰히데가 이길 거라고 한 사람이 말하자 두세 사람이 핏대를 세우며 그 사나이에게 대들었다. 어떠한 이유가 있든 주인을 죽인 자에게 천하를 잡게 해서 될 말이냐고 소리치는 것이었다.

"미쓰히데는 역적 아닌가. 모처럼 평안해지던 세상에서 역적이 이긴다면, 틀림없이 또 난세가 올 게 아니겠소."

서민은 늘 정의를 사랑한다. 여기서는 오히려 무사들이 입을 조심하고 상인들은 소리높이 토론한다.

그때였다. 한 여자 손님이 쓰개치마 속에서 조심스럽게 자야에게 말을 걸어왔다.

"여보세요, 어디까지 가시나요?"

"예, 교토까지 갑니다만."

"마침 잘 됐군요, 저도 교토까지……갑니다만, 댁은 이번에 누가 천하를 잡을 거라고 생각하시나요?"

자야는 고개를 갸우뚱하며 말했다.

"글쎄요…… 그것은 보는 사람에 따라 다르겠지요. 아케치, 하시바, 도쿠가와, 모두 세력이 비슷비슷하니까요."

"그렇다면 역시 이치를 모르는 자, 의리 없는 자가 지겠군요."

그 말 속에 깊은 감개가 서려 있는 것 같아 자야는 저도 모르게 쓰개치마 속 여인의 얼굴을 기웃거리다가 그만 자기 눈을 의심했다.

"앗, 부인은……."

교토의 포목상 가메야 에이닌의 집에서 본 적 있는 미쓰히데의 둘째 딸, 호소카와 다다오키의 부인과 너무나 닮은 게 아닌가…….

"혹시……."

말하려다가 자야는 입을 다물었다. 만일 이 여인이 다다오키한테 시집간 지 얼마 안 되는 미쓰히데의 딸인 줄 안다면, 그야말로 이 자리에서 무슨 일이 일어날지 모른다. 지금 잠자코 모두들의 이야기를 듣고 있는 무사들 중에 혹시 무슨 공훈을 세워 벼슬자리를 얻을까 생각하는 떠돌이 무사가 있을지도 모르며, 상인들 중에 자야와 같은 첩자가 숨어 있지 않을 거라고도 할 수 없었다.

자야는 당황해 말을 돌렸다.

"혹시…… 저 사카이 구경을 오신 것이……? 정말 놀랐습니다. 저도 구경 왔다가 이번 소식을 들었으니까요."

그러자 쓰개치마 여인은 상대에게 빠히 시선을 집중시킨 채 고개를 끄덕였다.

"댁도 아마가사키성의 오다 노부즈미 님이 살해되었다는 소문을 들으셨나요?"

'역시 그렇구나!'

노부즈미는 노부나가의 동생 노부유키의 아들로, 역시 미쓰히데의 딸을 아내로 맞고 있었다.

미쓰히데에게는 친 딸 셋, 양녀 셋이 있었다. 그 한 사람이 노부즈미의 아내가 되고, 또 하나는 호소카와 다다오키의 아내, 나머지 둘은 쓰쓰이 준케이의 아들 사다쓰구(定次)와 가와카쓰 단바(川勝丹波)에게 출가했다.

그 네 사람 가운데 호소카와 가문에 출가한 딸의 미모와 재치가 각별히 뛰어나 노부나가에게 매우 귀여움받았다고 한다. 물론 호소카와 가문에 출가시킨 것도 노부나가의 명에 의해서였다.

노부나가는 아즈치의 미쓰히데 저택에서 처음으로 이 처녀를 보았을 때 눈을 둥그렇게 떴다고 한다.

"아니, 노히메가 여기 또 있었군! 핏줄도 이어졌겠지만 참으로 놀랍도록 닮았어. 노히메가 처음 미노에서 출가해 왔던 무렵 그대로야."

그리고 그 처녀가 얼굴 모습뿐 아니라 재치도, 성미도 여간 아닌 것을 알고 말했다.

"미쓰히데, 이 아이는 그대에게 과분한 딸. 그렇지, 오늘부터 그대 문중 문장(紋章)을 그대로 따서 기쿄(桔梗; 蕀)로 이름을 바꿔라. 가을의 뭇 꽃 가운데 가장 사람 눈을 끄는 도라지꽃이 좋다."

이 이야기는 자야도 듣고 있었다. 지금부터 3년 전인 덴쇼 7년(1579) 2월의 일이었다. 노부나가는 그녀가 마음에 들었던지, 미쓰히데의 단바 공략과 더불어 호소카와 부자가 단고(丹後)를 제압하고 다나베성(田邊城)에 들어가자 곧 되풀이 말했다.

"일본 으뜸가는 신랑에 일본 으뜸가는 신부, 경사롭고 경사로운 일이다."

이렇듯 경사를 축하하며 출가시켰다는 이야기도 유명한 일화이다.

만일 이 여인이 그 다다오키의 아내 기쿄 부인이라면, 반드시 자매인 노부즈미 부인의 안부를 염려할 것이었다.

자야는 아무렇지도 않은 듯이 대답했다.

"글쎄요, 그 소문은 아마 사실이겠지요. 본디 노부즈미 님은 아버지 노부유키 님이 우대신에게 살해되어 원망하고 있는 것으로 사람들이 생각하고 있으니까요."

"그렇다면 아마가사키성주님은 이중으로 의심받아 목숨을 잃은 것이겠군요…… 부인이 역적의 딸이라."

쓰개치마 여자는 말하며 문득 고개를 돌려 해맑은 얼굴을 석양에 향한 채 슬픈 듯 눈을 깜박였다.

자야는 대답할 말이 없어 저녁 해를 드리운 강물로 시선을 돌렸다. 그때 두 사람의 이야기를 듣고 있던 나그네 장사꾼이 다가왔다.

"나는 이 눈으로 아마가사키의 거대한 망루가 불타는 것을 보았지요."

"거대한 망루란 저 아래 성의?"

"예, 미쓰히데 모반 소식을 듣자 곧 니와 나가히데 님과 오다 노부타카 님이 아마가사키성으로 쳐들어갔습니다. 반드시 미쓰히데 편에 가담할 거라고 보았기 때문이겠지요."

쓰개치마 여인이 쌀쌀맞게 대답했다.

"그 이야기는 나도 들었습니다. 다만 미쓰히데의 딸이 어떻게 되었는지 궁금했을 뿐이에요."

"그야 천벌을 받았지요. 좀 싸우다가 노부즈미 님은 아래 성으로 쫓겨 가 망루에 오르려다 칼 맞아 죽고 마님은 망루 위에서 불길에 싸여 자결했다더군요."

"천벌로……?"

"예, 주인을 죽인 아버지의 죄를 자식이 받은 거지요. 그러나 도망쳐 나온 사람 이야기에 의하면, 부인은 참으로 훌륭하신 최후를 맞았다더군요."

여인은 아무렇지도 않은 듯 고개를 끄덕이며 살며시 십자를 그었다. 자야가 추측한 대로 여인은 호소카와 다다오키의 아내 기쿄였다. 기쿄는 남편 다다오키에게서 교토의 남만사 이야기를 이것저것 듣는 동안 천주교 가르침에 강하게 마음이 끌렸다. 남편은 물론 천주교 신자인 다카야마 우콘에게서 교의를 대충 들었으리라. 그래서 한 번 남만사에 가보고 싶다고 말했더니, 다다오키는 엄하게 말했다.

"그건 안 돼."

　고킨슈(古今集)를 전수하는 호소카와 가문이 오랑캐 나라 종교를 믿는 것은 굉장한 탈선이라는 것이었다.

　그러나 한 번 마음이 끌린 기쿄는 단념할 수 없어 이번에 아마가사키성으로 언니를 방문한다는 구실로 사카이에 갔었다. 사카이로 가기 전에 물론 아마가사키에 들렀다.

'그것이 마지막 작별이 될 줄이야……'

　언니는 결코 마음 강한 편이 못되었다. 오히려 지나칠 만큼 착한 여자로 노부즈미와의 결혼에 몹시 만족해하는 눈치였는데…….

"너도, 나도 우대신님 덕분이지. 그 은혜를 잊어선 안 돼."

　그런 말을 했던 언니이므로 아버지가 노부나가를 시해했다는 이야기를 들었을 때의 놀라움을 상상하고도 남음이 있다.

'그렇지만 나라면 자결은……'

　참형을 당하든 오랏줄에 묶여 끌려가든 살 수 있는 데까지 살면서 궁리하여 생각하는 바를 누군가에게 전했을 것이다.

　기쿄는 생각했다.

'역시 언니는 마음이 약했던 거야……'

　아버지가 노부나가에게 반역한 것은 언니나 자기가 알 바 아니다. 그녀들은 아버지에게 간언할 입장이 못 되고, 노부나가의 뜻에 따라 출가한 인형에 지나지 않는다. 그 인형이 아버지 행동에 책임을 느낀다는 것 자체가 이미 우스운 일인데, 자결하면 아버지의 죄를 인정하는 게 되지 않는가.

　수면에 반짝거리는 잔물결을 물끄러미 보며 생각에 잠겨 있는 기쿄에게 자야는 또 말을 걸었다.

"여보시오, 부인, 천주교를 믿으시오?"

"네, 아니오, 아직 세례를 받지 않았어요……."

기쿄는 대답하며 가슴에 건 조그만 은 십자가를 새하얀 손가락으로 집어 들어 보였다.

"교회당에서 알게 된 사카이의 처녀가 주었으므로 그대로 가슴에 걸고 왔지요."

"허, 사카이 처녀……라면 어느 분을 말하시는 건지?"

분명 미쓰히데의 딸이라는 걸 알자 자야는 그 딸이 지금 무슨 생각을 하고 무엇을 하려 하는지 몹시 알고 싶어졌다.

"네, 이것을 준 처녀는 나야 쇼안 님 따님인 고노미 님이었어요."

"참으로 희한한 인연이군요. 저도 쇼안 님과 잘 알지요."

"그러세요? 그러시면 고노미 님과 친한 소에키 님 따님도 아시나요."

"네, 오긴 님 말씀이군요."

"네, 모두 활달하고 좋은 처녀들이지요."

"정말입니다. 과연 일본 으뜸가는 사카이 항구에서 자란 분들이라 매우 개화되어 있지요. 거기에 비한다면 아까 이야기에 나온 아마가사키의 마님은 가엾군요."

의도하는 방향으로 자야가 슬쩍 화제를 돌리자, 기쿄는 상대를 흘끗 보더니 곧 냉정하게 한쪽 볼에 미소 지었다.

"아직은 무장의 딸에게 발랄함을 바랄 수 없겠지요."

"참, 그렇군요. 아버지의 모반으로 아무것도 모르는 딸까지, 아마도…… 아케치의 따님 가운데 단고의 호소카와 가문에도, 야마토의 쓰쓰이 가문에도 출가하신 분이 있었지요."

기쿄가 다시 흘끔 자야를 보았지만 얼굴빛은 그리 달라지지 않았다. 몹시 지기 싫어하고 다부진 여자임에 틀림없다. 그렇지 않다면 이러한 때 태연히 여행한다는 것은 엄두도 못 낼 일이다…….

"이렇게 되었으니 따님과의 인연으로 호소카와 님도, 쓰쓰이 님도 아케치 편에 가담하지 않을 수 없겠지요?"

별안간 기쿄가 웃기 시작했다.

"호호…… 그것은 장사하시는 분들의 생각…… 설마 그럴 리가……."

"무사댁 마님 같아 보입니다만, 부인은 그럴 리 없다고 생각하시오?"

기쿄는 세게 고개를 흔들었다.

"그럴 리 없지요. 평소의 교제와 혼인은 모두 가문의 영화를 위한 일……만일 아케치 쪽이 진다고 생각되면 그들은 모두 그 목을 베어 바칠 거예요."

"……그럴까요?"

"그런 의미로 아마가사키성 공격은 너무 성급했다고 생각해요. 두세 번 극진한 말로 교섭하면, 아마가사키성주님은 마님만 내주고 아케치의 적으로 돌아섰을 것을……나가히데 님 같은 생각 깊은 장수가 있었는데, 노부타카 님이 너무 조급하셨지요."

"그렇다면 부부 사이의 의가 좋지 않았나요?"

그러자 기쿄는 또 냉랭하게 웃었다.

"부부 사이란 여자와 남자가 만나 함께 사는 데 지나지 않는 일시적인 관계일 뿐. 장사하는 분들은 무사 집안의 비애를 모르시는 것 같군요."

"흠, 과연……."

자야는 소문으로 듣던 것보다 훨씬 강한 여자라고 느끼며 더욱 마음이 끌렸다.

자야는 잠시 사이를 두고 또 물었다.

"부질없는 것을 묻습니다만 교토의 어디에 사십니까? 육로는 물론 험해서 지나가지 못합니다만, 뱃길도 방심할 수 없다고 들었으니까요……."

기쿄는 이미 상대가 평범한 장사꾼이 아님을 꿰뚫어본 모양인지 웃으며 대답했다.

"교토의 아는 사람을 찾아갈 뿐이에요. 저의 집은 거기서 훨씬 북쪽으로 올라가 단고의 다나베나 아니면 미야즈(宮津)……."

"다나베나 미야즈라면 호소카와 님 문중이신가요?"

"네, 내가 집을 나설 때는 아직 다나베였지만 미야즈성이 거의 완성되고 있었으니 그곳으로 옮겼는지도 모르지요."

"음."

자야는 다시 한번 나직이 신음했다. 상대가 너무나 담담하게 이야기하므로 오히려 이쪽이 어리둥절해진 것이다.

"그러면 호소카와 님이 이번 싸움에서 어느 쪽에 가담하실지 짐작할 수 있는 신분이시군요."

"제 생각으로는 아케치를 편들지 않을 거예요."

"그러시다면 아케치의 딸을 내주고 적으로 돌아설 거라는 말씀인가요?"

침을 꼴깍 삼키며 묻자 상대는 여전히 미소를 띤 채 대답했다.

"아케치의 딸이 불쌍하지요. 남편에게서 온 편지에 의하면 성주님과 그 아드님은 우대신님이 돌아가셨다는 걸 안 그날 머리를 깎고 애도하셨다 합니다. 부자분이 모두 삭발한 것은 애도의 뜻도 있겠지만 그보다 반역할 마음이 없음을 나타내는 것이겠지요."

자야는 고개를 끄덕이고 다시 입을 다물었다. 상대는 이미 자기가 어떤 자인 줄 알고 일부러 혼란을 느끼도록 이야기하고 있다……는 생각이 들어 등골이 오싹했다.

해는 어느덧 저물고 배는 기즈강 어귀를 왼쪽으로 보며 간스케곶(勘助岬) 오른쪽에 이르고 있다. 여기서부터 배를 끄는 인부들 목소리가 묵직해지고 시리나시강(尻無川)을 지나 스미요시(住吉) 오른쪽으로 나서자 무슨 일인지 갑자기 배가 멈춰 섰다.

'이상한데!'

해가 떨어지자 뭍이 가까운 탓인지 왕모기가 성가시게 날아들었다. 그것을 때려 쫓으며 자야가 일어섰을 때 지금까지 배를 끌고 있던 인부 하나가 기슭의 얕은 강물을 차며 배 안으로 뛰어들었다.

"강도다…… 강도가 나타났다! 밧줄을 뺏겼다. 배를 끌고 있는 것은 강도들이다."

그 목소리에 반쯤 잠들어 있던 손님들도 사공들도 일어났다. 기슭은 이미 잘 보이지 않았다. 그런데 저녁 어스름 수풀 사이로 사람 그림자가 알찐거리는 게 보였다. 아마도 인부들이 습격해 온 자와 싸우고 있는 것이리라.

배는 삐걱거리며 풀 위로 끌려 올라갔다. 자야는 재빨리 칼을 잡고 소매를 묶었다. 보니 배 안에 모두들 일어서 있는 한가운데 기쿄만이 조용히 앉아 있다. 그 얼굴이 저녁 어스름 속에서 박꽃처럼 새하얗다.

"이보시오, 우선 배에서 내려 수풀 속에 숨으시오."

자야는 기쿄와 그 시녀에게 말을 던지고 느닷없이 물속으로 뛰어내렸다. 이미 습격자가 배를 향해 오고 있어서 지체할 수 없는 절박감을 느꼈기 때문이다.

아나나 다를까 자야가 뛰어내리는 것과 동시에 17, 8명의 무리가 와하고 둘러쌌다.

"자, 한 사람씩 내려와."

한눈에 떠돌이 무사로 짐작되는 거한이 어둠 속에서 소리높이 외쳤다.

"천하를 가르는 큰 싸움에 한 자리 차지하려고 군자금을 모으는 길이다. 돈과 가진 물건을 순순히 내놓고 목숨이나 건지는 게 좋을 거다."

"그렇고말고. 사공, 널빤지를 건네 모두 내리도록 해라. 내려 보내지 않으면 배와 함께 불 질러버릴 테다."

사공은 양쪽을 향해 무언가 말하면서 풀 위에 비스듬히 널빤지를 대었다. 그렇게 되면 이쪽에서 내리지 않더라도 습격자들이 올라온다.

쿵쾅쿵쾅 내리는 자와 올라오는 자의 모습이 엇갈리는가 싶자 후닥닥 뛰어든 자들 가운데 하나가 느닷없이 기쿄의 쓰개치마를 잡아 벗겼다.

"아니, 이 험악한 세상에 여자 나그네가 타고 있군."

그 순간 뱃손님 중에서 네 무사가 약속이라도 한 듯 기쿄와 습격자 사이에 끼어들었다.

"무례한 짓 말라!"

아무래도 눈에 띄지 않게 기쿄를 호위해온 자들 같았다. 한 사람이 말했다.

"마님, 걱정 마십시오."

"뭐, 마님이라…… 어디의 어떤 놈 마님이냐?"

"오, 값진 옷을 입고 있군. 꽤 미인인데."

"좋아! 이 여자를 볼모로 잡자. 돈이 될 것 같다."

"여자, 떠들지 마라. 떠들면 다친다. 다치면 아프거든."

"가까이 오지 마라!"

한 사람이 무례하게 기쿄의 어깨에 손대려 하자 옆의 한 무사가 칼을 뽑아 옆으로 후렸다.

"으악!"

단말마의 비명이 물결소리보다 크게 공기를 가르며, 공간이 생긴 배 위에 한 사나이가 허공을 움켜쥐며 쓰러졌다.

"하하……"

탁한 웃음소리가 배 위로 퍼져나갔다. 그때 벌써 사람 그림자는 6명의 습격자와 기쿄와 시녀, 그리고 세 무사뿐이었다. 칼을 휘두른 호위무사가 오히려 칼에 맞아 거꾸러진 것이다. 상대를 베고 웃은 것은 아마도 이 패거리의 우두머리인 듯, 웃음을 거두자 피 묻은 칼을 나머지 세 명 앞에서 천천히 흔들었다.

"어때, 이래도 덤빌 테냐. 죽음뿐이다!"

"얏!"

"용감한 놈이로군. 받아라!"

이번에는 비스듬히 내리치는 자세라, 칼을 뽑은 무사의 칼과 부딪치지 않았다. 그러나 호되게 어깨를 맞고 신음소리와 함께 또 한 사람이 쓰러졌다.

"이상한걸?"

쓰러뜨린 자가 고개를 갸웃했다.

"이상한 여자다. 가신이 둘이나 쓰러졌는데도 떨지 않는군."

그러고 보니 기쿄의 표정에는 세상의 여느 여자들 같은 공포가 없었다. 기분 나쁠 만큼 조용히 주위에서 일어나는 일들을 지켜보고 있다. 인간이 얼마나 탐욕스럽고 추악한지 확인이라도 하는 듯이……

"여봐, 뭘 보고 있어……?"

거한이 말하고 나머지 두 사람을 경계하면서 반짝 빛을 내는 가슴의 십자가에 한 손을 댔다. 가느다란 사슬이 툭 끊어지자 십자가는 사나이의 손바닥 안에 있었다.

기쿄는 여전히 잠자코 사나이를 올려다보고 있다.

"덤벼라! 마님께 가까이 가지 마라."

남은 두 사람이 소리쳤지만 그들에게는 사나이와 마님 사이를 가로막은 다섯 그림자를 쫓아버릴 힘이 없었다.

거한이 다시 중얼거렸다.

"이상한 여자로군…… 그 두 놈을 배 밖으로 몰아내라. 이 여자는 내가 떠메고 가겠다."

"옛!"

다섯 개의 칼날이 두 사람을 겨누었다. 어느덧 사방은 캄캄해지고 가느다란 초저녁달이 점점 빛을 더하고 있었다. 으앗! 하는 비명인지 고함인지 모를 외침을 마지막으로 기슭에 건너지른 판자가 몹시 흔들리더니 그 뒤로 거짓말처럼 조용해졌다. 강물에는 달과 별이 소리 없이 드리워지고 있었다.

　"여봐!"

　"왜 그러느냐?"

　"너는 누구의 아내인가? 짐작컨대 이름 있는 분의 부인 같은데?"

　"알아서 뭐하려느냐?"

　"흥, 그렇게 나올 줄 알았지. 그런 여자라면…… 남편 이름을 물어봐서 살려주려고 그런다."

　"살려주는 척 나를 데려다주고 작은 벼슬자리라도 얻을 작정인가?"

　"흥, 말 많은 여자로군. 뭐, 꼭 벼슬을 바란다고는 할 수 없지. 시시한 사나이의 부하가 되는 건 딱 질색이니까. 그러니 데려다주고 상금이라도 받자는 거다."

　별안간 기쿄가 웃었다.

　"호호…… 그만두시지. 그대가 데려다줘도 내 남편은 결코 상금 따위 주지 않아. 오히려 네 목이 달아날걸."

　"뭐라고, 내 목을 벨 거란 말이냐……."

　"그래, 귀신이라는 말을 듣는 분이니까."

　"흥, 얄미운 여자로군. 그럼, 데려다주는 게 싫다는 이야기냐. 데려다주지 않으면 어떻게 되는지 알고 있나?"

　"글쎄, 어떻게 될 것인지…… 되어가는 대로 조용히 보고 있을 뿐이지."

　"어이없는 계집이군!"

　거한은 좀 질린 모양인지 여자의 얼굴을 새삼 들여다보며 이어서 혀를 찼다.

　"보살 얼굴을 하고 있지만 형편없는 야차(夜叉)로군! 데려다주어도 돈이 되지 않는다는 걸 알았으니 실컷 재미나 보고 갈보장수에게 넘겨도 괜찮으냐?"

　"그건 네 마음에 달린 일, 난 모른다."

　"좋아! 멋대로 하라는 거로군. 망할 계집 같으니!"

　"오냐―어차피 사나이들 마음대로 굴러온 몸, 무슨 짓을 하든 나는 가만히 보고만 있을 것이다."

기쿄는 대답하고 차츰 파르스름해지는 초승달빛 속에서 한쪽 볼을 일그러뜨리며 웃는 것 같았다.

노부나가가 노히메를 닮았다고 곧잘 말했던 미쓰히데의 딸은 노히메보다 더욱 격한 성미와 날카로운 두뇌를 가지고 있었다.

노부나가의 명으로 호소카와 후지타카의 아들 다다오키한테 출가하라는 말을 들었을 때 그녀는 아버지 미쓰히데에게 말했다고 한다.

"우대신님은 갈색 말이 아까우셨던 모양이군요."

미쓰히데와 후지타카가 나란히 산인도를 정복한 공로를 치하하는 데 명마 한 필을 주는 게 아까워 그 대신 자기를 출가시킨다는 야유였다. 야유에 야유로 대답할 줄 모르는 미쓰히데는 아마도 이 한마디를 철회시키기 위해 수천 마디의 말을 허비했으리라.

출가해 가자 다다오키는 그날부터 기쿄를 열렬히 사랑했다. 그도 그럴 것이 일본 기독교사에서 칭송받고 있는 뒷날의 가라샤 부인이었으니까……

'용모가 더할 데 없이 아름답고, 활발한 정신에 지혜로웠으며, 과단성 있는 성품에, 마음씨 고상하고 재치가 뛰어났다―'

그러나 남편의 그러한 열애도, 아버지며 노부나가의 애정도 그녀에게는 무언가 불안하고 미덥지 못했다. 본디 무장의 생활은 그 자체에 커다란 불신이 뒤따르지 않을 수 없다. 사람이 사람을 힘으로 정복한다면 다른 동물과 무엇이 다를 것인가? 그 의문은 이번 사건에서 마침내 그녀를 절망의 구렁텅이에 빠뜨렸다.

'아버지도, 노부나가도 이성으로 서로 이해하지 못했다……'

그 생각은 시아버지 후지타카며 남편 다다오키에 대한 불신으로 통한다. 아니, 시아버지나 남편뿐 아니라 인간 불신의 절망이 지금 그녀를 송두리째 사로잡고 있었다. 그렇지 않다면 야수나 다름없는 들무사 앞에서 자기가 어떤 꼴을 당할 것인지 잠자코 구경하겠다고 대답할 수는 없는 일이었다.

아니나 다를까 상대는 이 한마디에 울컥했다.

"그래, 그러면 너는 자청해서 노리갯감이 되고 싶은 음탕한 계집이구나."

"생각은 네 자유다."

"오, 내 자유라면 멋대로 하겠다. 후회 없을 테지?"

소리 내어 칼집에 칼을 꽂고 털이 숭숭 난 굵은 팔이 기쿄 앞으로 뻗어왔다.

그래도 기쿄는 꼼짝도 하지 않았다. 규중에서 자란 몸으로 무섭지 않을 리 없다. 그런데도 그녀의 성미는 여기서 두려움을 드러내 보이는 것을 용서치 않았다. 아마도 이 여자는 난폭한 사나이의 손아귀 속에서 그대로 기절해버릴지언정 구원을 청하거나 용서를 빌지 않으리라.

사나이의 손이 뒤에서 검은 머리를 덥석 움켜잡았다. 그녀의 연약한 몸은 그대로 끌려가 뱃전에 거칠게 부딪쳤다. 배 손님과 습격자의 소용돌이가 아득히 다른 세계의 일처럼 들리고 달을 향한 여자의 입술이 처참하게 일그러졌다.

"자업자득이다, 너같이 고집 센 계집에게는."

사나이가 혼잣말하며 여자 위로 몸을 엎드리려 했을 때였다.

"으악!"

날카로운 비명과 함께 사나이는 거꾸러지고 기쿄가 부딪쳤던 뱃전에 또 하나의 그림자가 떠올랐다. 칼을 입에 문 자야였다. 자야는 허공을 허우적거리며 거꾸러진 사나이의 몸을 가볍게 찼다. 그리고 뒤에서 찔릴 염려가 없는지 살핀 다음 잠자코 기쿄를 둘러메었다.

이번에도 기쿄는 자야가 하는 대로 물끄러미 쳐다보았다. 자야는 뱃전에 늘어뜨린 굵은 닻줄을 타고 기슭 반대쪽에 붙여놓은 작은 배에 내려서더니 한복판에 살며시 여자를 내려놓고 그대로 노를 젓기 시작했다.

기슭에서는 아직 배 위의 사건을 눈치채지 못한 모양이었다. 달이 스르르 구름 속에 가려지고 강물 속의 별이 선명하게 보이기 시작했다.

자야는 잠시 노 젓는 데 온 힘을 기울였다.

'어째서 아케치의 딸……이라는 걸 알면서도 살릴 생각이 들었을까?'

만일 그것을 깨달았다면 그는 더욱 당황했으리라. 소중한 밀명을 받고 이 언저리를 오가는 몸이 그 같은 위험의 소용돌이에 스스로 뛰어들어 좋을 까닭이 없었다. 그것을 알므로 물론 처음에 배에서 재빨리 뛰어내렸던 것이다. 그런데 작은 배를 발견하자 다시 노를 저어 왜 돌아왔던 것일까……?

자야가 미처 그것을 깨닫기 전에 기쿄가 말을 걸었다.

"나를 어디로 데려가려는 것이오?"

서쪽에서부터 차츰 구름이 모이기 시작했다. 이미 아까의 배에서는 보이지 않는 위치였고 작은 배는 계속 상류로 향하고 있다.

"살려주고 난 뒤 후회할 것 같은데, 그대 생각을 들어보고 싶소."

"글쎄요, 그건……."

자야는 허점을 찔린 꼴이 되어 상대에게로 시선을 옮겼다. 아직 해가 있을 때 본 여자의 얼굴이 어둠 속에 뚜렷이 떠올랐다.

"부인이 너무 기품 있고 아름다웠기 때문인지도 모르지요."

그 말을 듣자 여자는 잠시 침묵하다가 다시 말했다.

"후회되면 어딘가에 버리고 가오."

"버리고 가라지만…… 부인에게는 갈 곳이 있겠지요. 목적 없는 여행은 아닐 테니까."

기쿄는 가는 목소리로 중얼거렸다.

"글쎄, 그것이……있는 듯하기도 하고 없는 듯하기도 하니 사람의 일생이란 이렇듯 불안한 것일까요?"

"불안……하시다면, 무사히 목적지에 이르더라도 행복할지 불행할지 모른다는 말씀이오?"

"댁은 안다고 생각하세요? 나는 지금까지 모르는 대로 살아왔어요. 이제부터도 아마 모를 거예요."

"부부 사이가 좋지 않았군요……."

"글쎄요……."

여자는 이 무렵부터 말투가 매우 유순해졌다. 아까의 사나이와 같은 야비한 목적이 자야에게 없다는 걸 깨달은 탓이리라.

"세상에 내 목숨을 걸고 아내를 사랑하는…… 그런 남자가 있을까요?"

"없다고 부인은 단정하시는 건가요."

"있다고 생각하고 싶어요! 하지만 없을지도 모르지요. 만일 우리 친정과 시집이 적이 된다면…… 이것은 당신이 장사치가 아니라는 걸 알므로 하는 말이지만…… 남편은 나를 베지 않고도 의리를 세울 수 있을까요. 만일 시집이 오다의 우대신님 쪽이라면."

"글쎄요, 그건……."

이번에는 자야가 숨을 삼켰다.

'상대는 신분을 밝힐 모양이다…….'

그렇게 생각하자 팔과 목소리가 한꺼번에 긴장되었다.

　하늘을 뒤덮은 구름은 점점 두터워졌다. 어느덧 별도 적어지고 이대로라면 비가 올지도 모른다.

　"그러면 부인의 친정은 아케치 편, 시집은 우대신님 편이라는 겁니까?"

　"댁은 그것을 알고 있는 줄 알았는데."

　"천만에요!"

　알면서 살려준 게 되면 그야말로 자기 한 몸은 고사하고 대감에게까지 어떤 누가 미칠지 몰랐다.

　상대는 자야의 마음을 민감하게 알아차린 모양이었다.

　"그래요…… 그걸 알 리가 없지요…… 그러니 무사히 돌아가는 게 좋은지 나쁜지 나는 모른다고 한 거예요. 무사의 의리를 내세워 목을 내주러 돌아가는…… 의리라는 게 그만큼 가치 있는 것인지……?"

　"무서운 말씀을 하시는군. 무사에게서 의리를 빼면 무엇이 남겠소?"

　"그러니 무서운 여자라는 걸 알았으면 어디에 버리든 어디서 베든 좋다는 거예요."

　이 기막힌 대꾸에 자야는 다시 한번 사방을 둘러보았다.

　'내가 혹시 이 여자에게 마음 끌리고 있는 건 아닐까……?'

　자야는 자신의 망상을 털어버리듯 상대를 불렀다.

　"이보시오…… 만일 부인이 아케치의 딸이고 단고의 호소카와 님에게 출가했던 분이라 하더라도 목적 없이 길을 가지는 않을 것이오. 어째서 사카이를 출발하여 위험을 무릅쓰고 교토로 가십니까?"

　"그것은 두 가지를 살펴보고 싶어서였어요."

　"두 가지……라면?"

　"만일 아케치 님이 우리 아버지라면……."

　기쿄는 반은 혼잣말, 반은 자야의 각오를 재촉하는 말투였다.

　"아버지가 무슨 생각으로 우대신님을 쳤는지? 우대신님 같은 분 한 사람을 베면 이 세상이 바로잡힌다고 생각했는지?"

　"그렇게 생각하고 베었다면……?"

　"웃어주지요. 그런 얕은 생각으로는 죽이고 죽는 난세가 영원히 사라지지 않을 거라고 웃어주지요."

"음, 그밖에 또 하나 살피고 싶으신 것은?"

"단고로 가서 남편에게 한마디 묻고 싶어요……."

"뭐라고 물으시겠습니까?"

"아버지에게 가담하는 것은 부질없는 일이라고 권한 다음, 남편에게 나를 어떻게 할 것인지 묻겠어요—역적의 딸이니 목을 베어 내주겠다고 할지, 아니면 내목숨을 구해 줄 것인지."

"목을 베어 내준다고 한다면?"

"웃어주지요. 그것은 고집도 의리도 아니다. 제 한 목숨을 위한 못난 자의 아첨이라고 웃으며 목을 내주겠어요."

자야는 그만 노 젓던 손을 멈추었다.

'소문 이상으로 강한 여자……'

여자 입에서 이토록 대담한 말을 들을 줄이야…… 이 여자는 아버지 미쓰히데와 남편인 다다오키를 시험하려는 것이다.

별안간 어둠 속에서 투명한 웃음소리가 터져 나왔다.

"호호…… 이것으로 내 여행 목적을 고백했군요. 그렇다고 이 여행이 내 마음대로 되리라고는 생각지 않아요. 이렇게 생각하고 있는 여자를 댁은 대체 어떻게 처리할 건지 빨리 생각을 정하는 게 좋겠지요."

자야는 대답 대신 부지런히 손을 놀려 노를 저었다. 신분을 뚜렷이 밝히기 전에 이 여자와 헤어져야 한다. 그렇다고 이 언저리에 혼자 내버려두면 단고는커녕 교토에도 가지 못하리라.

'옳지, 요도야에게 부탁하자.'

요도야 조안(淀屋常安)은 지금 오사카의 나카노시마(中島) 개간에 열중하여 머지않아 그곳에 온 일본의 곡식 배를 모이게 할 큰 꿈을 펼치고 있는 무사 출신 대상인이었다.

자야가 노 젓는 동안 기쿄는 말없이 있었다. 무슨 생각을 하는지 고개를 조금 돌린 채 꼼짝 않고 있었다.

오른쪽 기슭에 창고 지붕이 보이고 군데군데 불빛이 보이기 시작했다.

'분명 이리로 들어가 왼쪽에 보이는 게 나카노시마였을 텐데……'

교토와 오사카는 육로보다 수로가 훨씬 발달되어 있다. 오르내리던 뱃길의 기억을 더듬어 섬 그림자에 다가서자, 갓 지은 창고 벽이 어둠 속에 떠올랐다. 조안의 선창은 그 언저리이다. 자야는 기슭을 살피며 일부러 선창을 피했다.

"부인, 우선 여기서 내리십시오."

기쿄는 시키는 대로 배를 내려 여름풀이 짧게 돋아난 둑에 올랐다.

"이 가까이에 저와 친한 요도야 조안 님이라는 쌀장수가 있습니다. 거기서는 끊임없이 교토로 가는 배가 있을 테니 태워드리도록 부탁해 보지요."

기쿄는 그 말에 대꾸하지 않고 자야가 가까운 말뚝에 배를 매고 내려올 때까지 가만히 서 있었다.

"비가 오기 시작하는군요. 또 장마가 지려는지."

"큰비는 아닐 겁니다. 자, 이리로 오십시오."

"수고를 끼쳐 미안해요."

자야는 앞장서 창고와 창고 사이를 지나 갓 지은 조안의 가게로 갔다.

"누구냐?"

"아, 야경꾼이군. 나는 교토의 차장수인데 조안 님을 뵙고 싶소. 전해 주시구려."

"아, 자야 님이시군요. 요즈음 며칠 동안 창고의 쌀을 노리는 도둑들이 들끓으므로 깜짝 놀랐지요. 자, 안내해 드리겠습니다."

"이 언저리에도 도둑이?"

"예, 아무튼 히데요시 님이 부탁하신 쌀로 창고가 가득 차 있으니까요. 모두들 밤잠도 못자며 지키고 있답니다."

자야는 기쿄를 흘끗 쳐다본 뒤 그대로 야경꾼이 내미는 등불을 따라갔다.

'이곳에도 이미 히데요시의 손길이 뻗치고 있다.'

그렇다면 더욱 기쿄 부인의 신분을 감추어야……그렇지만 만일 묻는다면 자기 쪽에서 스스로 아케치의 딸이라고 말할 것 같은 기쿄 부인의 성격이 염려되었다.

자야는 기쿄의 귀에 대고 말했다.

"이보시오, 신분에 대해서는 아무 말씀도 마십시오. 조안 님이 난처해질 테니까요."

기쿄는 자야를 흘끗 돌아보며 눈매에 쓸쓸한 웃음을 떠올렸다.

두 사람이 조안의 가게에 들어가자 노송나무 껍질 지붕 처마에 후두둑 들이치는 빗소리가 들렸다.

"오, 자야 님, 때가 때인지라 바쁘시겠군요."

조안은 벌써 50살에 가까운 나이다. 살찐 볼과 큰 귀를 가진 얼굴이 자못 호탕하게 웃으면서 두 사람을 안채로 맞아들였다. 이곳 역시 나무향기가 산뜻하고 상인의 집답지 않게 고찰의 서원을 연상케 하는 구조였다.

"훌륭한 건축이군요."

"하하, 우리 예측이 좀 빨랐습니다그려. 이제 난세는 끝…… 앞으로는 서민의 세상이라 여겼더니 엉뚱한 미치광이가 나타났어요."

엉뚱한 미치광이란 말할 것도 없이 미쓰히데를 가리키는 것이리라. 그렇게 생각하자 자야는 또 기쿄를 돌아보지 않을 수 없었다.

"저 부인은?"

"예, 교토에서 단골로 이끌어주시던 분의 부인입니다. 그런데 사카이를 구경하고 돌아오는 길에 도적을 만나……."

"그 도적들 말이오. 육로뿐 아니라 수로에도 나타났지요. 아케치의 군량 조달꾼으로 배를 조사하겠다고 하여 요도야 배도 두 척이나 횡액을 만났습니다. 쌀은 합해서 100섬 남짓이었지만……."

"어허, 그런 말을 하던가요?"

"그러니 미치광이라는 거지요. 명분 없는 싸움을 일으키면 도적들까지 그 이름을 사칭해 날뛰거든요. 그것이 모두 아케치의 짓이 되니까요."

자야는 또 흘끗 기쿄를 보았다. 기쿄는 도자기 같은 표정으로 두 사람의 대화를 듣고 있다.

"그럼, 조안 님이 보시기에 싸움의 결말은 벌써 났다는……겁니까?"

조안은 호탕하게 웃었다.

"우선은, 하하하…… 오늘 소식에 의하면 아케치 편은 드디어 세타(瀬田) 다리 수선을 끝내고 사카모토에서 아즈치성으로 들어가 오미 영지 처분에 착수했다더군요."

"아즈치성에 들어갔습니까?"

"아무튼 우대신 부자가 살해당한 성 아래 거리므로 상인들은 모두 아즈치를 버리고 고향으로 피신했고, 수비하는 무사들도 우왕좌왕해 보기에도 딱할 만큼 혼란에 빠져 있다더군요."

"그러면 그 많은 금은과 7층 성은 그대로 미쓰히데 손에 넘어갔습니까?"

조안의 표정이 흐려졌다.

"그러게 말입니다. 내전 의견으로는 이대로 역적 손에 성을 내주는 것은 분한 일이니 빨리 불 지르라고 재촉이 심했다고 합니다. 그런데 수비대장 가모(蒲生)가 과연 분별 있는 분이라, 우대신님이 여러 해에 걸친 집념으로 금은을 아로새겨 쌓은 천하에 둘도 없는 성이니 우리 손으로 잿더미를 만드는 것은 안 될 말이라며 기무라(木村)에게 내준 뒤, 일족을 모시고 자기 거성인 히노(日野)로 물러갔답니다. 그게 3일 오후 2시쯤의 일이라, 미쓰히데가 갔을 때는 벌써 성이 비어 있었다더군요. 그다음이 볼 만한 구경거리지요. 그 금은재화를 미쓰히데가 어떻게 처분할 것인가…… 그것이 끝나면 교토로 돌아가 결전을 벌이게 되는데, 하늘은 본디 불의에 편들지 않는 법이니까요."

아무래도 조안은 미쓰히데가 패할 것으로 보고 있는 모양이었다.

기교는 여전히 조안의 얼굴을 말없이 응시하고 있다. 조안의 이야기를 통해 이제부터 알아보려던 변고 이후 미쓰히데의 행동은 대충 알았다.

미쓰히데는 오다 부자를 치자 4일까지 교토에서 노부나가의 잔당을 소탕한 뒤 4일 오후 2시가 지나 군사를 나누어 교토 서남쪽 야마자키 언저리의 쇼류지성(勝龍寺城)에 중신 미조오(溝尾)를 남기고 오미로 향했다고 듣고 있었다. 그런데 이미 거성 사카모토에서 노부나가의 상징이었던 호화찬란한 아즈치성에 들어간 모양이었다.

교토에 있는 동안 공경들을 무력으로 제압했을 게 틀림없고 거기서 곧바로 모리, 우에스기, 호조, 조소가베(長曾我部)에게 저마다 사자를 보내는 한편 자신은 아즈치성을 손에 넣고 칙사를 맞이해 명분을 세울 계획인 게 틀림없다. 그리고 그 일은 대체로 예정대로 진행되고 있다고 보아도 무방했다. 아니, 아즈치성에 무혈 입성한 것은 예상 이상의 대성공이었는지도 모른다.

그런데도 조안은 태연히 미쓰히데의 패배를 예언하고 있다. 자야는 고개를 조금 갸우뚱하며 물었다.

"조안 님은 히데요시를 너무 과대평가하시는 게 아닐까요? 그 뒤 아케치 군 움직임을 보면, 역시 예사로운 무장이 아니라 미리 손써야 할 때는 빈틈없이 손쓰는 멋진 솜씨 같은데요."

조안은 또 호탕하게 웃었다.

"핫핫핫……나는 언제나 물건을 미리 사두지요. 살 때는 대담하게 앞을 내다보고 삽니다. 쌀이나 콩도 마찬가지, 내가 히데요시를 택하겠다고 배짱을 정한 것은 이미 당연히 미쓰히데 진영으로 달려가 있어야 할 자들이 도무지 움직이지 않기 때문이오."

"당연히 달려가 있어야 할 자들이란?"

"단고의 호소카와, 야마토의 쓰쓰이……."

"어느 쪽이나 사돈 간이군요."

"그렇소. 이 두 사람이 재빨리 가담하면 다카야마 우콘도, 나카가와 기요히데도 가담할 거요. 그렇게 되면 미쓰히데의 발밑은 단단히 다져져 히데요시 님과의 싸움이 장기전으로 가게 됩니다. 질질 끄는 동안에 또 다른 책략의 여지가 있겠지만 사람에게는 저마다 기질이라는 게 있어서……."

"아케치 님은 발밑을 다지는 일을 게을리했다는 이야기입니까?"

"그렇소…… 다리 밑을 비추고 살펴보라는 불가의 가르침을 잊고 쇼군 임명 칙사에 얽매이거나 먼 곳의 무장들에게 추파만 던지고 있어요. 미쓰히데는 그처럼 교만하고 헛된 이름만 쫓는 일면이 있는 사람이지요. 지금 이렇게 된 터에 모리, 우에스기, 호조 같은 대영주들 가운데 비록 미쓰히데에게 마음 주는 자가 있다 하더라도 대체 누가 군사를 이끌고 미쓰히데를 도와주러 올 수 있겠소? 모두 가까이 적을 두고 있어 옴짝달싹할 수 없는데. 칙사를 맞이하는 일도 마찬가지, 쇼군 칙령을 받는 것이 대체 총 한 자루, 쌀 한 섬의 힘이라도 되는 것일까요? 모두 그림의 떡에 지나지 않지. 그런 것을 쫓아 발밑을 다지는 일을 게을리하는 자는 이 조안의 눈에 들지 않소. 그렇지 않습니까, 부인?"

조안은 웃으며 기쿄를 쳐다보았다.

"무사의 아낙이라 생각됩니다만, 먹이도 주지 않고 말을 살찌게 하려면 살찌울 방도가 없지 않습니까? 그림의 떡으로는……."

그러나 기쿄는 얼굴빛이 조금도 달라지지 않고 대꾸했다.

"저도 처음부터 미쓰히데의 패배를 알고 있었지요."

기쿄 부인의 대답을 듣자 조안은 더욱 웃는 얼굴이 되었다.

"허허, 어느 댁 아낙이신지 눈이 높으시군. 히데요시 님 성품은 미쓰히데 님과 아주 딴판이지요. 이쪽은 헛된 것은 모두 버리고 알맹이만 취합니다. 이번에 호소카와 쓰쓰이를 미리 한편으로 끌어들이지 않은 것이 아케치의 커다란 실수였소."

"아녜요, 그건 실수가 아니라 무모한 짓이었어요."

기쿄는 남의 일처럼 고개를 저었다.

"허, 무모한 짓이었다고 보십니까?"

"네, 미리 말했으면 두 사람 다 한편이 되기는커녕 우대신님과 내통하여 아예 아무 일도 일어나지 않았을 게 틀림없어요."

"과연, 그것을 알므로 그렇게 하지 못했다는 견해도 있겠군요."

"네, 그래서 비밀리에 일을 추진했다……고 하면 자못 신중하게 들리지만, 그것은 역시 자신을 망각한 성급하고 무모한 짓이었어요."

자야는 듣기 민망스러워 고개를 옆으로 들렸다. 그 귀에 날카롭고 슬픈 비난의 목소리가 다시 들려왔다.

"불쌍한 것은 그 일족과 가신들이지요. 무모한 아버지, 무모한 주군을 가진 죄로 비참한 죽음을 당해야 하는……."

견디다 못해 자야가 입을 열었다.

"참, 이야기 듣느라 그만 부탁드릴 일을 잊고 있었습니다. 이 부인을 조안 님이 주선하여 교토까지 모셔다 드릴 수 없겠습니까. 저는 이제부터 시나노 길로 해서 오미에 갈까 합니다만."

"어렵지 않은 일이라……고 하고 싶지만 날이 갈수록 사정이 어려워지는군요."

조안은 잠시 고개를 갸웃했다.

"대체 어느 댁 부인이십니까?"

자야는 자신의 이마를 쳤다.

"그것이…… 도적에게 봉변당할 뻔한 것을 제가 구해드렸습니다. 그래서 신분도 이름도 묻지 않고 보내드리고 싶어서……."

조안은 그 말을 도적에게 욕본 것으로 해석한 모양이다.

"흠, 그렇군요…… 나이 값도 못하고 쓸데없는 것을 물었습니다. 좋습니다. 다른 사람도 아닌 자야 님 부탁이니 어떻게 해보지요."

"맡아주시겠습니까?"

"예, 맡은 이상 목숨을 걸고……! 그럼, 오늘 저녁에는 식사를 드시고 편히 쉬십시오."

"고맙습니다. 수로에서는 웬만한 영주보다 힘 있는 조안 님이 맡아주시면 안심이지요. 부인, 이제 마음 놓으십시오."

그러나 기쿄는 아무 말도 하지 않았다. 머리를 조금 숙인 채 시선을 무릎에 떨구지도 않는다.

이리하여 식사대접을 받고 두 사람은 이윽고 안채 침실로 안내되었다.

"여기에는 자야 님이 주무시고, 부인은 이 옆방에 침구를 준비했습니다."

안내한 하녀가 말하고 물러가자, 복도에 서서 그녀를 전송한 기쿄 부인은 비로소 묘한 소리를 내며 흐느껴 울기 시작했다. 선 자세 그대로 어깨와 목구멍만으로 우는 오열…….

"왜 그러십니까? 이런 곳에서……."

자야가 물어도 기쿄는 잠시 같은 자세로 흐느껴 울었다. 이 여자가 지닌 꿋꿋함이 마침내 최후의 일선에서 무너진 느낌이었다.

잠시 있다가 기쿄는 자야의 이름을 불렀다.

"자야 님…… 당신도 전에는 이름 있는 무사였겠지요. 이 몸의 소원을 들어주시겠습니까?"

"소원……이라니요?"

되묻고 나서 자야는 심한 후회로 가슴이 아팠다. 울음을 그치고 자기를 바라보는 눈길이 그녀의 절망을 남김없이 말해주고 있었다.

"당신 손으로 죽여주시지 않겠어요?"

아니나 다를까 기쿄 부인은 스르르 방 안으로 들어와 단정히 앉아 합장했다. 등잔 불빛을 받은 그 옆얼굴은 숭고하리만큼 해맑고 신비한 기품이 넘쳤다. 아버지를 비판하고 세상의 움직임을 통찰할 수 있는 게 이 여자의 불행을 한층 더 슬프게 채찍질하는 것 같았다.

"소원이에요. 꿋꿋한 척해 보아야 어차피 여자…… 살아남아 세상의 모욕을 참을까도 싶었지만, 오만한 생각이었던 것 같아요. 당신도 돌아가신 우대신님이며 히데요시 님과 연고가 있으신 분이겠지요. 동정을 베풀어 이 목을 베시고, 아케치의 딸이 아버지의 무모함을 빌며 죽었다고……."

"안 되오!"

자야는 반은 자기를 꾸짖는 말투로 되풀이했다.

"안 됩니다. 죽을 만한 분이라고 보았다면 내가 어찌하여 여기까지 안내했겠소. 경솔하게 말하여 신분을 드러내지 마시오."

"그렇다면 이보다 더한 수치를 당하라는 말인가요?"

"말할 것도 없는 일이오. 강해져야 합니다."

자야는 목소리에 힘을 넣어 말하다가 문득 자신이 의심스러웠다.

'내가 왜 이런 말을 하는 것일까……?'

어쩌면 이 비할 데 없는 미모의 열녀에게 자야라는 사나이도 완전히 반하고 만 것일까. 그렇다 해도 좋다고 자야는 자신에게 대답했다.

"살아서 수치를 당하고 안 당하고는 이제부터 부인이 살아가는 데 따라 정해집니다. 그렇지 않습니까, 부인……죽이고 죽는 것은 전혀 예가 없는 일도 아닙니다. 오닌의 난 이후 슬프게도 이어진 난세의 모습이지요. 그래서 이 자야도 평화의 서광이 보이면 칼을 버리고 서민이 되어서 죄 없이 죽어간 적과 아군의 영혼을 제사 지내 주리라 굳게 결심하며 일하고 있습니다……."

거기까지 말하자 마침내 기쿄 부인은 소리 없이 울며 엎드렸다.

"우십시오. 마음껏 울고 부인만이라도 살아남아 무엇이 싸움을 만드는지 지그시 살피도록 하십시오. 무의미한 싸움에 희생되어 죽기보다 그것을 잘 살피시어 떠돌고 있는 영혼을 위로하는 게 진정으로 강한 사람임을 아셔야 합니다."

말하는 동안 자야는 자신의 두 눈에서도 눈물이 흐르는 것을 깨닫고 부끄러워졌다.

"그럼, 여기에 주무십시오. 조안 님이 교토까지 모셔다 드릴 겁니다. 이것도 인연이라 생각하시고……."

자기는 조용히 옆방으로 들어가 펴놓은 침구 위에 침울하게 팔짱을 끼고 앉았다. 야릇한 슬픔이 온몸을 찔러오고, 살아가는 고통이 뼈에 사무치는 느낌이었다.

큰 무지개

　히데요시가 다카마쓰에서 철수하여 비젠의 누마성(沼城)을 거쳐 자신의 히메지
성으로 돌아온 것은 6월 7일 밤이었다.
　이때 이미 오미의 나가하마성(長濱城)은 미쓰히데에게 함락되어 어머니 오만도
코로(大政所)는 난을 피해 히메지성에 와 있었다.
　"밤이니 어머님에게는 내일 아침―"
　히데요시는 성안을 분주히 뛰어다니며 수비 장수 고이데(小出)와 미요시(三好)
를 거느리고 갖가지 정보를 눈과 귀로 직접 확인하며 다녔다. 아무튼 뜻하지 않
은 변고를 당한 뒤인지라 모든 정보가 반드시 히데요시 편에 유리한 것만은 아니
었다.
　미쓰히데는 예상한 대로 교토에서 서민의 세금을 면제해 주는 인기정책을 쓴
뒤 그 길로 오미에 진격해 있었다. 저항다운 저항이라고 해야 야마오카(山岡) 형
제가 겨우 세타 큰 다리를 불태워 진격을 조금 늦추었을 뿐 그 뒤로는 착착 예상
대로의 성과를 올리고 있다.
　그에 비하면 오다 쪽의 혼란은 너무도 뜻밖의 급변을 당하여 지리멸렬한 상태
였다. 중신 중에서도 다키가와 가즈마스는 조슈의 우마야바시(廐橋)에서 세 영토
경영에 갓 들어간 참이라 서쪽에 적을 두어 섣불리 움직일 수 없는 입장이었고,
가와지리 히데타카(川尻秀隆)도 가이에 가 있어 급하게 달려올 수 없었다.
　모리 나가요시(森長可)는 중부 시나노의 다카이(高井), 미즈노우치(水內), 사라시

나(更科), 하니시나(埴科) 네 영지를 받아 가와나카섬 가이즈성(海津城)에 있었다.
시바타 곤로쿠는 에치젠의 기타노쇼에 있는 거성에서 삿사 나리마사, 마에다 도
시이에 등을 거느리고 엣추를 공격하여 우에스기 가게카쓰의 한 성인 우오즈성
(魚津城)을 함락했기 때문에 이 역시 급히 움직일 수 없었다.

노부나가의 셋째 아들 노부타카는 니와 나가히데와 함께 오사카에 있다가 미
쓰히데에게 거의 가담할 것으로 여겨진 아마가사키성의 노부즈미를 죽였지만, 그
뒤 어지러운 소문 때문에 사기가 떨어져 졸개 중에서 도망치는 자가 속출하고 있
다는 정보였다.

따라서 싫든 좋든 당장 미쓰히데에게 결전을 걸 수 있는 자는 히데요시 하나
뿐이라는 뚜렷한 해답이 나올 수밖에 없었다.

히데요시는 대체적인 상황을 파악한 뒤 시종에게 명했다.

"목욕하고 싶으니 물을 데워라."

결코 낙관하지 않았지만 비관도 하지 않았다. 지금 이 상황에서 승패를 결정
하는 것은 오로지 긴키 땅에 가까운 영주들 거취에 달려 있었다. 미쓰히데 막하
에 있던 다카야마 우콘과 나카가와 기요히데. 그리고 미쓰히데와 사돈 간이며 생
사를 함께 해온 친구이기도 한 호소카와 부자와 쓰쓰이 준케이. 여기서 아무 문
제없이 히데요시를 도와줄 만한 사람은 가쓰사부로(勝三郎)로 불리며 예전부터
함께 노부나가 측근에서 지내온 셋슈 하나쿠마(花隈) 성주 이케다 노부테루(池田
信輝) 단 한 사람뿐이라는 계산이 나온다.

"목욕물이 준비되었습니다."

시동 이시다 미쓰나리가 알려오자 히데요시는 잠자코 때 묻은 갑옷을 벗어던
지고 탕 속에 몸을 잠근 채 한동안 생각에 잠겼다.

'천하의 갈림길……'

오와리 나카무라에서 농부 아들로 태어나 히메지 56만 석 성주가 되고 서쪽
지역 통제자에까지 오른 자신의 운명이 남의 일처럼 생각되었다.

노부나가의 위업을 잇느냐, 풀 이슬처럼 스러질 것이냐.

잠시 생각에 잠긴 다음 탕에서 나오자 히데요시는 큰 목소리로 외쳤다.

"하치스카 히코에몬을 이리로 불러라."

시동의 전갈을 받고 달려온 히코에몬은 반 갑옷차림으로 말라 있는 욕실 바

닥에 무릎 꿇었다. 아직 새벽은 멀고 촛불 아래 김이 서린 욕실 바닥에 앉아 있는 히데요시의 벗은 몸이 불안할 정도로 희고 연약해 보인다.

"오랜만이라 때가 많았겠군요."

히데요시는 쏘는 듯한 눈빛으로 히코에몬을 지그시 보며 웃었다.

"음, 아직 그 때도 밀지 않았어…… 문득 생각난 일이 있어서…… 다카마쓰성의 흥정은 아주 잘 되었어!"

"그렇습니다. 주군 지혜에 모두들 탄복했습니다."

"지혜가 아니야! 내 진심이 무네하루에게 통하여 고바야카와를 감동시킨 거지. 요시카와는 우대신의 불행을 알고 나에게 속았다고 노발대발한 모양이니까."

"정말이지 추격당했더라면 아직 혈전이 계속되고 있을 겁니다."

"히코에몬—"

"예."

"모리와의 화친이 성립되었다는 게 무엇을 뜻한다고 생각하나?"

"주군의 무운이 강하다는 것. 반드시 이겨서 미쓰히데를 쓰러뜨릴 징조라고 졸개들에 이르기까지 사기가 하늘을 찌를 듯합니다."

"바보!"

"예…… 뭐라고 하셨습니까?"

"바보라고 했어. 이것은 신불이 히데요시라는 사나이를 시험하고 있는 거다. 운이 좋다고 여겨 거기에 도취해 방심하는 사나이인지, 아니면 더욱 진심을 기울여 신불의 기대에 어긋나지 않도록 노력하는 사나이인지, 어디 보자며 벼르고 계신다."

"아하…… 방심하지 말라는 것이군요?"

"방심 정도가 아니야. 몸도 마음도 몰입해서…… 아무튼 좋아. 머지않아 알게 될 테지. 그런데 그대는 이제 곧 사카이에서 교토까지 가는 육로와 수로에 헛소문을 퍼뜨릴 부하들을 차출해라."

"헛소문을……?"

"그래. 그 언저리에는 그대가 들무사 시절에 알았던 자들이 여기저기 흩어져 남아 있을 터. 그들에게 손써 내 선봉이 비밀리에 아마가사키에 도착했다고 퍼뜨리거라."

하치스카 히코에몬은 고개를 갸웃거렸다.

"들무사들에게……?"

"물론 장사치, 사공에게도. 들무사들에게는 이미 승부가 결정 난 것이나 마찬가지니 이제부터 히데요시 군에 달려가 이 기회에 출세하자고 퍼뜨리고, 사공에게는 만일 히데요시의 적이 되면 목숨도 배도 없어질 것이니 섣불리 배를 내지 말라고 해라."

히코에몬은 거기까지 듣자 무릎을 탁 치며 고개를 끄덕였다.

"알겠지? 상인들에게도 일러라, 무기뿐 아니라 쌀과 보리며 말먹이를 잊지 말도록. 히데요시의 보급대가 값을 묻지 않고 모조리 사러 올 거라고 말해."

"알겠습니다."

"알았으면 사람을 뽑아 곧 출발시켜. 촌각을 다투는 일이다. 말할 필요도 없지만 긴키의 무장들은 지금 미쓰히데냐 히데요시냐 저울질하며 망설이고 있다. 아마 내기를 걸 거야. 지금으로서는 내가 기요히데나 우콘이라 해도 어느 쪽이 이길지 가늠하지 못한다."

"예."

히코에몬이 나가자 히데요시는 다시 한번 탕 속에 목까지 잠그고 수건을 이마에 걸치며 또 떠나갈 듯한 소리로 고함쳤다.

"마사노리, 미쓰나리, 때를 밀어라!"

그의 목소리를 듣거나 털털한 행동을 보면 경박해 보이는 조잡한 점이 있었다. 그러나 그렇게 꾸미는 것이 히데요시의 처세철학 가운데 하나였다.

노부나가는 철두철미하게 위압하는 것을 생활의 규율로 삼았지만, 졸개 출신 히데요시가 만일 그 흉내를 냈다면 벌써 동료들의 반감을 사서 파멸을 초래했을 것이다. 태도는 어디까지나 흉허물 없이, 실력은 어디까지나 강하게. 노부나가의 위압은 모두들을 적으로 돌아서게 했다.

"빨리 해라."

히데요시가 탕에서 나오자 오타니 헤이마와 이시다 미쓰나리가 양옆에서 덤벼들어 마른 몸을 씻기기 시작했다. 바로 조금 전까지 옆방에 대기해 있던 후쿠시마 마사노리의 모습은 보이지 않았다.

이 몸의 어디에 그토록 강인한 의지가 숨어 있는 것일까 하고 놀라지 않을 수 없는 빈약한 골격.

"주군, 때가 자꾸자꾸 나옵니다."

뒤로 돌아가며 헤이마가 말하자 미쓰나리는 쉿 하고 매섭게 제지했다. 히데요시는 벌써 무언가 생각에 잠겨 있다. 두 사람이 부지런히 때를 밀고 나서 어깨에 몇 통의 물을 끼얹었지만 그것조차 의식에 없는 모양이었다. 하는 수 없이 두 사람은 다음 명령을 기다리며 욕실 한구석으로 물러가 나란히 있었다.

잠시 뒤 그는 탐색하는 듯한 작은 목소리로 불렀다.

"헤이마, 미쓰나리…… 이 히데요시의 주인은 돌아가셨어……."

이상하게 끈끈한 눈빛이다.

"그렇습니다."

"그러면 오늘부터 이 히데요시는 누구의 가신일까?"

두 사람은 그 질문이 너무 황당하여 서로 얼굴을 마주본 채 대답이 없다.

"말할 것도 없이 천황님 가신이지!"

히데요시는 앙연히 어깨를 으쓱하더니 목소리가 다시 낮아졌다.

"지금까지는 우대신님에게 충성했지만 이제 천황님에 대한 첫 충성이다."

물론 이것은 두 사람에게 들려주는 게 아니라 자기 자신에게 후회가 없을지 따져 묻는 소리 같았다.

"그러나 이 이치를 히데요시는 아는데 세상은 모른다. 세상에 대해서는 역시 우대신님 원수를 갚는 복수전이어야 해."

잠시 동안 두 사람을 잊은 듯한 침묵이 다시 이어졌다.

"좋다!"

외치며 히데요시는 세 번째로 물속에 몸을 담갔다. 어느덧 김이 서린 창문이 어렴풋이 밝아오고 있었다. 이따금 말울음소리가 들렸지만 사람들은 거의 모두 고단한 잠에 빠져 있는 것 같았다.

"주군, 물이 식지 않았습니까?"

"응……."

"뜨거운 물을 더 부을까요?"

"응…… 아니다, 필요 없다!"

히데요시는 물속에서 불쑥 나와 이번에는 자기 손으로 구석구석 몸을 씻기 시작했다.

"이제 마음이 후련해졌다. 때도 씻었고. 날이 밝아오고 있구나."

"그렇습니다."

"미쓰나리, 마사노리가 안 보이는데…… 불러와. 헤이마, 그대는 히코에몬에게 금은계, 창고계를 데려오라고 일러라. 아, 이리로. 자고 있으면 깨워서."

히데요시는 하하하…… 한 번 웃고 즐거운 듯 사타구니 사이에 있는 남성의 상징을 씻기 시작했다.

히코에몬을 선두로 마사노리, 고이데, 미요시 등이 욕실로 달려왔을 때, 히데요시는 속옷만 걸친 채 거만하게 욕탕 옆에 앉아 있었다.

이미 온갖 경우에 대비한 자문자답이 끝난 모양이었다. 히데요시는 명인의 바둑에서 보듯 철저하게 한 수 앞을 계산하고, 계산하고 나면 질풍처럼 움직였다. 물론 그것은 그가 목숨을 바쳐 숭배해 온 노부나가에게서 배운 것이었지만, 동시에 그가 가지고 태어난 치밀한 두뇌와 대담한 성격이 더욱 연마된 모습이기도 했다.

먼저 매부 미요시에게 말을 걸었다.

"미요시, 우리는 오와리의 농부였지?"

"예……? 그야 그렇습니다만."

"태어났을 때는 발가숭이였어. 그건 어머님도 알고 계시지."

"그래서 더할 나위 없이 출세했다고 이 성을 보시며 기뻐하셨지요."

"그런 뜻으로 하는 말이 아니야. 나는 다시 한번 발가숭이로 돌아가겠어. 지금 금광에 황금이 얼마나 있나?"

"예, 은 800관, 황금 850냥쯤 있습니다."

"좋아. 고이데, 쌀은?"

"예, 8만5000석 있습니다."

"좋아, 좋아, 그 돈을 하치스카 히코에몬에게 내주어라. 히코에몬!"

"예."

"그대 손으로 녹에 따라 금은을 모두 나눠주어라. 졸개들까지 빠짐없이."

"예……?"

히코에몬은 무슨 소리인지 이해하지 못하여 고개를 갸웃거리고 있다.

"고이데!"

"예."

"그대는 8만5000석의 쌀을 모든 가신의 식솔에게 여느 때의 5배씩 나눠줘라. 알겠느냐, 나 같은 자에게 고맙게도 충성을 바쳐주었다. 이제부터 히데요시는 다시 한번 발가숭이가 되어 싸울 것이다. 살든 죽든 이 성에는 두 번 다시 돌아오지 않는다. 죽었을 때는 나의 조그만 성의, 살아 있으면 좀 더 큰 성으로 맞이할 때까지의 양식이라고 말해라."

"그러시다면 저, 이 성에는……?"

"그래, 두 번 다시 돌아오지 않는다."

히데요시는 문득 두 눈을 감더니 가냘픈 가슴을 철썩 쳤다. 사람들이 히데요시의 결의를 알고 저도 모르게 숨을 삼킨 것은 이때였다. 그의 안중에 한낱 히메지성은 이미 없었던 것이다.

천하를 얻을 것인가?

시체가 되어 여름날 풀 속에 드러누울 것인가?

바꾸어 말하면 미쓰히데를 쓰러뜨리고 노부나가의 위업을 잇든, 옥쇄하든가 둘 중의 하나였다. 여기서 히메지성 50여만 석의 안전을 도모한다는 따위는 생각도 할 수 없는 그 자신의 성격을 스스로 드러낸 결의였다.

"알았으면 곧 시행하라. 그리고 마사노리."

"예."

"날이 밝았다. 금은과 쌀의 분배가 끝나면 곧 출진할 것이니, 그대는 첫 고동을 울려라. 알았느냐, 서두르도록. 화살은 이미 시위를 떠났다."

한마디 한마디 잘라서 말하더니 그 자신도 재빨리 욕실에서 나가버렸다.

욕실에서 나온 히데요시는 그 길로 갑옷을 걸치고 오미에서 와 있는 노모를 비로소 만났다. 그것도 겨우 30분.

"이번에도 미요시와 고이데를 수비 장수로 남기고 갈 터이니 안심하십시오."

노모에게 말하고 아내 네네의 소식을 몇 마디 물었을 뿐 곧 거실로 돌아갔다.

"식사를 가져오너라. 주군의 상중이니 반찬은 장아찌와 볶은 된장이면 충분하다."

시동에게 명하고 담담하게 3공기를 먹었다. 먹는 도중 첫 번째 고동이 성 안팎에 울렸고, 먹고 났을 때는 금은 분배를 마친 히코에몬과 구로다 간베에, 모리 간파치(森勘八), 그리고 보급대장 고니시 유키나가 등이 차례로 들어왔다.

"간베에, 오늘 중으로 이 히메지를 버리고 떠난다. 그 준비에 소홀함이 없도록 하라."

"알고 있습니다. 두 번째 고둥이 울릴 무렵이면 모든 장수들이 모일 겁니다."

"고니시 유키나가."

"예."

"그대에게 군비가 얼마나 남아 있나?"

"예, 이제 은 10여 관과 황금 500냥 남짓입니다."

"좋아, 그만큼 있으면 그 10곱, 100곱으로 쓸 수 있는 솜씨가 그대에게 있을 터. 그리고 그대 뒤에는 사카이가 있다. 도중에 가담하는 들무사와 떠돌이 무사들에게, 히데요시는 인색한 사나이라는 말을 듣지 않도록 하라."

"명심하겠습니다."

"히코에몬, 금은을 나눠받은 문중의 사기는?"

"모두 감격하여 용기백배해 있으니 안심하시기를."

"좋아, 그것도 잘했어. 그럼, 두 번째 고둥을 불게 하라. 나는 곧 성에서 나가 본진을 이나 들판(印南野)으로 옮겨 거기서 장수들의 도착을 기다리겠다."

"곧 준비하겠습니다."

"참, 그리고 고이데와 미요시를 다시 한번 불러와. 일러둘 말이 있다."

시동이 양식 분배 중인 두 사람을 불러왔다.

"나는 두 번째 고둥과 함께 성을 떠난다. 각오는 이미 말한 대로다. 승패는 때의 운에 있으니, 만일 이 히데요시가 미쓰히데에게 패했을 때는 이 성에 불을 질러 티끌 하나 남지 않도록 하라. 어머니와 아내의 처분은 미요시에게 맡기마. 알겠지, 깨끗하게 하는 거다."

그때에 이르러 노부나가의 측근이었던 호리 히데마사가 비로소 입을 열었다.

"물 흐르듯한 히데요시 님의 지휘, 그러면 오늘 안으로 히메지를 떠나 곧 오사카로 달려가 우대신 셋째 아드님인 노부타카 님 군과 합류하시겠군요."

히데요시는 훗훗훗 웃었다.

"오사카까지 가지 않을 거요. 아마가사키에서 교토로 향할 것이니까."

"예? 그러면 노부타카 님이……."

"돌아가신 아버님 원한을 갚는 일이니 그쪽에서 서둘러 아마가사키로 오겠지."

히데요시는 잘라 말하고 자리에서 일어났다. 망루에 올라가 각 부대의 준비를 보기 위해서였다. 시동과 히코에몬과 간베에만 데리고 망루 위에 서자 커다란 무지개가 서쪽 하늘에 일곱 빛 날개를 펼치고 영롱하게 빛나고 있었다.

"하하…… 무지개도 이 출전을 축하하는구나."

히데요시는 호탕하게 웃은 다음 갑자기 매서운 표정이 되었다. 두 번째 고둥이 울리기 시작했다.

'이 성에는 두 번 다시 돌아오지 않는다…….'

그 결심이 히데요시에게 지난 5년에 걸친 주고쿠 경영의 고난을 상기시켰다. 어느 망루, 어느 성벽, 어느 돌 하나에도 잊을 수 없는 추억이 담겨 있었다. 노부나가가 갑작스러운 죽음을 당하게 될 줄 꿈에도 모르고, 이곳에 단단히 뿌리박고 주고쿠 경영 직책을 완수해낼 결심이었다. 거리도 어지간히 조성되고, 시장도 번창했으며, 농민들도 따르기 시작했다. 그런데 그 거리와 성과 백성을 버리고 지금 히데요시는 하늘에 걸린 큰 무지개다리를 건너려 하고 있다…….

성안 군사들은 두 번째 고둥소리에 바쁘게 움직이기 시작했다. 히데요시의 결심이 그들에게도 스며들기 시작한 듯 천수각에서 까마득히 내려다보이는 깨알만한 사람들 하나하나에서 민첩하고 터질 듯한 힘이 느껴진다.

"인간은 참으로 묘한 존재야……."

히데요시는 그 옛날 노부나가가 덴가쿠 골짜기에서 이마가와 요시모토를 거꾸러뜨렸을 때의 출전을 상기하고 있었다. 그때 노부나가는 모든 것을 버리고 감연히 자신의 운명과 맞섰다. 그때 노부나가의 나이 27살. 그와 같은 기백으로 지금 히메지성을 버리려 하고 있는 히데요시는 이미 47살이었다.

"좋아!"

히데요시는 혼잣말 비슷하게 내뱉고 천수각을 내려가기 시작했다.

그리고 거실에는 들르지 않고 그대로 큰 현관을 나서자 큰소리로 고함질렀다.

"말을 대령하라."

무지개는 이미 사라지고 아침 해가 머리 위로 떠오르고 있었다. 여기저기서 밥을 짓던 자들이 히데요시의 모습을 보고 함성을 올렸다. 대장이 성을 나가는데 그들만 여기 남아서 점심을 먹을 수는 없는 일이다.

"불을 꺼라. 대장에게 뒤져선 안 돼."

"어서 가자. 이나 들판의 본진으로."

히데요시는 이제 온 일본에 알려진 호리병박 기치를 내세워 간베에와 히코에몬을 양옆에 거느리고 이나 들판으로 갔다.

한 발 먼저 성을 나선 유키나가는 벌써 이나 들판에 장막을 둘러친 뒤 걸상을 내놓고 기다리고 있었다.

출전 소식을 들은 백성과 졸개 가족들이 길 양쪽에서 눈물을 글썽이며 전송했다. 히데요시는 그들에게 싱글벙글 웃는 얼굴로 손을 흔들었다.

"다녀올 테니 잘 있게. 미쓰히데의 목을 베어 반드시 이기고 돌아오마."

말하면서 스스로 이것만은 노부나가와 다른 점이라는 생각이 들었다. 그러고는 자신의 출신이 우스워 그만 큰소리로 웃기도 했다.

이나 들판에 이르자 시카노성(鹿野城)의 가메이 고레노리(龜井玆矩)가 맨 먼저 달려왔다. 이어서 도착명부에 서명하는 자가 꼬리를 이었고 밤이 되어 화톳불이 하늘을 새빨갛게 불태울 무렵에는 군사가 1만 가까이 되었다.

이나 들판을 출발한 것은 그날 밤 새벽 1시.

날이 밝아 10일의 아침 해가 오른쪽 바다를 붉게 물들이며 떠오르기 시작할 무렵, 행렬은 소나무 가지를 뒤흔드는 바람을 헤치고 아카시(明石) 해변에 도착했다.

모두들이 아마가사키로 들어갈 때까지 고니시 유키나가는 밀사를 몇 번이나 내보냈다.

"히데요시 군 2만, 번개처럼 셋쓰 가와치를 향해 진격 중."

"하나쿠마의 이케다 노부테루, 히데요시에게 편들려고 군사 5000명을 거느리고 본대를 쫓고 있다."

"미쓰히데 편인 아와지(淡路) 스모토(洲本) 성주 스가이라(菅平)가 성문을 열고 히데요시에게 항복했다……."

이러한 유언비어는 나카가와 기요히데며 다카야마 우콘을 견제하고 쓰쓰이, 호소카와 등의 여러 장수를 망설이게 하는 동시에 오사카에 있는 노부나가의 셋째 아들 노부타카의 궐기를 촉구하는 데 있었다.

그 선행공작이 차츰 하나의 움직일 수 없는 민심의 바탕을 이루어, 11일 오전 10시에 히데요시가 아마가사키의 세이켄사(栖賢寺)에 도착할 때까지 자지도 쉬지도 않고 진군하는 동안 계속 병력이 늘어났다.

아마가사키에 도착하자 히데요시는 가까이 있는 기요히데와 우콘 두 장수에게는 일부러 사자를 보내지 않고, 야마토의 쓰쓰이 준케이와 단고의 호소카와 후지타카에게 밀사를 보냈다. 어디까지나 노부나가의 원수를 갚고 역적 미쓰히데를 토벌한다는 내용이었다.

도착한 날 저녁에는 사카이와 오사카에서 수많은 물자가 잇따라 실려 들어왔고, 가까운 나가스(長洲)에서 다이모쓰(大物) 항구까지는 인마와 배로 가득했다.

그들이 일제히 밥 짓는 연기를 피워 올리며 야영준비에 들어가자 농민과 상인들까지 압도되어 너나 할 것 없이 중얼거렸다.

"이건 도저히 상대가 안 되겠는걸."

밤이 되어도 장작과 쌀을 실은 배가 끊이지 않았다. 그중에서도 특히 하늘을 불태울 듯한 화톳불 불길이 사람들 넋을 빼앗았다.

"아끼지 말고 장작을 계속 태워라."

그것은 물론 히데요시의 성격이며 동시에 큰 전략이기도 했다. 절을 본진으로 내준 세이켄사, 고토쿠사(廣德寺) 두 절의 동자승들까지 몇 시간 안 되어 히데요시 선전을 하고 있을 정도였다.

"인심 좋은 대장님이야. 돈이 얼마나 많으면……."

그 소동 속에서 히데요시는 삭발했다. 고토쿠사 주지스님 손에 과감하고 깨끗하게 머리를 밀어버린 것이다.

"돌아가신 주군에 대한 우리의 정성이오."

히데요시는 진지하게 주지스님에게 말한 다음 자기도 우스워졌던지 소리죽여 웃었다. 머리카락 한 올까지 전술, 전략을 위해 써먹으려는 자신의 집요한 성격을 객관적으로 생각하니 웃음이 나오는 것이었다.

히데요시는 머리를 깨끗이 밀고 나자 장병들에게 그것을 선전하듯 화톳불 사이를 누비며 가까이 있는 세이켄 사로 양자 히데카쓰를 찾아갔다. 히데카쓰는 노부나가의 넷째 아들. 히메지에서 장수의 한 사람으로 동행하고 있었다.

히데요시는 엄한 목소리로 말했다.

"히데카쓰, 할 이야기가 있으니 호리 히데마사를 불러라."

히데카쓰는 양아버지의 머리가 깨끗하게 삭발된 것을 보자 놀란 듯 자세를 바로했다.

"아버님…… 어찌……?"

"가신으로서 마땅히 해야 할 일 아니냐. 오늘까지 깎지 않은 것은 아직 복수전 준비가 갖춰지지 않았기 때문이었다. 이제 준비가 다 갖추어졌다. 일러둘 말이 있다. 히데마사를 입회시켜라."

히데요시는 노부나가의 근위장수였던 호리 히데마사에게 벌써 존칭을 붙이지 않았다.

히데카쓰가 히데마사를 부르러 나가자 히데요시는 옆방에 대기해 있는 오무라 유코(大村幽古)를 불렀다.

"유코, 알겠느냐. 그대는 옆방에 있다가 오늘밤 일을 잘 기억해 두도록 하라."

유코가 대답했다.

"알겠습니다."

처음에 렌가 스승으로 히데요시에게 다가온 승려 출신 유코는 이 무렵 히데요시의 총애를 받는 측근이 되어 군담 기록을 담당하고 그것을 읽어주는 역할도 했다.

"이번의 군담은, 미쓰히데 토벌기라고 제목을 정하여 후세까지 널리 읽혀야 한다. 그대 눈에 비친 대로의 히데요시로 충분하다. 눈을 크게 뜨고 내 마음을 깊이 헤아려 써나가도록 하라."

뒷날의 '덴쇼키(天正記)' 작가 오무라 유코(大村由己)는 이때 진심으로 머리 숙여 그의 지시를 받들었다.

그의 눈에 비친 히데요시는 참으로 불세출의 거대한 별이었다. 세심함과 대담함, 거짓과 진실, 자기선전과 진심이 이토록 혼연일체를 이루고, 그러면서도 전혀 악의를 느끼게 하지 않는 인물을 그는 아직 본 적 없었다.

때로 유치하기 이를 데 없는 허풍을 떠는가 하면, 곧이어 그 실현을 위해 글자 그대로 분골쇄신했다. 히데요시에 관한 한 큰소리는 큰소리가 아니었고 자기선전은 자기선전에 머물지 않았다. 히데요시의 온몸에서는 유치함과 허세와 빈말과 인정이 전혀 부자연스럽지 않게 하나가 되어 나타났으며, 상대하는 자를 야릇한 황홀경으로 끌어들였다. 그런 의미에서 참으로 괴물이며 마물이라고 할 수 있었다.

천하쟁탈 싸움을 눈앞에 두고 이야기꾼을 곁에 두어 자신의 언행을 재연시키려는 터무니없는 생각은 히데요시가 아니고는 할 수 없는 것이었다. 그런 의미에서 그는 자신을 진리라 믿고 태양이라 자부하고 있었다.

유코가 물러가자 곧이어 히데마사와 히데카쓰가 함께 돌아왔다.

"히데마사, 그대도 잘 들어둬야 할 일이야."

히데마사가 자신의 얼굴을 보고 충분히 놀랄 시간을 준 다음 히데요시는 천천히 어깨를 올리며 눈을 번뜩였다.

"나는 이 복수전에 모든 것을 걸었네."

참으로 신기(神技)라고밖에 할 수 없는 박력 그 자체였다.

"나 말고는 그것을 할 수 있을 자가 없으므로, 전군의 지휘를 내가 맡는다. 그래서 말인데, 히데카쓰."

"예."

"너는 내 아들이면서 또한 우대신님 아들이다. 알겠느냐, 미쓰히데는 너에게는 생부의 원수, 나에게는 주군의 원수다."

"그렇습니다."

"네가 선봉을 서야 한다! 과연 우대신님 아들, 히데요시의 후계자답게 이승의 영화는 생각 말고 후세의 꽃이 되어라."

"예."

"너와 내가 우물거리면 말대까지 우대신의 영혼은 눈을 감지 못하리라. 늦게 오는 아들들은 할 수 없지만 우리는 이렇듯 밤을 낮 삼아 싸움터로 달려왔다. 맨 먼저 네가 전사하고, 이어서 우리도 늙은 무사일망정 창을 잡고 미쓰히데와 대결하겠다. 이 각오를 너에게 분명히 일러둔다."

말을 듣고 있는 히데카쓰보다 히데마사의 눈이 더 빛나고 있었다.

히데카쓰는 양부의 말에 이끌려 매서운 표정으로 두 손을 짚었다.

"아버님 분부, 히데카쓰는 깊이 명심하고 반드시 원한을 풀겠습니다."

히데요시의 말 이면에는 이번 싸움에 누가 총대장이 될 것이냐는 명분론을 일축해 버리려는 의도가 있었다. 물론 히데요시의 사사로운 마음에서가 아니다. 여기서 노부타카냐, 노부카쓰냐, 아니면 시바타냐, 하시바냐 하고 다툰다면 싸울 시기를 놓칠 뿐 아니라, 관망하고 있는 여러 영주들을 미쓰히데 쪽으로 일부러 쫓아버리는 결과가 된다.

아니, 무엇보다 중요한 것은 오사카에 있는 노부타카의 태도였다. 만일 노부타카가 작은 명분에 구애되어 히데요시 쪽에서 자기한테 인사를…… 등등 주장하게 된다면, 그 시간낭비가 돌이킬 수 없는 패배의 원인이 될 것이다.

"잘 알았겠지?"

반은 호리 히데마사에게 들려주는 말투로 히데요시는 다시 히데카쓰에게 다짐을 주었다.

"노부타카 님도 이번만은 내 지휘 아래 싸워주어야 한다. 그러므로 우리 부자는 끝까지 온몸을 내던지겠다는 각오로 싸워야 한다."

거기까지 말하자 히데요시는 비로소 히데마사에게로 시선을 옮겼다.

"내일 하루가 이 싸움의 고비다."

"내일 하루가……?"

"그렇지. 쓰쓰이, 호소카와에게서는 아직 아무 소식 없지만 기요히데와 우콘에게서는 반드시 회답이 있을 것이다. 그러면 우리 편은 내 아우 하시바 히데나가(羽柴秀長)와 구로다 간베에, 가미코다 마사하루(神子田正治), 다카야마 우콘, 나카가와 기요히데, 그리고 당신과 이케다 노부테루, 가토 미쓰야스(加藤光泰), 기무라 하야토(木村隼人), 나카무라 가즈우지(中村一氏)로 진영을 갖추게 된다. 모두 함께 밀고 나가면 노부타카 님도 틀림없이 뒤지지 않으려 할 테지."

듣고 있는 동안 호리 히데마사는 자기가 어느새 히데요시의 가신이며 막하가 되어 있는 것을 깨달았다. 더욱이 그것이 자못 당연한 일인 듯 생각되는 것은 어째서일까.

'히데요시의 마술에 걸렸구나…….'

마음 어딘가에서 그런 느낌이 들었지만 눈앞에 상기된 얼굴로 눈을 빛내고 있는 16살 난 히데카쓰를 보자 그런 생각은 사라지고 싸워야 한다는 생각이 점점 마음을 차지하는 게 이상하기만 했다.

"그러니 히데마사는 우리 부자의 각오를 곧 오사카에 전하라. 나는 내일 하루 잠시도 틈이 없을 테니까."

"알겠습니다."

대답하고 나서 이것도 마술일까 하고 호리 히데마사는 다시 자신에게 말했다. 그러면서도 명령받은 일의 중요성을 인식하고 곧 그 준비를 시작하게 되는 것도 이상했다.

히데카쓰와 히데마사가 돌아가자 히데요시는 이번에는 간베에를 불러, 자기만은 오늘부터 상중을 가리지 않는다고 말하며 늙은 몸을 보양하기 위해 처음으로 고기와 생선을 잔뜩 차려놓고 식사하기 시작했다.

"웃지 말게. 머리를 깎고 생선과 고기를 먹는 것도 돌아가신 우대신님에 대한 공양이지. 체력이 없으면 창을 휘두르지 못해."

그러자 간베에 역시 진지한 표정으로 말했다.

"저도 전쟁 중이라 음식을 가리지 않기로 했습니다. 그 대신…… 주군처럼 돌아가신 대감에 대한 충성을 잊지 않기 위해, 제이름 요시타카(好高)에서 요시(好)를 요시(孝)로 고쳤습니다."

아마 이 무렵부터 히데요시와 간베에는 이미 싸움에 몰입하여, 그 몰입된 경지 속에서 야릇한 즐거움을 느끼고 있었던 모양이다. 두 사람은 그날 밤새워 농담하며 전술을 연구했다.

날이 밝자 6월 12일……

이날 대세가 결정될 거라는 히데요시의 포석과 예언은 무서우리만큼 정확하게 들어맞았다. 날이 밝자 맨 먼저 쓰쓰이가 보낸 밀사가 본진에 나타나 곧 군사를 내겠다고는 하지 않았지만 미쓰히데에게 결코 가담하지 않겠다고 맹세해 왔다. 이어서 이케다 노부테루가 군사 5000명을 이끌고 이타미(伊丹)에서 달려왔고, 이들과 만나고 있는 도중 이번에는 호소카와 후지타카 부자의 밀사로 중신 마쓰이(松井)가 나타났다.

히데요시는 노부테루 앞에서 가슴을 뒤로 젖히며 말했다.

"뭐, 호소카와한테서 사자가 왔다고……? 어때, 허풍을 떨 만하지 않나? 핫핫핫, 내 소라고둥소리가 단고에까지 울려퍼져 졌어. 그럼, 곧 만나보고 와야지."

흉허물없는 사이인 노부테루를 세이켄사에 그대로 남겨두고 곧 사자가 기다리고 있는 고토쿠사 본당으로 향했다.

이웃한 절 뜰을 메운 군사들을 헤치고 지나갈 때 졸개 한 사람 한 사람에게도 선전을 잊지 않는다.

"여봐라, 길을 비켜라. 단고의 호소카와 부자가 서약서를 보내왔다. 빨리 만나 줘야지, 비켜라."

참으로 히데요시가 선전인지 선전이 히데요시인지, 여기에 이르면 그야말로 절묘한 일체라 할 수 있다.

"와―호소카와 부자가 우리 편이 되었다."

"아까는 쓰쓰이가 항복해 왔지. 이겼다, 이겼어."

졸개들의 환호소리를 뒤로 들으며 히데요시는 싱글벙글 고토쿠사 본당으로 들어갔다.

"진중이니 딱딱한 인사는 빼고 요점만 말하시오. 물론 서약서는 가져왔을 테지?"

"이르다 뿐이겠습니까. 혼노사 변을 듣자 호소카와 부자는 주인을 죽인 역적에게는 편들지 않겠다고 머리를 깎으시고 조의를 표했으며, 이 사람이 교토의 미쓰히데 본진에 찾아가 사마노스케에게 의절의 뜻을 전했습니다."

"뭐, 머리를 깎고……허, 그것은 미처 몰랐군."

히데요시는 자신의 까까머리를 쓰다듬으며 말했다.

"과연 호소카와 님, 이 히데요시와 같은 뜻을 가졌군. 그러면 저 다다오키 님 내실인, 미쓰히데의 딸과는 이혼하셨나?"

"그 일입니다."

마쓰이는 히데요시 앞으로 공손히 서약문을 내밀었다.

"마님께서는 아무것도 모르고 계시므로 이별이니 뭐니 하며 일을 모나게 처리한다면 오히려 호탕하신 하시바 님 웃음을 살 것이니, 곧 미고야산(三戶野山) 속에 가두어 근신하게 하는 게 좋겠다고 이 사람이 주선했습니다."

"과연…… 거참, 하나하나 적절한 조치로군. 다다오키 님 내실은 우대신이 특별히 귀여워하셨을 정도로 재색을 겸비하신 분, 만일에라도 자결하시는 일이 없도록 그대들이 잘 보살펴주기 바라오."

"분부말씀, 고맙습니다……다다오키 님께 그렇게 전하겠습니다."

"수고 많았소. 그런데 수고하는 김에 돌아가는 도중 오사카에 들러 노부타카 님에게도 호소카와 부자분의 진심을 전해 주지 않겠소?"

여기서도 히데요시는 어디까지나 빈틈없이 노부타카를 세워주는 척하면서 오히려 자신의 위세를 과시하는 수법을 잊지 않았다.

그러자 하치스카 히코에몬이 이번에는 기다리고 기다리던 나카가와 기요히데와 다카야마 우콘이 함께 왔다고 알렸다. 히데요시는 대뜸 사람이 달라진 듯 거친 목소리로 쏘아붙였다.

"손님이 계시니 기다리게 해."

히데요시는 호소카와 가문 중신 마쓰이와 잠시 담소를 나눴다. 결코 아까운 시간낭비가 아니었다. 어디까지나 계산된 귀중한 한담으로, 늦게 나타난 기요히데와 우콘에게 자기 위력을 충분히 알려주기 위해서였다. 미쓰히데의 막하였던 그들은 아마 미쓰히데에게서도 여러 번 부름받았을 것이고, 히데요시에 대한 소문과 우세한 힘에 주저하다가 이렇듯 늦게 온 것임을 손바닥 들여다보듯 알고 있었다. 따라서 그들이 함께 왔다는 건 이마를 맞대고 의논한 그들의 판단으로도 미쓰히데에게 승산이 없다는 것이었다.

'이로써 이겼어. 이것으로 대세는 명백하게 판가름 난 거야.'

그러나 그들이 가담했기 때문에 이길 거라는 작은 국면만 보고 있지는 않았다.

'이번에 이에야스가 멋지게 뒷받침해 주었다.'

그 일은 어젯밤에도 간베에와 여러 번 이야기했었다. 이에야스는 기요스 가까이까지 출병하여 기후의 노부카쓰 뒤를 봐주며, 오미에 계속 교묘한 낭설을 퍼뜨려 미쓰히데를 견제하고 있는 모양이었다. 소문이 전하는 바에 의하면 이에야스는 이미 아즈치성에 육박하고 있다고 한다. 그 때문에 미쓰히데는 오미에 있는 병력을 모두 히데요시와의 결전에 동원할 수 없는 형편이 되어, 그것이 히데요시의 우세를 점치게 하는 요인이 되고 있었다.

"이에야스 님은 아마 주군에게 천하를 맡기려는 생각인 것 같군요. 그렇지 않다면 자신이 아즈치를 공격하여 미쓰히데와 결전을 벌였겠지요."

간베에는 그렇게 말했고, 히데요시의 생각도 거의 같았다.

'그런데 이에야스가 그토록 훌륭하게 자중할 수 있도록 옆에서 조언하는 자는 대체 누구일까?'

가신 중에 뛰어난 인물이 있는 것인가, 아니면 사카이 사람들 중에 유식한 지기가 있어 히데요시는 서쪽에서, 이에야스는 동쪽에서 두 사람이 함께 미쓰히데를 멸망시키면 나중에 양군이 반드시 충돌하게 된다, 싸움이란 그 같은 숙명을 지닌 것이니 용호는 싸움터에서 만나지 않는 게 좋다고 설복한 건지……?

'어느 쪽이든 이번에 이에야스의 은혜를 입었어……'

반 시각쯤 한담을 나누고 호소카와의 사자를 돌려보낸 히데요시는 반은 의젓하고 반은 어릿광대 같은 표정으로 본당에서 기다리는 나카가와 기요히데와 다카야마 우콘 앞으로 나갔다.

"오, 그대들도 와주었군……"

히데요시는 들어가자마자 기다리는 동안 차츰 의심을 품기 시작한 두 사람의 어깨를 툭툭 치며 돌아다녔다.

"이제야 나도 체면이 서는군. 그대들이 와주지 않았으면 나 혼자 설치는 꼴이 되어 세상의 웃음거리가 될 뻔했어. 아니, 이 아이들은 그대들 아들이 아닌가?"

두 사람 다 10살쯤 된 아이를 데리고 와 있었다.

"이 아이들은 왜?"

"볼모입니다. 이 아이들을 볼모로 드리고 하시바 님과 함께 돌아가신 우대신님 원수를 갚고 싶습니다."

"뭐라고, 다시 한번 말해 보게."

히데요시는 앉자마자 어깨를 높이 세우며 눈을 부릅떴다.

"볼모를 데리고 왔다고…… 이건 용서 못할 일이군. 두 사람은 이렇듯 머리까지 깎고 큰일을 하려는 이 히데요시의 진심을 모르는가! 이것이 살아 있으면서 염습(殮襲)한 것인 줄 모르느냐?"

그 목소리가 너무 커서 두 아이는 놀라며 아버지에게 매달렸다. 두 사람 가운데 나카가와 기요히데가 다카야마 우콘보다 화를 잘 내는 성미였다. 한무릎 나앉듯 하며 히데요시에게 따졌다.

"참으로 이상한 말씀을 하시는군요. 볼모를 데리고 부하들과 함께 달려온 우리를 하시바 님은 의심하신단 말이오?"

히데요시는 전보다 더 큰소리를 질렀다.

"그렇네. 이 히데요시가 볼모를 받을 사람으로 보였다면 큰 착각이다. 첫째로 미쓰히데를 죽이지 않으면 살아 있지 않겠다고 히메지성을 버리고 이처럼 머리를 깎아 염습을 마치고 출전한 우리에게 볼모를 둘 성이 어디 있단 말이냐?"

"허…… 그럼, 하시바 님은 우리가 볼모를 데리고 온 것이 마음에 들지 않는다는 겁니까?"

히데요시는 또 고함쳤다.

"뻔한 일 아니냐. 첫째로 볼모를 바치겠다는 생각이 글러먹었어. 우리와 그대들 사이가 설마 그 정도밖에 안 되는 건 아니겠지. 우리 모두 돌아가신 우대신의 원수를 갚는 일에 몸을 송두리째 바치고 있을 터, 볼모 따위는 일찌감치 성으로 돌려보내라."

"음."

기요히데가 허를 찔린 표정으로 저도 모르게 우콘을 돌아보자, 우콘도 눈짓으로 끄덕였다.

"이것은 우리의 실수였는지도 모르겠군요. 이번 일은 예사 싸움이 아니니까요."

"말할 것도 없는 일. 돌아갈 성이 없는 우리에게 무슨 볼모인가? 물론 두 사람 모두 우리와 함께 승리냐, 죽음이냐 하는 각오로 싸울 터."

그렇게 말하고 히데요시는 씻은 듯이 말투를 바꾸었다.

"지금도 호소카와에게서 서약문이 왔네. 미쓰히데와 그토록 친밀한 후지타카까지 며느리를 산속에 감금하고 미쓰히데와 의를 끊겠다며 부자 모두 삭발하여 의리를 지키고 있어. 아니, 호소카와뿐만이 아니야. 쓰쓰이에게서도 사자가 왔는데, 이번 복수전은 명분상으로도 단연코 미쓰히데에게 가담할 수 없다는군. 주고쿠의 모리 일족도 창을 거두고 같은 말을 하고 있지. 이토록 명백히 의로운 싸움에서 이 히데요시가 한 집안인 그대들로부터 볼모를 받는다면 말대까지 웃음거리가 될걸세. 알겠나, 이 히데요시가 화낸 까닭을."

"과연…… 우리가 잘못한 것 같소. 볼모는 돌려보냅시다. 그렇지 않소, 우콘님?"

기요히데가 말하자 우콘은 말없이 고개를 끄덕였다. 어쩌면 이토록 교묘하게 선동하는 것일까 하고 이들은 언뜻 눈치챈 모양이었지만, 히데요시는 더 생각할 여지를 주지 않고 말을 이었다.

"알아주면 그것으로 됐어. 사실 이 히데요시는 그대들이 달려오기를 기다리고 있었으니까."

히데요시는 벌써 아무 일도 없었던 것처럼 담담하게 품 안에서 한 장의 쪽지를 꺼냈다.

"잘 듣도록, 지휘는 이 히데요시가 맡겠다. 먼저 전군을 2만5000명으로 잡고, 이것을 셋으로 나누어 나아갈까 생각한다. 좌익은 산길, 중앙은 도로, 우익은 수로를 따라 오늘 곧 출발할 것이다. 잠시라도 지체하면 그만큼 상대 군사의 수도 늘어날 테니까. 그런데 이 가운뎃길이 중요한데, 두 사람은 어느 길을 맡는 게 좋을 것 같나?"

숨 돌릴 새 없이 기습적으로 말을 퍼부어 우콘은 대답하지 않을 수 없었다.

"가운뎃길 선봉은 이 다카야마 우콘이 맡겠소."

우콘이 재빨리 선봉을 자청하자 히데요시는 흡족한 듯 웃었다.

"핫핫핫핫……정말 고맙군. 우콘이 선봉이라는 걸 알면 아케치 군 사기가 단번에 꺾이겠지. 결전 장소는 덴노산 언저리가 되겠지만, 미쓰히데란 놈, 두 사람이 아직 자기를 편들 것이라 계산하고 있겠지."

그때 기요히데가 두 사람의 대화를 가로막았다.

"잠깐만! 선봉은 이 기요히데에게 명해주시오. 여기서 우콘에게 선봉을 빼앗기면 기요히데의 체면이 서지 않소."

"허, 기요히데도 선봉을 원하나?"

"돌아가신 우대신의 복수전, 선봉을 맡지 않으면 죽어서 저승에 계신 우대신 얼굴을 뵐 낯이 없소."

"아니, 잠자코 계시오, 기요히데. 이미 내가 하시바 님에게 청해서 결정된 일이오."

"아직 정해지지 않았소."

기요히데는 어느덧 우콘과 짜고 온 일을 잊어버리고 있었다.

"그대도 선봉을 자청했고, 이 사람도 청했소. 쌍방이 청한 것은 사실이지만, 하시바 님은 아직 누구라고 말하시지 않았소."

"또 고집부리는 건가, 기요히데. 저 야마자키 길을 두 부대가 나란히 선봉으로 나아갈 수는 없는 일, 한 사람이 먼저 말했으면 사양하는 게 도리 아닌가?"

"오, 패전하여 달아날 때는 먼저 길을 양보하겠네. 그러나 공격할 때는 사양하지 않는 것이 이 기요히데일세. 하시바 님, 어떻게 하시렵니까?"

질문받은 히데요시는 자기 무릎을 철썩 쳤다. 모든 것이 히데요시가 계산한 대로였다.

"고맙다. 과연 두 사람, 히데요시는 이처럼 눈물이 나오는군…… 높이 우러러볼 일이야. 그러나 우콘의 말대로 두 사람이 함께 가지는 못한다. 그래서 선봉은 내가 결정하겠다. 알겠나. 이것은 두 사람의 무사도, 무사정신으로 선정하기 어려운 일이니 성의 위치를 보고 정하겠다. 우콘의 다카쓰키성은 기요히데의 이바라키성보다 싸움터에 가깝다. 그러니 선봉은 다카야마 우콘……."

"뭐, 우콘이 선봉이라고……?"

"기다리게. 나카가와 기요히데는 이 가운뎃길의 왼쪽에 진을 치도록. 이렇게 하면 선봉은 우콘이지만, 적의 행동에 따라 첫 싸움은 기요히데가 하게 될지도 모르지. 싸움은 살아서 움직이는 생물과 같은 것이니 쌍방 모두 상대의 움직임을 잘 파악하여 마음껏 공을 다투도록. 알겠나? 이 결정은 이제 움직일 수 없는 것이다."

히데요시가 단호하게 말을 맺자 어지간한 기요히데도 말문이 막혔다. 그러자 히데요시는 재빨리 다음 명령을 내렸다.

"중앙이 결정되었으니 좌우 양익도 저절로 결정되었다. 좌익 산길에는 하시바 히데나가, 구로다 간베에, 가미코다 마사하루. 우익 강변길에는 이케다 노부테루, 가토 미쓰야스, 기무라 하야토, 나카무라 가즈우지, 중앙에는 두 사람 뒤에 다시 호리 히데마사를 둔다. 따라서 히데요시의 기마군과 노부타카 님 휘하는 예비대로 움직인다…… 자, 결정되면 촌각을 다투어야 하는 것. 전광석화처럼 두 사람은 곧바로 진군하여 적의 진출을 저지하게."

과연 5년 동안 주고쿠 싸움터에서 싸워온 히데요시의 말에는 듬직한 무게가 느껴졌다. 두 사람은 명령대로 곧 행동에 들어갔다.

우콘과 기요히데 두 부대를 선발로 내보낸 뒤 장수들을 고토쿠사 본당에 모아 마지막 군사회의를 열었다.

"이제 큰 물줄기가 흐르기 시작했다. 더 이상 아마가사키에 머무를 필요가 없다."

전날 밤 호소카와에게서 온 사자를 보내 다시 참전을 재촉한 노부타카는 오사카에서 아직 오지 않았지만 히데요시는 그리 문제 삼지 않았다. 세상이 모두 히데요시의 복수전을 인정하고 있다. 체면에 구애되어 노부타카만 움직이지 않고 배길 수는 없으리라 계산하고 일부러 군사회의에서 언급하지 않았다.

군사회의라지만 물론 히데요시의 독무대로 이케다 노부테루도, 그 아들 모토스케(元助)도, 히데마사도 다만 히데요시의 명령을 들을 뿐이었다. 히데요시는 다시 한번 그 진용을 모두들의 머릿속에 새겨 넣게 했다.

우익군(요도 강길)은 이케다 노부테루, 가토 미쓰야스, 기무라 하야토, 나카무라 가즈우지.

중앙군(가운뎃길)은 다카야마 우콘, 나카가와 기요히데, 호리 히데마사.

좌익군(산길)은 하시바 히데나가, 구로다 간베에, 가미코다 마사하루.

유격본대는 히데요시의 기마군, 오다 노부타카, 니와 나가히데.

여러 장수들이 이를 이해하자 총 군에 곧 진격명령을 내렸다.

때는 오전 11시. 여기저기서 고둥이 울리기 시작하고 말울음소리가 높아졌다. 아직 활짝 갠 여름하늘은 아니었지만 꽤 무더웠고 바다건너에서 불어오는 기치를 펄럭이는 바람은 축축한 바다 냄새를 품고 와 갑옷을 쓰다듬었다.

"이미 보급대 선단이 요도강을 메우고 있다. 우리도 오늘 12일 안으로 어떤 일이 있어도 돈다(富田)에 도착해야 한다. 서둘러라."

히데요시는 히코에몬과 히데카쓰를 돌아보며 사방에 울리는 목소리로 말하더니, 말에 훌쩍 올라타 무슨 생각을 했는지 껄껄거리며 자못 의기양양한 호걸웃음을 터뜨렸다.

"여봐라, 깜박 잊고 있었다. 아케치 편의 선봉 시오텐이 이 언저리까지 척후를 보냈다가 우리군의 위풍에 겁을 집어먹고 뺑소니쳤다."

그런 정보가 대체 정말로 있었던 것일까. 그렇게 말하고 유유히 나카가와 기요히데의 거성이 있는 이바라기 가도로 말을 몰았다.

이번 선두는 호리 히데마사이고, 이어서 좌익이 먼저 출발하느라 한길이 인마로 가득 메워졌다. 여기서도 양쪽에 서서 전송하는 백성들의 눈빛은 결코 히데요시에게 반감을 품고 있지 않았다.

백성들의 대열이 끊어지고 장마철 물이 찰랑찰랑 괸 논 사이에 이르자, 히데요시는 이따금 이마를 손으로 가리고 앞쪽을 살피기도 하고 뒤에 따라 오는 우익군을 보기도 했다. 그 무렵에는 히데요시도 과장된 태도가 사라지고 심각하게 미간에 주름살이 잡혀 있다. 바람이 뒤쪽에서 불어와 깃발을 앞으로 불어 보냈고, 이따금 볕이 나면 호리병박 마표가 사람들 눈을 쏘듯 반짝였다.

'히데요시, 네 운명을 결정지을 날이 왔구나. 잘했다! 잘했어!'

히데요시는 때때로 입 밖에 내어 자신을 칭찬했다. 남도 잘 칭찬하지만 스스로도 칭찬하는 것이 히데요시의 버릇이었다.

대열 앞쪽은 이미 보이지 않고 뒤쪽 역시 어슴푸레 가물거리고 있었다. 그것은 바로 지상에 그려진 히데요시의 큰 무지개였다. 예정대로 오다 노부타카와 니와 나가히데의 군사 7000명이 온다면 총인원은 3만을 넘으리라. 게다가 강을 장악한 사카이 사람들과 오사카의 요도야에게까지 치밀한 손길이 뻗어 있다.

만일 미쓰히데의 머리 위에 역적이라는 이름이 씌워져 있지 않다면, 미쓰히데는 혹시 싸울 뜻을 잃고 항복해 올지도 모른다……고 히데요시는 생각했다.

이바라키에 이르니 기요히데는 우콘과 선봉을 다투러 앞서 가 있었고, 시시각각 들어오는 정보에 의하면 아케치 군의 대비는 뜻밖일 만큼 지지부진했다.

히데요시는 그 지상의 큰 무지개를 자기 뜻대로 행진시켜, 그날 밤 다카쓰키와 이바라키의 중간인 돈다에서 하루 묵었다.

이제 양군의 결전이 다가오고 있었다. 만일 여기서 쉬지 않고 나아가면 병마의 피로가 심해진다. 그러나 그 이유만으로 이곳에서 멈출 히데요시가 아니었다.

진막을 둘러치고 걸상에 앉은 히데요시는 시동이 피운 화톳불 앞에서 모두들에게 말했다.

"어때, 여기서 유유히 군사를 정비하는 이 히데요시의 심중을 알겠는가?"

화톳불 둘레에는 히코에몬을 비롯하여 후쿠시마 마사노리, 야마노우치 가즈토요 등이 눈을 빛내며 대기하고 있었지만, 그들에게 생각하거나 대답할 틈을 주지 않았다.

"아마 모를 거다. 이것은 노부타카 님에 대한 우리의 아름다운 인정이지."

"그러면 여기서 노부타카 님을 기다리는 겁니까?"

가즈토요가 묻자 히데요시는 눈을 가늘게 뜨며 고개를 끄덕였다.

"그렇지, 가즈토요가 잘 맞히었다. 아버님이 살해되었으니 노부타카 님 심경이 오죽하시겠느냐? 분하실 거다. 미쓰히데놈에게 한 칼이라도 원한을 갚아주고 싶으리라……"

곁에서 오무라 유코가 급히 붓통을 꺼냈다. 이러한 아름다운 미담이 나왔을 때는 이것을 후세에 자세히 전해야 한다고, 유코는 이미 자신의 역할을 잘 인식하고 있었다.

히데요시는 유코를 흘끗 쳐다보고 다시 말을 이었다.

"그 노부타카 님 심정을 생각하지 않고 여기서 군사를 몰아 미쓰히데를 나 혼자 토벌하면, 히데요시는 무용은 뛰어날지라도 인정을 모르는 자라고 후세에까지 비난의 소리를 들어야 한다. 그 때문에 나는 앞서가는 마음을 누르고 여기서 꼼짝 않고 노부타카 님 도착을 기다리려는 거다. 알겠느냐, 내일은 반드시 노부타카 님이 오신다. 그때는 이 히데요시도 틀림없이 노부타카 님 손을 잡고 눈물을 흘리겠지. 감정에 복받쳐 소리 내어 크게 울 거다. 하지만 결코 웃지 말아다오. 나, 히데요시는 그런 사나이다. 싸움에는 강하지만 정에는 약한 천성이거든"

이미 적을 압도한 히데요시는 버릇대로 거짓말인지 참말인지 스스로도 잘 모르면서 자신만의 즐거움을 즐기고 있었다.

날은 이미 어두워지고 밤하늘은 흐려 있었다.

여기저기에서 야영하며 피워 올리는 화톳불 불길이 지상에 거대한 무지개를 그리고 있었다…….

비는 다시 내리다

    양군의 전초전은 13일 이른 새벽부터 히데요시 편의 우콘과 기요히데 두 군의 맹공격으로 시작되었다. 선봉인 우콘이 교토로 가는 관문 야마자키로 돌입하여 그곳을 점령하자, 경쟁심에 불탄 기요히데는 외고집 무사기질을 드러내어 날이 밝았을 때 야마자키 왼편 앞쪽 덴노산을 마구 공격해 점령해 버리고 말았다.

    "우콘 뒤에 진을 칠 수는 없다."

    물론 양군 사이 여기저기에서 격전이 되풀이되었지만, 이 야마자키와 덴노산을 적에게 빼앗겼다는 보고를 듣자 미쓰히데는 잠시 동안 걸상에 앉아 곰곰이 생각에 잠겼다.

    13일에는 장마가 개어 있었지만 이튿날 새벽녘부터 다시 비가 내리기 시작하여 그렇잖아도 후덥지근한 시모토바(下鳥羽)의 본진은 한증막 같았다.

    "좋다, 나도 드디어 전선에 나갈 때가 되었군. 곧 쇼류지성 앞쪽 고보즈카(御坊塚)까지 본대를 진출시키도록 하라."

    미쓰히데는 명하고 목덜미의 땀을 닦으며 한숨을 내쉬었다. 지금까지 결코 자신이 전술상으로 히데요시에게 뒤지고 있다고 생각한 적은 한 번도 없었다. 그러나 이번에야말로 한 번 서로 겨루어보리라 생각했는데 모든 게 그에게 뒤지고 말았다.

    주고쿠에서 철수하여 11일에 아마가사키, 12일에 돈다, 13일에 야마자키라는 생각지도 못한 히데요시의 재빠른 진격이 미쓰히데의 포석을 엉망진창으로 만들어놓고 말았다.

미쓰히데는 8일에 아즈치를 출발하여 사카모토성으로 돌아갔고, 9일에는 공경들 마중을 받으며 교토로 들어갔다. 그리하여 은 500냥을 궁중에 헌상하고 다섯 명산과 다이토쿠사(大德寺)에 100냥씩, 칙사로 아즈치에 온 요시다 가네미(吉田兼見)에게 50냥을 주는 등 자못 미쓰히데다운 신중성으로 헌금과 상금을 베풀고 있을 무렵 히데요시가 당분간 주고쿠를 떠나지 못할 것으로 판단하고 있었다.

그런데 이튿날 10일에 교토를 출발하여 야마시로(山城) 야와타(八幡) 언저리의 호라가 고개(洞峠)에 도착해 보니, 당연히 자기 쪽에 가담하여 야마토에서 와 있을 거라고 생각한 쓰쓰이는 오지 않고 11일 아침에 히데요시가 아마가사키에 도착했다는 정반대 소식이 들어왔다.

그렇게 되면 이런 곳에 진을 치는 것은 무의미한 일이었다. 11일에 시모토바로 다시 진을 물리고 전군 배치를 수정하기 시작했다. 이미 쇼류사(勝龍寺)와 야와타를 잇는 선에서 야마자키의 험한 길을 지키며 결전에 도전할 여유는 없었고, 어디서 어떻게 히데요시의 교토 침입을 막느냐는 문제로 바뀌고 말았다.

그가 오늘 아침까지 여기서 무거운 침묵을 지키며 진군을 보류하고 있었던 것도 사실은 오미에서 올 원군의 도착을 기다리고 있었기 때문이다. 그런데 그 원군보다 먼저 기요히데가 덴노산까지 진격했다고 한다. 이렇게 되면 무엇보다도 고보즈카까지 나아가 강 건너의 요도성(淀城)과 쇼류사 선에서 적을 막아내야만 했다. 만일 그것을 해내지 못한다면 아마 미쓰히데는 히데요시와 비교도 안 되는 평범한 장수로 평가받고 후세에까지 웃음거리가 될 게 틀림없다.

"준비되었습니다."

"좋아!"

미쓰히데는 걸상에서 일어나 밖으로 나가자 끈질기게 비를 퍼붓는 장마철 하늘을 올려다보며 그 속에서 발붙일 곳 없이 갇혀 있는 아군 군사들의 원망소리가 들려오는 것 같아 가슴이 메었다.

미쓰히데는 노부나가의 '인기'에 대해 아주 큰 오산을 하고 있었다.

미쓰히데는 자신에게 더할 나위 없이 폭군이었던 노부나가가 호소카와, 쓰쓰이 같은 미쓰히데의 사돈들은 물론 이에야스, 시바타, 히데요시에게도 늘 의심과 가혹한 칼날을 뽑아들고 있는 잠시도 방심할 수 없는 '폭군'일 거라고 생각하고 있었다.

실제로 하야시 사도, 사쿠마 노부모리, 아라키 무라시게 등 노부나가 때문에 공로가 묻혀버린 사람들이며 그 가신이 무수히 많았다. 그 사람들의 원한과 전전 긍긍하며 노부나가를 섬기고 있는 사람들의 마음속 불안을 제거해 주고 저마다 의 영토보전을 보장하면 겉으로는 어떻든 속으로 모두 미쓰히데에게 감사할 거라 고 여기고 있었다.

그렇게 생각하면 주군을 시해한 일은 그리 문제되지 않으며, 오히려 '폭군'을 제거한 '의인'으로 미쓰히데가 크게 부상해야 마땅했다. 그런데 그 계산은 보기 좋게 빗나갔다. 그가 궁중이며 공경들이며 교토 주민들의 감정을 여러 모로 세 심하게 배려하는 동안 '역적타도' 군사가 질풍을 일으키며 발밑까지 육박해 오고 있었던 것이다.

미쓰히데가 생각하듯 노부나가는 결코 누구에게나 방심할 수 없는 포학무도 한 폭군이 아니었던 모양이다. 자기 아들 노부야스를 할복시켜야 했던 이에야스 도, 반드시 내 편이라고 믿었던 호소카와 부자도 움직이지 않았다.

그뿐인가. 일단 미쓰히데에게 가담하여 야마토에서 오미로 군사를 보내온 쓰 쓰이까지 9일에 이르러 태도를 바꾸어, 미쓰히데가 일부러 호라가 고개까지 나아 가 출병을 재촉해도 응하지 않았다.

미쓰히데는 비오는 구가나와테(久我畷)로 말을 몰면서, 여기서 히데요시에게 일 격을 가하려면 무슨 일이 있어도 덴노산을 탈환해야 한다고 생각했다. 덴노산에 서 히데요시의 왼편을 누르고 야마자키 길에 있는 적 본진의 발을 묶은 다음 요 도성에서 군사를 출격시킨다…… 그러면 히데요시는 양옆에 적을 맞아 진격 속도 가 늦어진다. 그동안 오미에서 사위 아케치 사마노스케가 원군을 거느리고 도착 한다.

결전은 그때부터이다.

미쓰히데는 자신의 작전을 세밀하게 마음속으로 짜나가면서 따라오는 미조오 (溝尾)에게 말을 걸었다.

"미조오, 그대는 적군 수가 대략 얼마쯤 될 거라고 추측하나?"

"예, 3만7000명 내지 3만8000명쯤 되지 않을까 합니다."

"흠, 그대는 꽤 겁내고 있군. 겁나면 물새들까지 적으로 보이는 법이야."

미쓰히데는 말하며 웃으려 했지만, 이상하게도 얼굴이 굳어졌다. 아군 인원은 몇 번이나 다시 헤아려보아도 1만5000명이 되지 않았다.

야마자키 한길의 중앙 선봉은 사이토, 시바타 겐자에몬(柴田源左衛門), 아도지(阿閉) 등 5000명.

산길 쪽 선봉은 마쓰다(松田), 나미카와 등의 단바군 약 2000명.

본대 우익은 이세(伊勢), 스와(諏訪), 미마키(御牧) 등 약 2000명.

본대 좌익은 쓰다(津田) 약 2000명.

본대 미쓰히데의 직속 부대는 약 5000명…….

이들이 고스란히 있다 해도 1만6000명이라는 답이 나온다.

이윽고 미쓰히데 앞에 엔묘사(圓明寺) 맞은편 소나무 사이로 빗속에 덴노산의 완만한 능선이 어슴푸레 보이기 시작했다.

다카라사(寶寺)가 있는 산이라는 별명을 가진 덴노산은 높이 약 900자, 온 산에 소나무가 우거지고 그 기슭이 요도 강변까지 내려와 강과 산 사이에 좁은 야마자키 길을 만들고 있다. 따라서 이 산을 먼저 점령한 다음 산 위에서 야마자키 한길로 진격해 오는 적에게 총을 퍼붓는 것이 가장 알맞은 전술이었다.

미쓰히데는 전날인 12일에 급히 점령해 두도록 소총대 주력 마쓰다에게 명령하여 행동을 일으키게 했지만 그때는 이미 늦었던 모양이었다. 우콘과 공을 다투는 기요히데가 밤이 되자 저돌적으로 밀고 온 것이다…….

'그 공방전에서 아군이 얼마나 많은 피해를 입었을까……?'

미쓰히데는 자기보다 8살 아래인 47살의 히데요시를 싸움 잘 하는 행운아……로 보고 있었지만, 천하를 잡을 그릇으로는 생각해 본 일 없었다. 그런데 지금 여기서 미쓰히데가 패배하면, 오와리 나카무라의 한낱 농군 자식이 자기를 충분히 대신할 수 있게 되는 것이다.

8일에 칙사를 맞이하고, 13일에 멸망. 고작 나흘 동안의 천하인…… 이런 우스꽝스러운 사실이 역사에 길이 남을지도 모른다……는 불길한 연상이 문득 가슴을 스쳤을 때 미조오가 다시 말머리를 나란히 하며 말을 걸어왔다.

"일단 쇼류지성으로 들어가시렵니까?"

"뭣이?"

미쓰히데는 격한 목소리로 미조오를 노려보았다.

"그럴 때가 아니다. 마쓰다에게 전령을 보내. 미쓰히데는 고보즈카에 진출하여 한 발자국도 물러나지 않을 테니, 그때 곧 덴노산을 탈환하라고 해라."

"예."

미조오는 미쓰히데의 험악한 표정을 보자 그대로 젖은 갑옷을 철썩거리며 선두로 달려갔다.

쇼류지성은 이미 그들 왼쪽에 있었고, 그곳에 농성한 군사의 모습까지 똑똑히 보이는 위치였다. 여전히 비가 내려 길 자체가 수렁으로 바뀌었고 양쪽 논은 호수가 되어 있었다.

그 논이 끝난 곳에 고보즈카의 녹음이 언덕을 이루며 겹쳐져 있다. 고보즈카에서 덴노산까지는 20여 정. 양군을 사이에 둔 엔묘지강은 한 가닥이었지만, 이 20여 정에 천하가 걸려 있었다.

미쓰히데는 여전히 사나운 눈길을 앞쪽으로 향한 채 말을 몰았다.

쇼류사 오른쪽을 지난 곳에서, 앞쪽의 오야마자키(大山崎)에 진치고 있는 사이토로부터 전령이 왔다.

"말씀드립니다."

미쓰히데는 가슴이 철렁 내려앉는 것을 느꼈다.

"무슨 일이냐, 그렇듯 허둥지둥."

그리고 말을 멈추지 않고 언덕에 마련된 임시진막 숲속으로 그대로 들어갔다.

'좋은 소식이 아니다……'

그런 느낌이 자꾸만 들어 모두들이 있는 앞에서 듣기 꺼림칙했던 것이다.

미쓰히데가 진막의 걸상에 앉자 사자는 두건에서 떨어지는 빗물을 닦으려 하지도 않고 다그치듯 말했다.

"아룁니다."

"들어보자, 무슨 일이냐?"

"대감님께서는 급히 사카모토성으로 가시라는, 저희 주군 사이토 님 말씀입니다."

미쓰히데의 이마에 분노의 핏줄이 솟았다.

"뭐라고! 나더러 오미로 철수하라고?"

미쓰히데는 쇼류지성에는 두 번 다시 들어가지 않겠다고 결심하고 있었다. 그 역시 결코 평범한 무장은 아니었다. 충분히 생각에 생각을 거듭한 끝에 고보즈 카로 진을 나아간 것은, 여기가 히데요시와 자신의 운명이 결정될 곳이라고 냉정 하게 예상했기 때문이었다. 그런데 그가 오른팔로 믿는 사이토마저 결전을 피하 고 사카모토성으로 후퇴하라니……

"사이토에게 말해라. 오늘 아침 시모토바에서 예물을 갖고 온 교토의 상인들 에게, 왕성에 적을 하나도 들이지 않을 테니 안심하라고 굳게 맹세했다고."

"말씀 그대로 전하겠습니다. 하지만 주군 말씀이……"

"뭐냐, 빨리 말해라!"

"여기서는 대감님을 대신하여 저희 주군께서 충분히 아케치 군의 위력을 보이 겠으니 대감님께서는 우선 사카모토성으로 철수하시는 게 지금으로서는 오히려 묘책이 아니겠느냐며……"

"이건 그냥 들어 넘길 수 없는 말이구나. 이 미쓰히데가 있으면 방해된다는 것 이냐?"

거기까지 말하고 미쓰히데는 흠칫하며 반성했다.

'이자는 사자일 뿐이다……'

사자를 꾸짖어 보았자 마음의 동요만 꿰뚫어 보이고 사기에 지장이 생길 뿐이 었다.

"하하하, 사이토의 말은 잘 알았다. 언제나 변함없는 그의 기백, 마음에 깊이 새겨두마. 그러나 미쓰히데도 생각한 바가 있어 최전선에 나온 것이야. 총군 지휘 는 내가 하겠다. 사이토 군은 시바타, 아도지 군과 연락을 잘 취하며 마쓰다, 나 미카와 두 부대가 덴노산을 공격하면 곧 엔묘지강을 건너 적의 중앙을 찌르라고 말해라."

"예!"

"알겠느냐, 산길 쪽 부대가 산 위를 확보하면 이 미쓰히데도 진두에 서서 밀어 붙일 것이다."

"그 말씀, 저희 주군께 틀림없이 전하겠습니다."

"좋아, 그만 가 보거라."

그렇게 말하고 나서 미쓰히데는 다시 사자를 불러 세웠다.

"아무리 미쓰히데가 진두에 선다고 했다 하더라도 산길 쪽 부대가 적에게 공격을 가할 때까지 조급하게 굴어선 안 된다. 공격할 때는 반드시, 끝까지 적의 움직임을 감시하면서 아무쪼록 신중을 기하는 게 필요하다고 잘 전해라."

"예, 덴노산을 공격할 때까지 결코 공격해선 안 된다고 전하겠습니다."

사자가 가고 나자 미쓰히데는 한숨을 내쉬며 측근에게 말했다.

"교토 상인들이 가져온 팥떡을 내오너라. 배가 고프면 움직일 수 없어."

측근은 교토 상인들이 시모토바까지 가져온 팥떡을 쟁반에 담아 내왔다. 그 가운데 하나를 집어 들어 파란 대나무 잎을 벗기고 한 입 베어 물자 미쓰히데는 왠지 55살의 나이가 느껴졌다. 분별이나 지식으로는 히데요시 따위에게 뒤지지 않는 미쓰히데도 전쟁터에서 달리기에는 너무 나이 들었다…… 배는 고픈데 더 이상 식욕이 나지 않았다.

"못난 사위 놈들 같으니……."

미쓰히데는 새삼 호소카와 다다오키와 쓰쓰이 준케이 두 사위에게 화가 났다. 그들이 진두에 서서 싸워준다면 미쓰히데는 그들을 위해 천하의 법칙과 영지 분배를 이것저것 생각해 주었을 텐데…….

"보고드립니다. 강변 쪽 쓰다 님이 보낸 전령이 왔습니다."

근위무사의 요란한 목소리에 미쓰히데의 가슴이 다시 덜컥 내려앉았다.

'이래선 안 되는데.'

미쓰히데는 스스로를 꾸짖었다. 전령이 올 때마다 불길한 연상을 한다는 건 분명 겁나고 있기 때문이다. 적이 숫자상 압도적으로 많긴 하지만 질적으로는 결코 뒤지지 않는다.

"이리 들여보내라."

애써 가슴을 펴고 손에 남아 있는 팥떡을 베어 물다가 얼굴을 찡그렸다. 대나무 잎 가시가 떡에 박혀 있었던 모양이다. 목에 걸릴 것 같아 황급히 손바닥에 뱉었다.

"아룁니다."

"그래, 강 쪽의 적 이케다 군이 움직이기 시작했다는 거냐?"

이번 전령은 어느 논바닥에 쓰러졌었는지 갑옷자락에 흙이 묻어 있었다.

"아닙니다. 이케다 군은 대치한 채 아직 적장 히데요시의 도착을 기다리고 있는 듯합니다만, 강 건너 호라가 고개에 꽂힌 기치는 틀림없이 야마토의 쓰쓰이 준케이라고 판단되어 그것을 대장님께 전하라는 말씀⋯⋯.”

“뭣이, 쓰쓰이 준케이가 왔다고!”

미쓰히데는 저도 모르게 걸상에서 몸을 내밀며 굳은 얼굴을 풀었다.

“그래, 쓰쓰이가 와주었구나. 이쪽에서 출격을 재촉할 필요는 없다. 그저 와 있
다는 것만으로도 충분히 적의 견제가 된다. 그러나 만일 쓰쓰이에게 수상한 움
직임이 보이면 곧 보고하라고 쓰다에게 전해라.”

“알겠습니다.”

전령이 돌아가자 미쓰히데는 다시 한번 소리 없이 웃었다. 지금 쓰쓰이의 마음
을 손바닥 들여다보듯 알고 있는 미쓰히데였다. 호라가 고개에 진을 치고 야마토
에의 침입을 막으면서 교활하게 양군의 세력을 저울질할 속셈일 것이다.

그러나 미쓰히데는 그것으로 충분하다고 생각했다. 미쓰히데에게조차 꺼림칙
한 쓰쓰이는 히데요시 쪽에서는 더욱 방심할 수 없는 존재이리라.

‘강 쪽에 진을 친 이케다 군은 이제 섣불리 움직일 수 없게 되었다⋯⋯.’

“여봐라, 누구 없느냐. 아직 덴노산 방면에서 총소리가 들리지 않는다. 마쓰다
군에게 서두르라고 일러라.”

“예.”

“그리고 덴노산을 점령한 다음 이 미쓰히데도 다카라사 경내로 본진을 옮기겠
다. 근위장수에게 그렇게 전해라.”

엔묘지강을 건너 거기까지 갈 생각은 없었지만 여기서 사기를 한껏 올려줘야
한다고 생각한 것이다.

그리고 또 한 시각 남짓⋯⋯ 비 때문에 산길의 진격이 여의치 않은 모양인지 정
면의 전선에서 총성이 울리기 시작한 것은 오후 4시쯤 되어서였다.

“오, 들려오기 시작하는구나.”

미쓰히데는 걸상에서 일어나 임시진막 추녀 밑으로 몸을 내밀었다.

비는 어느덧 그쳐 있었다. 화승의 점화에는 지장이 없을 것 같고, 일찍부터 쇼
류지성에 있었던 마쓰다는 이 언저리 지형을 손바닥을 들여다보듯 조사해 놓고
있었다. 이쪽에서 공격할 기회를 잡은 것은 승리의 기회를 잡은 거라고 미쓰히데
는 생각했다.

‘나카가와 기요히데도 당황하고 있을 거야.’

문득 기요히데의 완고한 성격을 머리에 떠올렸을 때 중안 정면에서 벼락 치는 듯한 소리가 났다.

아군만의 발포가 아니었다. 히데요시 편인 다카야마 우콘, 호리 히데마사와 아군인 사이토, 미마키, 아도지 등 잔뜩 벼르고 있던 양군이 약속이라도 한 듯 일제히 불을 뿜기 시작한 증거였다.

"말을 대령해라."

미쓰히데는 명을 내리고 모처럼 갠 하늘을 올려다보며 덴노산이 굽어보이는 작은 언덕 위에 섰다.

'저 작은 산이 천하를 다투는 장소가 되었구나…….'

그 감회가 짜릿하게 온몸을 휩싸며 숨이 막힐 듯한 느낌이었다.

"오, 산꼭대기에 안개가 걷히기 시작했군……."

엇갈리는 총소리는 이미 좌우가 따로 없었다. 귀 기울이니 밀물 같은 양군의 함성까지 들려왔다. 적도 아군도 모두 진격을 명하는 꽹과리며 징을 울리고 있어, 진흙탕 속에서 격전을 벌이는 광경이 눈에 선하게 떠올랐다.

'이런 기세면 밤이 되기 전에 대세가 결판날 것 같구나.'

미쓰히데의 그 관찰은 들어맞았다. 덴노산에 도전한 산길 쪽 부대가 아직 승리의 기회를 잡지 못하고 있을 때, 최정예인 사이토 이하 주력부대가 동요하기 시작한 것이다.

'아니? 이건 이상한데.'

어쨌든 서로 총을 쏘아대고 있지만, 아직 그것이 승패를 결정할 수 있는 시대는 아니었다. 사람의 움직임은 늘 미묘하게 사기에 영향을 주어, 순간적으로 무너지는 원인이 되기도 하고 또 승리의 원인도 된다.

"아룁니다!"

"어디서 왔느냐?"

미쓰히데는 점점 어두워져가는 발밑을 살피 듯하며, 등에 칼을 짊어진 채 자기 앞에 꿇어 엎드린 전령을 재촉했다.

"빨리 말해라……어디서 왔느냐?"

"강길 쪽 쓰다 군에서 왔습니다."

"쓰다 군이 어떻게 되었다는 거냐?"

"강 건너에 쓰쓰이 군이 있어 방심했던 것 같습니다."

"뭐, 방심……?"

"옛, 쓰쓰이 군은 우리 편이 아니라 적과 내통한 게 틀림없습니다."

"그런 것을 묻는 게 아니다. 쓰다 군이 패했느냐?"

"예, 분하오나 이케다의 5000명을 방비하고 있는 곳에 가토 미쓰야스의 군세 2000명이 또 강을 건너서 사이토 본대 배후까지 쳐들어오고 있습니다."

"아뿔싸!"

미쓰히데는 순간 온몸의 피가 얼어붙는 것을 느꼈다. 승부는 그가 그토록 마음 쓰고 있던 덴노산에서 결정된 게 아니라, 전혀 예기치 않았던 강 쪽에서 결판 나고 있었다.

"가토 군은 도보로 건널 수 없는 곳까지 수많은 배로 군사를 실어 날라 눈 깜짝할 사이도 없었습니다. 게다가…… 그것을 보고도 꿈쩍 않는 쓰쓰이 군……적에게는 군용 배와 쓰쓰이의 견제라는 두 가지 대비가 있었습니다."

미쓰히데는 이미 전령의 말을 듣고 있지 않았다.

'히데요시는 얼마나 무서운 놈인가…….'

비로소 그것을 몸으로 체험하고 마음속에서부터 오한을 느꼈다. 그가 강을 장악한 사카이 무리며 요도야 등까지 조종하여 배를 자유롭게 쓰고 있는 것도 몰랐지만, 쓰쓰이의 존재를 미쓰히데와는 전혀 반대로 활용한 솜씨에 대해 전율하면서도 감탄하지 않을 수 없었다.

'이토록 전쟁에 능하다니…… 그 원숭이놈이.'

그러는 동안 아군 진지에서는 더욱 동요가 커지고 칼 부딪치는 소리가 이 고보즈카에 차츰 다가오고 있었다.

미쓰히데는 쓰쓰이가 호라가 고개에 나온 것만으로도 히데요시 군이 섣불리 움직일 수 없게 되었다고 판단했다. 그런데 히데요시의 움직임은 정반대였다. 쓰쓰이 군의 기회주의를 너무나 잘 알고 주저 없이 움직였던 것이다. 기회주의자이므로 결코 배후를 찌르지 않는다. 타산에 밝은 그자가 움직일 리 없다. 만일 움직일 때가 있다면 이미 승패가 결정되어 이긴 편에서 연락이 왔을 때다……고 판단하여 미쓰히데의 허점을 찌른 게 틀림없다. 뿐만 아니라 미쓰히데가 덴노산에 집착하여 강 쪽의 방비를 소홀히 할 것까지 히데요시는 모두 꿰뚫어보고 있었다.

"와!"

다시 함성과 비명이 뒤섞인 외침이 왼쪽에서 들려왔다. 아마 가토와 이케다의 적이 승세를 몰아 사이토, 아도지, 미마키의 각 부대 배후로 돌아 중앙의 우콘과 히데마사가 총공격을 시작한 게 틀림없었다. 그리고 그 뒤에서는 히데요시가 그 홀쭉한 원숭이 낯짝을 붉게 물들이며 특유의 큰 목소리로 지휘하고 있으리라.

"우대신의 원수를 갚는 것은 이때다. 역적 미쓰히데를 놓치지 마라!"

그 득의만면한 모습이 미쓰히데의 눈에 선히 떠올랐다.

잠시 뒤 미쓰히데는 전령이 발밑에서 멍하니 자기를 올려다보고 있는 것을 깨달았다.

"아직도 거기 있었느냐? 가거라…… 알았으니까…… 아니, 쓰다 부대는 이미 없어졌을지도 모른다. 그렇지, 쇼류지성에 물러가 농성하라."

"예!"

전령이 물러가자 엇갈려 높이 소리치며 다가오는 자가 있었다.

"대장님은 어느 곳에…… 대장님은 어디 계십니까?"

사방은 이미 어두워져 서너 간 떨어지면 얼굴도 알아볼 수 없었다.

"그 목소리는 미마키냐?"

"오, 여기 계셨습니까. 주군! 적이 엔묘지강을 건넜습니다……"

사이토와 함께 중앙에서 2000명의 군사를 거느리고 지키던 미마키가 여기에 나타났다면 중앙군도 벌써 완전히 전멸해가고 있다는 증거였다.

"미마키, 싸움이 결판났구나."

"분합니다! 적의 강 쪽 부대에 당하고 말았습니다. 대장님께서는 조금이라도 빨리 쇼류지성으로."

"미마키!"

"예."

"나는 쇼류지성으로 들어가지 않는다. 거듭 말하지 마라."

"무슨 말씀이십니까? 이 미마키가 나머지 병력 200여 기를 이끌고 달려온 것은 대장님을 무사히 성으로 모시기 위해서입니다. 대장님 곁에 적을 한 놈도 접근시키지 않겠습니다. 자, 서두르십시오."

"안 된다."

"당치도 않은 말씀을…… 주군답지 않으십니다……."

"안 된다!"

미쓰히데는 같은 말을 되풀이하며 고개를 저었다.

"이 미쓰히데는 수치를 아는 자. 나는 원숭이에게 졌다! 그 원숭이에게."

미쓰히데는 말한 뒤 소리 내어 웃었다. 웃으려 하면서 울고 있었다…… 그 자신 그것을 똑똑히 느끼면서.

미마키는 미쓰히데의 갑옷자락을 때렸다.

"답답한 분이시군! 그러고도 천하인이라 할 수 있겠습니까. 승패는 병가지상사, 제 말을 귀 기울여 들어주십시오. 이미 덴노산의 부대도 패주하고 적이 올리는 함성소리는 아오(粟生)를 향하고 있습니다."

"그러니 움직이지 않겠다는 거야. 여기서 차라리 죽……."

"안 됩니다!"

미마키는 부르짖으며 일어났다.

어느 틈에 나타났는지 미조오가 미쓰히데 뒤에서 고개 숙여 대기하고 있었다.

"미조오 님, 대장님을 부탁하오."

미마키는 부탁한 뒤 잠시 밖의 동정을 살피고 돌아와 다짐두었다.

"여기선 이 미마키가 명을 어기고 대장님을 감히 대신하여 죽겠소. 이유 불문하고 대장님을 성으로 모시고, 성이 위태로워지면 사카모토성까지 모시고 가오. 그리고 아……점점 가까이 온다. 잘 있으시오……."

그대로 장막 밖으로 훌쩍 사라졌다. 그리하여 미마키는 엔묘지강을 건너가 단숨에 밀어닥친 이케다, 다카야마 두 군 사이로 200여 기를 이끌고 돌격했다. 물론 전멸이었다. 처음부터 전멸할 생각으로 미쓰히데한테 달려 돌아왔던 것이었으니 그로서는 후회 없었으리라.

이어서 덴노산을 향한 장수 가운데 스와도 전사하고, 이세 역시 산 위에서 쳐 내려온 기요히데 군에 살해되어 이제 아케치 군의 패배는 결정적이 되었다.

그리고 또 한 시각—

미쓰히데는 다다미를 걷어 주위를 둘러친 쇼류지성 대청 걸상에 멍하니 앉아 있었다. 미조오가 미마키의 죽음을 헛되이 하지 말라며 이곳에 억지로 데려온 것 이었다.

미쓰히데가 들어왔을 때 후퇴하여 농성하는 자가 약 900명이라고 미조오는 말했는데, 900명의 군사가 있다면 이 작은 성안에 인기척이 상당히 날 텐데도 이상하게 조용하여 들리는 소리는 성 밖을 달리는 적의 인마소리뿐이었다.

"주군, 역시 사이토 님 말대로 여기서 일단 사카모토성으로 철수하십시오."

곁에는 그때를 위해 미야케(三宅), 호리오(堀尾), 신지(進士), 무라코시(村越) 등이 어두운 표정으로 대기하고 있었다.

"비는 오지만 13일 달이 있습니다. 발밑이 보이지 않을 정도로 어둡지는 않을 겁니다. 결단 내려 주십시오."

그러나 미쓰히데는 대답하지 않았다. 솔직히 말해 55살의 체력은 지난 한 달 동안의 눈이 핑핑 도는 듯한 사건으로 남김없이 소모된 느낌이었다. 특히 노부나가를 혼노사에서 죽인 뒤 13일 동안 심신의 피로가 말할 수 없이 컸다. 그리고 그 고생 결과 오늘 이 비참한 패전이었다.

'과연 지금의 나에게 가족들이 있는 사카모토성까지 달아날 체력이 있을까……?'

그렇게 생각하자 뒤이어 노부나가의 얼굴이 보이고 히데요시의 얼굴과 칙사로 아즈치에 온 요시다 가네미의 얼굴이 보이기도 했다.

미조오가 다시 목소리를 높였다.

"주군! 어서 결단 내리십시오. 아군은 이미 모두 무너졌고 후지타 군 북소리도 후지베에의 꽹과리 소리도 들리지 않습니다…… 게다가……."

여기서 미조오는 고개를 푹 숙이고 있는 신지와 무라코시에게 눈짓했다.

"호라가 고개에 있던 쓰쓰이 준케이 군도 갑자기 산에서 내려와 요도 방면의 아군에게 도전해 왔다는 소식이 있었습니다."

"뭐, 쓰쓰이가……?"

미쓰히데는 저도 모르게 눈을 부릅떴고, 다음에는 목젖에서 헛바람이 새는 듯한 목소리로 웃었다.

"하하하…… 그자가 할 만한 짓이군……그래, 마침내 쓰쓰이도……."

아무렇지도 않은 듯 웃었지만, 사실 이보다 더 큰 충격은 없었다. 패전했을 뿐만 아니라 맹우(盟友)들에게도 버림받은 고독감이 마음을 할퀴는 것 같았다.

'대체 이게 어찌 된 일이냐…….'

겨우 두 시각 남짓한 싸움으로 55년의 그의 생애가 무서운 속도로 캄캄한 심연에 추락한 것이다. 이런 악몽이 또 있을까. 노부나가의 불같은 성격에 분노하여 군사를 움직인 자신이 노부나가보다 훨씬 성급하고 분별없었다는 것을 뼈저리게 절감했다.

노부나가에게는 복수전을 하는 가신이 있고 몇 명의 자식도 남아 있었다. 그러나 미쓰히데가 여기서 죽는다면 대체 무엇이 남을까. 복수전을 하는 가신 대신 역적이라는 이름이 남고 사위들에게까지 배반당한 데 대한 비웃음과 일족 말살의 비극이 남을 뿐이다.

'성급했다…… 너무 성급했다…….'

노부나가의 냉혹함에 격분하여 스스로 초래한 20여 일의 말할 수 없는 고통. 잠도 못 자고 쉬지도 못하며 모든 것을 쏟아부은 이 노력을 노부나가를 위해 바쳤더라면 어떻게 되었을까…… 최소한 역적이라는 이름 아래 일족을 죽게 만드는 비참한 처지로 전락하지는 않았으리라.

'내 계산은 처음부터 잘못되어 있었다.'

잠시 있다가 미쓰히데는 미조오에게 말했다.

"좋다. 일단 성에서 나가기로 하자."

"피신하시겠습니까?"

"아니다, 피신하는 게 아냐. 다음에 대비하여 사카모토성까지 전진하자. 이대로 죽을 수는 없다."

모두들 비로소 한시름 놓았다.

"그럼, 곧 말을 준비하라. 싸움 결과를 백성들이 안다면 고생이 많아질 것이니 한시라도 빨리."

미쓰히데는 미야케와 무라코시에게 부축받다시피 일어났다.

미쓰히데가 피신 권고를 받아들인 줄 알고 히다(比田)와 미야케는 성안에 남아 있던 병사들을 모아 남문으로 양동작전을 벌였다. 그리고 적이 그쪽에 정신팔고 있는 동안 미쓰히데와 그의 주종 6기는 2기씩 셋으로 나뉘어 구가나와테로 몰래 빠져나갔다. 이대로 죽는다면 일족에게 너무나 냉혹하다. 여기선 살 수 있는 만큼 살아남아 모두를 위해 도모해 주는 게 그나마 자신의 책임이라고 생각한 것이다.

선두에는 미조오와 무라코시, 다음은 미쓰히데와 신지, 뒤의 경계는 미야케와 호리오.

비는 그쳤다. 13일 달이 이따금 두꺼운 구름 사이에서 희미하게 윤곽만 드러내 보여주고 있었다……

가장 염려했던 구가나와테에서 후시미(伏見)로 가는 길은 무사히 지났다. 같은 이 길을, 오늘 아침에는 어떻게 이길까 이 궁리 저 궁리 하며 지났었는데 지금은 어떻게 무사히 사카모토성으로 갈 수 있을지 자신의 체력만 걱정하고 있었다.

미쓰히데는 뒤따르는 신지를 돌아보았다.

"여기가 어디쯤이냐?"

"곧 오카메(大龜) 골짜기가 나올 겁니다."

"음, 사카모토는 아직 멀구나."

"이제부터 모모야마(桃山)의 북쪽 능선을 동남으로 넘어 오구루스(小栗栖)에서 간주사(勸修寺), 오쓰(大津)를 밤사이에 지나갈 예정입니다."

"오쓰……"

미쓰히데는 그렇게만 말하고 입을 다물었다. 지금은 부질없는 말 한마디도 체력을 위해 아끼려는 미쓰히데였다.

모모야마 북쪽에서 다시 비가 뿌리기 시작했다. 그때마다 땅 위가 어두워져 앞을 가며 안내하는 두 사람이 자주 보이지 않았다.

오구루스에 가까이 오자 비는 그치고 북쪽으로 급하게 흐르는 구름이 보이기 시작했다.

"생각보다 별 탈 없이 갈 수 있겠군요. 아직 무운이 다하지 않은 증거입니다."

신지가 말했을 때 별안간 뒤에서 인마의 울림이 들려왔다.

'추격대일까……?'

두 사람은 가까운 나무그늘에 말을 숨기고 동정을 살폈다. 그것은 추격대가 아니라 미야케에게 뒷일을 맡기고 달려온 히다와 그의 종자 네댓 명이었다.

"주군……주군…… 히다 님이 왔습니다. 이제 안심하십시오."

방심하지 않고 후방을 경계하던 호리오가 말을 달려와 미쓰히데에게 알렸다.

"뭐, 히다가 뒤쫓아 왔다고?"

"예……"

검은 그림자가 미쓰히데에게 다가와 말머리를 나란히 했다.

"자, 가시면서……."

마을에 가까운 이 언저리는 가까스로 두 사람이 나란히 걸을 수 있는 황톳길이었다.

"한 사람이라도 더 사카모토성으로 데려가라는 미야케의 말에, 약 100명 가까이 데리고 쇼류지성을 출발했습니다만 도중에 어둠을 틈타 하나씩 사라져……."

미쓰히데가 말했다.

"히다, 그만둬라. 갈 사람은 가는 게 좋다. 뒤에는 진심 있는 자만 남는다. 그 편이 사람들 눈에 띄지 않으니 도망자에게는 오히려 잘된 일이다."

"도망자……."

쇼류지성을 나설 때만 해도 그 말을 싫어했던 미쓰히데가 지금은 스스로 도망자……라고 말한 것이다.

문득 가슴에 슬픔이 치밀어 올라 히다는 나란히 가던 말을 뒤로 돌렸다.

그때 어딘가 덤불 속에서 부스럭거리는 소리가 났다. 보니 길 양쪽에 대나무밭이 울창하게 늘어서 있었다.

'지금 저 소리는 무엇일까…….'

그때까지 온 길이 비교적 안전했으므로 히다는 그것이 숲속의 사람 소리임을 깨닫지 못했다.

대나무 숲은 죽 이어지고 있었다. 앞서 가던 미조오가 말을 세웠다.

"이상한걸, 대나무 숲에서 이상한 소리가 자꾸 나는데……."

미쓰히데에게 다가가 말하려 했을 때, 미쓰히데의 말이 갑자기 빠르게 달려 나갔다.

미조오가 이상하게 여기고 불렀다.

"주군……."

"쉿—"

히다가 그것을 제지하고 자기도 미쓰히데의 뒤를 쫓았다. 대나무 숲은 다시 조용해졌지만 그 속에 복병이 있는 걸 눈치채고 달려간 게 틀림없다……고 히다는 생각했다.

미조오도 히다가 제지하는 뜻을 곧 눈치챘다. 그는 일부러 신지를 돌아보고 사방에 들리도록 말했다.

"주군, 복병이 있을지도 모릅니다. 조심하십시오."

미쓰히데를 엄호하듯 신지가 미쓰히데인 양 꾸며서 대답했다.

"알았다, 모두들 조심해라."

하늘은 어스름하게 밝았지만 대나무 숲 사이의 길은 어두웠다. 사람의 윤곽은 보여도 갑옷 색깔이며 얼굴은 보일 리 없었다. 미쓰히데, 히다가 먼저 달려가고 신지, 미조오의 순서가 되었다.

겨우 7, 8칸쯤 달려갔다 싶을 때 오른쪽 덤불이 바스락 소리 내며 느닷없이 죽창이 튀어나왔다. 신지는 말 위에서 아슬아슬하게 피하며 창끝을 비스듬하게 후려쳐 베어버렸다.

그러나 앞서간 미쓰히데를 염려하여 부상당한 척했다.

"으윽!"

복병을 멋지게 속였다.

"와!"

10명에 가까운 사람들 목소리가 길 양쪽에서 쏟아져 나왔다.

"겁낼 것 없다. 대장으로 보이는 자를 찔렀어."

"나와서 덤벼라. 모두 덤벼."

"지금이야, 지금."

그 움직임과 목소리는 신지와 미조오에게 적의 정체를 똑똑히 알려주었다.

미조오가 고함쳤다.

"토민들이다. 짓밟아버리자!"

"걱정 말게. 복병은 낙오병 사냥하는 도둑들이니"

"오!"

뒤에서 달려온 미야케는 창, 호리오는 칼로 맞섰다. 검은 그림자가 한데 뒤엉켜 길을 가로막았다.

미조오는 신지의 옆을 빠져나가며 자기편에게만 통하는 말을 남기고 그대로 앞을 향해 질주했다.

"염려된다, 실례!"

다시 달이 어두워졌다. 후드득 대나무 잎을 때리는 것은 비일까 이슬일까. 인가와 가까워지자 숲에 군데군데 대나무 울타리가 섞이기 시작했다.

"이럇! 어서 가자!"

주군으로도 대감님으로도 부를 수 없는 형편이라, 어쨌든 앞을 볼 수 있는 곳으로 가기 위해 미조오는 안장에 윗몸을 바싹 붙이고 앞쪽을 살피는 자세로 미쓰히데의 뒤를 쫓았다. 그리고 활모양으로 오른쪽으로 꼬부라진 모퉁이의 대나무 울타리 앞에 이르러 앞쪽에 길을 막고 서 있는 말 그림자를 발견하자 놀라 안장에서 뛰어내렸다.

틀림없는 미쓰히데의 말······.

"주군!"

저도 모르게 땅바닥을 살피다가, 거기서 4, 5간 앞쪽에 말에서 떨어져 옆구리를 안고 웅크려 있는 미쓰히데를 찾아내자 순간 망연자실하여 우뚝 서고 말았다.

미조오가 달려가 안아 일으켰을 때 미쓰히데는 아직 희미하게 의식이 남아 있었다.

"주군!"

미조오가 부르자 희미하게 고개를 끄덕이며 눈을 뜨려고 애쓰는 것을 어둠 속에서 느낄 수 있었다. 한 손으로 왼쪽 옆구리를 누르고 한 손을 허공에서 떨고 있는 모습을—

"목을 베어다오······."

이런 의미로 미조오는 받아들였다.

그러나 미쓰히데는 전혀 다른 것을 호소하고 있었다. 다름 아닌 이 한마디를 하고 싶었던 것이다.

"나는 지쳤다."

그러고 보니 미쓰히데의 일생은 한시도 마음 편할 때 없는 팽팽한 긴장의 연속이었다. 소심하고 꼼꼼하게 늘 마음속의 불만을 누르며 부지런히 작은 돌을 쌓아올렸고, 그것이 무너지지 않도록 겁내온 일생이었다.

더욱이 그가 가장 두려워했던 파멸은 그가 최대의 결단을 내려 노부나가를 친 찰나부터 싹트고 있었다. 물론 그 전에도 마음의 노고는 끊임없이 계속되고 있었지만, 이 13일 동안의 고생에 비하면 아무것도 아니었다.

모든 게 오산이었던 것은 아니지만 최소한 자신의 성격과 힘을 과신한 건 사실이었다. 그의 경우 히데요시와 반대로 하나의 지식, 하나의 교양이 힘과 기쁨이 되지 않고 오히려 마음의 노고와 불만의 원인이 되었다.

미쓰히데의 입술이 희미하게 움직였다.

"여기는…… 여기는……."

"우지군(宇治郡) 다이고 마을(醍醐村)의 오구루스 언저리입니다."

"미노의…… 아케치 마을에서 태어나…… 야마시로 오구루스의 이슬로 사라지는구나……."

"주군! 상처는 깊지 않습니다."

"아니다……."

"무라코시는, 무라코시는 어디로 갔나?"

미조오가 중얼거렸을 때 앞뒤에서 함성이 와 일었지만, 미쓰히데의 귀에는 이미 들리지 않았다. 미쓰히데의 말이 갑자기 나아갔을 때, 그는 이미 왼쪽의 어둠 속에서 나온 죽창에 찔렸던 모양이었다. 그리하여 소리 없이 달려가 이 언저리에 이르러 겨우 한숨 돌렸을 때, 다시 토민에게 당하여 말에서 떨어진 것이리라. 말을 그곳에 매어두고 미조오가 상처를 살펴보니 왼쪽 옆구리와 엉덩이 두 군데가 찔려 있다.

"주군! 정신 차리십시오. 상처는……."

흰 헝겊으로 허리를 싸매고 다시 말하다가 미조오는 뒤로 주저앉았다.

"아……."

이미 숨을 거둔 뒤였다. 눈이 어둠에 익숙해진 건지 아니면 사방이 훤해진 건지 창백한 미쓰히데의 얼굴에 이미 허무한 죽음이 깃들어 있었다.

뒤에서 다시 습격자의 소리가 들려왔다.

"와—"

미조오는 당황해 시체를 길옆으로 끌고 가 쓰러져가는 대나무 울타리에 세워놓았다.

"……목을 베어달라는 분부이십니까? 그리고 유해는 사람 눈에 띄지 않도록……."

자신의 생각을 말하며 절한 뒤 칼을 오른쪽 어깨 위로 세웠다.

"옛, 분부대로 하겠습니다."

순간 사방이 조용해지고 대나무 잎에서 구르는 이슬 소리가 마음에 스며들었다.

미조오는 미쓰히데의 목을 베어 그것을 말안장 덮개로 싼 다음 시체의 품 안을 뒤졌다. 틀림없이 유언 시가 있을 거라고 생각한 것이다.

"오, 여기 있구나……."

　순역(順逆)에 두 문(門)은 없노라
　큰 길은 오로지 마음에 있을 뿐
　쉰다섯 해의 꿈
　깨고 보니 하나로 돌아가는구나.

그러나 미조오는 지금 그것을 읽을 여유가 없었다. 이 무렵부터 사방의 대나무 숲이 요사스럽게 술렁거렸던 것이다.

아무튼 순역에 두 문이 없다는 유언은 슬펐다. 그것은 미쓰히데 자신이 주군 노부나가를 죽인 일에 얼마나 얽매여 있었는가 하는 증거였다. 그 얽매인 마음이 그 뒤의 작전을 늦어지게 만들었다. 먼저 칙사에 얽매이고 교토 시민들 인기에 얽매여 히데요시의 이름을 날리게 하는 원인을 만들었다.

미조오가 유언 시를 품 안에 넣었을 때 검은 그림자 둘이 뒤에서 뛰어왔다.

"누구냐?"

"오, 미조오 님이시오. 신지와 히다요."

말하던 두 사람은 미쓰히데의 시체에 걸려 하마터면 넘어질 뻔 했다.

"아, 이건!"

그리고 그 자리에 무릎 꿇었다. 두 사람 역시 이미 중상을 입은 것 같았다.

"최후를 마치셨소?"

쥐어짜듯 중얼거리는 신지에게 미조가 목을 싼 보퉁이를 내밀었다.

"목은 여기 있소."

미조오가 목을 싼 보퉁이를 가까이 내밀자 신지는 얼른 손을 내저었다.

"한시라도 빨리, 목만이라도 사카모토로"

"뒷일은 우리가 맡겠소. 아니, 우리는 여기서 순사하기로 작정했소. 미조오 님, 서두르시오."

히다는 목 없는 시체를 안아 올렸다.

"불운하여…… 이 같은 명장이……."

더 이상 말이 되지 않고 울음이 새어나왔다.

"있다, 여기 있다."

뒤에서 습격자의 목소리가 들려왔다. 이미 패잔병임을 알고 도둑으로 표변한 토민들 수는 갈수록 늘어날 뿐이었다. 평소에는 결코 대들 수 없는 권력자에게 그들이 할 수 있는 유일한 복수가 이 패잔병 사냥이었다.

"아, 말이 있구나! 이름 있는 장수인가보다."

"칼을 줍자."

"갑옷을 벗겨라."

그 고함 속에서 그들에게 넘기지 않으려고 사람 소리가 적은 덤불 속으로 히다는 시체를 안은 채 뛰어들었고, 신지는 한 무릎을 꿇은 채 칼을 겨누며 이를 엄호했다.

목을 가슴에 끌어안은 미조오는 말을 달려 이미 이곳에서 사라지고 없었다.

쌓을 때의 길고 고통스러운 세월에 비해 무너질 때 인생의 허무한 순간은 또 얼마나 비참한 것일까…….

이윽고—

이 불운한 하룻밤이 밝았을 때 미쓰히데의 시체는 덤불 속 작은 도랑에 거꾸로 물구나무선 채 반쯤 묻혀 있었고, 길가에는 껍데기를 약탈당한 벌거벗은 시체가 어느 것이 신지이고 어느 것이 히다인지 분간할 수 없는 비참한 꼴로 흙 범벅이 되어 흩어져 있었다.

그러한 인간세상의 사건과는 상관없이 아침덤불에서는 몇 무리의 참새들이 시끄럽게 지저귀며 이리저리 옮겨 다니고 있었다.

그날은 하늘의 반이 새파랬다.

접시꽃은 어디에

6월 13일까지 갤 듯 말 듯하면서 계속 내리던 장마가 14일 저녁부터 활짝 개었다. 비가 개자 벌써 찌는 듯한 여름이라 이곳 아쓰타의 푸른 숲은 숨이 막힐 듯했다.

동쪽에 대한 대비를 으뜸으로 여겨 이곳까지 본진을 이끌고 온 이에야스는 그 선봉을 사카이 다다쓰구에게 내주어 쓰시마(津島)로 진격시키고 자신은 이곳에서 움직이려 하지 않았다. 진지에 도착한 지 사흘째인 17일 오후였다. 겉으로는 이곳에 대군을 집결시켜 단숨에 아즈치성으로 쳐들어갈 것처럼 해놓고 실은 여기서 동서 양쪽의 정보를 수집할 뿐 움직일 마음이 없었다.

가신들 중에는 지금이야말로 오와리, 미노, 오미를 수중에 넣고 천하를 장악할 때라고 조급해 하는 자도 있었지만 이에야스는 웃으며 문제 삼지 않았다. 여기서는 그 같은 위험한 짓을 하기보다 동쪽에 있는 노부나가의 유산을 단단히 지키는 편이 무난했다.

노부나가의 죽음은 고슈의 가와지리 히데타카(川尻秀隆), 조슈의 다키가와 가즈마스, 신슈의 모리 나가요시 등 노부나가의 유신들에게 영지를 버리게 하는 결과가 될 것이다. 버린 것을 주워서 굳히는 편이 갈수록 분쟁이 심해질 서쪽으로 진출하는 것보다 이에야스 자신은 물론 백성을 위하는 길이기도 했다.

이에야스는 이곳에 진 치자 사방에 첩자를 놓아 촉각을 세우고 아쓰타 신궁을 참배하고 전에 자기가 불우한 어린 시절을 보낸 가토 즈쇼의 집을 찾아가 옛

이야기로 시간을 보내기도 했다.

"나오마사, 긴키에서의 첩자는 아직 돌아오지 않았느냐?"

"예, 아직 돌아오지 않았습니다만……."

"흠, 지난번 보고에서 야마자키에서의 포진이 미쓰히데에게 불리하다……고 했으니, 이제 다음 소식이 올 때가 되었는데."

"예, 혹시 미쓰히데가 물러나 교토로 돌아간 게 아닐까요?"

"그대는 그렇게 생각하나?"

"예, 교토는 천황님 슬하라 거기서 농성하면 소홀히 공격할 수도 불태울 수도 없으니 오래 버틸 수 있지 않을까 하고……."

이이 나오마사가 젊은 볼에 홍조를 띠며 말하자 이에야스는 웃음을 터뜨렸다.

"하하, 싸움이란 상대의 인품을 봐야 한다."

"그러시면……."

"미쓰히데는 교토에 병화를 미치게 할 사람이 못 된다. 우대신이 산을 불태웠을 때 눈물을 흘리며 간언한 사람이다. 야마자키에서 패하면 히데요시에 의해 단바 길이 막힐 터이니 오미의 사카모토로 물러나겠지만……이곳도 오래 버티지 못할걸."

"그럼, 주군께서는 미쓰히데가 이미 전사했을 거라고 생각하십니까?"

"전사하지 않았으면 자결했을지도 모른다고 생각되는데, 어쨌든 무슨 소식이……."

그때 시동 도리이 마쓰마루(鳥居松丸)가 얼굴을 빛내며 막사 안으로 들어왔다.

"긴키에서 자야 시로지로 님이 돌아오셨습니다."

"뭐라고, 자야가 돌아왔어? 곧 이리 들게 해라."

이에야스는 몸을 내밀듯하며 옆에 있는 나오마사를 돌아보고 가볍게 고개를 끄덕여 보였다.

"이제야 내 거취가 결정되겠구나. 정말 따분한 나날이었어."

자야가 장막 안으로 들어오자 이에야스는 말했다.

"마쓰마루와 나오마사만 남고 나머지는 밖을 감시하라. 아무도 다가오게 하면 안 된다."

자야는 모두들 나갈 때까지 땀을 닦으며 기다리고 있었다.

"자, 모두 나갔다. 그래, 승부는 결정 났나?"

"예."

"그렇다면 미쓰히데는 야마자키에서 패하여 목숨을 잃은 모양이군."

"예…… 싸움은 13일 해질녘부터 두 시각도 못되어 승패가 결판나고 미쓰히데는 사카모토로 후퇴하는 도중 행방을 알 수 없게 되었습니다……."

"뭐, 행방을 모르게 되었다고?"

"그런데 다음 날인 14일에 시체는 덤불 속 개울에서, 목은 논에서 토민들에 의해 발견되었습니다. 장소는 야마시로, 우지군 다이고 마을 오구루스 언저리입니다."

"그래? 단 두 시각도 못되는 싸움에서 목숨을 잃었구나."

"예, 토민들 말을 들으면 강도를 만나 그렇게 덧없이 된 모양입니다."

이에야스는 눈을 감으며 고개를 끄덕였다.

"그래서 시체는 그 자리의 도랑에 감추고 한 가신이 안장덮개로 목을 싸 사카모토성으로 가려 했던 것 같습니다. 그러나 그도 도중에 또 폭민들의 습격을 받아 끝내 목을 버리고 달아난 모양이니 참으로 가엾은 말로인 듯합니다."

"기요노부…… 아니, 자야 시로지로."

"예."

"미쓰히데의 비참한 이야기는 그것으로 충분해. 나는 지금까지 우대신이 미쓰히데보다 성급했다고 생각했는데 그 반대였네. 미쓰히데 쪽이 훨씬 더 성급했어…… 그래, 하시바 님은 그 뒤 어떻게 되었나?"

"예, 하시바 님은 13일 밤 요도에 머무르고, 교토로 들어가 불탄 혼노사 자리에서 우대신님 영령에 참배한 다음, 보름날 미이사(三井寺)로 진을 옮겼습니다."

"참으로 전광석화 같은 솜씨로군. 그래, 아즈치와 사카모토에 남아 있는 미쓰히데의 예비병력은…… 설마 아즈치성을 불태우지는 않았겠지?"

자야가 몸을 내밀었다.

"그것이…… 미쓰히데가 살해당한 것을 한시바삐 알려드리려고 길을 서두르고 있을 때……."

"불타버렸단 말인가!"

"예, 보름날 저녁 때 붉은 불길이 하늘을 태우며 그처럼 웅장한 7층 명성도……."

"음."

이에야스는 저도 모르게 입을 굳게 다물며 길게 신음을 토해냈다.

"이제 뒷일이 더 골치 아프겠구나. 아케치의 잔당 중에는 똑똑한 자가 한 놈도 없을 텐데……."

"그런데 성에 불을 지른 건 아케치 미쓰하루(明智光春)가 아닙니다."

"뭣이, 아케치 군이 아니라고?"

"예, 이것을 명한 것은 기요스의 중장 노부카쓰라고 합니다."

"기요스의 노부카쓰가……?"

이에야스는 말한 뒤 혀를 세게 차며 그대로 뒷말을 삼켰다. 적인 미쓰하루도 감히 불태우려 하지 않았던 아버지가 쌓은 명성을 그 아들 노부카쓰가 재로 돌아가게 하다니…….

'대체 이 무슨 무도한 짓이란 말인가…….'

어지간한 이에야스도 노부카쓰의 마음을 이해할 수 없어 잠시 망연히 자야를 바라볼 뿐이었다.

자야도 이에야스의 의아해 하는 마음을 눈치채고 이렇게 덧붙였다

"저도 도무지 영문을 모르겠습니다. 아즈치성에 있던 아케치 군은 1000명도 안 되므로 반드시 성을 그대로 두고 사카모토성의 약 2000명과 합류할 것을 알면서 그 명성을 태워버릴 줄은……."

이에야스는 아무 말도 하지 않고 여전히 무언가 생각하고 있었다. 당장 적이 이용할 것을 두려워하여 불태웠다면 노부카쓰는 심한 겁쟁이라는 이야기가 되고, 히데요시의 손에 넘어갈 것을 두려워하여 불태웠다면 엉큼한 책략가라는 이야기가 된다.

기후에 있는 형 노부타다의 유아(遺兒) 산보시의 손에 넘어가는 것을 꺼린 것일까? 아니면 고베에 있는 노부타카의 입성을 경계한 것일까……? 어쨌든 아버지 위업의 상징이었던 아즈치성을 집안사람 손으로 불태웠다면 오다 집안은 앞날에 분규를 면할 수 없으리라.

머잖아 승리를 차지한 히데요시가 이 문제들을 어떻게 처리할 것인지? 시바타 가쓰이에도 에치젠에서 군사를 이끌고 상경해 올 것이고, 우에노에서 다키가와

가즈마스도 영지를 버리고 달려오리라.

게다가 노부타카, 니와 나가히데가 얽혀든다면 이 소동은 끝없는 소용돌이를 몰고 올 것이다. 노부나가, 미쓰히데 두 사람의 영지에 대한 분배만으로는 해결되지 않을 텐데……

"자야……."

"예."

"우리가 오미로 군사를 몰고 가지 않기를 잘했군."

"예, 그렇습니다."

"아즈치를 불태운 것은 오다 집안의 앞날을 어둡게 해버렸어. 앞으로 긴키가 시끄러워지겠군."

"예, 저는 우대신님 후계문제가 어떻게 될 것인지…… 도무지 짐작하지 못하겠습니다."

"미쓰히데가 죽기를 잘했어. 이제 우리도 군사를 돌려 동쪽을 굳히는 데 전념할 수 있겠지. 그러나 겉으로는 어디까지나 아즈치성까지 가지 못한 게 못내 분한 것처럼 보여야 해."

"예, 돌아가서 충분히 그 준비를 하겠습니다."

두 사람은 얼굴을 마주 보며 서로 고개를 끄덕였다.

"마쓰마루, 자야 님에게 점심을 대접하도록. 아참, 내 점심도 이리 가져오너라."

두 사람이 도시락을 먹고 있는 동안 이번에는 이세(伊勢)에서 노부타카의 수비장수가 사자를 보내 미쓰히데의 죽음을 알려왔다.

사자는 이에야스 앞에 나오자 옷매무새를 가다듬었다.

"저희 주군 노부타카 님께서 히데요시, 니와, 이케다 등과 함께 교토에서 아케치를 토벌했으므로 알리러 왔습니다."

마치 노부타카가 모든 공을 세운 것 같은 말투였다.

그가 돌아가자 이번에는 히데요시가 보낸 사자가 찾아왔다. 사자는 이에야스 앞으로 안내되자 부자연스러울 정도로 어깨를 딱 버티고 말했다.

"교토에서의 일이 모두 단번에 해결되었으니 도쿠가와 님께서는 빨리 진지로 돌아가시라는 말씀이십니다."

이에야스는 정중하게 머리를 숙였다. 노부나가의 가신 히데요시가 객장(客將)

이에야스에 대해 하는 말치고는 좀 우스웠지만 그는 별로 구애되지 않았다. 실은 속으로 은근히 그것을 기다리고 있었지만 그보다도 그 말을 통해 히데요시의 각오를 알게 된 게 재미있었다.

"아즈치 공격에서는 유감스럽게도 히데요시 님에게 선수를 뺏기고 말았소. 이렇게 된 바엔 일찌감치 물러가 동쪽 방비에 전념할 테니 그렇게 잘 전하시오."

그렇게 말하여 사자를 돌려보내자 이에야스는 비로소 마음 놓이는 기분이었다.

'이제 모든 게 생각대로 되었다······.'

아마 히데요시는 승리의 기세를 타고 노부나가를 대신하여 나설 것이다. 그럴 때 이에야스가 긴키에 있으면 노부카쓰, 노부타카에게 의리를 느껴 모른 척할 수 없을 것이고 그렇게 되면 동쪽의 방비가 소홀해진다.

그는 자야를 불러 다시 긴키의 일을 빠짐없이 알리도록 은밀히 명하여 길을 떠나보내고, 쓰시마에서 사카이 다다쓰구를 불러 중신회의를 열었다.

"히데요시 님이 일찌감치 돌아가라고 전해왔는데 며칠쯤 돌아가기로 할까?"

이에야스가 조용히 말을 꺼내자 맨 먼저 혼다 사쿠자에몬이 정색하고 항의했다.

"무슨 말씀이십니까. 주군께서 언제부터 히데요시 부하가 되셨습니까?"

"하하하하, 부하가 아니기에 돌아가겠다는 것인데 사쿠자는 그것이 이해되지 않는가?"

"이해되지 않습니다!"

사쿠자의 고집쟁이 근성이 드러났다.

"미쓰히데는 죽었지만 아직 잔당이 곳곳에 많이 남아 있습니다. 이번 기회에 미노, 오미로 군사를 내어 아즈치에서 당당하게 히데요시 님과 만나 우리 편의 위력을 충분히 보여준 다음 물러나지 않으면 반드시 뒷날 얕보이게 됩니다. 그렇잖소, 다다쓰구 님."

"그렇소. 여기까지 나와 아무것도 못한대서야 한심스럽지. 그래서는 에치젠에서 달려올 시바타에게도 모멸당할 것이오."

그러나 이에야스는 빙그레 웃으며 이시카와 가즈마사를 돌아보았다.

"가즈마사, 그대도 그렇게 생각하나?"

"저는 이대로 이곳에서 철수하시는 게 좋을 듯합니다."

"이유를 들어보세! 여느 때의 가즈마사답지 않군. 히데요시의 파죽지세 같은 위풍에 겁먹었나?"

사쿠자가 대들 듯 돌아앉자 가즈마사는 무뚝뚝하게 고개를 저었다.

"대체로 전국(戰國)에서는 허울뿐인 명성은 버리고 실리를 취해야 합니다. 여기서 아즈치까지 군사를 몰아본들 히데요시 님과의 충돌이 있을 뿐 얻을 게 없습니다. 그보다는 물러나 동쪽으로 눈을 돌리면 고슈와 신슈에 주인 없는 땅이 많이 있습니다."

이에야스는 고개를 깊이 끄덕이며 사쿠자에몬과 다다쓰구를 향해 돌아앉았다.

"그대들이 말하듯 아케치의 동태를 하루만 더 살피고 19일에 물러가기로 하자. 나는 히데요시 님 가신이 아니니까. 그쪽에서 교토 일을 모두 해결했다고 말해왔으니 앞으로 지원해야 할 의리도 없다. 동쪽만 단단히 장악하고 있으면 누가 천하를 잡든 우리는 우리 뜻을 관철할 수 있다. 알겠나, 19일이다."

이에야스가 단호하게 말하자 이제 누구도 거부할 수 없었다.

이에야스는 19일에 쓰시마와 아쓰타의 진을 거두어 고향 미카와로 떠났다. 드디어 무더운 계절로 접어들고 있었는데, 전송하는 사람들의 평판은 히데요시의 소문에 압도되어 이에야스에게 그리 좋지 않았다.

사카모토성에 피신했던 아케치 일족의 비참한 최후가 도쿠가와 군을 뒤쫓듯 전해졌다. 아즈치성에서 철수한 아케치 미쓰하루가 고생 끝에 사카모토성으로 들어가 꽤 끈질기게 반항한 끝에 성을 불태운 모양이었다.

늘 그렇지만 패장의 마음은 쓰라린 법. 그는 미쓰히데의 죽음을 알고 잇따라 달아나는 병사 가운데 불과 300명 남짓 남은 자를 본성에 불러 모아 성안에 남은 금, 은, 기물 등을 남김없이 나눠준 뒤 뒷문으로 히에이 너머로 도피시키고 미쓰히데의 처자와 자기 처자, 그리고 끝까지 떠나지 않고 남아 있는 시동과 하녀들을 모두 천수각에 오르게 하여 밑에서 불을 지른 모양이었다.

자기 옷자락에 달라붙는 불길을 보고 미쓰히데의 일족 가신들은 무엇을 느끼고 무엇을 생각하며 갔을까? 무인(武人)의 긍지로 깨끗이 자결한 자가 과연 몇 명이나 있었을까……?

'죽이는 자는 죽임당한다……'.

일찍이 혼노사에 겹겹이 쌓였던 시체가 다시 사카모토성을 메웠다는 것은, 인간의 얕은 지혜에 내리는 형벌치고는 너무 무참하고 애처롭다…… 어쨌든 쫓겨서 더 이상 갈 길이 없던 아케치 일족은 이렇게 괴멸해 갔다.

더욱이 미쓰하루는 그 마지막 직전에 성에 있던 보물과 명기(名器) 종류를, 이것은 태울 수 없는 천하의 것……이라며 히데요시에게 내주고 갔다고 한다.

"아즈치성을 불사른 기요스의 노부카쓰와는 굉장한 차이다. 아까운 인물을 잃었어……."

철수하는 행렬 속에서 이 소식을 들은 이에야스는 애석한 듯 말하며 가즈마사를 돌아보았다.

"내가 오카자키에 도착하거든 그대는 은밀히 히데요시 님에게 심부름을 가다오."

"예? 뭐라고 하셨습니까?"

"무슨 일이 있기를 바라서는 안 된다. 억지로 뺏은 천하는 오래가지 않아. 무엇이든 참아야 해. 한 사람이라도 더 살리는 게 무사의 길, 그러니 그대가 히데요시 님에게 가서 전승 축하의 예를 올리고 와. 반드시 뒷날을 위해 도움 될 것이니."

가즈마사는 이에야스를 지그시 쳐다보며 고개를 끄덕였다. 여기서 긴키를 평정하지 않으면 안 되는 히데요시에게 동쪽 방면이라도 의심을 느끼게 하지 않으려는 이에야스의 배려……라고 받아들였다.

이에야스는 그날 밤 오카자키에 도착하자 비로소 무장을 풀고 욕탕에 들어갔다.

그리고 여러 장수들에게 술을 내리고 자신은 지리유 신사에 맡겨두었던 오기마루를 불러 대면했다.

벌써 10살이 된 오기마루는 아버지를 보자 두 손을 짚고 인사했다.

"무사히 개선하신 것을 축하드립니다."

이에야스는 그 얼굴에서 노부나가에게 할복을 강요당한 맏아들 노부야스를 떠올리고 그 노부나가도, 그리고 노부나가를 친 미쓰히데도 이미 이 세상 사람이 아닌 사실에 새삼 마음이 어두워졌다.

"오기마루, 이리 오너라. 아버지가 머리를 쓰다듬어주마."

"예……."

이에야스는 아들의 머리를 어루만지면서 이번에는 에치젠에서 군사를 이끌고 올 시바타와 히데요시가 또다시 많은 피를 흘릴 것 같은 예감이 들어 견딜 수 없었다.

노부나가가 죽은 뒤 20일 동안 미쓰히데와 히데요시의 생애가 결정지어졌지만, 동시에 이에야스 삶의 규범 역시 결정짓게 하는 중대한 계기를 이루기도 했다.

이 20일 동안 이에야스는 어렴풋이 역사의 흐름을 느꼈다. 그것은 인간의 뜻대로 만들어지는 흐름인 동시에 한 권력자의 방자한 생각에는 단연코 따르지 않는 흐름이었다. 이 경우 인간의 뜻이란 최대다수의 뜻을 말한다. 다수의 뜻을 무시하고 움직이는 것은 유구히 흐르는 역사의 본줄기를 거스르는 일이며, 어떤 힘의 소유자도 언젠가는 자멸해 버리는 게 필연적인 이치인 것 같았다.

"오기마루, 과자를 줄까."

말하며 자신에게서 잠시도 눈을 떼지 않고 대령해 있는 혼다 헤이하치로에게 웃어보였다.

"헤이하치, 술을 들어라. 앞으로도 싸움은 계속될 터이니 서두르지 말아야 한다, 뜬세상 일에서는."

헤이하치로는 그래도 시선을 돌리지 않고 딱딱한 자세로 술잔을 들이켰다.

"그대는 성에 있던 미쓰히데의 가족이 맞이한 마지막 광경을 생각해 보았는가?"

"무인들에게는 늘 있는 일, 굳이 생각하고 싶지 않습니다."

"그런가…… 내 눈에는 역력히 보이는 것 같다. 미쓰히데의 장남 미쓰요시는 단바의 가메야마에서 병으로 누워 있었을 텐데, 이 역시 14살이다. 각오는 되어 있었겠지만, 사카모토성에 있던 부인은 아마 48살이나 되었을까…… 둘째 아들 주지로(十次郞)는 12살, 셋째 아들 요리시카(自然)는 11살, 딸 하나는 9살, 막내아들 오요시(乙壽)는 8살이라고 했다. 이 철없는 것들이 어머니 소맷자락에 매달려……."

이에야스는 눈을 감고 옆에 있는 오기마루의 머리를 쓰다듬었다.

헤이하치는 아직 이에야스의 뜻을 헤아리지 못해 눈도 깜박이지 않고 똑바로 쳐다보고 있다.

"무장이니 모든 게 다 당연한 일이라고 생각해서는 안 된다. 어버이고…… 자식이다…… 무사히 행복해……지기를 바라는 면이 있다는 것을 놓쳐서는 안 돼. 알겠나, 나는 괜한 넋두리를 하고 있는 게 아니다. 올바르게 이기는 길을 생각하며 말하는 것이다."

"그러시면 그러한 비극을 피하기 위해 굳이 군사를 전진시키지 않으셨다는 말씀이십니까?"

이에야스는 웃으면서 손을 내저었다.

"아니지. 헤이하치, 나는 히데요시에게도 시바타에게도 이기기 위해 군사를 철수시킨 것이다."

"이기기 위해 군사를 철수시켰다고요……?"

"그렇다, 나는 참다운 승리는 그런 싸움에 있는 게 아니라는 걸 깨달았다, 알겠느냐?"

"저는 도무지 모르겠습니다!"

"하하…… 그럴 테지. 그러나 곧 알게 된다. 나는 당분간 내 날개 밑에서 안온하게 지낼 수 있는 가신들과 백성들 수…… 그런 것으로 히데요시며 시바타와 겨루겠다."

"군사 수가 아니라 백성 수로?"

"그렇지, 그들의 소망을 이루어주고 지켜줄 것이다. 무(武)라는 글자는 창(戈)을 멈춘다(止)는 뜻이다. 내 날개 밑에서 편안히 지내는 자가 많으면 앞날은 반드시 나의 승리다."

이에야스가 딸그락 소리 내며 찻잔을 내려놓고 다시 오기마루에게 웃음을 지어보이자 헤이하치는 어깨에 잔뜩 힘을 주며 되물었다.

"그러면 히데요시나 시바타의 백성 수가 많을 때는…… 그때는 주군이 지는 것입니까?"

헤이하치는 사카이에서 돌아온 뒤로 이에야스에게 어딘지 패기가 모자라는 느낌이 들어 불만스러웠다. 그 불평이 거침없이 강한 말투로 되묻게 한 것 같았다.

"하하……."

이에야스는 유쾌한 듯 웃었다.

"히데요시와 시바타가 나보다 많은 백성을, 나보다 훨씬 행복하게 해주었을 때

말이냐?"

"그때는 주군의 패배……라는 말씀으로 들립니다만."

"맞았다, 헤이하치."

"예?"

"그때는 우대신님을 대했을 때처럼 나는 또다시 히데요시건 시바타건 머리 숙여 접대할 것이다."

"아니, 이 무슨 주군답지 않으신 말씀을? 히데요시나 시바타는 오다 가문의 가신, 주군은 우대신님이 직접 미카와의 친척이라고 말씀하셨던 각별한 사이가 아닙니까?"

"헤이하치."

"예……."

"미쓰히데도 같은 생각을 하고 있었겠지. 자기는 도키(土岐) 가문 일족이니 하고……."

"그러나 그건 이것과……."

"좋아, 나는 되도록 그들한테 지지 않도록 안을 다져놓으면 되는 것이다. 안만 튼튼하다면 반드시 참다운 커다란 흐름을 내 편으로 만들 수 있어. 그것이 힘이다! 그 힘을 갖지 못하고 움직인 데 미쓰히데의 비참한 말로가 있었음을 깨달았다."

"……."

"불만인 모양이군…… 그럼, 입장을 바꿔서 말해 볼까. 예를 들어 히데요시도, 시바타도 긴키를 다스릴 자격이 없다고 보았을 때는 무장의 행운, 우리는 흔구정토(欣求淨土)의 기치를 내세워 그곳으로 나아가도 되겠지."

"그러니 여기서 그 준비를……."

"물러가서 기반을 튼튼히 다져야 해!"

이에야스는 단호히 말하고 헤이하치를 똑바로 바라보았다.

헤이하치의 어깨가 그제야 풀어졌다.

"이제 좀 알아들었나?"

"알 것 같은 기분이……."

"하하…… 미쓰히데는 그 나이에 지난 20일 동안 지옥의 고통을 맛보았을 것이다. 우리가 사카이에서 미카와로 오는 동안 겪은 고생의 몇십 배나 되는 고통을. 그리고 그 보상은 진흙투성이가 된 목을 교토 사람들 앞에 내걸리게 되는 일이 었어."

"예……."

"이 교훈을 잊어서는 안 된다. 일찍이 신겐은 우리에게 무략(武略)을 가르쳤고, 지금 또한 미쓰히데는 정략을 가르치고 갔다. 세상이 평온하게 다스려질 때 제멋대로 군사를 움직이는 것은 그릇된 일이라고…… 알았거든 그대도 하마마쓰로 돌아가 오랜만에 가족에게 웃는 얼굴을 보여주도록 해라. 나도 이번에는 며칠 동안 세상사를 잊고 편히 지내야겠다."

헤이하치는 아직 알 것 같기도 모를 것 같기도 한 기분이었지만 웃고 있는 이에야스의 커다란 얼굴에 눌려 입을 다물었다.

큰방에서는 오랜만에 술이 내려져 알맞게 취기가 돈 모양이다. 왁자지껄하게 떠드는 소리에 이어 느릿한 노랫소리가 들려온다…….

"앞으로도 언제나…… 많은 사람 편에 서는 자가 이긴다…… 많은 사람이 원하는 게 늘 올바르고 힘이 되는 것이다."

이에야스는 또 불쑥 한마디 하더니 눈을 가늘게 뜨고 잔을 입으로 가져갔다.

이에야스는 그 이튿날 사쿠자에몬을 오카자키에 남겨놓고 일단 하마마쓰성으로 돌아갔다.

그곳에 간토의 관리직으로 조슈에 있던 다키가와 가즈마스한테서 두 사자가 와 있었다. 한 사람은 나가사키 모토이에(長崎元家), 또 한 사람은 이에야스의 가신 혼다 마사노부(本多正信)의 아우 혼다 마사시게(本多正重)였다. 간토 철수를 위해 이에야스의 원병을 청하러 온 것이었다.

이에야스는 그들을 대면하자 단호히 거절했다.

"고슈, 신슈의 땅이 동요하고 있다면 미안하지만 군사를 나눌 수 없소. 급히 가서 가즈마스 님께 그렇게 전하시오."

두 사람을 돌려보내자 곧 고슈, 신슈 땅에 미리 보내두었던 요다 노부시게(依田信蕃)와 혼다 마사노부에게 편지를 써서 머지않아 일어날 그 땅의 동란에 엄격히 대비하도록 명령했다.

이미 오카자키에서의 지시로 아나야마 바이세쓰가 죽은 뒤의 아나야마 쪽

활용은 오카베 마사쓰나(岡部正綱)에게 명령해 두었고, 고후의 가와지리 히데타카에 대해서도 혼다 모모스케와 나구라 노부미쓰에게 빈틈없는 비책을 일러놓았다.

히데요시는 긴키에서.

이에야스는 고슈, 신슈에서.

노부나가는 죽었지만 지금 이에야스는 노부나가 이상으로 위력을 가진 새로이 섬길 주군을 발견해내고 있다. 그것은 눈에 보이면서도 보이지 않는 역사 흐름의 법칙이었다.

그 의미에서는 노부나가도 히데요시도 모두 이 주군의 가신이다. 이제 죽고 없는 아시카가 요시테루도, 이마가와 요시모토도, 다케다 신겐도, 우에스기 겐신도 물론 예외일 수 없었다. 여기에는 한 가닥의 정실(情實)도, 달콤한 공론공상의 여지도 없었다. 이 주군의 뜻에 맞게 한결같은 길을 매섭게 나아간 자에게만 주어진다.

이에야스는 모든 조치를 끝내자 비로소 안으로 들어가 오아이 부인을 불렀다.

오아이 부인이 낳은 나가마쓰마루(長松丸 ; ^{뒷날의 히데}_{타다(秀忠)})는 어느새 7살이었고, 그 밑으로 아우도 이미 태어났다. 이름은 후쿠마쓰마루(福松丸 ; ^{뒷날의 다다}_{요시(忠吉)})로 5살이었다.

"오아이, 아케치는 이미 패했어."

이에야스는 말한 뒤 따라온 근위무사를 눈짓으로 내보냈다.

"아이들을 이리 불러오너라. 오랜만에 안아줘야겠다."

가늘게 뜬 눈으로 열어젖힌 문 너머 뜰 풍경을 바라보면서 툇마루 가까이에 앉았다. 바다에서 불어오는 바람이 곧장 왼쪽으로 불고 지나갔으며 호수물이 빛을 반사해 눈부셨다.

"아버님, 어서 오십시오."

"오, 나가마쓰와 후쿠마쓰냐, 이리 오너라……."

이에야스는 두 손을 내밀다가 무슨 생각이 났는지 그 손을 도로 무릎 위에 내려놓았다.

그의 새로운 주군은 엄격했다. 응석받이로 키워 노부야스와 같은 길을 다시 걷게 해서는 안 된다는, 스스로를 경계하는 마음이 생긴 것이다.

'오기마루도 내 옆에서 너무 오래 떼어 놓았어……'

아이들은 아직 모두 철이 없다. 이들이 자라 머잖아 역사 속에서 패하지 않는 길을 찾아낼 때는 언제일까.

엄격하게 버릇을 가르쳐 노부야스의 어릴 때와는 전혀 다르게 예의범절이 깍듯한 나가마쓰마루는 아버지가 손을 내리자 단정히 앉아 이에야스를 쳐다보고 있었다. 후쿠마쓰마루도 형을 따랐다.

오아이 부인만이 점점 눈부신 듯 어렴풋이 상기된 얼굴을 요염하게 숙이고 있었다.

내리쬐는 태양

야마자키에서 미쓰히데를 치고 6월 25일 기요스성으로 들어가기까지 히데요시의 움직임은 참으로 질풍신뢰(疾風迅雷)와도 같았다.

그도 벌써 47살. 여느 체력과 의지의 소유자였다면 아마 야마자키에서 이긴 순간 기력이 다해 쓰러졌을 것이다. 그러나 그는 도무지 지칠 줄 몰랐다. 잠시도 쉬지 않고 두어야 할 포석(布石)을 착착 놓으면서 먼저 성을 함락하고 아즈치를 항복시켰으며, 나가하마를 탈환하여 미노로 들어가 기후성에서 노부나가의 손자 산보시와 시녀들까지 친숙한 사이로 만들고 마침내 기요스에 들어갔다.

그동안 미쓰히데의 목을 찾아내 혼노사의 불탄 자리에 내거는 일도 잊지 않았다. 그것은 히데요시의 공적을 여기서 세상에 뚜렷이 보여주기 위해 꼭 필요한 정치적 의미를 지닌 포석이었다. 교토 사람들은 도라지꽃을 새긴 하늘색 깃발이 겨우 십 며칠 만에 허무하게 사라진 것을, 이 효수된 목을 보고 뚜렷이 알게 되었다.

잔당 소탕도 뜻밖에 일찍 끝나 생전에 미쓰히데와 친했던 노래스승 쇼하(紹巴)와 칙사 역할을 했던 요시다 가네미가 불려간 일이 백성들의 신경을 좀 날카롭게 했지만 그들도 곧 석방해 주었다. 그의 뜻은 교토에 있었으며, 그것을 위한 위엄과 안도 두 가지 면을 보여주기만 하면 되었던 것이다. 따라서 군율 역시 지극히 간결하게 정하여 가업(家業)에 매진할 것, 나쁜 행동은 처벌한다는 두 항목만 강조했다.

그리고 자신은 쉬지 않고 기요스로 길을 가고 있었다. 이 초인적인 정력은 모든 고난을 고난으로 의식하지 않는 데 있었다. 아마 그의 사전에 '노동'이라는 말은 없었을 것이다. 그 한 걸음 한 걸음이 즐겁고, 순간순간이 전진인 동시에 언제나 더없는 위안이었다. 즐겁게 활동하는 일은 결코 사람을 피로하게 하지 않고 반대로 체력과 정력을 더욱 단련시키며 살찌게 한다. 그런 의미에서 히데요시의 활동은 예술가가 삼매경에 빠져 노력하는 것과 통하며, 트레이닝을 마친 스포츠맨의 환희와도 흡사하다. 히데요시는 47년의 생애에서 즐겁게 일하는 그 효능을 터득하여 처세 철학으로 삼고 있었다······.

그 히데요시가 왜 기요스로 가는 것일까?

기요스성은 노부나가의 둘째 아들 노부카쓰의 거성이었다. 노부카쓰는 셋째 아들 노부타카와 배다른 형제이며 나이는 동갑이었다. 따라서 오다 집안의 뒤를 이을 자가 둘째 아들 노부카쓰가 될지, 셋째 아들 노부타카가 될지 반드시 분규의 소지가 있음은 너무나 뻔한 일이었다. 인물로 보면 노부타카에게는 패기가 있고 노부카쓰에게는 친화력이 있는 장점이 있다. 그러나 실력에는 그리 차이 없었다.

그러므로 노부카쓰를 마음에 두는 자나, 노부타카를 앉히려는 자나 반드시 후계자 결정 자리에 참석할 터였다. 그리고 그 결정 자리로는 오다 가문 발상지인 기요스가 선택될 게 틀림없었다. 따라서 이곳은 히데요시에게 있어 제2의 출발점이 되는 셈이다. 첫 번째 경쟁의 장에서 훌륭하게 공을 세워 천하에 실력을 보여준 히데요시는 25일 기요스로 들어갔다.

그리고 무슨 생각에서인지 옆구리를 누르고 미간을 찌푸리며 이부자리를 펴게 하더니 드러눕고 말았다.

"아, 이상하다. 너무 무리해서 그런지 배가 아프구나."

히데요시에 뒤이어 26일에는 호쿠리쿠의 싸움을 일찌감치 끝낸 시바타 가쓰이에(勝家 ; 곤로쿠)가 허둥지둥 기요스성으로 들어왔다. 니와 나가히데는 그 전에 이미 노부타카와 함께 와 있었고, 이케다 노부테루는 히데요시에 뒤이어 입성했다.

여기에 다키가와 가즈마스가 오면 오다 집안 중신은 모두 모이게 되는 셈인데 가즈마스는 철수하는 도중 무사시(武藏) 간나강(神流川)에서 호조 우지나오(北條氏直)의 도전을 받아 아직 기요스에 도착하지 못하고 있었다.

시바타 가쓰이에가 입을 열었다.

"뒷수습은 촌각을 다투는 일이니 다키가와의 도착을 마냥 기다릴 수 없소. 모두들 적을 앞에 두고 있으면서도 이렇듯 달려왔소. 히데요시 님께 배 아픈 것은 어떠냐고 물어보고 오시오. 많이 아프지 않다면 같이 의논해야 하오."

중신 상석에 있는 시바타의 의견으로 27일 오전 11시, 마침내 오다 집안 후계자 결정과 영지 분배에 대한 대회의가 기요스 본성 큰방에서 열리게 되었다. 노부카쓰, 노부타카 두 사람에게 잠시 자리를 비우게 하고 저마다 근시들도 물리친 다음 심부름할 아이 셋을 옆방에 대기시켜 놓고 히데요시를 맞으러 보냈다.

이날 히데요시는 유난히 멍한 얼굴로 아장거리며 큰 방에 들어오더니 냉큼 시바타 앞에 자리 잡았다.

"오시느라 수고 많았소. 호쿠리쿠 형편은 어떻던가요, 시바타 님?"

시바타는 흘끔 히데요시를 보며 말했다.

"배가 아프다는 말을 들었는데—"

일부러 말을 돌리다가 그만 숨을 삼켰다. 히데요시는 옳거니 하는 듯이 몸을 앞으로 밀었다.

"바로 그 일이오. 모리 대군과 대전 중……이었지만 미쓰히데 놈이 대담한 모반을 꾀하여 주군을 쳤다는 이야기를 듣고 잠시도 지체할 수 없었소. 곧바로 계략을 써서 모리를 설득하고 밤을 낮삼아 교토로 달려가 내 손으로 단번에 원한을 풀어드렸소."

"……"

"그러나 이렇듯 노병(老兵)인지라 그만 무리가 지나쳐서 가끔 찡하게 배가 아파오는군요."

미쓰히데를 친 것은 이 히데요시라고 매섭게 한마디 해놓고 다시 시치미 떼는 멍한 눈길이 시바타의 신경을 건드렸다.

그러나 미쓰히데를 토벌한 큰 공은 부인할 수 없는 사실이었다. 시바타는 니와 나가히데를 흘끔 쳐다보았다.

"먼저 후계에 대한 문제인데, 노부타카 님은 니와 님과 함께 하시바 님을 도와 돌아가신 주군의 원한을 푼 유일한 사람, 달리 듣는 자도 없고 하니 분명히 말하지만 기질도 노부카쓰 님보다 뛰어나니 이 분을 후계자로 정했으면 하는데 어떻소, 니와 님."

니와 나가히데는 히데요시에게 재빨리 시선을 보냈다.

"하시바 님 의견은?"

히데요시는 옆구리에서 손을 떼고 눈을 깜박거렸다.

"응, 뭐라고 하셨소?"

"시바타 님은 노부타카 님이 후계자가 되었으면 좋겠다는 의견인데요."

"노부타카 님……누구의 후계자 말이오? 고베 집안인가요?"

시바타는 험악한 눈으로 히데요시를 향해 돌아앉았다.

"하시바 님! 귀하는 반대란 말이오? 고베 가문이니 하는 엉뚱한 소리는 마시오."

히데요시는 빙그레 웃으며 윗몸을 쑥 내밀었다.

"시바타 님이 엉뚱한 소리 말라는 것을 보니 오다 집안 상속 같은데……."

히데요시는 심술궂게 한 번 더 오금을 박은 뒤 시바타가 잠자코 있는 것을 보자 말을 이었다.

"무엇 때문에 그런 말을 하는지 나는 도무지 영문을 모르겠소. 주군이 돌아가셨다 해서 중신들이 이러쿵저러쿵 주군이 정해 놓은 것을 변경하는 건 잘못된 일이 아니겠소?"

"뭐라고……? 이건 그냥 들어 넘길 말이 아니군. 하시바 님은 우대신님이, 자신이 죽은 뒤 노부카쓰 님을 후계자로 하라고 유언장에 적어놓기라도 하셨단 말이오?"

"이거 참, 갈수록 해괴해지는군. 그런 것이 있을 리 없지요."

"그렇다면 우리 중신들이 의논하여 주군의 가문을 위해 가장 낫다고 생각하는 분을 추대하여 어지러운 뒷일을 막아야 하지 않겠소?"

"그런데…… 거기서 이상하게 말이 빗나가는구려……."

히데요시는 손뼉 쳐 시동을 불렀다.

"더워서 못 견디겠다. 장지문을 모두 떼어버려라. 그러면 바람이 좀 통하겠지. 그리고 내 탕약을 가져와."

시키는 대로 시동이 탕약과 물을 가져오자 눈을 가늘게 뜨고 녹음이 우거진 뜰을 바라보며 탕약을 마셨다.

"이제 가슴이 후련해지고 머리가 가벼워지는구나."

그리고 시바타를 향해 돌아앉았다.

"시바타 님, 오다 집안 후계자는 노부타다 님이라고 돌아가신 주군께서 분명히 정해 놓으셨지요?"

"그 노부타다 님이 돌아가셨으니 하는 말 아니오."

"그것 보시오. 거기서 우리와 의견이 갈라지는 거요. 노부타다 님으로 분명 정해 놓으셨고 그 노부타다 님에게 산보시 님이라는 어엿한 적자가 계시오. 예를 들어 노부타다 님 부인이 임신하시어 사내아이가 태어난다면 상속받을 분이니 출생을 기다리는 게 마땅한 일……그런데 이제 3살이라고는 하나 이미 적자가 계시는 이상 우리 중신들이 돌아가신 주군의 결정에 대해 이러쿵저러쿵 참견할 것 없지 않겠소? 그러므로 오늘 회합은 상속을 결정하는 회합이 아니라 이 산보시 님을 모시고 어떻게 뒤처리를 해나가느냐 하는 의논이어야 한다고 나는 생각하오."

시바타는 말문이 막혀 잠시 허공을 노려보았다.

"그럼, 귀하는 3살 난 어린 주군을 보좌하여 오다 집안을 튼튼히 다스려나갈 인물이 가신들 중에 있다는 말인가?"

"있고말고. 만약 달리 없다면 내가 훌륭히 보좌하여 다스려 보겠소. 그렇잖소, 이케다 님?"

이케다 노부테루는 이미 머리를 깎아 쇼뉴(勝入)라 부르고 있었는데, 이 말을 듣자 깊숙이 고개를 끄덕이며 동의했다.

"후계 문제는 하시바 님 말씀이 옳다고 생각하오. 노부타다 님에게서 산보시 님으로 올바르게 순서를 밟는 데는 아무도 이의 없을 거요. 그러나 만일 그 순서를 밟지 않고 노부타카 님을 세운다면 노부카쓰 님이 가만히 있지 않으실 것이고, 노부카쓰 님을 세운다면 노부타카 님이 불만을 품게 되니 나아가 집안을 어지럽히는 씨가 될 것이오. 후계 문제는 하시바 님 말씀이 옳다고 생각하오."

이렇게 뚜렷이 선언하자 시바타의 얼굴이 순식간에 새파랗게 굳어졌다.

그러자 히데요시는 또 무슨 생각에서인지 옆구리를 누르고 얼굴을 찌푸리며 자리에서 일어났다.

"아야야야, 또 배가 아프군…… 우리 의견은 말씀드렸으니 잠시 자리를 뜨겠소, 실례."

히데요시의 복통은 누가 보아도 꾀병이었다. 본디 안하무인인 천성이라 어쩌면 꾀병임을 일부러 보여주는 건지도 모른다고 시바타는 생각했다.

'정말이지 사람을 사람으로 여기지 않는 원숭이 녀석!'

그러나 그 원숭이가 오다 가문 노신을 보기 좋게 제치고 훌륭하게 노부나가의 원한을 갚은 것이다. 이렇게 되고 보니 시바타로서는 히데요시의 성격이 여간 거슬리지 않았다. 하고 싶은 말이 있으면 노부나가에게도 예사로 대들던 히데요시였다. 물론 노부나가도 마냥 용납하지는 않았다. 화나면 고함질러 끝냈다.

"닥쳐라, 원숭이!"

그러나 시바타로서는 그렇게 할 수 없다. '건방진 원숭이—'는 이미 시바타의 75만 석에 대해 56만 석을 가진 부자이며, 게다가 모리를 눌러 계산도 할 수 없는 새 영지를 세력 아래 더했고 다시 미쓰히데의 54만 석을 완전히 거두어들이고 있었다. 그 현실을 무시하고 노부나가처럼 일갈한다면 히데요시는 비웃으며 자리를 뜨리라. 1만 석에 300명씩 동원한다 해도 시바타는 2만3000명 남짓한 병력밖에 움직일 수 없는 데 비해 히데요시는 대충 계산해도 5만의 병력은 충분히 끌어낼 수 있다. 그 히데요시가 분명히 꾀병이라는 걸 알 수 있는 태도로 자리를 떴다.

"내가 없는 편이 의논하기 좋겠지."

이런 의미임에 틀림없었다. 시바타는 더욱 화났지만 그렇다고 노여움을 드러낼 수도 없었다.

잠시 뒤 시바타는 니와 나가히데에게 말을 건넸다.

"어쨌든 하시바 님 의견을 알았소."

니와 나가히데는 노부타카와 함께 오사카에 있었고 야마자키 싸움에 참가했으니 당연히 시바타의 의견을 지지하리라고 짐작했던 것이다.

"하시바 님 의견은 알았지만 어쨌든 천하에 으뜸가는 우대신 가문에 3살 난 어린 주군으로는 좀 불안하지 않겠소? 만약 이 어린 주군을 옹립하여 사사로운 고집을 내세우는 자라도 나온다면 그야말로 큰일이오. 역시 노부타카 님을 세워 오다 가문의 기둥이 흔들리지 않게 하는 게 우리 노신들의 충성이라고 생각하는데 니와 님 의견은 어떻소?"

니와 나가히데는 신중하게 고개를 갸웃거렸다.

"그건…… 시바타 님이 두려워하시는 것은 어린 주군을 보좌하는 자가, 그 일을 핑계로 주군의 명령을 범할 것을 경계하시는 듯 들리는데요……."

"그렇소, 그런 예는 세상에 무수히 많소. 몇 해 지나지 않아 반드시 집안 분쟁이 일어날 것이오."

"걱정하시는 점은 잘 알겠습니다. 그러니 이러면 어떨까요? 어린 주군을 보좌하는 자에게는 정치권력을 갖지 못하게 하면."

"뭣이, 어린 주군을 장식품으로 만들겠단 말이오? 아니, 그런 인물이 가신들 중에 있을까? 만일을 위해 말해 두지만 하시바 님이라면 정치에 참견하지 말라 해도 반드시 참견할 거요……."

"물론 하시바 님도 시바타 님도 이렇게 말하는 이 사람도 모두 승복하지 않겠지요. 그러나 호리 히데마사(堀秀政)를 보좌역으로 삼는다면 어떨까요? 그러면 우선 사사로운 행위는 하지 않을 테고 그 힘 또한……."

"흠, 호리 히데마사를……?"

그렇게 말하던 시바타는 갑자기 깜짝 놀란 듯 말했다.

"그러면 니와 님도 산보시 님을 세우자는 말이오?"

그리고 못마땅한 얼굴이 되었다. 시바타는 주위가 이미 모두 히데요시의 생각대로 움직이고 있는 것을 알았다.

'니와 나가히데도 산보시를 지지하고 있다.'

이케다 쇼뉴는 처음부터 자기에게 대드는 기세였고, 다키가와 가즈마스는 이 자리에 없으니 그 도착을 기다리지 않고 회의를 연 자기가 보기 좋게 히데요시의 술책에 빠진 거나 다름없었다.

네 중신 의견은 3대 1.

여기에 노부타카와 노부카쓰를 참여시키면 산보시 쪽 대표자도 측근 중에서 참여시켜야 할 것이다. 노부타카는 물론 자기한테 동의하겠지만 노부카쓰는 체념하고 노부타카를 견제하기 위해 산보시에게 찬성할 게 틀림없었다. 그렇게 되면, 새로이 찬부(贊否)를 묻는다 해도 산보시 쪽의 다섯에 대해 노부타카 쪽은 둘. 아니, 그런 분위기로 기울어지면 노부타카도 당연히 사퇴할 것이므로 표면적으로 6대 1이 되어서 시바타는 완전히 고립하게 된다…….

"그래……니와 님도 산보시 님을 세우는 게 좋겠다는 의견이오?"

"예, 산보시 님을 받들어 호리 히데마사를 후견인으로 세우고, 정치는 산보시 님이 성인이 될 때까지 우리 네 중신이 교토로 저마다 대표자를 보내 협의해 시행하도록 정하면 어떨까요?"

니와의 말에 이케다 쇼뉴가 곧 응했다.

"찬성이오! 그것이 옳은 말이고 묘안이오."

"그렇다면 하시바 님도 그 일에 이의 없겠군."

시바타가 콕 찌르듯 빈정거리자 니와 나가히데가 재빨리 변명했다.

"아니, 그것은 우리 의견이지 하시바 님은 모르시는 일이오."

이렇듯 변명하고 나오는 걸 보면 이 일은 이미 세 사람 사이에 충분히 양해되어 있는 게 틀림없다.

'내 손으로 미쓰히데를 쳤더라면……'

시바타는 자신의 진출이 늦었던 게 새삼스레 분했다.

"그렇소, 3대 1이라면 내가 양보해야겠지. 혼자 반대한다면 그야말로 사사로운 고집이 될 테니까. 하하……"

겉으로는 대범하게 웃어 보였지만 시바타는 얼굴이 굳어질 것만 같아 황급히 시동을 손짓해 불렀다.

"여봐라, 아마 다실에 누워 계실 게다. 하시바 님을 깨워 모셔오너라. 후계자에 대한 일은 하시바 님 뜻대로 결정되었고, 이어서 미쓰히데의 영지와 그 밖의 일로 의논할 게 있다고 말씀드려라……그렇게 말하면 탕약보다 훨씬 효과가 있을 게다."

시동은 공손히 절하고 큰방을 나갔다.

과연 히데요시는 시바타의 말대로 다실에 이불을 깔고 기분 좋게 낮잠 자고 있었다.

"하시바 님, 하시바 님……."

시동이 흔들어 깨우자 히데요시는 천천히 기지개를 켰다.

"으……으응. 결정되었나, 후계자에 대한 일은."

"예, 하시바 님 의견대로 결정되었으니……."

"알았다, 알았다. 시바타 님이 깨워오라고 했겠지."

천연덕스러운 표정으로 일어나 다시 한번 크게 입을 벌리고 하품과 기지개를 한꺼번에 했다.

히데요시는 천천히 큰방으로 돌아갔다. 오늘의 그의 목적은 산보시의 후계자 결정에 대한 문제보다 그 뒤의 영지 분배에 있었다. 산보시에 대한 일은 정당하고 이미 이케다와 니와의 동의를 얻었기 때문에 그리 걱정하지 않았지만 영지분배도 그렇듯 간단하게 결정될지 어떨지.

히데요시는 아까의 그 소탈한 태도를 버리고 엄격한 얼굴이 되었다.

"드디어 영지 분배가 있는 모양인데, 그 일에 대해 나에게 생각이 있소"

시바타가 후계자에 대한 결정을 아직 입에 올리기도 전에 품 안에서 초안을 꺼냈다.

"이 뜻밖의 불행 앞에서 돌아가신 주군의 영지를 노리는 불순한 자가 없지 않을 터이니 이것은 노부카쓰 님과 노부타카 님에게도 꼭 말씀드려 결정되는 대로 산보시 님을 이 자리에 모시고 가신 모두들에게 말할까 하오."

"뭣이, 이 자리에 산보시 님을?"

"그렇소, 이미 이곳에 도착하시도록 내가 주선해 두었으니 염려 마시오."

히데요시는 가볍게 시바타를 누르고 곧 초안을 눈높이로 받쳐 들었다. 그 태도가 어찌나 진지한지 이케다 쇼뉴는 웃음을 터뜨릴 뻔했다. 그는 히데요시와 함께 기후성을 방문하여 산보시를 길들이는 기막힌 그의 솜씨를 똑똑히 보고 왔던 것이다.

3살 난 산보시는 싸움터에서 그을린, 그렇잖아도 괴상한 생김새의 히데요시를 보자 잠시 빤히 바라본 뒤 울음을 터뜨리며 유모에게 매달렸다.

"이것 참, 도련님이 보채시는군. 자, 할아범이 좋은 선물을 드리지요."

히데요시는 언제 어디서 구해 두었던지 문갑만 한 상자를 가져오게 하여 그 속에서 먼저 교토 인형을 하나 꺼내 산보시 앞에 쳐들었다.

"이 인형이 마음에 안 드십니까?"

산보시는 조심스럽게 돌아보았으나 인형에는 손대지 않았다. 히데요시는 얼른 그것을 유모에게 주었고, 유모 손에서 산보시가 그것을 받아들자 다른 인형을 또 꺼내 산보시 앞에 내밀었다. 그때도 산보시는 아직 손을 내밀지 않았다. 그러나 세 개째에는 슬그머니 손을 내밀어 직접 히데요시에게서 받아들었고 다섯 개째에는 마침내 히데요시에게 안기고 말았다.

걸린 시간은 겨우 30분.

'그 격심한 진격 속에서 이런 인형을 대체 어떻게 생각해내고 어디서 구했을까.'

히데요시의 재간에 이케다는 혀를 내둘렀었는데 지금 그 같은 놀라움을 시바타도 맛보리라 생각하니 우스워졌던 것이다.

히데요시는 이케다 쪽을 흘끔 노려보고 초안을 읽기 시작했다.

"돌아가신 주군이 남기신 영토 가운데 아즈치에 가까운 사카다군(坂田郡) 2만 5000석을 산보시 님 재정에 충당하고 호리 히데마사에게 관리를 맡길 것. 그리고 둘째 아드님이신 노부카쓰 님에게는 종래의 북 이세 외에 오와리를 더하고, 셋째 아드님 노부타카 님에게는 미노를 더 드릴 것"

"과연……."

"이케다 님은 이번의 전공도 있고 하나 셋쓰의 이케다, 아리오카 외에 오사카, 아마가사키, 효고 세 곳을 덧붙일 것. 그리고 호리 히데요시 역시 전공이 있으니 사와산(佐和山) 20만 석을 줄 것. 그리고 다키가와 가즈마스는 도중에 패전하여 지금까지도 도착하지 못했으니 새 영지는 주지 않고 이세의 나가시마만 인정하고 중신 대열에서 제외할 것"

매서운 목소리로 말하며 초안 너머로 흘끔 시바타를 노려보았다.

시바타는 무릎 위에서 오른손을 가늘게 떨고 있었다. 전공이 없었으니 우에노, 시나노의 새 영지를 버리고 돌아오는 다키가와 가즈마스에게는 이세의 나가시마만 주고 중신 대열에서 제외한다는 건 가즈마스 본인에게 가혹한 건 물론이고 자신에게도 통렬한 빈정거림이 아닐 수 없다. 여기 모인 네 사람 가운데 미쓰히데의 정벌에 참여하지 않은 것은 시바타 혼자였다.

'히데요시 놈, 벌써부터 나와 정면으로 맞설 작정이군…….'

그렇게 생각하니 뒷말을 듣는 게 무서워지기까지 했다. 만약 여기서 감정을 폭발시켜 히데요시와 일전을 벌이게 된다면 어떻게 될 것인가.

히데요시는 다시 찌렁찌렁한 목소리로 말을 이었다.

"호소카와 후지타카와 다다오키 부자는 미쓰히데의 유혹을 물리치고 의리를 지켰으니 그 공에 보답하여 본디의 영토를 인정하고, 모리 나가요시와 모리 히데요리는 새 영지를 잃었으니 종전의 영지뿐. 쓰쓰이 준케이는 두 마음이 없음을 확인한 다음 어쨌든 본디의 영지만은 인정해주어도 될 것으로 여기지만 만약 이의 있다면 재고할 의향이 있소."

"……."

"다음은 니와 님인데, 니와 님에게는 종전의 와카사 외에 새로이 오미 안의 다카시마, 시가 두 고을을 주어 전공을 위로하고 나카가와 기요히데, 다카야마 우콘 두 사람에게는 이 히데요시의 영지 중에서 저마다 알맞게 보상하고 싶소. 그러고 보니 이제 이 히데요시만 남았는데, 나는 주고쿠의 모리와 맞서려면 하리마(播磨)는 그대로 두어야 할 것 같고 그 밖에 이번 싸움에서 가신도 늘었으니 야마시로와 가와치의 일부를 더하고 거기에 미쓰히데의 옛 영토 단바를 받았으면 싶소."

여기서 한숨 돌리고 좌중을 둘러보았으나 입을 여는 자가 아무도 없다. 있을 리 없었다. 니와 나가히데와 이케다 쇼뉴는 이미 히데요시의 마음속을 짐작하고 있었고 시바타 가쓰이에는 여기서 함부로 입을 열었다가 무슨 말을 들을지 모르는 입장이기 때문이다.

눈을 감은 시바타의 눈꺼풀이 바르르 떨리는 것을 보고 히데요시는 갑자기 유쾌하게 웃어젖혔다.

"아참, 이 욕심쟁이 히데요시가 제 주머니만 챙기느라 귀하신 시바타 님에 대한 일을 잊어버렸구려. 시바타 님은 이번 싸움에 참여하지 못했지만 오다 집안에서는 공적이 첫째가는 가문, 그러므로 에치젠의 옛 영토 외에 호쿠리쿠 새 영토는 물론이요, 다시 오미의 나가하마에 있는 내 영토 6만 석을 지금 곧 성과 함께 명도하고 싶소. 어쩌면 이 일에 대해 다키가와, 모리 등이 불공평하다고 할지 모르나 그러한 불평은 이 히데요시가 반드시 설득하겠으니 걱정 마시기 바라오."

시바타는 저도 모르게 눈을 크게 뜨고 히데요시를 바라보았다. 어쩌면 저렇듯 혀가 매끄럽고 머리도 잘 돌아가는 것일까? 다키가와며 모리가 불평하고 나오면 히데요시가 맡겠다는 것은, 복수전에 참여하지 않았지 않느냐고 대놓고 비난하는 것보다 훨씬 더 아프고 신랄한 말이었다.

"이의 없으시겠지. 서툰 바둑이나 마찬가지라 한 수라도 잘못 움직이면 온 국면이 뒤집히고 마오. 이의 없다면 서기를 불러 새 영지에 대한 문서를 작성하도록 합시다. 산보시 님도 곧 도착하실 테니까."

히데요시는 시치미 떼고 말한 다음 또 소리 내어 웃었다.

시바타는 60살이 넘은 지금에 와서 노부나가보다 더 무서운 인간이 밑에서 자기를 마구 압박해 올 줄 상상도 못했다. 어쨌든 산보시로 하여금 상속받게 하여 아즈치성에 두고 후견인은 호리 히데마사, 그 아즈치 가까이에 있는 나가하마 성을 첫째가는 노신 시바타 가쓰이에를 위해 깨끗이 넘겨준다는 빈틈없는 말은 또 어떤가. 만약 이에 불평한다면 가차 없이 덤벼들 복선이 준비되어 있음을 생생하게 느낄 수 있었다.

히데요시가 말했다.

"으뜸가는 중신이라고 생각하기에 산보시 님 가까이에 있는 내 영토를 드리는 거요. 이의 없으신 모양이군요. 그럼, 노부카쓰 님과 노부타카 님을 다시 참석하시게 하여 이 뜻을 문서에 적도록 합시다. 니와 님, 두 분을 이리로."

니와 나가히데는 차마 얼른 일어날 수 없었다.

"괜찮겠습니까. 이의는……."

이케다 쇼뉴가 곧 응했다.

"이의 없습니다. 우대신님 사후대책은 이것으로 모두 안전할 터이니."

니와 나가히데는 어이없을 정도로 빨리 결정되어버린 것이 시바타에게 딱하다는 생각이 드는 모양이었다.

"하시바 님, 이 나가히데는 다만 한 가지 마음에 걸리는 일이 있습니다. 이번 싸움에는 도쿠가와 님도 쓰시마까지 군사를 동원했었는데……."

히데요시는 또 유쾌한 듯이 웃었다.

"하하…… 도쿠가와 님은 그대로 두시오. 그래도 결코 이의를 말할 분이 아니오. 이쪽에 끼어들어 여러분 영지가 줄어들게 하기보다는 동쪽에서 줍는 게 더 이득이라는 걸 계산할 줄 아는 사람이오."

"아하……."

"그보다 한시바삐 아즈치성을 재건하여 그 성에 산보시 님을 맞아들여 오다의 대비가 끄떡없다는 것을 천하에 보여주는 게 첫째요. 그때까지 산보시 님은 기후성의 노부타카 님에게 맡겨두고 아즈치 축성부터 서둘러야겠는데…… 시바타 님."

"예."

"나는 내일 당장이라도 나가하마 성을 귀하에게 명도해 드리겠소. 쾌히 받아주시오."

이리하여 니와 나가히데는 자리에서 일어나 노부카쓰와 노부타카를 맞이하러

갔다. 두 사람에게도 물론 불만은 있었겠지만 히데요시의 능란한 변설에 제대로 말 한마디 못하고 말았다.

모두 통틀어 약 4시간, 격론 끝에 칼부림이라도 나지 않을까 생각되었던 기요스 회의는 아침이 지나면 한낮이 되는 것처럼 순조롭게 진행되어 오후 1시에는 모인 사람들 모두 큰 방으로 들어갔다.

정면 상단 중앙에 상속자인 산보시 자리를 두고 노부카쓰, 노부타카가 좌우에 나란히 앉고 노신들은 이를 마주 보며 늘어앉았다.

산보시의 도착을 시동이 소리높이 알리자 정면의 장지문이 조용히 열리며 유유히 나타난 것은 산보시 혼자가 아니라 산보시를 안은 히데요시였다.

모두들 다 함께 머리를 숙였다. 맨 앞줄의 시바타도 덩달아 꿇어 엎드리면서 문득 큰소리로 웃고 싶어졌다. 뭔가 몹시 우스꽝스럽고도 슬픈 꿈을 꾸고 있는 듯한 심정이었다.

'저 나카무라 마을 농부 아들놈이…… 마을축제 희극배우라도 된 것처럼 우쭐해져서.'

그러나 산보시를 안고 모두들을 머리 숙이게 만드는 수완에는 화낼 수도 울 수도 없었다. 큰소리로 웃고 또 웃어주고 싶지만 그렇게 했다가는 더욱 비참해질 뿐이다.

'세상이 바뀌었다……'

이것은 가문을 따지는 일을 싫어하던 노부나가가 널리 펼친 실력본위 세계가 맺은 멋진 결실이었다. 미쓰히데의 불만도, 자신은 도키 가문일세 하며 터무니없는 것을 뒤쫓은 데 있었다.

'화내면 안 된다. 참아야 한다……'

"자, 시바타 님, 산보시 님이 뭐라고 말씀하실 모양이오."

가슴에 뜨거운 것이 치밀어 올라 눈물이 글썽해지려 했을 때, 히데요시는 마치 자신이 노부나가라도 된 듯한 얼굴로 시바타에게 말을 걸었다.

"예."

"자, 저 할아범에게 한 말씀하십시오. 조금도 무서울 것 없습니다. 저렇듯 근엄한 모습을 하고 있지만 언제나 문중을 위해 충성을 다하는 고지식한 할아범입니다. 어서 뭐라고 말씀하십시오."

산보시는 그래도 한참 동안 시바타를 빤히 쳐다보더니 한마디 했다.

"할아범……."

그러고는 커다랗게 한숨을 내쉬며 그대로 히데요시의 목에 매달렸다.

히데요시가 웃었다.

"하하…… 산보시 님은 이상하게도 이 히데요시를 따르신단 말씀이야. 티 없는 눈이 신불과도 같아 히데요시의 성품을 용케 아시는 모양이군……."

이케다 쇼뉴가 머리 숙이고 웃음을 참았다. 이 큰방을 메운 사람 가운데 히데요시가 일부러 기후에 들러 인형으로 산보시와 친해둔 비밀을 아는 자는 그 한 사람뿐이었다.

'꼭 어린아이 같군…….'

그러나 생각해 보면 무서운 일이었다. 이처럼 철두철미한 정력의 소유자가 또 있을 것인가? 격전을 벌이는 사이사이에, 오늘 이 자리에서의 이런 장면을 머릿속에 그리며 혼자 기뻐하고 있었을 히데요시를 상상하니 정녕 초인이라고 할 수밖에 없었다.

"그럼, 지금부터 산보시 님을 대신하여 히데요시가 새 영지를 배분하겠소."

노부카쓰는 단정하게 정면을 보고 앉아 있었으나 노부타카는 이 무렵부터 노골적으로 불쾌함을 드러내며 이따금 시선을 허공으로 돌렸다. 시바타는 이제 돌처럼 꼼짝도 하지 않고 앉아 있었다.

차례차례 이름이 불린 사람들은 어느덧 히데요시의 행위에 익숙해져 당연한 일이 당연히 행해지는 것 같은 착각에 빠져드는 것을 알 수 있었다. 처음의 우스꽝스러웠던 모습은 차츰 사라지고 시동들이 등불을 날라 온 무렵에는 히데요시에게 범접할 수 없는 위풍이 갖춰져 있었다.

"그럼, 지금부터 산보시 님께서 술을 내리실 것이니 모두들 고맙게 받도록 하시오."

히데요시는 산보시를 안고 모든 사람들이 엎드려 있는 모습을 둘러보며 유유히 안으로 들어갔다. 시대는 이미 노부나가에게서 히데요시에게 완전히 넘어가 있었다…… 기요스 회의는 그야말로 히데요시의 독무대였다. 그 자신이 줄거리의 작자이자 연출가이며 배우인 동시에 멋지게 막을 내리는 사람이기도 했다.

그러나 그것이 그대로 기록되어서는 재미없다. 거짓과 진실이 혼연일체를 이루는 그의 성격으로 볼 때 이 일은 정녕 거친 파도였던 것이다. 단지 그 거친 파도를 히데요시라는 솜씨 좋은 키잡이가 무사히 건너가 보였으므로 기록으로는 그 껍데기보다 알맹이의 진실을 후세에 전하지 않으면 안 된다고 그는 확신하고 있었다. 그런 만큼 오무라 유코가 쓴 이때의 기록에는 히데요시의 개입이 상당히 작용했다.

"알겠나, 오늘 회의에서 만족한 자는 매우 적다. 그러나 불만을 품은 무리도 모두 히데요시의 위력에 눌려 불평을 입에 담지 못했다. 이것이 가장 소중한 점이니 알아서 잘 써야 한다. 그리고 낯가림이 심한 산보시 님이 히데요시만은 잘 따르셨다. 웃으면 어린아이도 정들게 하고 노하면 귀신도 떨게 만든다. 바로 이 점이 히데요시의 진면목이기도 하겠지."

대부분의 사람은 이처럼 노골적으로 자신을 칭찬하지 못한다. 그러나 히데요시는 남을 칭찬할 때도 스스로를 칭찬할 때도 전혀 거리낌 없었다.

"사사로운 마음이 손톱만큼도 없는 자에게는 늘 신불의 감응이 있는 법이야. 거참, 대단하지."

이렇듯 진심으로 자신에게 감탄하고 있었다.

"자, 그 대단한 솜씨로 좀 더 일을 해놓아야겠어."

히데요시는 그날 밤, 너무 큰소리쳐서 간이 조마조마해진 구로다 간베에에게 즐거운 듯 말했다.

"간베에, 두고 보게. 반드시 노부타카가 시바타에게 오이치 님을 떠맡길 테니. 아니, 떠맡기느냐 아니냐가 노부타카의 불평을 재는 저울이 될 거야."

오이치는 노부나가의 여동생으로 지금 오다 노부타카의 집에서 세 딸과 함께 조용히 지내고 있는 아사이 나가마사의 미망인을 가리키는 말이었다. 간베에는 다만 웃을 뿐 대답하지 않으나 히데요시는 아직도 오이치 부인에게 어린아이 같은 관심을 버리지 못하고 있음을 잘 알 수 있었다. 그런 면에서는 다른 일에서 담백한 그와 달리 이상한 집념을 가졌다.

히데요시는 이튿날인 28일, 산보시를 노부타카에게 맡기고 그의 복안대로 세 노신과 서약서를 교환한 뒤 부지런히 나가하마로 물러가 곧바로 성 명도에 대한 수속을 밟았다.

그때 역시 히데요시가 아니고는 할 수 없는 방약무인한 태도로 어머니와 아내를 대면했다.

"야, 이거 어머님 아니십니까!"

그는 다이키치사(大吉寺)에 살고 있던 아내 네네가 노모와 함께 나가하마에 돌아와 있는 것을 보더니 느닷없이 그 어머니를 업고 온 방 안을 춤추며 돌아다녔다.

"허, 네네도 무사했군. 이제는 나도 마음의 무거운 짐을 벗었어. 네네, 지금부터야. 그대에게 온 일본 영주들의 영지를 마음껏 나눠주도록 하겠어. 그때가 왔단 말이야, 왔어. 조금만 더 참아."

마치 17, 8살 젊은이 그대로의 모습으로 아내를 얼싸안고 눈물 흘리다가 덩실덩실 춤추기도 했다.

물론 이것이 히데요시의 전부는 아니었다.

나가하마 행정관으로 아사노 나가마사(淺野長政)를 남겨놓고, 7월 8일에는 야마시로와 단바를 돌아 새 영지를 손안에 넣었다. 10일에는 벌써 교토에 돌아가 혼코쿠사(本國寺)에 진을 치자 곧 호소카와 후지타카 부자를 불러내어 진지한 표정으로 만났다.

산보시의 옹립과 영지 분배 두 가지 일이 끝난 뒤 히데요시의 다음 큰일은 호소카와 부자의 마음을 완전히 장악하는 일이었다. 호소카와 부자가 자기편임을 뚜렷이 안다면 그 옆에 있는 니와 나가히데는 더욱 히데요시를 배반할 수 없고, 야마토의 쓰쓰이 준케이도 계산 빠르게 히데요시에게 충성을 맹세해 올 게 틀림없었다. 게다가 호소카와 부자는 뭐니 뭐니 해도 명문 출신이므로 교토에서 공경들과의 관계에 충분히 이용해야 할 존재였다.

그는 혼코쿠사 객전에서 두 사람을 대면한 뒤 잠시 말없이 눈물을 글썽였다. 그것은 뒤가 켕기는 거짓눈물이 아니라, 이 두 사람을 꼭 자기에게 반하게 만들려는 정치적 의지와는 전혀 다른 감회에서 나오는 눈물이었다.

"아, 정말 반갑소, 후지타카 님……."

잠시 감개무량한 얼굴로 물끄러미 상대를 바라보더니 일단 말문이 열리자 그 감동과 다른 의지가 하나가 되어 물 흐르듯 입 밖으로 나왔다.

"오늘 여기서 무사히 재회할 수 있는 건 돌아가신 주군의 인도인 듯하오. 나는 그로부터 질풍이 가랑잎을 휘모는 기세로 곧 아케치를 무찌르고 오미를 평정하여 미노로 나아가 오와리에 들어간 다음 마침내 지난달 27일 기요스성에서 오다 가문 뒷수습을 깨끗이 마치고 왔소."

"정녕 하시바 님이 아니고는 흉내 낼 수 없는 정력, 이 후지타카는 탄복하고 있습니다."

"아니, 아직 멀었소…… 이번 일은 싸움으로 말하면 시작에 불과한 것. 이래서는 돌아가신 주군의 영혼을 위로할 수 없소. 우대신님 뜻은 국내 통일에 있었소. 오직 병란이 없는 천하를 만들고 싶다……는 일념뿐이셨소. 그래서 먼저 오다 가문 옛 영토에 별일이 없도록 주선하고, 곧바로 우대신님 장례식을 할까 하는 데……이것이 중요한 일이오. 그래야만 그 뒤의 천하통일에 우대신님 영혼이 함께 할 것이오. 그렇게 되면 천하는 단번에 이쪽으로 따라올 게 틀림없으니까."

차츰 말이 다른 길로 벗어나 그 자신의 야심이 드러나기 시작했다. 그러나 그것을 아는지 모르는지, 그런 사소한 일에 소모할 신경이 히데요시에게는 없는 모양이었다.

"오, 잊고 있었군. 잊고 있었어."

히데요시는 문득 생각난 듯 무릎을 탁 쳤다.

"두 부자분의 뜻을 다른 사람은 몰라도 이 히데요시만은 훤히 알고 있으니 누가 뭐라든 본디의 영지는 인정할 것이며 미쓰히데의 영지 가운데 단고(丹後)에 있는 것을 고스란히 드리겠소. 그 뜻을 서약서에 뚜렷이 써드리리다."

여기까지 단숨에 말하고 시동을 불러 적어두었던 서약서에 서명해 주고, 그제야 깨달은 듯 아들 다다오키 쪽으로 돌아앉았다.

"오, 다다오키 님 아닌가……?"

"예."

"정말 훌륭하시오. 이번에 부자분이 의리를 지키시고 한 걸음도 그르치지 않은 것은 참으로 훌륭했어. 암, 그래야지…… 그건 그렇고 기쿄 부인은 어떻게 되셨나?"

다다오키는 아버지 쪽을 흘끔 쳐다보았다.

"예…… 미도노(三野戶) 산중에 유폐시켜 근신중입니다만……."

"어허! 그 부인을…… 거참, 가엾게스리. 미쓰히데는 찢어 죽여도 시원치 않지만 그 딸에게 무슨 죄가 있겠나. 그랬군……그랬어."

히데요시는 또 눈이 벌개져서 고개를 끄덕였다. 그리고 말을 이었다.

"그 부인은 사촌언니뻘 되시는 우대신님 부인 노 마님과 용모와 기질이 꼭 닮았어. 마치 춘월(春月)의 요정인가 싶을 만큼 아름다웠는데……."

다다오키는 짐짓 엄숙한 표정으로 앉아 있었다.

"용모가 뛰어난 여자는 흔히 기질이 약한 법이건만 기쿄 부인은 남자 못지않게 강한 데가 있어. 어쩌면 노 마님보다 뛰어날지 모른다고 우대신님이 말씀하셨었지…… 아, 그리고 혼인 때는 일본 으뜸가는 신랑에, 일본 으뜸가는 신부라고 말씀하셨어."

다다오키는 어느덧 히데요시의 말에 이끌려 눈 속에 역력히 아내 모습을 떠올리고 있었다. 히데요시의 말대로, 그들 사이에 오늘 같은 슬픈 일이 일어나리라고는 꿈에도 생각지 못한 축복받은 출발이었다. 다다오키는 아내를 열렬하게 사랑했다. 그리고 그가 떠올릴 수 있는 아내의 영상은 그 사랑에 응해오는 황홀한 새 색시 모습이었다.

'그 아내가 지금은……'

이 혼고쿠사로 오면서 다다오키가 가장 두려워한 것은 아내에 대한 일이었다. 히데요시가 별거나 유폐만으로 만족하지 않고 베어버리라고 할 것만 같아 견딜 수 없었다.

"두 사람은 남들이 부러워할 정도로 금슬 좋다고 들었는데, 미쓰히데 놈이 당치도 않은 짓을 해서 말이야. 이 히데요시의 공격에 반나절 버틸 힘도 없는 주제에 천하를 노리다니, 그런 무모한……."

히데요시는 굵게 마디진 손가락으로 눈두덩을 눌렀다.

다다오키는 깜짝 놀랐다. 기쿄를 위해 울어준 무장이 히데요시 말고 또 있었는가. 어린아이는 아직 철없었고, 시녀들까지 주군을 죽인 자의 딸이라는 오명에 짓눌려 남 앞에서는 울지 못했다.

'그런데 히데요시가……'

히데요시는 말했다.

"다다오키……조금만 참게. 알겠나? 지금 바로 용서해주면 히데요시가 편파적으로 행동했다, 다다오키 편을 들었다고 비난받게 돼. 그러니 조금만 더 근신하시라고 하게…… 그 부인에게 무슨 죄가 있겠나. 우대신님 장례가 끝나고 이 히데요시에게 정면으로 불평할 자가 없다는 것만 확인되면 곧 근신을 풀어주겠네."

"……예."

"잘 알고 있네. 부부의 애정이란 각별한 것, 이 히데요시도 기요스의 행랑채에서 짚 위에 돗자리를 깔고 혼례를 치른 네네지만 요전번같이 그 바쁜 진중에서도 이따금 꿈을 꾸었을 정도였어. 일본에서 으뜸가는 부부라고 선망의 대상이 되었던 그대들이나…… 알지, 알고말고!"

다다오키는 어느새 고개 숙이고 지그시 눈물을 참고 있었다.

'히데요시는 이토록 인정 깊은 대장인가…… 이 대장을 위해서라면…….'

젊은 다다오키의 가슴은 어느덧 감동으로 가득 차올랐다.

후지타카가 조용히 말했다.

"다다오키, 그럼, 이쯤에서 돌아가기로 할까. 하시바 님은 바쁘실 테니."

후지타카 역시 이제 노부나가의 후계자는 히데요시라고 새로이 돌이켜 생각하고 있었다.

호소카와 부자를 떠나보내자 히데요시는 하치스카 히코에몬과 구로다 간베에를 불러 차를 마셨다. 차를 내온 사람은 전부터 히데요시를 섬기고 있는 오무라 유코.

"피곤하시지 않습니까?"

찻잔을 내려놓기를 기다렸다가 그 유코가 히데요시에게 묻자 그는 웃으며 가슴을 탁 쳤다.

"단련하는 방식이 다르지. 여느 인간들하고는! 아니면 그대가 지쳤나?"

"아닙니다. 너무 무리하시면 안 되겠다 싶어서."

"유코, 지치지 않는 비결은 일을 즐기는 것이다. 그러나 피곤하다면 교대해도 좋아. 사카이의 다인(茶人)들에게 이제 긴키에는 난이 없을 것이니 마음 놓고 다시 다도를 즐기자고 통지해 둬라."

그런 다음 간베에와 히코에몬에게 말했다.

"그런데 이번에는 쓰쓰이 준케이에 대한 이야기인데 그는 볼모를 데리고 왔겠지?"

"예, 양자 사다쓰구를 데려왔습니다만 기세가 꽤 등등한 것 같던데요."

"흥, 약점을 보이지 않으려고 그러겠지."

"이번의 공은 주군께서도 충분히 인정하고 계실 거라고 스스로 말하고 있습니다. 야마토로 미쓰히데의 사자가 왔을 때 이것을 단번에 물리치고 호라가 고개로 쳐나간 그 재빠른 전략을 하시바 님이라면 잘 아실 거라고."

히데요시는 어린아이처럼 고개를 끄덕였다.

"그래그래. 둘 다 옆방에서 듣고 있거라. 이 히데요시가 어떻게 응대하는지 보란 말이야. 좋아, 한 잔 마셨으니 곧 만나지. 여봐라, 미쓰나리, 쓰쓰이 부자를 이리로 들게 해라."

히코에몬과 간베에는 물러가고 히데요시와 유코만 남았다.

"유코, 이 히데요시의 응대는 천변만화, 참으로 눈부시지. 잠자코 돌아앉아서 들어보거라."

"예."

그때 이시다 미쓰나리가 쓰쓰이 준케이를 데리고 왔다. 그 뒤에 12, 3살 된 소년이 따르고 있다.

"준케이, 어서 오시게."

준케이는 두건을 쓴 채 싱글벙글 웃으며 히데요시에게 다가갔다.

"뜻하신 대로 이루셨으니 참으로 기쁘기……."

그러나 말이 채 끝나기 전에 히데요시가 가로막았다.

"닥쳐라, 준케이."

"옛…… 뭐라고 하셨습니까?"

"뜻하신 대로라니, 그대는 지금 이 하시바를 놀리고 있는 겐가?"

"허참, 진심으로 감탄하여, 있는 그대로……."

"듣기 싫다. 뜻대로 이루는 길은 우대신님 뜻을 이어 동쪽 끝에서 서쪽으로 규슈와 류큐까지 모조리 평정한 다음의 일, 이번의 전공은 준케이와 히데요시 중에 누가 더 낫다고 할 수 없을 정도의 것이야."

"그러시면 이 준케이의 공도 충분히 인정해 주신다는 말씀이군요."

"하하…… 물론이지. 그대가 호라가 고개에 나와 양군의 동태를 지그시 살피며 어느 쪽이 실속 있을까 따지며 고개를 내려오지 않은 것은 뒷날까지 길이길이 이 야깃거리가 될 걸세."

"과분한 칭찬을."

“과분한 칭찬이 아니지. 아직 다 못했어. 그런데 그대가 도중에 왜 히데요시에게 가담할 마음이 생겼는지 그것부터 들어보기로 할까?”

히데요시는 진지하게 윗몸을 내밀었다. 준케이의 표정이 확 바뀌었다. 그의 가장 아픈 곳을 이처럼 노골적으로 찔러올 줄 미처 생각지 못했던 것이다.

히데요시는 웃는 대신 가슴을 젖히며 위엄 부렸다.

“호소카와 부자는 그대에게 비하면 한심할 만큼 정직하지. 처음부터 의리를 지켜 상투를 자르고 처자를 근신시키며 몸 둘 바 몰라 했어. 오늘도 와서 눈물 흘리며 우대신님 장례를 서둘러 달라고 말했는데, 그대는 그런 때 군사를 동원하여 어느 쪽 실력이 더 나은지 노리고 있었으니 참으로 훌륭하군.”

“뜻밖의 말씀이군요. 저는 의리를 지켜 적은 병력이라도 도움 될까 하고.”

“알았으니 그만하게. 그대 뱃속에 벌레가 몇 마리 있는지도 훤히 들여다보고 있으니까. 그때 어째서 내가 이길 거라고 보았는지, 호라가 고개에서의 그대 생각을 듣고 싶어.”

준케이는 당황하며 시선 둘 곳을 몰라 눈을 이리저리 굴렸다. 그리고 자신의 시선을 쫓고 있는 히데요시의 눈을 느끼고 메마른 목소리로 어색한 웃음을 웃었다.

“하하, 하시바 님은 여전히 날카로운 말씀만 하시는군요……”

히데요시는 가차 없이 추궁했다.

“당연하지! 뜻대로 이루기는커녕 일은 지금부터 시작이다. 나는 가신 구와바라(桑原)에게 교토의 정치를 맡기고 13일에 히메지로 간다. 그리하여 주고쿠, 시고쿠, 규슈에 있는 자들에게 곧 명령내리고 17, 8일에는 돌아와 호라가 고개가 잘 보이는 야마자키 땅에 성을 쌓을 것이다. 날카롭지 않고서야 어찌 우대신님의 큰 뜻을 이어받을 수 있겠나?”

“참으로 황송합니다. 그럼, 장례식도 백일제까지 충분히 주선하실 생각이신지요.”

“당연하지. 그렇게 하지 않으면 우대신님 영혼은 구원받을 수 없다. 이 히데요시는 마음만 먹으면 전광석화다. 방해자를 제거하는 데 뜸들이지 않아. 성격이 급한 탓이겠지. 미쓰히데처럼 두 눈 뻔히 뜨고 지는 싸움은 못하는 천성이다.”

“그러시겠지요.”

"그런데 준케이, 그대는 무슨 일로 왔나?"

준케이는 또 당황하여 눈을 깜박거렸다. 빈정거림은 얼마쯤 각오하고 왔지만 이처럼 신랄하게 당할 줄 몰랐는지 대답하는 말이 어물어물 더듬거리기 시작한다……

"그야…… 물론……."

"물론 어쨌다는 건가. 설마 그대만한 군략가가 그리 쉽사리 내 부하가 되겠다고 결심하고 온 것은 아닐 테지. 아니면 지난번 미쓰히데에게 했듯 일단 편들어 두었다가 다시 시기를 봐서…… 어쩌겠다는 생각인가?"

"하시바 님."

"뭔가, 준케이? 나는 보는 바와 같이 지혜도 책략도 없는 사나이, 말을 꾸며대지 않는다. 생각한 대로 말해 봐."

"하시바 님……."

준케이는 다시 부르다가 그 목소리가 스스로 생각해도 우스울 만큼 애절한데 놀라고 말았다.

"이 준케이는 볼모를 데리고 왔습니다. 마음을 헤아려주십시오."

그 말을 듣자 히데요시는 자세를 바로하고 준케이를 노려보았다.

준케이는 히데요시의 응시가 못 견디게 괴로웠다. 난세의 무장이 힘 있는 자를 따르는 것은 당연한 일 아닌가. 그만한 일쯤은 준케이보다 더 잘 알고 있을 히데요시가 어째서 이토록 쌀쌀하게 자기를 뿌리치는 것일까……? 일부러 원한을 품게 만들어 이번 기회에 단숨에 제거하려는 것일까.

준케이는 생각했다.

'어쩌면 야마토를 누군가에게 주어야 할 사정이 생긴 게…….'

야마토를 준다면 걱정되는 것은 다키가와 가즈마스의 존재였다. 가즈마스가 이세의 나가시마만으로 영지를 삭감당했다는 이야기는 준케이의 귀에도 들어와 있었다. 만일 이것이 히데요시의 고육지책으로 두 사람을 서로 싸우게 하여 가즈마스를 후원해 줄 생각이라면 어떻게 될 것인가…….

거기까지 생각이 미쳤을 때 히데요시의 얼굴이 얼마쯤 풀어졌다.

"준케이……."

"예."

"히데요시는 하마터면 그대의 원한을 살 뻔했군."

"예? 무슨 말씀이십니까?"

"하하…… 힘과 힘의 결합을 싫어하는 나머지 그대의 기회주의를 지나치게 훈계하다가 하마터면 원한을 살 뻔했어. 용서하게, 포용할 테니. 이 자리에서 고스란히 그대를 포용하겠네. 볼모를 두고 어서 야마토로 돌아가 누구도 침입할 수 없도록 충분히 대비하여 굳게 지키도록 하게."

준케이는 등골이 오싹했다. 준케이의 뱃속에 든 벌레 수까지 훤히 알고 있다고 큰소리쳤는데 정녕 그대로가 아닌가.

준케이는 가까스로 웃었다.

"하하…… 깜짝 놀랐습니다. 무슨 일로 화내시는가 하고…… 앞으로 크게 명심하겠습니다."

"그게 좋을 거야. 힘의 균형은 이미 결정되었어. 앞으로는 마음과 마음일세. 돌아가신 우대신님의 이상(理想)인 국내 통일을 향해 서로 맺어지는 마음이 아니면 믿을 수 없네."

"참으로 지당하신 말씀입니다."

"그럼, 미쓰나리, 본디의 영지를 인정한다는 서약서를 써서 이리 가지고 오라. 됐어. 우선 이걸로 됐어."

준케이가 공손히 서약서를 받아들고 물러가자 그의 양자 사다쓰구를 히코에몬에 넘겨주고, 간베에를 불러들인 뒤 히데요시는 배를 잡고 웃었다.

"돌아가는 가마 안에서 지금쯤 분해서 어쩔 줄 몰라 하고 있을 거야. 눈에 선하군, 핫핫하……."

"분해서……?"

유코는 고개를 갸웃거렸다.

"그래, 아무리 생각해도 쓰쓰이 준케이는 이제 이 히데요시의 부하가 되고 말았다는 걸……그 녀석의 머리로 이제야 겨우 깨닫고, 그래, 아마 한 사흘은 이를 갈겠지, 부지런히. 왓핫핫……."

구로다 간베에는 대답하는 대신 문득 눈을 가늘게 뜨고 뜰을 바라보았다. 숲과 숲 사이에 눈을 찌르는 듯 하얗게 내리쬐고 있는 여름해가 그대로 오늘의 히데요시라는 생각이 든다…….

강한 운명에서도, 그리고 뛰어난 정력에서도…….
'볼 만하겠어, 앞으로 이 사람의 걸어가는 모습이…….'
유코는 어느덧 붓을 들고 마음에 느낀 바를 적기 시작했다.

동으로 가는 길

　히데요시가 혼고쿠사에서 호소카와 부자와 쓰쓰이 준케이에게 서약서를 써주고 있을 즈음, 이에야스는 쉬지 않고 동쪽으로 나아가 마침내 7월 9일 목적지인 고후에 도착했다.

　히데요시와는 아주 다른 진격방식으로, 이에야스는 6월 끝 무렵 하마마쓰성으로 돌아오자 7월 3일까지 열흘쯤 무슨 생각을 하고 있는지 측근들조차 모를 정도로 태평스럽게 사랑하는 자식과 여자들 틈에서 지냈다.

　물론 이 소중한 열흘을 무의미하게 보냈을 리 없었으니, 오와리에 출진했을 때 이미 고슈와 신슈에 보내두었던 정찰대의 반응을 조용히 지켜보고 있었다. 여기서 무엇보다 중요한 일은 노부나가의 죽음을 고슈와 신슈의 민중이 어떻게 받아들이고 있는지 아는 것이었다. 가이 미나모토 씨 대대로 내려온 영지에서 노부나가의 열화 같은 정책이 환영받았을 리 없었으니, 그 반감이 어느 정도일까……? 거기에 따라 손쓸 방법이 달라진다.

　이에야스가 첫 번째 첩자를 고후에 보낸 것은 노부나가가 쓰러진 지 엿새째, 즉 이에야스가 힘겹게 사카이에서 오카자키에 도착한 바로 뒤인 6월 7일이었다. 그곳에는 혼다 모모스케와 나구라 노부미쓰를 파견했다. 겉으로는 노부나가의 성주대리로 고후에 있는 가와지리 히데타카의 안부를 묻기 위한 것이었다.

　"알겠나, 모모스케. 이번 길은 여느 사자가 아니다. 목숨을 아끼지 마라."

　이에야스한테서 그 말을 들었을 때 모모스케는 고개를 갸우뚱하며 잠시 대답하지 않았다. 아마 모모스케로서는 이에야스의 속셈을 짐작하지 못했던 것이리라.

"그대의 수단 하나로 고슈가 내 편이 되기도 하고 적이 되기도 한다. 물론 적을 만들려고 보내는 것은 아니다. 어떻게 하면 내 편으로 할 수 있느냐에 마음 써서 그 일을 위해 목숨도 아끼지 말라는 것이다."

그러자 모모스케는 성난 듯 대답했다.

"저는 아직까지 주군을 위해 목숨을 아낀 적이 없습니다. 그보다는 모모스케, 이렇게 하라고 왜 분명하게 분부하시지 않습니까?"

이에야스는 쓴웃음 지었다.

"못난 것. 상대에 대한 민심과 상대가 어떤 태도로 나올지 모르는데 어떻게 지시하나? 지시하지 않아도 일을 그르칠 사람이 아니라고 생각하기에 보내는 것이다."

모모스케는 순진하게 머리를 긁적거렸다.

"이거 참, 어리석은 말씀을 드렸습니다. 그럼……."

오카자키를 떠나 고후에 이르자 모모스케는 곧 가와지리 히데타카의 백성들 민심을 염탐해 보았다. 결과는 예상했던 것보다 훨씬 좋지 않았다. 신겐의 시주 절인 에린사를 불태우고 다케다의 잔당을 하나도 놓치지 않고 가혹하게 동원시키곤 했기 때문에 노부나가에 대한 평판이 좋지 않았다. 그 뒤 성주대리로 온 히데타카는 그 노부나가보다 더 포악한 위압정책을 쓰고 있었다.

모모스케는 이러한 일들을 면밀히 조사한 다음 6월 10일에 성으로 히데타카를 찾아갔다. 고후 분지는 미풍도 없어 한증막 속에 들어앉은 듯 무더운 날씨였다.

혼다 모모스케는 노부나가의 고후성주대리 가와지리 히데타카와 전혀 안면이 없었다. 그런 만큼 성안의 객실로 안내되자 이에야스의 말이 새삼 생각났다.

히데타카가 가장 백성의 반감을 사고 있는 것은 입성하자마자 영내에 선포한 약속을 무참히 저버린 데 있었다. 그 포고문은 이러한 내용이었다.

"고슈는 이번에 노부나가 공의 손에 들어오게 되어, 부하 가와지리 히데타카가 성주대리로 부임한다. 그러므로 영내 각 고을 각 마을마다 다케다의 무사가 숨어 있다면 곧 히데타카의 숙소로 출두할 것. 자진 출두하는 자에게는 새로이 이

고장에 거주하도록 인정하는 증서를 줄 것이다."

이것을 본 사람들은 히데타카의 숙소로 잇따라 찾아갔다. 이미 지나간 일은 묻지 않고 전과 같은 녹으로 포용한다는 뜻으로 해석한 것이다. 그중에는 그 인품을 찬양하며 집안 식구와 친지를 데리고 찾아간 사람도 있었다.

그러나 히데타카는 그들이 중문에 들어설 때 큰 칼 작은칼을 맡기게 한 뒤 한 사람씩 안뜰로 인도해 두 말 않고 목을 베었다. 그리고 껄껄 웃으며 말했다는 풍문이었다.

"이제 와서 욕심에 눈이 멀어 어정어정 나오는 겁쟁이들을 이 히데타카가 살려 둘 줄 알았더냐."

민중들 사이에 원성이 높아졌다.

"저런 악마를 살려서 돌려보낼 수 없다."

"노부나가 공이 살해된 것은 저 악마 놈의 운이 다 되었다는 뜻이야. 누군가가 반드시 그때의 원수를 갚아주고 말 것이다."

그 일로 미루어 볼 때, 히데타카는 틀림없이 생김새도 험악하여 친숙해지기 어려울 것 같았다.

'대체 뭐라고 하며 이 모모스케를 맞을 것인지.'

모모스케는 함께 온 나구라를 돌아보고 이따금 웃으면서 히데타카를 기다리고 있었다. 무뚝뚝하고 완고한 이에야스 휘하답게, 지지 않으려 기 쓰는 일종의 기백이긴 했지만……

히데타카는 30분쯤 기다리게 한 다음 두 사람 앞에 나타나더니, 지나칠 정도로 공손하게 이에야스의 안부를 물었다.

"이번에 정말 뜻밖의 큰 변을 당하여 이 히데타카는 아직 거취를 정하지 못해 주저하고 있소. 이에야스 공은 어떻게 지내고 계시오?"

모모스케는 자신의 상상과 엄청나게 다른 히데타카의 모습에 어리둥절해 하면서 이에야스는 이미 대군을 이끌고 아즈치에서 교토로 진격을 개시했음을 알렸다.

"거참, 부럽소. 오랫동안 지켜 오신 땅이니 그러실 만도 하지요."

"그래서 주군 이에야스 님이 히데타카 님 안부를 조속히 알아오라고 하셨습니다."

모모스케는 상대의 태도에 마음 놓고 온몸이 땀에 젖어 머리 숙였다.

"어쨌든 뜻밖의 큰 난리라 히데타카 님께서도 급히 교토로 철수하시어 복수전을 하실 게 틀림없지만, 시나노 길은 이미 막혀 있을 테니 저희 영지를 지나 상경하시도록 상세한 의논을 드리라는 말씀이었습니다."

그러자 히데타카는 공손히 머리를 숙이면서도 얼굴에 일그러진 웃음이 희미하게 떠올랐다. 그들을 기다리게 한 동안 아마 두 사람의 태도를 탐색한 건지도 몰랐다.

"허, 이에야스 공께서 그런 말씀을……."

히데타카는 태연히 말하면서 황급히 웃음을 거두었다.

고후성주대리 가와지리 히데타카는, 노부나가를 스승으로 살아왔으면서도 그의 진정한 정신은 소화시키지 못한 점이 있었다. 노부나가의 가혹한 일면은 흉내낼 수 있지만 그 이상(理想)은 이해하지 못한 것이다.

"이에야스 공께서 그런 말씀을……."

다시 한번 같은 말을 되풀이하는 그는 겉으로의 부드러운 태도와 반대로 가슴속에 노여움이 끓고 있었다. 그는 혼다 모모스케와 나구라 노부미쓰를 이에야스의 자객이라고 판단했던 것이다. 노부나가도 인정했던 이에야스의 인물됨을, 히데타카는 그저 교활하고 음험하다……는 얄팍하고 대립적인 감정으로 이해하고 있었기 때문이리라.

"이에야스 공은 아즈치를 향해 급히 출진하시는 바쁘신 몸으로 일부러 이 히데타카를 위해 도모해 주셨다는 말씀이오?"

고지식하고 무뚝뚝한 사자는 대답했다.

"그렇습니다. 서쪽의 역적은 토벌되었더라도 동쪽이 어지러우면 돌아가신 우대신님 뜻에 어긋나는 일이라, 곧바로 우리를 파견하신 것으로 생각됩니다."

"근래에 보기 드문 고맙기 이를 데 없는 일이오. 여봐라, 두 분께 시원한 냉수를 갖다 드려라. 그리고 주안상도 내오너라. 우선 큰 난리 이후 세상의 동태를 이것저것 들어본 다음 우리도 서둘러 서쪽으로 향할 길을 정해야겠지."

히데타카는 시동에게 일러 곧 술상을 내오게 했다.

"풍문에 의하면 아나야마 바이세쓰 님은 사카이에서 함께 철수하다가 어떤 자의 손에 암살되었다고 들었는데……."

"바로 그것 때문입니다. 우리 주군께서 히데타카 님 신변을 염려하시는 것도……."

"허, 그렇다면 이에야스 공은 아나야마 님 암살에 무슨 관련이 있는 것 같군."

오히려 모모스케가 흥분하여 말했다.

"그렇습니다. 우리 주군께서 특히 다케다 가문과 인연 있는 아나야마 님을 우대신 님에게 주선한 것도 모두 뒷날 가이의 평화를 생각했기 때문입니다. 그래서 우리 주군과 같은 길과 영내를 통해 사카이에서 철수하자고 권했지만, 아나야마 님은 듣지 않았습니다. 이 모모스케의 짐작으로는 아나야마 님은 우리 주군의 마음을 의심했고, 그래서 동쪽 길을 거절했다가 오히려 폭도 때문에 생명을 잃은 것으로 생각됩니다."

히데타카는 다시금 입가에 야릇한 미소를 띠며 고개를 끄덕였다.

'멍청한 놈. 묻지도 않는데 이에야스의 뱃속을 이야기해 주는군…….'

"허, 그래요."

술상이 들어오자 히데타카는 몸소 일어나 모모스케와 노부미쓰에게 술을 따라주었다.

"그러한 전례가 있으니 나더러 영내를 지나가라, 두 분이 신변을 지켜주게 하겠다고 말씀하시던가요?"

모모스케는 또 자신 있게 고개를 끄덕였다.

"모든 게 고슈를 전쟁터로 만들고 싶지 않은 우리 주군의 깊은 뜻이니, 어떠십니까? 신변은 우리가 맹세코 경호하겠으니 가와지리 님이 상경한 뒤 이 고후의 평화유지에 대한 좋은 생각이 있으신지요?"

"그렇다면 두 분은 내가 이 땅을 출발하면 곧바로 혼란이 일어날 거라고 보는 모양이군."

모모스케는 또 정직하게 대답했다.

"그렇습니다."

모모스케에게 몸을 바치는 우직함은 있어도 책략을 부리거나 의심 같은 것은 할 줄 몰랐다. 그는 가와지리 히데타카가 자기와 같은 솔직한 마음으로 이에야스를 믿고 있는 줄 알고 있다. 그러니만큼 그의 말은 어디까지나 미카와 사람의 외고집으로 꾸밈도 계략도 없었다.

"부임하신 지 얼마 안 되므로 가와지리 님에 대한 백성들의 반감은 쉽게 마음 놓을 수 없는 상황인 것 같습니다. 물론 다케다의 잔당도 여러 곳에 남아 있을 테니 이러한 자들이 가와지리 님의 상경을 기화로 호조씨와 결탁하여 군사를 끌어들인다면 우대신님의 공적은 하루아침에 물거품이 됩니다. 우리 주군께서 걱정하시는 것은 오직 그것뿐입니다."

히데타카의 눈썹이 꿈틀꿈틀 움직였다.

'이제 알았다……'

그는 나름대로 단정 짓고 있었다. 우선 자기를 속여 이에야스의 군사를 고후성에 들인 다음 이에야스의 영내로 자기를 유인해 살해할 작정임이 틀림없다……고.

인간은 늘 자기 껍데기와 비슷한 틀 안에서 생각한다. 그런 면에서는 히데타카도 모모스케도 마찬가지였지만, 한쪽은 사람을 너무 믿고 한쪽은 너무 의심하고 있는데도 서로 그것을 깨닫지 못하는 게 얄궂을 뿐이다.

모모스케는 베어나는 땀을 닦으며 말을 이었다.

"이번 일은…… 이 혼다 모모스케, 주군으로부터 목숨을 버릴 각오로 임하라는 엄한 명을 받고 왔습니다. 생각하는 바가 있으시다면 결코 물불을 가리지 않겠습니다."

"거듭 고마운 말씀이오. 그러나…… 어쨌든 뜻밖의 큰 변이라 미처 생각지 못하고 있는 점도 많은데……"

히데타카는 조심스럽게 말꼬리를 흐렸다.

"나에게 대책이 없는 경우의 지시는? 물론 이에야스 공께서 하셨겠지요?"

여기서도 모모스케는 어린아이처럼 솔직했다.

"아닙니다, 없습니다. 가와지리 님과 상의한 다음 잘 해보라…… 그것을 할 수 있는 놈으로 여겨 사자로 명한다고 오히려 꾸중 들었습니다."

히데타카는 술잔을 내려놓고 팔짱을 꼈다.

'그 교활한 이에야스가 무슨 생각으로 이런 말을 하게 했을까……?'

히데타카에게 대책이 있을 리 없다. 노부나가라는 배경이 사라지면 히데타카는 성을 버리고 달아날 것이다, 그러나 이대로 살려두면 언젠가 이에야스가 이 성을 손에 넣은 뒤 이것저것 불평을 터뜨릴 것이다—그렇게 판단하고 자신의 영토로 교묘히 유혹해 살해하리라……고 히데타카의 생각은 자신의 생사문제로 다시 돌아가고 말았다.

"혼다 님."

"무슨 묘안이라도……."

"이것은 귀하가 말한 대로 서로의 생사에 관련된 중대한 문제요."

"아니, 우리 문제만이 아닙니다. 백성들의 화목이며 우대신님의 공적과 관련되는 큰일 중의 큰일이라고 생각되는데요."

"옳은 말이오! 내 말이 부족했소…… 그만한 중대사이니 3, 4일 동안 나도 진지하게 대책을 강구해 볼까 하오. 귀하들도 그때까지 묘안을 생각해 주시구려."

그렇게 말했을 때 히데타카의 마음속에는 각오가 또렷이 정해져 있었다.

그들은 그날 가볍게 술만 나누고 헤어졌다.

가와지리 히데타카는 그즈음 숫자상으로 2000명의 군사를 거느리고 있었다. 그러나 중앙에서 노부나가라는 기둥이 쓰러지자, 이 2000명 군사들의 생각이 둘이 되고 셋으로 갈라지고 다섯이 되고 열로 분열해 가고 있는 것을 알고 있는지 어떤지…….

그는 이들의 결속을 도모하여 이 자리에서 보기 좋게 이에야스의 야망을 쳐부숴주겠다고 마음속으로 결심했다. 결심하고 나니 일은 아주 간단했다. 이에야스의 뜻을 받들고 와 있는 혼다 모모스케와 나구라 노부미쓰를 베어버리고 상경을 단념하든가, 아니면 그 여세를 몰아 신슈 길에서 미노로 철수를 감행하면 되는 것이다.

'나는 아나야마 바이세쓰처럼 당하지 않을 것이다…….'

바이세쓰는 이에야스를 너무 믿다가 살해된 것이라고 생각했다. 성격에서 오는 그러한 착각 또한 이 결심을 뒷받침하고 있었다.

그는 미쓰히데가 살해된 13일에야 모모스케와 노부미쓰의 숙소로 사자를 보냈다.

"이번 일은 아무리 궁리해도 좋은 생각이 떠오르지 않소. 그러니 성을 일단 두 분 손에 넘길 테니 도쿠가와 군을 들여놓아 수비해 주기 바라오. 물론 나는 이에야스 공의 분부대로 영내를 지나 상경하여 주군의 복수전에 참여하고 싶소. 이에 대해 내일 14일, 성 명도에 대해 상세히 의논하고 싶으니 두 분께서 와주기 바라오."

그런데 그날, 두 사람의 숙소인 세키스이사(積翠寺)로 한 떠돌이 무사가 은밀히 찾아왔다.

세키스이사는 아이강(相川)과 니고리강(濁川)의 원천이 되는 요새지로 본디 이곳에 다케다 일족의 산성이 있었으며, 다이에이(大永) 원년(1521) 스루가의 이마가와 군이 난입했을 때 신겐의 어머니 노부토라(信虎) 부인이 이곳에 숨어서 신겐을 낳았다고 한다. 그래서 다케다 씨로서는 인연 깊은 땅이었다.

두 사람은 본당에서 그 떠돌이 무사를 대면했다.

"까닭이 있어 이름은 밝힐 수 없습니다만 가와지리에게 원한 많은 백성의 한 사람으로 생각해 주십시오."

그렇게 말한 다음 고후성 안에서 두 사람을 암살할 계획이니 조심하라고 알리고, 그것을 알리는 대신 그들이 통솔하는 마을의 폭도가 가와지리를 습격할지도 모르니 그때는 못 본 척해 달라고 했다.

"우리는 도쿠가와 님을 적대하려는 것은 결코 아닙니다. 단지 원한이 쌓인 가와지리만은 무슨 일이 있어도 이 땅에서 빠져나가지 못하게 하겠습니다."

두 사람은 알았다는 정도로 대답하고 그를 돌려보냈다.

나구라가 신중하게 말했다.

"일이 복잡하게 되었는걸. 혼다 님, 일단 내일 방문은 그만둡시다."

모모스케는 고개를 저었다.

"아니, 그럴 수 없소. 우리가 여기서 마을사람들 말을 믿고 성에 가지 않았다가 만일 그 같은 계획이 없을 때는 어떻게 하겠소. 가와지리 님을 배반하고 마을사람들 편을 든 것이 되오. 그렇게 되면 우리 주군의 체면이 서지 않소."

"그러나…… 여기서 우리가 살해당하면 개죽음이 되오."

"듣기 싫소. 개죽음이란 뜻 없는 죽음을 말하는 거요. 만일 그 자리에서 우리를 죽인다면 오히려 가와지리 님에게 백성들 노여움이 더 쌓이게 될 거요. 그런 어리석은 짓을 가와지리 님이 획책할 리 없소. 사람을 의심하는 것은 나쁜 일이오. 약속대로 나는 가겠소."

모모스케는 노부미쓰의 말에 도무지 귀 기울이지 않았다…… 한번 말을 꺼내면 뒤로 물러서지 않는 것이 미카와 무사의 공통된 성격이었다. 아마 모모스케는 이에야스가 한 말을 한 가지도 실패하지 않으려고 완고하게 마음먹고 있었던 것이리라.

"대감님은 생명을 아끼지 말라고 하셨소. 가이의 평화는 너희들 손에 달려 있다……고도 하셨지. 여기서 나는 한 발도 물러나지 않겠소. 만약 상대가 우리를 빠뜨릴 책모를 꾸미고 있다 해도 상관없소. 진심을 기울여 설복해 가와지리 님을 무사히 철수하게 하여 고후성을 아무 소란 없이 우리 편 손에 넣지 않으면 안 되오."

노기를 띠면 그의 얼굴은 반듯한 네모꼴로 보였다. 그 얼굴을 무뚝뚝하게 젖히며 그가 잘라 말하자 나구라 역시 완고하게 고개를 저었다.

"좋아, 말리지 않겠소. 가시오."

"그러면 임자는 가지 않겠다는 말이오?"

그도 얼마쯤 성내며 말했다.

"물론이지. 둘이서 왔다 해서 반드시 둘이 붙어 다니라는 의미는 아니오. 임자 혼자 가시오. 나는 임자에게 만일의 일이 있을 때를 위해 대비하고 있겠소."

"흠, 그렇다면 혼자 가는 수밖에 없지. 혼자 갔다가 아무 일도 없을 때는 나에게 대체 뭐라고 말할 생각이오?"

나구라는 자신의 관자놀이를 가리키며 천연덕스럽게 말했다.

"그때는…… 여기를 한 대 후려갈기시오."

"좋아, 잊지 말구려. 모모스케의 주먹은 세니까."

이야기는 그것으로 끝났지만 이러한 분위기는 히데요시의 직속무장들과는 아주 딴판이었다. 어딘지 우스꽝스러운 촌티와 사나운 개를 연상시키는 고집이 느껴진다.

이튿날인 14일—

미쓰히데는 이미 오구루스에서 목숨 잃은 뒤이건만 그것을 모르는 모모스케는 혼자 세키스이사를 나와 고후성으로 갔다.

시종도 일부러 12, 3명 거느렸을 뿐이었으며, 그들과 현관에서 헤어져 혼자 가와지리의 거실에 들어가 호쾌하게 웃으며 말했다.

"실은 나구라 노부미쓰와 내기를 걸었습니다."

"허, 어떤 내기를?"

"노부미쓰는 귀하가 우리를 해칠 음모를 꾸미고 있다며 동행을 거부했습니다."

순간 가와지리의 이마에 당황하는 빛이 스치고 지나갔다.

"허, 무슨 당치도 않은 말씀을. 우리는 이 성을 내주고 이에야스 공의 영내를 지나갈 생각인데…… 만일 두 분을 해친다면 어떻게 지나가겠소?"

"핫핫하…… 불쾌하게 생각지 마십시오. 노부미쓰는 걱정하는 버릇이 결점인 사나이랍니다. 난처한 때도 있지만 또 조심성 많아 좋은 점도 있지요. 그래서 우리 주군께서 일부러 저와 함께 파견한 겁니다……."

모모스케는 여기서도 외곬으로 이에야스의 성의를 상대에게 전하려고 열심이었다.

"그래서 내가 대표로 모든 일을 협의하여 무사히 세키스이사로 돌아간다면 노부미쓰의 머리를 한 대 갈기는…… 내기를 걸고 왔지요."

가와지리는 소리 내어 껄껄 웃었다. 그러면서도 이 말의 속뜻을 꿰뚫어보고 생각하지 않을 수 없는 것이 가와지리의 성격이었다.

"그거 참, 재미있는 내기지만 나구라 님이 딱하군. 그런데 그런 소문을 두 분께서는 대체 어디서 들었소?"

"예…… 폭동의 주모자인 듯한 떠돌이 무사에게서."

모모스케는 점점 더 순진하게 웃는 얼굴로 다가왔다.

"뭣이, 폭동의 주모자인 듯한 떠돌이 무사?"

어지간한 가와지리도 얼굴빛이 달라졌다.

"그의 이름이 혹시 미쓰이 야이치로(三井彌一郎)라고 하지 않던가요?"

"글쎄요…… 이름은 물어보지도 않았는데…… 그 미쓰이라는 자는 뭐하는 사람인가요?"

모모스케는 그리 마음에 두지 않는 듯이 덧붙여 말했다.

"그런 떠돌이 무사의 말을 믿고 우리 주군이 믿으시는 가와지리 님을 의심한다는 것은 주군의 뜻에 어긋나는 일이라, 이름도 묻지 않고 돌려보냈습니다만."

"허, 미쓰이 야이치로는 주에몬(十右衛門)이라는 별명을 가졌으며 전에 야마가타 마사카게에게 종사하던 책모를 잘 꾸미는 자로, 검은 살결에 광대뼈가 나왔고 눈빛이 날카로운……."

"그렇소. 눈빛은 확실히 날카로웠고 여윈 남자였습니다."

"흠, 역시 미쓰이 야이치로군."

가와지리는 말하면서 계획을 바꾸어야겠다고 생각했다. 모모스케가 밝고 활달하면 할수록 가와지리는 조심성이 깊어졌다. 폭동이 일어날 것 같은 분위기는 그도 짐작하고 있었지만, 모모스케가 이처럼 노골적으로 말하는 것은 그 폭도들과 이미 모의하고 손잡은 증거라고 해석했다.

이런 해석에 의하면 나구라 노부미쓰는 올 리 없었다. 모모스케 한 사람만 성으로 보내놓고 그는 밖에서 폭동을 지휘할 필요가 있었다.

'그게 틀림없어……'

그렇게 생각하니 그 두 사람을 성에 가둬놓고 살해하려던 책략은 헛일이 되었다.

'좋다, 두 번째 계획을 선택하자.'

가와지리는 손뼉 쳐 근위무사를 불렀다.

"일러두었던 주안상을 이리로 가져오너라. 그리고 오늘은 그대들도 한 잔 들도록. 이것이 이 성에서 하는 마지막 주연이 될 게다. 왜냐하면 이 성을 오늘 도쿠가와 님에게 넘기고 우리는 서둘러 교토로 가서 미쓰히데 토벌전에 참가해야 하기 때문이다, 그렇지 않습니까, 혼다 님?"

모모스케는 무릎을 치며 감탄했다.

"가와지리 님, 그러고 보니 우리가 심부름 온 보람이 있군요. 우리 주군의 성의를 잘 받아들여주셔서…… 이렇게…… 깊이 감사드립니다."

"뭘요, 감사는 우리가 해야지요. 자, 술상이 왔소. 하지만…… 나구라 님 말도 있고 하니 먼저 시음하고 드리겠소."

가와지리는 자신이 먼저 한 홉들이 붉은 잔을 들어 쭉 들이켠 다음 모모스케에게 따라주었다.

"그런데 우리가 출발한 뒤 어느 군사부터 이 성에 들일 생각이시오?"

"예…… 요다 노부시게, 혼다 마사노부 두 사람의 지시로 아나야마 군이 얼마 뒤 이리로 오게 되어 있습니다."

"아나야마 군을?"

"예, 걱정할 것 없습니다. 고후의 군사는 결코 우리 주군을 미워하고 있지 않습니다. 그 땅에 난이 없기를 늘 기도하시는…… 마음이 백성에게까지 스며들어 아마 폭도들도 적대시하지 않을 거라고 생각됩니다."

"허, 그렇다면 우대신님과 나는 미움받고 그 뒤의 열매는 도쿠가와 공 손에 들어간다는 말이군요……."

말하다가 가와지리는 화제를 슬쩍 바꾸었다.

"자, 마지막 주연이니 귀하도 우리 가신들에게 술잔을."

아마 가와지리는 모모스케를 취하게 한 다음 음모를 벌일 생각인 듯했다.

저마다의 사풍(土風)과 기풍(氣風)만큼 대장의 성격을 뚜렷이 반영해 주는 것은 없다. 노부나가는 언제나 남의 의표를 찌르려 했고, 또 충분히 찌를 수 있는 둘도 없는 천재였다. 하지만 기량에 있어 훨씬 뒤떨어진 가신이 만약 노부나가에게 심취하여 같은 길을 걸으려 한다면 어떻게 될까?

그 점에서 히데요시는 노부나가의 장점을 취하여 훌륭하게 활용할 수 있는 큰 천재였다. 따라서 그는 지금 욱일승천의 기세로 위세를 떨치고 있지만, 다른 자가 노부나가의 기풍을 흉내 내다간 반드시 비극으로 끝나고 말 것이다. 미쓰히데의 반역에도 알지 못하는 사이에 노부나가의 영향을 받은 흔적이 엿보였고, 가와지리 역시 자기를 작은 노부나가로 비유하고 있는 것 같았다.

그리고 '노부나가의 기풍'만이 아니라, 이에야스의 휘하 역시 '이에야스의 기풍'이 이상한 끈질김으로 침투되고 있었다. 혼다 모모스케의 고집과 순박함은 바로 이에야스의 한 면이라 해도 무방하리라. 이에야스가 '백성을 위해 평화를……'이라고 외치며 모든 일에 그것을 행동 기준으로 삼고 있듯 모모스케는 '이에야스를 위해……'라는 소박한 그 한 점을 쫓고 있었다. 모모스케는 잔을 거듭할 때마다 이에야스를 칭송하며 그 심정의 옳고 그름을 호소했다. 때로는 그것이 자랑으로 들릴 만큼 솔직한 태도로 잘라 말하기도 했다.

"우대신님의 마음을 모자람 없이 이을 수 있는 사람은 우리 주군 한 분뿐입니다. 우대신님은 오닌의 난 이래 계속된 전국을 끝내는 게 소망이셨소. 전국의 종식을 바라는 마음은 단순히 천하를 노리는 야심과는 하늘과 땅의 차이가 있소. 이것은 무인 본연의 진면목을 다하여 온 힘을 기울여 만민의 수호에 이바지하려는 마음씨…… 이 마음은 우리 주군께서 분명히 이어받고 계십니다."

가와지리는 모호하게 고개를 끄덕이면서 자꾸만 술을 권한다. 주연은 10시까지 계속되었다. 모모스케는 성 명도 교섭에 아무 어려움 없이 가와지리의 동의를 얻었으므로 10시 종소리를 듣자 기분 좋게 자리에서 일어났다.

그날 밤은 성안에서 묵고, 다음 날 아침 세키스이사의 나구라에게 사자를 보내 뒤처리를 강구할 작정이었다. 요리다 노부시게와 혼다 마사노부의 별동대는 이미 오카베 마사쓰나를 움직여 아나야마의 옛 영토를 손에 넣고, 마사쓰나는 다시 소네 마사요(曾根昌世)를 이끌고 고슈로 들어갈 준비가 벌써 끝났을 것이다. 따라서 나구라에게서 소식이 있으면 2, 3일 안으로 성을 접수하고 가와지리를 무사히 떠나보낼 수 있을 거라고 생각하고 있었다.

"수고했소…… 정말 기분 좋게 취했소"

가와지리의 시동에게 안내되어 침실로 들어가자 베개 맡의 칼걸이에 칼을 걸어놓고 배를 흔들며 웃었다.

"나구라 녀석, 이렇듯 기분 좋은 대접을 받고 있는 줄 모르고, 지금쯤 고약한 꿈을 꾸고 있겠지. 정말 가와지리 님은 듣기보다 훌륭한 분이야"

시동에게 말하고 그는 자리 속으로 들어갔다. 그 시동이 모기장을 가져와 치고 났을 때 모모스케는 벌써 코를 골기 시작했다.

시동은 공손히 절하고 물러갔다. 시동이 물러간 뒤 모모스케의 코고는 소리에 방 안이 한동안 들썩이는 것 같았다. 낮의 더위에 비해 밤은 마치 계절이 바뀐 것처럼 선선하고 모기도 없었다. 술에 취해 잠든 모모스케는 이윽고 이불을 차 던졌다.

"저, 냉수를 가져왔습니다만……"

두 번째 들어온 것은 젊은 시녀였다. 시녀는 모모스케의 베개 맡에 물병을 놓더니 살그머니 모기장을 쳐들고 하얀 얼굴을 들이밀었다.

"저……"

얌전하게 두 손을 짚고 다시 한번 불렀으나 대답이 없었다. 손님 침실에 수청 드는 여자를 들여보내는 것은 그즈음의 관습이었다. 모모스케가 눈을 떴다면 아마 그런 여인인 줄 알았을 것이다.

시녀는 잠시 난처한 듯 모모스케의 잠든 얼굴을 바라보더니 살며시 모기장에서 다시 나갔다. 그리고 발소리도 내지 않고 조용히 복도로 사라지자 이번에는 침실 위쪽에서 두 사람, 아래쪽에서 두 사람, 반 무장차림의 검은 그림자가 나타났다. 두 명은 창을 들고 두 명은 칼을 뽑아들고 있었다.

"정말 세상모르고 곯아떨어졌군."

하나가 속삭이며 다른 세 명에게 턱짓했다. 세 명은 고개를 깊숙이 끄덕이며 세 방향에서 가만히 몸을 낮추고 모기장으로 다가갔다. 둘은 창, 하나는 칼. 복도에 남은 하나는 방 안이 보이는 자리에 서서 세 명이 세 방향으로 돌아가는 것을 바라보고 있다. 물론 이들만이 모모스케를 치는 모두는 아니었다. 두 번째 습격자는 툇마루 밑에 매복해 있고, 세 번째의 30명 남짓은 이 집 뜰을 에워싸고 있었다.

가와지리의 생각으로는 여기서 모모스케를 베고 날이 새면 모모스케의 이름으로 세키스이사에 나구라를 부르러 보낼 작정이었다. 그리고 나구라가 성에 들어왔을 때 그를 베고 그것을 신호로 이 성을 버릴 작정이었다. 그 계획은 이미 십중팔구까지 성공해 있었다. 셋으로 갈라진 습격자 중 둘은 늠름하게 창을 잡고 하나는 칼을 쳐들었건만 안에서는 아직도 고른 간격으로 코고는 소리가 들려왔다.

복도에 남은 지휘자가 손을 쳐들었다.

"됐어!"

그 순간 모기장 줄이 끊어지고 두 개의 창이 침침한 등불 빛 속에서 모모스케를 향해 돌진했다. 짐승이 울부짖는 듯한 소리가 줄 끊어진 모기장 속에서 일었다.

"으악! 누구냐? 이름도 대지 않고. 비겁하지 않느냐!"

대답 대신 두 번째 창이 다시 내리꽂혔다.

"우······."

이번에도 비명이 아니라 분노에 불타는 신음소리였다. 방장이 물결처럼 움직이더니 그 한쪽에서 모모스케의 굵은 팔뚝이 드러났다. 칼걸이에 있는 칼을 집으려는 것이었다.

그 팔뚝을 뻗으려는 순간 복도에 있던 사람 그림자가 안으로 뛰어들었다.

"얏!"

새하얀 칼날이 비스듬하게 번쩍이자 팔뚝은 팔꿈치에서 떨어져나가고 핏줄기가 쏴 소리 내며 주위에 튀었다.

"웬 놈이냐?"

과연 백전연마의 모모스케였다. 오른팔이 잘리는 순간 모기장을 쳐들고 밖으로 뛰어나와 왼손으로 칼을 잡았다. 두 개의 창이 마물처럼 그것에 얽혀들었다.

"덤벼라!"

외침소리와 함께 칼집을 입에 문 모모스케의 왼팔이 후려치듯 뒤를 베었다.

"으악!"

창을 든 한 명이 뒤로 비틀거리자 나머지 하나도 뒤로 홱 물러섰다.

"모모스케……"

복도에서 뛰어들어 팔을 벤 자가 칼을 겨눈 채 비웃고 있었다.

"어때, 나를 알겠나?"

모모스케는 오른팔이 잘린 데다 가슴도 한 번 창에 찔린 상태였다. 그래도 아직 의식은 또렷한 모양이었다.

"그렇게 말하는 너는 가와지리로구나."

가와지리는 소리 내어 웃었다.

"하하…… 이에야스의 뱃속은 네 입으로 모조리 들었다. 이 가와지리를 쳐서 고슈와 신슈 두 나라를 제 손에 넣겠다고…… 그러나 쉽사리 그렇게 되도록 두지 않을 것이다."

"아니, 그게 아니야!"

"나를 어지간히 호락호락하게 본 모양인데, 이래봬도 우대신님 눈에 들어 이 땅에 온 사나이다. 지금부터 네 이름으로 나구라 노부미쓰를 죽인 다음 일단 교토로 철수한 뒤 다시 이에야스 토벌군을 이끌고 오겠다. 그때 다시…… 아니, 너의 그 깊은 상처로는 이미 살지 못할 테니, 하다못해 마지막으로 너보다 똑똑한 자가 있었다는 걸 선물 삼아 저세상으로 가거라."

"아니다! 아니야, 가와지리……"

모기장 밖으로 나오긴 했으나 이때 모모스케는 더 이상 서 있을 수 없어 핏속에 털썩 무릎 꿇으며 주저앉고 말았다.

"그러면 네 목숨은 없어지는 거다."

"뭣이, 내 목숨이 없어진다고. 헛소리 마라……"

"헛소리가 아니다. 시나노 길은 이미 못 지나간다. 나를 죽임으로써 우리 주군 영내를 못 지나가게 되었으니 네 스스로 나아갈 길을 막은 셈이야. 잊어주마, 나를 벤 것은 잊어줄 수 있으니…… 우리 주군의 마음만은 의심하지 마라."

"하하…… 할 말이 그것뿐이냐, 모모스케?"

"아직도 못 믿겠나. 에잇, 답답하구나……."

"할 말 다했으면 무사의 정으로 목을 쳐주마."

"가와지리, 다시 한번 말하마. 우리 주군을 의심하여 네 목숨을 버리지 마라. 들리나…… 들리나, 가와지리?…… 아, 이제 눈이 안 보인다. 귀가 안 들린다. 알겠나. 나를 벤 것은 잊어줄 테니 의심하지 마라…… 의심하지 마라……."

창을 겨눈 한 사람은 차마 찌르지 못하고 모모스케를 바라보고 있었다.

가와지리는 성큼 다가가 말없이 다시 칼을 휘둘러 모모스케의 목덜미에 내리쳤다.

"으윽……."

모모스케는 칼을 놓았다. 그리고 잘려나간 자신의 오른팔 위에 그대로 엎어졌다. 아직도 무언가 말하려고 심하게 입술을 경련시키고 있었다.

그때였다. 멀리서 우―하고 이상한 소리가 난 것은. 땅울림도 아니고 바람소리도 아니다.

"아룁니다."

복도로 달려온 검은 그림자가 황급히 가와지리 앞에 꿇어 엎드렸다.

가와지리 역시 이상한 소리를 들었는지 피 묻은 칼을 늘어뜨린 채 근시를 돌아보았다.

"무슨 일이냐?"

"예, 폭도들인 것 같습니다. 한편은 니고리 강가에서, 한편은 다이센사(大泉寺) 숲에서 거적 깃발을 세우고 함성 지르며 달빛 속에 이 성을 향해 몰려오고 있습니다."

가와지리는 비틀거리며 칼을 지팡이 삼아 가까스로 몸을 버티었다. 혼다 모모스케와 나구라 노부미쓰가 미리 짜놓은 줄 알았던 것이다. 가와지리는 숨을 삼킨 뒤 피가 나도록 입술을 깨물며 몸을 떨었다.

"늦었구나. 사방의 문을 단단히 지켜라. 폭도를 성안에 한 발도 들여놓아선 안 된다, 이놈, 이에야스 놈……."

가와지리 히데타카의 생각으로는, 이 폭도들의 습격도 이에야스의 음흉하기 짝이 없는 계략이라는 해답밖에 나오지 않았다. 이에야스는 그때 아직 오와리에 있었고, 나구라 노부미쓰는 혼다 모모스케의 신변을 걱정하며 세키스이사에 있었으니 이 폭도와 직접적인 관련이 있을 수 없었지만……

그러나 간접적인 관련은 충분히 있었다. 이것은 노부나가와 이에야스의 인생관이며 성격의 차이가, 노부나가가 죽고 난 뒤인 지금 뚜렷하게 대립을 그려내고 있다 해도 과언이 아니었다.

노부나가는 다케다 가문 신하들에 대해 철저한 엄벌주의로 임했다. 더욱이 '힘'을 신봉하며 그것을 내세워 전란을 종식시키려 한 노부나가의 의지가 때로는 가와지리 히데타카 같은 가신에 의해 더욱 왜곡되어 사정없이 살육하는 그릇된 짓까지 하게 했다.

그렇게 되자 이에야스는 그 신앙이며 성격으로 가만히 있을 수 없었다. 노부나가가 신봉하는 '힘'의 한계를 그는 알고 있었다. 노부나가에게 청하여 아나야마 바이세쓰를 구하려 한 일이며 이번에 고슈 토착무사들 진무(鎭撫)에 열심히 힘쓰고 있는 요다 노부시게, 가도나 사콘(門奈左近), 오카베 마사쓰나, 하지카노 노부마사(初鹿野信昌), 오바타 마사타다(小幡昌忠) 등을 일부러 노부나가의 눈에서 벗어나게 해준 것을 교묘한 정략이라고도 할 수 있겠지만, 모든 게 그의 조모로부터 어머니에게로 간절하게 전해 내려온 소박한 불심(佛心)의 나타남이었다.

'맞서오지 않는 자는 치지 않는다……'

그리고 그 두 사람의 차이가 이 땅에 저마다의 파동을 불러일으켜, 얄궂게도 혼다 모모스케가 살해되던 날 밤 고슈성에 미치게 되었던 것이다.

가와지리는 근위무사에게 명령내리고 거실로 돌아가 갑옷을 차려입고 바깥문으로 달려갔다. 성안에는 2000명 넘는 군사가 있었다. 무장할 시간만 있다면 오합지졸인 폭도 따위는 단번에 무찔러버릴 자신이 있었다.

가와지리가 성문으로 달려갔을 때 폭도의 선두도 이미 성문 앞까지 와 있었다.

"오다 가문 성주대리 가와지리 님 계시오! 계시면 이리 나와주오."

밖의 소리를 듣고 가와지리는 손에 잡은 칼로 땅을 콱 찔렀다.

"가와지리는 여기 있다. 네가 폭도 우두머리냐?"

"그렇소."

밖의 목소리는 뜻밖일 정도로 조용했다.

"본디 야마가타 마사카게의 가신이었던 미쓰이 야이치로요."

"이놈, 교묘히 포위망을 뚫고 나와 마침내 어리석은 백성을 선동했구나. 그 미쓰이 야이치로가 이 가와지리에게 무슨 할 말이 있단 말이냐?"

감정에 어지러워진 가와지리의 목소리와 반대로 밖에 있는 미쓰이의 목소리는 점점 더 맑고 조용해졌다.

"가와지리 님이라면 안심하십시오."

미쓰이는 말한 다음 주위의 웅성거림을 진정시켰다.

"오늘밤 이 성에 혼다 모모스케 님이 객인으로 묵으셨을 테니 이리로 안내해 주십시오."

"뭐…… 뭐라고! 혼다 모모스케를 데려오면 어쩔 테냐?"

"예, 혼다 님에게 물어볼 일이 있습니다."

"이놈! 폭도 주제에……."

말하다가 가와지리는 생각을 고쳐먹었다.

"모모스케 님은 지금 술에 취해 세상모르고 주무시고 계신다. 귀한 손님을 폭도들 앞에 함부로 데려올 수는 없다. 내게 말하라! 무엇을 묻고 싶은가?"

"그건 좀……."

밖에서는 고개를 좀 갸웃거리며 생각하는 기색이었다.

"좋소, 말씀드리지요. 이 성 명도에 대한 의논이 어떻게 결정되었는지, 그것이 알고 싶소. 물론 다른 사람 입이 아니라 모모스케 님을 통해 직접 듣고 싶소."

"뭐…… 뭐라고! 아나야마 군이 도착하는 대로 성을 명도하고 내가 도쿠가와 님 영내를 지나 교토로 철수하겠다면 어쩔 테냐?"

"그러니 모모스케 님 입으로 직접 그것을 듣고 싶소."

순간 가와지리의 무장한 소매에서 달그락거리며 떨리는 소리가 났다.

"그것은…… 그것은……나구라 노부미쓰의 명령이냐?"

"무슨 말씀이오. 우리들이 이것저것 머리를 맞대고 의논한 뒤의 생각이오."

"모모스케 님에게 전하지 않겠다면?"

"유감이지만 그때는 모모스케 님이 살해된 것으로 알고 행동하겠소."

"이놈이!"

어느덧 성안에도, 밖의 둑 아래에도 화톳불이 피어올라 불똥이 밤하늘을 장식하기 시작했다. 가와지리는 근위무사가 끌고 온 말의 눈에 빨간 불길이 잔뜩 비치고 있는 것을 보자 불안과 노여움이 치밀어 올랐다.

'내가 너무 서둘렀는지도 모르겠구나……'

하지만 이미 모모스케는 시체가 되어버렸다.

"안 돼, 그런 협박에…… 겁먹고 전한다면 이 가와지리의 체면이 서지 않는다. 궁시(弓矢)에 걸고라도 그 전갈은 못 받아들이겠다!"

한순간 밖이 조용해졌다. 단순한 오합지졸은 아닌 듯했다. 다케다의 잔당이 단단히 무리를 통솔하고 있는 것이리라. 잠시 알아들을 수 없는 속삭임이 계속되더니 미쓰이의 목소리가 아닌 굵고 다부진 목소리가 들려왔다.

"그럼, 성안 무사들에게 전하겠소. 우리는 혼다 모모스케 님이 살아 있다면 그 지시에 따라 가와지리를 놓아줄 작정이었는데 못 만나게 되었으니 물을 것까지도 없소. 내일 중으로 이 성을 쳐부수고 가와지리의 목을 베어 원한을 풀기로 결정했소. 성안에 다케다 가문과 인연 있는 무사도 많을 테니 그때까지 성을 버리고 몸을 피하시오. 알겠소? 앞으로 하루뿐이오."

그 목소리는 물을 끼얹은 듯 성안을 조용하게 만들었다.

가와지리 히데타카는 미친 듯이 웃어젖혔다.

"멍청한 놈 같으니…… 이 가와지리가 쉽사리 네 놈들에게 이 성과 목을 내줄 성 싶으냐? 어째서 하루를 기다리겠다는 거냐? 지금 당장 도전하지 못하고……"

소리치고 가만히 귀 기울이니 말대로 폭도들은 숙연히 철수하기 시작하고 있었다.

'치고 나갈까……?'

가와지리는 생각하다가 얼른 고개를 내저었다. 지형에 익숙한 폭도들과 야전(夜戰)을 벌이는 것은 어리석기 짝이 없는 일이었다. 성안에는 모모스케가 살해된 것을 아직 알지 못하는 그의 부하도 있다. 만약 그들이 설치며 불이라도 지르면 그야말로 혼란을 수습할 길이 없게 된다.

"엄중하게 감시하라."

가와지리는 일러놓고 거실로 물러가면서 몇 번이고 혀를 찼다. 이상하게도 뭔가 빗나가는 느낌이 들어 무엇부터 처리해야 할지 갈피를 잡을 수 없었다. 이에야스와 나구라와 미쓰이 사이에 밀접한 연관이 있다고 믿어져 모모스케의 죽은 얼굴이 몹시 신경을 건드렸다.

'그래, 먼저 모모스케의 부하들을 모두 죽여버리자.'

폭도 패거리가 어떻게 나올지 몰랐지만, 성안에서 내통하는 자가 나오는 것을 가장 경계해야만 한다. 그는 거실로 돌아가자 갑옷도 벗지 않고 생각에 골몰했다. 이 소동으로 그들도 틀림없이 잠에서 깨어났을 것이다. 지금 새로 술을 내는 것도 우습고 술이 깼다면 더욱 처리하기 곤란할 것 같은 기분이 들기도 했다……

"그렇지, 속여서 옥에 가둬라. 성 밖이 소란하니 모모스케의 옆방에서 경계를 서라고 하면 모두 의심하지 않고 따라갈 게다."

그리하여 그 일이 계획대로 되었다는 보고를 듣고서야 비로소 그는 갑옷 입은 채 자리에 누웠다. 피로가 극심해 눈을 떴을 때는 이미 해가 높이 떠오르고 허리 갑옷이 땀으로 흠뻑 젖어 있었다.

"좋다, 내 생각은 결정되었다. 달이 있으니 해질녘에 성문을 열고 나가자. 그리고 방해자를 처치하면서 밤길을 달려 시나노 길에서 미노로 나가는 거다. 혼다 모모스케의 깃발을 기치로 세우고 모모스케가 대열 속에 있는 것처럼 꾸며야 한다…… 식량은 가는 길에 마련하도록. 결정되었다!"

먼저 세숫물을 떠 오게 하여 양치질하고 양칫물을 마당에 홱 뱉고 나서 가와지리는 가슴을 툭툭 치며 뒤에 대기하고 있는 근위무사에게 말했다.

"아녀자들이 오지 않기를 잘했어. 식사가 끝나면 곧 중요한 자들을 큰방으로 불러 모아라. 이 철수에 비상한 솜씨를 보여야 할 판국이다."

그러나 그때 이미 가와지리의 운명은 그 자신의 눈이 미치지 않는 곳에서 결정되고 있었다. 유유히 큰방으로 가니 그곳에 마땅히 100명 넘는 무사들이 모여 있을 줄 알았는데 늘어앉은 수는 겨우 18명이었다.

"여봐라, 어찌 된 일이냐? 어서 불러 모아라. 다른 때와 다르단 말이다."

그러자 어릴 때부터 가와지리를 섬겨온 시동 우두머리 후쿠다 분고(福田文吾)가 두 손을 짚고 말했다.

"황송하오나 다른 자들은 모두 오늘 새벽에 성을 나갔습니다."

"뭣이…… 성을 나갔다고?"

분고는 엎드린 채 얼굴을 들지 않고 울음을 터뜨렸다.

"울고만 있으면 내가 어떻게 아느냐. 무엇이 불만이라 물러들 갔느냐?"

소리치며 분고에게 묻다가 가와지리는 섬뜩한 느낌이 들었다. 물어볼 것도 없는 일이었다. 성안에 폭도들과 내통하는 자가 있었던 게 틀림없다. 그리고 그들 판단으로는 가와지리에게 승산이 없었던 것이다……

남은 18명은 모두 고개 숙인 채 말이 없었다. 잠시 뒤 분고가 가까스로 머리를 들었다.

"물러갈 때 누군가가 옥을 부수고 혼다 님 부하들을 데려갔습니다……"

"뭣이, 모모스케의 부하들도 도망쳤다고?"

"예, 남은 자는 하인을 합쳐 80여 명, 모두 죽음을 결심하고 남았습니다. 각오하시기를."

"그 말은 나에게 할복하란 말이냐? 그건 안 돼!"

가와지리는 다시 소리쳤으나 뒷말을 잇지 못했다. 너무나 뜻밖의 사태에 분노만 앞서고 생각이 따르지 못했다. 온몸을 부들부들 떨면서 가와지리는 잠시 천장을 노려보았다. 오늘 역시 더위가 심하여 바람이 통하지 않는 큰 방은 야릇하게 조용한 가운데 곰팡내가 풍겼다.

"자결은 하지 않는다, 자결은 하지 않겠다."

"그럼, 이 인원으로 성을 베개 삼아 일전을 벌이시겠습니까?"

"당연하지, 남은 사람은 적어도 나와 함께 죽겠다고 결심한 자들이다. 헛되이 죽어서 될 말이냐. 좋다, 이 인원수로 이에야스 놈을 혼내고 우리의 근성을 보여주자."

지금으로서는 깨끗하게 자결하든가 패하여 죽을 각오로 일어서든가 둘 중의 하나였다. 가와지리는 이에야스에 대한 증오에 불타 뒤엣것을 택했다. 80여 명을 넷으로 나누어 밤을 기다려 저마다 문 앞에 화톳불을 피우며 기세를 올렸다.

"물러간 자들은 안에 있는 사람 수를 모를 것이다. 그러니 함부로 쳐들어오지 못한다. 그때 내가 비책을 쓸 것이다."

목소리를 낮추어 그는 그 비책을 모두들에게 알려주었다. 폭도 주모자 미쓰이에게 가와지리가 자결했으니 목을 주겠다고 속이고 불러들여 베어버리면 나머지는 농사꾼들이므로 겁먹고 흩어진다는 것이었다.

"잘 듣거라. 오다 집안 성주대리였던 가와지리의 목이니, 여럿이 난입해 들어오면 넘겨줄 수 없다, 5명만 들어오라, 그러면 우리는 목과 성을 내주고 조용히 성을 나가겠다……고 말하면 이 성을 불태우기 싫어서라도 반드시 함정에 빠질 거다. 그럴 때 단칼에……"

그리하여 80여 명은 각 성문 앞에 장작을 쌓고 밤이 되기를 기다렸다.

"아마, 폭도는 밤중에 올 것이니 그때까지 한숨 자두자."

준비가 다 된 것을 확인한 가와지리는 거실에 들어가 잠을 잤다. 이곳에도 모기가 많았다. 모기장 안에서 얼마나 잤을까?

부산한 발소리가 나더니 외침소리가 들렸다.

"주군! 주군은 어디 계십니까……?"

깜짝 놀라 벌떡 일어났을 때 가와지리는 눈앞에 푸른 죽창이 번뜩이며 스치는 것을 보았다. 그대로 이불을 확 젖히고 맨발로 뜰에 뛰어나갔다. 뒤에서 와—소리 지르며 몰려오는 것은 어디로 들어왔는지 틀림없는 폭도 무리가 아닌가?

"무도한 놈들! 가까이 오지 마라!"

가와지리는 징검돌에 발 뿌리를 차이면서 다시 달아났다. 이미 달이 떠올라 주위는 대낮처럼 밝았다. 게다가 당황하여 칼도 갖지 않고 물론 무장도 하지 않았다.

"어디로 들어왔나, 게 있거라. 게 있지 못할까!"

가와지리는 사냥개에게 쫓기는 새끼 토끼처럼 조그만 젖꼭지나무를 두 바퀴 돈 뒤 그곳을 확 물러나는 순간 오른쪽 넓적다리에 인두로 지지는 듯한 아픔을 느꼈다. 한 사람의 죽창이 호되게 살을 찔렀던 것이다.

"으……"

가와지리는 나직이 신음하며 잔디 위에 엎어졌다. 아무래도 이상하다. 폭도가 어떻게 이 안뜰까지 침입해 온 것일까? 명령해 둔대로 어느 문에나 빨간 화톳불 불똥이 달빛 속에 보이고 있었다.

가와지리가 쓰러지자 5, 6명이 한꺼번에 덤벼들었다.

"가까이 오지 마라, 무례한 놈 같으니!"

"무엇이 무례하냐, 이 도적 같은 놈아!"

"머리를 틀어잡고 끌고 다녀!"

"차버려, 차고 차고 차 죽여버려!"

"너무 빨리 죽이지는 마. 본때를 보여줘야지."

죽창 끝으로 놀리는 자, 발길로 차는 자, 머리를 끄는 자……그러자 그곳에 한 사람이 칼날을 늘어뜨리고 헐레벌떡 다가왔다.

"잠깐! 기다리시오, 여러분……."

미쓰이 야이치로였다.

"가와지리 님, 약속대로 목을 받으러 왔소."

"뭣이, 약속이라고……?"

"예, 우리 5명을 성으로 들어오게 하여 목을 내주라고 오늘 낮에 모두들에게 명령하지 않았소?"

"이……이놈, 그 말을 어디서 들었지."

"80여 명 가운데에서 무사답게 할복하지 않는 귀하에게 정떨어져 물러나온 자 입에서 들었소."

"뭣이, 또 물러난 자가 있다고?"

"예, 놀라지 마시오. 50여 명이 싸우기 전에 물러나고 이 성에는 지금 귀하 외에 22명……아니, 그중 8명은 귀하를 위해 훌륭히 순사(殉死)했고, 그밖에는 부상입 거나 항복했소."

가와지리는 무슨 말을 하려고 했지만 이미 그것은 말이 되지 않았다.

'이 무슨 부탁한 보람도 없는 놈들일까……아니다. 이에야스의 좋은 미끼가 모 두들을 배반케 한 것이 틀림없다…….'

미쓰이는 다시 말했다.

"가와지리 님, 백성이 있고서야 성주가 있는 거요. 백성이란 마음대로 베어도 좋 은 성주의 노리갯감이 아니오. 그것을 아시겠소?"

"모……모……모른다!"

"그럼, 마지막으로…… 이 단도로 깨끗이 자결하시오."

미쓰이 야이치로는 좀 감상적인 투로 달을 쳐다보았다.

"저 달과 같은 마음으로 한 발 먼저 간 가신들 뒤를 쫓으시오. 이 야이치로가 목을 베어드리겠소."

가와지리는 증오에 불타며 자기를 둥그렇게 둘러선 죽창 속에서 조용히 단도 를 집어 들었다.

허실의 구름

5층 천수각 문을 열어젖히자 새파란 가을하늘이 비치는 요도강 물줄기가 눈 아래로 굽이치고 있는 게 보였다. 그 앞쪽에는 하치만 숲이 둥그렇게 부풀어 있고 다시 그 너머에는 호라가 고개에서 멀리 야마토 산들이 바라보였다.

히데요시는 기분 좋게 구로다 간베에를 돌아보았다.

"저 산들이 완전히 단풍질 때까지는."

여기는 히데요시가 새로 쌓은 야마자키 성으로 아직 나무향내가 새롭고 벽의 흙냄새도 싱싱했다. 간베에는 여전히 웃는 듯 마는 듯한 애매한 표정으로 묻는 말과는 전혀 다른 대답을 한다.

"경치가 참 좋군요."

오늘 간베에가 찾아오자 히데요시는 다짜고짜 좋은 경치를 보여주겠다면서 시동도 데리지 않고 단 둘이 이곳으로 올라왔다.

"간베에……."

"저게 추억의 길이로군요."

"그게 문제 아니야. 어떤가, 시바타는 역시 이에야스에게로 부지런히 사자를 보내고 있겠지?"

간베에는 히데요시를 흘끔 쳐다본 뒤 이번에는 분명 웃으며 말했다.

"여기서 보니 길을 지나는 사람이 콩알처럼 작아 보입니다."

"이에야스는 콩알이 아니다, 내가 너무 작게 본다는 말이군."

"말하자면 그런 셈이지요."

"좋아, 이리 와."

히데요시는 중앙으로 돌아가 성 구조까지 아즈치를 본 뜬 방 한가운데 털썩 앉았다.

"까딱하면 호조 우지나오까지 이에야스에게 먹힐 것 같단 말인가?"

간베에는 곧 대답하지 않고 불편한 다리를 끌 듯하며 히데요시 앞으로 가더니 잠자코 품속에서 한 장의 지도와 사람 이름을 빽빽이 적어놓은 종이를 꺼내 펼쳤다.

"흠, 이건 호조 우지나오와 이에야스, 게다가 우에스기 가게카쓰가 뒤엉켜 있는 대진도(對陣圖)구나……."

히데요시는 몸을 숙여 대충 그것을 훑어본 다음 말을 이었다.

"이래가지고는 호조 녀석이 이에야스에게 화의를 청하겠는데."

"아마 올 11월까지는 그렇게 될 것 같습니다."

"흠, 올 한 해도 버티지 못한단 말인가."

그런 다음 사람 이름이 쓰인 곳에 시선을 떨구고는 불쑥 말했다.

"읽어다오, 너무 어려운 글자가 많구나."

간베에는 고개를 끄덕이고 읽기 시작했다. 그것은 이에야스가 7월 3일 하마마쓰에서 고슈, 신슈를 향해 출발한 뒤 그 휘하에 들어간 고슈 무장 가운데 주요 인물들 이름이었다. 다케다 가문의 친족들은 물론이요 신겐의 근위무사 이하가 모조리 이에야스를 따르게 되어, 가이가 완전히 그의 손아귀에 떨어졌음을 확실하게 보여주었다.

히데요시는 아래위로 고개를 두어 번 끄덕였다.

"음, 우대신님이 어지간히 미움받았던 모양이군. 어쨌든 대단한 사람이야, 이에야스는."

"예……."

간베에는 천천히 몸을 일으켰다.

"강적이 되겠군요, 만일 도쿠가와 님과 시바타 님이 손잡는다면."

마치 남의 일처럼 말하고 다시 애매한 웃음을 지었다.

"간베에."

"예."

"이에야스의 이번 성공 요인은 무엇이었을까?"

"예…… 4만3000명의 호조 대군을 상대로 몇 번이나 위기를 만나고도 뜻한 대로 가이 모두와 시나노 일부를 손에 넣었지요. 그것의 바탕은 인내라는 두 글자가 아닌가 합니다."

"뭐, 인내……?"

히데요시는 잠시 고개를 갸우뚱거렸다.

"그렇다면 나는 뭔가?"

"예, 주군은 지략(智略)이라는 두 글자."

"흠, 두 글자와 두 글자라."

"주군, 도쿠가와 님은 이번에도 꽤 노여워할 상대에게 인내하게 해준 대가라며 녹을 내린 것 같던데요."

"주는 데는 나도 남에게 지지 않는다. 그러나 서둘러야겠어."

"무엇을 말씀입니까?"

태연한 표정으로 간베에가 묻자 히데요시는 왓핫핫 하고 실언한 것을 웃어넘겼다. 물론 시바타 가쓰이에를 빨리 제거해야 한다는 의미였는데, 아직은 입에 담아도 되는 말이 아니었다. 만약 입에 올린다 해도 어디까지나 노부나가의 뜻을 이어받아 '일본의 통일을 도모하기 위해서'라고 하지 않으면 안 된다. 그 통일을 실현할 수 있는 자는 히데요시 자신이며, 그의 뜻에 따라 움직이지 않는 자는 적으로 여겨 쓰러뜨린다는 게 그의 논리이며 자신감이었다.

"간베에도 고약하군. 시바타가 이에야스와 손잡으면 강적이 될 거라고 말해놓고……."

"아니, 제가 말씀드린 것은 주군의 해석과는 다른 것 같습니다."

"뭐라고…… 어떻게 다른가?"

"도쿠가와 님이라면 시바타 님을 교묘하게 주물러 언젠가 부하나 다름없이 만들 거라는 뜻입니다."

"허, 참으로 재미있군. 그러면 이 히데요시는 이에야스보다 못하단 말인가?"

"그것도 해석이 좀……."

"좀 어떻다는 건가, 어디 들어보세!"

"아무튼 시바타 님에게는 오다 가문의 으뜸가는 중신이라는 체면이 있습니다. 게다가 이번에 우대신님 누이 오이치 부인까지 출가하셨으니 말하자면 일족이나 다름없는 신분입니다. 그러므로 도쿠가와 님 문 앞에는 말을 맬 수 있어도 주군의 문 앞에 말을 매는 일은 만에 하나도 없으리라는 겁니다."

히데요시는 순간 성을 발칵 내며 옆으로 얼굴을 홱 돌렸다. 사사건건 '그 농군의 아들놈……'이라며 뒤에서 멸시하고 있는 불쾌한 일이 생각났던 것이다.

"그래? 그런 의미였나……? 그럼, 자네 생각도 나와 마찬가지군. 그런 시바타라면 서둘러야겠지."

"서둘러야 한다……는 말 자체가 벌써 답답한 일이라는 말씀입니다."

"왓핫핫, 알았다, 알았어. 그래, 그런 의미였던가."

"주군, 도쿠가와 님을 더 키워놓으면 우대신의 뜻을 계승하는 데 방해가 될지도 모릅니다."

"흠, 그것도 있겠지."

"시바타 님과 도쿠가와 님, 다키가와 가즈마스와 노부타카 님이 합세하고 다시 호조 우지마사, 우지나오의 힘이 더해진다면 아무래도 너무 커지지 않을까요."

시치미 뗀 표정으로 간베에가 말하자 이번에는 히데요시가 빙그레 웃었다. 간베에도 이따금 아둔한 표정을 짓지만 히데요시 또한 그 점에서는 결코 그에 못지 않았다. 이것도 성격이리라. 표정과 말로 서로 상대를 놀리면서 좋아하는 어린이 같은 데가 있다.

히데요시가 말했다.

"그럼…… 이렇게 하지. 우선 시바타를 거시기하고, 다음에는 노부카쓰든 노부타카든 화근이 될 것 같은 쪽을 거시기한 다음, 이에야스를 거시기해 가지고 오다와라를 정벌하게 하세. 시코쿠, 규슈의 진압은 그 뒤라도 상관없겠지. 그렇지 않은가, 간베에."

"글쎄, 도무지 모르겠군요. 거시기한다는 게 무슨 뜻인지."

"하하…… 그럼, 곧 사카이로 가서 큰 상인들을 거시기해 와. 고니시 유키나가도 물론 보내겠지만 지혜로는 자네가 훨씬 낫지. 이제는 우대신님 100일제 싸움도 아니고 당당하게 다이토쿠사에서 장례치를 준비를 하자. 절도 세우고. 아무도 흉내 내지 못할 만큼 하려면 상당한 돈이 들어. 상당히 거시기해 오지 않으면 모자라게 돼."

간베에는 그 말을 듣자 진지한 얼굴로 고개를 끄덕였다.

"그 준비만 갖추어지면 뒷일은 염려 없습니까?"

히데요시는 다시 히죽 웃으며 멍청한 얼굴로 돌아갔다.

"염려없다고 생각지 않으면 움직일 사람인가, 구로다 간베에가?"

"그러시면 제가 고약한 놈인 것처럼 들리는데요."

"글쎄, 적으로 돌린다면 정말 처치 곤란한 놈이지. 아참, 그리고 돌아올 때 오사카에 들러 요도야 조안에게 원하는 대로 쌀 거래를 해도 좋다고 말하고 오게. 머잖아 오사카에다 우대신님 뜻을 받들어 내가 일본에서 으뜸가는 성을 지을 터이니, 사카이와 나란히 크게 번창하게 될 거라고 말해둬."

"정말 머리를 잘 쓰시는군요."

간베에는 왼발부터 천천히 일어섰다.

"좋은 경치 실컷 구경했으니 이만 물러가겠습니다."

"그래, 수고하게, 간베에."

히데요시는 층계까지 배웅 나가 뒤에서 간베에의 어깨를 툭 치며 다시 웃었다.

"왓핫핫하……."

그리고 아래층에 대기해 있는 시동에게 큰소리로 말했다.

"잠시 경치를 더 구경할 테니 올라올 것 없다."

방으로 들어간 히데요시는 이번에는 웃지도 멍하니 있지도 않았다. 하시바 히데요시의 또 하나의 얼굴, 무뚝뚝하고 신경질적으로 번쩍이는 눈으로 허공을 지그시 주시하며 복도로 나갔다.

지난 9월 12일에 히데요시는 노부나가의 아들이며 자기 양자인 히데카쓰를 상주로 하여 다이토쿠사에서 노부나가의 100일제를 지냈다. 그 일에 대해 노부타카나 시바타가 무슨 말을 해올 거라고 예상하고 있었는데 아직 아무 불평도 없었다. 나중에 염탐해 보니 시바타는 시바타대로 노부나가가 죽은 뒤 노부타카의 명으로 시바타에게 출가해온 오이치 부인 이름으로 묘신 사에서 공양드렸고, 노부타카는 기후, 노부카쓰는 기요스에서 저마다 무언가 한 모양이었다. 그렇게 되면 따로 불평거리를 만들어주지 않으면 안 된다.

간베에는 시바타와 이에야스의 제휴를 걱정하고 있지만 히데요시가 걱정하는 것은 오히려 기요스의 노부카쓰와 이에야스의 접근이었다. 호조와 도쿠가와씨가 화의를 맺는다면 노부카쓰가 이것저것 중재역할을 할 것 같았다. 그리하여 화의가 성립되어 정면의 적이 없어지면 이에야스의 눈은 당연히 서쪽으로 돌려져 노부카쓰의 불만을 통해 오다 집안 내분에 촉각을 세울 게 틀림없었다.

지금 오다 집안 내부에서 직접적으로 문제되고 있는 것은, 기후의 노부타카가 기요스 회의 결정에 따르지 않고 상속자인 산보시를 꽉 잡고 놓아주지 않는 일이었다. 노부카쓰로서는 몹시 껄끄러운 일이다. 산보시를 이용하여 셋째 아들 노부타카가 오다 가문을 잇게 되면 둘째 아들 노부카쓰의 체면이 서지 않는다고 생각하고 있을 것이다.

그러므로 노부카쓰와 노부타카 형제 사이가 날이 갈수록 험악해지고 있지만, 히데요시는 그들과 또 다른 입장에서 산보시와 노부타카를 빨리 떼어놓지 않으면 안 되었다. 산보시가 노부타카의 손에 있는 한 시바타와 노부타카 쪽에 오다 가문 중심인물이 모이게 되고, 그만큼 히데요시의 이른바 '노부나가 유지 계승'은 늦어지게 되기 때문이었다.

오이치 부인은 시바타 가쓰이에의 정실이 되었고, 여기에 가이와 스루가를 손에 넣은 이에야스의 눈이 서쪽으로 돌려진다면 한시도 지체할 수 없었다. 이에야스는 먼저 노부카쓰의 불만에 귀 기울일 것이다. 그러나 그 성격으로 미루어 두 사람을 다투게 하지는 않고 반드시 노부타카와의 화해를 주선할 것 같았다. 그리하여 노부카쓰와 노부타카 두 사람이 산보시를 비호하게 된다면 시바타와 다키가와는 이미 그쪽 편이었고, 지금 히데요시의 위력이 두려워 망설이는 자들도 모두 그쪽으로 넘어갈 우려가 있다.

그렇게 되면 히데요시의 입장은 참으로 난처해질 수밖에 없다. 스스로 내세운 산보시가 상대에게 속절없이 이용당하게 되어 주군의 원수를 갚았다는 그 훌륭한 대의명분까지 거꾸로 천하를 노린 음모로 둔갑하게 될지 몰랐다. 히데요시의 또 하나의 얼굴이 드러난 것은 그 때문이었다.

히데요시는 조용히 북쪽 복도로 나가 교토 하늘로 시선을 던졌다. 그곳 또한 강과 들이 펼쳐진 저 너머에 몇 겹으로 산들이 포개져 아련히 보였다.

"이에야스 놈, 저 산 같은 데가 있는 사나이야."

올 한 해는 아마도 고슈에서 다케다 잔당 때문에 애먹으리라 생각했는데 눈

깜짝할 새 그들을 항복시키고 오히려 힘을 합쳐 호조에게 대항하게 만들어버렸다. 그 재빠름이 히데요시로서는 참으로 이상하게 생각되어 견딜 수 없었다.

"나도 빨랐지만 그도 방심할 수 없는 지혜를 가지고 있어……."

그렇다고 지금까지 순조롭게 진행된 일을 여기서 포기할 히데요시는 아니었다. 노부타카가 산보시를 내놓지 않는다면 노부카쓰에 대한 일은 우선 보류해 두고 이제 수단은 단 하나, 히데요시가 시주가 되어 당당하게 노부나가의 장례식을 치름으로써 노부타카며 시바타의 불만에 맞서는 것이었다. 물론 이 장례식은 망설이는 사람들을 굴복케 할 만한 위력과, 시바타며 노부타카의 잘못을 알려 천하에 인식시킬 수 있는 것이어야 한다.

"대의명분은 히데요시 쪽에 있다."

대의명분이 갖는 위력은 지난번 이 땅에서 싸웠을 때 마음에 깊이 새겨둔 바 있었다.

"기요스 회의 결정에 따르지 않고 후계 다툼에 골몰하여 아버지 장례식도 치르지 않았다. 이제는 용서할 수 없어 이 히데요시가 한다."

그러면 노부타카는 불효자가 되고 시바타는 불충한 무리로 떨어진다.

'그 장례식 준비며 생각하는 방식에 만에 하나라도 빈틈이 있어서는 안 될 텐데…….'

북쪽에서 서쪽, 서쪽에서 남쪽으로 천수각 복도를 한 바퀴 돌았을 때 이시다 미쓰나리의 목소리가 들려왔다.

"아룁니다."

히데요시는 곧 얼굴빛을 부드럽게 바꾸고 미쓰나리를 돌아보았다.

"무슨 일이냐?"

미쓰나리는 히데요시가 무슨 생각을 하고 있었는지 반짝이는 눈으로 재빨리 꿰뚫어본 모양이었다.

"사와산 성주, 호리 히데마사 님이 오셔서 바깥 서원에서 기다리고 계십니다."

"뭐, 히데마사가……?"

"예, 하시바 님 심기가 어떠신지 줄곧 걱정하고 계십니다."

"흥, 심기라…… 심기가 몹시 좋지 않다. 뭔가 화내고 있더라고 말하고 기다리게 해라."

미쓰나리는 시원스러운 눈썹에 빙긋 미소를 지으며 절하더니 그대로 천수각을 내려갔다.

　히데요시는 가슴을 젖혀 다시 한번 덴노산을 우러러보고 야마자키 가도를 내려다 본 다음 천천히 층계를 내려가기 시작했다.

　기요스 회의 뒤 그때까지 그가 있던 사와 산성에 들여놓아 20만 석 대영주로 만들어준 다음, 산보시의 후견인이라는 중신이나 다름없는 대우를 받은 히데마사는 지금 완전히 히데요시에게 심복하고 있었다. 그 히데마사는 아직 산보시를 노부타카 손에서 받아내지 못하고 있었다. 그러므로 히데요시의 심기에 몹시 신경 쓰는 눈치였다.

　'무슨 일이 있었구나, 히데마사가 온 것을 보니…….'

　히데요시는 지금 되도록 여러 사람들 사이에 분규가 일어나기를 바라고 있었다. 분규가 일어날수록 그쪽으로 관심이 쏠리므로 히데요시가 하려는 일이 쉬워진다.

　히데요시는 남쪽으로 면한 2층 바깥서원으로 다가가 '에헴!' 하고 큰 기침을 하며 시동에게 양쪽 장지문을 열게 했다. 그리고 히데마사가 절하는 것은 거들떠보지도 않고 성큼성큼 윗자리로 가서 앉자 대뜸 말했다.

　"히데마사, 그대들은 대체 무엇을 하고 있는 건가?"

　"무엇을 하고 있다니요……?"

　호리 히데마사는 미쓰나리의 말을 들었는지 그의 노여움을 충분히 두려워하고 있는 표정이었다.

　"싸움에는 때가 있듯 정치에도 그것이 있다. 어물어물하다가는 온 일본이 다시 난세로 되돌아가."

　"그러시면…… 산보시 님 일로?"

　"아즈치성에 대한 일이야."

　히데요시는 팔걸이를 철썩 쳤다. 남이 오른쪽이라면 왼쪽으로, 왼쪽이라면 오른쪽으로 이야기를 해나가는 게 히데요시 화술의 멋진 허실이었다.

　"니와 나가히데에게도 잘 말하게. 사카모토성 수리는 나중으로 미루고 빨리 아즈치성을 끝내라고. 그리고 하루 속히 산보시 님을 그곳에 모시지 않으면 천하대란의 징조가 충분하다. 이 쾌청한 가을하늘에 이상한 구름이 뭉게뭉게 솟고 있어. 그것이 보이지 않는대서야 말이 안 되지. 동쪽이다, 동쪽 하늘이야!"

히데마사는 고개를 갸우뚱했다. 늘 그렇지만 히데요시의 말 자체가 기괴한 뭉게구름 같아서 걷잡을 수 없다. 동쪽 하늘이라면 우에스기라고도 할 수 있고, 호조며 도쿠가와라고도 할 수 있다. 아니, 여기서 본다면 시바타의 전선도, 기요스와 기후도 모두 동쪽이 된다.

히데요시는 다시 혀를 찼다.

"그래도 모르겠나! 이 구름은 일단 몰려오면 순식간에 하늘을 뒤덮는다. 호우가 내리고 폭풍이 불어닥쳐! 우대신의 공적을 송두리째 떠내려 보내는 큰 홍수야. 알았나?"

히데마사는 저도 모르게 머리를 숙였다가 다시 고개를 갸우뚱했다. 자기가 찾아온 용건을 꺼낼 틈도 없었다.

"아무래도 그대들은 느슨하단 말이야. 천하의 일은 언제나 졸졸 흐르며 멈출 줄 모르는 맑은 흐름이어야 해. 괸 물은 곧 썩지만 흐르는 물은 썩지 않으므로 모든 사람이 기꺼이 물을 길러 오지. 사람 마음을 나태하게 만들지 않고……모든 사람이 늘 물을 길러 온다. 그와 같은 맑은 흐름이 아니면 정치라고 할 수 없어!"

히데요시는 다시 흰 이를 드러내 보이면서 설교를 계속했고, 히데마사는 마음이 놓였다. 미쓰나리의 말처럼 심기가 나쁘지는 않다고 짐작한 것이다. 정말 기분이 나쁠 때는 이렇듯 말이 많지 않은 것을 그는 이미 알고 있었다.

"정치가 모든 사람의 희망 다음이 되었을 때는 이미 패배한 거야. 싸움과 다를 바 없어. 우왕좌왕하는 동안 생각지도 못한 행복을 척척 만들어 보여 줘야 만인은 따라온다. 그러나 반대로 이것을 해다오, 저것을 해다오 하고 말한 뒤에는 무슨 짓을 해도 늦으므로 도무지 고마워하지 않아. 고마워하기는커녕 아직 부족하다…… 아직 부족하다며 부족이라는 것을 알게 되어 천하를 어지럽히는 씨를 뿌린다…… 이 이치를 깊이 명심해 둬. 지금까지 난세가 계속된 것은, 만인의 희망과 소원에 앞설 만한 훌륭한 인물이 없었기 때문이다. 우대신님은 그것을 시작하셨고, 우리가 그 뒤를 확고하게 잇지 않으면 안 된다. 앞으로 앞으로 만인의 희망을 앞질러 혀를 내두르게 하지 않고는 뒤를 이어가지 못해."

거기까지 단숨에 말하고 나서 이렇게 말을 맺었다.

"어디, 들어보자. 그대가 갖고 온 혀를 내두르게 할 수법을."

히데마사는 자기가 혀를 내두르고 싶은 심정이었다. 정말 잘 돌아가는 머리요, 잘 미끄러지는 입이었다.

"그럼, 말씀드리겠습니다만 이것은 결코 기분 좋은 맑은 물이 아닙니다."

"그렇다면 썩어가는 괸 물이란 말인가. 좋아, 좋아, 그 물 역시 물꼬를 터주면 흐름이 되겠지."

"실은 시바타 님으로부터 이 히데마사에게 사자가 왔습니다."

"허, 그 괸 물이 또 뭐라고 하던가? 기후와의 사이를 알선해 산보시 님을 그대에게 넘겨주겠다고 했는가?"

이번에는 히데마사가 혀를 차며 고개를 저었다. 그런 말을 할 시바타가 아님을 뻔히 알면서 묻는 히데요시가 원망스러웠다.

"아마, 제 입으로 히데요시 님에게 전하라는 뜻이겠지요. 5조항의 각서를 적어서 보내왔습니다."

"뭐, 5조항?…… 괸 물 치고는 생각했던 것보다 불만이 적군."

"이 5조항은 모두 히데요시 님이 사사로운 정치를 하여 기요스 회의의 결정을 짓밟았다는 비난이었습니다."

"호, 그거 재미있군!"

히데요시는 그제야 웃는 낯이 되었다. 시바타한테서 불평이 나온다는 건 지금의 히데요시에게 있어 괸 물이 가까스로 흐르기 시작한 것만큼 반가운 일이었다. 히데요시는 팔걸이에 몸을 내밀고 눈을 감으며 히데마사를 재촉했다.

"좋아, 들어보자! 그 첫 조항부터."

히데마사는 흘끗 시동들을 보았으나 히데요시가 물러가라고 명하지 않으므로 그대로 품속에서 각서를 꺼내 글을 모르는 히데요시를 위해 그 내용을 느린 말투로 설명하기 시작했다.

"첫째 조항에서 시바타 님은 오늘날까지 히데요시 님과의 협정에 어긋나는 일을 한 가지도 한 게 없다는 점을 자세히 주장하고 있습니다."

"흥, 처음부터 변명이군. 우선 변명부터 늘어놓는 점이 괸 물다워. 그래, 둘째 조항은?"

히데요시는 여전히 독설을 그치지 않고 시치미 뗀 표정으로 눈을 감고 있다.

"둘째 조항에서는, 지금 문중의 여러분에게 불평이 일고 있는 것은 본디 히데요시와 시바타 사이에 불화가 있었기 때문이 아니라 기요스의 서약이 이행되지 않고 히데요시 님이 사사로운 정치를 하는 탓이라고 호되게 비난하고 있습니다."

히데요시는 또 남의 일처럼 말했다.

"옳거니! 그것은 그대 앞으로 보낸 각서니 그렇지. 그러나 사사로운 정치든 뭐든, 이 히데요시 말고 혀를 내두르게 할 만한 정치를 할 수 있는 인물이 있느냐가 문제지."

히데요시의 입을 막듯 히데마사가 말을 이었다.

"셋째 조항은…… 시바타는 히데요시 님이 양도해 주신 나가하마 외에는 전혀 사욕을 취한 일이 없다. 영지는 물론 무사 한 명도 사유하지 않았다. 그런데 히데요시 님은 나카가와, 다카야마를 비롯하여 호소카와, 쓰쓰이 등 여러 무장에게 멋대로 영지를 늘려주어 밑에 두고 있다……고 공격하고 있습니다."

"하하……알았다, 알았어. 어디까지나 괸 물은 썩는 법이야. 그대도 알다시피 나는 나카가와, 다카야마는 물론 호소카와건 쓰쓰이건 내 부하가 되라고 말한 적 없어. 그들 역시 천하를 위해서는 나를 도와 우대신님 뜻을 잇는 게 도리라고 믿기 때문에 협력하는 것이지……좋아 질투하려면 하라고 해."

"넷째 조항은……."

"넷째 조항은?"

"니와 나가히데가 산보시 님을 아즈치로 옮겨 모시는 일에 대해 기후의 노부타카 님에게 줄곧 청을 드리고 있는데, 이 일에 대해서는 오해가 있다. 시바타가 뒤에서 노부타카 님과 합의하여 이에 반대하고 있는 사실은 전혀 없다. 시바타는 처음부터 산보시 님을 아즈치로 옮기는 데 찬성이며, 단지 노부타카 님이 히데요시의 사사로운 정치 행위에 분노하고 있을 뿐이다. 그러므로 히데요시가 사사로운 정치를 하지 않겠다고 맹세하면 이 문제는 해결될 거라고 말하고 있습니다."

뭐니 뭐니 해도 이 대목이 핵심이므로 히데마사는 히데요시의 안색을 살피며 말을 멈추었다. 그러나 히데요시의 표정에는 아무 변화도 없었다.

"그래? 제정신이 아니군. 괸 물은 이제 너무 늙었어. 그래, 다섯 번째 조항은?"

"다섯째 조항은…… 여기서 히데요시 님께서 반성하시어 내부의 모순을 없애고 모두들 이에야스를 도와 호조를 쳐야 한다고 했습니다."

"허, 이건 새로운 이야기인데. 이에야스를 도와 호조를 치면 어떻게 되는가?"

"호조 우지마사는 우대신님이 살아 계실 때 그 명을 받들었으면서 돌아가시자 곧 반기를 들어 이에야스에게 대항하고 있다, 이를 쳐서 돌아가신 영혼을 위로하는 것은 훌륭한 복수전이라고 했습니다."

그 말을 들을 히데요시는 갑자기 배를 잡고 폭소를 터뜨렸다.

"정말, 놀라운 묘안인걸, 히데마사. 이에야스를 도와 호조를 치는 게 주군의 복수전이라……정말 재미있어……."

히데요시는 방약무인하게 웃고 나서 물었다.

"복수전이라는 게 시바타에게는 편리하게 생각되는 모양이군. 그가 말하는 대로 한다면 어떻게 될 것 같나, 그대는?"

호리 히데마사는 히데요시를 똑바로 바라본 채 대답하지 않았다.

"다함께 이에야스를 도와 호조를 멸망시킨다면 어떻게 되겠느냐 말이다. 시바타의 계산으로는 먼저 이에야스를 도와주고, 다음에 이 히데요시와 맞서게 하려는 것이겠지만 결과는 전혀 반대가 된다. 이에야스는 시바타처럼 바보가 아니다. 먼저 자기 힘을 기른 뒤 나와 맞서기보다는 가깝고 쉬운 쪽으로 나아갈 걸. 가깝고 쉬운……쪽이라면 히데요시가 아니라 시바타의 영지인 엣추, 가가, 에치젠이다. 뭐가 뭔지 모르고 자기 목을 스스로 죌 것까지는 없다고 말해 줘라."

듣고 보니 과연 수긍이 간다. 그러나 어쨌든 오다 가문의 으뜸가는 중신인 시바타를 이렇듯 지독하게 매도해도 괜찮은 걸까. 이래서는 타협될 일도 안 되게 된다. 그 걱정을 하면서 히데마사는 다시 말을 이었다.

"다섯째 조항에 덧붙여진 것이 있습니다."

"자기 신세를 망칠 복수전 뒤에 또 뭐가 있단 말인가?"

"예, 이것만은 반드시 분명히 해두고 싶다며…… 히데요시는 대체 무슨 생각으로 이 야마자키 땅에 성을 쌓느냐? 물론 이것은 오다 가문 영내로 누가 누구에게 준 것도 아니며 누가 반란을 일으킬 것 같은 조짐도 없다. 그런데 혼자 생각으로 왕도 가까이에 성을 쌓는 건 무슨 까닭인가? 만약 내가 히데요시 영지인 히메지에 성을 쌓아도 그는 잠자코 보아 넘길 것인지 어떤지. 이 일만은 그대로 넘어갈 수 없다고."

히데요시는 얼마쯤 정색한 얼굴이 되어 말했다.

"옳지. 그대가 나라면 뭐라고 대답하겠나, 히데마사."

히데마사는 무뚝뚝한 얼굴로 다시 입을 다물었다.

"그대는 내 속을 알겠지. 내가 무엇 때문에 여기에 성을 쌓았는지 그것을 그대로 말해 줘라."

"그대로라니요?"

"그대로 말이다. 모르겠느냐, 그대도?"

"왕성의 땅을 수호하기 위해서겠지요."

"물론이지. 그러나 그저 수호하기 위해서라면 굳이 내가 아니어도 상관없어. 그런데 유감스럽게도 나밖에 사람이 없다. 저마다 자기 영지 일만으로도 벅차서 불평은 하지만 여력이 없거든. 그런 의미에서 모두들 정신이 흐릿해져 있어. 그래서 하는 수 없이 우대신님 뜻을 받들어 이 히데요시가 왕도의 안위를 위해 대비한 것이다. 이 뜻을 아는 자는―그래, 지금은 이에야스 한 사람뿐일지도 모르지."

"그럼, 저 도쿠가와 님은 이 일을……?"

놀라서 되묻자 히데요시는 태연한 표정으로 고개를 끄덕였다.

"이에야스는 입으로는 말하지 않지만, 서쪽에 대한 일은 모두 나에게 맡기고 있다. 빨리 천하를 통일해 달라, 그동안 동쪽의 적이 결코 방해하지 못하게 하겠다고―이것이 나에 대한 무언의 전갈이었으니 이 대목의 미묘한 점을 괸 물에게 들려줘라. 모른다면 히메지에 성을 또 하나 쌓아도 좋다고 말해. 쌓을 힘이 있어서 쌓는다면, 이 히데요시, 참견하고 싶어도 안하는 게 도리지. 참견하고 싶으면 상대방의 그것을 막을 만한 힘을 가지라고 말해."

히데마사는 이제 할 말이 없었다. 히데요시는 시바타에게 완전히 싸움을 걸고 있는 것이다. 이에야스가 무언의 전언을 보내왔다고 안하무인으로 큰소리치며, 힘이 있거든 히메지건 어디건 사양 말고 성을 쌓으라고 한다. 그 말을 듣고 화낸다면 시바타는 어떻게 될까……?

히데마사는 온몸에 소름이 끼쳤다. 그들이 함께 주고쿠에서 철수해 올 때는 어쨌든 두 사람 다 노부나가의 가신이었다. 그런데 겨우 네댓 달 사이에 비교도 할 수 없는 거리가 생기고 만 것이다.

시바타가 만일 여기서 일을 일으켜 히데요시와 부딪친다면 니와 나가히데 자신은 결코 시바타에게 가담하지 않을 것이다. 나카가와, 다카야마, 호소카와, 쓰쓰이, 그리고 하치스카, 구로다, 이케다, 우키타 등 헤아려보기만 해도 이미 야마자키 전투 때의 히데요시와는 비교도 안될 만큼 실력이 커져 있었다.

'맞설 수 없다……'

맞설 수 없다는 것을 알므로 자기와 니와 나가히데는 이미 히데요시를 떠날 수 없다. 그러한 때 시바타의 힐문장 한 조각이 얼마만한 힘을 가질 수 있을 것인가…… 생각하니, 히데요시의 말대로 시바타는 이미 괸 물이고 판단력이 흐려져 있다고 할 수밖에 없었다.

무서운 일이지만 사실이었다. 불과 다섯 달의 세월이 시바타를 괸 물로 만들고 히데요시를 도도히 흐르는 큰 강으로 만들어버렸다.

히데요시는 싱글거리며 웃기 시작했다.

"알겠나, 히데마사? 내 말은 시바타 따위를 겁내지 말라는 것이다. 오다 가문은 그대로 올바르게 세우고, 우대신님의 유지는 역량 있는 자가 훌륭히 이어야 한다는 것이다. 거기에 조그만 감정을 개입시키면 쌍방 모두 흔적 없이 사라져버린다. 그래서는 장례식이고 제사고 안 되게 되지. 알았거든 함께 식사나 하고 단단히 배짱을 정하여 돌아가게."

그리고 처음의 뭉게구름과 폭풍우 이야기는 깨끗이 잊어버린 얼굴로 시동에게 밥상을 내오게 했다. 히데요시는 여전히 식욕이 왕성했다.

"나는 날마다 이 천수각에서 교토를 바라본다. 그러면 하찮은 근성은 달아나고 우대신님의 큰 꿈이 싱싱하게 가슴에 되살아나거든. 우대신님은 정말 훌륭한 분이었지……"

몇 번이나 밥공기를 내밀면서 입에 침이 마르도록 노부나가를 칭송했다.

"우대신님 장례식은 누가 뭐래도 대가람을 세워 우대신님의 웅대한 꿈에 어울리도록 세상을 깜짝 놀라게 하지 않으면 안 돼. 문중에 그럴 수 있는 자 누가 있는가?"

식사대접을 받고 성을 물러날 때 히데요시는 히데마사의 어깨를 치며 가슴을 폈다.

그 말이 언제까지나 가슴속에 남아서 히데마사는 정문을 나서자 새삼 이 새 성을 돌아보지 않을 수 없었다.

'저 천수각 꼭대기에서 교토를 바라보는 히데요시……'

어디선가 히데요시의 모습이 보일 것 같아 말을 세우니, 애당초 이 성은 시바타를 비롯하여 오다 문중을 향해 시위하는 히데요시의 함정이었던 듯했다.

'이것이 내 힘과 배짱이다! 모두들 보아라!'

만약 그렇다면 시바타는 그 함정에 빠져버린 셈이 된다.

"위험해, 위험해."

히데마사는 저도 모르게 입 속으로 중얼거리며 흐흐 웃었다.

단풍에 내리는 가을비

10월로 접어들자 에치젠에는 벌써 서리 내리는 날이 많아져 이곳 기타노쇼(北庄) 성안에도 정원의 단풍이 온통 새빨갛게 물들었다. 하늘이 활짝 개어 가만히 쳐다보면 그 푸름에 단풍의 빨간색이 어우러져 야릇한 색채를 그려내고 있다.

오이치 부인은 아까부터 그 빨간 단풍과 하늘이 어우러진 풍경에 어쩐지 잊힌 자신의 과거가 묻힌 것 같아 멍하니 그것을 바라보고 있었다. 전 남편 아사이 나가마사가 오미의 오다니 성에서 죽은 지 11년 세월이 흘렀다. 그런데도 마치 어제 일처럼 선명하게 생각나며 꿈처럼 희미하게 사라져가는 기억이 이상하도록 애절하게 뒤섞인다.

삭발하지 않은 여승으로 세 딸들에게 생애를 바치려 했던 자신이 지금은 시바타 가쓰이에의 아내로 이 기타노쇼 성에 있다. 그 자체만으로도 무슨 슬픈 꿈같은 기분이 들어 견딜 수 없었다.

'나는 왜 재혼할 마음이 들었을까?'

여자가 생애에서 두 남편을 사랑할 수 있다고는 일찍이 생각하지 않았다. 내 남편은 아사이 나가마사 단 한 사람이라고 오이치 부인은 줄곧 생각해 왔다. 그런데 모두 오다 집안의 평화를 위해서라는 노부타카의 설득에 그만 마음이 바뀐 게 이상하기만 했다. 어쩌면 오빠 노부나가와 그 아들 노부타다의 죽음을 보고 마음이 달라졌는지도 모른다.

'앞으로 우리는 대체 어떻게 될 것인가……?'

이 경우 곧 머리에 떠오르는 것은 '우리'라는 네 모녀……였다……따라서 마음 어딘가에 전란에 대한 공포와 자식을 위한다는 무의식적인 본능이 있어 이렇게 만든 것인지도 모른다. 전란을 두려워하여 몸을 숨긴다면 이곳이 가장 안전한 장소라고 생각된 것이리라. 이 기타노쇼 성은 아사쿠라 노리카게(朝倉敎景)의 아우 요리카게(賴景)가 지은 뒤 6대에 걸쳐 이어져왔다. 혼간사 폭동 때 시모쓰마 홋쿄(下間法橋)가 잠시 이곳에 농성했지만, 그 뒤 노부나가의 특명으로 시바타가 이곳에 들어왔다.

"에치젠은 인심이 험악하고 반란이 잦으며 우에스기 씨가 노리는 곳이니 다른 사람은 다스리지 못한다. 이곳은 시바타가 아니면 안 된다."

이 무렵 노부나가는 잔인할 정도로 잇코 신도들을 학대했다. 여간 주의 깊은 맹장이 아니면 다스릴 수 없다고 하여 중신 우두머리 시바타를 둔 사정을 오이치도 잘 알고 있었다. 그 시바타를 가가의 사쿠마 모리마사와 엣추의 마에다 도시이에가 양쪽에서 강력히 지원하고 있었다. 노부나가가 살해되어 긴키에서 미노, 오와리까지 다시 전란의 소용돌이에 휩쓸린다 하더라도 기타노쇼만은 안전하게 오이치 모녀를 지켜주리라……는 생각이 들어, 말하자면 피난하는 셈치고 출가할 마음이 들었는지도 모른다.

그러나 출가한 뒤 오이치 부인은 마음이 어지러웠다. 11년 세월도 부인에게 세속적인 체념의 때를 조금도 묻히지 못한 채 24살의 옛날보다 더 젊고 결벽한 여자 그대로 두었다. 시바타와 베개를 나란히 하고 누운 혼례식날 밤, 오이치 부인은 그것을 알았다. 60살이 넘은 시바타의 육체를, 아무리 이성(理性)으로 설득해보아도 오이치 부인의 감정은 그에게 안기는 것을 완강하게 거부했다. 따라서 그들은 지금까지 부부로서 결합한 적이 한 번도 없었다…….

네 모녀의 피난을 생각하는 타산적인 마음이 한편에 있으면서 한편으로는 시바타를 거부하는…… 그런 뻔뻔스러운 모순이 어디 있느냐고 아무리 생각을 거듭해도 헛일이었다. 나가마사와 더불어 자식을 낳았던 그 옛날의 꿈이 시바타에게 몸을 허락함으로써 한꺼번에 깨져버릴 것이다, 그 꿈을 깨뜨릴 바에는 죽는 편이 낫다, 차라리 죽는 것이 낫다고 시바타의 손이 자기 몸에 뻗어올 때마다 전혀 생각지 못했던 또 하나의 여자가 맹렬하게 고개를 쳐드는 것이었다.

이런 경우 여자에게 거부당한 남자가 어떤 분노를 품을지도 충분히 상상되었다. 60살이 넘었지만 잘 단련된 시바타의 몸은 아직 장년의 기운을 가지고 있었다. 그런 만큼 처음에는 미친 듯 덤벼들었지만 요즘은 도무지 손을 내밀지 않게 되었다.

그렇게 되자 오이치 부인은 불안해졌다. 시바타가 자기에 대한 노여움에서 맏딸 자차히메에게 손댈 것 같은 생각이 자꾸만 들었다. 자차히메는 16살이었다. 몸의 발육은 그리 조숙하지 않았으나 기질은 어머니에 비해 몹시 밝고 적극적이었다. 상대를 조금도 두려워하지 않고, 때로는 남자들을 지나칠 만큼 스스럼없이 대할 때가 있었다.

'어쨌든 주의해야지……'

그러기 위해서는 순순히 시바타에게 몸을 허락해야겠지만……그렇게 생각하면서도—

'대체 허락하지 못하는 것은 무엇 때문일까?……'

그런 일을 멍하니 생각하고 있는데 바로 그 자차히메가 거침없이 들어와 오이치 부인 앞에서 웃고 있었다.

"어머니, 여쭈어볼 말이 있어서 왔어요."

자차히메는 오이치 부인보다 얼굴이 둥글었다. 귀염성 있지만 기품은 어머니에 미치지 못했다. 그러나 그 눈빛은 어머니보다 훨씬 영리해 보였다. 앉자마자 자차히메는 목을 움츠리며 소리죽여 웃었다.

"시바타 님……아니, 아버님이 불쾌하신 이유를 알았어요."

오이치 부인은 가슴이 철렁했다.

'이 아이가 어찌 부부 사이의 일을……?'

그녀는 일부러 태연함을 꾸미며 나무랐다.

"시바타 님이라니, 말조심해. 대체 뭘 알았다는 거냐."

"원숭이님…… 아니."

자차히메는 목을 움츠렸다.

"히데요시 님에게 사사건건 당하게 되어 화나신 거예요."

"히데요시 님에게……누구한테 들었지?"

"에치젠에서 마에다 님이 오셨어요. 두 분의 술자리에 제가 술을 따르러 나갔지요."

"뭐…… 누가 그런 자리에 나가라고……?"

자차히메는 또 거침없이 대답한다.

"아버님이… …아버님은 우대신의 조카딸에게 술을 따르게 하여 자신의 위세를 보이려는 거예요. 그래서 저는 열심히 애교를 부려주었지요. 얼마나 재미있던지!"

"저런…… 그렇게 떠들면 동생들이 본받을라."

자차히메는 그 말에는 대답하지 않고 정색하며 말했다.

"어머니, 히데요시 님에게서 이달 중순께 우대신님 장례식을 치를 터이니 상경하라고, 마치 명령하는 것 같은 통지가 온 모양이에요."

"뭐, 우대신님 장례식을……?"

오이치 부인은 그 장례식이 남자들 사이에서 어떤 의미를 가지는지 잘 모르므로 무심한 말투였다. 그러나 자차히메는 왠지 매우 흥분한 태도로 눈을 크게 뜨며 몸을 내밀었다.

"당한 거예요. 이번에도 시바타…… 아니, 아버님이."

"당하다니?"

"당한 거지요. 정말이지…… 아버님은 히데요시 님에게서 명령들을 만큼 지나치게 호인인걸요."

"아니, 그런 버릇없는 말을."

"하지만…… 기후의 성주님(織田信孝)이나 아버님이 지금껏 장례식을 치르지 않은 것은 실수였어요. 히데요시 님은 그 실수를 꼬투리 잡아, 재빨리 아버님과 기후성주님을 꼼짝 못하게 한 거예요. 호호호……"

"뭐가 우스운 건지 난 도무지 모르겠구나."

"모르시면 말씀해 드리지요, 어머니."

자차히메는 또 몸을 내밀며 장난꾸러기처럼 눈을 굴렸다.

"아버님이나 기후성주님은 히데요시가 약속을 지키지 않고 멋대로 부하를 늘리고 성을 쌓았기 때문에 산보시 님을 아즈치로 보내지 않았던 거예요. 산보시 님을 아즈치로 보냈다가는 산보시 님 이름으로 하시바가 무슨 짓을 할지 모른다……고 생각한 게 어리숙했던 거지요…… 호호호, 히데요시는 그것을 기다리고 있었던 거예요. 그는 영리한 사람이에요, 아버님이나 기후성주님보다 훨씬 더!"

"저런…… 그것이 너는 기쁘단 말이냐?"

"아니오, 기쁜 건 아니지만 재미있어요. 그렇잖아요, 어머니? 산보시 님을 아직도 아즈치로 보내지 않고 후계다툼만 하고 있다, 이제 세상에 대한 체면도 있어더 이상 참을 수 없다, 히데요시의 혼자 판단으로 절을 세워 당당하게 장례식을 치르겠다, 그러니 귀하도 참석하기 바란다……고. 호호…… 깨끗이 약점을 찔리고만 거예요. 산보시 님을 히데요시에게 넘기지 않은 것을 핑계 삼아 꼼짝 못 하게 만들어버린 거지요."

오이치 부인은 왠지 모르게 섬뜩한 느낌이 들었다.

"그게 정말이냐, 자차?"

자차히메는 좀 뾰로통해져서 말했다.

"왜 거짓말하겠어요…… 마에다 님에게도 같은 편지가 와 있어요. 그래서 어떻게 하면 좋겠는지 의논하러 오셨는데, 호인이 노발대발 화내는 거예요…… 정말 재미있어."

오이치 부인은 더 이상 자차히메를 나무라려고 하지 않았다. 아마 자차히메는 시바타에게 반감을 갖고 있는 눈치인 듯했다. 아니면 어머니를 빼앗겼다는 의식이 느닷없이 표출된 건지도 모르지만……

어쨌든 히데요시와 남편 사이가 험악해지는 것은 모녀의 생활과 전혀 관계없는 일은 아니었다. 전란을 피한다는 심정으로 이곳에 출가해 왔는데 그곳이 화재의 진원지가 된다면 너무 비참한 결과가 된다.

"그래…… 뭐라고 하시더냐? 마에다 님과 함께 참석하시기로 정하셨느냐?"

자차히메는 얼른 고개를 내저었다.

"아니오! 누가 원숭이 놈 밑에서……라고 내뱉듯 말씀하셨어요."

"저런, 그런 말씀을!"

자차히메는 어머니의 불안한 마음을 모른다. 그래서 히데요시의 본때 있는 반격을 오히려 통쾌해 하고 있는 것이었다.

"어머니."

자차히메는 다시 목을 움츠리듯 하며 말했다.

"그 영리한 히데요시가 하는 일이니, 이 장례식은 반드시 온 나라가 깜짝 놀랄만큼 화려하게 치를 거예요."

"그럴까?"

"그리고 아버님과 기후성주님은, 세상에 얼굴도 못 들게 될 거예요…… 그 장례식 소문과 함께 후계 다툼의 평판도 퍼질 테니까."

"……"

"어머니가 아버님에게 말씀드리세요. 좀 더 현명하게 행동하셔서 히데요시의 콧대를 꺾어주라고. 그렇지 않으면 히데요시 혼자 큰 사람이 될 거예요."

"자차."

"네, 어머니."

"너는, 너는…… 이 어미가 아버님과 그렇게 사이좋은 줄 아느냐?"

"글쎄요, 그런 것은 모르겠어요. 부부 사이 일에는…… 흥미 없는걸요."

"얘야…… 동생들을 불러오너라. 너희 셋의 생각을 들어보고 싶구나……."

"저희 셋의…… 예, 불러오지요."

자차히메가 선뜻 나가자 오이치 부인은 다시 뜰의 가을 경치를 넋 잃은 듯 바라보았다. 특별히 무언가를 보는 것도 아니었다.

'어쩌면 이러다가 싸움이 일어나는 게 아닐까……'

그런 불안이 점점 커지자 단풍의 빨간 빛이 피로 보이기 시작했다. 오다니성이 떨어질 때의 그 비참한 핏빛으로…….

'만약 싸움이 일어난다면 어떻게 해야……'

여기가 싸움터가 된다면 노부타카가 있는 기후성 역시 결코 안전하지 못하리라.

이때 자차히메가 15살 난 다카히메와 13살 난 다쓰히메를 데리고 들어왔다. 생김새는 둘째 딸인 다카히메가 어머니를 가장 많이 닮았고 셋째 딸 다쓰히메는 아버지 나가마사를 닮았다. 나가마사를 닮았다는 것은 생김새로는 두 언니에게 떨어진다는 말이었지만, 반대로 기질은 가장 뛰어난 것 같았다.

"데려왔어요, 어머니. 무슨 새삼스러운 말씀이라도?"

자차히메의 말을 이어 셋째 딸 다쓰히메가 걱정스러운 듯 말했다.

"얼굴빛이 좋지 않으세요. 어디 불편하신가요?"

"아니다."

오이치 부인은 세 아이를 다시 보니 새삼 마음이 더욱 흔들렸다.

'모두 이렇게 자랐는데……'

"얘들아, 다쓰와 다카도 이 성에 와서 행복하다고 생각하니?"

둘째 딸 다카히메는 언니 자차히메와 눈을 마주치며 고개를 갸우뚱하고, 이번에도 다쓰히메가 입을 열었다.

"왜 그런 것을 물으세요? 저는 어머니만 행복하시면, 그것으로 저희들도 행복……하다고 생각해요."

"아니다, 어머니는 너희들이 행복하도록…… 아니, 행복하게 해주고 싶은 마음뿐이다. 너희들 마음을 솔직하게 먼저 털어놓지 않겠느냐? 그런 다음에 생각도 하고 의논도……."

거기까지 들은 자차히메가 소리죽여 웃기 시작했다. 오이치 부인이 나무랐다.

"자차, 무엇이 우습지? 너도 이제 다 자랐으니, 어미 마음을 모를 나이는 아닐 거다."

"호호호, 용서하세요, 어머니. 알기 때문에 그만 웃음이 나와 버렸어요. 그렇지, 다카히메?"

"아니요, 전 몰라요."

한 살 아래인 다카히메가 쌀쌀하게 피하자 자차히메는 곁눈질로 흘겨보았다.

"얄미운 다카, 나만 나쁘게 만들고…… 어머니는 언제나 제멋대로 하는 분이라고 말하면서."

"뭐라고…… 내가 제멋대로 한다고? 그게 무슨 소리냐? 자, 그 이유를 말해보아라."

오이치 부인은 얼굴을 굳히고 입술을 떨면서 두 딸을 향해 돌아앉았다. 언제나 자식을 위한 일이라고 생각하면서 그들의 성장을 쫓아 살아왔건만, 그 자식의 입에서 제멋대로 한다는 말을 들으니 너무나 기가 막혀 용서할 수 없었던 것이다.

자차히메는 또 놀리듯 웃었다.

"호호호! 그럼, 다카가 말한 대로 할 테다. 응, 다카? 호호, 다카의 얼굴이 빨개졌어. 저, 어머니, 다카는 히데요시의 양자가 된 히데카쓰 님과 혼삿말이 있었을 때, 어머니가 두말없이 거절하신 것을 원망하고 있어요."

"그게 무슨 소리냐. 왜 어미를 원망하지?"

"어머니는 자신이 이 성으로 시집오고 싶어서 사이좋지 않은 히데요시 쪽에 다카를 출가시키려 하지 않았다, 당신의 행복을 위해 다카를 돌아보지 않았다고…… 그렇지, 다카?"

다카히메는 쌀쌀맞게 옆을 보고 있었지만, 그 말이 거짓이 아닌 증거로 드디어 귓불까지 새빨갛게 물들었다. 너무나 기막힌 일이어서 오이치 부인은 현기증이 날 것만 같았다. 하시바 히데카쓰에게 둘째 딸을 출가시키면 어떻겠느냐고 숙부 노부카네가 말했을 때 오이치 부인이 분명 거절한 것은 틀림없었지만…….

"자차야."

"예."

"너도…… 너도 다카와 같은 생각을 하느냐? 이 어미가 제멋대로 히데카쓰 님에게 출가시키지 않았다고 생각하느냐?"

"글쎄요."

자차히메는 시치미 떼는 태도로 고개를 갸웃거린 채 웃고 있다. 그것이 가엾은 어머니를 더욱 안타깝게 했다.

"그럼, 똑똑히 말해 주마. 이 어미가 다카의 혼담을 거절한 것은, 히데카쓰 님과는 외사촌끼리므로 좋다고 할 수도 있지만 히데요시의 양자가 되었기 때문에 허락할 수 없었던 거다. 너희들은 아버지가 누구에게 죽은 줄 아느냐. 히데요시는 바로 아버지의 원수가 아니냐?"

자차히메는 다카히메와 얼굴을 마주 보았다. 이 한마디에 아이들이 충분히 놀랄 줄 알았는데, 여전히 마주 보는 두 딸의 얼굴에는 웃음기가 남아 있다.

"아직도 이해가 안 되느냐! 이 어미가, 나 자신이 이 성으로 시집오고 싶어서…… 그래서 사이좋지 않은 히데요시에게 출가시키지 않았다고 생각하느냐?"

그러자 자차히메는 온몸으로 반발을 드러내며 정색한 얼굴이 되었다.

"다카 대신 이 자차가 대답하겠어요. 어머니! 어머니 말씀에는 모두 어머니 마음대로 생각하는 데서 나오는 잘못된 점이 있어요."

"그냥 들어 넘길 수 없는 말이구나. 이 어미의 잘못이 어디에 있는지, 그것을 들어보자."

오이치 부인은 새파래진 얼굴로 몸을 내밀었다. 자차히메도 지지 않았다.

"어머니는 히데요시가 아버님의 원수라고 하셨지요?"

"너희들은 히데요시가 아니라고 생각하느냐?"

"아니고말고요!"

자차히메의 얼굴도 좀 핼쑥해졌다.

"만약 저희에게 원수가 있다면 그것은 우대신님이에요. 아니, 히데요시가 원수라면 이 성의 주인도 원수지요! 같은 싸움에 참가하여 히데요시는 단지 선봉으로 오다니 성을 공격했을 뿐, 공격시킨 것은 우리 외숙부인 우대신님이에요."

"언니, 어머니에게 그런 심한 말을……."

듣다 못한 막내가 나무랐지만 자차히메는 듣지 않았다.

"아니야, 언젠가 한 번은 말하지 않으면 어머니의 망집이 풀리지 않아. 어머니! 히데요시를 원망하시려거든 우대신님을 원망하세요. 우대신님을 원망하시려거든 그렇게 만든 난세를 원망하세요…… 이젠 저희들도 어린애가 아니에요. 어머니가 그런 잘못된 망집에 사로잡혀 있으면, 언제나 자식을 위한다는 일이 결과적으로 나빠지기만 할 거예요. 그렇게 되면 자식에게 경원당하게 되니 점점 더 뜻밖의 일만 늘어날 뿐이지요."

오이치 부인의 온몸이 부들부들 떨리기 시작했다. 어머니와 딸 사이에 어느새 전혀 다른 사고방식이 높은 벽을 만들어내고 있었다. 과연 자차히메가 말하는 사고방식으로 본다면 '제멋대로 하는 어머니—'라는 말도 나올 것 같았다.

자차히메가 말을 멈추자 방 안은 물을 끼얹은 듯 조용해졌다. 다카히메는 여전히 꼿꼿하게 고개를 쳐들고 있었다. 다쓰히메는 가만히 어머니와 언니를 번갈아보고 있다. 다만 그뿐, 자차히메의 생각을 잘못으로 여기는 사람은 아무도 없었다. 오이치 부인은 한순간 삭풍이 몰아치는 벌판에 자기 홀로 서 있는 것처럼 느껴졌다.

'이제 이 아이들은 내 편이 아니다. 저마다 어머니를 냉정하게 바라보는 관찰자로 자랐어……'

그것은 자식을 위해 죽으라는 소리보다 더 안타깝고 쓸쓸한 일이었다.

'져서는 안 된다! 이 오해를 풀어야 해……'

오이치 부인은 잠시 가만히 눈을 감고 생각하다가 조용히 말했다.

"알았다, 내 생각이 모자랐는지도 모르지. 잘 생각해 볼 테니 모두들 물러 가거라."

"그럼, 잠시 어머니 혼자 계시게 해드리자."

"그게 좋겠어. 그럼, 어머니."

그녀들은 다시 한번 서로 얼굴을 마주본 뒤 어머니 거실에서 물러갔다.

딸들이 나간 뒤 오이치 부인은 30분 남짓 멍하니 가을 뜰을 바라보고 있었다. 어느덧 해가 기울어, 단풍과 담쟁이 넝쿨의 붉은 빛이 무겁게 가라앉아 보이기 시작했다.

'그래, 끝까지 자식들을 위해…….'

오이치 부인은 무슨 생각을 했는지 갑자기 고개를 끄덕이며 일어났다. 그리고 남편이 마에다 도시이에를 만나고 있는 바깥 객실로 급히 걸음을 옮겼다. 객실에는 마에다가 방금 물러간 듯 술상이 아직 그대로 남아 있고, 시바타가 혼자 침울하게 앉아 생각에 잠겨 있었다. 오이치 부인은 그 시바타 옆에 앉았다.

시바타는 기분이 언짢은 모양이었다. 살쩍에 섞인 백발과 반대로 완강한 광대뼈 언저리가 취기에 벌겋게 번쩍이고, 벗어진 왼쪽 이마에 굵직한 심줄 하나가 구불거리고 있었다.

오이치 부인은 근심스러운 듯 작은 소리로 물었다.

"대감, 히데요시 님이 우대신님 장례식을 거행한다는 말을 들었는데…… 정말인가요?"

시바타는 눈을 감은 채 말했다.

"누구한테 들었소?"

"예, 자차가 조금 전에……."

"정말이라면 무슨 의견이라도 있단 말이오?"

"……예."

"들어봅시다, 부인 의견을."

"마에다 님은 뭐라고 하셨는지 모르지만, 참는 게 좋지 않을까 합니다."

"참고 가만히 내버려두라는 말인가, 아니면 배알을 빼놓고 장례식에 참석하라는 말인가?"

"지금은 참으시고 참석하시는 게 뒷일을 위해서도 좋을 거라고 생각합니다만."

"음."

시바타는 비로소 눈을 가늘게 뜨고 오이치 부인을 물끄러미 바라보았다.

"부인은 싸움이 일어나지 않을까, 그것을 걱정하는 거겠지?"

"……예."

"싸움이 부인 모녀의 생애를 잿빛으로 칠해 버렸다는 것은 나도 가슴에 새기고 있소."

"그럼, 참석해 주시겠습니까?"

시바타는 그 말에는 대답하지 않고 다시 눈을 감고 조각상처럼 생각에 잠겼다.

"히데요시는 말이오……."

"……예."

"적이지만 훌륭한 군사(軍師), 뛰어난 지혜를 가진 자요."

"그러시다면……."

"나는 참석하건 하지 않건 그의 책략에 넘어가게 되어 있소…… 교활한 놈 같으니."

"참석하셔도 무사히 끝나지 않을 거라는 말씀인가요?"

"끝날 리 없지!"

시바타는 갑자기 씹어뱉는 듯한 말투가 되었다.

"참석하면 그는 자랑스레 내 윗자리에 앉아 이것저것 지시하면서 사람들 앞에서 나를 가신처럼 부릴 속셈이오."

"설마 그럴 리가……."

"만약 참석하지 않는다면 그것을 핑계로 나를 가리켜 불충한 자라고 떠들어대겠지. 어쨌든 이번에는 히데요시에게 당했어!"

오이치 부인은 무의식중에 몸을 물리며 시바타를 다시 보았다. 그의 입에서 갑자기 바드득 이가는 소리가 새어나온 것이다.

"내가…… 곤로쿠로 불리던 옛날부터 우대신님 측근에서 종사해온 내가, 설마 이토록 괴로운 입장에 몰릴 줄은 생각지도 못했어. 그 농부 자식인 원숭이 놈 때문에……."

"……."

"부인, 나는 참석하지 않기로 했소……참석하면 반드시 그와 다투게 되어 그에게 싸울 구실을 주게 되고 말 거요. 지금은 참석하지 않는 게 참는 거라고 분명하게 답이 나왔소. 일부러 히데요시의 책모에 빠질 것까지는 없다고 말이오."

어느덧 주위가 어두워져 근위무사와 시녀들이 촛대를 들고 들어왔다.

"들어올 것 없다! 물러가 있거라!"

시바타가 얼굴을 외면한 채 호통 쳤다. 울고 있는 건지도 모른다……

오이치 부인은 날라 온 촛대의 불 그림자 뒤로 물러났다. 시바타가 쳐다보는 게 숨 막힐 듯했던 것이다.

그가 말하듯 히데요시가 그를 꼼짝 못하게 함정에 빠뜨리려 하는지 어떤지는 알 수 없었지만, 적어도 그는 그렇게 믿고 있는 것 같다.

그렇게 믿고 있다면 머잖아 불행한 싸움이 시작되리라. 싸움이 벌어진다면 자식들을 위해 뒷날을 생각해 주지 않으면 안 되었다.

"부인……"

"……예."

"그대는 뭔가 아직 하고 싶은 말이 있겠지."

"예…… 아니에요."

"부인 쪽에서 없다면, 내가 말해 볼까?"

"무슨……"

"나는 당신 모녀를 싸움에 몰아넣고 싶지 않아."

오이치 부인은 깜짝 놀라 얼굴을 들었다가 황급히 다시 숙였다. 시바타에게 그 말을 듣고서야 비로소 자기가 무엇을 바라고 이 자리에 왔는지 알았던 것이다.

'만일 싸움이 일어날 것 같으면 이 땅을 떠나고 싶다…….'

그 때문에 시바타의 시선을 두려워하고 있었던 것이다.

"그대들을 휩쓸리게 하지 않기 위해서는 두 가지 방법이 있겠지. 하나는 이별…… 또 하나는 그대들을 교토에 살게 하는 것인데……."

"예……?"

"어느 쪽이 나은지는 나도 아직 생각을 정하지 못했소. 그러나 부인."

"예."

"나는 부인과 아이들이 나 때문에 희생당하는 일은 결코 없도록 하겠소. 무슨 일이 있어도 그대들은 무사히 지낼 수 있게 해줄 테니 안심하오."

오이치 부인은 깜짝 놀라 어깨를 떨었다. 아내 아닌 아내에 대해 이것은 너무나 뜻밖의 말이었다. 아마 마음속으로 한없이 미워하고 있을 것이라 생각하며 그 증오를 싸움 때 폭발시키면 큰일이라고 오직 그것만 두려워하고 있었는데……

시바타는 다시 무거운 목소리로 말을 이었다.

"이 가쓰이에는…… 한때 부인을 원망하기도 했소. 이 나이에 말이오. 그러나 잘 생각해 보니 부인이 나쁜 게 아니었소. 부인의 과거가 너무 가혹하고 고달팠던 거요."

"……."

"나는 부인이 무엇에 의지해 살아왔는지 잘 알고 있소. 아사이 나가마사는 훌륭한 무장이었고, 또 좋은 아내와 좋은 딸들을 가졌다는 것도 알았소. 그것을 안 이상, 나는 그것을 보호해 주지 않으면 안 되오. 비록 나와 히데요시 사이에 어떤 대립이 생기더라도 부인은 우대신의 누이, 딸들은 우대신의 조카딸이오. 히데요시 역시 결코 해치지는 않을 터이고, 또 나 역시 목숨을 걸고라도 지켜줄 것이니 안심하고 있으시오."

오이치 부인이 갑자기 얼굴을 가리며 엎드렸다. 마땅히 노할 줄 알고 있던 상대로부터 목숨을 걸고라도 보호해 주겠다는 말을 들은 것이다.

"대감! 대감…… 용서하셔요. 뻔뻔스러운 이 몸을…… 제 한 몸만 생각한 이 몸을……."

어느덧 시바타는 다시 깊은 생각에 잠겨 눈을 감고 있었다. 변덕스러운 북국의 하늘이 가을비를 뿌리기 시작하는지 처마에서 후두둑 빗소리가 들렸다.

오이치 부인은 간절하게 불렀다.

"대감……."

시바타는 대답하지 않는다.

오이치 부인도 가엾지만, 자신의 생애 역시 그 이상으로 불쌍한 결과가 될 것 같은 예감이 들었다. 마에다의 전갈에 의하면, 벌써 기치를 선명하게 하여 히데요시 쪽에 선 자는 호소카와 부자와 쓰쓰이 준케이만이 아니었다. 이케다는 물론이고 호리 히데마사와 니와 나가히데도 이미 그의 수중에 있는 모양이었다. 아니, 그것을 알려온 마에다 도시이에 자신도 히데요시와 젊을 때부터 줄곧 친구로 지내와 동요하기 시작한 듯한 태도였다.

"나는 안 가겠소. 가면 반드시 분노를 터뜨려 히데요시가 생각하고 있는 함정에 빠질 것 같소."

시바타의 말에 마에다는 잠시 망설이는 기색이었다.

"그럼, 나도 가지 않기로……."

잠시 뒤 그렇게 말했지만 그 말은 반쯤 탄식으로 들렸다.

"내 생각은 할 것 없소. 귀하는 가도록 하시오."

"아니, 가지 않겠습니다."

그렇게 말한 다음 마에다는 장례식이 끝난 뒤 시바타와 히데요시 사이에서 두 사람 사이를 중재하겠다고 말했다.

이 경우는 중재라기보다 오히려 이쪽에서 사과하는 형식이 되리라. 사과하고 히데요시 밑에 들어가느냐, 아니면 일전을 벌이느냐, 이 두 갈림길을 향해 사태는 마구 굴러가고 있었다.

"대감! 제가 너무 제 생각만 했습니다. 용서하셔요."

"무슨 소리요. 용서할 게 뭐 있겠소."

"아니에요, 제가 너무 부족했습니다. 대감 마음도 알지 못하고 저는…… 이별을……."

"그러는 편이 무사할 거라고 생각될 때는 그렇게 하겠다고 했잖소."

"아니에요, 그것은 용납될 수 없는 일이라는 걸 알았습니다. 대감! 용서해 주세요."

"뭐, 용납될 수 없는 일이라고……?"

"예, 저는 대감의 좋은 아내가 되어야 한다는 것을 깨달았습니다."

이번에는 시바타가 깜짝 놀라 오이치 부인을 쳐다보았다. 빗소리가 차츰 거세지더니 바람이 이는 것 같았다.

"대감! 제가 마음을 고쳐먹겠습니다. 좋은 아내가 될 터이니 세 아이들만은……."

오이치 부인은 자신의 마음이 어디서 어떻게 변했는지 스스로도 알 수 없었다. 어쩌면 시바타의 슬픈 입장이 오히려 동정을 불러일으킨 결과인지, 아니면 자식들에 대한 모정에서인지…… 어쨌든 이대로는 있을 수 없다는 심정이었다.

시바타는 잠시 숨죽이고 오이치 부인을 응시하더니, 이윽고 상을 한쪽으로 밀어놓고 마디 굵은 손을 뻗어 오이치 부인 어깨 위에 얹었다.

"걱정할 것 없소. 아이들도 그대도 결코 함부로 대하지 못하게 하리다. 나 역시 곤로쿠 시절부터 소문난 무사, 한결같은 기질은 그대로 남아 있소."

"대감!"

"부인…… 지금 부인의 한마디로 나는 용기를 얻었소. 자, 부인의 권주로 한 잔 하고 싶소. 따라주겠소?"

"……예."

오이치 부인이 시키는 대로 술병을 집어 들자 시바타는 소리 내어 웃었다. 결코 기뻐서 웃는 웃음만은 아니었다. 어쩌면 울고 싶은 감정을 웃음 속에 숨기고 있는 것인지도 모른다. 생각해 보면 모든 것이 시바타에게 등을 돌리고 있었다. 그 중에서 단 한 사람, 그 역시 차갑게 거부해 오던 오이치 부인이 문득 마음을 바꾼 것이다. 그런 만큼 시바타는 울어야 할지 웃어야 할지 알 수 없는 심정이었다.

"대감……."

오이치 부인은 시바타가 기분 좋게 술잔을 드는 모습을 보고 마음 놓였는지 고개를 갸우뚱하며 물었다.

"만약 히데요시가 장례식 뒤에 싸움을 걸어올 때는……?"

시바타는 또 웃었다. 시바타의 휘하에 있는 사쿠마, 마에다들의 영지인 에치젠, 가가, 노토는 모두 겨울이면 추운 눈의 나라였다. 그러므로 히데요시가 어떻게 나오든 군사를 움직일 수 없었고, 기후의 노부타카와 다키가와 가즈마스는 물론 나가하마성에 있는 양자 시바타 가쓰토요(柴田勝豊)와도 겨울철의 협동작전은 불가능했다. 그러므로 이길 자신이 있느냐고 묻는다면 대답할 말이 없었는데, 오이치 부인은 그것을 어떻게 받아들였는지 시바타에게 다시 술을 권했다.

"부인……생각나는군."

"무엇 말씀인가요."

"먼 옛날 일이지…… 우대신님이 27살 때였으니까. 지금으로부터 꼭 23년 전……."

"글쎄요, 그 무렵 저는 아직 12,3살…… 무슨 일이 있었는지요?"

"잊었소? 에이로쿠(永祿) 3년(1560) 5월 19일……."

"아, 저, 우대신님이 덴가쿠 골짜기에서 이마가와 요시모토를 쓰러뜨린 날."

"지금도 잊을 수 없어. 그날 주군께서는 이길 자신이 있었던 건지 아니면 옥쇄할 각오를 하신 건지, 나는 아직도 이해되지 않소."

"왜 그런 일을 하필 오늘 저녁에……."

"하하…… 그 출전 때 주군이 추신 춤이 생각나서 그러오. 그렇지, 나도 춤이나 춰볼까. 부인은 그때 그 자리에 없었지."

시바타는 자리에서 일어나며 큰 소리로 외쳤다.

"게 누구 없느냐, 작은북을 가져오너라."

"예."

대답하고 나타난 것은 자차히메였다. 아마 그들의 이야기를 엿듣고 있었던 모양이다. 오이치 부인이 딸의 손에서 북을 받아들자 시바타는 비틀거리며 춤추기 시작했다.

노부나가가 늘 불렀던 '아쓰모리'를 '—인생 50년'이라는 대목에서 시작하지 않고 앞 대목에서부터 나직한 소리로 흐느끼듯 노래하기 시작했다.

　　—생각하면 이 세상은 잠시 머무는 곳
　　풀잎에 내린 흰 이슬, 물에 깃드는 달보다도 속절없도다……
　　—인생 50년, 돌고 도는 무한에 비한다면
　　덧없는 꿈과 같도다……

노부나가가 즐겨 부르던 대목에 이르자 갑자기 비틀거리며 상 옆에 무릎을 꿇었다.

"주군! 이 곤로쿠는 60살을 넘어 아직도 이렇게…… 이렇게…… 살아 있습니다."

그리고 흔들리는 촛불을 향해 얼굴을 들고 세차게 어깨를 떨기 시작했다.

오이치 부인은 눈을 붉게 물들이며 외면했고 자차히메는 쏘는 듯이 시바타를 바라보고 있었다…….

시바타가 침실로 들어갈 때까지 자차히메는 얼마쯤 긴장하여 의붓아버지와 어머니를 지켜보고 있었다. 아마 오늘의 오이치 부인과는 전혀 다른 각도에서 시바타를 관찰하고 있는 것이리라. 아니, 시바타만이 아니라 붉어진 눈으로 의붓아버지 뒤를 따라가는 어머니 속에 숨어 있는 여성의 정체까지 냉정히 지켜보고 있었는지도 모른다.

두 사람 모습이 객실에서 사라지자 자차히메는 자리에서 벌떡 일어나 촛불을 등진 채 복도 가장자리에 섰다.

"우울한 비로군…… 곧 눈이 오겠지."

으스스한 듯 어깨를 움츠렸다. 그러나 그 뺨에도 눈물이 하얗게 반짝이는 것 같았다.

자차히메는 거칠게 복도를 건너갔다. 그리고 안에 있는 자신들의 거실 앞에 서자, 다시 한번 고개를 갸우뚱하며 어머니 거실을 살폈다. 시바타를 맞이한 오이치 부인의 거실은 이미 조용해져서 등잔불만이 희미하게 덧문 틈으로 새어나오고 있었다.

자차히메는 살며시 자기네 거실로 되돌아가 작은 소리로 막냇동생을 복도로 불러냈다.

"다쓰야."

"왜 언니?"

"역시 내가 생각했던 대로였어."

"응?…… 언니가 생각했던 대로라니."

"어머니는 너무 약하셔. 네가 잘못 보았던 거야."

"그럼, 어머니는……?"

자차히메는 일부러 말괄량이처럼 고개를 끄덕인 뒤 살그머니 어머니 거실을 가리키며 고개를 갸우뚱했다.

"이 가을비…… 눈으로 바뀌면 싸움이 벌어질 거야. 그때 우리는 우리대로 생각하지 않으면 안 되게 되었어……."

다쓰히메는 대답 대신 눈을 커다랗게 뜨고 언니를 쳐다보았다.

노부나가의 죽음과 그 파문은 이 자매의 운명과도 결코 무관할 수 없었던 것이다.

"여자란 불쌍한 것이야, 다쓰."

"언니."

"왜 그래, 큰 소리를 다 내고?"

"싸움이 벌어지면 이 성은 이기지 못할까?……"

자차히메는 천천히 고개를 저었다.

"이미 승패는 눈에 보이지 않는 곳에서 결정되어 있어."

"어머니를 구할 방법은?"

자차히메는 다시 천천히 고개를 저었다.

"그러니 여자란 불쌍한 것이라고……."

"적은 역시 히데요시 님일까, 언니?"

"모르겠어."

"모르다니?"

"히데요시 님이 아니면 다른 사람이 대항해 올 테지. 사나이들이란 싸움을 하지 않고는 못 배기는 천치들이니 무슨 방도가 있겠니, 약한 여자에게."

그 말을 듣자 다쓰히메는 언니에게서 등을 홱 돌리고 입을 다물어버렸다.

자차히메는 마루에서 하얀 손을 내밀어 차가운 빗물을 몇 방울 손바닥에 받았다. 바람이 천수각 언저리에서 줄곧 윙윙거리고 있었다.

"얘, 다쓰야."

"응."

"이번에는 누가 이 성에 들어오게 될지…… 니와 나가히데일지, 호리 히데마사일지, 아니면 히데요시의 가신일지, 히데요시의 대리인일지……."

"어머나, 그런 불길한 소리를."

"불길한 소리가 아니야. 그것이 이 세상의 모습이란다. 그렇게 생각하고 보니 재미있구나! 울어본들 무슨 소용 있겠니."

자차히메는 그렇게 말하고 갑자기 소리 내어 울기 시작했다.

지은이

야마오카 소하치(山岡莊八)

그린이

기노시타 지카이(木下二介)

옮긴이

박재희(청춘사도대학교 일문학 전공)　김문운(니혼대학교 일문학 전공)
김영수(와세다대학교 일문학 전공)　문호(게이오대학교 일문학 전공)
유정(조치대학교 일문학 전공)　추영현(서울대학교 사회학 전공)
허문순(경남대학교 불교학 전공)　김인영(숙명여자대학교 미술학 전공)

도쿠가와 이에야스

대망 4

야마오카 소하치 지음/책임편집 박재희 추영현 김인영

1판 1쇄/1970. 4. 1
2판 1쇄/2005. 4. 1
2판 21쇄/2024. 1. 1
발행인 고윤주
발행처 동서문화사
창업 1956. 12. 12. 등록 16-3799
서울 중구 마른내로 144 동서빌딩 3층
☎ 546-0331~2 Fax. 545-0331
www.dongsuhbook.com

잘못된 책은 구입하신 곳에서 바꾸어드립니다.

＊

사업자등록번호 211-87-75330
ISBN 978-89-497-0295-7 04830
ISBN 978-89-497-0291-9 (세트)

葛飾北齋畫